Orhan Pamuk

SCHNEE

Roman

Aus dem Türkischen
von Christoph K. Neumann

Carl Hanser Verlag

Die Originalausgabe erschien erstmals 2002 unter dem Titel
Kar bei İletişim in Istanbul.

17 18 19 20 21   00 09 08 07 06

ISBN-10: 3-446-20574-8
ISBN-13: 978-3-446-20574-1
© 2002 İletişim Yayıncılık A.Ş.
Alle Rechte der deutschen Ausgabe:
© Carl Hanser Verlag München Wien 2005
Satz: Satz für Satz. Barbara Reischmann, Leutkirch
Druck und Bindung: Friedrich Pustet, Regensburg
Printed in Germany

Für Rüya

Unsere Aufmerksamkeit gilt den gefährlichen Rändern der Dinge
Dem ehrlichen Dieb, dem zärtlichen Mörder,
Dem abergläubischen Atheisten

Robert Browning, Die Apologie Bischof Bluegrams

Politik in einem Werk der Literatur ist wie ein Pistolenschuß mitten in einem Konzert: grob, aber man kann ihm seine Aufmerksamkeit nicht verweigern. Wir werden von sehr gemeinen Dingen sprechen ...

Stendhal, Die Kartause von Parma

Vernichtet das Volk, brecht es, bringt es zum Schweigen! Denn die europäische Aufklärung ist wichtiger als das Volk.

Dostojewski, Arbeitsnotizen zu den Brüdern Karamasow

Der Abendländer in mir war erschüttert.

Joseph Conrad, Mit den Augen des Westens

1

Die Stille des Schnees

DIE FAHRT NACH KARS

Die Stille des Schnees, dachte der Mann, der gleich hinter dem Bus-fahrer saß. Er hätte zu dem, was er in seinem Inneren empfand, »die Stille des Schnees« gesagt, wenn dies der Beginn eines Gedichtes wäre.

Er hatte den Bus, der ihn von Erzurum nach Kars bringen sollte, im letzten Augenblick erwischt. Nach einer zweitägigen Fahrt von Istanbul durch Schnee und Sturm hatte er den Busbahnhof von Erzurum erreicht, und als er mit seiner Tasche in der Hand auf den schmutzigen und kalten Korridoren versuchte, herauszufinden, wo es einen Bus gab, der ihn nach Kars brachte, hatte jemand ihm ge-sagt, daß einer gleich losfahre.

Der Fahrtbegleiter des alten Magirus-Busses hatte zu ihm gesagt: »Wir haben es eilig«, um die Ladeklappe nicht wieder öffnen zu müs-sen, die er gerade geschlossen hatte. Deswegen hatte er seine große, rotbraune Bally-Reisetasche, die jetzt zwischen seinen Knien stand, an sich genommen. Der Reisende, der da am Fenster saß, trug einen dicken, aschgrauen Mantel, den er fünf Jahre zuvor im Frankfurter Kaufhof erworben hatte. Wir wollen vorausschicken, daß dieser schöne flauschige Mantel in den Tagen, die er in Kars verbringen würde, für ihn eine Quelle von Scham und Unbehagen, aber auch von Sicherheit sein sollte.

Gleich nachdem der Bus losgefahren war, machte der Reisende am Fenster seine Augen weit auf, in der Hoffnung, vielleicht etwas Neues zu sehen, und betrachtete die winzigen armseligen Krämerlä-den, die Bäckereien, die verfallenen Teehäuser in den Vierteln an Er-zurums Stadtrand. Schon begann der Schnee zu fallen. Er war dichter und großflockiger als der Schnee, der den Weg von Istanbul nach Erzurum über gefallen war. Wäre der Reisende am Fenster nicht so müde von der Fahrt gewesen und hätte er etwas mehr auf die wie Flaumfedern vom Himmel fallenden Flocken geachtet, dann hätte er womöglich den starken Schneesturm, der da aufzog, gespürt und gefühlt, daß er sich auf eine Reise machte, die wohl sein ganzes Leben verändern würde, und wäre umgekehrt.

Aber umzukehren fiel ihm gar nicht ein. Er hatte die Augen auf den Himmel gerichtet, der heller schien als die Erde, während die Nacht hereinfiel, und betrachtete die immer dichter fallenden Schneeflocken, die der Wind vor sich hertrieb, nicht als Vorboten einer Katastrophe, sondern wie Zeichen einer endlich wiedererschienenen Freude und Reinheit aus seiner Kindheit. Der Reisende am Fenster war nach Istanbul, der Stadt, in der er seine Kindheit und die glücklichsten Jahre erlebt hatte, eine Woche zuvor zum erstenmal seit zwölf Jahren auf den Tod seiner Mutter hin zurückgekehrt, hatte sich dort vier Tage aufgehalten und war dann zu dieser gar nicht eingeplanten Reise nach Kars aufgebrochen. Er fühlte, daß der so wunderschön fallende Schnee ihn glücklicher machte als selbst Istanbul, das er nach so vielen Jahren wiedergesehen hatte. Er war ein Dichter und hatte vor Jahren in einem dem türkischen Leser kaum bekannt gewordenen Gedicht geschrieben, daß der Schnee einmal im Leben auch in unseren Träumen falle.

Während der Schnee lange und ruhig fiel, wie er das auch in Träumen tut, erlebte der Reisende am Fenster eine Läuterung; ihn erfüllte ein Gefühl der Reinheit und Unschuld, nach dem er seit Jahren leidenschaftlich gesucht hatte. Dabei glaubte er aufrichtig, daß er sich in dieser Welt zu Hause fühlen könnte. Etwas später tat er etwas, was er schon lange nicht mehr getan und gar nicht vorgehabt hatte: er schlief auf seinem Sitzplatz ein.

Wir wollen ausnützen, daß er schläft, und ihn leise ein wenig vorstellen. Er hatte zwölf Jahre lang im Exil in Deutschland gelebt, sich aber nie sehr mit Politik befaßt. Seine wirkliche Leidenschaft, all sein Denken galt der Dichtung. Er war zweiundvierzig Jahre alt und ledig (er hatte nie geheiratet). Man konnte das auf dem Sitz, auf dem er sich zusammengerollt hatte, zwar nicht erkennen, aber er war für einen Türken ziemlich groß gewachsen, seine Haut, die auf der Reise noch blasser werden sollte, war hell und die Farbe seiner Haare dunkelblond. Er war schüchtern und mochte das Alleinsein. Er hätte sich sehr geschämt, hätte er gewußt, daß sein Kopf, bald nachdem er eingeschlafen war, durch das Rütteln des Busses erst auf die Schulter, dann die Brust des Passagiers neben ihm rutschte. Es war ein ehrlicher Mensch mit guten Absichten, dessen Körper da auf den seines Nachbarn rutschte, und wegen dieser Eigenschaften war er melancholisch wie die Helden Tschechows, die stets passiv und erfolglos sind. Auf das Thema der Melancholie werden wir später immer wieder zurückkommen. Ich möchte gleich auch noch sagen, daß der Reisende, von dem mir klar ist, daß er in dieser unbequemen Haltung nicht mehr lange wird schlafen können, den Namen Kerim Alakuşoğlu führte, diesen aber nicht mochte und es deswegen vorzog, nach seinen Initialen Ka genannt zu werden, woran auch ich mich in diesem Buch halten werde. Schon in seiner Schulzeit setzte unser Held hartnäckig unter seine Hausaufgaben und Klassenarbeiten den Namen Ka, unterzeichnete auf der Universität die Anwesenheitslisten mit Ka und nahm deswegen jedesmal Streit mit Lehrern und Beamten in Kauf. Weil er auch seine Gedichtbände unter diesem Namen, den er bei seiner Mutter, seiner Familie und seinen Freunden durchgesetzt hatte, veröffentlichte, verband sich mit dem Namen Ka in der Türkei und unter den Türken in Deutschland eine gewisse Bekanntheit und etwas Mysteriöses. Wie der Fahrer, der nach Verlassen des Busbahnhofs von Erzurum den Passagieren eine gute Reise gewünscht hat, möchte ich jetzt noch hinzufügen: »Glückliche Fahrt, lieber Ka!« Aber ich möchte Ihnen nichts vormachen: Ich bin ein alter Freund von ihm und weiß schon, was ihm in Kars begegnen wird, bevor ich überhaupt zu erzählen beginne.

Hinter Horasan bog der Bus nordwärts nach Kars ab. Als auf einer der sich in Serpentinen hochwindenden Steigungen plötzlich ein Pferdefuhrwerk auftauchte und der Fahrer hart bremste, wachte Ka auf. Es dauerte nicht lange, bis er von der Stimmung brüderlicher Einheit erfaßt wurde, die sich im Bus ausbreitete. Wenn der Bus in den Serpentinen, am Rande des Felsabgrundes, langsamer wurde, stand er, wo er doch direkt hinter dem Fahrer saß, wie die Passagiere weiter hinten auf, um die Straße besser überblicken zu können, versuchte, mit dem Finger auf eine Stelle hinzuweisen, die ein Reisender übersehen hatte, der die stets aufs neue beschlagene Scheibe abwischte, um dem Fahrer zu helfen (seine Hilfeleistung wurde nicht bemerkt), und als der Schneesturm zunahm und die Scheibenwischer für die plötzlich ganz weiße Frontscheibe nicht mehr ausreichten, da versuchte auch er, wie der Fahrer, herauszubekommen, wohin sich der überhaupt nicht mehr sichtbare Asphalt erstreckte.

Die Verkehrsschilder waren schneebedeckt und nicht mehr lesbar. Als der Schneesturm noch heftiger wurde, machte der Fahrer das Fernlicht aus und löschte die Beleuchtung im Inneren des Busses, damit die Straße im Halbdunkel besser zu sehen war. Die Reisenden betrachteten furchtsam und ohne miteinander zu sprechen die Gassen der ärmlichen, schneebedeckten Siedlungen, die matten Lichter verfallener einstöckiger Häuser, die bereits unpassierbaren Straßen in ferne Dörfer und die von den Scheinwerfern undeutlich beleuchteten Abgründe. Wenn sie miteinander sprachen, dann flüsternd.

Kas Sitznachbar, dem er schlafend auf den Schoß gerutscht war, fragte ihn mit einem solchen Flüstern, wozu er nach Kars fahre. Es war leicht zu erkennen, daß Ka nicht aus Kars stammte.

»Ich bin Journalist«, flüsterte Ka. Das stimmte nicht. »Ich fahre wegen der Lokalwahlen und der Frauen, die Selbstmord begehen.« Das stimmte.

»Alle Zeitungen in Istanbul haben geschrieben, daß in Kars der Bürgermeister umgebracht worden ist und die Frauen Selbstmord begehen«, sagte der Nachbar, und Ka wußte nicht, ob der andere eher stolz darauf war oder ob er sich schämte.

Dieser schlanke, gutaussehende Dörfler, dem Ka drei Tage später mit tränenüberströmtem Gesicht auf der schneebedeckten Halit-Paşa-Straße wiederbegegnen sollte, sprach mit ihm die Fahrt über in Abständen immer wieder. Ka erfuhr, daß er seine Mutter nach Erzurum gebracht hatte, weil das Krankenhaus in Kars unzureichend sei, daß er in seinem Dorf in der Nähe von Kars Vieh züchtete, daß sie

Mühe hatten, durchzukommen, aber nicht aufbegehrten, daß es ihm – aus geheimnisvollen Gründen, die er Ka nicht darlegte – nicht für sich selbst, sondern für sein Land leid tue, und daß er froh war, daß ein gebildeter Mensch wie Ka wegen der Probleme von Kars den ganzen Weg von Istanbul herkomme. Es lag etwas Edles in seinen einfachen Worten und der stolzen Art, was bei Ka Achtung erweckte. Ka war aufgefallen, daß die Anwesenheit des Mannes ihm angenehm war. Ka erinnerte sich an dieses Behagen, das er in Deutschland zwölf Jahre lang nicht verspürt hatte, aus den Zeiten, in denen es ihn gefreut hatte, jemanden, der schwächer war als er selbst, zu verstehen und ihm Anteilnahme entgegenzubringen. In diesen Zeiten hatte er sich bemüht, die Welt mit den Augen eines Mannes zu betrachten, der für sie Mitleid und Liebe empfand. Das tat er nun wieder, und er begriff, daß er sich vor dem Schneesturm weniger fürchtete, daß sie in keinen Abgrund stürzen, sondern, wenn auch zu später Stunde, in Kars ankommen würden.

Als der Bus mit drei Stunden Verspätung um zehn Uhr abends in die schneebedeckten Straßen von Kars einbog, erkannte Ka die Stadt überhaupt nicht wieder. Er konnte auch nicht feststellen, wo das Bahnhofsgebäude war, das zwanzig Jahre zuvor an einem Frühlingstag vor ihm aufgetaucht war, als er mit einem von einer Dampflokomotive gezogenen Zug eintraf, oder das Hotel Republik – mit Telefon in jedem Zimmer –, in das ihn der Kutscher gebracht hatte, nachdem er ihn zunächst durch die ganze Stadt gefahren hatte. Unter dem Schnee war alles wie ausgelöscht, wie verloren. Die ein, zwei Pferdefuhrwerke, die an der Busstation warteten, erinnerten an die Vergangenheit, aber die Stadt war viel melancholischer und ärmer, als Ka sie damals gesehen und im Gedächtnis behalten hatte. Ka sah aus den vereisten Busfenstern auf Mehrfamilienhäuser in Betonbauweise, wie sie im letzten Jahrzehnt überall in der Türkei entstanden waren, auf Werbeflächen aus Plexiglas, die jeden Ort jedem anderen ähnlich aussehen lassen, und Wahltransparente, die an über die Straße gespannten Seilen aufgehängt waren.

Sobald er aus dem Bus ausstieg und auf den ganz weichen Schnee trat, zog eine schneidende Kälte seine Beine hoch. Während er sich nach dem Hotel Schneepalast erkundigte, in dem er von Istanbul aus telefonisch ein Zimmer reserviert hatte, bemerkte er unter den Reisenden, die ihre Koffer vom Fahrtbegleiter entgegennahmen, bekannte Gesichter, konnte allerdings bei all dem Schnee nicht erkennen, wer diese Leute waren.

Er sah sie im Restaurant Grünes Land wieder, in das er ging, nachdem er sich in seinem Zimmer eingerichtet hatte. Ein abgelebter, erschöpfter, aber immer noch gutaussehender und seiner Ausstrahlung sicherer Mann und eine dicke, aber lebhafte Frau, die offensichtlich seine Lebensgefährtin war. Ka erinnerte sich aus dem Istanbul der siebziger Jahre an sie, wo sie in politischen Theatern mit vielen Schlagwörtern aufgetreten waren: Der Mann hieß Sunay Zaim. Während er sie ganz versunken betrachtete, fiel ihm auf, daß die Frau einer Klassenkameradin aus seiner Grundschule ähnlich sah. Er bemerkte auch den für Theatermenschen typischen blassen, fast leichenhaften Teint an den anderen Männern am Tisch: Was wollte diese kleine Theatertruppe in dieser verschneiten Februarnacht in dieser verlorenen Stadt? Bevor Ka das Restaurant verließ, in dem zwanzig Jahre zuvor krawattentragende Beamte die Stammkundschaft gewesen waren, glaubte er, an einem anderen Tisch einen der bewaffneten Helden der Linken aus den siebziger Jahren zu erkennen. Wie das verarmte und verblaßte Kars und das Restaurant, so war auch seine Erinnerung wie unter dem Schnee begraben.

War wegen des Schnees niemand auf der Straße, oder waren diese gefrorenen Bürgersteige sowieso immer menschenleer? Er las aufmerksam die an Mauern geklebten Wahlplakate, die Anzeigen von Universitätsvorbereitungskursen und Restaurants und die vom Gouverneursamt soeben aufgehängten Plakate gegen den Selbstmord, auf denen stand:»Der Mensch ist ein Meisterwerk Gottes, und Selbstmord ist Gotteslästerung!« In einer halbvollen Teestube mit teilweise vereisten Fenstern sah Ka eine größere Gruppe von Männern beim Fernsehen. Beim Anblick der alten, von Russen errichteten Steinbauten, die Kars in seiner Erinnerung zu einer besonderen Stadt machten, fühlte er sich wenigstens ein bißchen wohl.

Das Hotel Schneepalast war ein elegantes Beispiel russischer Ostsee-Architektur. Man betrat das zweistöckige Gebäude mit seinen schmalen hohen Fenstern durch einen Torbogen, der in einen Hof führte. Ka verspürte eine gewisse Nervosität, als er unter diesem Bogen durchging, der vor mehr als hundert Jahren so hoch gebaut worden war, daß Pferdewagen mühelos hindurchfahren konnten, war aber so erschöpft, daß er dem Grund dafür nicht nachging. Ich möchte gleich sagen, daß diese Nervosität etwas mit einem der Gründe zu tun hatte, aus denen Ka nach Kars gefahren war: Während seines drei Tage zurückliegenden Besuches der Zeitung *Die Republik* in Istanbul hatte ihm sein Jugendfreund Taner erzählt, daß in Kars Lokalwahlen abgehalten würden und es dort genau wie in Batman unter jungen Mädchen eine seltsame Epidemie von Selbstmorden gebe. Er hatte ihm vorgeschlagen, dorthin zu fahren, wenn er nach zwölf Jahren die türkische Wirklichkeit sehen und etwas darüber schreiben wolle. Für diesen Job, den sonst keiner haben wolle, könne er ihm einen provisorischen Presseausweis geben. Außerdem hatte er noch erwähnt, daß ihre schöne Kommilitonin İpek in Kars sei. Sie lebe dort, obwohl sie sich von Muhtar getrennt habe, mit ihrem Vater und ihrer jüngeren Schwester im Hotel Schneepalast. Ka hatte an İpeks Schönheit gedacht, während er Taner, der in der *Republik* politische Kommentare schrieb, zuhörte.

Ka war erleichtert, als er das Zimmer 203 im zweiten Stock hinter sich abgeschlossen hatte. Der Rezeptionist Cavit, der in der Lobby mit ihrer hohen Decke fernsah, hatte ihm den Schlüssel gegeben. Er horchte sorgfältig in sich hinein. Anders als er gefürchtet hatte, war weder sein Herz noch sein Sinn damit beschäftigt, ob İpek im Hotel war. Mit dem Instinkt derer, die sich an ihr bescheidenes Liebesleben nur als eine Serie von Leid und Scham erinnern, fürchtete Ka wie den Tod, sich zu verlieben.

Um Mitternacht, bevor er sich in seinem dunklen Zimmer zu Bett legte, schob er, schon im Pyjama, den Vorhang einen Spaltbreit auf. Er sah zu, wie der Schnee in riesigen Flocken unaufhörlich fiel.

2

Unsere Stadt ist ein friedlicher Ort

WEIT ENTFERNTE VIERTEL

Schnee hatte in ihm stets das Gefühl einer Reinheit erweckt, die den Schmutz, den Schlamm und das Dunkel der Stadt bedeckte und dadurch vergessen machte; aber in seiner ersten Nacht in Kars hatte Ka das Gefühl verloren, Schnee sei etwas Unschuldiges. Hier war Schnee eine ermüdende, erschöpfende, erschreckende Angelegenheit. Es hatte die ganze Nacht geschneit. Es hörte auch nicht auf, während Ka morgens durch die Straßen ging, in Teehäusern voller arbeitsloser Kurden saß, wie ein eifriger Journalist mit Stift und Papier in der Hand Wähler befragte, die steilen und vereisten Wege armer Viertel hochkletterte und mit einem ehemaligen Bürgermeister, dem stellvertretenden Gouverneur und den Angehörigen der Mädchen, die Selbstmord begangen hatten, Gespräche führte. Der Anblick verschneiter Straßen, der ihm in seiner Kindheit vom sicheren Fenster einer Wohnung in Nişantaşı wie der Teil eines Märchens vorgekommen war, erschien ihm jetzt wie der Anfang einer bescheidenen Lebensweise, die er seit Jahren als letzte Zuflucht in seiner Phantasie bewahrt hatte, und als der einer hoffnungslosen Armut, deren Ende er sich gar nicht vorstellen mochte.

Am Morgen war er, während die Stadt erst erwachte, ohne sich um den Schnee zu kümmern, mit schnellen Schritten die Atatürk-Straße abwärts in die *gecekondu*-Gebiete, die ärmsten, »über Nacht gebauten« Teile von Kars, gegangen, das Viertel unterhalb der Burg. Während er unter den Ölweiden und Platanen, deren Äste mit Schnee bedeckt waren, rasch voranschritt, betrachtete er die alten, verfallenen russischen Gebäude, aus deren Fenstern Ofenrohre schauten, den Schnee, der in die tausendjährige leere armenische Kirche schneite, die zwischen Holzlagern und einem Trafohäuschen stand, die Prahlhänse von Hunden, die jeden anbellten, der über die fünfhundert Jahre alte Brücke über den zugefrorenen Fluß Kars ging, und die dünnen Rauchfäden, die aus den kleinen *gecekondu*-Häusern des Viertels aufstiegen, das unter dem Schnee richtig leer und verlassen aussah – und er wurde so traurig, daß ihm Tränen in die Augen stiegen. Zwei Kinder, ein Junge und ein Mädchen, die schon früh vom anderen Ufer des Flusses zum Ofen geschickt worden waren, balgten sich mit den warmen Broten unter dem Arm und lachten dabei so fröhlich, daß auch Ka sie anlächelte. Was ihn so mitnahm, war nicht die Armut oder die Hilflosigkeit, sondern ein merkwürdiges und lächerliches Gefühl der Vereinsamung, das ihm dann überall begegnen sollte: in den leeren Schaufenstern der Fotografen, in den vereisten Scheiben der mit kartenspielenden Arbeitslosen vollbesetzten Teehäuser, auf den schneebedeckten, leeren Plätzen. Es war, als ob alle diesen Ort vergessen hätten und der Schnee schweigend am Ende der Welt fiele.

An diesem Morgen hatte Ka Glück. Er wurde wie ein wichtiger Journalist aus Istanbul behandelt, den jeder interessant fand und dem alle die Hand schütteln wollten: vom stellvertretenden Gouverneur bis zum Allerärmsten öffnete ihm jeder seine Tür und sprach mit ihm. Serdar Bey, der die *Grenzstadtzeitung* mit einer verkauften Auflage von 320 Exemplaren herausbrachte und manchmal lokale Nachrichten an die *Republik* schickte (die meistens nicht gedruckt wurden), stellte Ka den Leuten in Kars vor. Ka hatte als erstes, als er am Morgen sein Hotel verließ, diesen alten Journalisten, den man ihm gegenüber in Istanbul als »unseren Lokalkorrespondenten« bezeichnet hatte, an der Tür seiner Zeitung getroffen. Er hatte sofort begriffen, daß er ganz Kars kannte. Die Frage, die Ka in den drei Tagen, die er in Kars verbringen würde, Hunderte von Malen gestellt werden sollte, fragte ihn Serdar Bey als erster.

»Willkommen in unserer Grenzstadt, Meister! Aber was wollen Sie hier?«

Ka sagte, er wolle die Wahlen beobachten und vielleicht einen Artikel über die Mädchen, die Selbstmord begingen, schreiben.

»Die Selbstmorde der Mädchen werden genau wie die in Batman übertrieben«, sagte der Journalist. »Wir sollten Kasım Bey, den stellvertretenden Polizeipräsidenten, besuchen. Besser ist besser, die sollen wissen, daß Sie da sind.«

Daß Fremde, die in die Kleinstadt kamen, sich erst einmal der Polizei vorstellten, sogar wenn sie Journalisten waren, war eine provinzielle Gewohnheit, die noch aus den vierziger Jahren stammte. Ka protestierte nicht, weil er ein politischer Exilant war, der nach Jahren in sein Land zurückkehrte, und weil die Präsenz von Guerillas der PKK – auch wenn niemand es aussprach – spürbar war.

Sie gingen von der Markthalle der Obst- und Gemüsehändler die Kâzım-Karabekir-Straße entlang, die von Läden mit Eisenwaren und Ersatzteilen gesäumt war, entlang, liefen dann vorbei an Teehäusern, in denen melancholische Arbeitslose fernsahen oder auf den fallenden Schnee blickten, und an Läden mit Molkereiprodukten, die riesige Räder von Kaşar-Käse ausstellten, und durchquerten in einer Viertelstunde die ganze Stadt.

Einmal blieb Serdar Bey auf dem Weg stehen und zeigte Ka die Ecke, an der der alte Bürgermeister erschossen worden war. Einem Gerücht zufolge war er wegen einer ganz banalen Angelegenheit erschossen worden, wegen eines ungenehmigten Balkons, der abgerissen worden war. Der Mörder war drei Tage nach der Tat mit seiner Waffe in der Scheune seines Hauses auf dem Dorf, in das er geflohen war, festgenommen worden. Im Laufe dieser drei Tage hatte es so viele Gerüchte gegeben, daß keiner mehr daran glaubte, daß er der Mörder war. Daß das Motiv für den Mord so simpel war, war eine Enttäuschung.

Das Polizeipräsidium von Kars war ein langes, dreistöckiges Gebäude, das sich an der Faikbey-Straße erstreckte, die von alten, steinernen Häusern gesäumt wurde, die oft als Verwaltungsgebäude genutzt wurden, Hinterlassenschaften reicher Russen und Armenier. Während sie auf den stellvertretenden Polizeipräsidenten warteten, zeigte Serdar Bey Ka die hohe, geschnitzte Decke und erzählte, daß das Gebäude in der russischen Zeit von 1877 bis 1918 erst das Vierzig-Zimmer-Stadthaus eines reichen Armeniers, dann ein russisches Krankenhaus gewesen sei.

Der bierbäuchige stellvertretende Polizeipräsident Kasım Bey kam auf den Korridor hinaus und bat sie in sein Zimmer. Ka begriff gleich, daß er die *Republik* nicht las, weil er sie zu links fand, und daß es auch keine positive Wirkung auf ihn hatte, daß Serdar Bey jemanden wegen seiner Gedichte pries, aber daß er sich vor ihm hütete, weil er der Eigentümer der meistverkauften Lokalzeitung von Kars war. Als Serdar Bey zu reden aufhörte, fragte der Polizeipräsident Ka: »Wollen Sie einen Leibwächter?«

»Wie bitte?«

»Ich weise Ihnen einen Zivilpolizisten zu. Das ist bequem für Sie.«

»Brauche ich das?« fragte Ka mit dem Ausdruck eines Kranken, dem der Arzt rät, von nun an am Stock zu gehen.

»Unsere Stadt ist ein friedlicher Ort. Wir haben die separatistischen Terroristen verjagt. Aber sicher ist sicher.«

»Wenn Kars ein friedlicher Ort ist, brauche ich das nicht«, sagte Ka. Im stillen wünschte er sich, der stellvertretende Polizeipräsident möge noch einmal betonen, daß Kars ein friedlicher Ort sei, aber Kasım Bey tat ihm nicht den Gefallen.

Zuerst gingen sie in die ärmsten, nördlichen Viertel der Stadt, in das Viertel unterhalb der Burg und nach Bayrampaşa. Unter dem Schnee, der fiel, als wolle er nie wieder aufhören, klopfte Serdar Bey an die Türen von Hütten aus Steinen, Briketts und gewellten Plastikplatten, fragte die Frau, die aufmachte, nach dem Herrn des Hauses, und wenn sie ihn kannten, erzählte er ihnen in vertrauenerweckendem Tonfall, sein Kollege, ein berühmter Journalist, sei wegen der Wahl aus Istanbul nach Kars gekommen, werde aber auch über die Probleme von Kars schreiben und über die Gründe, warum die Frauen sich umbrachten, und daß es auch für Kars gut sei, wenn sie ihm von ihren Sorgen berichteten. Einige freuten sich, weil sie glaubten, sie seien Kandidaten für den Bürgermeisterposten, die Kanister voll Sonnenblumenöl, Kartons voller Seife oder Pakete mit Keksen und Nudeln mitbrachten. Die sich entschlossen, sie aus Neugier und Gastfreundschaft hereinzubitten, sagten Ka als erstes, er solle sich nicht vor dem Hund fürchten, der da bellte. Andere öffneten die Tür in der Furcht, es handele sich um eine neue Razzia, wie sie seit Jahren immer wieder vorgenommen wurde, und hüllten sich auch dann in Schweigen, wenn sie sich überzeugt hatten, daß die, die da ankamen, mit dem Staat nichts zu tun hatten. Die Familien der Mädchen, die sich umgebracht hatten (Ka hatte in kurzer Zeit von sechs Fällen gehört), sagten immer nur, daß ihre Töchter sich über keine Probleme beklagt hätten und daß sie selbst wegen des Vorfalls sehr durcheinander und bestürzt seien.

Sie saßen auf alten Sofas oder krummen Stühlen in handtuchgroßen, eiskalten Zimmern, deren Boden aus Erde war oder den ein maschinengewebter Teppich bedeckte, zwischen Kindern, die von Haus zu Haus mehr zu werden schienen, die sich balgten und mit ausnahmslos zerbrochenem Plastikspielzeug (Autos oder Puppen, denen ein Arm abgerissen worden war), mit Flaschen und leeren Tee- und Arzneischachteln spielten, vor Holzöfen, die ständig geschürt werden mußten, oder vor Elektroöfen, die schwarz abgezapfter Strom speiste, und Fernsehern, die ohne Ton, aber ununterbrochen liefen. Sie hörten den nicht enden wollenden Sorgen der Armen von Kars zu, den Geschichten derer, die ihre Arbeit verloren hatten, und denen über junge Selbstmörderinnen. Mütter, die weinten, weil ihre Söhne arbeitslos geworden oder ins Gefängnis gesperrt worden waren, Badediener, die zwölf Stunden am Tag im Hammam arbeiteten und ihre achtköpfige Familie kaum durchbrachten, Arbeitslose, die es sich nicht leisten konnten, ins Teehaus zu gehen – sie alle erzählten Ka unter Klagen über ihr Pech, den Staat oder die Stadtverwaltung ihre Geschichten, als seien es die Sorgen des Landes und des Staats. Irgendwann überkam Ka das Gefühl, daß trotz des weißen, von den Fenstern hereinstrahlenden Lichtes Halbdunkel in diesen Häusern herrschte, so daß es ihm schwerfiel, die Einrichtungsgegenstände zu erkennen. Mehr noch, die gleiche Blindheit, die ihn zwang, seine Augen auf den draußen fallenden Schnee zu richten, umfing wie eine Art Tüllvorhang, wie Schneestille sein Hirn; und sein Verstand, sein Gedächtnis verweigerten sich nun den Armuts- und Elendsgeschichten.

Trotzdem war ihm jede der Selbstmordgeschichten, die er da hörte, bis zu seinem Tode unvergeßlich. Was ihn so erschütterte, waren nicht so sehr die Armut, die Hilflosigkeit und das Unverständnis, auch nicht die Verständnislosigkeit der Eltern, die ihre Töchter ständig verprügelt und ihnen nicht einmal erlaubt hatten, das Haus zu verlassen, war nicht die Unterdrückung durch eifersüchtige Ehemänner oder der Mangel an Geld. Was Ka erschreckte und erschütterte, war, wie unangekündigt, umstandslos und plötzlich die Selbstmorde mitten im Alltag aufgetreten waren.

Ein Mädchen beispielsweise, das kurz davor stand, gegen seinen Willen mit dem alten Besitzer eines Teehauses verlobt zu werden, hatte wie an jedem Abend mit seiner Mutter, seinem Vater, seinen drei Geschwistern und der Großmutter zusammen gegessen. Nachdem sie noch wie immer die schmutzigen Teller mit ihren Geschwistern scherzend und zankend abgetragen hatte, war sie aus der Küche, aus der sie den Nachtisch bringen sollte, in den Garten gegangen, durch das Fenster in das Zimmer der Eltern gestiegen und hatte sich mit dem Jagdgewehr ihres Vaters erschossen. Die Eltern, die nach dem Schuß den sich in seinem Blut windenden Körper ihrer Tochter, die sie in der Küche glaubten, im Schlafzimmer fanden, hatten sowenig begriffen, wie sie aus der Küche in das Schlafzimmer kam, wie sie den Grund für ihren Selbstmord verstanden hatten. Eine Sechzehnjährige hatte sich wie an jedem Abend mit ihren beiden Geschwistern bis aufs Blut gestritten, welches Fernsehprogramm sie sehen würden und wer die Fernbedienung halten dürfe. Nachdem ihr Vater, der die Streitenden trennen wollte, ihr zwei kräftige Ohrfeigen gegeben hatte, war sie in ihr Zimmer gegangen und hatte eine riesige Flasche des Pflanzengifts Mortalin wie Limonade in einem Zug ausgetrunken. Eine andere war der Schläge ihres deprimierten, arbeitslosen Ehemannes – den sie mit fünfzehn Jahren aus Liebe geheiratet und dem sie sechs Monate zuvor ein Kind geboren hatte – so überdrüssig, daß sie nach einem gewöhnlichen Streit in die Küche ging, die Tür abschloß und trotz der Rufe des Mannes, der verstanden hatte, was da vorging, und versuchte, die Tür einzutreten, sich kurz entschlossen mit Hilfe eines Hakens und eines Seils, die sie vorher vorbereitet hatte, aufhängte.

In all diesen Geschichten war der Übergang vom alltäglichen Fluß des Lebens zum Tod von einer Geschwindigkeit und Hoffnungslosigkeit, die Ka faszinierte. In die Decke eingeschlagene Haken, vorher geladene Waffen, vom Nebenzimmer in das Schlafzimmer gebrachte Giftflaschen waren allerdings Beweise, daß die Mädchen sich schon länger mit dem Gedanken an Selbstmord getragen hatten.

Daß Mädchen und junge Frauen sich plötzlich umbrachten, war zuerst in Batman der Fall gewesen, das Hunderte von Kilometern von Kars entfernt liegt. Zunächst war einem eifrigen jungen Beamten am Staatlichen Institut für Statistik in Ankara aufgefallen, daß in Batman, während auf der ganzen Welt sich drei- bis viermal mehr Männer als Frauen umbringen, die Zahl der Selbstmörderinnen dreimal so hoch wie die der Selbstmörder war und die Suizidrate auf das Vierfache des Weltdurchschnittes gestiegen war. Die kleine Nachricht, die ein mit ihm befreundeter Journalist in der *Republik* veröffentlicht hatte, war in der Türkei unbeachtet geblieben. Erst als die Türkei-Korrespondenten deutscher und französischer Zeitungen, die die Meldung gelesen und interessant gefunden hatten, nach Batman fuhren und Reportagen in ihren Ländern veröffentlichten, nahmen die türkischen Blätter die Selbstmorde ernster. Zahlreiche Journalisten aus dem In- und Ausland waren in die Stadt gereist. Dieses Interesse und diese Nachrichten hatten nach Ansicht der mit der Angelegenheit befaßten Vertreter staatlicher Stellen einige Mädchen erst recht dazu ermutigt, sich umzubringen. Der stellvertretende Gouverneur, mit dem Ka sprach, sagte ihm, daß die Suizide in Kars statistisch nicht das Niveau von Batman erreicht hätten und daß er »einstweilen« nichts dagegen einzuwenden habe, wenn er mit den Familien der jungen Selbstmörderinnen redete. Er bat darum, bei diesen Gesprächen das Wort »Selbstmord« nicht zu häufig zu verwenden und die Angelegenheit nicht in der *Republik* hochzuspielen. Eine Arbeitsgruppe, zu der auf Selbstmordfälle spezialisierte Psychologen, Polizisten, Staatsanwälte und Vertreter des Direktorats für religiöse Angelegenheiten gehörten, habe mit den Vorbereitungen zu einer Reise von Batman nach Kars begonnen. Schon jetzt habe man Transparente aufgehängt, die das Direktorat für religiöse Angelegenheiten habe drucken lassen und auf denen »Der Mensch ist ein Meisterwerk Gottes, und Selbstmord ist Gotteslästerung!« stehe. Eine religiöse Broschüre mit demselben Titel sei zur Verteilung beim Amt des Gouverneurs eingetroffen. Aber der stellvertretende Gouverneur war nicht sicher, daß diese Maßnahmen die in Kars frisch ausgebrochene Selbstmordepidemie stoppen würden; vielmehr befürchtete er, daß diese »Maßnahmen« zum genauen Gegenteil führen könnten. Denn er glaubte, daß zahlreiche Mädchen den Entschluß zum Freitod nicht nur auf die Selbstmordnachrichten hin gefaßt hatten, sondern auch als Reaktion auf die Ermahnungen, die der Staat, ihre Väter, Männer und Prediger ihnen dauernd erteilten.

»Natürlich ist der Grund dieser Suizide das Gefühl extremen Unglücks bei diesen unseren jungen Frauen; daran besteht kein Zweifel«, sagte der stellvertretende Gouverneur zu Ka. »Aber wenn Unglücklichsein ein triftiger Grund für Selbstmord wäre, würde die Hälfte der Frauen in der Türkei den Freitod wählen.« Der Beamte, der einen Schnurrbart wie eine Bürste und ein Gesicht wie ein Eichhörnchen hatte, sagte, die Frauen seien wütend, weil ein Chor männlicher Stimmen – die Väter, die Imams, der Staat – sie ermahnten: »Bring dich nicht um!« Voller Stolz erklärte er Ka, er habe deswegen nach Ankara geschrieben, daß auch mindestens eine Frau Mitglied der Arbeitsgruppen sein sollte, die man auf Kampagnen gegen den Selbstmord aussende.

Die Idee, daß Selbstmord genauso ansteckend wie die Pest sei, war zuerst aufgekommen, als ein junges Mädchen von Batman nach Kars gekommen war, um Selbstmord zu begehen. Nachmittags sprach Ka zigarettenrauchend im Atatürk-Viertel in einem Garten unter schneebedeckten Ölweiden mit dem Onkel des Mädchens (man hatte ihn und seinen Begleiter nicht in das Innere des Hauses gebeten). Dieser erzählte Ka, seine Nichte habe in Batman, wohin sie vor zwei Jahren geheiratet habe, von morgens bis abends Hausarbeit machen müssen, und ihre Schwiegermutter habe dauernd auf sie geschimpft, weil sie kein Kind bekam. Er erklärte dann, all dies sei kein hinreichender Grund für einen Selbstmord, das Mädchen sei auf diese Idee in Batman gekommen, wo sich alle Frauen umbrächten, und die Verstorbene habe hier in Kars bei ihrer Familie sehr glücklich gewirkt. Deswegen seien sie ganz fassungslos gewesen, als sie gerade an dem Morgen, als die junge Frau nach Batman habe zurückkehren wollen, ihre Leiche im Bett gefunden hätten, mit einem Brief neben dem Kopfkissen, daß sie zwei Packungen Schlaftabletten geschluckt habe.

Einen Monat später hatte sich als erste die sechzehnjährige Cousine dieser Frau umgebracht, die den Selbstmordgedanken aus Batman nach Kars gebracht hatte. Der Grund für diese Selbsttötung, über den in allen Einzelheiten in der Zeitung zu schreiben Ka den trauernden Eltern versprach, war gewesen, daß ein Lehrer des Mädchens in der Klasse behauptet hatte, sie sei keine Jungfrau. Nachdem sich das Gerücht binnen kurzem in ganz Kars ausgebreitet hatte, hatte der Verlobte des Mädchens die Verbindung gelöst; und es war auch keiner von denen mehr aufgetaucht, die vorher vorgesprochen und um die Hand der schönen Frau angehalten hatten. Dann begann die Großmutter ihr zu erklären:»Du wirst ja sowieso nicht heiraten«, und als eines Abends, während sie alle zusammen im Fernsehen eine Hochzeitsszene anschauten, ihr betrunkener Vater zu weinen begann, nahm das Mädchen auf einen Schlag die ganzen Schlaftabletten, die sie aus der Pillendose ihrer Großmutter stibitzt und gehortet hatte, und entschlief (ebensosehr wie der Gedanke an Selbstmord war die Methode ansteckend). Als sich bei der Autopsie der jungen Selbstmörderin herausstellte, daß sie Jungfrau gewesen war, beschuldigte ihr Vater genausosehr wie den Lehrer, der das Gerücht in die Welt gesetzt hatte, auch die junge Frau aus der Verwandtschaft, die aus Batman gekommen war und sich umgebracht hatte. Die Eltern hatten den Freitod ihrer Tochter in allen Einzelheiten geschildert, weil sie von Ka wollten, daß er in seinem Zeitungsartikel bekannt gäbe, daß die Anschuldigung unbegründet sei und daß er den Lehrer anprangere, der diese Lüge erfunden hatte.

Was Ka an all diesen Schilderungen merkwürdig deprimierte, war, daß die jungen Selbstmörderinnen die für den Freitod nötige Privatheit und Zeit nur mit Mühe hatten finden können. Diejenigen, die sich mit Schlaftabletten umbrachten, teilten sogar das Zimmer, im dem sie dann unbemerkt starben, mit anderen. Ka war mit westlicher Literatur im Istanbuler Viertel Nişantaşı aufgewachsen, und immer wenn er an seinen eigenen Selbstmord gedacht hatte, hatte er das Gefühl gehabt, daß er dafür viel Zeit und Platz und ein Zimmer benötigte, an dessen Tür tagelang niemand klopfen würde. Immer wenn sich Ka in Phantasien von seinem eigenen Selbstmord vertiefte, den er mit dieser Freiheit, Schlaftabletten und Whisky ganz langsam ausführen würde, hatte er sich vor der unendlichen Einsamkeit dabei derart gefürchtet, daß er ernsthaft einen Freitod auch nur zu erwägen nie geschafft hätte.

Die einzige Person, die mit ihrem Selbstmord in Ka das Gefühl dieser Einsamkeit erweckte, war das »Turban-Mädchen«, das sich vor fünf Wochen erhängt hatte. Sie war eine dieser Studentinnen von der Pädagogischen Hochschule, die sich weigerten, ihr Kopftuch abzulegen, und deshalb erst am Unterricht nicht hatten teilnehmen dürfen und später auf einen Befehl aus Ankara hin nicht einmal mehr in das Schulgebäude gelassen wurden. Ihre Familie war unter denen, mit denen Ka gesprochen hatte, noch die wohlhabendste. Ka trank eine Coca-Cola, die der trauernde Vater aus der Kühlvitrine des kleinen Gemischtwarenladens, dessen Besitzer er war, gezogen, geöffnet und ihm gereicht hatte. Er erfuhr, daß das Mädchen, bevor es sich erhängt hatte, über seine Idee, sich umzubringen, sowohl mit seiner Familie als auch mit seinen Freundinnen gesprochen hatte. Es hatte vielleicht das Tragen des Kopftuchs von seiner Mutter und seiner Familie übernommen, aber es sich als Symbol des politischen Islams anzueignen hatte es auf der Schule von repressiven Schulleitern und Freundinnen im Widerstand gelernt. Weil es trotz des Drucks von seiten seiner Eltern sich weigerte, das Kopftuch abzulegen, stand es kurz davor, wegen dauernden Unterrichtsversäumnisses von der Pädagogischen Hochschule geworfen zu werden, an deren Betreten es Polizisten hinderten. Das Mädchen hatte begonnen, seinem Vater und seinen Freundinnen zu erklären, daß »nichts im Leben noch Sinn« habe und daß es »nicht mehr leben« wolle, als es sah, daß einige seiner Freundinnen den Widerstand aufgaben und ihr Haupt entblößten, andere anstelle eines Kopftuchs eine Perücke aufsetzten. Weil sowohl das staatliche Direktorat für religiöse Angelegenheiten als auch die Islamisten mit Handzetteln und Transparenten ständig wiederholten und verbreiteten, daß der Selbstmord eine der allergrößten Sünden sei, hatte keiner auch nur für möglich gehalten, daß dieses fromme junge Mädchen sich umbringen könnte. Teslime, wie das Mädchen hieß, hatte sich in ihrer letzten Nacht still eine Folge der Serie *Marianna* angeschaut, Tee gemacht und ihren Eltern serviert, sich dann in ihr Zimmer zurückgezogen, die rituelle Waschung vorgenommen, das vorgeschriebene Gebet verrichtet, lange, lange ihren Gedanken nachgehangen und gebetet und sich dann mit ihrem Kopftuch am Haken der Lampe aufgehängt.

3

Gebt eure Stimme der Partei Allahs!

ARMUT UND GESCHICHTE

Armut war für Ka in seiner Kindheit ein Ort, an den die Grenzen seines eigenen bürgerlichen Lebens in Nişantaşı und seines »Zuhauses« stießen, das aus dem Vater, einem Anwalt, der Mutter, einer Hausfrau, der süßen Schwester, dem treuen Personal, Möbeln, Radio und Vorhängen bestand – der Ort, wo eine andersartige Außenwelt begann. Dieses andere Land hatte in Kas Kindheitsphantasien eine metaphysische Dimension, weil ihm eine gefährliche, nicht mit Händen zu greifende Dunkelheit zu eigen war. Schwer zu erklären, warum ihn die Sehnsucht nach der Kindheit antrieb, als er mit einem in Istanbul plötzlich gefaßten Entschluß nach Kars aufbrach, wo doch diese Dimension sich während des Rests seines Lebens kaum verändert hatte. Trotz seines Lebens fern von der Türkei wußte Ka, daß Kars in den letzten Jahren die am meisten verarmte und vergessene Region des Landes war. Vielleicht kann man es so sagen: Nach seiner Rückkehr aus Frankfurt sah er beim Bummel mit den Freunden, die seine Kindheit geteilt hatten, daß all die Straßen Istanbuls, die Läden, die Kinos sich völlig verändert hatten, verschwunden oder ihrer Seele verlustig gegangen waren. Dies erweckte in ihm den Wunsch, die Kindheit und Reinheit woanders zu suchen, und deswegen hatte er sich auf die Reise nach Kars gemacht, um einer begrenzten mittelständischen Armut zu begegnen, wie er sie in seiner Kindheit zurückgelassen hatte. Der Anblick von Turnschuhen der Marke Gislaved, die er in seiner Kindheit getragen und seitdem in Istanbul nicht mehr gesehen hatte, von Öfen der Marke Vezüv und von runden Kars-Käseschachteln mit sechs dreieckigen Stücken darin – dem ersten, was er in seiner Kindheit über Kars gelernt hatte – in den

Schaufenstern der Läden im Geschäftsviertel machte ihn deswegen derart glücklich, daß er sogar die Mädchen, die sich umgebracht hatten, vergaß und sich wohl fühlte, weil er in Kars war.

Nachdem sich Ka von Serdar Bey getrennt und mit den führenden Vertretern der Partei für die Gleichheit der Völker und der Aleviten aus Aserbaidschan gesprochen hatte, ging er gegen Mittag unter großflockigem Schnee allein durch die Stadt. Bei diesem traurigen Gang von der Atatürk-Straße über die Brücken in die ärmsten Viertel stiegen Tränen in seine Augen, als er fühlte, daß allein er den Schnee wahrnahm, der in der außer durch Hundebellen durch nichts unterbrochenen Stille auf die in der Ferne nicht mehr sichtbaren steilen Hänge, auf die aus der Seldschukenzeit stammende Burg und die von historischen Ruinen ununterscheidbaren *gecekondus* niederfiel, als ob er eine endlose Zeit bedecken wolle. Er sah den Jugendlichen im Gymnasiastenalter zu, die auf einem leeren Grundstück neben dem Spielplatz des Viertels Yusuf-Pascha (die Schaukeln abgerissen, die Rutschen zerbrochen) Fußball im Licht der Straßenlampen spielten, die das benachbarte Kohlenlager erhellten. Während er den vom Schnee gedämpften Schreien und Flüchen der Halbwüchsigen zuhörte, spürte er unter dem blaßgelben Licht der hohen Lampen und dem fallenden Schnee mit derartiger Gewalt, wie fern von allem und wie einsam diese Ecke der Welt war, daß in ihm der Gedanke an Gott auftauchte.

Das war im ersten Moment mehr ein Bild als ein Gedanke, aber undeutlich wie ein Bild, das man beim eiligen Streifen durch die Säle eines Museums ziemlich unaufmerksam betrachtet hat und sich dann nicht mehr recht vor Augen rufen kann, wenn man versucht, sich zu erinnern. Mehr als ein Bild eine Empfindung, die einen Augenblick lang auftauchte und wieder verschwand, und es war nicht das erstemal, daß Ka so ein Gefühl erlebte. Er war in Istanbul in einer republikanischen, säkularen Familie aufgewachsen und hatte, bis auf die Religionsstunden in der Grundschule, keinerlei islamische Erziehung genossen. Wenn in den letzten Jahren hin und wieder Phantasiebilder ähnlich dem jetzigen in ihm aufgetaucht waren, war er darüber weder entsetzt noch fühlte er einen poetischen Impuls, diesen

Regungen nachzuspüren. Höchstens entfaltete sich in ihm optimistisch der Gedanke, daß die Welt ein sehenswerter, schöner Ort sei. In dem Hotelzimmer, in das er zurückgekehrt war, um sich aufzuwärmen und ein Nickerchen zu halten, blätterte er mit diesem Glücksgefühl in den Büchern zur Geschichte von Kars, die er aus Istanbul mitgebracht hatte. Diese Vergangenheit, die ihn an die Märchen seiner Kindheit erinnerte, vermischte sich in seinem Sinn mit dem, was er sich den Tag über angehört hatte.

Es hatte früher einmal in Kars eine reiche Mittelklasse gegeben, die in stattlichen Häusern, die Ka wenigstens von ferne an seine eigene Kindheit erinnerten, Bälle gab und tagelang dauernde Feste veranstaltete. Der Reichtum rührte daher, daß Kars einst auf dem Weg nach Georgien, Täbris, in den Kaukasus und nach Tiflis gelegen hatte, er rührte aus dem Handel, daraus, daß die Stadt ein wichtiger Vorposten des Osmanischen Reiches und des Zarenreiches gewesen war, zweier großer, im letzten Jahrhundert untergegangener Imperien, und aus dem Vorhandensein großer Truppenteile, die zur Verteidigung dieses Orts zwischen den Bergen hier stationiert waren. In osmanischer Zeit war Kars ein Ort, an dem die verschiedensten Völker lebten, Armenier, die vor tausend Jahren Kirchen errichtet hatten, von denen einige immer noch genauso imposant wie einst dastanden, Perser, die vor den Mongolen und den iranischen Heeren geflohen waren, Griechen als Überbleibsel des Byzantinischen und des Pontischen Reiches, Georgier, Kurden und alle möglichen Gruppen von Tscherkessen. Nachdem sich 1878 die fünfhundert Jahre alte Burg den Russen ergeben hatte, war ein Teil der Muslime vertrieben worden, aber der Reichtum und die Vielfalt in der Stadt überlebten. In der russischen Zeit erbauten die Architekten des Zaren auf der Ebene südlich des Flusses Kars eine neue Stadt, die aus fünf parallelen Hauptstraßen und diese rechtwinklig schneidenden Gassen bestand – eine Ordnung, wie sie in keiner orientalischen Stadt anzutreffen war. Während die Stadtpaläste der Paschas, die Bäder und osmanischen Bauten in dem Viertel unterhalb der Burg verfielen, wurde diese mit erheblichen finanziellen Mitteln neu gegründete Stadt, die Zar Alexander III. besuchte, um sich mit seiner heimlichen Geliebten zu treffen und auf die Jagd zu gehen, Teil der russischen Pläne, nach Süden, zum Mittelmeer, vorzudringen und die Handelswege zu kontrollieren, immer reicher. Was Ka bei seiner Fahrt nach Kars zwanzig Jahre zuvor bezaubert hatte, war diese traurige Stadt mit ihren Straßen, riesigen Pflastersteinen und von der türkischen Republik gepflanzten Ölweiden und Kastanienbäumen, nicht die osmanische Stadt, deren hölzerne Bauten in den Kämpfen der Nationen und Stämme völlig verbrannt und vergangen waren.

Nach endlosen Kriegen, Massakern und Aufständen, nach der Besetzung der Stadt durch die Heere der Armenier, Russen und zwischendurch sogar der Engländer, nachdem Kars für eine kurze Zeit ein unabhängiger Staat gewesen war, marschierte das türkische Heer im Oktober 1920 unter dem Kommando Kâzım Karabekirs, dem man auf dem Bahnhofsplatz ein Denkmal setzen sollte, in die Stadt ein. Die Türken, die Kars nach dreiundvierzig Jahren wieder in Besitz nahmen, übernahmen den zaristischen Stadtentwurf und siedelten sich in der Neustadt an. Weil die von den Zaren der Stadt gebrachte Kultur mit der republikanischen Begeisterung für westliche Vorbilder in Übereinstimmung stand, akzeptierten sie diese zunächst und benannten die von den Russen angelegten fünf Hauptstraßen nach fünf großen Paschas aus der Geschichte von Kars, denn sie kannten keine großen Männer außer Soldaten.

Das waren die Jahre der Verwestlichung, von denen der ehemalige Bürgermeister Muzaffer Bey von der Volkspartei Ka hitzig und voller Stolz erzählte. In den Volkshäusern wurden Bälle gegeben; Wettbewerbe im Eiskunstlauf wurden unter der eisernen Brücke veranstaltet, die, wie Ka am Morgen beim Hinübergehen gesehen hatte, an einigen Stellen verrostet war. Die republikanische Mittelschicht von Kars applaudierte begeistert der Theatertruppe, die aus Ankara gekommen war, um *König Ödipus* aufzuführen – dabei waren noch keine zwanzig Jahre seit dem Krieg gegen Griechenland vergangen. Die alte Schicht der Reichen in Mänteln mit Pelzkragen machte Ausfahrten in Schlitten, verziert mit Rosen und Blattgold, die von wohlgenährten ungarischen Pferden gezogen wurden; auf den Bällen, die man im Nationalgarten zugunsten der Fußballmannschaft veranstaltete, wurden die neuesten Modetänze zu Piano-, Akkordeon- und Klarinettenmusik getanzt; die Mädchen von Kars, die im Sommer kurzärmelige Kleidung trugen, konnten ohne weiteres in der Stadt Fahrrad fahren; die Jugendlichen kamen im Winter auf Schlittschuhen ins Gymnasium und trugen wie viele, die sich für die Republik begeisterten, eine Fliege zu ihrem Jackett. Als der Anwalt Muzaffer Bey in der Aufregung des Wahlkampfs in Kars, in das er Jahre später als Bürgermeisterkandidat zurückgekehrt war, die Fliege, die er als Gymnasiast getragen hatte, wieder umbinden wollte, hatten ihm seine Parteifreunde gesagt, dieses »geckenhafte Ding« würde ihn Stimmen kosten, aber er hatte nicht auf sie gehört.

Es gab gleichsam einen Zusammenhang zwischen dem langsamen Verschwinden solcher unendlich langen Winter und dem Verfall, der Verarmung, dem wachsenden Unglück der Stadt. Nach dieser Bemerkung zu den schönen Wintern der Vergangenheit und der Erwähnung der halbnackten Schauspieler mit gepuderten Gesichtern, die griechische Dramen aufgeführt hatten, brachte der ehemalige Bürgermeister die Rede auf ein revolutionäres Theaterstück, das Ende der vierziger Jahre von Jugendlichen, zu denen auch er gehört hatte, im Volkshaus aufgeführt worden war: »Dieses Stück schilderte das Erwachen eines unserer jungen Mädchen im schwarzen Schleier und am Ende, wie sie sich entschloß, ihr Haar offen zu tragen, und den Schleier auf der Bühne verbrannte.« Obwohl sie überall herumgefragt hätten, hätten sie damals in ganz Kars keinen schwarzen Schleier, wie er für das Stück benötigt wurde, finden können und deswegen nach Erzurum telefoniert, um einen bringen zu lassen. »Heute dagegen sind die Straßen in Kars voll von Frauen mit Schleier oder Kopftuch«, fügte Muzaffer Bey hinzu. »Die bringen sich um, weil sie nicht mit dieser Fahne, dem Symbol des politischen Islams, auf dem Kopf in den Unterricht dürfen.«

Ka schwieg und stellte keine der Fragen, die jedesmal in ihm aufstiegen, wenn er in Kars oder anderswo mit dem wachsenden Erfolg des politischen Islams und der »Turban-Mädchen« konfrontiert wurde. Genausowenig, wie er kommentierte, daß heißblütige Jugendliche ein Stück gegen den Schleier aufgeführt hatten, obwohl es in Kars Ende der vierziger Jahre keine einzige verschleierte Frau gab. Ka hatte auch nicht auf die Frauen mit Kopftuch oder in Schleier geachtet, die er den Tag über auf den Straßen gesehen hatte, denn er hatte innerhalb einer Woche noch nicht das Wissen und die Reflexe säkularer Intellektueller erworben, die registrierten, wie häufig Frauen mit Kopftuch im Straßenbild zu sehen sind, und daraus sofort politische Schlüsse ziehen können. Überdies waren ihm Frauen mit Kopftuch oder sonst verdecktem Haupthaar seit seiner Kindheit nie besonders aufgefallen. In den verwestlichten Kreisen Istanbuls, in denen Ka seine Kinderzeit zugebracht hatte, war eine Frau mit Kopftuch entweder jemand, der aus der Umgebung der Stadt, etwa Kartal, kam, um im Viertel Weintrauben zu verkaufen, oder die Frau des Milchmanns oder sonst jemand aus den unteren Schichten.

Später habe ich noch viele Geschichten über die Vorbesitzer des Hotels Schneepalast gehört, in dem Ka abgestiegen war: ein Universitätsprofessor, der den Westen bewunderte und den der Zar statt nach Sibirien an einen milderen Ort verbannt hatte, ein armenischer Viehhändler; eine Zeitlang war es ein griechisch-orthodoxes Waisenhaus gewesen... Wer immer der erste Eigentümer gewesen war, dieses gut hundert Jahre alte Gebäude war wie die anderen Bauten in Kars aus der gleichen Zeit mit in die Wände eingelassenen Öfen errichtet worden, deren vier Außenseiten vier Räume gleichzeitig heizen konnten und die man *Peč* nannte. Weil aber die Türken in der Zeit der Republik keinen dieser russischen Öfen bedienen konnten, hatte der erste türkische Besitzer, der das Gebäude in ein Hotel umwandelte, einen riesigen Messingofen vor die auf den Hof führende Eingangstür gestellt. Später wurden Heizungen in den Zimmern installiert.

Ka hatte sich auf sein Bett ausgestreckt und vor sich hin geträumt, da klopfte es. Er stand, wie er im Mantel dagelegen hatte, auf und öffnete. Cavit, der Rezeptionist, der den ganzen Tag neben dem Ofen mit Fernsehen zubrachte, stand an der Tür und sagte: »Das habe ich vorhin vergessen; Serdar Bey erwartet Sie dringend.«

Gemeinsam stiegen sie in die Hotelhalle hinunter. In dem Augenblick, als Ka das Hotel verlassen wollte, blieb er stehen: İpek war eben durch die Tür neben der Rezeption eingetreten; und sie war viel schöner, als Ka sie in Erinnerung hatte. Ihm fiel plötzlich wieder ein, wie schön sie in ihren Studentenjahren gewesen war. Er wurde ganz aufgeregt. Ja, natürlich, so schön war sie gewesen. Wie zwei verwestlichte Bourgeois aus Istanbul gaben sie sich erst die Hand, dann, nach kurzer Unentschlossenheit, reckten sie den Kopf vor, umarmten und küßten sich auf die Wangen, ohne daß die unteren Teile ihrer Leiber sich berührten.

İpek wich etwas zurück und sagte mit überraschender Offenheit: »Ich wußte, daß du kommen würdest. Taner hat angerufen und es mir gesagt.« Sie schaute Ka direkt in die Augen.

»Ich bin wegen der Lokalwahlen und der jungen Selbstmörderinnen hier.«

»Wie lange bleibst du?« fragte İpek. »Neben dem Hotel Asien ist die Konditorei Neues Leben. Ich habe jetzt mit meinem Vater zu tun. Um halb zwei könnten wir uns dort zusammensetzen und reden.«

Ka spürte, daß die ganze Szene etwas merkwürdig war, weil sie sich nicht in Istanbul – etwa im Viertel Beyoğlu –, sondern in Kars abspielte. Er wurde sich auch nicht klar, wieviel von seiner Aufregung an İpeks Schönheit lag. Nachdem er auf die Straße getreten war und Richtung Zeitungsredaktion ging, während der Schnee fiel, dachte er: Wie gut, daß ich diesen Mantel gekauft habe.

Unterwegs sagte ihm sein Herz mit der unerschütterlichen Gewißheit der Gefühle noch zwei Dinge, die sein Verstand nie zugegeben hätte. Erstens: Ka war nicht nur zum Begräbnis seiner Mutter von Frankfurt nach Istanbul gekommen, sondern auch, um nach zwölf einsamen Jahren ein türkisches Mädchen zum Heiraten zu finden. Zweitens: Ka war von Istanbul nach Kars gekommen, weil er insgeheim glaubte, dieses Mädchen sei İpek.

Hätte ihm gegenüber ein Freund mit starker Einfühlungsgabe diesen zweiten Gedanken geäußert, hätte ihm Ka nicht nur nie verziehen, sondern sich wegen der Richtigkeit dieser Vermutung selbst sein Leben lang geschämt und beschuldigt. Ka war einer der Moralisten, die sich selbst überzeugt haben, daß das größte Glück des Menschen sei, nichts für sein persönliches Glück zu tun. Überdies hätte er es mit seiner elitären westlichen Bildung nicht vereinbaren können, eine Frau, die er kaum kannte, aufzusuchen, um sie zu heiraten. Trotzdem war ihm nicht unwohl, als er bei der *Grenzstadtzeitung* ankam, denn seine erste Begegnung mit İpek war besser verlaufen, als er es sich im Autobus vorgestellt hatte, ohne es sich selbst einzugestehen.

Die *Grenzstadtzeitung* lag eine Straße unterhalb von Kas Hotel an der Faikbey-Straße; die Fläche, die Redaktion und Druckerei zusammen einnahmen, war etwas größer als Kas kleines Hotelzimmer. Der Raum war durch eine Holzwand zweigeteilt, an der Bilder Atatürks hingen, Kalender, Muster für Visitenkarten und Hochzeitseinladungen, Fotografien, die Serdar Bey von sich zusammen mit hochrangigen Inhabern von Staatsämtern und berühmten Türken hatte machen lassen, die nach Kars gekommen waren, sowie die gerahmte, vierzig Jahre zuvor erschienene erste Nummer der Zeitung. Im Hintergrund lief mit freundlichem Lärm eine elektrische Druckmaschine mit Schwungpedal, die vor mehr als hundert Jahren in Leipzig von der Firma Baumann hergestellt, ein Vierteljahrhundert in Hamburg benutzt, in der Periode der Pressefreiheit nach Verkündung der Zweiten Konstitutionellen Periode nach Istanbul verkauft und 1955 nach fünfundvierzigjährigem Dienst dort kurz vor ihrer Verschrottung von Serdar Beys seligem Vater mit dem Zug nach Kars gebracht worden war. Mit der rechten Hand, deren einen Finger er mit Speichel anfeuchtete, fütterte ein Sohn Serdar Beys die Maschine mit leerem Papier, mit der linken sammelte er die gedruckte Zeitung geschickt ein – denn der Ablegekorb war vor zehn Jahren bei einem Streit zwischen ihm und seinem Bruder zerbrochen – und konnte sogar noch Ka mit einem Augenaufschlag begrüßen. Der zweite Sohn sah nicht wie sein Bruder dem Vater, sondern seiner Mutter ähnlich, die Ka augenblicklich als schlitzäugig, mondgesichtig, klein und fett vor Augen hatte. Er saß an einer von Druckfarbe völlig geschwärzten Werkbank vor kleinen, in Hunderte von Fächern unterteilten Schubladen zwischen bleiernen Lettern verschiedener Größe, Vignetten und Klischees und setzte, geduldig und sorgfältig wie ein Kalligraph, der der Welt entsagt hat, mit der Hand Anzeigen für die in drei Tagen erscheinende Zeitung.

»Sie sehen, unter welchen Bedingungen die Presse in Ostanatolien um ihr Überleben kämpft«, sagte Serdar Bey.

In dem Moment gab es einen Stromausfall. Während die Druckmaschine stillstand und die Werkstatt in geheimnisvoller Dunkelheit versank, bemerkte Ka, wie schön das Weiß des draußen fallenden Schnees war.

»Wie viele sind es bis jetzt?« fragte Serdar Bey. Er zündete eine Kerze an und ließ Ka auf einem Bürostuhl im vorderen Teil des Raums Platz nehmen.

»Hundertundsechzig, Vater.«

»Wenn der Strom wieder angeht, mach dreihundertundvierzig; heute haben wir den Besuch von den Theaterleuten.«

Die *Grenzstadtzeitung* wurde in Kars nur an einem einzigen Ort verkauft, bei einem Händler gegenüber dem Volkstheater, bei dem am Tag zwanzig Leute vorbeikamen, um sie zu erwerben, aber wie Serdar Bey stolz erzählte, war wegen der Abonnements die verkaufte Auflage dreihundertundzwanzig. Zweihundert dieser Abonnenten waren Ämter und Firmen in Kars, die Serdar Bey ab und an wegen ihrer Erfolge preisen mußte. Die restlichen achtzig Abonnenten hingegen waren im Staat angesehene, »wichtige und ehrenhafte« Personen, die zwar Kars verlassen und sich in Istanbul niedergelassen, aber ihre Verbindung zur Stadt nicht gekappt hatten.

Der Strom ging wieder an, und Ka sah auf Serdar Beys Stirn eine wütende, vorstehende Ader.

»Nachdem wir uns getrennt haben, haben Sie mit den falschen Leuten gesprochen und falsche Informationen über unsere Grenzstadt eingezogen«, sagte Serdar Bey.

Ka fragte: »Woher wissen Sie, wohin ich gegangen bin?«

»Die Polizei ist Ihnen natürlich gefolgt«, erklärte der Journalist.

»Und wir hören aus beruflichen Gründen mit diesem Funkgerät die Gespräche der Polizisten ab. Neunzig Prozent der Nachrichten, die in unserer Zeitung erscheinen, teilen uns das Gouverneursamt und das Polizeipräsidium von Kars mit. Das ganze Polizeipräsidium weiß, daß Sie jedermann fragen, warum Kars so zurückgeblieben und arm ist und warum unsere jungen Mädchen sich umgebracht haben.«

Ka hatte eine Vielzahl von Erklärungen dafür angehört, warum Kars so verarmt war. Zum Beispiel den Rückgang des Handels mit den Sowjets in den Jahren des Kalten Kriegs, die Schließung der Zollstationen an der Grenze, die Tatsache, daß die kommunistischen Banden, die in den siebziger Jahren die Stadt beherrscht hatten, die Reichen bedroht und vertrieben hatten, daß alle Reichen, die ein wenig Kapital zusammengebracht hatten, nach Istanbul oder Ankara zogen, daß der Staat und Allah Kars vergessen hatten, die endlosen Konflikte zwischen der Türkei und Armenien...

»Ich habe mich entschlossen, Ihnen zu sagen, wie es ist«, sagte Serdar Bey.

Mit einer Klarheit des Verstands und einem Optimismus, wie er sie seit Jahren nicht mehr empfunden hatte, begriff Ka sofort, daß das eigentliche Thema Scham war. In Deutschland war das auch für ihn selbst jahrelang das Thema gewesen, aber er hatte die Scham vor sich selbst verborgen. Weil Ka jetzt eine Hoffnung auf Glück in sich trug, konnte er sich diese Tatsache eingestehen.

»Wir waren hier früher alle Brüder«, sagte Serdar Bey, als verrate er ein Geheimnis. »Aber seit ein paar Jahren haben alle angefangen zu sagen ›Ich bin Aserbaidschaner‹, ›Ich bin Kurde‹, ›Ich bin ein Terekeme‹. Natürlich gibt es hier Angehörige aller möglichen Völker. Die Terekeme – wir nennen sie auch Karapapak – sind Brüder der Aserbaidschaner. Die Kurden – wir sagen ›Stämme‹ zu ihnen – wußten nichts über ihr Kurdentum. Der seit osmanischer Zeit Ansässige hat nicht geprahlt: ›Ich bin ein Alteingesessener!‹ Turkmenen, Lasen aus Posof, Deutsche, die der Zar aus Rußland verbannt hatte, die gab es alle, und keiner bildete sich etwas darauf ein, was er war. Diesen ganzen Stolz hat das kommunistische Radio Tiflis verbreitet, das die Spaltung und Vernichtung der Türkei beabsichtigt. Heute ist jeder ärmer und stolzer als früher.«

Serdar Bey kam zu dem Schluß, daß Ka beeindruckt war, und ging zu einem anderen Thema über. »Die Islamisten gehen von Tür zu Tür, besuchen die Leute in Gruppen zu Hause, schenken den Frauen Haushaltswaren, Töpfe, Orangenpressen, Kartons voller Seife, Weizenschrot und Waschmittel, bauen einen engen Kontakt von Frau zu Frau auf, stecken den Kindern mit Stecknadeln Goldstücke an die Schultern. Sie sagen ›Gebt eure Stimme der Wohlfahrtspartei‹, die sie die Partei Allahs nennen, sagen, daß diese Armut, dieses Elend, das über uns gekommen ist, daher kommt, weil wir vom Wege Gottes abgewichen sind. Mit den Männern sprechen Männer, mit den Frauen Frauen. Sie gewinnen das Vertrauen der Arbeitslosen mit ihrem geknickten Stolz, ihrem Zorn, sie bereiten den Frauen der Arbeitslosen, die nicht wissen, was sie abends im Topf zum Kochen haben werden, eine Freude, versprechen dann mehr Geschenke und lassen sie schwören, für sie zu stimmen. Sie gewinnen nicht nur den Respekt der von morgens bis abends erniedrigten Ärmsten und der Arbeitslosen, sondern auch der Studenten, die am Tag nur einmal eine heiße Suppe in den Magen bekommen, der Arbeiter und sogar der Handwerker und Händler. Denn sie sind fleißiger, ehrlicher und bescheidener als alle anderen.«

Der Besitzer der *Grenzstadtzeitung* meinte, daß der frühere Bürgermeister, der umgebracht worden war, nicht deswegen von jedermann gehaßt worden war, weil er die Kutschen als »unmodern« hatte abschaffen wollen (diese Maßnahme war bloß wegen seiner Ermordung nicht durchgesetzt worden), sondern weil er bestechlich und korrupt war. Aber von den rechten und linken republikanischen Parteien, die wegen alter Blutfehden, wegen ethnischer Spaltungen und des Nationalismus miteinander in zerstörerischer Konkurrenz lägen, habe keine einen starken Kandidaten für das Bürgermeisteramt aufstellen können. »Einzig auf die Ehrbarkeit des Kandidaten der Partei Allahs wird vertraut«, meinte Serdar Bey. »Und der ist der frühere Ehemann von İpek Hanım, der Tochter Turgut Beys, des Besitzers Ihres Hotels. Er ist nicht besonders klug, aber ein Kurde. Die Kurden machen hier vierzig Prozent der Bevölkerung aus. Die Bürgermeisterwahl wird die Partei Allahs gewinnen.«

Der noch dichter fallende Schnee erweckte in Ka wieder ein Gefühl von Einsamkeit; und diese Einsamkeit wurde begleitet von der Angst, daß das Ende der Verhältnisse, in denen er in Istanbul aufgewachsen war und gelebt hatte, ja überhaupt des verwestlichten Lebens in der Türkei gekommen sei. In Istanbul hatte er gesehen, daß die Straßen, auf denen er seine Kindheit verbracht hatte, entstellt waren, daß man all die alten und eleganten Gebäude vom Anfang des Jahrhunderts, in denen zum Teil seine Freunde gewohnt hatten, abgerissen hatte, daß die Bäume seiner Kindheit vertrocknet und gefällt worden waren und daß die Kinos innerhalb von zehn Jahren zugemacht hatten und in Zeilen enger, dunkler Bekleidungsgeschäfte verwandelt worden waren. Das bedeutete nicht nur das Ende seiner ganzen Kindheit, sondern auch seines Traumes, eines Tages wieder in Istanbul zu leben. Ihm fiel auch ein, daß seine Schwester mit unbedecktem Kopf nicht einmal mehr auf die Straße würde gehen können, wenn sich in der Türkei eine starke Scheriatsregierung etablierte. Ka schaute auf den wie in einem Märchen in riesigen Flocken langsam fallenden Schnee im Licht der Neonlampen der *Grenzstadtzeitung* und malte sich aus, daß er mit İpek nach Frankfurt zurückkehren würde. Sie machten gemeinsam einen Einkaufsbummel im zweiten Stock bei den Damenschuhen in dem Kaufhof, in dem er seinen aschgrauen Mantel gekauft hatte, den er jetzt ganz fest um sich wickelte.

»Das ist alles Teil der internationalen islamistischen Bewegung, die aus der Türkei so etwas Ähnliches wie den Iran machen möchte...«

»Gehören auch die jungen Selbstmörderinnen dazu?« fragte Ka.

»Uns gehen Hinweise zu, daß leider auch sie verleitet wurden, aber das schreiben wir nicht, weil die Mädchen sich dann weiter aufregen und die Selbstmorde noch zunehmen. Man sagt, der bekannte islamistische Terrorist Lapislazuli sei in der Stadt. Um den Turban-Mädchen und den Selbstmörderinnen seinen Rat zu geben.«

»Sind die Islamisten nicht gegen Selbstmord?«

Darauf gab Serdar Bey keine Antwort. Als die Druckmaschine stillstand und sich Stille im Raum ausbreitete, schaute Ka dem unglaublichen Schnee zu, der draußen fiel. Sich um die Probleme in Kars zu sorgen, war genau das Richtige gegen seine Unruhe und Furcht, die zunahmen, weil er sich bald mit İpek treffen würde. Aber Ka wollte jetzt nur noch an İpek denken und sich so auf ihre Verabredung in der Konditorei vorbereiten, denn es war zwanzig nach eins.

Serdar Bey breitete vor Ka die erste Seite der frisch gedruckten Zeitung aus, die sein bulliger älterer Sohn gebracht hatte, als sei es ein Geschenk, das er mit Sorgfalt und Liebe vorbereitet hatte. Kas Augen, die seit Jahren daran gewöhnt waren, seinen Namen in literarischen Zeitschriften zu suchen und zu finden, fanden sofort die Nachricht am Rand:

UNSER BERÜHMTER DICHTER KA IST IN KARS

Der Dichter KA, in der ganzen Türkei bekannt, ist gestern in unserer Grenzstadt eingetroffen. Unser Dichter, Träger des Behçet-Necatigil-Preises, der mit seinen Büchern *Asche und Mandarine* sowie *Abendzeitungen* sich im ganzen Land Achtung erworben hat, wird für die Zeitung *Die Republik* die Stadtratswahlen verfolgen. Der Dichter KA untersucht seit langen Jahren in Frankfurt (Deutschland) westliche Dichtkunst.

»Mein Name ist falsch gesetzt«, sagte Ka. »Das A sollte klein sein.« Kaum hatte er das gesagt, tat es ihm leid. »Gut geworden«, sagte er schuldbewußt.

»Meister, wir hatten nach Ihnen gesucht, weil wir uns wegen Ihres Namens nicht sicher waren«, antwortete Serdar Bey. »Schau, Junge, ihr habt den Namen unseres Dichters falsch gesetzt«, tadelte er dann mit einer überhaupt nicht aufgeregten Stimme seine Söhne. Ka hatte das Gefühl, der Satzfehler sei jetzt nicht zum erstenmal entdeckt worden. »Jetzt korrigiert das sofort!«

»Aber das ist doch nicht nötig«, sagte Ka. Nun entdeckte er seinen Namen richtig gesetzt in der letzten Zeile einer langen Nachricht.

NACHT DES TRIUMPHS
DIE TRUPPE SUNAY ZAIM IM VOLKSTHEATER

Gestern abend wurde die Aufführung des in der ganzen Türkei durch seine populistischen, kemalistischen und aufklärerischen Stücke bekannten Tourneetheaters Sunay Zaim im Volkstheater mit großem Interesse und Beifall aufgenommen. Die Vorführungen, die bis Mitternacht andauerten und die der stellvertretende Gouverneur, der stellvertretende Bürgermeister sowie andere führende Persönlichkeiten von Kars verfolgten, wurden wiederholt durch Sprechchöre und Beifall unterbrochen. Die Bürger von Kars, die seit langem nach einem solchen Kunstfest gehungert hatten, konnten das Stück nicht nur im überfüllten Volkstheater, sondern auch zu Hause verfolgen, denn das *Grenz-TV Kars* übertrug diese großartige Aufführung für alle Bürger von Kars zeitgleich in der ersten Live-Sendung seiner zweijährigen Geschichte. Auf diese Weise fand zum erstenmal in Kars außerhalb der Studios von *Grenz-TV Kars* eine Live-Übertragung des Fernsehens statt. Weil das *Grenz-TV Kars* noch nicht im Besitz eines Übertragungswagens ist, wurde von dem Zentrum des Senders in der Halit-Paşa-Straße bis zur Kamera im Volkstheater über zwei Straßen ein Kabel verlegt. Hilfsbereite Bürger von Kars ließen das Kabel auch durch ihre Wohnungen legen, damit es nicht durch Schnee beschädigt wurde (zum Beispiel hat es unser Zahnarzt Fadıl Bey vom Fenster seines vorderen Balkons bis in seinen hinteren Garten laufen lassen). Die Bürger von Kars wünschen die Wiederholung einer solch erfolgreichen Live-Sendung auch bei anderen Gelegenheiten. Die Verantwortlichen des *Grenz-TV Kars* teilten mit, daß anläßlich dieser ersten Live-Übertragung alle Firmen in Kars bei ihnen Anzeigen bestellt hätten. Zur Aufführung kam im Rahmen der von unserer ganzen Grenzstadt verfolgten Vorstellung neben kemalistischen Stücken, den schönsten Szenen der Dramen der westlichen Aufklärung, Sketchen, die kritisierten, wie Reklame unsere Kultur aushöhlt, den Abenteuern unseres Nationaltorhüters Vural, Gedichten auf das Vaterland und Atatürk und Kas neuestem Gedicht »Schnee«, das der unsere Stadt besuchende Dichter selbst vortrug, auch das aufklärerische Meisterwerk *Vaterland oder Schleier* aus den frühen Jahren der Republik, neu interpretiert unter dem Namen *Vaterland oder Turban.*

»Ich habe kein Gedicht mit dem Namen ›Schnee‹ geschrieben; und abends werde ich auch nicht ins Theater gehen. Wenn Ihre Meldung erscheint, wird sie sich als falsch herausstellen.«

»Seien Sie nicht so sicher! Es gibt eine ganze Menge Leute, die uns nicht für voll genommen haben, weil wir die Nachrichten schreiben, bevor die Ereignisse geschehen sind, und meinten, was wir tun, sei nicht Journalismus, sondern Wahrsagerei. Aber später konnten sie nicht verbergen, wie erstaunt sie waren, als die Ereignisse sich genauso entwickelten, wie wir sie beschrieben hatten. So manchen Vorfall hat es nur gegeben, weil wir ihn im voraus zur Meldung gemacht hatten. Das ist moderner Journalismus! Ich bin sicher, daß Sie erst ein Gedicht mit dem Titel ›Schnee‹ schreiben und sich dann dorthin begeben und es vortragen werden, um uns nicht in unserem Kars das Recht auf Modernität zu nehmen und unser Herz zu brechen.«

Ka las eine weitere Meldung, die er zuerst nicht bemerkt hatte zwischen Meldungen wie den Ankündigungen von Wahlveranstaltungen, daß ein aus Erzurum eingetroffener Impfstoff ab jetzt in den Gymnasien verabreicht werde und daß die Stadtverwaltung durch Stundung der Wasserrechnung um zwei Monate den Bürgern von Kars eine weitere Erleichterung verschafft habe.

SCHNEE BLOCKIERT STRASSEN

Der seit zwei Tagen fallende Schnee hat jeden Verkehr zwischen unserer Stadt und der Welt abgeschnitten. Nachdem gestern morgen die Straße nach Ardahan gesperrt wurde, ist am Nachmittag die nach Sarıkamış unpassierbar geworden. Wegen der in der Region Yolgeçmez aufgrund von extremem Schneefall und Vereisung für den Verkehr gesperrten Straße kehrte der in Richtung Erzurum verkehrende Bus der Firma Yılmaz nach Kars zurück. Das Wetteramt hat erklärt, die aus Sibirien einströmende Kälte und der großflockige Schnee würden noch drei weitere Tage anhalten. Kars wird wie in den Wintern der alten Zeit drei Tage auf sich selbst gestellt sein. Auch eine Gelegenheit, uns selbst einmal in Ordnung zu bringen.

Ka war aufgestanden und wollte gerade gehen; da sprang Serdar Bey von seinem Platz auf und stellte sich an die Tür, um sich für das, was er noch sagen wollte, Gehör zu verschaffen.

»Wer weiß, was Ihnen Turgut Bey und seine Töchter alles an eigenen Ansichten erzählen«, meinte er. »Das sind herzensgute Menschen, mit denen ich abends im Freundeskreis zusammensitze, aber vergessen Sie nicht: İpek Hanıms Exgatte ist der Bürgermeisterkandidat der Partei Allahs! Und man sagt, daß ihre jüngere Schwester Kadife, die sie und ihr Vater zum Studieren haben herkommen lassen, das militanteste der Turban-Mädchen ist. Und der Vater ist ein alter Kommunist! Bis heute hat niemand in Kars verstanden, warum sie vor vier Jahren, als es der Stadt am schlechtesten ging, hierhergekommen sind.«

Obwohl er mehrere Dinge auf einmal gehört hatte, die ihn beunruhigten, ließ sich Ka nicht das geringste anmerken.

4

Bist du wirklich wegen der Wahl
und der Selbstmorde gekommen?

KA UND İPEK IN DER KONDITOREI NEUES LEBEN

Warum spielte trotz der schlechten Nachrichten, die er erfahren hatte, ein – allerdings leises – Lächeln auf Kas Gesicht, als er die Faikbey-Straße entlang zur Konditorei Neues Leben ging? Mit »Roberta« von Peppino di Capri im Ohr sah er sich als der romantische und melancholische Held eines Romans von Turgenjew, der auf dem Weg war, die Frau zu treffen, von der er seit Jahren träumte. Ka mochte die eleganten Romane Turgenjews, der sein Land, müde seiner ewigen Probleme und seiner Primitivität, voller Geringschätzung verlassen und sich dann in Europa sehnsüchtig und liebevoll dorthin geträumt hatte. Aber seien wir aufrichtig: Er hat nicht wie in einem Roman von Turgenjew jahrelang von İpek geträumt. Geträumt hatte er bloß von einer Frau wie İpek; vielleicht fiel sie ihm manchmal kurz ein. Aber in dem Moment, in dem er von ihrer Trennung von ihrem Mann gehört hatte, hatte er begonnen, an sie zu denken, und weil er nun das Gefühl hatte, nicht genug von İpek geträumt zu haben, um jetzt eine tiefe und wahre Beziehung zu ihr einzugehen, versuchte er diesen Mangel mit Musik und Turgenjews Romantizismus auszugleichen.

Aber sobald er in der Konditorei angekommen war und sich mit ihr an einen Tisch gesetzt hatte, löste sich der Turgenjew-Romantizismus in seinem Kopf auf. İpek war noch schöner, als er sie im Hotel gesehen hatte und als sie ihm in den Studentenjahren erschienen war. Daß ihre Schönheit etwas Reales war, ihre leicht geschminkten Lippen, die Blässe ihres Teints, der Glanz in ihren Augen und ihre Herzlichkeit, die sofort menschliche Nähe aufkommen ließ, brachten

Ka durcheinander. İpek schien einen Augenblick lang so herzlich, daß Ka befürchtete, nicht natürlich sein zu können. Das war, abgesehen von der Angst, schlechte Gedichte zu verfassen, Kas größte Furcht im Leben.

»Auf der Straße habe ich Arbeiter gesehen, die Sendekabel vom *Grenz-TV Kars* zum Volkstheater spannten, als seien es Wäscheleinen«, sagte er, um ein Thema zu finden. Aber weil er nicht so wirken wollte, als mache er sich über die Unzulänglichkeiten des Lebens in der Provinz lustig, lächelte er kein bißchen dabei.

Eine Weile suchten sie nach einem gemeinsamen Thema, über das sie in Ruhe sprechen konnten, wie ein Paar, das voller guten Willens entschlossen ist, miteinander auszukommen. Wenn ein Gegenstand erschöpft war, fand İpek lächelnd und erfinderisch einen neuen. Der Schneefall, die Armut in Kars, Kas Mantel, daß sie sich gegenseitig kaum verändert fanden, daß sie es nicht geschafft hatten, das Rauchen aufzugeben, Leute, die Ka in Istanbul getroffen hatte, von dem ja beide weit entfernt lebten… Daß ihnen beiden die Mütter gestorben und in Istanbul auf dem Friedhof Feriköy begraben waren, brachte sie einander näher, wie sie sich das gewünscht hatten. Mit der vorübergehenden Ungezwungenheit, die der Nähe entspringt, die ein Mann und eine Frau – und sei es gewollt – empfinden, wenn sie entdeckt haben, daß sie zum gleichen Sternzeichen gehören, sprachen sie über den Platz ihrer Mütter in ihrem Leben (ziemlich kurz), über den Grund, aus dem der alte Bahnhof von Kars abgerissen worden war (eine längere Zeit), darüber, daß an dem Platz der Konditorei, in der sie nun zusammensaßen, bis 1967 eine orthodoxe Kirche gestanden hatte und daß die Tür der abgerissenen Kirche im Museum aufbewahrt wurde; sie sprachen über die Sonderabteilung im Museum über die Armenier-Massaker (angeblich glaubten manche Touristen zunächst, es gehe dabei um Armenier, die von Türken abgeschlachtet worden waren, ehe sie mit dem Gegenteil konfrontiert wurden), über den einzigen Kellner der Konditorei, halb taub, halb ein Gespenst, darüber, daß in den Teehäusern von Kars kein Kaffee angeboten wurde, weil die Arbeitslosen ihn sich nicht leisten konnten, über die politischen Ansichten Serdar Beys und der anderen Lokalzeitungen (alle unterstützten das Militär und die bestehende Regierung) und über die morgige Ausgabe der *Grenzstadtzeitung*, die Ka aus seiner Tasche zog.

Während İpek die erste Seite der Zeitung aufmerksam las, fürchtete Ka, daß für sie, genau wie für seine alten Freunde, die er in Istanbul getroffen hatte, die einzige Realität die mitleiderregende, elende politische Welt der Türkei sei und daß sie nicht im entferntesten daran denke, in Deutschland zu leben. Lange schaute Ka auf İpeks kleine Hände, auf ihr feingezeichnetes Gesicht, das ihm immer noch verstörend schön erschien.

»Du bist nach welchem Paragraphen zu wie vielen Jahren verurteilt worden?« fragte İpek dann mit liebevollem Lächeln.

Ka sagte es ihr. Gegen Ende der siebziger Jahre konnte in der Türkei in kleinen Zeitungen alles geschrieben werden; jeder wurde vor Gericht gestellt und verurteilt und war stolz darauf, aber keiner ging je ins Gefängnis, denn die Polizei zog die Zügel nicht an und suchte nicht nach den Chefredakteuren, Autoren und Übersetzern, wenn diese ihre Adresse änderten. Dann, nach dem Putsch der Militärs, wurden allmählich jene verhaftet, die ihre Wohnung gewechselt hatten; und Ka, der wegen eines politisches Artikels verurteilt worden war, den er nicht selbst geschrieben und ungelesen in Eile veröffentlicht hatte, floh nach Deutschland.

»Hast du es in Deutschland schwer gehabt?« fragte İpek.

»Was mich geschützt hat, ist, daß ich die deutsche Sprache einfach nicht begriffen habe«, sagte Ka. »Mein Körper hat sich gegen das Deutsche gewehrt, und am Ende habe ich meine Naivität und meine Seele bewahrt.«

Ka fürchtete sich davor, lächerlich zu erscheinen, weil er gleich alles berichtete, war aber glücklich, daß İpek ihn anhörte, und erzählte die noch keinem bekannte Geschichte des Schweigens, in das er eingetaucht war, und seiner Unfähigkeit zu dichten während der letzten vier Jahre.

»Am Abend habe ich in meiner kleinen Mietwohnung in der Nähe des Bahnhofes, die ein Fenster hat, das über die Dächer von Frankfurt blickt, mich in einer Art Stille an den vergangenen Tag erinnert. Und das hat mich dazu gebracht, Gedichte zu schreiben. Später haben mich türkische Migranten, Stadtverwaltungen, die etwas für Türken tun wollten, Bibliotheken, drittklassige Schulen und Gemeinden, die wünschten, daß ihre Kinder einen auf türkisch schreibenden Dichter kennenlernten, zu Dichterlesungen eingeladen, weil sie gehört hatten, daß ich als Poet in der Türkei einen gewissen Ruf erworben hatte.«

Ka bestieg dann einen der deutschen Züge, deren Pünktlichkeit und Ordnung er immer bewundert hatte, und empfand die gleiche Stille, während durch den rauchigen Spiegel seines Fensters elegante Kirchtürme abgelegener Kleinstädte, die Dunkelheit im Herzen von Buchenwäldern und mit Schulranzen auf dem Rücken nach Hause gehende, gesunde Kinder zogen; er fühlte sich zu Hause, weil er die Sprache dieses Landes nicht verstand, und schrieb Gedichte. Wenn er nicht gerade in eine andere Stadt reiste, um Gedichte vorzutragen, verließ er jeden Morgen um acht seine Wohnung, lief die Kaiserstraße entlang, ging in die Stadtbibliothek an der Zeil und las Bücher. »Die englischen Bücher dort hätten mir zwanzig Leben lang gereicht.« Er las mit der Seelenruhe von Kindern, die wissen, daß der Tod fern ist, Romane des neunzehnten Jahrhunderts, die er besonders mochte, Dichter der englischen Romantik, Bücher zur Geschichte des Ingenieurwesens, Museumskataloge und was immer ihm gerade einfiel. In der Stadtbibliothek wendete er die Blätter um, schlug in alten Enzyklopädien nach, hielt bei illustrierten Seiten inne und las erneut Turgenjews Romane; und auch wenn das Getöse der Stadt in seinen Ohren nachhallte, hörte Ka in sich das Schweigen aus den Zügen. Auch wenn er abends die Route wechselte und am Jüdischen Museum vorbei das Mainufer entlangging oder am Wochenende von einem Ende der Stadt zum anderen lief, hörte er das gleiche Schweigen.

»Nach einer Weile haben diese Zeiten des Schweigens in meinem Leben so viel Raum eingenommen, daß ich das lästige Geräusch nicht mehr hörte, gegen das ich kämpfen muß, um Gedichte zu schreiben«, sagte Ka. »Mit Deutschen sprach ich ohnehin nie. Auch zu den Türken, die mich arrogant, intellektuell oder halb wahnsinnig fanden, hatte ich kein gutes Verhältnis mehr. Ich habe niemanden getroffen, mit keinem geredet und auch keine Gedichte mehr geschrieben.«

»Aber in der Zeitung steht, du würdest heute abend dein neuestes Gedicht vortragen.«

»Ich habe kein neuestes Gedicht, das ich vortragen könnte.«

In der Konditorei waren außer ihnen am anderen Ende an einem dunklen Tisch neben dem Fenster noch ein kleiner, schmächtiger jüngerer Mann und ein schlanker, müder Mann mittleren Alters, der ihm geduldig etwas zu erklären versuchte. Aus dem riesigen Fenster gleich hinter ihnen fiel ein rosagetöntes Licht von dem mit Neon geschriebenen Namen der Konditorei auf den in der Dunkelheit großflockig fallenden Schnee, so daß die beiden in ihrer entfernten Ecke ins Gespräch vertieften Personen wie ein Stück aus einem schlechten Schwarzweißfilm erschienen.

»Meine Schwester Kadife bestand die Universitäts-Aufnahmeprüfungen im ersten Jahr nicht«, sagte İpek, »im zweiten Jahr hat sie es auf die Pädagogische Hochschule hier geschafft. Der schlanke Mann in meinem Rücken, der da ganz hinten sitzt, ist der Direktor der Hochschule. Mein Vater liebt meine Schwester sehr und hat sich entschlossen, hierher zu uns zu ziehen, nachdem meine Mutter bei einem Verkehrsunfall gestorben ist. Als er vor drei Jahren hierherkam, habe ich mich von Muhtar getrennt. Wir sind alle zusammengezogen. Das Hotelgebäude ist voller Totenseufzer und Gespenster; es gehört uns zusammen mit Verwandten. Wir wohnen in drei Zimmern.«

Ka und İpek waren sich in den Jahren als Studenten und in linken Gruppierungen nie nähergekommen. Als er mit siebzehn Jahren begann, die Korridore der philosophischen Fakultät mit ihren hohen Decken entlangzulaufen, war Ka wie vielen anderen İpek wegen ihrer Schönheit sofort aufgefallen. Ein Jahr später hatte er sie als Frau seines Dichterfreundes Muhtar von der gleichen Gruppierung getroffen: Beide stammten aus Kars.

»Muhtar übernahm von seinem Vater die Vertretung von Arçelik und Aygaz«, sagte İpek. »In den Jahren nach unserer Rückkehr hierher brachte er mich zu Ärzten in Erzurum und Istanbul, weil wir kein Kind bekamen; und deshalb haben wir uns auch getrennt. Aber Muhtar hat sich der Religion verschrieben, statt wieder zu heiraten.«

»Warum verschreibt sich jedermann der Religion?« fragte Ka.

İpek antwortete nicht, und eine Weile schauten beide auf den Schwarzweißfernseher an der Wand.

»Warum bringt sich jedermann in dieser Stadt um?« fragte Ka.

»Nicht jeder«, antwortete İpek. »Junge Mädchen und Frauen bringen sich um. Männer verschreiben sich der Religion, Frauen bringen sich um.«

»Warum?«

İpek schaute ihn so an, daß Ka spürte, daß etwas Respektloses, Ungehöriges in seiner Frage und der Suche nach einer schnellen Antwort lag. Sie waren eine Zeitlang still.

»Für die Reportage zur Wahl muß ich mit Muhtar sprechen«, sagte Ka.

İpek stand sofort auf, ging zum Telefon neben der Kasse und rief jemanden an. »Er ist bis um fünf Uhr im Provinzzentrum seiner Partei«, sagte sie, als sie sich nach ihrer Rückkehr setzte. »Er erwartet dich.«

Stille trat ein, und Ka überfiel Unruhe. Wären die Straßen nicht durch Schnee blockiert gewesen, wäre er mit dem nächsten Autobus von hier geflohen. Er fühlte ein tiefes Mitleid mit den frühen Abenden in Kars und seinen vergessenen Menschen. Ganz von selbst wandten sich ihre Blicke dem Schnee zu. Lange betrachteten beide das Schneetreiben, und zwar wie Menschen, die Zeit haben und denen das Leben egal ist. Ka fühlte sich ganz hilflos.

»Bist du wirklich wegen der Wahl und der Selbstmorde gekommen?« fragte İpek.

»Nein«, sagte Ka. »In Istanbul habe ich gehört, daß du dich von Muhtar getrennt hast. Ich bin hierhergekommen, um dich zu heiraten.«

Einen Augenblick lang lachte İpek, als sei das ein freundlicher Witz, aber dann wurde ihr Gesicht über und über rot. Nach langem Schweigen nahm er mit İpeks Augen wahr, daß sie alles so sah, wie es war. »Du hast nicht einmal genügend Geduld, um deine Absicht auch nur ein wenig zu verbergen, dich mir stilvoll zu nähern und mit mir einen Flirt zu beginnen«, sprachen İpeks Augen. »Du bist nicht deshalb hierhergekommen, weil du mich liebst und dich besonders für mich interessierst, sondern weil du erfahren hast, daß ich geschieden bin, weil du dich an meine Schönheit erinnert hast und weil du glaubst, daß du dich mir eher nähern kannst, weil ich in Kars gestrandet bin.« Und in dem Drang, seinen ungehörigen Wunsch nach Glück zu bestrafen, für den er sich jetzt ziemlich schämte, stellte sich Ka vor, daß İpek noch einen weiteren gnadenlosen Gedanken über sie beide dachte: »Was uns beide zusammenbringt, ist, daß unsere Erwartungen an das Leben gesunken sind.« Aber İpek sagte etwas ganz anderes, als Ka sich ausgedacht hatte.

»Ich habe immer daran geglaubt, daß du ein guter Dichter werden würdest«, sagte sie. »Ich gratuliere dir zu deinen Büchern.«

Wie in allen Teehäusern, Gaststätten und Hotelhallen von Kars hingen auch hier an der Wand nicht Ansichten ihrer eigenen Berge, auf die die Leute von Kars so stolz waren, sondern Bilder von den Schweizer Alpen. Der alte Kellner, der ihnen vor kurzem ihren Tee gebracht hatte, saß neben der Kasse, das Gesicht ihnen zugewandt, den Rücken zu den Tischen hinten inmitten von Tabletts voller Gebäck und Schokolade, deren Fett und Goldpapier im matten Lampenlicht glänzten. Mit verklärtem Gesicht schaute er auf den Schwarzweißfernseher. Ka, bereit, überallhin zu schauen, bloß nicht in İpeks Augen, starrte auf den Film im Fernsehen. Eine blonde türkische Schauspielerin lief im Bikini auf einem Strand davon, und zwei Männer mit Schnurrbart verfolgten sie. Da stand der schmächtige junge Mann am dunklen Tisch hinten in der Konditorei auf, richtete die Waffe in seiner Hand auf den Direktor der Pädadogischen Hochschule und sagte etwas, was Ka nicht hören konnte. Daß die Pistole abgefeuert wurde, als ihm der Direktor antwortete, merkte Ka weniger daran, daß der Schuß knallte, was er undeutlich hörte, als daran, daß der Direktor unter der Gewalt, mit der die Kugel in seinen Körper eindrang, wankte und vom Stuhl fiel.

Auch İpek hatte sich nun umgedreht und sah der Szene zu, die Ka im Blick hatte.

Der alte Kellner war nicht an dem Platz, an dem ihn Ka eben noch gesehen hatte. Der schmächtige Mann hielt seine Waffe auf den Direktor gerichtet, der etwas sagte. Was, war wegen des Tons vom Fernseher her nicht zu verstehen. Nachdem der schmächtige Mann noch drei Schüsse auf den Direktor abgegeben hatte, verschwand er plötzlich durch eine Tür hinter ihm. Ka hatte sein Gesicht überhaupt nicht gesehen.

»Laß uns gehen«, sagte İpek, »wir sollten nicht hierbleiben!«

»Zu Hilfe!« rief Ka mit dünner Stimme. Dann sagte er: »Laß uns die Polizei anrufen!« Aber er hatte sich nicht von seinem Platz gerührt. Gleich darauf rannte er hinter İpek her. Weder an der zweiflügeligen Tür der Konditorei Neues Leben noch auf der Treppe, die sie eilig hinabstiegen, war jemand.

Sie fanden sich auf dem verschneiten Bürgersteig wieder und gingen eilig davon. Ka dachte: Keiner hat gesehen, wie wir da herausgekommen sind, und das erleichterte ihn, denn er fühlte sich, als habe er das Verbrechen selbst begangen. Es war, als habe sein Heiratswunsch, den geäußert zu haben er sich schämte, die verdiente Strafe gefunden. Er wollte niemandem in die Augen schauen.

Als sie an der Ecke der Kâzım-Karabekir-Straße ankamen, fürchtete sich Ka vor einer Menge von Dingen, war aber über die stille Nähe glücklich, die zwischen ihnen entstanden war, weil sie ein Geheimnis teilten. Er war bestürzt, als er Tränen in İpeks Augen sah, beleuchtet von einer nackten Glühbirne, die im Eingang des Geschäftshauses Halil-Pascha Orangen- und Apfelkisten beleuchtete und im Spiegel des Friseurs gleich daneben reflektiert wurde.

»Der Direktor der Hochschule hinderte die Studentinnen mit Turban am Besuch des Unterrichts«, sagte sie. »Deswegen wurde der Arme umgebracht.«

»Wir sollten das der Polizei erzählen«, sagte Ka, und er erinnerte sich, daß das ein Satz war, den Linke einmal verachtet hatten.

»Die werden sowieso alles herauskriegen. Vielleicht wissen sie schon jetzt alles. Das Provinzzentrum der Wohlfahrtspartei ist oben im zweiten Stock.« İpek zeigte auf den Eingang der Karawanserei. »Erzähl Muhtar, was du gesehen hast, damit er sich nicht wundert, wenn der Nationale Nachrichtendienst ihn heimsucht. Außerdem muß ich dir noch das eine sagen: Muhtar möchte mich wieder heiraten; vergiß das nicht, wenn du mit ihm redest.«

5

Herr Professor, darf ich Sie etwas fragen?

DAS ERSTE UND LETZTE GESPRÄCH
ZWISCHEN TÄTER UND OPFER

Mit dickem Klebeband war ein geheimes Tonaufnahmegerät an dem Direktor der Pädagogischen Hochschule befestigt, den der schmächtige Mann unter Kas und İpeks Augen in der Konditorei Neues Leben in Brust und Kopf geschossen hatte. Dieses importierte Gerät der Marke Grundig hatten weitblickende Beamte der Zweigstelle Kars des Nationalen Nachrichtendienstes an seinem Körper angebracht. Nötig geworden war diese Sicherheitsmaßnahme sowohl wegen der Drohungen, die der Direktor in letzter Zeit erhalten hatte, weil er junge Frauen am Betreten der Hochschule und an der Teilnahme am Unterricht gehindert hatte, als auch aufgrund von Informationen, die Geheimdienstbeamte in Zivil in Kars aus islamistischen Kreisen erhalten hatten. Der Direktor, der trotz seines Säkularismus als ein guter Muslim an das Schicksal glaubte, hatte sich nämlich ausgerechnet, daß statt eines Leibwächters, der wie ein Bär neben ihm herumstünde, es abschreckender wäre, die Stimmen der ihn bedrohenden Personen zu registrieren und sie dann festzunehmen. Er hatte wie immer in solchen Situationen das Aufnahmegerät an seinem Körper angestellt, als er bemerkte, daß sich ihm ein Fremder näherte, nachdem er ganz spontan in die Konditorei Neues Leben gegangen war, um ein Hörnchen mit Walnüssen zu essen, das er so gern mochte. Von der noch nach Jahren trauernden Witwe des Direktors und seiner Tochter, einem berühmten Mannequin, habe ich die Aufzeichnung der Gespräche bekommen, die auf dem Band waren; es war unbeschädigt dem Gerät entnommen worden, das zwar von zwei Kugeln getroffen worden war, aber das Leben des Direktors nicht gerettet hatte.

»Hallo, Herr Professor! Erkennen Sie mich?« – »Nein, ich erinnere mich nicht.« – »Das habe ich mir schon gedacht, Herr Professor. Schließlich haben wir uns nie bekannt gemacht. Gestern abend und heute früh habe ich zweimal versucht, mit Ihnen zu sprechen. Gestern haben mich Polizisten am Eingang der Hochschule zurückgewiesen. Heute habe ich es zwar geschafft, hineinzukommen, aber Ihre Sekretärin hat mich nicht zu Ihnen vorgelassen. Dann wollte ich Sie vor Ihrer Tür auf mich aufmerksam machen, bevor Sie in den Unterricht gingen. Dabei haben Sie mich gesehen. Erinnern Sie sich, Herr Professor?« – »Ich kann mich nicht erinnern.« – »Können Sie sich nicht daran erinnern, mich gesehen zu haben, oder erinnern Sie sich nicht an mich?« – »Worüber möchten Sie mit mir sprechen?« – »Eigentlich möchte ich stundenlang, tagelang mit Ihnen über alles mögliche reden. Sie sind ein hochangesehener, gebildeter, aufgeklärter Mensch, ein Professor der Landwirtschaft. Unsereiner konnte leider nicht studieren. Aber über eine Sache habe ich viel gelesen, und das ist auch das Thema, das ich mit Ihnen besprechen will. Herr Professor, Entschuldigung, ich stehle Ihnen doch nicht die Zeit?« – »Ich bitte Sie.« – »Entschuldigung, darf ich mich setzen? Ich möchte nämlich ausführlicher mit Ihnen sprechen.« – »Ganz wie Sie wünschen, ich bitte Sie!« (Geräusch von Stuhlrücken und Hinsetzen.) – »Sie essen Mondgebäck mit Walnüssen, Herr Professor. Bei uns in Tokat gibt es sehr große Walnußbäume. Sind Sie je nach Tokat gekommen?« – »Zu meinem Bedauern, nein!« – »Das tut mir sehr leid, Herr Professor. Wenn Sie kommen, übernachten Sie bei mir. Mein ganzes Leben, meine sechsunddreißig Jahre habe ich in Tokat verbracht. Tokat ist sehr schön. Die Türkei ist überhaupt sehr schön.« (Schweigen.) »Aber leider kennen wir unser Land nicht und lieben seine Menschen nicht. Man hält es sogar für eine besondere Leistung, dieses Land, dieses Volk zu mißachten und zu verraten. Herr Professor, verzeihen Sie, darf ich Sie etwas fragen: Sie sind kein Atheist, nicht wahr?« – »Bin ich nicht.« – »Man behauptet das; aber ich halte es für ganz und gar unmöglich, daß ein gebildeter Mensch – behüte! – Allah leugnen könne. Unnötig zu fragen, aber Sie sind auch kein Jude, nicht wahr?« – »Bin ich nicht.« – »Sie sind Muslim.« –

»Ich bin Muslim, Gott sei es gelobt!« – »Herr Professor, Sie lachen, aber, bitte, beantworten Sie mir im Ernst diese Frage. Denn ich bin durch Kälte und Schnee von Tokat hierhergekommen, um auf diese Frage von Ihnen eine Antwort zu bekommen.« – »Wie haben Sie in Tokat von mir erfahren?« – »Herr Professor, darüber, daß Sie unsere Mädchen, die der Religion und dem Koran verpflichtet sind und sich bedecken, in Kars nicht in die Schule lassen, darüber schreiben die Istanbuler Zeitungen nichts. Die sind mit dem schändlichen Treiben junger Mannequins in Istanbul beschäftigt. Aber in dem schönen Tokat haben wir eine muslimische Radiostation, ›Die Flagge‹, die darüber berichtet, wo immer auch in unserem Land den Gläubigen ein Unrecht angetan wird.« – »Ich tue den Gläubigen kein Unrecht; auch ich fürchte Allah.« – »Herr Professor, seit zwei Tagen bin ich auf dem Weg, in Sturm und Schnee. Im Autobus habe ich immerzu an Sie gedacht, und glauben Sie mir, ich habe ganz genau gewußt, daß Sie zu mir ›Auch ich fürchte Allah‹ sagen würden. Dann habe ich mir ausgemalt, daß ich Ihnen diese Frage stellen würde: Wenn du Allah fürchtest, Herr Professor Nuri Yılmaz, und daran glaubst, daß der Koran das Wort Allahs ist, Herr Direktor, dann sage mir doch auch, was du über jenen schönen einunddreißigsten heiligen Vers der Sure ›Das Licht‹ denkst!« – »In diesem Vers, ja, da wird in ganz deutlicher Weise gesagt, daß die Frauen ihren Kopf bedecken und sogar ihr Gesicht verbergen sollen.« – »Das hast du sehr schön und ehrlich gesagt, danke, Herr Professor! Kann ich dann etwas fragen? Wie vereinbarst du mit diesem Befehl Allahs, unsere Mädchen, die sich den Kopf bedecken, nicht in die Schule zu lassen?« – »Es ist der Befehl unseres säkularen Staates, Mädchen, die sich den Kopf bedecken, keinen Zutritt zu den Unterrichtsräumen und auch nicht zum Hochschulgebäude zu gewähren.« – »Herr Professor, verzeihen Sie, kann ich Sie etwas fragen: Steht der Befehl des Staates höher als der Befehl Gottes?« – »Eine gute Frage. Aber in einem säkularen Staat sind das getrennte Dinge.« – »Das haben Sie sehr schön gesagt, Herr Professor! Lassen Sie mich Ihre Hand küssen. Fürchten Sie sich nicht, Herr Professor, geben Sie schon her, sehen Sie, ich werde Ihre Hand nach Herzenslust küssen. Ah! Möge es Allah gefallen! Sie sehen, wieviel

Achtung ich vor Ihnen habe. Herr Professor, darf ich jetzt eine Frage stellen?« – »Ganz wie Sie wünschen, ich bitte Sie!« – »Herr Professor, bitte, bedeutet Säkularismus, ohne Religion zu sein?« – »Nein.« – »Warum werden dann unter dem Vorwand des Säkularismus unsere frommen Mädchen, die tun, was die Religion befiehlt, nicht zum Unterricht zugelassen?« – »Mein Gott, junger Mann, über diese Dinge zu diskutieren führt zu nichts. Den ganzen Tag reden sie in den Fernsehkanälen aus Istanbul darüber, und was ist? Weder legen die jungen Frauen ihr Kopftuch ab noch läßt sie der Staat in diesem Aufzug in den Unterricht.« – »Bitte, Herr Professor, kann ich etwas fragen? Verzeihen Sie, aber verträgt es sich mit unserer Verfassung, der Freiheit von Erziehung und Religion, daß unsere Mädchen, die sich den Kopf bedecken, daß diese fleißigen, gesitteten, gehorsamen Mädchen, die wir unter tausend Mühen aufgezogen haben, ihres Rechts auf Erziehung beraubt werden? Können Sie das mit Ihrem Gewissen vereinbaren, bitte, Herr Professor?« – »Wenn diese Mädchen so gehorsam sind, nehmen sie auch die Bedeckung von ihrem Haar. Mein Sohn, wie heißt du denn, wo wohnst du, was arbeitest du?« – »Herr Professor, ich bin der Teekoch im Teehaus Die Fröhlichen gleich neben dem berühmten Pervane-Badehaus in Tokat. Ich bin für die Herde und Kannen dort verantwortlich. Mein Name ist unwichtig. Den ganzen Tag höre ich Radio ›Flagge.‹ Manchmal setzt sich bei mir im Kopf ein an den Gläubigen begangenes Unrecht fest; und, Herr Professor, weil wir in einem demokratischen Land leben und weil ich ein freier Mensch bin, der lebt, wie es ihm paßt, setze ich mich dann in den Bus, und wo immer in der Türkei sie sein mag, fahre ich zu der Person, die sich in meinem Kopf festgesetzt hat, und frage sie ins Gesicht nach diesem Unrecht. Deswegen beantworten Sie bitte meine Frage, Herr Professor. Steht der Befehl des Staates höher oder der Allahs?« – »Diese Diskussion führt doch nirgendwohin, mein Sohn. In welchem Hotel wohnst du denn?« – »Willst du mich bei der Polizei denunzieren? Fürchte dich nicht vor mir, Professor. Ich bin kein Mitglied irgendeiner religiösen Organisation. Ich hasse Terror und glaube an die geistige Auseinandersetzung und die Liebe Allahs. Deswegen habe ich nach einer geistigen Auseinandersetzung noch keinem auch nur eine Ohrfeige gegeben, obwohl ich so reizbar bin. Ich möchte nur, daß Sie mir die folgende Frage beantworten. Herr Professor, verzeihen Sie, quält Sie nicht Ihr Gewissen wegen dieser Mädchen, die Sie an den Eingängen zur Hochschule entrechten, wo doch der Heilige Koran, der das Wort Gottes ist, in den Suren ›Die Gruppen‹ und ›Das Licht‹ ganz klar offenbart wurde?« – »Mein Sohn, der Heilige Koran sagt auch: ›Schneidet dem Dieb seinen Arm ab‹, aber unser Staat tut das nicht. Warum protestierst du nicht dagegen?« – »Eine sehr gute Frage, Herr Professor! Ich küsse Ihnen die Hand. Aber sind der Arm eines Diebes und die Ehre einer Frau das gleiche? Nach einer Statistik des muslimischen Negerprofessors Marvin King aus Amerika kommt es in den islamischen Ländern, in denen die Frauen sich verschleiern, nur selten zu Vergewaltigungen; und es kommt fast nie zu sexueller Belästigung. Denn eine verschleierte Frau sagt mit ihrer Kleidung zu den Männern: ›Ich bitte sehr, wagen Sie keine sexuelle Belästigung!‹ Herr Professor, kann ich etwas fragen: Wollen wir uns, entschuldigen Sie den Ausdruck, auf die Stufe von Zuhältern hinabbegeben, indem wir die Frau, die sich den Kopf bedeckt, um ihr Recht auf Erziehung bringen und aus der Gesellschaft ausgrenzen, und dann die, die ihre Kopfbedeckung ablegt und sich auszieht, als unser Kronjuwel behandeln, also zulassen, daß die Ehre unserer Frauen wie in Europa nach der sexuellen Revolution keine zwei Heller mehr wert ist?« – »Mein Sohn, ich habe mein Hörnchen aufgegessen; du mußt entschuldigen, ich gehe.« – »Setz dich, Professor, ich möchte dies hier nicht benutzen. Siehst du, was das ist, Professor?« – »Eine Pistole.« – »Ja, Herr Professor, entschuldigen Sie, ich bin einen so langen Weg gereist für Sie; ich bin nicht dumm, und so habe ich mir gedacht, daß Sie mich vielleicht nicht anhören, und habe meine Vorsichtsmaßnahme getroffen.« – »Mein Sohn, wie heißen Sie denn?« – »Vahit Schaunichthin, Salim Soundso, was hat das denn für eine Bedeutung? Ich bin ein namenloser Verteidiger der namenlosen Helden, die in diesem säkularen, materialistischen Land für ihren Glauben kämpfen und denen Unrecht geschieht. Ich gehöre keiner Organisation an. Ich respektiere die Menschenrechte und habe für Gewalt nicht das geringste übrig. Aus diesem Grunde stecke ich meine Pistole in meine Tasche und möchte bloß, daß Sie mir eine Frage beantworten.« –»Na gut.« –»Herr Professor, Sie haben zuerst auf einen Befehl aus Ankara hin so getan, als existierten diese Mädchen gar nicht, diese Früchte jahrelanger Mühen, diese Augäpfel ihrer Väter und Mütter, so klug, so fleißig, alle Klassenbeste. Wenn eine sich in die Anwesenheitsliste eintrug, haben Sie sie als ›mit Kopftuch‹ gestrichen. Wenn sieben Studentinnen mit Ihnen zusammensaßen, eine davon mit Kopftuch, haben Sie für sechs Tee aus der Teeküche kommen lassen. Sie waren die Ursache dafür, daß diese Mädchen weinen mußten, weil sie links liegengelassen wurden. Und das reichte noch nicht. Auf einen neuen Befehl aus Ankara hin haben Sie sie erst nicht zum Unterricht zugelassen und auf die Korridore geschickt, dann von den Korridoren vertrieben und vor die Tür gesetzt. Als eine Handvoll von heldenhaften Mädchen, die Widerstand leisteten und ihren Kopf weiter bedeckten, vor Kälte zitternd am Tor der Hochschule warteten, um ihr Anliegen zu Gehör zu bringen, da haben Sie die Polizei angerufen.« –»Die Polizei haben nicht wir gerufen.« – »Professor, sei nicht feige und belüge mich nicht, weil ich eine Pistole in der Tasche habe! Meine Frage ist: Am Abend des Tages, als die Polizei die Mädchen wegzerrte und festnahm, wie hast du da mit ruhigem Gewissen schlafen können?« – »Natürlich hat es unsere Mädchen unglücklicher gemacht, daß das Kopftuchproblem zu einem Symbol, zu einem politischen Spiel geworden ist.« –»Was für ein Spiel, Herr Professor? Traurigerweise hat sich ein Mädchen umgebracht, das im Konflikt zwischen Ehre und Schule in einer seelischen Krise steckte. Ist das ein Spiel?« –»Mein Junge, du bist sehr erregt, aber ist es dir nie in den Sinn gekommen, daß dahinter, daß das Turbanproblem diese politische Dimension angenommen hat, ausländische Mächte stecken, die die Türkei spalten und schwächen wollen?« –»Gibt es denn noch Turban-Mädchen, wenn du diese jungen Frauen an der Hochschule zuläßt, Professor?« – »Geht das nur nach meinem Willen, mein Sohn? Das ist Ankaras Entscheidung! Meine Frau bedeckt ihren Kopf auch.« –»Professor, mach dich nicht bei mir lieb Kind, sondern beantworte meine Frage von vorhin!« – »Welche Frage?« – »Drückt dich dein Gewissen nicht?« – »Ich bin auch ein Vater, mein Junge, natürlich tun mir die Mädchen leid.« – »Paß auf, ich weiß mich zu beherrschen, aber ich bin jähzornig. Wenn ich einmal wütend bin, gibt es einen Filmriß. Im Gefängnis habe ich einen verprügelt, weil er sich beim Gähnen nicht die Hand vor den Mund gehalten hat. Den ganzen Schlafsaal habe ich auf Vordermann gebracht. Sie haben ihre schlechten Angewohnheiten aufgegeben und die rituellen Gebete verrichtet. Du, weich jetzt nicht aus, sondern beantworte meine Frage! Was habe ich vorhin gesagt?« – »Was hast du gesagt, nimm diese Pistole runter!« – »Ich habe nicht gefragt: ›Hast du eine Tochter?‹ oder ›Tut dir jemand leid?‹« – »Verzeihen Sie, junger Mann, was haben Sie gefragt?« – »Jetzt schleim dich nicht bei mir ein, weil du dich vor der Pistole fürchtest. Erinnere dich an das, was ich gefragt habe.« (Stille) – »Was hatten Sie gefragt?« – »Drückt dich dein Gewissen nicht, Ungläubiger?« – »Natürlich drückt es mich.« – »Warum machst du das dann, Ehrloser?« – »Mein Sohn, ich bin ein Professor im Alter deines Vaters. Gibt es im Heiligen Koran einen Befehl: ›Richtet eine Pistole auf die, die euch an Alter und Rang voraus sind, und beleidigt sie!‹?« – »Nimm du den Heiligen Koran nicht in den Mund, verstanden? Und schau dich nicht nach rechts und links um, als bätest du um Hilfe. Wenn du schreist, schieß ich ohne Gnade. Hast du verstanden?« – »Verstanden.« – »Dann beantworte jetzt meine Frage: Welchen Nutzen soll es für dieses Land haben, wenn die Mädchen mit Turban ihr Haupt entblößen; nenne mir einen Grund, an den du selbst wirklich glaubst, den du mit deinem Gewissen vereinbarst, sag zum Beispiel: ›Wenn sie ihren Kopf entblößen, nehmen die Europäer sie eher für voll‹, daß ich wenigstens deine Absicht verstehe, dann erschieße ich dich nicht, sondern lasse dich frei.« – »Mein lieber junger Herr, ich habe auch eine Tochter, die ihr Haupt entblößt. So wie ich mich bei ihrer Mutter nicht einmische, habe ich mich auch bei ihr nicht eingemischt.« – »Warum hat deine Tochter den Kopf entblößt, will sie auf die Bühne?« – »Davon hat sie mir nichts gesagt. Sie studiert Öffentlichkeitsarbeit in Ankara. Immer dann, wenn ich wegen dieses Kopftuchproblems bedauerlicherweise zum Buhmann gemacht wurde, wenn ich Sorgen hatte und bedrückt war, wenn ich mit Unterstellungen, Drohungen und dem Zorn meiner Feinde und der wie Sie zu Recht Entrüsteten konfrontiert wurde, hat meine Tochter mich sehr unterstützt. Sie hat aus Ankara telefoniert...« – »Hat sie gesagt: ›Ach Papa, halt bloß durch, ich möchte zur Bühne‹?« – »Nein, mein Sohn, so etwas sagt meine Tochter nicht. Sie sagt: ›Papa, ich würde mich nicht trauen, mit entblößtem Kopf in eine Klasse zu gehen, in der alle Mädchen Kopftuch tragen, und müßte meinen Kopf gegen meinen Willen bedecken.‹« – »Was würde ihr denn das schaden, wenn sie sich gegen ihren Willen bedeckte?« – »Beim besten Willen, das diskutiere ich nicht. Sie haben mir gesagt: ›Nenne mir einen Grund!‹« – »Also, du Ehrloser, damit dein eigenes Kind seinen Launen folgen kann, läßt du die sich bedeckenden, frommen Mädchen, die dem Willen Allahs gehorchen, am Hochschultor von Polizisten mit dem Schlagstock verprügeln, unterdrückst sie und treibst sie in den Selbstmord!« – »Meine Tochter hat die gleichen Gründe für ihre Entscheidung wie zahlreiche andere türkische Frauen.« – »Kann ich nicht begreifen, welche Gründe andere Bühnenkünstlerinnen haben, wo sich in der Türkei neunzig Prozent der Frauen den Kopf bedecken. Du bist stolz darauf, daß deine Tochter sich auszieht, du ehrloser Unterdrücker, aber mach dir das klar, ich bin kein Professor, doch zu diesem Thema habe ich mehr gelesen als du.« – »Mein Herr, richten Sie Ihre Waffe bitte nicht auf mich, Sie regen sich zu sehr auf; später tut es Ihnen vielleicht leid, wenn sie losgeht.« – »Warum soll mir das leid tun? Ich habe zwei Tage den Weg durch Eis und Schnee hinter mich gebracht, um einen Ungläubigen zu beseitigen. Der Heilige Koran sagt, die Hinrichtung des Unterdrückers von Gläubigen sei Pflicht. Trotzdem gebe ich dir noch eine letzte Chance, weil ich Mitleid habe: Nenne mir einen Grund, den du mit deinem Gewissen vereinbaren kannst, warum Frauen, die sich bedecken, sich entblößen und ausziehen sollen, dann schwöre ich, daß ich dich nicht erschießen werde.« – »Wenn die Frau ihr Kopftuch ablegt, wird ihre Stellung in der Gesellschaft selbstverständlicher und respektabler.« – »Vielleicht ist das für deine Tochter richtig, die zur Bühne will. Aber die Bedeckung hat ganz im Gegenteil vor Belästigung, Vergewaltigung und Erniedrigung geschützt und der Frau ermöglicht, sich selbstverständlicher in Gesellschaft zu begeben. Wie zahlreiche Frauen, die später im Leben den Schleier angelegt haben, darunter auch die ehemalige Bauchtänzerin Melahat Şandra, deutlich machen, befreit die Bedeckung die Frau davon, ein Objekt zu sein, das auf der Straße die tierischen Gefühle des Mannes anspricht, in Attraktivitätswettbewerb mit anderen Frauen steht und sich deswegen dauernd schminkt. Wie der amerikanische Negerprofessor Marvin King feststellt, wäre die berühmte Schauspielerin Elizabeth Taylor glücklich geworden und nicht aus Scham wegen ihrer Fettheit in Irrenanstalten gelandet, wenn sie in den letzten zwanzig Jahren den Schleier angelegt hätte. Verzeihung, Herr Professor, kann ich etwas fragen: Warum lachst du, Professor, ist es sehr komisch, was ich sage?« (Schweigen.) »Sag schon, ehrloser Atheist, warum lachst du?« – »Mein lieber junger Herr, glauben Sie mir, ich lache nicht, und wenn ich gelacht habe, dann aus Anspannung!« – »Nein, du hast ehrlich gelacht!« – »Mein lieber junger Herr, mein Herz ist voller Zärtlichkeit für die jungen Menschen dieses Landes, die für die Sache, an die sie glauben, leiden müssen, so wie du und so wie die Turban-Mädchen.« – »Spar es dir, dich lieb Kind zu machen. Ich leide überhaupt nicht. Aber du wirst jetzt zu leiden haben, weil du über die jungen Selbstmörderinnen gelacht hast. Da du gelacht hast, wirst du sicher keine Reue empfinden. Dann kann ich dir ja gleich sagen, wie deine Lage ist. Die ›Kämpfer für Islamische Gerechtigkeit‹ haben dich zum Tode verurteilt. Der Beschluß wurde vor fünf Tagen in Tokat einstimmig gefaßt; zur Exekution hat man mich hierhergeschickt. Hättest du nicht gelacht, hätte es dir leid getan, hätte ich dir vielleicht verziehen. Nimm dies Blatt, lies dein Todesurteil…« (Schweigen.) »Lies laut, ohne zu weinen wie ein Weib, los, du Ehrloser, sonst erschieße ich dich gleich.« – »Ich, der atheistische Professor Nuri Yılmaz… Mein lieber junger Herr, ich bin kein Atheist…« – »Los, lies!« – »Mein Junge, wirst du mich erschießen, wenn ich ihn lese?« – »Wenn du ihn nicht liest, erschieße ich dich. Los, lies!« – »Ich habe als Instrument des geheimen Plans des säkularen Staates der Türkischen Republik, die Muslime zu Sklaven des Westens zu machen und sie ihrer Ehre und Religion zu berauben, ihrer Religion gehorsame

Mädchen derart unterdrückt, daß endlich eine fromme Jungfrau ihren Schmerz nicht mehr ertragen konnte und Selbstmord verübte … Mein lieber junger Mann, hier habe ich mit Ihrer Erlaubnis einen Einwand zu machen; teilen Sie ihn bitte auch der Kommission mit, die Sie geschickt hat. Diese junge Frau hat sich nicht aufgehängt, weil sie nicht in die Hochschule gelassen wurde oder weil ihr Vater Druck ausgeübt hätte, sondern, wie der Nationale Nachrichtendienst uns mitgeteilt hat, bedauerlicherweise wegen Liebeskummer.« – »So schreibt sie aber nicht in ihrem Abschiedsbrief.« – »Ich möchte um Entschuldigung bitten, junger Herr, und bemerken – bitte senken Sie die Pistole –, daß dieses Mädchen in seiner Unbildung seine Jung-fräulichkeit einem fünfundzwanzig Jahre älteren Polizisten geschenkt hat, und als der ihr sagte, daß er leider verheiratet sei und nicht be-absichtige, sie zu ehelichen –« – »Schweig, du Schuft! So etwas macht deine Nuttentochter!« – »Laß das, mein Junge, laß das, mein Kind! Wenn du mich erschießt, machst du auch deine eigene Zukunft ka-putt!« – »Sag: ›Es tut mir leid!‹« – »Es tut mir leid, mein Junge, schieß nicht!« – »Mach deinen Mund auf, ich stecke die Pistole hinein … Jetzt drück auf meinen Finger und löse so den Schuß aus! Du ver-reckst wie ein Ungläubiger, aber wenigstens ehrenvoll!« (Stille.) – »Mein Junge, sieh, in welchem Zustand ich bin; in diesem Alter weine ich, flehe ich, habe Mitleid, nicht mit mir, sondern mit dir! Es ist auch um deine Jugend schade, du wirst ein Mörder sein.« – »Dann drück doch selbst ab! Sieh selbst, was Selbstmord für ein Schmerz ist!« – »Mein Kind, ich bin ein Muslim, ich bin gegen Selbstmord!« – »Mach den Mund auf!« (Stille.) »Weine nicht so … Ist dir vorher nie eingefallen, daß eines Tages Rechenschaft gefordert wird? Weine nicht, sonst schieße ich!« – (Aus der Ferne die Stimme des Kellners:) »Mein Herr, wollen Sie, daß ich Ihren Tee an diesen Tisch bringe?« – »Nicht nötig, ich bin im Aufbruch.« – »Schau nicht auf den Kellner, lies dein Todesurteil weiter!« – »Mein Junge, verzeiht mir!« – »Lies! sage ich dir.« – »Ich schäme mich für alles, was ich getan habe, weiß, daß ich den Tod verdiene, und um Allahs Verzeihung willen …« – »Los, lies!« – »Lieber junger Herr, lassen Sie diesen alten Mann ein bißchen weinen! Laß mich ein letztes Mal an meine Frau und meine

Tochter denken!« – »Denk an die jungen Frauen, die du unterdrückt hast! Eine hatte einen Nervenzusammenbruch, vier wurden während des dritten Studienjahres von der Hochschule gewiesen, eine hat sich umgebracht, alle sind mit Fieber bettlägerig, weil sie vor dem Eingang zur Hochschule vor Kälte zitterten. Ihrer aller Leben ist ruiniert.« – »Es tut mir sehr leid, mein lieber junger Herr! Aber ist es für dich wert, einen wie mich umzubringen und so zum Mörder zu werden, bedenk das doch!« – »Na gut.« (Stille.) »Ich habe nachgedacht, Herr Professor, hören Sie, was mir eingefallen ist.« – »Was denn?« – »Ich bin zwei Tage lang erfolglos durch diese elende Stadt Kars gelaufen, um dich zu finden und dein Urteil zu vollstrecken. Gerade hatte ich mir gesagt: ›Es hat nicht sein sollen‹, meine Rückfahrkarte nach Tokat gekauft und trank einen letzten Tee, als –« – »Mein Sohn, wenn du planst, mich zu erschießen und mit dem letzten Bus aus Kars zu entkommen: die Straßen sind vom Schnee blockiert; der Bus um sechs wird nicht fahren; nicht, daß du das später bereust!« – »Gerade wollte ich zurückkehren, als Allah dich in die Konditorei Neues Leben geschickt hat. Das heißt, wo Allah dir nicht verziehen hat, soll ich dir vergeben? Sprich dein letztes Wort, preise Allah!« – »Setz dich auf deinen Stuhl, mein Junge, dieser Staat wird euch alle erwischen und aufhängen.« – »Sprich den Preis Allahs!« – »Sei ruhig, Junge, setz dich hin und denk noch einmal nach. Drück nicht ab, halt!« (Geräusch eines Schusses, Lärm eines umfallenden Stuhls.) »Junge, tu's nicht!« (Zwei weitere Schüsse. Stille, Wimmern, Geräusch des Fernsehers. Noch ein Schuß. Stille.)

6

Liebe, Religion und Dichtung

MUHTARS TRAURIGE GESCHICHTE

Nachdem İpek ihn an der Tür des Geschäftshauses Halil-Pascha
verlassen hatte und ins Hotel zurückgegangen war, stieg Ka nicht
gleich die beiden Treppen zum Provinzzentrum der Wohlfahrtspartei
hinauf, sondern verweilte zwischen den Arbeitslosen, Lehrlingen
und Müßiggängern auf den Korridoren des Gebäudes. Er hatte immer noch vor Augen, wie der angeschossene Direktor der Pädagogischen Hochschule im Todeskampf lag. Er hatte Gewissensbisse und
fühlte sich schuldig. Er dachte daran, den stellvertretenden Polizeipräsidenten, mit dem er am Morgen gesprochen hatte, die Zeitung
Republik in Istanbul oder irgendeinen Bekannten anzurufen, aber
in diesem Geschäftshaus, in dem es von Teehäusern und Friseurläden
nur so wimmelte, fand er keine Ecke, in der er hätte telefonieren
können.

So trat er in einen Raum ein, an dessen Tür ein Schild »Verein der
Tierfreunde« hing. Hier gab es ein Telefon, aber es wurde gerade von
jemandem benutzt. Inzwischen war er sich auch nicht mehr so sicher,
ob er telefonieren wollte oder nicht. Er ging durch die halboffene Tür
am anderen Ende des Vereinslokals und kam in einen kleinen Saal, an
dessen Wänden Bilder von Hähnen hingen und in dessen Mitte ein
kleiner Boxring aufgebaut war. Ka spürte in diesem Hahnenkampf-
saal mit Schrecken, daß er İpek liebte und daß diese Liebe den Rest
seines Lebens bestimmen würde.

Einer der reichen Tierfreunde, der sich für den Hahnenkampf interessierte, erinnerte sich später sehr gut daran, wie Ka an jenem Tag
zu jener Stunde in den Verein gekommen war und in Gedanken versunken auf einer der leeren Zuschauerbänke am Ring gesessen hatte.

Ka trank dort einen Tee und las die mit riesigen Buchstaben an eine Wand geschriebenen Kampfregeln.

Ein in den Ring gesetzter Hahn wird nur mit Erlaubnis des Besitzers hochgenommen.

Wenn ein fallender Hahn dreimal hintereinander liegt und nicht mit dem Schnabel hackt, wird dies als vollständige Niederlage gewertet.

Bei Sporenbruch gibt es drei, bei Nagelbruch eine Minute Verbandspause.

Wenn der Gegner einem im Kampf auf den Ring fallenden Hahn auf den Hals tritt, wird der Hahn aufgehoben und der Kampf fortgesetzt.

Bei Stromausfall wird 15 Minuten gewartet; kommt dann der Strom nicht, wird der Kampf annulliert.

Als er um Viertel nach zwei den Verein der Tierfreunde verließ, überlegte Ka, wie er İpek mitnehmen und aus Kars fliehen könnte. Das Provinzzentrum der Wohlfahrtspartei war auf dem gleichen Stock, zwei Büros von der Anwaltskanzlei Muzaffer Beys entfernt, des ehemaligen Bürgermeisters von der Volkspartei. In der Kanzlei war das Licht jetzt gelöscht. (Dazwischen lag das Teehaus Die Freunde und das Geschäft Der Grüne Schneider.) Der Besuch, den Ka am Morgen dem Rechtsanwalt abgestattet hatte, schien Ka so lange zurückzuliegen, daß er ganz verwirrt darüber war, daß das Parteilokal im selben Korridor desselben Gebäudes lag.

Ka hatte Muhtar zuletzt vor zwölf Jahren gesehen. Nachdem sie sich umarmt und auf die Wangen geküßt hatten, stellte er fest, daß Muhtar Bauch angesetzt hatte und daß seine Haare ergraut und spärlicher geworden waren; aber das hatte er erwartet. Wie in den Studentenjahren hatte Muhtar überhaupt nichts Besonderes an sich; wie damals hing in seinem Mundwinkel ständig eine Zigarette.

»Man hat den Direktor der Pädagogischen Hochschule umgebracht«, sagte Ka.

»Er ist wohl nicht tot, zumindest hat das Radio das gerade gemeldet. Woher weißt du davon?«

»Er hat wie wir in der Konditorei Neues Leben gesessen, aus der İpek dich angerufen hat«, antwortete Ka und erzählte, was er erlebt hatte.

»Habt ihr die Polizei angerufen?« fragte Muhtar. »Was habt ihr nach dem Anschlag gemacht?«

Ka sagte, daß İpek nach Hause gegangen, er selbst aber geradewegs hierhergekommen sei.

»Es sind noch fünf Tage bis zur Wahl. Weil sich einigermaßen klar abzeichnet, daß wir gewinnen werden, läßt der Staat nichts unversucht, um uns etwas anzuhängen. Es ist im ganzen Land Politik unserer Partei, an der Seite unserer Schwestern mit dem Turban zu stehen. Jetzt wird der Schuft erschossen, der diese jungen Frauen nicht in die Pädagogische Hochschule läßt, und ein Zeuge, der sich am Tatort befunden hat, kommt geradewegs und ohne auch nur die Polizei zu benachrichtigen, in unser Parteizentrum.« Er schlug einen höflichen Ton an: »Bitte, ruf jetzt die Polizei an und erzähl alles!« Er reichte Ka den Telefonhörer wie ein Gastgeber, der stolz auf das ist, was er anzubieten hat. Als Ka den Telefonhörer in die Hand nahm, wählte Muhtar eine Nummer, die er in einem Heft nachschlug.

»Ich kenne den stellvertretenden Polizeipräsidenten Kasım Bey«, sagte Ka.

»Woher denn?« fragte Muhtar mit aufreizend unverhohlenem Mißtrauen.

»Serdar Bey, der Journalist, hat mich heute morgen als erstes zu ihm geführt«, erklärte Ka. Als er mit Kasım Bey verbunden war, schilderte er die Szene, deren Zeuge er geworden war. Muhtar machte zwei eilige und ungelenke Schritte, tat auf ungeschickte Art vertraut, näherte sein Ohr Ka und versuchte, das Gespräch mitzuhören. Ka hielt den Hörer näher an Muhtars Ohr als an sein eigenes, damit der besser zuhören konnte. Jetzt spürten sie den Atem des anderen in ihrem Gesicht. Ka war sich nicht klar, warum er Muhtar an seinem Telefongespräch teilnehmen ließ, hatte aber das Gefühl, daß es besser so war. Er beschrieb noch zweimal die schmächtige Gestalt des Angreifers, dessen Gesicht er überhaupt nicht gesehen hatte.

»Kommen Sie so schnell wie möglich hierher, damit wir Ihre Aussage protokollieren können«, sagte der stellvertretende Polizeipräsident in wohlwollendem Ton.

»Ich bin bei der Wohlfahrtspartei«, sagte Ka, »ich komme in Kürze.«

Stille trat ein.

»Eine Sekunde«, sagte der stellvertretende Polizeipräsident.

Ka und Muhtar hörten, wie er seinen Mund vom Hörer wegdrehte und flüsternd mit jemandem etwas besprach. »Entschuldigen Sie bitte, ich habe nach dem diensthabenden Polizisten gefragt«, sagte der Kommissar. »Dieser Schneefall will einfach nicht aufhören. Wir schicken Ihnen umgehend einen Wagen, um Sie abzuholen.«

»Gut, daß du gesagt hast, daß du hier bist«, erklärte Muhtar nach dem Auflegen. »Das wissen sie nämlich sowieso. Sie hören alles ab. Bitte versteh nicht falsch, daß ich vorhin so geredet habe, als ob ich dich beschuldigte.«

Ka durchfuhr ein Zorn ähnlich dem, den er früher auf die politisch Engagierten gehabt hatte, die in ihm bloß einen Bourgeois aus Nişantaşı gesehen hatten. Auf dem Gymnasium hatten die immer versucht, sich gegenseitig an den Hintern zu fassen und den anderen als Tunte dastehen zu lassen. In den späteren Jahren war diese Aktivität vom Spiel ersetzt worden, den jeweils anderen und vor allem den politischen Gegner als Polizeispitzel darzustellen. Ka hatte sich immer von der Politik ferngehalten, weil er befürchtete, in die Lage eines Informanten gebracht zu werden, der von einem Polizeiauto aus auf die zu durchsuchende Wohnung zeigt. Und jetzt war wieder Ka derjenige, der sich um Entschuldigungen und Ausreden bemühen mußte, obwohl Muhtar sich als Kandidat einer islamistischen Partei, die für das Heilige Recht eintrat, hatte aufstellen lassen – ein Schritt, den er vor zehn Jahren noch selbst verachtet hätte.

Das Telefon klingelte, Muhtar hob mit einer wichtigtuerischen Geste ab und feilschte hingebungsvoll mit einem Vertreter des *Grenz-TV Kars* um den Preis des Werbespots für sein Haushaltsgerätegeschäft, der am Abend während der Live-Sendung ausgestrahlt werden sollte.

Als er aufgelegt hatte und die beiden wie schmollende Kinder schwiegen, die überhaupt nicht wissen, worüber sie sich unterhalten sollen, wurde in Kas Phantasie all das beredet, was sie in den letzten zwölf Jahren nicht besprochen hatten.

In diesen Phantasien sprachen sie zuerst so zueinander: »Da wir beide nun in einer Art Exil leben und nicht besonders erfolgreich und glücklich sind, ist das Leben schwer. Auch Dichter zu sein reicht nicht... Deswegen lastet der Schatten der Politik so sehr über uns.« Nachdem dies einmal gesagt war, konnten die beiden in seinen Phantasien nicht anders als hinzuzufügen:»Als das Glück in der Poesie nicht ausreichte, wurde der Schatten der Politik eine Notwendigkeit.« Ka verachtete Muhtar noch ein wenig mehr.

Er dachte daran, daß Muhtar im Augenblick zufrieden war, weil er vor einem Wahlsieg stand, und daß auch er selbst aus seinem bißchen Dichterruhm in der Türkei – schließlich besser als nichts – ein wenig Befriedigung zog. Aber so wie beide ihre Zufriedenheit nie hätten zugeben können, sprachen sie das eigentlich wichtige Thema voreinander nicht an, ihre Enttäuschung über das Leben. Das heißt, es war das Schlimmste geschehen; sie hatten die Niederlage im Leben akzeptiert und sich an die mitleidlose Ungerechtigkeit der Welt gewöhnt. Es erschreckte Ka, daß sie beide glaubten, İpeks zu bedürfen, um sich aus dieser Lage zu befreien.

»Du sollst heute abend im Volkstheater dein neuestes Gedicht vortragen«, sagte Muhtar mit einem flüchtigen Lächeln.

Ka schaute feindselig in die schönen, hellbraunen, innerlich nie lachenden Augen dieses Mannes, der früher mit İpek verheiratet gewesen war.

»Hast du in Istanbul Fahir getroffen?« fragte Muhtar, diesmal mit einem deutlicheren Lächeln.

Jetzt konnte Ka sein Lächeln erwidern. In beider Lächeln lag eine gewisse Zartheit, eine Hochachtung. Fahir war etwa so alt wie sie und seit zwanzig Jahren ein kompromißloser Verfechter der westlichen modernistischen Poesie. Er hatte Saint-Joseph, das französische Gymnasium, besucht, reiste mit dem Geld seiner verrückten reichen Großmutter, von der es hieß, sie stamme aus dem osmanischen Harem, jedes Jahr einmal nach Paris, füllte seinen Koffer mit Gedichtbänden, die er bei den Buchhändlern in Saint-Germain erwarb, und veröffentlichte dann in den von ihm selbst herausgegebenen Zeitschriften, in den Poesiereihen der von ihm gegründeten und alsbald in den Bankrott getriebenen Verlage türkische Übersetzungen dieser Bücher, seine eigenen Gedichte und andere modernistische türkische Dichter.

Obwohl ihm deswegen jedermann Respekt entgegenbrachte, waren Fahirs eigene Gedichte, die er unter dem Einfluß der von ihm in ein gekünstelt purifiziertes Türkisch übersetzten Dichter verfaßte, uninspiriert, schlecht und unverständlich.

Ka sagte, er habe Fahir in Istanbul nicht getroffen.

»Es gab eine Zeit, da habe ich mir sehr gewünscht, daß Fahir meine Gedichte schätzte«, meinte Muhtar. »Aber er verachtete mich und meinesgleichen zutiefst, weil wir uns nicht mit reiner Poesie, sondern mit Folklore und ›lokalen Schönheiten‹ befaßten. Jahre vergingen, das Militär putschte, jedermann wurde ins Gefängnis geworfen und freigelassen, und wie alle anderen wurde ich wie besinnungslos hin und her geworfen. Leute, die mein Vorbild gewesen waren, hatten sich verändert; verschwunden waren die, denen ich hatte gefallen wollen, nichts von dem, was ich im Leben und in der Poesie hatte erreichen wollen, war wahr geworden. Ich bin lieber nach Kars zurückgekehrt, als unglücklich, getrieben und ohne Geld in Istanbul zu leben. Ich habe das Geschäft meines Vaters übernommen, für das ich mich früher geschämt habe. Das hat mich alles auch nicht glücklich gemacht. Ich habe die Leute hier genauso verachtet, wie Fahir meine Gedichte geringgeschätzt hat, und ich verzog mein Gesicht, wenn ich sie ansah. In Kars waren die Stadt und die Leute scheinbar nicht wirklich da. Hier wollte jeder entweder sterben oder verschwinden. Aber für mich gab es keinen Ort mehr, an den ich hätte gehen können. Ich war sozusagen aus der Geschichte verbannt, aus den Zivilisationen vertrieben. Zivilisation war etwas so weit Entferntes, daß ich sie nicht einmal nachäffen konnte. Und Gott schenkte mir nicht einmal ein Kind, das in meiner Vorstellung hätte tun können, was ich nicht fertigbrachte: eines Tages ohne Komplexe westlich, modern und charakterlich reif sein.«

Ka gefiel es, daß Muhtar sich selbst mit einem leichten, gleichsam von innen erleuchteten Lächeln auf den Arm nehmen konnte.

»Abends betrank ich mich und kam spät nach Hause, um mich nicht mit meiner schönen İpek zu streiten. Es war eine der Nächte in Kars, in der alles, auch der Vogel in der Luft, zu Eis erstarrt. Zu später Stunde war ich der letzte, der die Kneipe Grünes Land verließ. Ich ging zu Fuß zur Heerstraße, wo ich damals mit İpek wohnte. Der Weg ist nicht länger als zehn Minuten, aber für Kars ist das eine weite Entfernung. Ich habe mich auf der kurzen Strecke verlaufen, wohl weil ich zuviel Rakı gekippt hatte. Keine Menschenseele war auf der Straße. Wie immer in kalten Nächten sah Kars wie eine verlassene Stadt aus; und die Türen, an die ich klopfte, gehörten entweder zu armenischen Häusern, in denen seit achtzig Jahren niemand mehr lebte, oder die Bewohner krochen nicht aus ihren Löchern unter den Schichten von Decken hervor, wie Tiere, die sich im Winterschlaf verbergen.

Plötzlich gefiel mir dieser verlassene, einsame Zustand der Stadt. Von dem Alkohol und der Kälte verbreitete sich ein süßer Schlaf über meinen ganzen Körper. Ich entschloß mich, stillschweigend dieses Leben zu verlassen, ging ein paar Schritte, streckte mich auf dem vereisten Trottoir unter einem Baum aus und begann auf den Tod zu warten. In diesem Frost mit einem vom Alkohol benebelten Kopf den Kältetod zu sterben, ist eine Sache von ein paar Minuten. Während sich der Schlaf sanft in meinen Adern ausbreitete, erschien vor meinen Augen das Kind, das ich nie gehabt hatte: ein Mann, erwachsen, er trug Krawatte; und er hielt sich nicht so wie unsere krawattentragenden Beamten, sondern ganz wie die Europäer. Gerade wollte er mir etwas sagen, da beugte er sich vor und küßte einem alten Mann die Hand. Von diesem Greis breitete sich Licht in alle Richtungen aus. Und schon traf mich ein Lichtstrahl genau ins Auge, so wie ich dalag, und weckte mich auf. Ich erhob mich, mit Gewissensbissen und Hoffnung. Da sah ich, daß in kurzer Entfernung sich eine erleuchtete Tür geöffnet hatte und daß Leute ein und aus gingen. Ich hörte auf eine innere Stimme und folgte ihnen. Sie nahmen mich bei sich auf und brachten mich in eine helle, warme Wohnung. Hier gab es Menschen, die nicht wie die aus Kars vom Leben enttäuscht und deprimiert, sondern glücklich waren; und dazu noch waren auch sie aus Kars und sogar Bekannte. Ich hatte begriffen, daß diese Wohnung der geheime Konvent Seiner Hoheit, des Kurdenscheichs Saadettin Efendi, war, von dem ich schon hatte munkeln hören. Von Beamten, die ich kannte, hatte ich gehört, daß der Scheich auf Einladung seiner täglich zahlreicher werdenden reichen Jünger aus seinem Dorf in den Bergen nach Kars herabgestiegen war und die armen, elenden, arbeitslosen und unglücklichen Leute aus Kars in die Kulthandlungen seines Konvents lockte. Aber ich hatte mich nicht weiter darum gekümmert, schließlich würde die Polizei diese republikfeindliche Aktivität unterbinden. Nun stieg ich tränenüberströmt die Treppe zu diesem Scheich hinauf. Es war geschehen, wovor ich mich seit Jahren insgeheim gefürchtet hatte und was in meiner atheistischen Zeit für mich Schwäche und Unterentwicklung war: Ich kehrte zum Islam zurück. Eigentlich hatte ich Angst vor diesen reaktionären Scheichs aus den Karikaturen mit ihrem Vollbart und ihren Roben; und nun hatte ich zu weinen begonnen, als ich freiwillig ihre Treppe emporstieg. Der Scheich war ein guter Mensch. Er fragte mich, warum ich weinte. Natürlich konnte ich nicht sagen: Ich weine, weil ich unter reaktionäre Scheiche und ihre Jünger geraten bin. Außerdem schämte ich mich sehr wegen meiner Alkoholfahne. Ich sagte, ich hätte meinen Schlüssel verloren. Es war mir eingefallen, daß ich meinen Schlüsselbund an dem Ort hatte fallen lassen, an dem ich mich zum Sterben ausgestreckt hatte. Während seine Jünger sich noch bei ihm einschmeicheln wollten und eifrig auf die metaphorischen Bedeutungen von Schlüsseln hinwiesen, schickte der Scheich sie schon auf die Straße, um nach den meinen zu suchen. Als wir allein waren, lächelte er mich freundlich an. Ich begriff, daß er der alte Mann mit dem guten Herzen war, den ich kurz zuvor in meinem Traum gesehen hatte, und war erleichtert.

Ganz spontan küßte ich die Hand dieser erhabenen Person, die mir wie ein Heiliger erschien. Daraufhin tat er etwas, was mich völlig überraschte: Er küßte die meine. In mir breitete sich ein Gefühl der Geborgenheit aus, wie ich es seit Jahren nicht mehr gekannt hatte. Ich begriff sofort, daß ich mit ihm über alles sprechen und ihm mein ganzes Leben erzählen konnte. Er würde mir den Weg zu Allah zeigen, dessen Existenz mir auch in meinen atheistischen Jahren innerlich immer bewußt gewesen war. Und das machte mich schon im voraus glücklich. Meinen Schlüsselbund hatte man gefunden. Ich kehrte in jener Nacht nach Hause zurück und schlief mich aus. Am Morgen schämte ich mich wegen dieser Erfahrung. Ich erinnerte mich nur undeutlich an all das, was mir zugestoßen war, und eigentlich wollte ich mich nicht erinnern. Ich schwor mir selbst, den Konvent nie wieder zu besuchen. Bedrückt und furchtsam fragte ich mich, ob ich wohl irgendwo einem der Jünger begegnen würde, die ich an jenem Abend im Konvent gesehen hatte. Aber dennoch trugen mich eines Abends bei der Rückkehr von der Kneipe Grünes Land meine Füße von selbst dorthin. Das ging auch die nächsten Nächte so, trotz aller Anfälle von Schuldgefühlen tagsüber. Der Scheich setzte mich direkt neben sich, hörte sich meine Sorgen an und pflanzte die Liebe zu Gott in mein Herz. Ständig weinte ich und empfand deswegen große Geborgenheit. Um meine Teilnahme an den Kulthandlungen im Konvent, die ich wie ein Geheimnis hütete, zu vertuschen, trug ich tagsüber die Zeitung *Die Republik* mit mir herum, die säkularste, die ich kenne, schimpfte, daß die republikfeindlichen Islamisten überall vordrängen, und murrte, warum im Verein für Kemalistisches Gedankengut keine Veranstaltungen stattfänden.

Dieses Doppelleben dauerte an, bis İpek mich eines Nachts fragte: ›Hast du etwas mit einer anderen Frau?‹ Weinend habe ich ihr alles gestanden. Auch sie hat geweint: ›Bist du nun ein Islamist geworden, wirst du mich zwingen, mein Haar zu verhüllen?‹ Ich schwor ihr Eide, daß ich so etwas nie verlangen würde. Ich hatte das Gefühl, daß es eine Art von Abstieg darstellte, was uns da zugestoßen war, und erzählte ihr, daß im Geschäft alles gut lief und daß sich die neuen Elektroöfen von Arçelik trotz der Stromausfälle gut verkauften, damit sie sich beruhigte. Eigentlich war ich glücklich, daß ich nun meine rituellen Gebete zu Hause verrichten konnte. Von einem Buchhändler besorgte ich mir ein Gebetslehrbuch. Vor mir breitete sich ein neues Leben aus.

Kaum war ich ein wenig zu mir gekommen, schrieb ich eines Nachts in plötzlicher Inspiration ein langes Gedicht. In ihm erzählte ich von meiner Krise, von meiner Scham, von der Liebe zu Allah, die in mir erwachte, von der Geborgenheit, von meinem ersten Aufstieg auf den heiligen Treppen zu meinem Scheich, von den realen und metaphorischen Bedeutungen des Schlüssels. Es fehlte ihm an nichts. Ich schwöre, es war nicht schlechter als die Lyrik des neuesten und modischsten Dichters, den Fahir übersetzt hat. Sofort schickte ich es ihm mit einem Begleitbrief per Post. Ich wartete sechs Monate, aber es erschien nicht in der *Achillestinte*, der Zeitschrift, die er damals herausgab. In dieser Wartezeit hatte ich drei weitere Gedichte geschrieben. Auch sie habe ich in jeweils zweimonatigem Abstand eingeschickt. Voller Ungeduld wartete ich ein Jahr, doch wieder wurde nichts veröffentlicht.

Was mich in jener Phase meines Lebens unglücklich machte, war nicht, daß ich immer noch kein Kind hatte, nicht, daß İpek den Geboten des Islams nicht gehorchte, nicht, daß mich meine alten säkularen und linken Freunde geringschätzten, weil ich Islamist geworden war. Sie kümmerten sich ohnehin nicht besonders um mich, weil es so viele Menschen wie mich gab, die begeistert zum Islam zurückkehrten. Was mich am tiefsten erschütterte, war, daß die Gedichte, die ich nach Istanbul schickte, nicht veröffentlicht wurden. Jeden Monatsanfang wollten die Tage und Stunden bis zum Erscheinen der neuen Nummer nicht vergehen, jedesmal beschwichtigte ich mich mit dem Gedanken, daß diesen Monat endlich eines meiner Gedichte veröffentlicht würde. Die Authentizität dessen, was ich in diesen Gedichten beschrieb, war nur mit der westlicher Gedichte zu vergleichen. Und so etwas konnte in der Türkei nur Fahir veröffentlichen, dachte ich.

Die Größe des mir angetanen Unrechts und meines Zornes begann das Glück zu vergiften, das der Islam mir schenkte. Wenn ich in der Moschee, die ich nun regelmäßig zu besuchen begann, mein Gebet verrichtete, dachte ich an Fahir und war wieder unglücklich. Ich entschloß mich eines Abends, meinem Scheich von meiner Bedrückung zu erzählen, aber er verstand nicht, was ein modernistisches Gedicht, die Stille des leeren Verses, eine Verstrennung im Satz, Mallarmé, Joubert und René Char waren.

Das erschütterte mein Vertrauen in meinen Scheich. Er hatte ohnehin seit längerer Zeit nichts anderes getan, als mir immer wieder einige wenige Sätze zu wiederholen, in der Art wie: ›Halte dein Herz rein!‹ oder: ›Mit Gottes Willen wirst du durch die Liebe zu Allah aus dieser Bedrängnis befreit werden.‹ Ich möchte ihm kein Unrecht tun; er war kein simpler Mann, nur einer, dessen Wissen simpel war. Der halb rationale, halb utilitaristische Teufel, der in mir aus meinen atheistischen Jahren zurückgeblieben war, begann mich wieder zu piesacken. Solche wie ich finden nur Ruhe, wenn sie sich in einer politischen Partei zusammen mit ihresgleichen für eine höhere Sache zerfleischen. So habe ich eingesehen, daß hier in der Partei aktiv zu sein mir ein tieferes und sinnvolleres spirituelles Leben schenken wird, als das im Konvent möglich wäre. Die politische Erfahrung aus meinen marxistischen Jahren war mir in meiner Partei, deren Priorität Religion und Spiritualität ist, außerordentlich nützlich.«

»Wie eigentlich?« fragte Ka.

Der Strom fiel aus. Es gab eine lange Stille.

»Der Strom ist ausgefallen«, sagte Muhtar in geheimnisvollem Tonfall.

Ka saß, ohne ihm zu antworten, reglos im Dunkeln.

7

»Politischer Islamist« ist ein Name, den uns Leute aus dem Westen und Säkularisten gegeben haben

IM PARTEILOKAL, IM POLIZEIPRÄSIDIUM UND WIEDER AUF DEN STRASSEN

Es war etwas unheimlich, wie sie im Dunkeln wortlos zusammensaßen, aber Ka zog diese Spannung der Künstlichkeit vor, mit der Muhtar und er im Hellen wie zwei alte Freunde miteinander geredet hatten. Jetzt war das einzige, was ihn mit Muhtar verband, İpek; und Ka wollte in irgendeiner Weise dringlich über sie sprechen, fürchtete sich aber zugleich davor, erkennen zu lassen, daß er in sie verliebt war. Etwas anderes, vor dem er sich fürchtete, war, daß Muhtar noch mehr Geschichten erzählen und er ihn noch dümmer finden würde als ohnehin schon und daß die Bewunderung, die er für İpek empfinden wollte, von Anfang an dadurch gemindert werden könnte, daß sie mit so jemandem jahrelang verheiratet gewesen war.

Deswegen entspannte sich Ka, als Muhtar aus Mangel an einem geeigneten Thema die Sprache auf ihre alten linken Freunde und die nach Deutschland geflohenen Exilanten brachte. Auf eine Frage Muhtars sagte er lächelnd, er habe gehört, daß der lockenköpfige Tufan aus Malatya, der früher in ihrer Zeitschrift Artikel über die Dritte Welt geschrieben hatte, verrückt geworden sei. Er erzählte, daß er ihn das letztemal auf dem Stuttgarter Hauptbahnhof gesehen hatte, wie er mit einem endlos langen Stab mit einem feuchten Lappen am Ende pfeifend hin und her rannte und den Boden wischte. Dann fragte Muhtar nach Mahmut, der dauernd getadelt worden war, weil er so rückhaltlos seine Meinung sagte. Ka erzählte, daß er sich der Gemeinschaft Hayrullah Efendis, der für das Heilige Recht kämpfte, angeschlossen habe und daß er mit dem gleichen Feuereifer, mit dem er sich früher als Linker an Streitigkeiten beteiligt hatte, nun in Auseinandersetzungen darüber einmische, in welcher Moschee in Deutschland welche Gemeinschaft das Sagen habe. Ein anderer, der nette Süleyman, an den sich Ka wiederum mit einem Lächeln erinnerte, hatte sich in Bayern in der Kleinstadt Traunstein, wo er von dem Geld einer kirchlichen Stiftung für politische Asylanten aus der Dritten Welt lebte, so bedrückt gefühlt, daß er in die Türkei zurückkehrte, obwohl er genau wußte, daß man ihn ins Gefängnis stecken würde. Sie erinnerten sich an Hikmet, der auf mysteriöse Weise umgekommen war, als er in Berlin als Chauffeur arbeitete, an Fadıl, der eine alte Frau, Witwe eines Nazioffiziers, geheiratet hatte und mit ihr zusammen eine Pension betrieb, und an Theorie-Tarık, der in Hamburg mit der türkischen Mafia zusammenarbeitete und reich geworden war. Sadık, der früher zusammen mit Muhtar, Ka, Taner und İpek die frisch aus der Druckerei kommenden Zeitschriften gefalzt hatte, war jetzt Führer einer Bande, die Illegale über die Alpen nach Deutschland schmuggelte. Es hieß, Muharrem, der immer alles gleich übelnahm, habe mit seiner Familie ein glückliches Leben im Untergrund geführt, in einer der Geisterstationen des Berliner U-Bahn-Systems, die wegen des Kalten Kriegs und der Mauer nicht benutzt wurden. Wie die alten Istanbuler Banditen, die immer, wenn sie in Arnavutköy vorbeikommen, in die Strömung schauen und den legendären Gangster grüßen, der dort mit seinem Wagen verschwunden ist, legten die verdienten türkischen Sozialisten im Ruhestand einen Moment des Gedenkens ein, während der Zug schnell seinen Weg zwischen den Stationen in Kreuzberg und dem Alexanderplatz zurücklegte. Selbst wenn sie einander nicht kannten, warfen in diesem Augenblick des Gedenkens die politischen Asylanten im Waggon aus den Augenwinkeln einen Blick auf ihre Genossen, während sie den legendären Helden einer verlorenen Sache grüßten. Ka war in Berlin in genau so einem Waggon Ruhi begegnet, der seine linken Freunde immer kritisiert hatte, weil sie sich nicht für Psychologie interessierten. Wie er erfahren hatte, war Ruhi Versuchsperson bei der Messung des Effektes einer Werbung für eine neue Art Pizza mit gedörrtem türkischen Rinderschinken, die man für Migranten der untersten Einkommensgruppe auf den Markt bringen wollte. Unter den politischen Asylanten, die Ka in Deutschland kannte, war Ferhat am glücklichsten. Er hatte sich der PKK angeschlossen, überfiel mit nationalistischer Begeisterung Büros der Turkish Airlines, war auf CNN zu sehen, wie er Molotow-Cocktails auf türkische Konsulate warf, und lernte Kurdisch, wobei er von den Gedichten träumte, die er eines Tages schreiben würde. Einige andere Menschen, nach denen Muhtar mit einer seltsamen Neugier fragte, hatte Ka entweder schon lange vergessen oder er hatte von ihnen gehört, daß sie wie so viele, die sich kleinen Verbrecherbanden anschlossen, für Geheimdienste arbeiteten oder dunkle Geschäfte betrieben, verschwunden waren, verschollen, aller Wahrscheinlichkeit nach im stillen umgebracht und in einen Kanal geworfen.

Im Schein eines Streichholzes, das sein alter Freund angezündet hatte, sah Ka, wo die gespenstischen Gegenstände – ein alter Beistelltisch, der Gasofen – im Parteilokal standen, erhob sich, ging zum Fenster und betrachtete voller Bewunderung, wie der Schnee fiel.

Der Schnee sank langsam in dicken, das Auge verwöhnenden Flocken. Seine Langsamkeit, seine Fülle und sein Weiß, das durch ein bläuliches Licht noch betont wurde – unklar war, von welchem Punkt in der Stadt es kam –, hatten etwas Mächtiges an sich, das einem wohltat und Vertrauen einflößte, eine Eleganz, die Ka hinriß. Er erinnerte sich an die verschneiten Abende seiner Kindheit. Auch in Istanbul fiel früher bei Schnee und Sturm der Strom aus, in der Wohnung waren verängstigtes Flüstern und Wünsche mit »Gott behüte!« zu hören, was Kas Herz schneller schlagen ließ; und Ka war froh, daß er eine Familie hatte. Traurig betrachtete er die Pferde vor einem Karren, die sich im Schnee abmühten, vorwärts zu kommen: In der Dunkelheit konnte er nur erkennen, wie die Tiere ihre Köpfe angestrengt nach rechts und links schwangen.

»Muhtar, gehst du immer noch zu dem Scheich?«

»Du meinst, seiner Hoheit Saadettin Efendi?« gab Muhtar zurück.

»Manchmal. Warum?«

»Was gibt er dir?«

»Ein wenig Freundschaft, ein wenig Anteilnahme, auch wenn sie nicht lange vorhält. Er weiß viel.«

Aber Ka hörte in Muhtars Stimme keine Freude, sondern Enttäuschung. »In Deutschland führe ich ein sehr einsames Leben«, sagte er, hartnäckig weitersprechend. »Wenn ich mitten in der Nacht auf Frankfurts Dächer blicke, habe ich das Gefühl, daß diese ganze Welt und mein Leben umsonst sind. Ich höre Stimmen in meinem Innern.«

»Was für Stimmen?«

»Vielleicht ist es, weil ich alt geworden bin und mich vor dem Tod fürchte«, sagte Ka und schämte sich. »Wäre ich ein Schriftsteller, würde ich über mich selbst ›Der Schnee erinnerte Ka an Gott‹ schreiben. Aber ich weiß nicht, ob das wahr wäre. Die Stille des Schnees bringt mich Gott näher.«

»Die Frommen, die Rechten, die muslimischen Konservativen dieses Landes«, sagte Muhtar, der sich sofort einer falschen Hoffnung überließ, »haben mir nach meinen Jahren als atheistischer Linker sehr gutgetan. Du wirst sie finden. Ich bin sicher, sie werden auch dir guttun.«

»Meinst du?«

»Erst einmal sind all diese frommen Männer bescheiden, sanftmütig und verständnisvoll. Sie schauen nicht immer gleich wie die Verwestlichten auf das Volk herab; sie sind warmherzig und leidgeprüft. Wenn sie dich kennen, werden sie dich mögen, nichts tun, was dich verletzt.«

Ka hatte von Anfang an gewußt, daß an Gott glauben in der Türkei nicht heißt, daß der einzelne Mensch dem höchsten Gedanken und dem größten Schöpfer begegnet, sondern vor allem, daß er sich einer Gemeinschaft und einer sozialen Umgebung anschließt. Trotzdem war er enttäuscht, daß Muhtar, ohne Gott und den Glauben des Individuums auch nur zu erwähnen, über die Vorteile der Gemeinschaften redete. Er spürte, wie er Muhtar deshalb verachtete. Aber er sagte ihm etwas ganz anderes, die Stirn an das Fenster gelehnt, den Blick nach draußen gerichtet.

»Muhtar, es kommt mir so vor, daß du enttäuscht sein und sogar auf mich herabschauen wirst, wenn ich beginne, an Gott zu glauben.«

»Warum?«

»Ein verwestlichtes, vereinsamtes und auf eigene Faust an Gott glaubendes Individuum erschreckt dich. Du findest einen Angehörigen einer Gemeinschaft, der nicht glaubt, vertrauenswürdiger als ein gläubiges Individuum. Für dich ist ein einsamer Mensch elender und schlechter als ein ungläubiger.«

»Ich bin sehr einsam«, erwiderte Muhtar.

Ka fühlte Groll und Mitleid mit ihm, weil er das so aufrichtig und glaubhaft sagen konnte. Er hatte den Eindruck, daß die Dunkelheit im Zimmer sowohl bei ihm als auch bei Muhtar zu einer Vertrautheit wie unter Betrunkenen geführt hatte. »Ich werde nicht so werden, aber weißt du, warum du dich davor fürchtest, daß ich ein Frommer werde, der seine fünf Gebete am Tag verrichtet? Du kannst dich der Religion und der Gemeinschaft nur dann überlassen, wenn solche säkularen Gottlosen wie ich die Staats- und Handelsangelegenheiten übernehmen. Man kann sich in diesem Land nicht in aller Seelenruhe dem Gottesdienst überlassen, ohne auf den Fleiß eines Ungläubigen zu vertrauen, der die nichtreligiösen Aufgaben, den Handel mit dem Westen und die Politik ordentlich erledigt.«

»Aber du bist nicht der Mann für Handel und Politik. Ich bringe dich zu Seiner Hoheit, Scheich Saadettin, wann immer du willst.«

»Sieht so aus, als seien unsere Polizisten da«, sagte Ka.

Beide schauten schweigend durch ein paar Gucklöcher in der vereisten Scheibe zu, wie aus dem Polizeifahrzeug, das unten vor dem Eingang des Geschäftshauses geparkt hatte, zwei Männer in Zivil stiegen.

»Ich werde dich jetzt um etwas bitten«, sagte Muhtar. »Gleich kommen diese Männer hier hoch und bringen uns ins Präsidium. Sie werden dich nicht festnehmen, sie protokollieren deine Aussage und lassen dich gehen. Du kehrst ins Hotel zurück. Abends lädt dich Turgut Bey zum Essen ein; da gehst du hin. Und natürlich werden auch seine neugierigen Töchter dabeisein. Ich möchte, daß du dann İpek folgendes sagst. Hörst du mir zu? Sag İpek, daß ich sie wieder heiraten möchte! Es war ein Fehler, daß ich gewollt habe, daß sie sich bedeckt und nach islamischen Regeln anzieht. Sag ihr, daß ich sie nicht mehr wie ein engstirniger, eifersüchtiger Ehemann aus der Provinz behandeln werde, daß es mir leid tut, daß ich sie während unserer Ehe unterdrückt habe, und daß ich mich schäme!«

»Hast du das İpek nicht schon früher gesagt?«

»Ja, aber es hat nichts genützt. Vielleicht glaubt sie mir auch nicht, weil ich Vorsitzender der Wohlfahrtspartei von Kars bin. Du bist ein Mann anderer Art, kommst aus Istanbul, sogar aus Deutschland. Wenn du das sagst, glaubt sie es.«

»Würde es dich als Provinzvorsitzender der Wohlfahrtspartei nicht politisch in Schwierigkeiten bringen, wenn deine Frau kein Kopftuch trägt?«

»In vier Tagen werde ich mit Gottes Hilfe die Wahl gewinnen und Bürgermeister sein«, sagte Muhtar. »Aber wichtiger als das ist, daß du İpek erzählst, daß es mir leid tut. Vielleicht bin ich dann immer noch in Haft. Tust du das für mich, Bruder?«

Ka war einen Moment lang unentschlossen. Dann sagte er: »Mache ich.«

Muhtar umarmte Ka und küßte ihn auf die Wangen. Ka empfand eine Mischung aus Mitleid und Ekel und verachtete sich selbst, weil er nicht so reinherzig und offen wie Muhtar war.

»Ich bitte dich sehr, gib dieses Gedicht von mir eigenhändig in Istanbul Fahir«, sagte Muhtar. »Das, von dem ich vorhin gesprochen habe, es heißt ›Die Treppe‹.«

In dem Augenblick, als Ka das Gedicht in der Dunkelheit in seine Tasche steckte, betraten drei Mann in Zivil den Raum; zwei hatten riesige Taschenlampen in der Hand. Sie waren vorbereitet und neugierig; aus ihrem Verhalten ging hervor, daß sie genau wußten, was Ka und Muhtar hier taten. Ka begriff, daß sie vom Nationalen Nachrichtendienst kamen. Trotzdem fragten sie Ka, als sie sich seinen Ausweis ansahen, was er hier zu suchen habe. Ka antwortete, er sei aus Istanbul gekommen, um für die Zeitung *Die Republik* Artikel über die Bürgermeisterwahlen und die Selbstmörderinnen zu schreiben.

»Die bringen sich sowieso nur um, damit ihr in den Istanbuler Zeitungen darüber schreibt«, sagte einer der Beamten.

»Nein, nicht deswegen«, erwiderte Ka trotzig.

»Weswegen denn?«

»Sie bringen sich aus Unglück um.«

»Wir sind auch unglücklich, aber wir bringen uns nicht um.«

Dann öffneten sie beim Schein ihrer Taschenlampen die Schränke, zogen die Schubladen heraus, leerten sie auf den Tisch aus und suchten etwas in den Ordnern. Sie kippten Muhtars Tisch um, um darunter nach einer Waffe zu suchen, und zogen einen Schrank vor, um hinter ihn zu blicken. Ka behandelten sie viel besser als Muhtar.

»Warum sind Sie hierhergegangen und nicht zur Polizei, als Sie gesehen haben, wie der Hochschuldirektor angeschossen wurde?«

»Ich hatte einen Termin hier.«

»Wozu?«

»Wir sind alte Freunde seit der Universität«, sagte Muhtar entschuldigend. »Die Besitzerin des Hotels Schneepalast, in dem er wohnt, ist meine Frau. Kurz vor dem Attentat haben die beiden mich hier im Parteizentrum angerufen und einen Termin ausgemacht. Weil die Geheimdienstler die Telefone unserer Partei abhören, können Sie das überprüfen.«

»Woher willst du wissen, daß wir eure Telefone abhören?«

»Ich bitte um Entschuldigung«, sagte Muhtar ohne jede Aufregung. »Ich weiß das nicht. Ich nehme es an. Möglicherweise irre ich mich.«

Ka spürte bei Muhtar den Gleichmut und die Gedrücktheit eines Menschen, der sich daran gewöhnt hat, es herunterzuspielen, wenn die Polizei ihn schlecht behandelt, ihre Beleidigungen nicht zu einer Frage der Ehre zu machen und die Unbarmherzigkeit der Polizei und des Staates als etwas so Natürliches hinzunehmen wie einen Stromausfall und die ewig verschlammten Straßen. Weil diese nützliche Flexibilität und diese Fähigkeiten ihm abgingen, empfand Ka einen gewissen Respekt vor ihm.

Nachdem das Provinzzentrum der Partei ausführlich durchsucht, die Schränke und Ordner durchwühlt, ein Teil davon verschnürt und in Säcke gefüllt und dann noch ein Durchsuchungsprotokoll aufgesetzt worden war, wurden Ka und Muhtar in ein Polizeifahrzeug verfrachtet und saßen da still wie Kinder, die etwas angestellt haben. Ka erkannte Muhtars Gedrücktheit an seinen außerordentlich großen weißen Händen wieder, die wie fette alte Hunde brav auf seinen Knien lagen. Während das Polizeiauto sich auf den verschneiten, dunklen Straßen schleichend vorwärts bewegte, betrachteten sie melancholisch das matte, ins Orange spielende Licht, das aus den Fenstern der alten armenischen Stadtpalais durch die halbgeöffneten Vorhänge drang, alte Leute, die mit Plastiktüten in der Hand auf den vereisten Trottoirs langsam ihres Weges gingen, und die Fassaden von Häusern, die einsam, leer und alt wie Gespenster waren. An der Anzeigetafel des Volkstheaters waren die Plakate der Abendvorstellung aufgehängt. Die Arbeiter, die das Sendekabel für die Direktübertragung über die Straße verlegten, waren immer noch beschäftigt. Weil die Überlandstraßen blockiert waren, herrschte an den Abfahrtsstellen der Überlandbusse eine Stimmung nervösen Wartens.

Sie fuhren im Schrittempo unter dem märchenhaften Schnee dahin, dessen Flocken in Kas Augen so riesig waren wie die in den mit Flüssigkeit gefüllten Halbkugeln, die von Kindern »Schneesturm« genannt werden. Während der Fahrt, die trotz der geringen Entfernung fast zehn Minuten dauerte, weil der Fahrer so aufmerksam und langsam fuhr, begegneten Kas Augen einmal denen Muhtars, der neben ihm saß. Dem traurigen und besänftigenden Blick seines alten Freundes entnahm er beschämt und erleichtert, daß sie auf dem Polizeipräsidium Muhtar schlagen, ihn aber nicht anrühren würden.

Der Blick seines Freundes, an den er sich noch Jahre später erinnern sollte, gab Ka außerdem das Gefühl, daß Muhtar glaubte, die Schläge zu verdienen, die er wenig später einstecken würde. Obwohl er fest davon überzeugt war, die Bürgermeisterwahlen in vier Tagen zu gewinnen, sprach aus seinem Blick eine tiefe Ergebenheit, und er schien für das, was geschehen würde, im voraus um Verzeihung zu bitten. Ka begriff, was Muhtar dachte: Ich weiß, daß ich die Prügel verdiene, die ich gleich einstecken und zu überstehen versuchen werde, ohne daß mein Stolz darunter leidet, weil ich immer noch darauf bestehe, in dieser Ecke der Welt zu leben, und mich hier sogar dem Hunger nach Macht überlassen habe. Deswegen halte ich mich für minderwertiger als dich. Du aber beschäme mich, bitte, nicht noch weiter, indem du mir direkt in die Augen blickst!

Nachdem der Polizeiwagen im schneebedeckten Innenhof des Polizeipräsidiums zum Stehen gekommen war, trennte man Ka und Muhtar nicht voneinander, verhielt sich aber ihnen gegenüber völlig unterschiedlich. Ka wurde behandelt wie ein renommierter Journalist aus Istanbul, jemand mit Einfluß, der einem Ärger bereiten kann, wenn er negativ über einen berichtet, und zugleich wie ein zur Zusammenarbeit bereiter Zeuge. Muhtar hingegen versuchten sie zu demütigen: »Schon wieder du!«, und sie gaben zu verstehen, daß sie sich wunderten, wie Ka mit jemandem wie ihm zu tun haben könne. Naiverweise glaubte Ka, daß die Polizisten Muhtar auch deswegen demütigten, weil sie ihn für dumm (»Du glaubst wohl, daß dir der Staat überlassen wird!«) und irregeleitet (»Bring doch erst einmal dein eigenes Leben in Ordnung!«) hielten. Später sollte er erfahren, daß sie auf etwas ganz anderes anspielten.

Sie brachten Ka in ein Nebenzimmer und zeigten ihm an die hundert Schwarzweißfotografien, eine Auswahl aus den Archiven, damit er den schmächtigen Angreifer identifizierte, der auf den Direktor der Pädagogischen Hochschule geschossen hatte. Es waren Bilder von sämtlichen politischen Islamisten aus Kars und Umgebung, die von den Sicherheitskräften mindestens einmal festgenommen worden waren. Viele waren jung, es gab Kurden, Bauern und Arbeitslose, aber auch Straßenhändler, Schüler an der Schule für Vorbeter und Prediger und sogar Universitätsstudenten, Lehrer und sunnitische Türken. Ka erkannte unter der Fotografien der wütend oder traurig in die Polizeikamera schauenden Jugendlichen die Gesichter zweier junger Männer wieder, die er tagsüber auf den Straßen von Kars gesehen hatte, aber es war ihm unmöglich, den Angreifer zu identifizieren, an den er sich als älter und schmächtiger erinnerte.

Als er in den anderen Raum zurückkehrte, sah er, daß Muhtar, der immer noch gebeugt auf dem gleichen Schemel saß, eine blutende Nase und ein blutunterlaufenes Auge hatte. Verschämt machte Muhtar eine rasche Bewegung und verbarg dann sein Gesicht weitgehend hinter einem Taschentuch. Beide schwiegen, und Ka stellte sich vor, daß Muhtar durch die Prügel, die er gerade eingesteckt hatte, von dem Schuldgefühl und der psychischen Bedrückung gereinigt worden war, unter denen er wegen der Armut und Dummheit seines Landes litt. Zwei Tage später, kurz bevor er erfahren sollte, was ihn im Leben am unglücklichsten machte, sollte Ka sich an diese Vorstellung erinnern, fand sie dann allerdings ziemlich töricht.

Kurz danach holten sie ihn wieder in den Nebenraum. Einem jungen Polizisten, der eine alte Schreibmaschine benutzte, eine Schwester der Remington, die Kas Vater, der Anwalt, in Kas Kindheit abends hatte klappern lassen, wenn er Arbeit mit nach Hause brachte, erzählte Ka, wie der Hochschuldirektor angeschossen worden war, und dachte dabei, daß sie ihm Muhtar in diesem Zustand gezeigt hatten, um ihm angst zu machen.

Als er wenig später freigelassen wurde, ging ihm der Anblick von Muhtars blutigem Gesicht – Muhtar blieb im Präsidium zurück – lange nicht aus dem Sinn. Früher waren Konservative in Provinzstädten von den Polizisten nicht so ohne weiteres mißhandelt worden. Aber Muhtar gehörte keiner Mitte-rechts-Partei wie der Vaterlandspartei, sondern einer Richtung an, die sich bemühte, radikal islamistisch zu sein. Dennoch hatte er den Eindruck, Muhtars Lage habe etwas mit seiner Persönlichkeit zu tun. Lange ging Ka so durch den Schnee, setzte sich dann auf eine Mauer am unteren Ende der Heerstraße, rauchte eine Zigarette und schaute den beim Licht der Straßenlampen rodelnden Kindern zu. Die Armut und die Gewalt, die er den Tag über gesehen hatte, hatten ihn ermüdet, aber in ihm regte sich die Hoffnung, mit İpeks Liebe ein ganz neues Leben zu beginnen.

Später auf seinem Schneespaziergang fand er sich auf dem Trottoir gegenüber der Konditorei Neues Leben wieder. Das blaue Licht des Polizeifahrzeugs vor dem Geschäft, dessen Fensterscheibe zerbrochen war, ging an und aus und warf ein schönes Licht auf die Menge aus Jung und Alt, die den Beamten in der Konditorei zusah, sowie auf den Schnee, der mit göttlicher Geduld auf ganz Kars niederfiel. Ka mischte sich unter die Menge und sah, daß die Polizisten drinnen noch immer den alten Kellner befragten.

Jemand berührte mit scheuer Bewegung Kas Schulter:»Sie sind doch der Dichter Ka?«

Es war ein junger Mann mit großen grünen Augen und gutem, kindlichem Gesicht.»Ich heiße Necip. Ich weiß, daß Sie nach Kars gekommen sind, um über die Wahlen und die jungen Selbstmörderinnen in der *Republik* zu schreiben, und mit einer ganzen Reihe von Leuten gesprochen haben. Aber es gibt noch eine wichtige Person in Kars, mit der Sie sich unterhalten müssen.«

»Wer denn?«

»Können wir ein bißchen zur Seite treten?«

Ka mochte die geheimnisvolle Art, die der junge Mann an sich hatte. Sie zogen sich vor den Modernen Imbiß –»weltweit berühmt durch seine Saftgetränke und seinen Salep«– zurück.

»Ich bin nur befugt, Ihnen zu sagen, wer diese Person ist, mit der Sie sprechen müssen, wenn Sie einem Treffen mit ihr zustimmen.«

»Wie kann ich das tun, ohne zu wissen, um wen es sich handelt?«

»Das ist schon richtig«, sagte Necip.»Aber diese Person versteckt sich. Ich kann Ihnen nicht sagen, vor wem und warum sie sich versteckt, solange Sie nicht Ihr Einverständnis geben.«

»Na gut, ich bin einverstanden«, sagte Ka. Mit einem Gestus, der aus Comics stammte, fügte er hinzu:»Ich hoffe, das ist keine Falle.«

»Wenn du den Menschen nicht vertraust, kannst du im Leben nichts unternehmen«, antwortete Necip, seinerseits mit einem Spruch wie aus einem Comic.

»Ich vertraue Ihnen«, sagte Ka.»Wen muß ich sprechen?«

»Du wirst ihn sprechen, nachdem du seinen Namen erfahren hast. Aber sein Versteck wirst du als ein Geheimnis bewahren. Denk noch einmal nach! Soll ich sagen, wer es ist?«

»Ja«, sagte Ka,»und vertrauen Sie mir!«

Necip sagte so leidenschaftlich, als spreche er von dem Helden einer Sage:»Der Name jener Person ist Lapislazuli.«

Als Ka keinerlei Reaktion zeigte, war er enttäuscht.»Haben Sie in Deutschland etwa nie von ihm gehört? In der Türkei ist er berühmt.«

»Ich weiß«, sagte Ka beruhigend. »Ich bin bereit, ihn zu sehen.«
»Aber ich weiß nicht, wo er ist«, erklärte Necip. »Ich habe ihn in meinem ganzen Leben noch nie gesehen.«
Einen Augenblick musterten sie einander mit einem zweifelnden Lächeln.
»Ein anderer wird dich zu Lapislazuli bringen«, sagte Necip. »Meine Aufgabe ist es, dich mit der Person zusammenzubringen, die dich zu ihm führen wird.«
Gemeinsam gingen sie unter Wahlfähnchen und zwischen Plakaten die Küçük-Kâzımbey-Straße hinunter. Ka empfand Sympathie für den jungen Mann; etwas an seinen nervösen und kindlichen Bewegungen und an seinem schlanken Körper erinnerte ihn an seine eigene Jugend. Einen Augenblick ertappte er sich dabei, wie er versuchte, die Welt mit den Augen des Jungen zu sehen.
»Was haben Sie in Deutschland über Lapislazuli gehört?« fragte Necip.
»In türkischen Zeitungen habe ich gelesen, daß er ein militanter politischer Islamist ist«, antwortete Ka. »Und noch einige andere schlechte Dinge.«
Necip unterbrach ihn eilig. »Politischer Islamist ist ein Name, den die westliche und die säkulare Presse uns Muslimen gegeben hat, die wir bereit sind, für die Religion zu kämpfen. Sie sind ein Säkularist, aber glauben Sie bitte nicht den Lügen, die die säkulare Presse über ihn veröffentlicht! Er hat niemanden getötet. Nicht einmal in Bosnien, wohin er gegangen ist, um seine muslimischen Brüder zu verteidigen, und auch nicht in Grosny, wo er durch eine russische Bombe verwundet wurde.« Er hielt Ka an einer Ecke an. »Sie sehen den Laden gegenüber, die Buchhandlung Verkündigung. Sie gehört zur Gruppe der ›Monistiker,‹ aber alle Islamisten von Kars treffen sich dort. Das weiß die Polizei so gut wie alle anderen. Sie haben Spitzel unter den Verkäufern. Ich gehe auf die Schule für Vorbeter und Prediger. Wir dürfen die Buchhandlung nicht betreten, sonst gibt es eine Disziplinarstrafe, aber ich werde jemandem eine Nachricht zukommen lassen. In drei Minuten wird ein hochgewachsener junger Mann mit Bart und rotem Käppchen herauskommen. Folg ihm! Zwei

Straßen weiter wird er sich zu dir gesellen, wenn euch kein Ziviler folgt, und dich an den Ort bringen, den man ihm genannt hat. Verstanden? Allah möge dir helfen!«

Necip verschwand augenblicklich im dichten Schneetreiben. Ka spürte, daß er ihn mochte.

8

Selbstmörder sind Sünder

DIE GESCHICHTE LAPISLAZULIS UND RÜSTEMS

Während Ka vor der Buchhandlung Verkündigung wartete, nahm das Schneetreiben noch zu. Gerade war er es leid, den sich auf ihm ansammelnden Schnee abzuschütteln und zu warten; gerade wollte er ins Hotel zurückkehren, da bemerkte er, daß ein hochgewachsener junger Mann mit Bart unter dem matten Licht der Straßenlampe das Trottoir gegenüber entlangging. Als er erkannte, daß die rote Kappe auf seinem Kopf vom Schnee ganz mit Weiß überzogen war, folgte er ihm unter Herzklopfen.

Sie gingen die ganze Kâzım-Karabekir-Straße entlang, die der Bürgermeisterkandidat der Vaterlandspartei versprochen hatte, in Anlehnung an Istanbul ausschließlich Fußgängern vorzubehalten, bogen in die Faikbey-Straße ein, gingen zwei Ecken später nach rechts und kamen am Bahnhofsplatz an. In seiner Mitte war das Denkmal Kâzım Karabekirs unter dem Schnee verschwunden und hatte in der Dunkelheit die Form einer großen Speiseeistüte angenommen. Ka sah, daß der junge Mann in den Bahnhof hineinging, und lief ihm schnell nach. Im Wartesaal war niemand. Er hatte den Eindruck, der junge Mann sei auf den Bahnsteig hinausgetreten, und ging in diese Richtung. Als er an das Ende des Bahnsteigs kam, war ihm, als sähe er den jungen Mann weiter vorne, und er lief die Schienen entlang. Gerade dachte er daran, daß bis zum Frühling keiner seine Leiche finden würde, wenn er hier auf einmal erschossen würde, da stand der bärtige junge Mann mit der Kappe plötzlich direkt vor seiner Nase.

»Niemand verfolgt uns«, sagte er. »Aber wenn du willst, kannst du immer noch zurück. Wenn du jedoch mit mir kommst, wirst du von jetzt an das Maul halten. Auf keinen Fall wirst du ausplaudern, wie du hierhergekommen bist. Das Ende von Verrätern ist der Tod.« Auch sein letzter Satz erschreckte Ka nicht, denn seine Stimme war geradezu lächerlich hoch. Sie gingen die Schienen entlang, passierten den Silo und waren in die Yahniler-Gasse gleich neben den Militär-Wohnheimen eingebogen, als der Jugendliche mit der hohen Stimme Ka das Mietshaus zeigte, in das er gehen sollte, und erklärte, auf welche Klingel er zu drücken habe. »Benimm dich dem Meister gegenüber respektvoll!« sagte er. »Unterbrich ihn nicht, und wenn deine Angelegenheit erledigt ist, geh gleich, ohne herumzulungern!«

So erfuhr Ka, daß Lapislazuli unter seinen Anhängern noch einen anderen Decknamen führte. Ohnehin wußte er über Lapislazuli nur sehr wenig, außer daß er ein berühmter politischer Islamist war. In den ihm in Deutschland zugänglichen türkischen Zeitungen hatte er gelesen, er sei in einen Mordfall verwickelt gewesen. Es gab zahlreiche Islamisten, die jemanden umgebracht hatten, doch keiner von ihnen war berühmt. Was Lapislazuli berühmt gemacht hatte, war die Behauptung, er habe den Moderator einer Quizsendung in einem kleinen Fernsehkanal umgebracht, einen bunt ausstaffierten femininen Gecken, der anzügliche, ordinäre Witze riß und sich dauernd über die »Dummköpfe« lustig machte. Dieser Moderator namens Güner Bener, dessen Gesicht von Muttermalen bedeckt war, hatte sich während einer seiner täglich live übertragenen Quizsendungen über einen armen und einfältigen Teilnehmer lustig gemacht und dabei unbedacht eine ungehörige Formulierung mit Bezug auf den Heiligen Propheten verwendet. Dieser Scherz hatte den Zorn einiger frommer Zuschauer hervorgerufen, die sonst dauernd einnickten während der Sendung, war aber schon fast vergessen, als Lapislazuli auf einmal an alle Zeitungen Istanbuls Briefe schrieb und Todesdrohungen gegen den Moderator ausstieß, falls dieser nicht in der gleichen Sendung Reue zeige und Abbitte tue. Die Istanbuler Presse, an solche Drohungen gewöhnt, hätte diesen Brief vielleicht gar nicht veröffentlicht; aber eine kleine Fernsehstation, die eine provokant säkularistische Linie vertrat, lud Lapislazuli zu einer ihrer Sendungen ein, um der öffentlichen Meinung zu demonstrieren, wie weit es die bewaffneten politischen Islamisten trieben, und er wiederholte seine Drohungen und steigerte sie noch. Nach dieser Sendung schien er sich auch auf anderen Kanälen mit der Rolle des »wild gewordenen Islamisten mit dem Hackmesser in der Hand« zu identifizieren, und als die Staatsanwaltschaft ihn wegen des Delikts der »Bedrohung mit dem Tode« suchte und er zu erstem Ruhm kam, begann er sich zu verstecken. Güner Bener aber, der bemerkt hatte, welches öffentliche Interesse der Vorfall geweckt hatte, provozierte seinen Gegner ganz unerwartet in seiner Sendung, indem er äußerte, daß »er sich nicht vor den perversen Reaktionären, diesen Feinden Atatürks und der Republik«, fürchte. Tags darauf wurde er in seinem Zimmer in einem Luxushotel in İzmir umgebracht – erdrosselt mit der bunten Krawatte mit Wasserballmuster, die er für seine Sendung angelegt hatte. Obwohl Lapislazuli bewies, daß er am selben Tag und zur selben Stunde in Manisa einen Vortrag zur Unterstützung der Turban-Mädchen gehalten hatte, floh er und versteckte sich vor der Presse, die den Vorfall und seinen persönlichen Ruhm im ganzen Land verbreitete. Lapislazuli war nun schon seit langer Zeit verschwunden, weil auch Teile der islamistischen Presse ihn seinerzeit genauso wie die säkulare angriffen, mit solchen Begründungen wie der, daß er den politischen Islam blutrünstig erscheinen lasse, daß er ein Werkzeug der säkularen Presse sei, daß er in einem Islamisten unangemessenen Maße Ruhm und mediale Aufmerksamkeit genieße oder daß er ein Agent der CIA sei. Inzwischen verbreiteten sich in islamistischen Kreisen Gerüchte, daß er heldenhaft gegen die Serben in Bosnien oder gegen die Russen in Grosny kämpfe, aber es gab auch welche, die behaupteten, dies seien Lügen.

Wer sich für Lapislazulis Meinung zu diesen Themen interessiert, kann sich seine kurze Autobiographie anschauen, die in unserem Buch auf der sechsten Seite des 35. Kapitels mit dem Titel »Ich bin niemandes Spitzel« und dem Untertitel »Ka und Lapislazuli in der Zelle« mit den Worten »Ich möchte klarstellen« beginnt; aber ich bin mir nicht sicher, ob alles, was unser Held dort sagt, richtig ist. Daß über ihn so viele Lügen erzählt und manche Gerüchte fast zur Legende wurden, speiste sich aus der geheimnisvollen Aura um Lapislazuli. Man könnte zwar das Schweigen, in das er sich später zu hüllen suchte, so interpretieren, als habe er sich die Kritik mancher islamistischer Kreise zu Herzen genommen, nämlich daß ein Muslim in den säkularen, zionistischen und bourgeoisen Medien nicht so oft auftauchen dürfe, aber wie man während unserer Erzählung sehen wird, machte es Lapislazuli im Grunde Spaß, sich an die Medien zu wenden.

Die Gerüchte, die im Zusammenhang damit entstanden waren, daß er nach Kars gekommen war, stimmten – wie das bei Gerüchten, die sich an kleinen Orten plötzlich verbreiten, häufig der Fall ist – nicht unbedingt miteinander überein. Manche meinten, Lapislazuli sei gekommen, um die Basis und die Geheimnisse einer islamistisch-kurdischen Organisation zu schützen, deren Führungskader der Staat in Diyarbakır durch Razzien zerschlagen hatte, aber eigentlich hatte die besagte Organisation in Kars bis auf ein oder zwei Wahnwitzige keine Anhänger. Daß er gekommen sei, um die in letzter Zeit zwischen marxistisch-nationalistischen und islamistischen Kurden in den Städten des Ostens ausgebrochenen und an Heftigkeit zunehmenden Konflikte zu schlichten, meinten die friedfertigen und wohlmeinenden Aktivisten beider Seiten. Die Reibereien zwischen islamistischen und marxistisch-nationalistischen Kurden hatten zuerst mit wüsten Beschimpfungen, dem Verprügeln einzelner und Schlägereien auf der Straße begonnen, dann war es in zahlreichen Städten zu Messerstechereien und Angriffen mit dem Hackmesser gekommen; und in den letzten Monaten hatten beide Seiten begonnen, Leute der Gegenseite zu erschießen, zu entführen und unter Folter zu verhören. (Beide Seiten benutzten dabei die gleichen Methoden: Plastik wurde zum Schmelzen gebracht und auf die Haut geträufelt, oder man quetschte den Opfern die Hoden zusammen.) Man munkelte auch, Lapislazuli besuche eine Kleinstadt nach der anderen und prüfe die Basis für eine geheime Abordnung von Vermittlern, die diesen Kampf zu Ende bringen solle, von dem viele sagten, er nütze doch bloß dem Staat. Seine Feinde freilich meinten, er sei wegen der dunklen Punkte in seiner Vergangenheit und aufgrund seiner Jugend für diese prestigeträchtige und schwierige Aufgabe nicht der Richtige. Junge Islamisten hatten das Gerücht verbreitet, er sei gekommen, um den »glänzenden« und glänzende Kleidung tragenden Moderator und Diskjockey der lokalen Fernsehstation *Grenz-TV Kars* zu beseitigen, der unanständige Witze riß und, wenn auch nur andeutungsweise, den Islam verspottete; und deswegen hatte dieser Moderator, ein Aserbaidschaner namens Hakan Özge, in seinen letzten Programmen bei jeder sich bietenden Gelegenheit begonnen, über Allah oder die Gebetszeiten zu reden. Es gab auch Leute, die sich vorstellten, Lapislazuli werde als türkisches Verbindungsglied eines internationalen terroristischen Netzwerkes von Islamisten vorgehen. Es war sogar schon den Geheimdienst- und Sicherheitsstellen in Kars gemeldet worden, dieses von den Saudis unterstützte Netzwerk plane, zur Abschreckung einige der Tausende von Frauen zu töten, die aus den ehemaligen Sowjetrepubliken in die Türkei kamen, um Prostitution zu betreiben. Lapislazuli hatte weder versucht, diese Gerüchte zu dementieren, noch die, er sei wegen der Selbstmörderinnen, der Turban-Mädchen oder der Wahlen gekommen. Daß er sich nicht zeigte und die Gerüchte über ihn nicht zum Verstummen brachte, gab ihm eine Aura des Geheimnisvollen, die die Vorbeter- und Prediger-Schüler und überhaupt die Jugendlichen beeindruckte. Nicht nur, um sich vor der Polizei zu verstecken, sondern auch, um diese legendäre Aura zu bewahren, zeigte er sich nie auf der Straße und erweckte so Zweifel, ob er überhaupt in der Stadt war.

Ka drückte auf die Klingel, die ihm der junge Mann mit der roten Kappe angegeben hatte. Sofort merkte er, daß der kurzgewachsene Mann, der ihm die Wohnungstür öffnete und ihn hineinbat, derselbe war, der vor anderthalb Stunden in der Konditorei Neues Leben auf den Direktor der Pädagogischen Hochschule geschossen hatte. Kaum hatte er ihn gesehen, begann sein Herz zu klopfen.

»Entschuldigen Sie bitte«, sagte der kleine Mann und hob seine Hände so hoch, daß man die Handflächen sah. »In den letzten beiden Jahren hat man dreimal versucht, den Meister umzubringen. Ich werde Sie durchsuchen müssen.«

Mit einer Selbstverständlichkeit, die aus seinen Studentenjahren stammte, hob Ka seine beiden Arme für die Leibesvisitation. Als die kleinen Hände des kleinen Mannes auf der Suche nach einer Waffe sorgsam über sein Hemd und seinen Rücken glitten, befürchtete Ka, er würde bemerken, wie heftig sein Herz klopfte. Gleich darauf ging sein Herzschlag langsamer, und Ka merkte, daß er sich geirrt hatte. Nein, dieser Mann hier war nicht der, der auf den Hochschuldirektor geschossen hatte. Dieser nette Mann in mittlerem Alter, der ihn an Edward G. Robinson erinnerte, sah weder entschlossen noch robust genug aus, um irgend jemanden zu erschießen.

Ka hörte die Schluchzer eines Kindes, das zu weinen anfing, und die sanfte Stimme einer Mutter, die ihm zärtlich zuredete.

»Soll ich die Schuhe ausziehen?« fragte er und begann sie abzustreifen, ohne auf die Antwort zu warten.

»Wir sind Gäste hier«, sagte in diesem Moment eine Stimme, »wir wollen unseren Gastgebern nicht zur Last fallen.«

Da bemerkte Ka, daß noch jemand in der kleinen Wohndiele saß. Obwohl er begriff, daß dies Lapislazuli war, blieb in seinem Hinterkopf ein Zweifel zurück, weil er sich auf eine viel eindrucksvollere Begrüßungsszene gefaßt gemacht hatte. Er ging hinter Lapislazuli her in ein ärmliches Zimmer, in dem ein Schwarzweißfernseher lief. Hier schaute ein Kleinkind, die Hand bis zum Gelenk in seinem Mund, voll tiefem Ernst und Einverständnis seine Mutter an, die seine Windel wechselte und sanft auf kurdisch mit ihm redete. Es sah erst Lapislazuli, dann Ka an, der hinter ihm eintrat. Wie in alten russischen Häusern gab es keinen Korridor; sie gingen weiter in ein zweites Zimmer.

Ka achtete nur auf Lapislazuli. Er erblickte ein mit militärischer Genauigkeit gemachtes Bett, einen sorgsam gefaltet neben das Kopfkissen gelegten, blaugestreiften Pyjama, einen Aschenbecher mit der Aufschrift »Ersin Elektrik«, an der Wand einen Kalender mit einem Bild von Venedig und ein nach beiden Seiten geöffnetes breites Fenster, das auf die traurigen Lichter von Kars blickte. Lapislazuli schloß das Fenster und wandte sich Ka zu.

Seine Augen waren von einem tiefdunklen Blau, wie es eigentlich bei Türken nicht vorkommt. Er war dunkelblond, bartlos und jünger, als Ka gedacht hatte, hatte einen geradezu erstaunlich weißen Teint und eine gebogene Nase. Er sah außerordentlich gut aus, und sein Selbstvertrauen wirkte anziehend. Nichts in seinem Tun, seiner Haltung, seinem Aussehen hatte etwas mit dem Bild zu tun, das die säkularistische Presse von dem Anhänger der Scharia zeichnete: bärtig, provinziell, aggressiv, in einer Hand die Gebetskette, in der anderen eine Waffe.

»Ziehen Sie Ihren Mantel nicht aus, bevor der Ofen das Zimmer erwärmt hat… Ein schöner Mantel. Wo haben Sie ihn gekauft?«

»In Frankfurt.«

»Frankfurt… Frankfurt«, sagte Lapislazuli und versank, den Blick an die Decke gerichtet, in Gedanken. Dann erzählte er, er sei »früher einmal« nach Paragraph 163, Verbreitung des Gedankens einer auf der Religion beruhenden Staatsordnung, verurteilt worden und deswegen nach Deutschland geflohen.

Ein Schweigen trat ein. Ka hatte das Gefühl, aus Höflichkeit etwas sagen zu müssen, und war besorgt, weil ihm nichts einfiel. Er hatte auch das Gefühl, daß Lapislazuli sprach, um ihn zu beruhigen.

»Als ich in Deutschland war, in welche Stadt auch immer ich gereist bin, um muslimische Vereine zu besuchen, ob in Frankfurt, in Köln zwischen dem Dom und dem Bahnhof, oder in den teuren Vierteln Hamburgs, wo immer ich herumspaziert bin, habe ich mir nach einer Weile einen Deutschen, den ich auf der Straße sah, ausgesucht und mich auf ihn konzentriert. Wichtig war nicht, was ich über ihn dachte – ich habe mich darum bemüht, mir vorzustellen, was er über mich dachte, und mich mit seinen Augen zu sehen: mein Aussehen, meine Kleidung, meine Bewegungen, meinen Gang, meine Geschichte, woher ich kam, wohin ich ging und wer ich war. Das war ein unangenehmes Gefühl, aber ich gewöhnte mich daran; nicht ich wurde verachtet: ich verstand, wie meine Brüder verachtet werden… Der Europäer verachtet meistens gar nicht. Wir schauen ihn an und verachten uns selbst. Die Auswanderung nach dem Beispiel des Propheten unternimmt man nicht nur, um dem Unterdrücker zu Hause zu entkommen, sondern auch, um zu den Tiefen unserer Seele vorzudringen. Sicher kehrt man eines Tages zurück, um die zu retten, die ihr Land nicht verlassen haben, weil sie sich nicht trauten, und doch die eigenen Mittäter waren. Warum bist du gekommen?«

Ka schwieg. Die Schlichtheit und Ärmlichkeit des Zimmers, die nichtgeweißten Wände, von denen der Putz fiel, das Licht der nackten Glühbirne unter der Decke, das ihm direkt ins Auge fiel, machten ihn befangen.

»Ich möchte dich nicht mit Fragen nach den Letzten Dingen belästigen«, sagte Lapislazuli. »Der selige Molla Kasım Ensari soll Fremden, die ihn am Lagerplatz seines Stammes am Ufer des Tigris besuchen kamen, zuerst das folgende gesagt haben: Erfreut, Sie kennenzulernen! Und für wen sind Sie als Spitzel beschäftigt?«

»Für die Zeitung *Die Republik*...« antwortete Ka.

»Soviel weiß ich schon. Aber es macht mich stutzig, daß sie sich so sehr für Kars interessieren, daß sie jemanden hierherschicken.«

»Ich habe mich freiwillig gemeldet«, sagte Ka. »Ich hatte auch gehört, daß mein alter Freund Muhtar und seine Frau hier sind.«

»Sie haben sich getrennt; wußtest du das nicht?« korrigierte ihn Lapislazuli und schaute ihm aufmerksam in die Augen.

»Ich habe es gewußt«, sagte Ka. Er war über und über rot geworden. Er hatte das Gefühl, daß Lapislazuli alles spürte, was ihm durch den Kopf ging, und haßte ihn dafür.

»Sie haben Muhtar auf dem Präsidium geschlagen?«

»Haben sie.«

»Hat er die Schläge verdient?« fragte Lapislazuli mit einem seltsamen Ausdruck.

»Nein, natürlich nicht«, antwortete Ka ganz verwirrt.

»Warum haben sie dich nicht geschlagen? Bist du mit dir zufrieden?«

»Ich habe keine Ahnung, warum sie mich nicht geschlagen haben.«

»Doch, du weißt es; du bist ein Bourgeois aus Istanbul«, sagte Lapislazuli. »Erkennt man sofort an deiner Haut und deinem Blick. Die haben sich gesagt, der hat bestimmt gute Beziehungen weiter oben, sicher ist sicher. Muhtar dagegen sieht man gleich an, daß er keine solche Beziehungen, keine solche Macht hat; das wissen die. Muhtar ist sowieso in die Politik gegangen, um denen gegenüber so sicher aufzutreten wie du. Aber selbst wenn er die Wahlen gewinnt, muß er beweisen, daß er sich mit den Schlägen, die er vom Staat einsteckt, abfinden kann, bevor er es sich auf dem Bürgermeistersessel bequem macht. Deswegen war er sogar zufrieden, daß er Prügel bezogen hat.« Lapislazuli war überhaupt nicht heiter, sein Gesicht hatte sogar einen traurigen Ausdruck.

»Niemand ist zufrieden, wenn er verprügelt wird«, sagte Ka und fühlte sich Lapislazuli gegenüber durchschnittlich und oberflächlich.

Lapislazulis Gesicht nahm nun ein Miene an, die bedeutete: Jetzt wollen wir über unser eigentliches Thema sprechen. Er sagte: »Du hast mit den Familien der Mädchen gesprochen, die sich umgebracht haben. Warum hast du das getan?«

»Weil ich vielleicht einen Artikel darüber schreiben werde.«

»In den Zeitungen der westlichen Welt?«

»In den Zeitungen der westlichen Welt«, antwortete Ka plötzlich mit freudiger Überlegenheit. Dabei hatte er er keinen Bekannten bei einer Zeitung in Deutschland, der einen Artikel von ihm veröffentlichen würde. »Und in der Türkei in der *Republik*«, ergänzte er mit schlechtem Gewissen.

»Solange die im Westen sich nicht dafür interessieren, kümmern sich die türkischen Zeitungen nicht um das Leid und Elend ihres eigenen Volkes«, sagte Lapislazuli. »Sie tun so, als sei es etwas Ungehöriges, Unmodernes, von Armut oder Selbstmord zu sprechen. Und du bist dann darauf angewiesen, deinen Artikel in Europa zu veröffentlichen. Deshalb wollte ich auch mit dir reden: Schreib ja nicht über die Mädchen, die sich umgebracht haben, weder hier noch im Ausland. Selbstmord ist eine schwere Sünde! Und diese Krankheit breitet sich aus, wenn man sich für sie interessiert! Und ganz besonders das Gerücht, daß die letzte Selbstmörderin eine Muslimin war, die im Streit um den Turban Widerstand geleistet hat, ist tödlicher als Gift!«

»Aber es ist wahr«, sagte Ka. »Das Mädchen hat vor seinem Selbstmord die Waschungen vorgenommen und gebetet. Und die Mädchen im Streit um den Turban sehen jetzt alle zu ihm auf.«

»Eine junge Frau, die sich umbringt, ist nicht einmal Muslimin!«

erwiderte Lapislazuli. »Es kann auch nicht sein, daß sie für das Kopftuch gekämpft hat. Wenn du diese Lüge verbreitest, wird das Gerücht umgehen, daß die Mädchen, die für das Kopftuch kämpfen, sich durch die Verräterinnen in ihren Reihen, die armseligen Gestalten, die eine Perücke aufsetzen, durch die Polizei und den Druck ihrer Mütter und Väter haben einschüchtern lassen. Bist du deshalb hierhergekommen? Mach den Selbstmord niemandem schmackhaft! Diese Mädchen, im Konflikt zwischen ihrer Liebe zu Gott, ihren Familien und der Schule, sind derart unglücklich und einsam, daß sie alle demnächst diese selbstmörderische Heilige nachahmen werden.«

»Auch der stellvertretende Gouverneur hat mir gesagt, ich solle die Selbstmorde in Kars nicht überbetonen.«

»Was hast du mit dem stellvertretenden Gouverneur zu reden gehabt?«

»Ich habe auch mit der Polizei geredet, damit sie mich nicht den ganzen Tag belästigt.«

»Die sieht es mit Freude, wenn so Nachrichten erscheinen: ›Von der Hochschule verwiesene verschleierte Mädchen bringen sich um!‹« sagte Lapislazuli.

»Ich schreibe, was ich denke«, erklärte Ka.

»Die Andeutung in dem, was du da sagst, trifft nicht nur den säkularen Gouverneur des Staates, sondern auch mich. Und außerdem zielst du auf mich, wenn du sagst, sowohl der säkulare Gouverneur als auch der Islamist wollten nicht, daß du über die Selbstmorde der jungen Frauen schreibst!«

»Ja.«

»Dieses Mädchen hat sich nicht umgebracht, weil es nicht auf die Hochschule durfte, sondern wegen einer Liebesgeschichte. Wenn du einen gewöhnlichen Selbstmord aus Liebeskummer als Schwäche, als schwere Sünde eines Mädchens mit Kopftuch beschreibst, werden auch die jungen Islamisten von der Schule für Vorbeter und Prediger sehr böse auf dich. Kars ist ein Dorf.«

»All das möchte ich auch einmal die Mädchen fragen, die für den Turban kämpfen.«

»Daran tust du sehr gut«, sagte Lapislazuli. »Frag die Mädchen doch um Gottes willen einmal, ob sie wollen, daß in deutschen Zeitungen geschrieben wird, daß sie als Sünderinnen sterben, die sich aus Furcht vor den Folgen des Widerstands umgebracht haben.«

»Das frag ich sie«, sagte Ka trotzig.

»Ich habe dich gerufen, um dir noch etwas anderes zu sagen«, erklärte Lapislazuli. »Gerade wurde der Direktor der Pädagogischen Hochschule vor deinen Augen angeschossen. Das ist die Folge des Zorns, die der Druck des Staates auf die verschleierten Mädchen unter den Muslimen hervorgerufen hat. Aber natürlich handelt es sich bei dem Fall um eine Provokation des Staates. Sie haben den armen Direktor erst für ihre Unterdrückung benutzt und dann von einem Wahnsinnigen erschießen lassen, damit sie die Muslime beschuldigen können.«

»Heißen Sie die Tat gut, oder verurteilen Sie sie?« fragte Ka mit der Neugier eines Journalisten.

»Ich bin nicht nach Kars gekommen, um Politik zu machen«, antwortete Lapislazuli. »Ich bin nach Kars gekommen, um die Selbstmorde einzudämmen.« Plötzlich ergriff er Ka an den Schultern, zog ihn an sich und küßte ihn auf beide Wangen: »Du bist ein Derwisch, der seine Jahre dem Exerzitium des Gedichts hingegeben hat. Du bist kein Werkzeug derer, die den Muslimen, den Unterdrückten Böses tun wollen. So wie ich dir vertraut habe, hast du mir vertraut und bist hierhergekommen. Zum Dank will ich dir eine Geschichte mit einer Moral erzählen.« Mit halb schauspielerndem, halb ernstem Ausdruck blickte er Ka an.

»Soll ich erzählen?«

»Erzählen Sie!«

»In ganz alter Zeit gab es in Persien einen Held ohnegleichen, einen unermüdlichen Kämpfer. Jeder kannte ihn, jeder mochte ihn. Wir wollen ihn heute Rüstem nennen, so wie die, die ihn lieben. Eines Tages verirrte sich Rüstem auf der Jagd und verlor dann nachts im Schlaf sein Pferd. Auf der Suche nach Rakş, seinem Pferd, geriet er in Feindesland, nach Turan. Weil ihm aber sein Ruf vorausgegangen war, erkannte man ihn und behandelte ihn gut. Der Schah von

Turan empfing ihn als Gast und richtete ein Gelage aus. Als er nach dem Festmahl sich in sein Zimmer zurückzog, trat die Tochter des Schahs ein und gestand Rüstem ihre Liebe. Sie sagte, daß sie ein Kind von ihm wolle. Mit ihrer Schönheit, ihrer Sprache verführte sie ihn; und sie liebten sich. Am Morgen hinterließ Rüstem für das Kind, das geboren werden sollte, als ein Zeichen ein Armband und kehrte in sein Heimatland zurück. Das Kind, das geboren wurde – man hat es Suhrab genannt, und so wollen wir es auch nennen –, erfuhr nach Jahren von seiner Mutter, daß sein Vater der legendäre Rüstem war, und sprach darauf: ›Ich werde in den Iran gehen, den tyrannischen Schah Keykavus absetzen und an seiner Stelle meinen Vater auf den Thron bringen. Dann werde ich nach Turan zurückkehren und Efrasiyab, der Schah von Turan und genauso tyrannisch wie Keykavus ist, absetzen und selbst seinen Thron besteigen! Dann werden mein Vater Rüstem und ich Iran und Turan, also die ganze Welt, in Gerechtigkeit beherrschen!‹ So sprach Suhrab mit seinem reinen und guten Herzen, aber er begriff nicht, daß seine Feinde gerissener und verschlagener waren als er. Obwohl Efrasiyab Suhrabs Absicht durchschaut hatte, unterstützte er ihn, weil er gegen den Iran zu Felde ziehen wollte, gab aber seinem Heer Agenten mit, damit er seinen Vater nicht erkannte. Nach Listen, Täuschungen, dem schlimmen Spiel des Schicksals und geheimen Zufällen, gelenkt von Allah, dem Allerhöchsten, begegneten sich Suhrab und Rüstem auf dem Schlachtfeld, hinter sich ihre Soldaten, und erkannten sich nicht, weil sie in Panzern steckten. Rüstem in seinem Panzer verbarg ohnehin stets, wer er war, damit die gegnerische Kriegsmacht nicht ihre ganzen Truppen gegen ihn versammelte. Suhrab mit seinem Kinderherzen achtete seinerseits nie darauf, gegen wen er kämpfte, weil er an nichts anderes dachte, als seinen Vater auf den Thron des Iran zu bringen. So stürmten diese beiden berühmten und großherzigen Helden unter den Blicken der hinter ihnen stehenden Soldaten vor und zogen ihre Schwerter.«

Lapislazuli schwieg. Ohne Ka in die Augen zu blicken, fuhr er dann ganz kindlich fort: »Ich habe diese Geschichte Hunderte von Malen gelesen, aber wenn ich an diese Stelle komme, beginnt mein Herz zitternd zu schlagen. Ich weiß nicht, warum, aber zuerst identifiziere ich mich mit Suhrab, der sich anschickt, seinen Vater zu töten. Wer möchte seinen Vater umbringen? Welche Seele kann den Schmerz dieser Schuld, die Last dieser Sünde ertragen? Und wie erst Suhrab mit seinem Kinderherzen, mit dem ich mich gleichsetze! Dann wäre der beste Weg, den Vater zu töten, der, ihn unerkannt umzubringen.

Während ich so denke, beginnen die beiden Kriegshelden miteinander zu kämpfen, können aber in stundenlangem Kampf einander nicht überwinden und ziehen sich schließlich erschöpft und verwundet zurück. Nunmehr, in der Nacht dieses ersten Tages, geht mir sowenig wie Suhrab sein Vater aus dem Sinn; und wenn ich weiterlese, bin ich so aufgeregt wie beim erstenmal, und ich stelle mir optimistisch vor, daß Vater und Sohn, die einander nicht besiegen können, doch eine friedliche Lösung herbeiführen werden.

Am zweiten Tag stellen sich die Heere wieder einander gegenüber auf, wieder stürmen Vater und Sohn, gepanzert wie sie sind, vor und gehen erbarmungslos aufeinander los. Nach langem Kampf lacht an jenem Tag Suhrab das Glück – ist dies denn Glück? –; er stürzt Rüstem vom Pferd und ist über ihm. Er hat schon den Dolch gezogen und will seinem Vater den Todesstoß versetzen, als jemand herbeikommt und spricht: ›Im Iran ist es nicht Sitte, den Kopf eines heldenhaften Feindes beim erstenmal abzuschneiden. Töte ihn nicht, das wäre roh!‹ So tötet Suhrab seinen Vater nicht.

Immer, wenn ich das lese, bin ich ganz verwirrt. Liebe zu Suhrab erfüllt mich. Was ist die Bedeutung des Schicksals, das Allah für Vater und Sohn vorgesehen hat? Am dritten Tag ist der Kampf – anders, als ich voller Neugier erwarte – plötzlich zu Ende. Rüstem stürzt Suhrab vom Pferd, stößt ihm sein Schwert in die Brust und tötet ihn. Die Geschwindigkeit des Geschehens ist genauso überwältigend wie seine Grauenhaftigkeit. Als Rüstem an dem Armband erkennt, daß er seinen eigenen Sohn getötet hat, fällt er auf die Knie, nimmt die blutige Leiche seines Sohnes in den Arm und weint.

An dieser Stelle der Geschichte weine auch ich jedesmal. Aber weniger, weil ich Rüstems Schmerz teile, als weil ich die Bedeutung von Suhrabs Tod begreife. Suhrab, den die Liebe zum Vater treibt, wird von seinem Vater getötet. An dieser Stelle wird meine Bewunderung für die Liebe Suhrabs zu seinem Vater von einem tieferen und reiferen Gefühl abgelöst, von dem würdevollen Schmerz Rüstems, der Grundsätzen und Überlieferungen verpflichtet ist. Meine Liebe und Bewunderung ist während der Geschichte von dem aufrührerischen, stets seinen eigenen Weg gehenden Suhrab auf den starken, verantwortungsvollen Rüstem übergegangen.«

Während Lapislazuli einen Moment innehielt, beneidete ihn Ka dafür, daß er die Geschichte, überhaupt irgendeine Geschichte, so voller Überzeugung erzählen konnte.

»Aber ich habe dir diese Geschichte nicht erzählt, um dir zu demonstrieren, wie ich anhand von ihr mein Leben deute, sondern um zu sagen, daß sie vergessen ist«, erklärte Lapislazuli. »Diese mindestens tausend Jahre alte Geschichte steht in Firdausis *Buch der Könige*. Früher einmal haben Millionen von Menschen zwischen Täbris und Istanbul, Bosnien und Trabzon diese Geschichte gekannt und unter Bezug auf sie die Bedeutung ihres Lebens verstanden, so wie heute im Westen die Menschen noch immer von Ödipus' Vatermord oder Macbeth' Macht- und Todesbesessenheit wissen. Aber heute haben alle vor lauter Bewunderung für den Westen diese Geschichte vergessen. Die alten Geschichten wurden aus den Schulbüchern entfernt. Inzwischen gibt es keinen einzigen Buchhändler mehr in Istanbul, bei dem du das *Buch der Könige* kaufen könntest. Warum?«

Sie schwiegen eine Weile.

Lapislazuli sagte: »Du denkst: Tötet man denn für die Schönheit dieser Geschichte einen Menschen? Nicht wahr?«

»Ich weiß nicht«, antwortete Ka.

»Dann denk darüber nach«, sagte Lapislazuli und verließ den Raum.

9

Verzeihung, sind Sie Atheist?

EIN UNGLÄUBIGER,
DER SICH NICHT UMBRINGEN WILL

Als Lapislazuli das Zimmer verlassen hatte, verharrte Ka eine Weile unentschlossen. Zuerst dachte er, Lapislazuli würde gleich zurückkehren; er würde zurückkommen, um Ka danach zu befragen, wozu er ihn aufgefordert hatte: »Denk darüber nach!« Aber gleich darauf begriff er, daß es sich so nicht verhielt: Man hatte ihm eine Mitteilung gemacht, allerdings auf eine spektakuläre und etwas sonderbare Weise. War das eine Drohung?

Aber Ka fühlte sich weniger wie jemand, der bedroht worden war, als wie ein Fremder in diesem Haus. Er konnte die Mutter und ihr Kind in dem Zimmer nebenan nicht sehen und verließ die Wohnung durch die Tür, ohne von jemandem erblickt zu werden. Am liebsten wäre er die Treppe hinuntergerannt.

Der Schnee fiel derart langsam, daß es Ka schien, als seien die Flokken in der Luft aufgehängt. Dieses Gefühl von Langsamkeit rief in Ka den Eindruck hervor, die Zeit sei stehengeblieben und zugleich – warum auch immer – den, es habe sich viel verändert, als sei eine lange Zeit vergangen. Dabei hatte sein Gespräch mit Lapislazuli nur zwanzig Minuten gedauert.

Er ging die Gleise entlag, vorbei an dem Silo, der unter dem Schnee wie ein riesiger weißer Schatten aussah, und betrat den Bahnhof auf dem Weg, auf dem er ihn verlassen hatte. Als er durch das schmutzige und leere Bahnhofsgebäude ging, sah er einen Hund auf sich zukommen, der mit seinem Schwanz, dessen Spitze abgeknickt war, freundlich wedelte. Es war ein schwarzer Hund; auf seiner Stirn hatte er einen kreisrunden weißen Fleck. Ka erblickte drei Jugendliche, die in dem schmutzigen Wartesaal Sesamkringel an den Hund verfütterten. Einer von ihnen war Necip; er lief auf Ka zu. »Lassen Sie bei meinen Klassenkameraden ja nicht durchblicken, woher ich wußte, daß Sie hier entlangkommen würden«, sagte er. »Mein bester Freund möchte Ihnen zu etwas Bestimmtem eine sehr wichtige Frage stellen. Wenn Sie Zeit haben und sich für Fazıl eine Minute nehmen, wäre er sehr glücklich.«

»Na gut«, sagte Ka und ging zu der Bank, auf der die beiden Jungen saßen. Auf den Plakaten hinter ihnen erinnerte Atatürk an die Bedeutung der Eisenbahn, und der Staat erschreckte selbstmordbereite Mädchen. Die beiden standen auf und gaben Ka die Hand. Aber sie wirkten auf einmal gehemmt.

»Bevor Fazıl seine Frage stellt, möchte Mesut eine Geschichte erzählen, die er selbst gehört hat.«

»Nein, ich werde nichts erzählen«, sagte Mesut nervös. »Kannst du das bitte für mich tun?«

Während Ka Necip zuhörte, beobachtete er den schwarzen Hund, der fröhlich im leeren, dreckigen und halbdunklen Bahnhofsgebäude herumtobte.

»Die Geschichte spielt in einer Schule für Vorbeter und Prediger in Istanbul, so habe ich es jedenfalls gehört«, begann Necip. »Der Direktor dieser Schule, mehr schlecht als recht in einem Außenbezirk aus dem Boden gestampft, war in einer dienstlichen Angelegenheit in einen dieser Wolkenkratzer gegangen, die man neuerdings in Istanbul gebaut hat und die wir vom Fernsehen kennen. Er betrat einen großen Fahrstuhl und fuhr nach oben. Im Fahrstuhl war außer ihm nur noch ein hochgewachsener Mann, jünger als er; der ist auf ihn zugetreten und hat ihm ein Buch gezeigt, zum Aufschneiden der Seiten ein Messer mit Perlmuttgriff aus der Tasche gezogen und etwas gesagt. Als sie im neunzehnten Stock ankamen, ist der Direktor ausgestiegen. Aber in den darauffolgenden Tagen hat er begonnen, sich merkwürdig zu fühlen. Er hat vor dem Tod Angst gehabt, keinerlei Tatendrang mehr verspürt und nur noch an den Mann im Fahrstuhl gedacht. Der Direktor war ein frommer Mann und ist zu einem Konvent der Cerrahi-Derwische gegangen, in der Hoffnung, daß ihm das in seiner Bedrängnis helfe. Ein angesehener Scheich hat sich bis in die Morgenstunden angehört, was er auf dem Herzen hatte, und dann seine Diagnose gestellt: ›Du hast deinen Glauben an Gott verloren; und außerdem bist du dir zwar nicht klar darüber, aber du bist stolz darauf! Dieses Übel hast du dir bei dem Mann im Fahrstuhl geholt. Du bist ein Atheist geworden.‹ Auch wenn der Direktor unter Tränen versuchte, dies zu leugnen, hat er in einem immer noch zur Aufrichtigkeit fähigen Winkel seines Herzens sehr gut begriffen, daß der Scheich recht hatte. Er ertappte sich, wie er in der Schule die hübschen jungen Schülerinnen belästigte, wie er sich bemühte, mit den Müttern von Schülern allein zu sein, und wie er das Geld einer Lehrerin stahl, auf die er eifersüchtig war. Ja, der Direktor war sogar stolz auf sich, während er diese Sünden beging: Er versammelte die ganze Schule und sprach davon, daß die Leute wegen ihres blinden Glaubens und ihrer unsinnigen Bräuche nicht so frei seien wie er selbst und daß nichts verboten sei. Er streute in seine Reden massenhaft Wörter aus abendländischen Sprachen ein und trug modische westliche Kleidung, die er mit dem Geld kaufte, das er gestohlen hatte. Und dabei machte er deutlich, daß er alle anderen herabwürdigte und als ›unterentwickelt‹ betrachtete. In der Folge vergewaltigten Schüler eine schöne Klassenkamerdin, der bejahrte Koran-Lehrer wurde geschlagen, und Schüler revoltierten. Gleichzeitig hat der Direktor zu Hause geweint und beabsichtigt, Selbstmord zu begehen; aber weil ihm dazu der Mut fehlte, hat er darauf gewartet, daß andere ihn umbringen. Zu diesem Zweck hat er in Gegenwart der frömmsten Schüler der Schule auf den erhabenen Propheten – Gott behüte! – geflucht. Aber sie hatten begriffen, daß er den Verstand verloren hatte, und ihn nicht angerührt. Er begann auf offener Straße zu erzählen, daß es Allah – Gott behüte! – nicht gibt, daß man aus den Moscheen Diskotheken machen muß und daß wir nur so reich wie die im Westen werden, wenn wir alle Christen werden. Aber selbst die militanten jungen Islamisten ließen ihn in Ruhe, weil sie ihn für verrückt hielten. Als seine Verzweiflung nicht nachließ und sein Todeswunsch nur noch stärker wurde, kehrte er in den gleichen Wolkenkratzer zurück und begegnete im Fahrstuhl dem gleichen hochgewachsenen Mann. Der lächelte ihn mit einem Blick an, der zu erkennen gab, daß er alles wußte, was mit ihm geschehen war, und zeigte ihm den Umschlag des Buches in seiner Hand. Auch das Gegenmittel zum Atheismus sei in ihm enthalten; der Direktor griff mit zitternden Händen nach dem Buch, doch noch bevor der Fahrstuhl hielt, stieß ihm der hochgewachsene Mann das Papiermesser mit dem Perlmuttgriff ins Herz.«

Ka erinnerte sich, daß eine ähnliche Geschichte unter den islamistischen Türken in Deutschland kursierte. Es war nicht klar, worum es sich bei dem geheimnisvollen Buch handelte, doch Mesut erwähnte als Schriftsteller, die Menschen in den Atheismus trieben, neben ein oder zwei jüdischen Autoren, von denen Ka noch nie gehört hatte, einige Kolumnisten, die Hauptgegner des Islamismus seien – einer von ihnen sollte drei Jahre später erschossen werden. »Die vom Teufel verführten Atheisten laufen unter uns wie der unglückliche Direktor aus der Geschichte herum und suchen Glück und Frieden«, sagte Mesut. »Stimmen auch Sie dem zu?«

»Ich weiß nicht.«

»Was heißt, Sie wissen nicht«, fragte Mesut irritiert. »Sind Sie kein Atheist?«

»Ich weiß nicht«, sagte Ka.

»Dann sagen Sie mir: Glauben Sie daran, daß der große Allah diese ganze Welt, dies alles, den dick fallenden Schnee da draußen geschaffen hat, oder glauben Sie das nicht?«

»Der Schnee erinnert mich an Gott«, sagte Ka.

»Ja, aber glauben Sie, daß Gott den Schnee geschaffen hat?« fragte Mesut.

Schweigen trat ein. Ka sah, wie der schwarze Hund durch den Eingang auf den Bahnsteig sprang und im kalten Licht der Neonlampen draußen im Schnee herumtollte.

»Du kannst darauf nicht antworten«, sagte Mesut. »Wenn ein Mensch Allah kennt und liebt, zweifelt er nicht im geringsten an seiner Existenz. Das bedeutet, daß du eigentlich ein Atheist bist, aber es nicht sagst, weil du dich genierst. Das haben wir sowieso gewußt. Deshalb will ich dich im Namen Fazıls das folgende fragen. Leidest du so wie der armselige Atheist in dieser Geschichte? Möchtest du dich umbringen?«

»Auch wenn mir die innere Ruhe sehr fehlt, fürchte ich mich vor dem Selbstmord«, antwortete Ka.

»Aus welchem Grund?« fragte Fazıl. »Weil es der Staat verboten hat, denn schließlich ist der Mensch das höchste der Geschöpfe? Und das verstehen sie auch falsch: der Mensch als ›Meisterwerk‹. Sagen Sie bitte, warum Sie sich vor dem Selbstmord fürchten!«

»Bitte verzeihen Sie meinen Freunden«, sagte Necip. »Die Frage hat für Fazıl eine ganz besondere Bedeutung.«

»Bist du nicht so bekümmert und unglücklich, daß du dich umbringen willst?« fragte Fazıl.

»Nein«, antwortete Ka verärgert.

»Bitte, verbergen Sie nichts vor uns«, sagte Mesut. »Wir tun Ihnen nichts an, nur weil Sie Atheist sind.«

Gespannte Stille trat ein. Ka stand auf. Er wollte auf keinen Fall zeigen, daß er es mit der Angst zu tun bekommen hatte. Er wandte sich dem Ausgang zu.

»Sie gehen? Bitte, bleiben Sie hier!« sagte Fazıl. Als Ka stehenblieb, hielt auch er inne und sagte nichts mehr.

»Ich werde es für ihn erklären«, sagte Necip. »Wir drei sind in die ›Turban-Mädchen‹ verliebt, die ihr ganzes Leben für ihren Glauben aufs Spiel setzen. ›Turban-Mädchen‹ ist die Bezeichnung, die die säkulare Presse für sie verwendet. Für uns sind sie Musliminnen, und alle Musliminnen müssen für ihren Glauben ihr Leben aufs Spiel setzen.«

»Und auch die Männer«, ergänzte Fazıl.

»Natürlich«, sagte Necip. »Ich liebe Hicran, Mesut liebt Hande, und Fazıl hat Teslime geliebt, aber Teslime ist gestorben. Oder sie hat sich umgebracht. Aber wir halten es nicht für möglich, daß ein muslimisches Mädchen Selbstmord begeht, das gläubig genug ist, den Märtyrertod zu sterben.«

»Vielleicht kam ihr unerträglich vor, was sie durchmachen mußte«, meinte Ka. »Ihre Familie soll Druck auf sie ausgeübt haben, daß sie ihr Haar entblößte; und sie war von der Schule geworfen worden.«

»Kein Druck reicht aus, um einen wirklich gläubigen Menschen eine Sünde begehen zu lassen«, sagte Necip erregt. »Solche wie wir können in der Nacht nicht schlafen aus Sorge, das rituelle Gebet am Morgen zu verpassen und eine Sünde zu begehen. Jedesmal rennen wir noch früher in die Moschee. Jemand, der mit solcher Begeisterung glaubt, tut alles, um die Sünde zu vermeiden. So jemand ist, wenn nötig, bereit, sich die Haut bei lebendigem Leib abziehen zu lassen.«

»Wir wissen, Sie haben auch mit Teslimes Familie gesprochen«, unterbrach ihn Fazıl. »Glauben die, daß sie sich umgebracht hat?«

»Ja, das tun sie. Zuerst hat sie mit ihrem Vater und ihrer Mutter zusammen *Marianna* angesehen, dann die rituelle Waschung vorgenommen und gebetet.«

»Teslime schaut sich keine Fernsehserien an«, sagte Fazıl leise.

»Haben Sie sie gekannt?« fragte Ka.

»Persönlich haben wir uns nie kennengelernt, nie miteinander gesprochen«, sagte Fazıl beschämt. »Einmal habe ich sie aus der Entfernung gesehen; und sie war selbstverständlich verhüllt. Aber ich kenne sie natürlich als eine Seele: Der Mensch kennt den am besten, den er mit Leidenschaft liebt. Ich spüre sie in meinem Inneren wie mich selbst. Die Teslime, die ich kenne, bringt sich nicht um.«

»Vielleicht kennen Sie sie auch nicht genügend.«

»Vielleicht haben die aus dem Westen dich hierhergeschickt, damit du den Mord an Teslime vertuschst«, erklärte Mesut herausfordernd.

»Nein, nein«, sagte Necip. »Wir vertrauen Ihnen. Die bei uns geachtet werden, haben Sie einen Derwisch, einen Dichter genannt. Wir haben Sie etwas in einer Sache fragen wollen, die uns sehr traurig macht. Fazıl bittet Sie in Mesuts Namen um Entschuldigung.«

»Ich bitte um Verzeihung«, sagte Fazıl. Sein Gesicht war feuerrot. Seine Augen waren plötzlich feucht geworden.

Mesut ließ den Augenblick der Aussöhnung schweigend vorübergehen.

»Fazıl und ich sind Blutsbrüder«, sagte Necip. »Oft denken wir zur gleichen Zeit an die gleiche Sache; und wir wissen, was der andere denkt. Anders als ich interessiert sich Fazıl überhaupt nicht für Politik. Jetzt haben sowohl er als auch ich eine Bitte an Sie. Eigentlich können wir beide akzeptieren, daß Teslime wegen des Drucks, den ihre Mutter, ihr Vater und der Staat ausgeübt haben, die Sünde des Selbstmords begangen hat. Es tut sehr weh, aber Fazıl denkt manchmal: ›Das Mädchen, das ich liebte, hat eine Sünde begangen und sich umgebracht.‹ Aber wenn Teslime insgeheim ein Atheist gewesen ist, eine Unglückliche, die wie der Mann in der Geschichte nicht wußte, daß sie Atheistin ist, und wenn sie sich umgebracht hat, weil sie Atheistin war, dann wäre das für Fazıl eine Katastrophe. Denn dann hätte er eine Atheistin geliebt. Darauf kennen nur Sie die Antwort. Nur Sie können Fazıl Frieden geben. Haben Sie verstanden, was wir denken?«

»Sind Sie Atheist?« fragte Fazıl mit flehenden Augen. »Und wenn Sie Atheist sind, wollen Sie sich dann umbringen?«

»Sogar an den Tagen, an denen ich mir ganz sicher bin, daß ich Atheist bin, fühle ich keinen Drang zum Selbstmord«, antwortete Ka.

»Ich danke Ihnen, daß Sie uns eine ehrliche Antwort gegeben haben«, sagte Fazıl erleichtert. »Ihr Herz ist gut, aber Sie fürchten sich davor, an Gott zu glauben.«

Ka sah, daß Mesut feindselig vor sich hin blickte, und wollte gehen. Es war, als ob seine Gedanken bei etwas Entferntem hängengeblieben seien. Er spürte, daß ein tiefer Wunsch und eine damit verbundene Phantasie sich in ihm regten, aber wegen des Geschehens um ihn herum konnte er sich auf diese Vorstellung nicht konzentrieren. Später sollte er über diese Minuten lange nachdenken und begreifen, daß diese Phantasievorstellung sich ebensosehr wie vom Sterben und von der Unfähigkeit, an Gott zu glauben, von der Sehnsucht nach İpek nährte. In letzter Minute fügte Mesut noch etwas anderes hinzu.

»Bitte, verstehen Sie uns nicht falsch«, hatte Necip soeben gesagt. »Wir haben überhaupt nichts dagegen, daß jemand Atheist ist. In der islamischen Gesellschaft hatten Atheisten immer ihren Platz.«

»Nur die Friedhöfe müssen getrennt sein«, erklärte Mesut. »Es stört die Seelen der Gläubigen, wenn sie mit einem Gottlosen auf demselben Friedhof liegen. Manche Atheisten, die ihr ganzes Leben erfolgreich verheimlicht haben, daß sie nicht an Allah glauben, haben es sich zur Aufgabe gemacht, die Gläubigen nicht nur in dieser Welt, sondern auch auf dem Friedhof um ihre Ruhe zu bringen. Als ob die Drangsal, mit ihnen bis zum Jüngsten Tage auf demselben Friedhof liegen zu müssen, nicht ausreiche, werden wir mit dem Entsetzen kämpfen, vor uns einen unglücklichen Atheisten zu sehen, wenn wir am Tag des Jüngsten Gerichts aus unseren Gräbern aufstehen... Herr Dichter Ka, Sie verheimlichen nicht mehr, daß Sie einmal Atheist waren. Vielleicht sind Sie es noch. Dann sagen Sie doch, wer läßt diesen Schnee fallen, was ist das Geheimnis hinter diesem Schnee?«

Alle schauten sie einen Moment lang aus dem leeren Bahnhof nach draußen, auf den Schnee, der im Neonlicht auf die leeren Gleise fiel.

Was tue ich auf dieser Welt? dachte Ka. Wie hilflos die Schneeflokken aus der Entfernung aussehen! Wie armselig ist mein Leben! Der Mensch lebt, verfällt, vergeht. Er dachte, daß er einerseits verging, andererseits existierte. Er liebte sich selbst, verfolgte den Weg, den sein Leben nahm, wie eine Schneeflocke, mit Liebe und Trauer. Sein Vater hatte nach einem bestimmten Rasierwasser gerochen; daran erinnerte er sich. Während er dem Geruch nachspürte, erinnerte er sich an die kalten, in Pantoffeln steckenden Füße seiner Mutter, die in der Küche das Frühstück vorbereitete, an eine Haarbürste, an den zuckrigen rosa Hustensaft, der ihm eingeflößt wurde, wenn er in der Nacht vor Husten aufwachte, an den Löffel in seinem Mund, an all diese kleinen Dinge, aus denen das Leben bestand, an ihre Zusammengehörigkeit, an eine Schneeflocke...

So hörte Ka den Ruf aus der Tiefe, den wirkliche Dichter vernehmen, die nur in Momenten der Inspiration glücklich sind. Nach vier Jahren war ihm zum erstenmal wieder ein Gedicht eingefallen: Er war sich dieses Gedichts, seiner Existenz, seiner Melodie, seines Klangs und seiner Kraft so sicher, daß ihn Glück erfüllte. Er sagte den drei jungen Männern, daß er es eilig habe, und verließ den leeren, halbdunklen Bahnhof. Er eilte in sein Hotel und dachte unter dem Schnee an das Gedicht, das er schreiben würde.

10

Warum ist dieses Gedicht schön?

Sobald er sein Hotelzimmer betreten hatte, legte Ka seinen Mantel
ab, öffnete ein Heft mit grünem Umschlag und kariertem Papier, das
er in Frankfurt gekauft hatte, und begann mit der Niederschrift des
Gedichtes, das ihm Wort für Wort einfiel. Er fühlte sich so entspannt,
als schriebe er ein Gedicht auf, das ihm jemand anderes ins Ohr flüsterte, gab sich aber doch mit seiner ganzen Aufmerksamkeit der
Sache hin, die er niederschrieb. Weil er noch nie zuvor so inspiriert
und ohne jedes Zögern ein Gedicht geschrieben hatte, bezweifelte
ein Gedanke in seinem Kopf den Wert dessen, was er da zu Papier
brachte. Aber während er die Verse aufschrieb, begriff er mit seinem
Verstand, daß dieses Gedicht in jeder Hinsicht vollkommen war, und
das steigerte seine innere Erregung und sein Glück. So verfaßte Ka
vierunddreißig Zeilen, fast ohne innezuhalten, und ließ nur Platz für
ein paar Wörter, die er gleichsam nicht deutlich gehört hatte.

Das Gedicht war aus vielerlei Dingen gemacht, die ihm kurz zuvor
gleichzeitig durch den Sinn gegangen waren: der fallende Schnee,
Friedhöfe, der schwarze Hund, der fröhlich durch den Bahnhof tobte,
zahlreiche Kindheitserinnerungen und İpek, die er mit einem Gefühl, das zwischen Glück und Aufregung schwankte, vor Augen
hatte, während sich seine Schritte auf dem Weg ins Hotel beschleu-
nigten. Er gab dem Gedicht den Titel »Schnee«. Als er sehr viel später daran dachte, wie er dieses Gedicht geschrieben hatte, sollte ihm
eine Schneeflocke einfallen; und wenn diese Schneeflocke in gewisser Weise sein Leben darstellte, dann, so sollte er beschließen, mußte
dieses Gedicht seinen Platz an einem Punkt nahe der Mitte dieser
Flocke haben, die die Logik des Lebens offenlegte. Genau wie bei die-

sem Gedicht ist es schwer zu sagen, wieviel von diesen Beschlüssen er in jenem Moment gefaßt hat und was alles Folge der verborgenen Symmetrie seines Lebens war, dessen Geheimnisse dieses Buch zu lösen versucht.

Ka war dabei, das Gedicht zu vollenden, trat an das Fenster und schaute stumm dem draußen elegant und in großen Flocken fallenden Schnee zu. Er hatte das Gefühl, daß er das Gedicht einfach dadurch zu Ende bringen würde, indem er den Schnee betrachtete. Es klopfte an der Tür. Ka öffnete und vergaß die letzten beiden Verse des Gedichtes, so daß er sich in Kars nicht mehr an sie erinnern sollte.

An der Tür stand İpek. Sie sagte:»Da ist ein Brief für dich«, und hielt ihn ihm hin.

Ka nahm den Brief und warf ihn, ohne ihn anzuschauen, in eine Ecke.»Ich bin sehr glücklich«, sagte er.

Er hatte sonst geglaubt, daß nur gewöhnliche Menschen»Ich bin sehr glücklich« sagen könnten, aber jetzt schämte er sich nicht.»Komm herein!« sagte er zu İpek.»Du bist sehr schön.«

İpek betrat das Zimmer mit der Gelassenheit von jemandem, der Hotelzimmer so gut wie sein eigenes Zuhause kennt. Es kam Ka so vor, als seien sie sich in der Zwischenzeit noch nähergekommen.

»Ich weiß nicht, wie es geschehen ist«, sagte Ka.»Vielleicht ist dieses Gedicht deinetwegen zu mir gekommen.«

»Der Zustand des Direktors der Pädagogischen Hochschule soll kritisch sein«, erklärte İpek.

»Es ist eine gute Nachricht, wenn jemand lebt, von dem du geglaubt hast, er sei tot.«

»Die Polizei macht Razzien. In den Studentenschlafsälen und den Hotels. Sie sind auch zu uns gekommen, haben sich die Rezeptionsbücher angeschaut und nach jedem einzelnen gefragt, der im Hotel wohnt.«

»Was hast du über mich gesagt? Hast du gesagt, daß wir heiraten werden?«

»Du bist wirklich süß. Aber ich denke gerade an ganz andere Dinge. Sie haben Muhtar festgenommen und geschlagen. Dann ist er wohl freigelassen worden.«

»Er hat mir eine Nachricht an dich mitgegeben: Er ist zu allem bereit, damit du ihn wieder heiratest. Es tut ihm in der Seele leid, daß er
dich unter Druck gesetzt hat, damit du dein Haar bedeckst.«

»Das sagt er mir sowieso jeden Tag«, antwortete İpek. »Was hast
du gemacht, nachdem die Polizei dich freigelassen hatte?«

»Auf den Straßen bin ich herumgelaufen...« Ka zögerte einen
Moment.

»Ja. Sag schon!«

»Man hat mich zu Lapislazuli geführt. Das hätte ich keinem verraten dürfen.«

»Das darfst du keinem verraten«, antwortete İpek. »Und ihm gegenüber darfst du uns und meinen Vater nicht erwähnen.«

»Hast du ihn je kennengelernt?«

»Es gab eine Zeit, da bewunderte Muhtar ihn, und da ist er auch
bei uns zu Hause gewesen. Aber als Muhtar sich auf einen gemäßig-
teren und demokratischen Islamismus festlegte, hat er sich von ihm
entfernt.«

»Er ist angeblich wegen der Mädchen hier, die sich umgebracht
haben.«

»Hüte dich vor ihm, und rede nie wieder von ihm«, sagte İpek.
»Höchstwahrscheinlich war auch ein Polizeimikrofon an dem Ort, an
dem er sich aufhält.«

»Warum fangen sie ihn dann nicht?«

»Das tun sie, wenn es ihnen paßt.«

»Laß uns aus Kars fliehen«, sagte Ka.

Wieder stieg das Gefühl in ihm auf, das er in seiner Kindheit und
Jugend immer gehabt hatte, wenn er außerordentlich glücklich gewesen war: die Furcht, daß Unglück und Hoffnungslosigkeit ganz in
der Nähe seien.

Ka hatte stets ganz panisch seine Glücksmomente zu einem Ende
bringen wollen, damit danach das Unglück nicht so groß würde. Deswegen glaubte er jetzt, daß İpek, die er gerade nicht so sehr voll Liebe
als erfüllt von einer Panik umarmte, ihn zurückweisen würde, daß
die sich anbahnende Nähe zwischen ihnen mit einem Schlag zunichte würde und sein unverdientes Glück in verdiente Zurückwei-

sung und Erniedrigung münden, er aber dadurch seine Ruhe finden würde.

Das genaue Gegenteil geschah. İpek erwiderte die Umarmung. Sie küßten sich, fielen aufs Bett, und Ka wurde von einer so überwältigenden Erregung ergriffen, daß er, ganz im Gegensatz zu seinem Pessimismus von eben, in grenzenlosem Begehren und Optimismus zu phantasieren begann, daß sie sich gegenseitig ausziehen und ausführlich lieben würden.

Aber İpek stand auf. »Du gefällst mir sehr, und auch ich möchte mit dir schlafen, aber ich war seit drei Jahren mit niemandem zusammen. Ich bin noch nicht bereit«, sagte sie.

Auch ich habe seit vier Jahren mit niemandem mehr geschlafen, dachte Ka. Er spürte, daß İpek dies von seinem Gesicht ablas.

»Selbst wenn ich bereit wäre«, sagte İpek, »kann ich keinen Sex haben, wenn mein Vater so in der Nähe, im gleichen Haus ist.«

»Muß dein Vater das Hotel verlassen, damit du nackt mit mir ins Bett gehen kannst?« fragte Ka.

»Ja. Und er verläßt das Hotel nur sehr selten. Er mag nämlich die vereisten Straßen von Kars nicht.«

»Gut, dann schlafen wir jetzt nicht miteinander, aber wenigstens will ich dich noch küssen.«

İpek beugte sich zu dem auf der Bettkante sitzenden Ka hinunter und küßte ihn lange und ernsthaft, ohne ihm zu erlauben, sich ihr zu nähern.

»Ich lese dir mein Gedicht vor«, sagte Ka dann, als er spürte, daß sie einander nicht mehr küssen würden. »Bist du neugierig darauf?«

»Lies erst diesen Brief; ein junger Mann hat ihn an die Tür gebracht.«

Ka öffnete den Brief und las vor:

Sehr geehrter Ka, mein Sohn! Wenn es ungehörig sein sollte, daß ich Sie »mein Sohn« nenne, verzeihen Sie bitte! Gestern nacht habe ich Sie in meinem Traum gesehen. Es schneite in meinem Traum, und eine jede Flocke sank als Licht auf die Welt. Gerade als ich hoffte, daß dies etwas Gutes bedeute, begann am Nachmittag vor meinem Fenster der Schnee zu fallen, von dem ich geträumt hatte. Sie sind an der Tür meiner Behausung in der Baytarhane-Gasse Nr. 18 vorbeigegangen. Der geschätzte Muhtar Bey, den der Erhabene eine Prüfung hat durchmachen lassen, hat mir berichtet, welche Bedeutung Sie diesem Schnee beilegen. Unser Weg ist derselbe. Ich erwarte Sie, mein Herr. Unterschrift: Saadettin Cevher.

»Scheich Saadettin«, sagte İpek.»Geh sofort zu ihm hin. Und abends kommst du zu uns zum Essen.«

»Warum muß ich mit allen Verrückten in Kars reden?«

»Ich hab dir gesagt ›Hüte dich vor Lapislazuli!‹, aber nenn ihn nicht gleich einen Spinner! Und der Scheich ist nicht dumm, er ist gerissen.«

»Ich möchte sie alle vergessen. Kann ich dir jetzt mein Gedicht vorlesen?«

»Lies es!«

Ka setzte sich an den Nachttisch, begann das Gedicht, das er gerade geschrieben hatte, voller Begeisterung und Selbstvertrauen vorzulesen, hielt aber sofort wieder inne.»Geh da hinüber!« sagte er zu İpek.»Ich möchte beim Lesen dein Gesicht sehen.« Er begann wieder zu lesen, wobei er aus den Augenwinkeln İpek anschaute. Nach kurzer Zeit fragte er:»Ist es schön?«»Ja, es ist schön!« antwortete İpek. Ka las weiter und fragte wieder:»Ist es schön?« İpek sagte:»Ja.« Und als er fertig war, fragte Ka:»Was hast du an ihm schön gefunden?« »Ich weiß nicht«, meinte İpek,»aber ich fand es sehr schön.«»Hat dir Muhtar keine solchen Gedichte vorgelesen?«»Das hat er nicht getan.« Ka trug voller Begeisterung das Gedicht noch einmal vor und fragte an den gleichen Stellen wieder:»Ist es schön?« An einigen Stellen sagte er auch:»Sehr schön, nicht wahr?«»Ja, es ist sehr schön«, antwortete İpek.

Ka war derart selig, daß er, wie er in einem Gedicht seiner frühen Phase über ein Kind geschrieben hatte, geradezu»ein angenehmes und merkwürdiges Leuchten« ausstrahlte; und es machte ihn glücklich zu sehen, daß sich ein Teil dieses Lichts in İpek widerspiegelte. In Übereinstimmung mit den Regeln»schwereloser Zeit« umarmte er İpek erneut, doch sie entzog sich ihm anmutig.

»Jetzt hör zu: Geh sofort zum verehrten Scheich! Er ist hier eine sehr wichtige Person, wichtiger, als du denkst: Ziemlich viele Leute in der Stadt wenden sich an ihn, auch säkulare. Man sagt, daß auch die Ehefrau des Divisionskommandanten und die des Gouverneurs zu ihm gehen, und es gibt auch Reiche und Soldaten, die das tun. Er steht auf der Seite des Staats. Als er gesagt hat, daß die Studentinnen, die sich verhüllen, im Unterricht ihre Kopfbedeckung ablegen müssen, haben die von der Wohlfahrtspartei nichts gegen ihn sagen können. In einem Ort wie Kars kannst du nicht ablehnen, wenn so ein mächtiger Mann dich ruft.«

»Auch den armen Muhtar hast du zu ihm geschickt?«

»Hast du Sorge, er entdeckt die Gottesfurcht in dir und macht dir so viel Angst, daß du fromm wirst?«

»Ich bin gerade sehr glücklich und habe keinerlei Bedarf an Religion«, sagte Ka. »Dafür bin ich nicht in die Türkei gekommen. Und zu ihm kann mich nur eine einzige Sache bringen: deine Liebe… Werden wir heiraten?«

İpek setzte sich auf den Bettrand. »Dann geh hin!« sagte sie. Sie schaute Ka mit einem verzaubernden und warmen Blick an. »Aber paß auch auf! Es gibt keinen, der so gut wie er einen zerbrechlichen, schwachen Punkt in einer Seele entdeckt und geradewegs, wie ein Dämon, in das Innere eines Menschen eindringt.«

»Was wird er mit mir machen?«

»Er wird mit dir reden und sich plötzlich auf den Boden werfen. Er wird behaupten, daß in irgend etwas Gewöhnlichem, das du gesagt hast, große Weisheit liegt und daß du ein Erleuchteter bist. Manche glauben sogar zuerst, daß er sich über sie lustig macht. Aber hierin liegt auch die Macht des verehrten Scheichs. Er macht das so, daß du tatsächlich an deine eigene Weisheit glaubst, und auch er glaubt wirklich aus vollem Herzen daran. Er verhält sich so, als gäbe es in dir einen anderen, der viel höher steht als du. Nach einiger Zeit beginnst auch du, diese Schönheit in dir zu erblicken: Du merkst, daß deine innere Schönheit, da du sie vorher nicht erkannt hast, die Schönheit Gottes ist, und Glück erfüllt dich. Auch die Welt ist schön, wenn du bei ihm bist. Du liebst den verehrten Scheich, der dich diesem Glück nahegebracht hat. Die ganze Zeit flüstert dir dabei eine andere Seite deines Verstandes zu, daß all dies ein Spiel des verehrten Scheichs ist und daß du eigentlich ein armseliger, bemitleidenswerter Dummkopf bist. Aber soweit ich Muhtar verstanden habe, hast du dann keine Energie mehr, an diese schlechte und armselige Seite in dir zu glauben. Du bist derart schwach und unglücklich, daß du annimmst, nur noch Gott könne dich retten. Dabei leistet zunächst dein Verstand, dem die Wünsche deiner Seele völlig unbekannt sind, Widerstand. Du betrittst den Weg, den dir der Scheich gezeigt hat, weil du dich in dieser Welt nur so behaupten kannst. Es ist die größte Fertigkeit Seiner Hoheit, des verehrten Scheichs, dem Elenden, der ihm gegenübersteht, das Gefühl zu geben, er sei ein viel erhabenerer Mensch als er selbst. Denn viele Männer in Kars wissen sehr gut, daß es niemanden in der Türkei gibt, der noch elender, ärmer und erfolgloser ist als sie selbst. So glaubst du schließlich erst deinem Scheich, dann dem Islam, den man dich hat vergessen lassen. Das ist nichts Schlechtes, wie es von Deutschland her aussieht und wie es die intellektuellen Säkularisten behaupten. Du wirst wie jedermann, du bist dem Volk ähnlich und wenigstens ein wenig vom Unglück befreit.«

»Ich bin nicht unglücklich«, sagte Ka.

»Jemand, der so unglücklich ist, ist eigentlich nicht unglücklich. Denn die Leute hier haben einen Trost und eine Hoffnung, an die sie sich ganz fest klammern. Hier gibt es die spöttischen Ungläubigen aus Istanbul nicht. Hier liegen die Dinge einfacher.«

»Weil du es willst, gehe ich jetzt. Wo ist denn die Baytarhane-Gasse? Wie lange soll ich da bleiben?«

»Bleib, bis du Ruhe gefunden hast!« antwortete İpek. »Und fürchte dich nicht davor zu glauben!« Sie half Ka in den Mantel. »Erinnerst du dich noch gut an dein islamisches Wissen?« fragte sie. »Erinnerst du dich an die Gebete, die du in der Grundschule gelernt hast? Nicht, daß du dich dann schämst!«

»In meiner Kindheit hat mich unser Dienstmädchen zur Moschee von Teşvikiye gebracht«, erzählte Ka. »Sie wollte nicht so sehr zum Gottesdienst, sondern ging vor allem hin, um sich mit anderen Dienstmädchen zu treffen. Während sie auf die Gebetszeit warteten und ausführlich tratschten, habe ich mit den Kindern auf den Teppichen getobt und gespielt. In der Schule habe ich alle Gebete gründlich auswendig gelernt, damit der Religionslehrer mich mochte, der uns die erste Koransure beigebracht hat, indem er uns ohrfeigte, uns am Haar zog und den Kopf auf das Religionsbuch stieß, das offen auf der hölzernen Schulbank lag. Ich habe alles gelernt, was einem in der Schule über den Islam beigebracht wird, aber ich habe vermutlich alles vergessen. Das einzige, was ich heute über den Islam weiß, weiß ich, glaube ich, aus dem Film *Mohammed, der Gesandte Gottes* mit Anthony Quinn in der Hauptrolle«, sagte er lächelnd. »Vor kurzem haben sie ihn im türkischen Programm in Deutschland gezeigt, aus welchem Grund auch immer auf deutsch. Abends bist du hier?«

»Ja!«

»Ich möchte dir nämlich mein Gedicht noch einmal vortragen«, sagte Ka und steckte das Heft in die Manteltasche. »Du findest, es ist schön?«

»Es ist wirklich sehr schön.«

»Was ist schön daran?«

»Ich weiß nicht, es ist sehr schön«, antwortete İpek. Sie hatte die Tür geöffnet und war im Begriff zu gehen.

Ka umarmte sie rasch und küßte sie auf den Mund.

11

Gibt es einen anderen Gott in Europa?

KA BEIM VEREHRTEN SCHEICH

Leute sahen, wie Ka aus dem Hotel kam und unter dem Schnee und den Wimpeln mit Wahlpropaganda Richtung Baytarhane-Gasse rannte. Er war so glücklich, daß vor lauter Aufregung das Kino seiner Vorstellungskraft wie in den Augenblicken äußersten Glücks in seiner Kindheit zwei Filme auf einmal zu zeigen begann. Im ersten liebten sich İpek und er an einem Ort in Deutschland – aber nicht in seiner Frankfurter Wohnung. Er hatte dieses Phantasiebild dauernd vor Augen, und manchmal war der Ort, an dem sie miteinander schliefen, sein Hotelzimmer in Kars. In seinem zweiten Gedankenkino spielten Wörter und Phantasmen, die sich auf die letzten beiden Zeilen seines Gedichts »Schnee« bezogen.

Er betrat das Restaurant Grünes Land zunächst nur, um nach der Adresse zu fragen. Dann setzte er sich, inspiriert von den Flaschen auf den Regalen neben dem Porträt Atatürks und den Bildern einer verschneiten Schweiz, an einen Tisch und verlangte mit der Entschlossenheit von einem, der es sehr eilig hat, einen doppelten Rakı, Fetakäse und geröstete Kichererbsen. Der Sprecher im Fernsehen sagte, trotz des dichten Schneefalls stünden alle Vorbereitungen für die erste Live-Übertragung außerhalb des Studios in der Geschichte von Kars, die an diesem Abend stattfinden würde, kurz vor ihrem Abschluß, und faßte dann ein paar lokale und nationale Nachrichten zusammen. Der stellvertretende Gouverneur hatte telefonisch untersagt, in den Nachrichten den Anschlag auf den Direktor der Pädagogischen Hochschule zu erwähnen, damit die Angelegenheit nicht ausuferte und Feindschaften nicht noch weiter vertieft würden. Bis Ka all das wahrnahm, trank er zwei doppelte Rakı so schnell, als seien sie Wasser.

Die Pforte des Derwischkonvents, an die er nach dem dritten Rakı binnen weniger Minuten gelangt war, wurde von oben mit dem Türdrücker geöffnet. Als er die steile Treppe hochstieg, fiel ihm Muhtars Gedicht »Die Treppe« ein, das er immer noch in der Tasche seines Jacketts trug. Er war sich sicher, daß alles gut verlaufen würde, fühlte sich aber trotzdem wie ein Kind, dem beim Betreten einer Arztpraxis schaudert, obwohl es weiß, daß es keine Spritze bekommen wird. Sobald er oben ankam, tat es ihm leid, gekommen zu sein: Trotz des Rakıs hatte ihn tiefe Furcht erfaßt.

Der ehrwürdige Scheich erkannte in dem Augenblick, in dem er Ka sah, diese Furcht in seinem Herzen. Und Ka begriff, daß der Scheich seine Furcht erkannte. Aber etwas an dem Scheich war so, daß Ka sich seiner Angst nicht schämte. Auf dem Absatz, auf den die Treppe mündete, hing ein Spiegel mit einem Rahmen aus geschnitztem Walnußholz an der Wand. Er sah den ehrwürdigen Scheich zuerst in diesem Spiegel. Die Wohnung war so gedrängt voll wie eine Dose Sardinen. Das Zimmer hatte sich vom Atem, von menschlicher Wärme aufgeheizt. Auf einmal war Ka dabei, dem ehrwürdigen Scheich die Hand zu küssen. All das geschah im Zeitraum eines Wimpernschlags, und Ka hatte weder auf seine Umgebung noch auf die Menge im Raum geachtet.

Es war eine Gruppe von gut zwanzig Personen, die zusammengekommen waren, um an einem einfachen Gottesdienst, wie er an Dienstagabenden veranstaltet wurde, teilzunehmen, dem Scheich zuzuhören und ihm ihre Sorgen zu unterbreiten. Fünf oder sechs Besitzer von Milchläden, Kleingewerbetreibende oder Teehauspächter, die sich immer glücklich schätzten, wenn sie beim ehrwürdigen Scheich sein konnten, ein halbgelähmter Jugendlicher, der schielende Geschäftsführer einer Busgesellschaft mit einem greisen Freund, der Nachtwächter des Elektrizitätswerks, der Pförtner des Krankenhauses von Kars mit vierzig Dienstjahren und noch ein paar Leute mehr.

Der Scheich las Kas Gesicht erst seine Unentschlossenheiten eine nach der anderen ab, dann küßte er ihm mit einer beeindruckenden Bewegung die Hand. Es war eine Geste des Respekts, sah aber zugleich aus, als küßte er einem kleinen Kind das Patschhändchen. Obwohl er sehr wohl geahnt hatte, daß der Scheich so etwas tun würde, war Ka überrascht. »Licht liege auf dir, weil du meiner Einladung gefolgt bist«, sagte der Scheich. »Ich habe von dir geträumt. Es fiel Schnee.«

»Auch ich habe von Ihnen geträumt, verehrter Meister«, sagte Ka. »Ich bin hierhergekommen, um glücklich zu werden.«

»Es hat uns glücklich gemacht, daß dir der Gedanke eingegeben wurde, hier sei dein Glück«, antwortete der Scheich.

»Ich fürchte mich hier, in dieser Stadt, in diesem Haus«, fuhr Ka fort. »Denn Sie alle sind mir ganz fremd. Ich bin immer vor so etwas zurückgeschreckt. Ich habe nie jemandem die Hand küssen wollen und wollte auch nicht, daß mir jemand die Hand küßt.«

»Du hast unserem Bruder Muhtar die Schönheit deines Inneren eröffnet«, sagte der Scheich. »Woran erinnert dich der geheiligte Schnee, der immer weiter fällt?«

Jetzt erst bemerkte Ka, daß der Mann am rechten Ende der Polsterbank, auf der der Scheich saß, gleich neben dem Fenster, Muhtar war. Er hatte jeweils ein Pflaster auf seiner Stirn und seiner Nase. Um die blauen Stellen um seine Augen zu verbergen, hatte er eine breite Brille mit dunklem Glas aufgesetzt, wie ein von den Blattern erblindeter alter Mann. Er lächelte Ka an, sah aber überhaupt nicht freundlich aus.

»Der Schnee hat mich an Gott erinnert«, sagte Ka. »Er hat mich daran erinnert, wie geheimnisvoll und schön diese Welt ist, der Schnee, und daß zu leben eigentlich ein Glück ist.«

Als er schwieg, bemerkte er, daß alle Augen der Menge im Raum auf ihm lagen. Ihn ärgerte, daß sich der Scheich in dieser Lage offenbar völlig wohl fühlte. Er fragte ihn: »Warum haben Sie mich hierhergerufen?«

»Gott behüte!« sagte der Scheich. »Wir haben aus dem, was Muhtar Bey erzählt hat, den Schluß gezogen, daß Sie einen Freund suchen, dem Sie Ihr Herz öffnen und mit dem Sie reden können.«

»Gut, dann lassen Sie uns miteinander reden«, erwiderte Ka. »Ich habe aus Angst drei Glas Rakı getrunken, bevor ich hierherkam.«

»Warum fürchten Sie sich vor uns?« fragte der Scheich und machte die Augen weit auf, als ob er erstaunt wäre. Er war ein dicker, freundlicher Mann, und Ka sah, daß auch die um ihn herum Sitzenden herzlich lächelten. »Wollen Sie uns nicht sagen, warum Sie sich vor uns fürchten?«

»Ich kann das schon sagen, möchte aber nicht, daß Sie es mir übelnehmen«, erklärte Ka.

»Wir werden es nicht übelnehmen«, antwortete der Scheich. »Bitte, setzen Sie sich neben mich! Für uns ist es außerordentlich wichtig, den Grund Ihrer Angst zu erfahren.«

Der Scheich wirkte halb nachdenklich, halb wie ein Schauspieler, der seine Jünger im nächsten Moment zum Lachen bringen würde. Ka spürte, daß ihm diese Haltung gefiel und er sie nachzuahmen begann, kaum daß er sich gesetzt hatte.

»Ich habe immer mit sozusagen kindlichem guten Willen gewünscht, daß sich mein Land entwickelt, daß seine Menschen frei und fortschrittlich leben«, sagte er. »Aber unsere Religion schien mir dem stets entgegenzustehen. Vielleicht habe ich mich geirrt. Entschuldigen Sie! Vielleicht kann ich das nur zugeben, weil ich einiges getrunken habe.«

»Gott behüte!«

»Ich bin in Istanbul, im Viertel Nişantaşı, in besseren Kreisen aufgewachsen. Ich wollte sein wie die Europäer. Weil ich begriff, daß ich nicht an einen Allah glauben konnte, der die Frauen in den Tschador steckte und sie ihr Gesicht verschleiern ließ, und gleichzeitig Europäer sein konnte, verlief mein Leben fern von der Religion. Als ich nach Europa ging, kam in mir das Gefühl auf, daß es einen ganz anderen Gott geben könnte als den, von dem die bärtigen, reaktionären Provinzler erzählten.«

»Gibt es einen anderen Gott in Europa?« fragte der Scheich scherzhaft und strich Ka über den Rücken.

»Ich wollte einen Allah, bei dem ich nicht die Schuhe auszuziehen brauchte, um vor ihn zu treten, der nicht erwartet, daß ich jemandem die Hand küssen und auf meine Knie fallen muß. Einen Allah, der meine Einsamkeit verstand.«

»Allah ist der Eine«, sagte der Scheich. »Er sieht alles, und er versteht jeden. Auch deine Einsamkeit. Hättest du an ihn geglaubt und gewußt, daß er deine Einsamkeit sieht, hättest du dich nicht allein gefühlt.«

»Sehr richtig, verehrter Scheich und Meister«, sagte Ka und merkte, daß er auch zu allen anderen im Zimmer sprach. »Weil ich einsam bin, kann ich nicht an Gott glauben; und weil ich nicht an Gott glaube, kann ich der Einsamkeit nicht entkommen. Was soll ich tun?«

Er war betrunken, und es befriedigte ihn ungemein, einem leibhaftigen Scheich rückhaltlos zu sagen, was ihn bewegte, aber andererseits fühlte er mit einem Teil seines Bewußtseins sehr genau, daß er sich auf gefährlichem Gebiet bewegte. Deswegen erschreckte ihn das Schweigen des Scheichs.

»Willst du wirklich von mir Rat?« fragte der Scheich. »Wir sind Leute, die ihr bärtige, reaktionäre Provinzler nennt. Selbst wenn wir unseren Bart abschneiden, können wir nichts gegen unser Provinzlertum tun.«

»Auch ich bin ein Provinzler, und ich möchte noch provinzieller sein und vergessen werden, während auf den unbekanntesten Winkel der Welt Schnee fällt«, antwortete Ka. Aufs neue küßte er dem Scheich die Hand, und er erkannte, daß ihm das überhaupt nicht schwerfiel. Aber er spürte, daß ein Teil seines Selbst immer noch wie jemand aus dem Westen, wie ein ganz anderer funktionierte und ihn wegen der Situation, in der er sich befand, geringschätzte.

»Entschuldigen Sie, ich habe getrunken, bevor ich hierherkam«, sagte er noch einmal. »Mein ganzes Leben lang habe ich mich schuldig gefühlt, weil ich nicht an den Allah der Armen geglaubt habe, an den die Ungebildeten, die Tanten mit dem Kopftuch, die Onkel mit der Gebetskette in der Hand glauben. Mein Unglaube hat etwas Überhebliches. Aber jetzt möchte ich an Allah glauben, der draußen diesen schönen Schnee zum Fallen bringt. Es gibt einen Allah, der auf die geheime Symmetrie der Welt genau achtet und den Menschen zivilisierter, feiner macht.«

»Den gibt es natürlich, mein Sohn«, sagte der Scheich.

»Aber er ist nicht hier unter Ihnen, dieser Allah«, entgegnete Ka.

»Er ist draußen, in dem Schnee, der in das Herz der leeren Nacht, der Dunkelheit und der Armseligen schneit.«

»Wenn du Allah auf eigene Faust finden willst, dann geh; und möge der Schnee in der Nacht dein Herz mit der Liebe Gottes füllen! Wir wollen dir deinen Weg nicht versperren. Aber vergiß nicht, daß nur Selbstverliebte und Überhebliche allein bleiben. Nicht im geringsten liebt Allah die Überheblichen. Der Teufel wurde aus dem Paradies gejagt, weil er überheblich war.«

Wieder wurde Ka von Furcht ergriffen, wofür er sich später schämen sollte. Ihm gefiel auch überhaupt nicht, was hier über ihn gesagt werden würde, wenn er jetzt ginge. »Was soll ich tun, verehrter Scheich und Meister?« fragte er. Er wollte ihm erneut die Hand küssen, ließ es dann bleiben. Er merkte, daß man seine Unentschlossenheit und Betrunkenheit deutlich erkannt hatte und auf ihn herabsah.

»Ich möchte gerne so, wie Sie das tun, an Gott glauben und ein ganz normaler Landsmann sein, aber weil ein Abendländer in mir steckt, bin ich ganz durcheinander.«

»Es ist schon ein guter Anfang, daß du so voller guter Absichten bist«, sagte der Scheich. »Lerne zunächst, demütig zu sein.«

»Was soll ich dafür tun?« fragte Ka. In ihm regte sich wieder ein Spott-Teufel.

»Abends nach dem Fastenbrechen setzt sich jeder, der mit mir sprechen möchte, an die Ecke der Polsterbank, in die ich dich gesetzt habe«, erklärte der Scheich. »Jeder ist jedermanns Bruder.«

Ka spürte, daß sich die Menge der auf den Stühlen und Kissen Sitzenden eigentlich angestellt hatte, um sich in die Ecke der Polsterbank zu setzen. Er stand auf, weil er spürte, daß der Scheich mehr Achtung für diese imaginäre Warteschlange als für ihn selbst hegte und daß er am besten daran täte, wie ein Europäer sich ganz hinten anzustellen und geduldig zu warten. Er küßte dem Scheich noch einmal die Hand und setzte sich auf ein Kissen ganz am Rand.

Neben ihm saß ein kurzgewachsener, sympathisch wirkender Mann mit Goldkronen auf den Backenzähnen; er war so winzig und Ka so durcheinander, daß er glaubte, der Mann sei gekommen, damit der Scheich ihm Abhilfe gegen seine Kleinwüchsigkeit verschaffe. In sei-

ner Kindheit hatte es in Nişantaşı einen ganz vornehmen Zwerg gegeben; der kaufte täglich gegen Abend von den Zigeunern am Nişan-
taşı-Platz einen Strauß Veilchen oder eine einzige Nelke. Der kleine
Mann neben ihm sagte, er besitze ein Teehaus an der Inönü-Straße
und habe ihn heute vorbeigehen sehen; leider sei Ka nicht hereingekommen, aber er erwarte ihn morgen. Da mischte sich auch der
schielende Geschäftsführer der Busgesellschaft ins Gespräch; er erzählte flüsternd, daß er früher einmal wegen eines Mädchens sehr
unglücklich gewesen sei: zum Trinker sei er geworden und derart re-
bellisch, daß er selbst Allah nicht anerkannt habe, aber später sei all
dies vergangen und vergessen worden. Noch bevor Ka fragen konnte,
ob er das Mädchen geheiratet habe, sagte der Geschäftsführer: »Ich
habe eingesehen, daß das Mädchen nicht zu mir paßte.«

Später sprach sich der Scheich gegen den Selbstmord aus: Alle
hörten wortlos zu, einige nickten. Ka und seine beiden Nachbarn unterhielten sich flüsternd weiter. »Es gibt noch einige Selbstmorde
mehr«, erzählte der kleine Mann, »aber der Staat verschweigt sie
so, wie die Meteorologen nicht verraten, daß es kälter wird, damit die
Stimmung sich nicht verschlechtert.« Der Geschäftsführer der Busgesellschaft sagte: »Meine Frau hat mich am Anfang auch nicht
gemocht, als wir uns kennenlernten.« Arbeitslosigkeit, die hohen
Preise, Unmoral und Unglaube wurden als Gründe für die Selbstmorde aufgezählt. Ka fand sich selbst heuchlerisch, weil er allem, was
gesagt wurde, zustimmte. Als der alte Mann einzunicken begann,
weckte ihn der schielende Geschäftsführer auf. Es kam zu einer lang
anhaltenden Stille, und Ka spürte, wie in ihm Ruhe aufstieg: Sie
waren so weit vom Zentrum der Welt entfernt, daß es keinem auch
nur einfallen konnte, dorthin zu gehen; und zusammen mit den
Schneeflocken, die draußen so fielen, als seien sie in der Luft aufgehängt, erweckte dies in ihm den Eindruck, er lebe außerhalb der
Erdanziehung.

Als sich keiner mit ihm beschäftigte, fiel Ka ein neues Gedicht ein.
Sein Heft hatte er bei sich, mit der aus dem ersten Gedicht gewonne-
nen Erfahrung konzentrierte er sich ganz auf die in ihm aufsteigende
Stimme und schrieb diesmal die sechsunddreißig Verse ohne Auslas-

sung in einem Zug nieder. Weil sein Kopf von Rakı benebelt war, vertraute er dem Gedicht nicht besonders. Aber erfüllt von neuer Inspiration erhob er sich, bat den Scheich um Erlaubnis, stürzte nach draußen, setzte sich auf die hochstufige Treppe des Konvents und begann aus dem Heft vorzulesen. Da stellte er fest, daß das Gedicht so vollkommen wie das erste war.

Das Gedicht beschäftigte sich mit dem, was Ka kurz zuvor erlebt hatte oder dessen Zeuge er geworden war. Vier Verse lang gab es einen Dialog mit einem Scheich über die Existenz Gottes; Kas schuldbewußter Blick auf den »Allah der Armen«, Spekulationen über Einsamkeit, die geheime Bedeutung der Welt und die Struktur des Lebens hatten zusammen mit einem Mann mit Goldzähnen, einem Schielenden und einem vornehmen Zwerg, der eine Nelke in der Hand hielt, solch einen Platz in dem Gedicht gefunden, daß sie ihn an sein ganzes Leben erinnerten. Was bedeutet das alles? fragte er sich, während er sich über die Schönheit dessen, was er geschrieben hatte, wunderte. Er fand das Gedicht schön, weil er es so lesen konnte wie das eines anderen. Weil er es schön fand, fand er seinen Stoff, fand er sein eigenes Leben verwirrend. Was bedeutete Schönheit im Gedicht?

Das Minutenlicht im Treppenhaus ging mit einem Klack aus, und es wurde tiefdunkel. Er fand den Schalter, machte das Licht an und blickte noch einmal in das Heft in seiner Hand. Da fiel ihm der Titel des Gedichts ein. »Geheime Symmetrie«, schrieb er darüber. Daß er diesen Titel so früh gefunden hatte, sollte er später als einen Beweis dafür behandeln, daß all diese Gedichte – genau wie die Welt – nicht sein eigener Entwurf waren. Und wie dem ersten Gedicht sollte er auch diesem einen Platz auf der Achse der Vernunft zuweisen.

12

Wenn es Gott nicht gibt, was ist dann der Sinn all der Qualen, die die Armen durchmachen?

NECIPS TRAURIGE GESCHICHTE

Auf dem Rückweg vom Konvent des Scheichs ins Hotel dachte Ka daran, daß er İpek gleich wiedersehen würde. Auf der Halit-Paşa-Straße geriet er erst in die Menschenmenge einer Wahlversammlung von der Volkspartei, dann unter die Schüler, die aus dem Vorbereitungskurs für die Universitätsprüfung kamen: Sie sprachen vom Fernsehen am Abend, davon, wie eingebildet der Chemielehrer war, und machten sich rücksichtslos gegenseitig schlecht, so wie das Ka und ich in diesem Alter auch getan haben. Im Eingang zu einem Mehrfamilienhaus sah er ein kleines Mädchen, das weinend aus der Zahnarztpraxis oben kam, mit seinen Eltern, die es an der Hand hielten. Er merkte sofort an ihrer Kleidung, daß sie nur mit Mühe über die Runden kamen, aber für ihre Tochter alles taten und sie nicht in die staatliche Poliklinik, sondern zum Privatarzt gebracht hatten, von dem sie glaubten, er würde ihr weniger weh tun. Aus dem Inneren eines Ladens, der Damenstrümpfe, Nähgarn, Farbstifte, Batterien und Kassetten verkaufte, vernahm er »Roberta«, ein Lied Peppino di Capris, das er in seiner Kindheit im Radio gehört hatte, wenn sie an Wintermorgen mit dem Wagen seines Onkels einen Ausflug an den Bosporus machten. Er hielt die in ihm aufsteigende Sentimentalität für die Inspiration zu einem neuen Gedicht und betrat das nächste Teehaus, setzte sich an einen Tisch und zog sein Heft und seinen Stift heraus.

Nachdem er eine Weile mit feuchten Augen und dem Stift in der Hand auf die leere Seite geblickt hatte, begriff er, daß ihm kein Gedicht einfallen würde. Aber das konnte seinem Optimismus nichts anhaben. An den Wänden des mit Arbeitslosen und Schülern gedrängt vollen Teehauses sah er außer Ansichten aus der Schweiz Theaterplakate, aus Zeitungen ausgeschnittene Karikaturen und Meldungen, den Aushang der Bedingungen für eine Prüfung, die für die Einstellung von Beamten abgehalten werden sollte, und den diesjährigen Spielplan von Karsspor. Die meist aus Niederlagen bestehenden Ergebnisse der bislang gespielten Paarungen waren mit verschiedenen Stiften eingetragen worden. Neben das Spiel gegen Erzurumspor, das mit einer 6:1-Niederlage geendet hatte, hatte jemand die folgenden Verse geschrieben, die Ka am nächsten Tag unverändert in sein Gedicht »Die ganze Menschheit und die Sterne« übernahm, das er im Teehaus Die Brüder im Glück schrieb:

> Wär unsere Mutter plötzlich da, nähm aus dem Paradies uns in den Arm,
> Schlüg sie für einen Abend unser Vater nicht – gottlos, wie er ist –
> Brächte das auch nichts: deine Scheiße friert ein, deine Seele vertrocknet,
>   und keinerlei Hoffnung!
> Zieh die Spülung, mach Schluß, wenn's nach Kars dich verschlägt!

Während er wohlgelaunt und optimistisch diesen Vierzeiler in sein Heft abschrieb, kam von einem der hinteren Tische Necip und setzte sich zu ihm. Er strahlte vor Freude, wie das Ka bei ihm nie für möglich gehalten hätte.

»Ich freue mich sehr, dich zu sehen«, sagte Necip. »Schreibst du ein Gedicht? Ich bitte um Verzeihung für meine Freunde, die dich einen Atheisten genannt haben. Sie sehen zum erstenmal in ihrem Leben einen Atheisten. Aber eigentlich kannst du kein Atheist sein, denn du bist ein sehr guter Mensch.« Er sagte noch andere Dinge, von denen Ka am Anfang nicht verstand, wie sie zusammengehörten: Er sei mit Freunden aus der Schule abgehauen, um abends das Theaterstück anzusehen, sie würden aber in den hinteren Reihen sitzen, denn sie wollten natürlich nicht, daß der Direktor sie während der Live-Übertragung im Fernsehen »identifizierte«. Er sei wirklich froh, weil er von der Schule weggelaufen sei. Er würde sich mit seinen Freunden im Volkstheater treffen. Sie wüßten, daß Ka dort ein Gedicht vortragen werde. Jeder in Kars schrieb Gedichte, aber Ka war der erste Dichter, den er kennengelernt hatte, dessen Gedichte veröffentlicht wurden. Könne er ihn zu einem Tee einladen? Ka sagte, er habe es eilig.

»Dann werde ich dir eine einzige, eine letzte Frage stellen«, sagte Necip. »Aber nicht, weil ich dich beleidigen will wie meine Freunde. Ich möchte es wirklich wissen.«

»Ja?«

Mit fahrigen Händen zündete sich Necip zunächst eine Zigarette an: »Wenn es Allah nicht gibt, dann heißt das, daß es kein Paradies gibt. Dann können die Millionen Menschen, die ein Leben in Mangel, Armut und Unterdrückung verbringen, nicht einmal ins Paradies kommen. Was ist dann der Sinn all der Qualen, die die Armen durchmachen? Wozu leben wir dann und durchleiden sinnlos all diese Qualen?«

»Allah existiert. Auch das Paradies gibt es.«

»Nein, das sagst du zum Trost, weil du mit uns Mitleid hast. Nach deiner Rückkehr nach Deutschland wirst du wieder wie früher denken, daß es Allah nicht gibt.«

»Ich bin zum erstenmal seit Jahren glücklich«, erklärte Ka. »Warum sollte ich nicht an das glauben, woran du glaubst?«

»Weil du zu den besseren Kreisen von Istanbul gehörst«, antwortete Necip. »Die glauben nie an Allah. Weil sie an das glauben, woran auch die Europäer glauben, halten sie sich für etwas Besseres als das Volk.«

»Vielleicht gehöre ich in Istanbul zu den besseren Kreisen«, sagte Ka. »Aber in Deutschland war ich ein armer Schlucker, dem keiner auch nur einen Heller gab. Da wurde ich unterdrückt.«

Necips schöne Augen verschleierten sich, und Ka spürte, daß der Junge seine besondere Lage einen Augenblick lang überdachte und nachprüfte. »Warum hast du dann den Staat erzürnt und bist nach Deutschland geflohen?« fragte er. Als er sah, wie betrübt Ka aussah, sagte er: »Wie auch immer! Wenn ich reich wäre, würde ich mich meiner schämen und noch mehr an Gott glauben.«

»Wir werden eines Tages alle reich sein, so Gott will«, sagte Ka.

»Nichts ist so simpel, wie du annimmst, daß ich es glaube. Und ich bin auch nicht so simpel, möchte außerdem nicht reich werden. Ich möchte ein Dichter, ein Schriftsteller werden. Ich schreibe einen Science-fiction-Roman. Möglicherweise wird ihn eine der Zeitungen von Kars, die *Lanze*, drucken, aber ich möchte, daß mein Roman nicht in einer Zeitung mit einer verkauften Auflage von fünfundsiebzig Exemplaren veröffentlicht wird, sondern in einer in Istanbul, die Tausende verkauft. Ich habe eine Zusammenfassung meines Romans bei mir. Sagst du mir, ob er in Istanbul veröffentlicht werden kann, wenn ich sie dir vorlese?«

Ka schaute auf seine Uhr.

»Sie ist ganz kurz«, sagte Necip.

Gerade in dem Augenblick fiel der Strom aus, und ganz Kars versank in Dunkelheit. Im Schein des Gasherds ging Necip zum Schanktisch, nahm eine Kerze, zündete sie an, ließ etwas Wachs auf einen Teller tropfen, klebte die Kerze an und stellte sie auf den Tisch. Mit zitternder Stimme las er die zerknitterten Seiten vor, die er aus seiner Tasche gezogen hatte, während er sich ab und zu vor Aufregung verschluckte.

Im Jahre 3579 waren auf dem heute noch nicht entdeckten Planeten Gazzali die Menschen sehr reich. Das Leben war sehr viel leichter als heute, aber anders als die Materialisten glauben, hatten die Menschen ihre Spiritualität nicht vergessen, bloß weil sie reich waren. Im Gegenteil, jedermann interessierte sich sehr für das Sein und das Nichts, den Menschen und die Welt, Allah und seine Diener. Deswegen war in der entlegensten Ecke dieses roten Planeten ein Gymnasium für Islamische Wissenschaften und Predigtlehre eröffnet worden, das die intelligentesten und fleißigsten Schüler aufnahm. Auf dieser Schule gab es zwei Busenfreunde: diese beiden Vertrauten hatten sich Necip und Fazıl genannt, nach Necip Fazıl, dessen Bücher, vor 1600 Jahren geschrieben, aber in ihrer Problematisierung des Orients und Okzidents immer noch aktuell, sie voller Bewunderung lasen. Immer wieder studierten sie das größte Werk des großen Meisters, den *Großen Osten*, trafen sich nachts heimlich im Schlafsaal in Fazıls Koje in der obersten Etage, streckten sich nebeneinander unter der Steppdecke aus, schauten den blauen Schneeflocken zu, die auf das Kristalldach über ihnen fielen und vergingen, verglichen eine jede von ihnen mit einem Planeten und flüsterten sich gegenseitig den Sinn des Lebens und die Dinge, die sie in der Zukunft tun würden, ins Ohr.

Eines Tages fiel ein Schatten auf diese reine Freundschaft, die Menschen bösen Herzens mit eifersüchtigen Scherzen zu beflecken versucht hatten. Beide verliebten sich zugleich in eine Jungfrau namens Hicran, die in die ferne Stadt gebeamt worden war. Auch als sie erfuhren, daß Hicrans Vater Atheist war, rettete sie das vor dieser hoffnungslosen Liebe nicht, sondern verstärkte im Gegenteil ihre Leidenschaft noch. So sahen sie ein, daß einer von ihnen auf dem roten Planeten zuviel war, daß einer von ihnen sterben mußte. Deshalb versprachen sie einander: Wer von ihnen auch stürbe, er würde eine Weile nach seiner Ankunft in der anderen Welt zurückkommen, so viele Lichtjahre sie auch entfernt sei, und dem anderen von dem erzählen, was sie am meisten neugierig machte: vom Leben nach dem Tode.

Dagegen kamen sie zu keinem Entschluß darüber, wer wie sterben solle, denn beide wußten, daß das eigentliche Glück darin bestehen würde, sich für den anderen zu opfern. Wenn einer von ihnen, sagen wir, Fazıl, vorschlug:»Laß uns gleichzeitig mit bloßen Händen in die Steckdosen fassen«, dann folgerte Necip sofort, daß dies eine listige Finte Fazıls war, um sich selbst zu opfern, denn die Steckdose auf seiner eigenen Seite führte weniger Strom. Unentschiedene Versuche dieser Art zogen sich über Monate hin und verursachten beiden große Qual. Dann fand Necip, der von einer Abendvorlesung zurückkehrte, plötzlich die erbarmungslos von Kugeln durchsiebte Leiche seines Freundes in dessen Koje.

Im nächsten Jahr heiratete Necip Hicran und erzählte ihr in der Hochzeitsnacht von der Übereinkunft zwischen seinem Freund und ihm und daß Fazıls Geist eines Tages zurückkommen werde. Und Hicran erzählte ihm, daß sie selbst eigentlich Fazıl geliebt hatte, daß sie nach seinem Tode tagelang geweint habe, bis ihre Augen rotgerändert gewesen seien, und daß sie Necip nur geheiratet habe, weil er Fazıls Freund sei und ihm ähnele. Deswegen schliefen sie nicht miteinander und verboten einander die Liebe, bis Fazıl zurückkehrte.

Im Lauf der Jahre aber begannen erst ihre Seelen, dann ihre Körper einander mit Leidenschaft zu begehren. Eines Abends, als sie zu einer Kontrolle in die kleine Stadt Kars auf der Erde gebeamt worden waren, konnten sie es nicht länger aushalten und schliefen hemmungslos miteinander. Es schien, als hätten sie Fazıl, der ihr Gewissen wie ein Zahnschmerz peinigte, vergessen. Nur in ihrem Herzen trugen sie ein ständig wachsendes Schuldgefühl; und dies erschreckte sie. Einen Augenblick lang dachten beide, sie würden von einem merkwürdigen, mit Angst vermischten Gefühl erstickt werden. Sie richteten sich im Bett auf. In diesem Augenblick erhellte sich von selbst die Scheibe des Fernsehers gegenüber dem Bett, und Fazıl erschien klar und durchsichtig wie ein Gespenst. Auf seiner Stirn und unter seiner Unterlippe waren die Wunden von dem Tag, an dem er umgebracht worden war, noch frisch und blutig.

»Ich leide Qualen«, sagte Fazıl. »Kein Ort, kein Platz in der anderen Welt, an dem ich nicht gewesen bin. *(Diese Reisen werde ich in allen Einzelheiten beschreiben, so wie mich Gazzali und Ibn al-Arabis* Mekkanische Offenbarungen *dazu inspirieren, sagte Necip.)* Die Engel Allahs haben mir die größte Zuwendung zuteil werden lassen, ich bin an Orte im Himmel gestiegen, die für unerreichbar gehalten werden, habe die schrecklichen Strafen gesehen, zu der die krawattentragenden Atheisten und die hochmütigen Positivisten in der Hölle verurteilt sind, die sich über den Glauben ihrer Landsleute lustig machen, aber trotzdem bin ich nicht glücklich geworden, denn ich habe immer an euch hier gedacht.«

Das Paar lauschte dem unglücklichen Gespenst erstaunt und erschrokken.

»Was mich seit Jahren unglücklich macht, ist nicht, daß ihr einmal so glücklich seid, wie ich es in dieser Nacht sehe. Im Gegenteil, ich wollte Necips Glück mehr als mein eigenes. Weil wir uns als zwei Freunde so sehr geliebt haben, waren wir nicht imstande, uns selbst oder den anderen umzubringen. Wir hatten uns gleichsam einen Panzer der Unsterblichkeit zugelegt, weil wir das Leben des anderen wichtiger nahmen als das eigene. Was für ein glückliches Gefühl war das! Aber mein Tod hat mir sofort bewiesen, wie sehr ich geirrt hatte, als ich diesem Gefühl vertraute.«

»Nein!« rief Necip. »Nie habe ich mein eigenes Leben höher geschätzt als das deine!«

»Wenn das wahr wäre, wäre ich nie gestorben«, sagte Fazıl. »Und du hättest die schöne Hicran nie geheiratet. Ich bin meinen Tod gestorben, weil du ihn insgeheim, nicht einmal dir selbst offenbart, gewollt hast.«

Sosehr auch Necip widersprach, das Gespenst hörte nicht auf ihn.

»Nicht nur der Verdacht, daß du meinen Tod gewollt hast, hat mir in der anderen Welt keine Ruhe gelassen, sondern auch der, daß du deine Finger im Spiel hattest, als ich in der Dunkelheit der Nacht, in meiner Koje schlafend, feige ins Gesicht geschossen wurde, daß du mit den Feinden der Scharia gemeinsame Sache gemacht hast«, sagte das Gespenst. Necip war still geworden und widersprach nicht mehr.

»Es gibt einen einzigen Weg, wie ich von diesem Zweifel befreit werden und ins Paradies einziehen kann und wie auch du dich von dem Verdacht dieser gräßlichen Schuld reinigen kannst«, sagte das Gespenst. »Finde meinen Mörder, wer es auch sei! In sieben Jahren und sieben Monaten haben sie nicht einmal einen Verdächtigen aufgetrieben. Ich möchte Vergeltung von jenen, die ihre Finger im Spiel hatten, als ich starb, und auch von jenen, die meinen Tod nur wollten. Ich finde keine Ruhe in dieser Welt, solange dieser Feigling nicht bestraft worden ist, und ihr werdet keine in der vergänglichen Welt finden, die ihr für die eigentliche haltet.«

Bevor das erschütterte, in Tränen aufgelöste Paar etwas einwenden konnte, war das Gespenst plötzlich von der Scheibe des Fernsehers verschwunden.

»Und dann?« fragte Ka.

»Weiter weiß ich noch nicht«, antwortete Necip. »Glaubst du, diese Geschichte verkauft sich, wenn ich sie schreibe?« Als Ka nichts sagte, fügte er sofort hinzu: »Aber ich schreibe sowieso nur Sachen, an die ich Zeile für Zeile mit ganzem Herzen glaube. Was, glaubst du, erzählt diese Geschichte? Was hast du gefühlt, während ich vorlas?«

»Ich habe schaudernd begriffen, daß du aus ganzem Herzen daran glaubst, daß dieses Leben nur eine Vorbereitung auf das Leben danach ist.«

»Ja, das glaube ich«, sagte Necip voller Begeisterung. »Aber das reicht nicht. Gott will, daß wir auch in dieser Welt glücklich sind. Dabei ist das so schwierig!«

Sie schwiegen und dachten an diese Schwierigkeiten.

In diesem Augenblick kam der Strom zurück, aber im Teehaus wurde weiter geschwiegen, als dauere die Dunkelheit an. Der Wirt begann mit der Faust auf den Fernseher einzuschlagen, der nicht laufen wollte.

»Wir sitzen hier seit zwanzig Minuten«, sagte Necip. »Die unseren platzen vor Neugier.«

»Die unseren?« fragte Ka. »Gehört Fazıl zu ihnen? Sind das eure wirklichen Namen?«

»Klar ist mein Name wie der von Necip in der Geschichte angenommen. Frag nicht wie ein Spion! Aber Fazıl geht nicht an solche Orte«, antwortete Necip geheimnisvoll. »Fazıl ist von uns der strengste Muslim und auch der Mensch, dem ich im Leben am meisten vertrauen würde. Aber er fürchtet sich davor, daß es in seiner Akte zu einer Eintragung kommt und er von der Schule fliegt, wenn er sich auf politische Dinge einläßt. Er hat einen Onkel in Deutschland, der wird ihn zu sich nehmen; wir haben uns so lieb wie die beiden Freunde in der Erzählung, und ich bin sicher, daß er mich rächen würde, wenn einer mich umbrächte. Eigentlich sind wir uns noch näher, als ich in der Geschichte erzählt habe, und so weit wir auch von einander entfernt sein mögen, wir können sagen, was der andere gerade tut.«

»Was tut denn Fazıl gerade?«

»Hm«, machte Necip und nahm eine eigenartige Pose ein. »Er liest im Schlafsaal.«

»Wer ist Hicran?«

»Auch ihr wirklicher Name ist anders. Aber Hicran ist kein Name, den sie sich selbst gegeben hat, sondern einer, den wir ihr gegeben haben. Manche schreiben ihr dauernd Liebesbriefe oder Gedichte, aber haben zuviel Angst, um sie ihr zu schicken. Hätte ich eine Tochter, würde ich wollen, daß sie so schön, klug und mutig ist wie sie. Sie ist die Anführerin der Turban-Mädchen, sie fürchtet sich vor nichts und ist etwas ganz Besonderes. Eigentlich war sie zunächst unter dem Einfluß ihres atheistischen Vaters auch gottlos, arbeitete als Mannequin in Istanbul, trat im Fernsehen auf und zeigte ihren Hintern, ihre Beine. Hierher soll sie wegen einer Shampoo-Reklame fürs Fernsehen gekommen sein. Es heißt, sie sei die ärmste und schmutzigste, aber auch schönste Straße von Kars, die Gazi-Ahmet-Muhtar-Straße, entlanggegangen, habe plötzlich vor der Kamera haltgemacht, mit einer einzigen Kopfbewegung ihre bis zur Hüfte reichenden, wundervollen dunkelblonden Haare wie eine Fahne geöffnet und geschwungen und habe gesagt: ›Trotz des Drecks in der schönen Stadt Kars glänzen meine Haare jederzeit und strahlen – dank Wella!‹ Der Werbespot sollte in der ganzen Welt gezeigt werden, und alle Welt würde uns auslachen. Zu der Zeit haben zwei Mädchen von der Pädagogischen Hochschule, die noch am Anfang ihres Kampfes um das Kopftuch standen, sie aus dem Fernsehen erkannt und von den Bildern in den Zeitungen, die Klatsch über die Skandale verbreiteten, die sie mit reichen Jungen aus Istanbul erlebt hatte. Die haben sie insgeheim bewundert und zum Teetrinken eingeladen. Hicran ist hingegangen, um sich über sie lustig zu machen. Und dort hatte sie gleich genug von den Mädchen und soll zu ihnen gesagt haben: ›Wenn nun mal eure Religion‹ – ja, sie hat ›eure‹ Religion gesagt, nicht ›unsere‹ – ›verbietet, daß eure Haare zu sehen sind, aber der Staat verbietet, sie zu bedecken, dann schert sie doch wie Dingsda‹ – sie hat einen ausländischen Rockstar genannt – ›bis auf die Glatze ab und tragt einen Ring durch die Nase! Dann interessiert sich die ganze Welt für euch!‹ Unsere Mädchen waren in einem derart jämmerlichen Zustand, daß sie mit ihr zusammen über diese Erniedrigung gelacht haben! Dadurch ermutigt, hat Hicran gemeint: ›Zieht doch dieses Stück Stoff von euren schönen Köpfen, das euch ins dunkle Mittelalter zurückwirft‹, hat Hand an das Kopftuch des Mädchens gelegt, das am verwirrtesten war, und begonnen, daran zu ziehen. In diesem Augenblick ist ihre Hand in der Bewegung erstarrt. Sie hat sich sofort auf den Boden geworfen und das Mädchen – ihr Bruder, der dümmste von allen Dummköpfen, ist in unserer Klasse – um Verzeihung gebeten. Am nächsten Tag hat sie sie wieder besucht, am übernächsten erneut, dann hat sie sich ihnen angeschlossen und ist nicht wieder nach Istanbul zurückgekehrt. Glaub mir, sie ist eine Heilige, die den Turban zum politischen Banner der unterdrückten muslimischen Frau Anatoliens macht!«

»Warum hast du dann in deiner Geschichte nichts weiter über sie gesagt, als daß sie eine Jungfrau ist?« fragte Ka. »Warum haben Necip und Fazıl nicht daran gedacht, Hicran um ihre Ansicht zu fragen, bevor sie sich gegenseitig ihretwegen umbringen wollten?«

Es kam zu einer gespannten Stille, während der Necip mit seinen schönen Augen, deren eines zwei Stunden und drei Minuten später von einer Kugel zerfetzt werden sollte, gedankenversunken nach oben, weg von dem Niveau der Gasse und auf den wie ein langsam dahinfließendes Gedicht aus der Dunkelheit fallenden Schnee schaute. Dann flüsterte Necip: »Da! Da ist sie!«

»Wer?«

»Hicran! Auf der Straße!«

13

Ich diskutiere meine Religion
nicht mit einem Atheisten

EIN SPAZIERGANG IM SCHNEE MIT KADIFE

Sie kam von der Straße herein. Sie trug einen lila Mantel, eine dunkle Brille, die ihr das Aussehen einer Science-fiction-Heldin gab, und auf dem Kopf nicht so sehr einen »Turban«, das Symbol des politischen Islams, sondern ein unauffälliges Kopftuch, wie es Ka seit seiner Kindheit bei Tausenden von Frauen gesehen hatte. Als er bemerkte, daß die junge Frau auf ihn zukam, stand Ka auf wie ein Schüler, wenn der Lehrer in die Klasse kommt.

»Ich bin Kadife, İpeks Schwester«, sagte die Frau mit einem leichten Lächeln. »Alle warten mit dem Abendessen auf Sie. Mein Vater hat mich beauftragt, Sie zu holen.«

»Woher haben Sie gewußt, daß ich hier bin?« fragte Ka.

»In Kars weiß jeder in jedem Augenblick von allem«, antwortete Kadife, nun ohne zu lächeln. »Es muß bloß etwas in Kars sein.«

In ihrer Miene drückte sich Schmerz aus: Ka begriff das überhaupt nicht. Er stellte ihr Necip als seinen »Dichter- und Schriftstellerfreund!« vor. Sie sahen sich an, gaben sich aber nicht die Hand. Ka hielt das für einen Ausdruck von Anspannung. Er sollte erst viel später, als er sich die Geschehnisse erneut vergegenwärtigte, zu dem Schluß kommen, daß die beiden Islamisten sich aus Gründen der »Bedeckung« nicht die Hand gegeben hatten. Necip schaute sie mit fahlweißem Gesicht an, als sei sie Hicran, die aus dem Weltraum gekommen sei, aber Kadifes Verhalten war derart alltäglich, daß aus der Menge von Männern im Teehaus sich keiner auch nur nach ihr umgeschaut hatte. Aber als er mit ihr im Schnee die Atatürk-Straße entlangging, fühlte sich Ka sehr glücklich. Er fand sie anziehend, weil er entspannt mit ihr reden und dabei in ihr vom Kopftuch umrahmtes, klares und reines Gesicht schauen konnte – nicht so schön wie das ihrer älteren Schwester – und tief in ihre Augen – so hellbraun wie die ihrer Schwester. Er dachte, daß er ihre Schwester schon jetzt betrog.

Zunächst sprachen sie für Ka ganz unerwartet über Meteorologie. Kadife war über Einzelheiten informiert, wie sie sonst bloß alte Leute wußten, die ihre Tage nur dadurch einteilten und füllten, daß sie dauernd die Nachrichten im Radio anhörten. Sie erzählte, daß die Kaltluftwelle aus dem Tiefdruckgebiet noch zwei Tage andauern werde, daß die Straßen wohl noch zwei weitere Tage gesperrt sein würden, wenn der Schneefall anhalte, daß die Schneehöhe in Sarı-kamış 160 Zentimeter erreicht habe, daß die Leute in Kars dem Wetterbericht nicht glaubten und daß hier überall das Gerücht umgehe, daß der Staat, damit die Stimmung in der Bevölkerung sich nicht verschlechtere, die Temperaturen um fünf bis sechs Grad zu hoch angebe (allerdings sollte niemand Ka auf so etwas ansprechen). Als sie Kinder waren, in Istanbul, hätten İpek und sie sich immer gewünscht, es solle unaufhörlich schneien: Der Schnee erwecke bei ihr ein Gefühl für die Schönheit und Kürze des Lebens, er lasse sie empfinden, wie sehr sich trotz aller Feindschaft die Menschen glichen, daß das Universum und die Zeit weit und die Welt der Menschen eng sei. Deswegen rückten die Menschen zusammen, wenn es schneie. Es sei so, als ob der Schnee auf alle Feindschaft, Begierde und Haß sinke und die Menschen einander annähere.

Sie sagten ein Weilchen nichts. Sie begegneten niemandem, während sie die Şehit-Cengiz-Topel-Gasse entlanggingen, in der alle Läden geschlossen hatten. Ka merkte, daß es ihn in gleichem Ausmaß durcheinanderbrachte, wie es ihm Spaß machte, mit Kadife im Schnee zu gehen. Er richtete seine Augen auf die Beleuchtung eines Schaufensters am Ende der Straße: Fast befürchtete er, sich auch in Kadife zu verlieben, wenn er ihr noch einmal ins Gesicht schaute. Liebte er ihre Schwester? Er trug den vernünftigen Wunsch in sich, sie wie verrückt zu lieben, das wußte er. Als sie am Ende der Straße ankamen, sahen sie, daß an dem erleuchteten Fenster der kleinen engen

Bierkneipe Frohsinn eine Seite aus einem Schreibheft hing, auf der stand: »In Zusammenhang mit der Theatervorstellung heute abend wird die Versammlung Zihni Sevüks, des geschätzten Bürgermeisterkandidaten der Partei Freies Land, verschoben.« Hinter dem Fenster trank die ganze Theatertruppe, allen voran Sunay Zaim, zwanzig Minuten vor Beginn der Vorführung mit einer Inbrunst, als sei es das letzte Glas ihres Lebens.

Ka erkannte zwischen den am Fenster der Kneipe aufgehängten Wahlplakaten die auf gelbes Papier gedruckte Deklaration: »Der Mensch ist ein Meisterwerk Gottes, und Selbstmord ist Gotteslästerung!« und fragte Kadife, was sie über Teslimes Selbstmord denke.

»Nun wirst du von Teslime in den Istanbuler Zeitungen und in Deutschland als einer interessanten Geschichte erzählen«, sagte Kadife leicht gereizt.

»Ich lerne Kars ganz neu kennen«, sagte Ka. »Je mehr ich es kennenlerne, um so mehr habe ich das Gefühl, keinem außerhalb erklären zu können, was hier passiert. Ich könnte weinen ob der Zerbrechlichkeit menschlichen Lebens und der Vergeblichkeit von Leiden und Qual.«

»Nur Atheisten, die nie Leid zu durchleben hatten, meinen, daß Qualen vergeblich durchlitten werden«, sagte Kadife. »Denn sogar die Atheisten, die nur ein bißchen Leid erdulden, halten den Unglauben nicht lange aus und bekennen sich zum Glauben.«

»Aber Teslime starb ungläubig, weil sie am äußersten Punkt ihrer Qual Selbstmord beging«, entgegnete Ka mit einer vom Alkohol verursachten Hartnäckigkeit.

»Ja, wenn Teslime durch Selbstmord gestorben ist, bedeutet das, daß sie eine Sünde beging, als sie sich tötete. Denn der heilige neunundzwanzigste Vers der Sure ›Die Frauen‹ verbietet den Selbstmord in ganz klaren Worten. Aber daß unsere Freundin sich umgebracht und eine Sünde begangen hat, bedeutet nicht, daß die tiefe Zuneigung abgenommen hat, die wir zu ihr in unserem Herzen fühlen und die fast wie die Liebe zu einem Geliebten ist.«

»Sagst du, wir können auch die Unglücklichen mit unserem Herzen lieben, die eine von der Religion verdammte Tat begehen?« fragte Ka im Versuch, Kadife zu beeindrucken. »Willst du sagen, wir glauben nicht mit unserem Herzen, sondern mit unserem Verstand, wie die Abendländer, die Gott nicht mehr benötigen?«

»Der Heilige Koran ist, was Gott befiehlt; und seine deutlichen Befehle sind nichts, was wir als seine Diener diskutieren können«, gab Kadife zuversichtlich zurück. »Das heißt natürlich nicht, daß es nichts gibt, was man in unserer Religion diskutieren könnte. Aber ich möchte meine Religion nicht einmal mit einem Säkularisten diskutieren, geschweige denn mit einem Atheisten, entschuldigen Sie bitte!«

»Sie haben recht.«

»Und ich gehöre auch nicht zu jenen falschen Islamisten, die versuchen, den Säkularisten zu erklären, der Islam sei eine säkulare Religion«, ergänzte Kadife.

»Sie haben recht.«

»Sie sagen dauernd, ich hätte recht; aber ich glaube nicht, daß Sie davon wirklich überzeugt sind«, sagte Kadife lächelnd.

»Sie haben schon wieder recht«, meinte Ka, ohne zu lächeln.

Eine Weile gingen sie schweigend dahin. Könnte er sich in sie statt in ihre Schwester verlieben? Ka wußte sehr gut, daß er von einer Frau, die das Kopftuch trug, sexuell nicht angezogen werden würde, konnte aber trotzdem nicht umhin, einen Augenblick bei diesem geheimen Gedanken zu verweilen.

Als sie auf die belebte Montenegro-Straße kamen, brachte er das Gespräch zuerst auf Gedichte, fügte mit einer ungeschickten Überleitung hinzu, daß auch Necip ein Dichter sei, und fragte sie, ob ihr klar sei, daß sie auf der Schule für Vorbeter und Prediger eine ganze Menge Bewunderer habe, die sie unter dem Namen Hicran verehrten.

»Unter welchem Namen?«

Ka faßte auch die anderen Geschichten zusammen, die über Hicran erzählt wurden.

»Davon stimmt überhaupt nichts«, sagte Kadife. »Ich habe so etwas auch nie von den Schülern gehört, die ich auf der Vorbeter- und Predigerschule kenne.« Nach einigen Schritten fügte sie lächelnd hinzu: »Aber die Shampoo-Geschichte hatte ich schon gehört.«

Dann erwähnte sie, daß zuerst ein verhaßter reicher Journalist aus Istanbul den Turban-Mädchen vorgeschlagen hatte, sie sollten sich die Haare scheren, um die Aufmerksamkeit der westlichen Medien zu erwecken, und identifizierte so die Quelle dessen, was ihr nachgesagt wurde. »An diesen Geschichten stimmt nur eines: Ja, zu meinem ersten Besuch bei den Freundinnen, den sogenannten Turban-Mädchen, bin ich gegangen, um mich über sie lustig zu machen. Ich war auch neugierig. Na gut: ich bin mit einer Mischung von Spott und Neugier hingegangen.«

»Was ist dann passiert?«

»Ich war hierhergekommen, weil meine Prüfungspunkte für die Pädagogische Hochschule reichten und meine Schwester sowieso in Kars war. Schließlich waren diese Mädchen meine Klassenkameradinnen. Auch wenn du nicht gläubig bist, gehst du, wenn sie dich nach Hause einladen. Auch bei meiner damaligen Sichtweise habe ich gefunden, daß sie recht hatten. Ihre Eltern hatten sie so erzogen. Sogar der Staat hatte sie unterstützt, als er ihnen Religionsunterricht gab. Sie haben denselben Mädchen, denen sie jahrelang gesagt hatten: ›Bedeckt euren Kopf!‹, nun befohlen: ›Entblößt eure Haare; der Staat will es so!‹ Und ich habe bloß aus politischer Solidarität eines Tages meinen Kopf bedeckt. Ich habe Angst vor dem gehabt, was ich da tat, und andererseits habe ich darüber gelächelt. Vielleicht, weil ich mich erinnert habe, daß ich die Tochter meines Vaters bin, eines Atheisten in ewiger Opposition zum Staat. Als ich mich ihnen angeschlossen habe, war ich mir ganz sicher, daß ich das nur für einen Tag tat. Eine nette politische Erinnerung, an die man sich nach Jahren wie an einen Witz erinnert, eine ›Geste der Freiheit‹. Aber der Staat, die Polizei, die Zeitungen hier sind derart über mich hergefallen, daß ich es nicht geschafft habe, die ironische, ›leichte‹ Seite der Angelegenheit in den Vordergrund zu schieben und mich wieder herauszuwinden. Sie haben uns unter dem Vorwand einer unerlaubten Demonstration verhaftet. Hätte ich, freigelassen nach einem Tag Gefängnis, gesagt: ›Ich lasse es; und ich habe sowieso von Anfang an nicht daran geglaubt‹, hätte ganz Kars mir ins Gesicht gespuckt. Jetzt aber ist mir klar, daß Allah mir diesen ganzen Druck geschickt hat, damit ich den richtigen Weg finde. Es gab eine Zeit, in der war ich ein Atheist wie du. Schau mich nicht so an! Ich habe das Gefühl, daß du mich bemitleidest.«

»So schaue ich dich nicht an.«

»Das tust du. Ich habe nicht das Gefühl, lächerlicher zu sein als du. Ich fühle mich dir auch nicht überlegen, daß dir das klar ist!«

»Was sagt dein Vater zu dem allen?«

»Wir kommen mit der Lage einigermaßen zurecht. Aber sie entwickelt sich auf einen Punkt zu, an dem man nicht mehr damit zurechtkommt, und wir fürchten uns davor, denn wir haben uns sehr lieb. Am Anfang war mein Vater stolz auf mich; an dem Tag, an dem ich mit bedecktem Haupt in die Uni ging, hat er sich benommen, als sei das eine besondere Form der Revolte. Er hat sich in dem Messingspiegel, der noch von unserer Mutter stammt, zusammen mit mir angeschaut, wie das Tuch auf meinem Kopf aussah, und mir vor dem Spiegel einen Kuß gegeben. Auch wenn wir kaum darüber sprechen, ist eines klar: Was ich tat, verdiente Hochachtung, nicht weil es eine islamistische Tat war, sondern weil es sich gegen den Staat richtete. Mein Vater nahm die Haltung ein: So etwas ist ganz meine Tochter, aber insgeheim hat er sich genauso gefürchtet wie ich. Ich weiß, daß er Angst gehabt hat, als sie uns eingesackt haben, daß er Gewissensbisse hatte. Er behauptete, daß die politische Polizei nicht hinter mir, sondern immer noch hinter ihm her sei. Die Angehörigen des Nationalen Nachrichtendienstes, die früher einmal fieberhaft die Linken, die Demokraten bespitzelt hätten, überwachten jetzt die Religiösen; es sei ganz verständlich, daß sie mit der Tochter eines alten Kämpfers beginnen und so weiter. Deswegen wurde es für mich schwieriger, einen Rückzieher zu machen, und mein Vater war gezwungen, mich bei jedem meiner Schritte zu unterstützen, aber das wurde immer komplizierter. Es gibt doch alte Leute, deren Ohren zwar manche Geräusche im Haus ganz genau hören, das Knistern des Ofens, das unaufhörliche Gekeife ihrer Frau bei manchen Themen, das Quietschen der Türangel, aber bewußt nehmen sie sie überhaupt nicht mehr wahr: Genauso macht es nun mein Vater, wenn es um meinen gemeinsamen Kampf mit den Turban-Mädchen geht. Wenn manchmal eines von den Mädchen zu uns nach Hause kommt, rächt er sich, indem er sich wie ein gemeines Schwein als Atheist aufführt, aber am Ende mündet das in eine Art Anti-Staat-Stichelei mit diesen Mädchen. Ich veranstalte zu Hause Treffen, weil ich es als ein Zeichen der Reife sehe, wenn die Mädchen da nicht schweigen, sondern bei meinem Vater dagegenhalten. Auch heute wird eines der Mädchen kommen, Hande heißt sie. Hande hat sich nach dem Selbstmord Teslimes auf den Druck ihrer Familie hin entschlossen, ihr Haupt zu entblößen, bringt es aber nicht fertig, diesen Entschluß auch umzusetzen. Manchmal sagt mir mein Vater, daß ihn all das an seine alte Zeit als Kommunist erinnert. Es gibt zwei Sorten von Kommunisten: Überhebliche, die sich der Sache verschreiben, um aus dem Volk etwas Ordentliches zu machen, das Land hochzubringen, und Unschuldige, die das aus einem Gefühl für Gerechtigkeit und Gleichheit tun. Die Überheblichen sind machtversessen, erzählen jedem, wo es langgeht; von denen kommt nur Schlechtes. Die Unschuldigen dagegen fügen sich nur selbst Schlechtes zu: aber das ist auch genau, was sie wollen. Während sie aus schlechtem Gewissen das Leid mit den Armen teilen wollen, erleiden sie selbst noch Schlimmeres. Mein Vater war Lehrer. Man hat ihn aus dem Beamtenverhältnis entfernt, ihn gefoltert, ihm einen Fingernagel gezogen und ihn ins Gefängnis geworfen. Jahrelang hatte er mit meiner Mutter einen Schreibwarenladen; sie haben Fotokopien gemacht. Er hat auch mal Romane aus dem Französischen übersetzt, und es gab Zeiten, wo er von Tür zu Tür zog, um Nachschlagewerke gegen Ratenzahlung zu verkaufen. In den Zeiten, in denen wir ganz unglücklich und sehr arm waren, hat er uns manchmal plötzlich umarmt und geweint. Er hat eine Riesenangst, daß uns etwas zustößt. Er hat gleich angefangen, sich zu fürchten, als nach dem Anschlag auf den Direktor der Pädagogischen Hochschule Polizisten ins Hotel kamen. Das hat man denen auch gesagt. Mir ist zu Ohren gekommen, daß Sie Lapislazuli getroffen haben. Erzählen Sie das meinem Vater nicht!«

»Ich werde es nicht erwähnen«, sagte Ka. Er blieb stehen und wischte sich den Schnee von seiner Kleidung. »Geht es nicht da lang zum Hotel?«

»Man kann auch hier entlanggehen. Weder hört der Schnee auf zu fallen noch geht der Gesprächsstoff aus. Und ich zeige Ihnen noch die Fleischhauer-Straße. Was wollte denn Lapislazuli von Ihnen?«

»Nichts.«

»Hat er uns, mich, meinen Vater oder meine Schwester erwähnt?«

Ka bemerkte einen besorgten Ausdruck in Kadifes Gesicht. »Ich erinnere mich nicht«, sagte er.

»Vor ihm fürchtet sich jeder. Wir auch. Diese Läden gehören den angesehensten Fleischern von hier.«

»Wie verbringt Ihr Vater seine Tage?« fragte Ka. »Verläßt er niemals das Hotel, Ihr Zuhause?«

»Er leitet das Hotel. Er gibt allen Anweisungen, dem Verwalter, der Putzkraft, der Wäscherin, den Kellnern. Auch meine Schwester und ich kümmern uns darum. Mein Vater geht nur ganz selten aus. Was für ein Sternzeichen sind Sie?«

»Zwillinge«, sagte Ka. »Zwillinge sind angeblich verlogen, aber ich weiß nicht.«

»Sie wissen nicht, ob Zwillinge verlogen sind oder ob Sie schon einmal gelogen haben?«

»Wenn Sie an die Sterne glauben, müßten Sie eigentlich herauskriegen, daß für mich heute ein ganz besonderer Tag ist.«

»Ja, das hat meine Schwester erzählt; Sie haben heute ein Gedicht geschrieben.«

»Erzählt Ihre Schwester Ihnen alles?«

»Wir haben hier zwei Dinge als Unterhaltung. Wir reden über alles, und wir sehen fern. Wir reden auch beim Fernsehen. Und beim Reden sehen wir fern. Meine Schwester ist sehr schön, nicht wahr?«

»Ja, das ist sie«, antwortete Ka höflich. »Aber auch Sie sind schön«, fügte er wohlerzogen hinzu. »Werden Sie ihr das jetzt auch erzählen?«

»Nein«, sagte Kadife. »Es soll ein Geheimnis zwischen uns geben. Für eine gute Freundschaft ist ein gemeinsames Geheimnis ein guter Beginn.«

Sie wischte den Schnee ab, der sich auf ihrem langen lila Regenmantel angesammelt hatte.

14

Wie schreiben Sie Gedichte?

BEIM ABENDESSEN GEHT ES UM LIEBE, VERHÜLLUNG UND SELBSTMORD

Sie sahen eine Menschenmenge vor dem Volkstheater, die auf die »Vorstellung« wartete, die in Kürze beginnen sollte. Trotz des Schnees, der fiel, als wolle er nie mehr aufhören, waren sie alle auf den Bürgersteigen vor der Tür des über hundert Jahre alten Gebäudes zusammengelaufen: die ohne Arbeit und Einfluß, die zusammenkommen, damit es wenigstens irgendeine Abwechslung gibt, Jugendliche in Hemd und Jackett, die aus ihren Studentenheimen und von zu Hause gekommen waren, Kinder, die von zu Hause ausgerissen waren. Auch Familien mit Kindern waren da. Ka sah zum erstenmal einen geöffneten schwarzen Schirm in Kars. Kadife wußte, daß auch ein Gedicht von Ka auf dem Programm stand, aber Ka unterband weitere Fragen, indem er sagte, daß er nicht dorthin gehen werde und ohnehin dafür keine Zeit habe.

Er hatte gespürt, daß ihm ein neues Gedicht einfiel. Er schritt schnell aus und bemühte sich, bis zum Hotel über nichts mehr zu sprechen. Unter dem Vorwand, sich vor dem Essen zurechtmachen zu wollen, ging er sofort auf sein Zimmer, zog seinen Mantel aus, setzte sich an den kleinen Tisch und begann in aller Eile zu schreiben. Hauptthema des Gedichts waren Freundschaft und gemeinsame Geheimnisse. Der Schnee, die Sterne, Motive aus seinem glücklich verbrachten Tag sowie ein paar Wendungen, die Kadife gebraucht hatte, wurden so, wie sie waren, Teil des Gedichts; und Ka betrachtete lustvoll und begeistert, wie sich die Verse aneinanderreihten, als ob er ein Bild ansähe. Sein Geist hatte, einer verborgenen Logik folgend, weiterentwickelt, was er mit Kadife besprochen hatte. Er behandelte in dem Gedicht »Die Freundschaft der Sterne«, daß jeder Mensch einen Stern hat, jeder Stern einen Freund, jeder Mensch aber einen anderen, dessen Stern dem seinen gleicht und den er als einen in sich trägt, mit dem er seine Geheimnisse teilt. Später sollte er das Fehlen einiger Verse und Wörter hier und da damit erklären, daß er zwar die Musik und die Vollkommenheit des Gedichts ganz und gar in sich gefühlt, aber dann an İpek und das Essen, zu dem er zu spät kam, gedacht hatte, sowie damit, daß er übertrieben glücklich gewesen war.

Als das Gedicht fertig war, eilte er durch die Lobby des Hotels in die kleine Wohnung seiner Besitzer. Hier saß am Kopf eines mitten in einen weiten Raum mit hoher Decke gestellten Tisches Turgut Bey, seine Töchter Kadife und İpek zu seinen beiden Seiten. An einer Seite des Tisches saß ein drittes Mädchen mit einem eleganten violetten Kopftuch, offensichtlich Kadifes Freundin Hande. Ihr gegenüber saß der Journalist Serdar Bey. Die eigenartige Schönheit und Unordnung des Tisches, an der diese kleine Gruppe saß, die ausgesprochen zufrieden wirkte, so zusammenzusitzen, und die freudigen und geschickten Bewegungen der kurdischen Hausangestellten Zahide, die sich flink vom Zimmer in die Küche im Hintergrund bewegte, ließen ihn gleich merken, daß Turgut Bey und seine Töchter es sich zur Gewohnheit gemacht hatten, abends lange an diesem Tisch zusammenzusitzen.

»Den ganzen Tag habe ich an Sie gedacht, mich um Sie gesorgt; wo sind Sie denn geblieben?« fragte Turgut Bey und erhob sich. Plötzlich näherte er sich Ka und umarmte ihn so, daß Ka glaubte, er würde gleich zu weinen beginnen. »Jeden Moment können ganz schreckliche Dinge geschehen«, sagte er mit tragischer Miene.

Ka setzte sich an den Platz, den ihm Turgut Bey am anderen Ende des Tisches ihm gegenüber zuwies, begann nervös die heiße Linsensuppe zu löffeln, die man vor ihn hinstellte; und nachdem die beiden anderen Männer am Tisch begonnen hatten, Rakı zu trinken und sich das Interesse der Gruppe für einen Augenblick von ihm ab- und auf den Fernsehschirm gleich hinter ihm zuwandte, tat er das, was er schon seit langem hatte tun wollen: Er schaute nach Herzenslust in İpeks schönes Gesicht.

Ich weiß ganz genau, was er in diesem Moment fühlte, weil er dieses umfassende, grenzenlose Glück, das ihn erfüllte, später in allen Einzelheiten in seinem Heft notiert hat: Seine Arme und Beine waren wie glückliche Kinder dauernd in Bewegung und regten sich ungeduldig, als müßten sie den Zug erreichen, der İpek und ihn nach Frankfurt bringen würde. Er stellte sich vor, daß ein Licht, ähnlich wie es von der Lampe auf Turgut Beys Schreibtisch ausging, der völlig bedeckt war von Büchern, Zeitungen, Rechnungsbüchern des Hotels und Rechnungen, in nächster Zukunft von einer Lampe auf seinem eigenen Schreibtisch in der kleinen Wohnung in Frankfurt, in der sie glücklich zusammenlebten, auf İpeks Gesicht fallen würde.

Gleich darauf bemerkte er, daß Kadife ihn anschaute. Als ihr Blick den Kas traf, drückte sich auf ihrem Gesicht, das nicht so schön wie das ihrer Schwester war, fast so etwas wie Eifersucht aus, aber Kadife brachte es fertig, das mit einem verschwörerischen Lächeln sofort zu verbergen.

Die Tischgäste blickten hin und wieder aus den Augenwinkeln auf den laufenden Fernseher. Gerade hatte die Live-Übertragung des Abends im Volkstheater begonnen; und der einer endlos langen Stange ähnelnde Schauspieler aus der Truppe, die Ka an seinem ersten Abend beim Aussteigen aus dem Bus gesehen hatte, hatte sich gerade darangemacht, unter Verbeugungen nach links und rechts den Abend zu moderieren, als Turgut Bey mit der Fernbedienung in seiner Hand das Programm wechselte. Lange Zeit schauten sie auf einen weißfleckigen, unscharfen, schwarzweißen Schirm, auf dem nichts zu erkennen war.

»Vater«, fragte İpek, »warum schauen wir uns das jetzt an?«

»Hier schneit es...« sagte ihr Vater. »Wenigstens ein zutreffendes Bild, eine wahrheitsgetreue Nachricht. Du weißt, daß es mich in meinem Stolz kränkt, irgendeinen Kanal länger anzuschauen.«

»Dann machen Sie doch bitte den Fernseher aus«, sagte Kadife. »Hier geschieht etwas anderes, das den Stolz von uns allen verletzt.«

»Erklärt das unserem Gast«, antwortete ihr Vater beschämt. »Daß er das nicht weiß, bringt mich um meine Ruhe!«

»Mich auch«, sagte Hande. Ihre außergewöhnlich schönen, riesigen schwarzen Augen blickten zornig. Alle verstummten für einen Augenblick.

»Erzähl du es, Hande«, sagte Kadife. »Es gibt nichts, wofür man sich schämen müßte.«

»Im Gegenteil, es gibt eine Menge Dinge, für die man sich schämen müßte, und deswegen will ich es erzählen«, sagte Hande. Einen Moment leuchtete ihr Gesicht mit einer seltsamen Fröhlichkeit auf. Lächelnd, als erinnere sie sich an eine nette Begebenheit, erklärte sie: »Heute ist der vierzigste Tag seit dem Selbstmord unserer Freundin Teslime. Teslime war diejenige von uns, die für die Religion und Gottes Wort mit dem größten Glauben kämpfte. Für sie stand das Kopftuch nicht nur für die Liebe Allahs, sondern auch für ihren eigenen Glauben und ihre Ehre. Keiner hätte sich vorstellen können, daß sie sich umbringen würde. Die Lehrer in der Hochschule und ihr Vater zu Hause übten erbarmunglos Druck auf sie aus, damit sie ihr Haupt entblößte, aber Teslime beugte sich nicht. Sie stand kurz davor, von der Hochschule zu fliegen, die sie seit drei Jahren besuchte und die sie bald abschließen sollte. Eines Tages haben Leute vom Polizeipräsidium ihren Vater, den Krämer, in die Mangel genommen und ihm gesagt: ›Wenn deine Tochter ihr Kopftuch nicht ablegt und so auf die Schule geht, lassen wir deinen Laden schließen und vertreiben dich aus Kars.‹ Daraufhin hat ihr Vater Teslime erst angedroht, sie zu Hause rauszuwerfen; und als das nichts nutzte, plante er, sie an einen geschiedenen fünfundvierzigjährigen Polizisten zu verheiraten. Der Polizist hatte auch schon begonnen, mit Blumen in der Hand in dem Gemischtwarenladen aufzutauchen. Teslime hat sich vor diesem Mann, den sie ›den Greis mit Augen aus Erz‹ genannt hat, derart geekelt, daß sie uns erzählt hat, sie habe sich entschlossen, ihr Haupt zu entblößen, um ihn nicht heiraten zu müssen. Aber sie hat es einfach nicht fertiggebracht, diesen Entschluß auch umzusetzen. Einige von uns haben ihre Entscheidung gutgeheißen, damit sie nicht den Mann mit den Augen aus Erz heiraten mußte, andere haben gesagt: ›Droh doch deinem Vater, du würdest dich umbringen!‹ Diesen Rat habe vor allem ich ihr gegeben. Denn ich wollte auf keinen Fall, daß Teslime ihr Haupt entblößte. Wie oft habe ich ihr gesagt: ›Teslime, es ist besser, sich umzubringen, als den Kopf zu entblößen!‹ Das habe ich einfach so gesagt. Wir haben gedacht, daß die Frauen-Selbstmorde, von denen wir in den Zeitungen gelesen haben, am Unglauben, an der Bindung an das diesseitige Leben und an hoffnungsloser Liebe liegen, und geglaubt, das Wort ›Selbstmord‹ würde ihren Vater erschrecken. Ich habe es nicht für möglich gehalten, daß Teslime sich umbringen würde, weil sie doch ein frommes Mädchen war. Aber als ich gehört habe, daß sie sich aufgehängt hat, habe ich das früher als alle anderen geglaubt. Denn ich habe gleich gespürt, daß ich mich auch umbringen könnte, wenn ich an Teslimes Stelle wäre.«

Hande begann zu weinen. Alle waren still. İpek ging zu Hande, gab ihr einen Kuß und streichelte sie. Auch Kadife gesellte sich dazu: Die Mädchen umarmten sich, Turgut Bey, die Fernbedienung in der Hand, sprach freundlich auf sie ein; und alle machten Scherze, damit sie nicht weinte. Turgut Bey zeigte ihnen die Giraffen, die auf dem Bildschirm auftauchten, als tröstete er ein kleines Kind, und Hande schaute mit Augen voller Tränen auf den Fernseher, als sei sie ein Kind, das darauf wartete, getröstet zu werden: Alle zusammen betrachteten eine ganze Weile, wie an einem weit entfernten Ort, vielleicht mitten in Afrika, ein Paar Giraffen auf einem baumbedeckten Gelände wie in Zeitlupe im Schatten glücklich und zufrieden vor sich hin schritt, und vergaßen dabei beinahe ihr eigenes Leben.

Dann sagte Kadife zu Ka: »Nach Teslimes Selbstmord hat Hande, um ihre Eltern nicht noch unglücklicher zu machen, ihnen gesagt, sie würde ihr Kopftuch ablegen und wieder am Unterricht teilnehmen. Sie haben sie unter größten Schwierigkeiten aufgezogen, so wie man einen einzigen Sohn aufzieht. Ihre Mutter und ihr Vater träumen immer davon, daß ihre Tochter sie später einmal versorgen wird; denn Hande ist sehr intelligent.« Sie redete mit sanfter Stimme und fast flüsternd, aber so, daß Hande sie hören konnte; und während das Mädchen mit Tränen in den Augen mit allen zusammen auf den Bildschirm schaute, lauschte es ihr. »Wir als die Mädchen, die sich verhüllen, haben erst versucht, sie zu überzeugen, unseren Kampf nicht aufzugeben, aber wir haben uns entschlossen, sie zu unterstützen, als wir begriffen haben, daß es nach dem Selbstmord besser ist, wenn sie ihr Haupt entblößt. Es ist schwierig für ein Mädchen, das sein Kopftuch als Gebot Gottes verstanden und sich wie eine Fahne zu eigen gemacht hat, es später abzulegen und sich so unter die Leute zu trauen. Hande hat sich seit Tagen zu Hause eingeschlossen und versucht, sich auf ihren Schritt zu konzentrieren.«

Ka war wie die anderen voller Schuldgefühl in sich zusammengesunken, aber als sein Arm mit dem von İpek in Berührung kam, breitete sich ein Glücksgefühl in ihm aus. Während Turgut Bey eilig von einem Kanal zum anderen umschaltete, drückte Ka auf der Suche nach dem gleichen Glück seinen Arm gegen den von İpek. Als İpek dasselbe tat, vergaß er die betrübte Stimmung am Tisch völlig. Auf dem Fernsehschirm war nun die Abendveranstaltung im Volkstheater zu sehen. Der lange, einem Stock ähnliche Mann erzählte gerade, wie stolz er sei, bei der ersten Live-Sendung in Kars beteiligt zu sein. Als das Programm des Abends verlesen wurde, hörte Ka, wie nach lehrreichen Geschichten, den Bekenntnissen des Nationaltorhüters, beschämenden Geheimnissen unserer politischen Geschichte, Szenen aus Shakespeare und nach Victor Hugo, unerwarteten Geständnissen und Skandalen, unvergeßlichen und verdienten Namen der Geschichte des türkischen Theaters und Kinos, Sketchen, Liedern und schrecklichen Überraschungen plötzlich sein eigener Namen genannt wurde – der »unseres großen Dichters, der nach Jahren ohne jedes Aufsehen in unser Land zurückgekehrt ist«. Unter dem Tisch drückte İpek Kas Hand.

»Es scheint, Sie wollen heute abend nicht dorthin gehen«, sagte Turgut Bey.

»Ich bin hier wunschlos glücklich und zufrieden, dank Ihnen!« antwortete Ka und drückte seinen Arm noch fester gegen den İpeks.

»Ich will Sie in Ihrem Glück gewiß nicht stören«, sagte Hande. Einen Augenblick fürchteten sich alle geradezu vor ihr. »Aber ich bin heute abend Ihretwegen hierhergekommen. Ich habe keines Ihrer Bücher gelesen, aber es genügt mir, daß Sie ein Dichter sind, der bis nach Deutschland gekommen ist und die Welt gesehen hat. Sagen Sie bitte, haben Sie in letzter Zeit ein Gedicht geschrieben?«

»In Kars sind mir eine Menge Gedichte eingefallen«, antwortete Ka.

»Ich habe mir gedacht, Sie könnten mir erzählen, wie ich mich auf ein bestimmtes Thema konzentrieren kann. Sagen Sie mir bitte: Wie schreiben Sie Ihre Gedichte? Doch mit Konzentration, oder?«

Das war die Frage, die Frauen bei den Leseabenden mit türkischen Dichtern in Deutschland am häufigsten stellten, aber Ka war, wie jedesmal, ganz erschrocken, so als habe man ihn etwas sehr Persönliches gefragt. »Ich weiß nicht, wie man ein Gedicht schreibt«, sagte er. »Ein gutes Gedicht kommt gleichsam von außen, von einem weit entfernten Ort.« Er bemerkte, wie ihn Hande ungläubig ansah. »Sagen Sie mir doch bitte, was Sie unter ›Konzentration‹ verstehen!«

»Ich bemühe mich den ganzen Tag darum, aber wenn ich mir vorstellen will, wie ich ohne Kopftuch bin, kann ich mir das nicht als lebendiges Bild vorstellen. Statt dessen sehe ich Dinge, die ich vergessen möchte.«

»Was zum Beispiel?«

»Als die Zahl der Mädchen, die sich verhüllen, zugenommen hat, hat man aus Ankara eine Frau hierhergeschickt, die uns dazu bringen sollte, unser Haupt zu entblößen. Diese Frau hat mit jeder einzelnen von uns in einem Zimmer stundenlange Gespräche geführt. Sie hat uns Hunderte von Fragen gestellt, zum Beispiel: ›Schlägt dein Vater deine Mutter? Wieviel Geschwister seid ihr? Wieviel Geld verdient dein Vater im Monat? Was hast du vor der Zeit mit dem Turban getragen? Bist du von Atatürk begeistert? Was für Bilder hängen bei euch zu Hause an der Wand? Wie oft im Monat gehst du ins Kino? Glaubst du, daß Männer und Frauen gleich sind? Ist Allah größer oder der Staat? Wie viele Kinder möchtest du haben? Bist du in der Familie sexuell belästigt worden?‹ Sie hat unsere Antworten auf Zettel notiert und Formulare über uns ausgefüllt. Ihre Lippen waren geschminkt, ihre Haare getönt, ihr Haupt unbedeckt; sie war schick wie Frauen in Modezeitschriften, aber, wie soll ich sagen, eigentlich doch ganz schlicht. Und auch wenn ihre Fragen einige von uns zum Weinen gebracht haben, haben wir sie im Grunde gern gehabt... Manche von uns haben gedacht: Hoffentlich haben der Schmutz und der

Schlamm in Kars ihr nichts anhaben können. Später habe ich begonnen, sie in meinen Träumen zu sehen, aber zunächst habe ich das nicht ernst genommen. Aber jetzt sehe ich mich selbst als diese Frau, die andere überreden soll, wann immer ich mir versuche vorzustellen, wie ich mein Haupt entblöße, meine Haare zeige und so unter die Leuten gehe. Ich bin dann so elegant geworden wie sie, trage Schuhe mit kleinen Absätzen und Kleider, die noch offenherziger sind als die ihren. Die Männer interessieren sich für mich. Das gefällt mir einerseits, andererseits schäme ich mich.«

»Hande, rede vielleicht besser nicht über das, weswegen du dich schämst!« sagte Kadife.

»Nein, ich werde darüber reden. Denn ich schäme mich in meinen Phantasien, aber nicht wegen meiner Phantasien. Eigentlich glaube ich überhaupt nicht, daß ich eine wollüstige Frau werde, die dauernd Männer anmachen will, wenn ich mein Haupt entblöße. Denn ich werde das tun, ohne im geringsten von dem überzeugt zu sein, was ich da mache. Aber ich weiß auch, daß man von wollüstigen Gefühlen erfaßt werden kann, ohne daß man glaubt, das sei richtig so, und sogar in Momenten, wo man davon überzeugt ist, daß man das überhaupt nicht will. Ob Frau oder Mann, wir alle begehen nachts in unseren Träumen mit Menschen Sünden, die uns in unserem täglichen Leben vermutlich überhaupt nicht interessieren. Stimmt doch, oder?«

»Das reicht, Hande!« sagte Kadife.

»Aber es stimmt doch, oder?«

»Nein«, beharrte Kadife. Sie drehte sich zu Ka um. »Vor zwei Jahren wollte Hande einen sehr gutaussehenden jungen Kurden heiraten. Aber der Junge hat sich in die Politik verwickeln lassen, und sie haben ihn umgebracht...«

»Das hat überhaupt nichts damit zu tun, daß ich es nicht fertigbringe, mein Haupt zu entblößen«, sagte Hande mit wachsendem Zorn. »Daß ich mein Haupt nicht entblößen kann, liegt daran, daß ich ich es nicht fertigbringe, mich zu konzentrieren und mir vorzustellen, wie ich mit bloßem Kopf bin. Bei jedem Versuch, mich zu konzentrieren, werde ich in meiner Vorstellung entweder zu einer bösen Fremden wie der Frau, die uns überreden sollte, oder zu einer lüsternen Frau. Wenn ich mir ein einziges Mal vor Augen halten könnte, wie ich durch das Tor in die Hochschule gehe, die Korridore entlanglaufe und den Vorlesungssaal betrete, werde ich mit Gottes Hilfe die Kraft aufbringen, diese Angelegenheit zu erledigen. Dann werde ich frei sein. Denn ich werde mein Haupt aus eigenem Willen und aus eigenem Wunsch entblößt haben, nicht durch Polizeizwang. Aber ich kann mich auf diesen Augenblick nicht konzentrieren.«

»Nimm jenen Augenblick nicht so wichtig«, sagte Kadife. »Selbst wenn du in dem Moment zusammenbrichst, bleibst du doch immer unsere von ganzem Herzen geliebte Hande.«

»Nein, die bleibe ich nicht«, erwiderte Hande. »Insgeheim beschuldigt und verachtet ihr mich, weil ich mich von euch getrennt habe und beschlossen habe, mein Haupt zu entblößen.« Sie wandte sich Ka zu. »Manchmal betritt ein Mädchen, das ich in meiner Vorstellung sehe, mit entblößtem Haupt die Hochschule, schreitet auf den Korridoren weiter, geht in den Vorlesungssaal, nach dem ich mich sehne; und ich erinnere mich in diesem Moment sogar an den Geruch der Korridore, die dumpfe Luft des Raumes. Genau da erblicke ich in dem Glas, das den Klassenraum vom Korridor trennt, jenes Mädchen und erkenne, daß die, die ich da sehe, nicht ich bin, sondern eine andere. Dann beginne ich zu weinen.«

Alle glaubten, Hande würde wieder anfangen zu weinen.

»Ich fürchte mich nicht so sehr davor, eine andere zu sein«, fuhr sie fort. »Was mich erschreckt, ist, nie wieder in meinen jetzigen Zustand zurückkehren zu können, ihn sogar zu vergessen. Eigentlich ist das ein Grund für Selbstmord.« Sie drehte sich zu Ka um. »Haben Sie sich schon einmal umbringen wollen?« fragte sie in provozierendem Ton.

»Nein, aber nach den Frauen in Kars beginnt man über die Frage nachzudenken.«

»Für eine ganze Menge Mädchen in unserer Situation bedeutet der Wunsch, sich umzubringen, die Kontrolle über den eigenen Körper zu haben. Mädchen, die verführt worden sind und ihre Jungfräulichkeit verloren haben, und Jungfrauen, die mit einem Mann verheiratet werden sollen, den sie nicht wollen, bringen sich alle aus genau diesem

Grund um. Sie sehen in dem Freitod den Wunsch nach Unschuld und Reinheit. Haben Sie jemals ein Gedicht über den Selbstmord geschrieben?« Unvermittelt wandte sie sich İpek zu. »Setze ich eurem Besuch sehr zu? Gut, er soll mir sagen, wo der Ursprung der Gedichte liegt, die ihm in Kars ›eingefallen‹ sind, dann lasse ich ihn in Ruhe.«

»Wenn ich spüre, daß mir ein Gedicht einfällt, bin ich voller Dankbarkeit für den, der es mir schickt, denn dann erfüllt mich großes Glück.«

»Ist er es auch, der bewirkt, daß Sie sich auf das Gedicht konzentrieren? Wer ist es?«

»Auch wenn ich nicht glaube, spüre ich, daß er es ist, der das Gedicht mir schickt.«

»Woran glauben Sie nicht? An Allah oder daran, daß er Ihnen das Gedicht schickt?«

»Es ist Allah, der mir das Gedicht schickt«, sagte Ka auf einmal inspiriert.

»Er ist Zeuge geworden, wie die fundamentalistische Bewegung hier an Kraft gewinnt«, meinte Turgut Bey. »Vielleicht haben sie ihn auch bedroht... Aus Angst hat er begonnen, an Allah zu glauben.«

»Nein, ich empfinde das so«, antwortete Ka. »Ich möchte hier sein wie alle anderen auch.«

»Sie haben Angst; ich verurteile das.«

»Ja, ich habe Angst«, rief Ka im selben Augenblick. »Ich fürchte mich sogar sehr.«

Er stand auf, als habe man eine Pistole auf ihn gerichtet. Das verursachte auch bei den anderen am Tisch Panik. »Wo denn?« schrie Turgut Bey, als richte jemand eine Waffe auf sie.

»Ich habe keine Angst, mich erschüttert nichts«, sagte Hande zu sich selbst.

Aber auch sie blickte wie die anderen in Kas Gesicht, um die Richtung, aus der die Gefahr herkam, erraten zu können. Jahre später sollte mir Serdar Bey erzählen, daß Kas Gesicht in diesem Augenblick kalkweiß war. Aber er habe nicht ausgesehen wie jemand, der aus Furcht oder weil ihm schwindelte gleich zusammenbrechen würde, sondern wie einer, der vollkommen glücklich war. Die Hausangestellte ging noch weiter und berichtete, daß ein Licht in dem Raum erstrahlt sei, das alles in seinen Glanz getaucht habe. In ihren Augen war Ka schon von diesem Tag an vom Nimbus eines Heiligen umgeben. Einer im Raum hatte in diesem Moment wohl gesagt:»Ein Gedicht muß ihm geschickt worden sein!«, und darauf reagierten alle mit noch größerer Aufregung und Furcht, als wenn eine Waffe auf sie gerichtet worden wäre.

Später sollte Ka in einem von ihm geführten Heft über das Geschehnis sprechen und dabei die gespannte Erwartung in dem Raum mit den Augenblicken angstvollen Wartens vergleichen, wie es sie bei spiritistischen Sitzungen gibt. Fünfundzwanzig Jahre zuvor hatten an solchen Sitzungen, die die früh verwitwete und ziemlich fette Mutter eines Freundes von uns in ihrer Wohnung in einer Nebenstraße in Nişantaşı veranstaltete, andere unglückliche Hausfrauen teilgenommen, außerdem ein Pianist mit gelähmten Fingern, ein cholerischer Filmstar mittleren Alters, nach dem wir uns mit einem »Kommt die auch?« erkundigten, ihre jüngere Schwester, die dauernd in Ohnmacht fiel, ein pensionierter General, der dem Filmstar den Hof machte, sowie neben unserem Freund, der uns leise aus einem hinteren Raum in das Wohnzimmer einließ, auch Ka und ich. In diesen Momenten gespannten Wartens sagte immer einer: »O Geist, wenn du da bist, gib dich zu erkennen!« Dann gab es eine lange Stille, und dann hörte man ein kaum merkliches Klopfen, das Knarren eines Stuhls, ein Wimmern oder manchmal einen groben Tritt gegen ein Tischbein, worauf einer voller Furcht sagte:»Der Geist ist da.« Aber Ka verhielt sich nicht wie einer, der einem Geist begegnete – er ging auf die Küchentür zu. Auf seinem Gesicht lag ein glücklicher Ausdruck.

»Er hat zuviel getrunken«, sagte Turgut Bey. »Ja, helft ihm doch!« Er sagte das, um so zu tun, als habe er İpek, die auf Ka zulief, selbst losgeschickt. Ka ließ sich auf einen Stuhl neben der Küchentür fallen. Er zog sein Heft und seinen Stift aus seiner Tasche.

»Ich kann so nicht schreiben, wenn Sie alle so dastehen und mir zuschauen«, sagte er.

İpek sagte:»Ich bring dich in ein Zimmer hinten.«

Sie ging voraus, und Ka ging hinter ihr her durch die wohlriechende Küche, in der Zahide den Sirup über das Brot-Kadayıf goß, dann durch ein kaltes Zimmer in einen halbdunklen Raum im Hintergrund.

»Kannst du hier schreiben?« fragte İpek und machte das Licht an.

Ka sah ein sauberes Zimmer und zwei ordentlich gemachte Betten. Er blickte auf eine unprätentiöse Sammlung von Cremetuben, Lippenstiften und Fläschchen voll mit Kölnisch Wasser, Mandelöl und Alkoholika, auch Bücher, eine Tasche mit Reißverschluß und eine Schachtel für Schweizer Schokolade, voll mit Pinseln, Stiften, blauen Glücksbringer-Augen, Ketten und Armreifen. Er setzte sich auf das Bett neben dem Fenster, das von Eis beschlagen war.

»Hier kann ich schreiben«, sagte er. »Aber laß mich nicht allein; bleib hier!«

»Wozu?«

»Ich weiß nicht«, sagte Ka zuerst. Dann sagte er: »Ich habe Angst.«

Dabei begann er sein Gedicht zu schreiben, das mit der Schilderung einer Schokoladenschachtel begann, die ihm sein Onkel aus der Schweiz mitgebracht hatte, als er ein Kind war. Auf der Schachtel waren, genau wie an den Wänden der Teehäuser von Kars, Schweizer Landschaften abgebildet. Nach den Aufzeichnungen, die Ka später machen sollte, um die Gedichte zu verstehen, zu denen er in Kars inspiriert worden war, sie zu klassifizieren und zu ordnen, war aus der Schachtel, die im Gedicht vorkam, zuerst eine Spielzeuguhr aufgetaucht, von der er zwei Tage später erfahren sollte, daß sie ein Andenken an İpeks Kindheit war. Von dieser Uhr ausgehend, stellte Ka Überlegungen über die Zeit der Kindheit und die des Lebens an.

»Ich möchte überhaupt nicht, daß du von mir weggehst«, sagte Ka zu İpek. »Ich bin nämlich wahnsinnig verliebt in dich.«

»Du kennst mich doch überhaupt nicht«, sagte İpek.

»Es gibt zwei Sorten von Männern«, erklärte Ka. »Die einen müssen wissen, wie das Mädchen sein Sandwich ißt, seine Haare kämmt, welchen Blödsinn es übelnimmt, warum es seinem Vater böse ist und welche Geschichten und Gerüchte über es erzählt werden, bevor sie sich in es verlieben. Die zweite Sorte, und zu der gehöre ich, darf über das Mädchen nur ganz wenig wissen, damit sie sich verlieben kann.«

»Du bist also in mich verliebt, weil du mich gar nicht kennst? Ist das deiner Meinung nach wirklich Liebe?«

»Liebe, für die einer alles hergibt, entsteht so«, sagte Ka.

»Deine Liebe wird zu Ende gehen, wenn du erfahren hast, wie ich mein Sandwich esse und worüber ich mich aufrege.«

»Aber dann wird die Nähe zwischen uns sich vertiefen und zu einem Wunsch werden, der unsere Körper, unsere Existenz umfaßt, zu Glück und zu Erinnerungen, die uns miteinander verbinden.«

»Rühr dich nicht, bleib auf der Bettkante sitzen!« sagte İpek. »Mit meinem Vater unter einem Dach kann ich niemanden küssen.« Trotzdem wehrte sie sich gegen seine Küsse zunächst nicht. Dann stieß sie Ka weg: »Ich mag das nicht, wenn mein Vater zu Hause ist.«

Ka erzwang sich noch einen Kuß auf den Mund und setzte sich dann auf die Bettkante. »Wir müssen so schnell wie möglich heiraten und fort von hier. In Frankfurt werden wir sehr glücklich sein, weißt du?«

Eine Weile herrschte Stille.

»Wie kannst du dich in mich verlieben, wo du mich doch gar nicht kennst?«

»Weil du schön bist... Weil ich davon träume, mit dir glücklich zu sein... Weil ich dir alles sagen kann, ohne mich zu schämen. Ich stelle mir dauernd vor, wie wir uns lieben.«

»Was hast du in Deutschland gemacht?«

»Ich habe mich mit den Gedichten beschäftigt, die zu schreiben ich dann nicht fertiggebracht habe, und ständig masturbiert... Einsamkeit ist eine Frage des Stolzes; der Mensch vergräbt sich hochmütig in seinen eigenen Dunst. Der wahre Dichter stellt immer die gleiche Frage. Wenn er lange glücklich ist, wird er gewöhnlich. Und wenn er lange unglücklich ist, findet er nicht die Kraft in sich, sein Gedicht lebendig zu erhalten... Glück und das wahre Gedicht gehen nur eine ganz kurze Zeit zusammen. Nach einer Weile macht entweder das Glück das Gedicht und den Dichter gewöhnlich, oder das wahre Gedicht zerstört das Glück. Ich fürchte mich inzwischen sehr davor, nach Frankfurt zurückzukehren und unglücklich zu sein.«

»Dann bleibst du eben in Istanbul«, sagte İpek.

Ka schaute sie aufmerksam an. »Möchtest du in Istanbul leben?« flüsterte er. Er wollte jetzt ganz dringend, daß İpek etwas von ihm verlangte.

Und sie spürte das: »Ich verlange überhaupt nichts«, antwortete sie.

Ka merkte, daß er zu schnell gewesen war. Er merkte aber auch, daß er nur ganz kurz in Kars bleiben konnte, daß er hier nach kurzer Zeit keine Luft zum Atmen finden würde und daß er nichts anderes tun konnte, als sich zu beeilen. Sie lauschten den undeutlich zu ihnen dringenden Stimmen und dem knirschenden Geräusch einer Pferdedroschke, die vor dem Fenster vorbeifuhr. İpek stand auf der Türschwelle, hielt eine Bürste in der Hand und zupfte versonnen Haare aus, die sich darin verfangen hatten.

»Hier ist alles so elend und hoffnungslos, daß man wie du sogar vergessen kann, nach etwas zu verlangen«, sagte Ka. »Hier kann der Mensch nicht vom Leben träumen, sondern nur vom Sterben... Kommst du mit mir?« İpek gab ihm keine Antwort. »Wenn du etwas Negatives sagen willst, antworte lieber nicht!«

»Ich weiß nicht«, sagte İpek und blickte auf ihre Bürste. »Drinnen warten sie auf uns.«

»Drinnen wird etwas ausgeheckt. Ich spüre das, aber ich verstehe nicht, was eigentlich vorgeht«, meinte Ka. »Erkläre es mir!«

Da fiel der Strom aus. Als İpek sich nicht rührte, wollte Ka sie in den Arm nehmen, aber die Angst davor, mutterseelenallein nach Deutschland zurückkehren zu müssen, hatte ihn ganz und gar in Besitz genommen. Er war unfähig, sich zu regen.

»In dieser Dunkelheit kannst du kein Gedicht schreiben«, sagte İpek. »Laß uns gehen!«

»Was möchtest du am meisten, daß ich tue, damit du mich liebst?«

»Sei du selbst!« antwortete İpek. Sie stand auf und verließ das Zimmer.

Ka war so glücklich, dort zu sitzen, daß er nur langsam aufstand. In dem ungeheizten Raum vor der Küche setzte er sich hin und schrieb im flackernden Licht einer Kerze aus dem Gedächtnis das Gedicht »Die Schokoladenschachtel« in sein grünes Heft.

Als er sich wieder erhob, um zu İpek zu laufen, sie in den Arm zu nehmen und sein Gesicht in ihrem Haar zu vergraben, ging plötzlich alles in seinem Kopf wie in tiefer Finsternis durcheinander.

Im Licht der Kerze, die in der Küche stand, sah er, wie sich İpek und Kadife umarmten. Sie hatten ihre Arme um den Nacken der anderen geschlungen und hielten sich fest wie zwei Liebende.

»Vater wollte, daß ich nach euch schaue«, sagte Kadife.

»Ist ja gut.«

»Hat er kein Gedicht geschrieben?«

»Doch«, sagte Ka und trat aus der Dunkelheit. »Und jetzt würde ich euch gerne helfen.«

Aber als er in die Küche trat, war im flackernden Kerzenschein niemand zu sehen. Er schenkte sich ein Glas Rakı ein und stürzte es hinunter, ohne Wasser zuzugeben. Als ihm Tränen in die Augen schossen, nahm er sich ein Glas Wasser.

Im Eßzimmer herrschte eine unheimliche, tiefe Dunkelheit. Ka erblickte den von Kerzen beleuchteten Tisch und ging auf ihn zu. Zusammen mit den Menschen drehten sich ihre riesigen Schatten an der Wand zu Ka um.

»Haben Sie Ihr Gedicht schreiben können?« fragte Turgut Bey. Eigentlich hatte er erst einige Sekunden schweigen und so tun wollen, als interessiere ihn Ka nicht.

»Ja.«

»Herzlichen Glückwunsch!« Er drückt Ka ein Rakı-Glas in die Hand und füllte es. »Wovon handelt es?«

»Mit wem immer ich hier rede, ich gebe allen recht. Die Angst, die in Deutschland draußen auf der Straße herumlief, ist jetzt in mich eingedrungen.«

»Ich verstehe Sie so gut«, meinte Hande mit dem Ausdruck von jemanden, der viel weiß.

Ka lächelte sie dankbar an. Am liebsten hätte er gesagt: »Entblöße deinen Kopf nicht, mein Liebling!«

»Wenn Sie beim verehrten Scheich gesagt haben sollten, daß Sie an Gott glauben, weil Sie jedem glauben, mit dem Sie reden, dann möchte ich das berichtigen. In Kars repräsentiert nicht der Scheich Gott!« sagte Turgut Bey.

»Wer repräsentiert hier denn dann Gott?« entgegnete Hande trotzig.

Aber Turgut Bey war nicht zornig auf sie. Er war starrsinnig und streitlustig, hatte aber ein zu weiches Herz, um ein kompromißloser Atheist zu sein. Ka hatte das Gefühl, daß Turgut Bey sich genausosehr vor dem Zusammenbruch der Gewohnheiten seiner eigenen Welt fürchtete, wie er sich Sorgen machte, weil seine Töchter unglücklich waren. Das war keine politische Angst, sondern die Angst um den Platz am Kopfende seines Tisches, die ein Mann empfand, dessen einzige Unterhaltung im Leben es war, jeden Abend stundenlang mit seinen Töchtern und Gästen über Politik und die Existenz oder Nichtexistenz Gottes zu diskutieren, ohne es zu einem richtigen Streit kommen zu lassen.

Der Strom kam wieder; das Zimmer wurde plötzlich hell. Man hatte sich in der Stadt derart daran gewöhnt, daß der Strom ausfiel und wiederkam, daß niemand wie in Kas Istanbuler Kindheit freudig aufschrie, als das Licht wieder anging. Es gab keinerlei glückliche Aufregung, kein »Kümmere dich bloß um die Waschmaschine, daß die nicht kaputtgeht!«, kein »Die Kerzen will *ich* auspusten!« Die Leute benahmen sich, als sei gar nichts geschehen. Turgut Bey machte den Fernseher an und begann, mit der Fernbedienung die Programme durchzugehen. Ka flüsterte den Mädchen zu, daß Kars ein außerordentlich stiller Ort sei.

»Weil wir uns hier sogar vor unserer eigenen Stimme fürchten«, meinte Hande.

»Das ist die Stille des Schnees«, sagte İpek.

Mit einem Gefühl der Niederlage schauten alle eine lange Zeit auf den Fernseher, der gemächlich von einem Programm auf das andere umschaltete. Als sich unter dem Tisch seine und İpeks Hand berührten, dachte Ka, er könnte sein ganzes Leben glücklich damit verbringen, den Tag in einer bescheidenen Arbeitsstelle dösend zu verbringen und abends Hand in Hand mit dieser Frau auf einen mit einer Satellitenschüssel verbundenen Fernseher zu schauen.

15

Wir alle haben etwas im Leben, was wir wirklich wollen

IM VOLKSTHEATER

Genau sieben Minuten nachdem Ka gedacht hatte, er könnte sein ganzes Leben mit İpek in Kars verbringen und dabei glücklich sein, eilte er wie einer, der allein in den Krieg zieht, im Schnee zu seinem Auftritt bei der Veranstaltung im Volkstheater. Sein Herz pochte. In diesen sieben Minuten hatte sich alles mit eigentlich verständlicher Geschwindigkeit abgespielt.

Turgut Bey hatte wieder auf die Live-Übertragung aus dem Volkstheater umgeschaltet, und sie hatten alle gleich an dem großen Lärm, der zu hören war, gemerkt, daß etwas Außergewöhnliches vorfiel. Das erweckte in ihnen zwar einerseits den Wunsch, wenigstens für eine Nacht ihr Provinzlerleben hinter sich zu lassen, erschreckte sie aber zugleich mit der Aussicht auf etwas Schlechtes. Sie alle spürten an dem Klatschen und Pfeifen der unruhigen Zuschauermenge die Spannung zwischen den Honoratioren der Stadt in den ersten Reihen und den Jugendlichen auf den hinteren Plätzen. Weil die Kamera den Zuschauerraum nicht ganz zeigte, interessierte sie brennend, was dort geschah.

Auf der Bühne stand ein ehemaliger Nationaltorhüter, den einst die ganze Türkei gekannt hatte. Er hatte gerade erst die Geschichte des ersten Tors von elf Toren erzählt, die er in einem tragischen Länderspiel vor fünfzehn Jahren hatte zulassen müssen, als der stockdünne Moderator der Veranstaltung auf dem Bildschirm auftauchte. Der Nationaltorhüter begriff, daß es wie im landesweiten Fernsehen eine Werbe-Unterbrechung geben sollte, und hörte auf zu reden. Der Moderator übernahm das Mikrofon und verlas innerhalb von wenigen Sekunden zwei Reklamen von einem Blatt (im Gemischtwaren-laden Tadal in der Fevzi-Pascha-Straße war luftgetrockneter Rin-derschinken aus Kayseri eingetroffen, und im Repetitorium »Wis-senschaft« hatte die Einschreibung für universitätsvorbereitende Abendkurse begonnen), wiederholte das reiche Programm der Ver-anstaltung, nannte den Namen Kas, der ein Gedicht vortragen würde, blickte dann betrübt in die Kamera und ergänzte: »Es betrübt aller-dings unsere Bürger aus Kars wirklich, daß wir immer noch nicht unseren großen Dichter in unserer Mitte sehen können, wo er doch aus dem fernen Deutschland bis in unsere Grenzstadt gekommen ist.«

»Wenn Sie jetzt nicht gehen, ist das wirklich peinlich!« meinte Turgut Bey sofort.

»Aber sie haben nicht einmal gefragt, ob ich an diesem Abend teil-nehmen möchte«, antwortete Ka.

»Das ist hier so üblich«, sagte Turgut Bey. »Wäre man mit einer Einladung auf Sie zugekommen, hätten Sie abgelehnt. Jetzt müssen Sie hingehen, um nicht überheblich zu erscheinen.«

»Wir schauen Ihnen von hier aus zu«, äußerte Hande mit völlig unerwartetem Eifer.

In diesem Moment ging die Tür auf, und der Junge, der nachts an der Rezeption saß, sagte: »Der Direktor der Pädagogischen Hoch-schule ist im Krankenhaus gestorben.«

»Armer Kerl…« sagte Turgut Bey. Dann richtete er seine Augen auf Ka. »Die Islamisten haben begonnen, uns alle einen nach dem anderen aus dem Weg zu räumen. Wenn Sie Ihr Leben retten wollen, tun Sie gut daran, sofort noch fester an Allah zu glauben. Denn ich fürchte, in Kars wird eine gemäßigte Religiosität nicht mehr reichen, um den Hals eines alten Atheisten zu schützen.«

»Sie haben recht«, sagte Ka. »Ich hatte mich ohnehin dazu ent-schlossen, mein ganzes Leben völlig der Liebe Gottes zu öffnen, die ich tief in meinem Herzen zu fühlen begonnen habe.«

Alle hatten sehr gut verstanden, daß er das spöttisch gemeint hatte; aber daß Ka, von dessen Angetrunkenheit sie überzeugt wa-ren, so schlagfertig reagierte, erweckte in den Leuten um den Tisch Zweifel, ob er diese Gedanken nicht schon früher gehabt hatte.

Währenddessen näherte sich Zahide dem Tisch, in einer Hand geschickt einen riesigen Topf, in der anderen eine Aluminiumkelle, deren Griff das Lampenlicht reflektierte, und fragte:»Da ist noch Suppe für eine Person übrig. Zu schade zum Wegwerfen, welches Mädchen mag sie noch?«

İpek, die Ka gerade sagte, er solle nicht ins Volkstheater gehen, sie habe Angst, hatte sich einen Augenblick mit Hande und Kadife der lächelnden Bedienung zugewendet.

Wenn İpek»Ich« sagt, wird sie mit mir nach Frankfurt kommen und mich heiraten, ging Ka in diesem Moment durch den Kopf. Dann gehe ich auch ins Volkstheater und trage mein Gedicht»Schnee« vor.

»Ich«, sagte İpek gleich darauf und streckte ohne jedes Zeichen der Freude ihren Teller hin.

Unter dem dichten Schneetreiben draußen empfand Ka, wie fremd er in Kars war und daß er die Stadt möglicherweise schon in dem Moment, in dem er sie verließ, vergessen würde; aber das Gefühl hielt nicht lange an. Er überließ sich dem Glauben an ein Schicksal, spürte intensiv, daß das ihm logisch unzugängliche Leben eine geheime Geometrie hatte, spürte eine tiefe Sehnsucht, diese Logik zu begreifen und glücklich zu sein, fand sich aber zu diesem Zeitpunkt nicht stark genug, um diesem Wunsch nach Glück zu genügen.

Vollkommen leer war die breite, schneebedeckte Straße, die sich vor ihm bis zum Volkstheater hinzog und über der Wahlkampf-Fahnen in der Luft schwangen. Die Breite der vereisten Dachtraufen, die Schönheit der Reliefs an Türen und Wänden, die würdigen Fassaden der alten Gebäude vermittelten den Eindruck, daß hier einst Leute (Armenier, die Handel mit Tiflis trieben? Osmanische Paschas, die Milchviehzucht besteuerten?) ein glückliches, friedliches, sogar farbiges Leben geführt hatten. Alle, die diese Stadt in ein bescheidenes Zentrum der Zivilisation verwandelt hatten, diese Armenier, Russen, Osmanen, frührepublikanischen Türken, sie waren gegangen, und es schien so, als seien die Straßen so leer, weil niemand an ihre Stelle getreten war, aber anders als bei einer verlassenen Stadt flößten einem diese menschenleeren Straßen keine Angst ein. Bewundernd blickte Ka auf die Reflexion des leicht orangefarbenen dumpfen Lichts der Straßenlampen und des blassen Scheins der Neonlichter hinter den vereisten Schaufenstern, auf Schneehügel, die die Zweige der Ölweiden und Platanen bedeckten, und auf die Strommasten, von deren Enden riesige Eiszapfen herabhingen. Der Schnee fiel mit einer magischen, geradezu heiligen Lautlosigkeit; es war nichts zu hören als der gedämpfte Ton seiner Schritte und sein heftiges Ein- und Ausatmen. Kein Hund bellte. Es war, als sei das Ende der Welt gekommen, als richtete das ganze Universum, alles, was er sah, seine ganze Aufmerksamkeit nur auf das Fallen des Schnees. Ka betrachtete die Schneeflocken in der Umgebung einer matten Straßenlaterne, wie manche allmählich hinabsanken, während einige andere entschlossen in die Dunkelheit aufstiegen.

Er trat unter das Dach vom Foto-Palast Aydın und beobachtete im rötlichen Licht, das von einer Anzeigetafel ausging, einen Augenblick ganz genau eine Schneeflocke, die auf den Ärmel seines Mantels gefallen war.

Es wehte ein Wind, es bewegte sich etwas, und als das rötliche Licht der Anzeigetafel vom Foto-Palast Aydın plötzlich erlosch, schien sich auch die Ölweide gegenüber zu verdunkeln. Er erblickte eine Menge Leute an dem Eingang zum Volkstheater, den Kleinbus der Polizei, der nicht weit davon entfernt parkte, und Schaulustige, die sich zwischen die halboffene Tür und die Eingangsschwelle des Kaffeehauses gegenüber gedrängt hatten und der Menge zusahen.

Sobald er den Zuschauerraum betrat, wurde ihm von dem Lärm und Aufruhr drinnen schwindlig. In der Luft hing ein dichter Geruch von Alkohol, menschlichem Atem und Zigaretten. In den Seitengängen waren zahlreiche Leute auf den Beinen; an einem Teestand in der Ecke wurden Limonade und Sesamkringel verkauft. Ka sah an der Tür des bestialisch stinkenden Klos Jugendliche flüstern und passierte die blauuniformierten Polizisten und die Zivilen, die sich weiter hinten mit ihren Funkgeräten aufgestellt hatten. Ein Kind hielt seinen Vater an der Hand und betrachtete, ohne im geringsten auf den Lärm zu achten, mit gespannter Aufmerksamkeit die getrockneten Kichererbsen, die es in seine Flasche Limonade geworfen hatte.

Ka sah, daß einer der am Rand Stehenden ganz aufgeregt mit der Hand winkte, war sich aber nicht sicher, daß das ihm galt. »Ich habe Sie ganz von weitem an Ihrem Mantel erkannt.« Als Ka Necips Gesicht aus der Nähe erblickte, durchströmte ihn ein tiefes Gefühl von Zuneigung. Sie umarmten sich fest. »Ich wußte, daß Sie kommen würden«, sagte Necip. »Das freut mich sehr. Kann ich Sie etwas fragen? Ein oder zwei sehr wichtige Dinge gehen mir durch den Kopf.«

»Ein Ding oder zwei?«

»Sie sind wirklich sehr klug, sogar so klug, daß Sie wissen, daß Klugheit nicht alles ist«, meinte Necip. Er zog Ka in eine Ecke, in der sie besser miteinander reden konnten. »Haben Sie Hicran oder Kadife gesagt, daß ich sie liebe, daß dies die ganze Bedeutung meines Lebens ist?«

»Nein.«

»Sie sind mit ihr aus dem Teehaus gegangen. Haben Sie irgendwas über mich geredet?«

»Ich habe gesagt, daß du von der Vorbeter- und Predigerschule bist.«

»Und weiter? Hat sie nichts gesagt?«

»Nein.«

Einen Augenblick herrschte Schweigen.

»Ich verstehe, daß Sie wirklich nicht weiter über mich geredet haben«, sagte Necip angestrengt. »Denn Kadife ist vier Jahre älter als ich; sie hat mich nicht einmal bemerkt. Vielleicht haben Sie mit ihr auch ganz private Dinge besprochen. Sogar von geheimen politischen Dingen können Sie geredet haben. Danach frage ich nicht. Mich interessiert nur eines, und das ist für mich sehr wichtig. Der Rest meines Lebens hängt davon ab. Selbst wenn Kadife mich gar nicht wahrnimmt – bis sie mich wahrnimmt, dauert es mit großer Wahrscheinlichkeit Jahre, und bis dahin heiratet sie –, kann es sein, daß ich je nach der Antwort, die Sie mir geben, sie mein Leben lang lieben werde oder jetzt sofort vergesse. Bitte geben Sie mir ohne Zögern eine aufrichtige Antwort!«

»Ich erwarte Ihre Frage«, sagte Ka ganz förmlich.

»Haben Sie über irgend etwas Oberflächliches gesprochen? Über den Unsinn im Fernsehen, kleine, unwichtige Gerüchte, kleine Dinge, die man mit Geld kaufen kann? Verstehen Sie? Ist Kadife so, wie sie erscheint, ein Mensch, der diese oberflächlichen Kleinigkeiten auch nicht für einen Heller wichtig nimmt? Oder habe ich mich vergeblich in sie verliebt?«

»Nein, wir haben über nichts Oberflächliches geredet«, antwortete Ka.

Er sah, wie hart seine Antworten Necip trafen, und las von seinem Gesicht ab, mit welch übermenschlicher Anstrengung der Junge sich sofort zu fangen versuchte.

»Aber Sie haben gemerkt, daß sie ein außerordentlicher Mensch ist.«

»Ja.«

»Kannst du dich auch in sie verlieben? Sie ist nämlich sehr schön. Sie ist zugleich sehr schön und so selbständig, wie ich es bei keiner türkischen Frau je gesehen habe.«

»Ihre Schwester ist schöner«, sagte Ka. »Wenn es um Schönheit geht.«

»Worum geht es denn dann?« fragte Necip. »Was ist der Sinn davon, daß mich der große Gott ständig an Kadife denken läßt?«

Er hatte seine riesigen grünen Augen, von denen eines einundfünfzig Minuten später zerfetzt werden sollte, mit einer Kindlichkeit weit aufgerissen, die Ka erstaunte.

»Ich weiß nicht«, sagte Ka.

»Nein, du weißt es, aber du sagst es nicht!«

»Ich weiß es nicht.«

»Wichtig ist, ist, daß man über alles sprechen kann«, sagte Necip, als ob er helfen wolle. »Wenn ich ein Schriftsteller wäre, hätte ich das sagen wollen, was nicht gesagt worden ist. Kannst du mir nicht ein einziges Mal alles sagen?«

»Frag!«

»Wir alle haben etwas im Leben, was wir wollen, etwas Eigentliches, nicht wahr?«

»Richtig.«

»Was ist es bei dir?«

Ka schwieg und lächelte.

»Bei mir ist es ganz einfach«, sagt Necip stolz. »Ich möchte Kadife heiraten, in Istanbul leben und der erste Schriftsteller sein, der islamische Science-fiction verfaßt. Ich weiß, daß das alles unmöglich ist, aber trotzdem will ich es. Ich bin dir auch nicht böse, weil du nicht sagst, was es bei dir ist; denn ich verstehe dich. Du bist meine Zukunft. Ich erkenne das daran, wie du mir jetzt in die Augen schaust: Du erkennst in mir deine eigene Jugend, und deswegen magst du mich.«

Auf seinen Lippen deutete sich ein glückliches, gerissenes Lächeln an; davor fürchtete sich Ka.

»Dann bist du wie ich vor zwanzig Jahren?«

»Ja. In einem Science-fiction-Buch, das ich eines Tages schreiben werde, wird es genau so eine Szene geben. Entschuldige, darf ich meine Hand auf deine Stirn legen?« Ka neigte leicht den Kopf. Necip legte mit der Sicherheit von einem, der diese Bewegung schon früher vollzogen hat, seine Handfläche auf Kas Stirn: »Jetzt werde ich dir sagen, was du vor zwanzig Jahren gedacht hast.«

»Wie du das mit Fazıl getan hast?«

»Er und ich denken im selben Augenblick das gleiche. Zwischen uns beiden gibt es einen Zeitunterschied. Bitte, jetzt hör zu! An einem Wintertag, du warst auf der Oberschule, hat es geschneit, und du bist ganz in Gedanken gewesen. Du hast Allahs Stimme in deinem Innern gehört, aber versucht, ihn zu vergessen. Du hast gefühlt, daß alles ein Ganzes bildet, aber du hast gemeint, daß du unglücklicher und klüger sein wirst, wenn du deine Augen vor dem verschließt, der dich das fühlen läßt. Du hattest recht. Denn du hast gewußt, daß nur solche, die klug und unglücklich sind, gute Gedichte schreiben. Du hast heldenhaft die Schmerzen des Unglaubens in Kauf genommen, um gute Gedichte schreiben zu können. Es ist dir noch nicht eingefallen, daß du ganz allein im Universum sein wirst, wenn du jene Stimme in deinem Inneren verlierst.«

»Gut, du hast recht; so habe ich gedacht«, sagte Ka. »Denkst du jetzt auch so?«

»Ich wußte gleich, daß du das fragen würdest«, sagte Necip erregt. »Willst du nicht auch an Gott glauben? Du willst das doch, nicht wahr?« Plötzlich zog er seine kalte Hand, die Ka schaudern ließ, von seiner Stirn zurück. »Zu diesem Thema habe ich dir viel zu sagen. Auch ich höre in mir eine Stimme, die sagt: ›Glaube nicht an Gott!‹ Denn an die Existenz eines Dings mit solcher Inbrunst zu glauben geht nur, wenn man einen Zweifel, eine Sorge hat, daß es nicht existiert; verstehst du? In den Momenten, in denen ich begreife, daß ich durch den Glauben an die Existenz meines guten Gottes am Leben bleibe, denke ich manchmal, was wäre, wenn es Gott nicht gäbe – gerade wie in meiner Kindheit, wenn ich gedacht habe, was ich getan hätte, wenn meine Mutter und mein Vater gestorben wären. Dann stelle ich mir etwas vor: ein Bild zum Ansehen, eine Szenerie. Weil ich weiß, daß dieses Bild seine Kraft aus Gottes Liebe zieht, fürchte ich mich nicht, sondern schaue ihn mir voller Neugier an.«

»Erzähl mir von dieser Szenerie!«

»Willst du es in dein Gedicht einfügen? Du brauchst auch nicht meinen Namen in deinem Gedicht zu erwähnen. Ich will als Gegenleistung nur ein einziges von dir.«

»Gut!«

»Ich habe in den letzten sechs Monaten drei Briefe an Kadife geschrieben. Keinen von ihnen habe ich auf die Post gegeben. Nicht aus Scham, weil die auf der Post ihn öffnen und lesen würden. Die Hälfte der Bevölkerung von Kars ist nämlich Zivilpolizei. Auch die Hälfte der Menge hier. Sie alle beobachten uns. Außerdem beobachten uns auch unsere Leute.«

»Wer sind ›unsere Leute‹?«

»Alle jungen Islamisten von Kars. Die sind sehr daran interessiert, was ich mit dir zu reden habe. Sie sind hierhergekommen, um einen Skandal zu machen. Denn sie wissen, daß diese Veranstaltung in eine Machtdemonstration der Säkularisten und Militärs verwandelt werden wird. Sie werden dieses altbekannte Stück ›Der Schleier‹ aufführen und die Mädchen mit dem Kopftuch erniedrigen. Eigentlich hasse ich Politik; aber meine Freunde haben mit ihrem Protest recht. Sie zweifeln an mir, weil ich nicht soviel Begeisterung aufbringe wie sie. Ich kann dir die Briefe nicht jetzt geben, wenn alle gucken. Ich möchte, daß du sie Kadife gibst.«

»Jetzt schaut gerade keiner. Gib sie mir jetzt gleich, dann erzähl mir von der Szenerie!«

»Die Briefe sind hier, aber ich trage sie nicht bei mir. Ich habe mich vor der Durchsuchung an der Tür gefürchtet. Auch meine Freunde können mich durchsuchen. Laß uns in genau zwanzig Minuten wieder zusammenkommen, in der Toilette am Ende des Gangs, in den man durch die Tür gleich neben der Bühne hineinkommt.«

»Erzählst du mir dann von der Szenerie?«

»Einer von ihnen kommt«, sagte Necip. Er schaute weg. »Ich kenne den. Schau nicht in seine Richtung, und tu so, als würdest du normal reden, ohne zu herzlich zu werden!«

»Gut!«

»Ganz Kars ist sehr neugierig, warum du hierhergekommen bist. Man glaubt, daß du mit einer Geheimmission unseres Staates oder sogar von westlichen Mächten geschickt worden bist. Meine Freunde haben mich hierherbeordert, damit ich dich danach frage. Sind die Gerüchte wahr?«

»Sind sie nicht.«

»Was soll ich ihnen sagen? Wozu bist du hierhergekommen?«

»Ich weiß nicht.«

»Du weißt es, aber wieder kannst du es aus Scham nicht sagen.« Ein Schweigen trat ein. »Du bist hierhergekommen, weil du unglücklich bist«, sagte Necip.

»Woran erkennst du das?«

»An deinen Augen: Ich habe noch nie jemanden getroffen, der so traurige Augen hat wie du... Im Augenblick bin auch ich überhaupt nicht glücklich; aber ich bin jung. Das Unglück gibt mir Kraft. In diesem Alter ziehe ich Unglück dem Glück vor. In Kars können nur Dummköpfe und schlechte Menschen glücklich sein. Aber ich wünsche mir, daß ich, wenn ich in dein Alter komme, ein Glück habe, an das ich mich halten kann.«

»Mein Unglück schützt mich gegen das Leben«, sagte Ka. »Mach dir keine Sorgen um mich!«

»Wie schön! Du bist mir nicht böse, oder? Dein Gesicht hat etwas, was ich begreife, ich kann dir alles sagen, was mir in den Sinn kommt, auch den größten Unsinn. Wenn ich meinen Freunden so etwas sage, machen sie sich gleich über mich lustig.«

»Sogar Fazıl?«

»Fazıl ist anders. Er rächt mich an allen, die mir etwas Böses antun, und weiß auch, was ich denke. Jetzt sag du auch mal etwas. Der Kerl schaut zu uns her.«

»Welcher Kerl?« fragte Ka. Er blickte auf die Menge, die sich hinter den Sitzenden gebildet hatte: ein Mann mit einem birnenförmigen Kopf, zwei pickelige Jugendliche, ärmlich gekleidete Jungen mit gerunzelten Brauen – sie hatten sich jetzt alle der Bühne zugewendet; und einige schwankten, als seien sie betrunken.

»Heute abend bin ich nicht der einzige, der trinkt«, murmelte Ka.

»Die da trinken aus Unglück«, sagte Necip. »Aber Sie haben getrunken, um das Glück auszuhalten, das sich in Ihnen verborgen hält.«

Gegen Ende dieses Satzes begann die Menge plötzlich in Bewegung zu geraten. Ka war sich nicht sicher, Necip richtig verstanden zu haben. Aber im Innern seines Schädels war es trotz all des Lärms im Zuschauersaal so ruhig, als höre er sanfte Musik. Jemand winkte ihm zu – zwischen den Zuschauern gab es einige freie Plätze, die für die Künstler reserviert waren; ein Bühnenarbeiter vom Theater, halb zuvorkommend, halb Schlägertyp, geleitete Ka auf seinen Platz.

Was Ka in jener Nacht auf der Bühne sah, habe ich mir Jahre später auf Videobändern angeschaut, die ich dem Archiv des *Grenz-TV Kars* entnommen hatte. Es gab einen kurzen Sketch, der sich über die Reklame für ein Geldinstitut lustig machte; aber Ka war unfähig zu verstehen, was Satire und was Nachahmung war, weil er seit Jahren nicht mehr in der Türkei ferngesehen hatte. Trotzdem konnte er erschließen, daß der Mann, der in die Bank zum Geldeinzahlen ging, ein schicker Typ war, der unbedingt wie ein Westler erscheinen wollte. In manchen noch kleineren und abgelegeneren Städtchen als Kars spielte Sunay Zaims brechtisch-bachtinsche Theatertruppe das gleiche Stück in einer anstößigeren Variante in Teehäusern, in denen weder Frauen noch Vertreter des Staates auftauchten: aus dem schicken Modenarren, der da seine »Geldautomaten«-Karte erhielt, wurde eine regelrechte Tunte, die die Zuschauer zu Lachkrämpfen reizte. Daß in dem anderen Sketch der schnurrbärtige Mann in Frauenkleidern, der sich Schwarzglatz-Shampoo und Haarcreme auf den Kopf goß, Sunay Zaim selbst war, erkannte Ka erst im letzten Moment. Genauso als ob er so eine zornige arme Menge in den nur von Männern besuchten provinziellen Teehäusern eine »antikapitalistische Katharsis« durchleben lassen wollte, fluchte der Sunay in Frauenkleidern unflätig und tat dabei so, als stecke er sich die lange Schwarzglatz-Shampoo-Flasche in den Hintern. Später nahm Sunays Frau Funda Eser bei ihrer Parodie auf die Reklame einer beliebten Hartwurst die Wurst in die Hand, wog sie ein bißchen mit aufreizendem Lächeln, fragte: »Ist das Pferd oder Esel?«, und verließ dann eilig die Bühne, ohne es noch weiter zu treiben.

Danach kam Vural, der berühmte Torhüter der sechziger Jahre, auf die Bühne, erzählte, wie ihm die Engländer in einem Länderspiel in Istanbul elf Tore reingeschossen hatten, flocht die Affären ein, die er in derselben Zeit mit berühmten Schauspielerinnen hatte, und erzählte von getürkten Fußballspielen. Alle hörten sich das an und lachten voller Schadenfreude, aber auch voll Verständnis für das komische Ungenügen, das für die Türken typisch ist.

16

Der Ort, an dem Allah nicht ist

DAS BILD VOR NECIPS AUGEN UND KAS GEDICHT

Als Ka zwanzig Minuten später die Toilette am Ende des kühlen Flurs betrat, sah er sofort, daß Necip schon bei denen stand, die in die Pissoire pinkelten. Eine Weile warteten sie wie zwei Menschen, die sich gar nicht kennen, vor den verschlossenen Türen der Abteile im Hintergrund. Ka blickte auf das Relief einer Rose und ihrer Blätter, das an der hohen Decke des Klos angebracht war.

Als ein Abteil leer wurde, gingen sie hinein. Ka bemerkte, daß ein zahnloser alter Mann sie gesehen hatte. Nachdem Necip den Riegel innen zugeschoben hatte, sagte er: »Man hat uns nicht gesehen.« Freudig umarmte er Ka. Geschickt setzte er seinen Sportschuh auf einen Vorsprung in der Toilettenwand, schwang sich hoch, streckte die Hand aus und ergriff ein paar Umschläge auf dem Spülkasten. Er stieg auf den Boden zurück, pustete den Staub von den Umschlägen und reinigte sie sorgfältig.

»Ich möchte, daß du Kadife etwas erklärst, wenn du ihr diese Briefe gibst«, sagte er. »Ich habe lange darüber nachgedacht. Von dem Augenblick an, in dem sie sie liest, werde ich in diesem Leben keinerlei Hoffnung oder Erwartung mehr mit ihr verbinden. Ich möchte, daß du das Kadife ganz deutlich sagst.«

»Wenn sie in dem Moment, in dem sie von deiner Liebe erfährt, auch zur Kenntnis nehmen soll, daß du dir keinerlei Hoffnungen machst, warum benachrichtigst du sie dann?«

»Ich fürchte mich nicht vor dem Leben und meinen Leidenschaften, wie du das tust«, sagte Necip. Er hatte Angst, Ka traurig gemacht zu haben. »Diese Briefe sind die einzige Lösung, die ich habe: Ich kann nicht leben, ohne jemanden, eine Schönheit, leidenschaftlich zu lieben. Um glücklich zu sein, muß ich jemand anders lieben. Aber erst muß ich mir Kadife aus dem Sinn schlagen. Weißt du, welcher Liebe ich nach Kadife meine ganze Leidenschaft widmen werde?«

Er gab Ka die Briefe.

»Wen?« fragte Ka und steckte sie in seine Manteltasche.

»Allah.«

»Erzähl mir von dem Bild, das du vor Augen gehabt hast!«

»Mach erst das Fenster auf! Es stinkt schrecklich hier.«

Ka zerrte an dem eingerosteten Riegel und öffnete das Fensterchen der Toilette. Staunend schauten sie wie auf ein Wunder auf die langsam und lautlos fallenden Schneeflocken in der Dunkelheit.

»Wie schön das Universum ist«, flüsterte Necip.

Ka fragte: »Was ist deiner Meinung nach das schönste im Leben?«

Sie schwiegen. »Alles«, sagte dann Necip, als sei das ein Geheimnis.

»Aber macht uns das Leben nicht unglücklich?«

»Doch, aber das ist unsere Schuld, nicht die des Universums oder seines Schöpfers.«

»Erzähl mir von dem Bild, das du vor Augen gehabt hast!«

»Leg erst deine Hand auf meine Stirn und sage mir meine Zukunft voraus«, bat Necip. Er machte seine Augen weit auf, von denen eines in sechsundzwanzig Minuten zusammen mit seinem Gehirn zerfetzt werden sollte. »Ich möchte sehr lange und sehr intensiv leben; und ich weiß auch, daß ich viel Schönes erleben werde. Aber ich weiß nicht, wie ich in zwanzig Jahren denken werde; und das würde mich sehr interessieren.«

Ka legte die Fläche seiner rechten Hand auf die dünne Haut von Necips Stirn. »Oh, mein Gott!« Er zog die Hand kurz von der Schläfe zurück, als habe er etwas ganz Heißes berührt. »Hier ist viel los.«

»Sag es mir!«

»In zwanzig Jahren, also in der Zeit, in der du siebenunddreißig wirst, wirst du endlich erkannt haben, daß alles Schlechte in der Welt, also, daß die Armen so arm und unverständig, die Reichen so reich und gerissen sind, daß Grobheit, Gewalt und Herzlosigkeit, also alles, was in dir Todeswünsche und Schuldgefühle erweckt, daran liegt, daß ein jeder wie jeder andere denkt. Du wirst deshalb merken, daß an einem Ort, an dem jeder moralisch gut zu sein scheint und dabei verdummt und stirbt, du nur als ein schlechter und unmoralischer Mensch gut sein kannst. Aber du begreifst auch, daß das eine furchtbare Folge hat. Denn unter meiner zitternden Hand spüre ich auch jene Folge...«

»Was ist diese Folge?«

»Du bist außergewöhnlich klug und kennst sie schon heute. Und deswegen möchte ich, daß zuerst du es sagst.«

»Was denn?«

»Ich weiß auch, daß du das Schuldgefühl, von dem du sagst, daß du es wegen des Elends und Unglücks der Armen hast, eigentlich deswegen empfindest.«

»Gott bewahre, werde ich nicht an Gott glauben?« fragte Necip. »Dann sterbe ich.«

»Das wird nicht in einer Nacht geschehen, wie bei dem armen Direktor im Fahrstuhl. Es wird so langsam ablaufen, daß du es nicht einmal mitbekommst. Es wird sein wie bei dem Mann, der eines Morgens, als er zuviel Rakı getrunken hatte, begriff, daß er seit Jahren in der anderen Welt war, weil er so langsam gestorben war.«

»Bist du dieser Mann?«

Ka zog seine Hand von Necips Stirn zurück. »Im Gegenteil. Ich habe offenbar seit Jahren ganz allmählich begonnen, an Allah zu glauben. Das ist so langsam geschehen, daß ich es erst verstanden habe, als ich nach Kars gekommen bin. Deswegen bin ich hier glücklich und kann Gedichte schreiben.«

»Du scheinst mir jetzt so glücklich und klug zu sein«, sagte Necip, »daß ich dich das folgende fragen möchte: Kann der Mensch tatsächlich die Zukunft vorhersehen? Kann er, selbst wenn er sie nicht kennt, trotzdem daran glauben, daß er sie kennt und seinen Frieden finden? Ich möchte das in meinen ersten Science-fiction-Roman aufnehmen.«

»Manche Menschen können das...« antwortete Ka. »Der Eigentümer der *Grenzstadtzeitung*, Serdar Bey, schau, der hat schon längst geschrieben und in seiner Zeitung veröffentlicht, was heute abend geschehen wird.« Gemeinsam blickten sie in die Zeitung, die Ka aus seiner Tasche gezogen hatte. »... die Aufführungen wurden immer wieder von begeistertem Beifall und Applaus unterbrochen.«

»Das muß das sein, was man Glück nennt«, meinte Necip. »Wir wären die Dichter unseres eigenen Lebens, wenn wir erst in den Zeitungen schrieben, was uns geschehen wird, und dann staunend die schönen Dinge erlebten, die wir verfaßt haben. Die Zeitung berichtet, daß du dein neuestes Gedicht vorgetragen hast. Welches ist es?«

Jemand klopfte an die Tür der Toilette.

»Erzähl mir jetzt gleich von ›jenem Bild‹«, bat Ka.

»Jetzt werde ich es dir schildern«, sagte Necip. »Aber du wirst niemandem sagen, was du von mir gehört hast. Es gefällt ihnen nicht, daß ich mit dir so vertraut bin.«

»Ich werde es keinem sagen«, antwortete Ka. »Nun erzähl schon!«

»Ich liebe Allah sehr«, begann Necip erregt. »Manchmal frage ich mich unvermittelt, was wäre, wenn es – Gott behüte! – Allah nicht gäbe; und dann taucht vor meinem Auge ein Anblick auf, der mich erschreckt.«

»Ja.«

»Ich schaue auf diese Szenerie während der Nacht, in der Dunkelheit, aus einem Fenster hinaus. Draußen sind zwei weiße Mauern, hoch und ohne Fenster, wie die Mauern einer Burg. Wie zwei Burgen, die sich gegenüberstehen. Ich schaue furchtsam in den engen Abgrund zwischen ihnen, der sich als eine Art enge Gasse vor mir hinzieht. Die Gasse an dem Ort, an dem Allah nicht ist, ist wie in Kars schneebedeckt und schlammig, aber ihre Farbe ist lila. In der Mitte der Gasse ist etwas, das ›Halt!‹ zu mir sagt, aber ich schaue bis an das Ende der Gasse, an das Ende der Welt. Dort steht ein Baum, ein nackter Baum ohne Blätter. Weil ich ihn anschaue, beginnt er sich auf einmal zu röten und Feuer zu fangen. Dann kommt in mir ein Schuldgefühl auf, weil ich auf den Ort, an dem Allah nicht ist, neugierig war. Daraufhin nimmt der rote Baum wieder seine alte dunkle Farbe an. Obwohl ich mir vornehme, nicht noch einmal hinzuschauen, tue ich es wieder, und der einsame Baum am Ende der Welt beginnt wieder rot zu werden und zu brennen. Das geht so bis zum Morgen.«

»Warum erschreckt dich dieser Anblick so sehr?« fragte Ka.

»Weil ich manchmal unter der Einflüsterung des Teufels mir einfallen lasse, daß dieses Bild in diese Welt gehören könnte. Aber was da vor meinem Auge Gestalt annimmt, muß etwas sein, das ich mir vorstelle. Denn wenn es in diesem Universum einen Ort gäbe, der so ist, wie ich es beschreibe, dann bedeutete das, daß es – Gott behüte! – Allah nicht gibt. Da das nicht richtig sein kann, ist die einzig verbleibende Möglichkeit, daß ich nicht mehr an Gott glaube. Und das ist schlimmer als der Tod.«

»Ich verstehe«, sagte Ka.

»Ich habe in einem Konversationslexikon nachgeschlagen; das Wort ›Atheist‹ soll vom griechischen Wort ›athos‹ abstammen. Und dieses Wort bezeichnet anscheinend nicht jemanden, der nicht an Gott glaubt, sondern einen einsamen Menschen, den die Götter verlassen haben. Das zeigt, daß der Mensch in Kars nie Atheist sein kann. Denn Allah verläßt uns hier nicht, selbst wenn wir das wollten. Ein Mensch muß zunächst Westler sein, um Atheist werden zu können.«

»Ich wäre gerne Westler und gleichzeitig fähig zu glauben«, sagte Ka.

»Der Mensch, den Allah verlassen hat, ist einsam und verlassen, selbst wenn er jeden Abend ins Kaffeehaus geht, mit seinen Bekannten Witze macht und Karten spielt, wenn er jeden Tag in der Klasse mit seinen Kameraden etwas zu lachen hat und sich unterhält, wenn er alle seine Tage im Gespräch mit seinen Freunden verbringt.«

»Trotzdem kann wahre Liebe ein Trost sein«, sagte Ka.

»Aber diese Person muß dich so lieben wie du sie.«

Als wieder gegen die Tür gepocht wurde, umarmte Necip Ka, küßte ihn wie ein Kind auf die Wangen und ging hinaus. Ka sah, daß jemand draußen wartete, aber gerade in die zweite Toilette eilte. Er verriegelte die Klotür erneut und rauchte eine Zigarette, während er auf den märchenhaften Schnee blickte. Er spürte, daß er das Bild, von dem Necip erzählt hatte, wie ein Gedicht Wort für Wort im Gedächtnis behalten hatte und es, wenn niemand aus Porlock eintraf, in sein Gedichtheft eintragen könnte.

Der Mann, der aus Porlock eintrifft! Das war ein Thema, das wir in der Zeit der letzten Gymnasialklassen, als Ka und ich bis tief in die Nacht über Literatur diskutierten, wirklich liebten. Wie jeder weiß, der sich ein bißchen in englischer Literatur auskennt, beschreibt Coleridge am Anfang seines Gedichts »Kubla Khan«, das den Untertitel »Ein Traumbild, ein Fragment« trägt, wie er unter der Einwirkung eines Medikaments, das er einer Krankheit wegen einnehmen mußte (in Wirklichkeit hatte er zu seinem Vergnügen Opium geraucht), eingeschlafen war. Dabei hätten sich die Sätze aus dem Buch, das er vor seinem Einnicken gelesen hatte, in einem tiefen, wundervollen Traum geradezu verdinglicht und seien zu einem Gedicht geworden. Ein wunderbares Gedicht, das ohne jede mentale Anstrengung sozusagen von selbst entstanden sei. Mehr noch, Coleridge erinnert sich, sobald er erwacht, Wort für Wort an das ganze Gedicht. Er holt Papier, Feder und Tinte hervor und macht sich eifrig daran, in aller Eile Vers für Vers niederzuschreiben. Er hat die uns bekannten Zeilen des Gedichts vollendet, als es an die Tür klopft. Er steht auf und öffnet: Es ist jemand, der aus dem nahe gelegenen Städtchen Porlock wegen eines Darlehens gekommen ist. Als Coleridge den Mann abgewimmelt hat und an seinen Tisch zurückkehrt, wird ihm klar, daß er den Rest des Gedichts vergessen hat, nur noch seine Stimmung und einige einzelne Wörter sind geblieben.

Weil niemand aus Porlock kam und seine Konzentration störte, konnte sich Ka, als er auf die Bühne gerufen wurde, immer noch an sein Gedicht erinnern. Er war höher gewachsen als alle anderen auf der Bühne, und durch seinen aschgrauen deutschen Mantel hob er sich von allen ab.

Der Lärm im Zuschauerraum hörte plötzlich auf. Aufgehetzte Studenten, Arbeitslose, Menschen ohne einen Platz im Leben und islamistische Protestierer schwiegen, weil sie nicht wußten, worüber sie lachen oder sich aufregen sollten. Die höheren Beamten, die Polizisten, die Ka den ganzen Tag lang beschattet hatten, der stellvertretende Gouverneur, der stellvertretende Polizeipräsident und die Lehrer in den vorderen Reihen wußten, daß er ein Dichter war. Den dürren Moderator hatte die Stille verschreckt. Er stellte Ka eine Frage, die aus den Kulturprogrammen im Fernsehen stammte: »Sie

sind Dichter, Sie schreiben Gedichte. Ist es schwierig zu dichten?«
Am Ende dieses kurzen, gequälten Dialogs, den ich, jedesmal wenn
ich mir die Videokassette anschaue, am liebsten vergessen möchte,
wußten die Zuschauer im Theater nicht, ob es leicht oder schwierig
ist, ein Gedicht zu schreiben, sondern nur, daß Ka aus Deutschland
gekommen war.

»Wie finden Sie unser schönes Kars?« fragte ihn der Moderator
dann.

Nach einem unentschlossenen Zögern antwortete Ka: »Sehr schön,
sehr arm, sehr traurig.«

Darüber lachten zwei Schüler von der Vorbeter- und Predigerschule in den hinteren Reihen. »Was arm ist, ist deine Seele«, rief ein
anderer. Sechs oder sieben andere wurden dadurch ermutigt, aufzu-
springen und loszubrüllen. Die Hälfte machte sich über ihn lustig;
was die andere Hälfte sagte, konnte niemand verstehen. Als ich später nach Kars kam, hat mir Turgut Bey erzählt, daß Hande bei diesem
Wort vor dem Fernseher zu weinen begonnen hatte. Der Moderator
sagte: »Sie repräsentieren die türkische Literatur in Deutschland.«

»Er soll sagen, warum er hierhergekommen ist«, rief einer dazwischen.

»Ich bin gekommen, weil ich sehr unglücklich war«, sagte Ka.
»Hier bin ich glücklicher. Bitte hören Sie zu, ich trage jetzt mein Gedicht vor!«

Nach einem Moment der Verwirrung und des Geschreis begann
Ka mit dem Vortrag seines Gedichtes. Als ich nach Jahren die Videoaufzeichnung in die Hand bekam, habe ich meinen Freund mit
Bewunderung und Liebe betrachtet. Ich sah ihn zum erstenmal vor
einer Menge ein Gedicht vortragen. Er arbeitete sich überlegt vorwärts, wie einer, der aufmerksam und gemessen vor sich hin schreitet. Wie weit war er von jeder Künstelei entfernt! Außer einem zwei-
maligen, gleichsam erinnernden Stocken trug er sein Gedicht ohne
Unterbrechung vor.

Necip erkannte, daß das Gedicht inspiriert war von der »Szenerie«,
die er selbst soeben beschrieben hatte, daß Wort für Wort darin eingegangen war, was sie über den »Ort, an dem Allah nicht ist« gesagt

hatten. Er erhob sich wie verzaubert von dem Platz, auf dem er saß, aber Ka veränderte sein Tempo nicht, das an das Fallen des Schnees erinnerte. Applaus von ein oder zwei Plätzen war zu hören. Einer aus den hinteren Reihen stand auf und begann etwas zu rufen, andere folgten seinem Beispiel. Es war nicht klar, ob sie den Gedichtversen antworteten oder ihrer Bedrückung Luft machten. Wenn man von seiner vor einem grünen Hintergrund fallenden Silhouette absieht, sollten das die letzten Bilder sein, die ich von meinem Freund, den ich seit siebenundzwanzig Jahren kannte, zu sehen bekam.

17

»Vaterland oder Turban«

EIN STÜCK ÜBER EIN MÄDCHEN,
DAS SEINEN SCHLEIER VERBRANNTE

Nach Kas Gedicht führte der Moderator mit überzogenen Gesten und umständlichen Worten in das Stück ein, das nun als Höhepunkt des Abends aufgeführt werden sollte: *Vaterland oder Turban*.

Von den hinteren und mittleren Reihen, auf denen die Schüler von der Vorbeter- und Predigerschule saßen, waren einige Proteste, ein, zwei Pfiffe und ein paar Buhrufe zu hören, dazu ein bißchen zustimmender Applaus von den Beamten auf den vorderen Reihen. Die Menge im überfüllten Zuschauerraum schließlich wartete neugierig und respektvoll zugleich auf das, was geschehen sollte. Die harmlosen Sketche, die die Theatertruppe zuvor gezeigt hatte, Funda Esers anzügliche Reklameparodien, ihr Bauchtanz an allen passenden und unpassenden Stellen, ihre und Sunay Zaims Darstellung einer ehemaligen Ministerpräsidentin und ihres korrupten Ehemanns hatte den Zuschauern nicht wie den Beamten den Spaß an der Aufführung verdorben, sondern sie im Gegenteil unterhalten.

Auch *Vaterland oder Turban* amüsierte die Menge, aber die Zwischenrufe der Schüler von der Vorbeter- und Predigerschule, ihr ständiges lautes Reden waren lästig. Oft verstand man die Dialoge auf der Bühne gar nicht. Aber dieses zwanzigminütige primitive und »altmodische« Stück hatte eine derart klare dramatische Struktur, daß auch ein Taubstummer alles verstanden hätte.

1. Eine in einen tiefschwarzen Tschador gehüllte Frau ging auf der Straße, redete mit sich selbst und dachte nach. Aus irgendeinem Grund war sie unglücklich.

2. Die Frau zog ihren Schleier aus und erklärte sich für frei. Jetzt war sie ohne Schleier und glücklich.

3. Ihre Familie, ihr Verlobter und muslimische Männer mit Bart sprachen sich aus verschiedenen Gründen gegen diese Freiheit aus und versuchten, die Frau wieder mit dem Schleier zu bekleiden. Daraufhin verbrannte die Frau in einem Augenblick des Zorns ihren Schleier.

4. Diesem Aufstand begegneten die Fanatiker mit dem rundgeschnittenen Vollbart, ihre Gebetskettchen immer in der Hand, gewaltsam; gerade waren sie dabei, die Frau, die sie an ihren Haaren zerrten, umzubringen...

5. ... da retteten sie die jugendlichen Soldaten der Republik.

Dieses kurze Theaterstück war von der Mitte der dreißiger Jahre bis in den Zweiten Weltkrieg mit Unterstützung des westlich orientierten Staates, der die Frauen von Schleier und religiösem Druck fernhalten wollte, immer wieder an den Oberschulen und Volkshäusern Anatoliens aufgeführt worden und war dann nach der Einführung der Demokratie 1950 vergessen worden, als die Energie der kemalistischen Revolution erlahmte. Funda Eser, die die Rolle der verschleierten Frau spielte, erzählte mir Jahre später in einem Synchronstudio in Istanbul, sie sei stolz, daß ihre Mutter 1948 die gleiche Rolle im Gymnasium von Kütahya gespielt habe, daß sie selber leider wegen der Ereignisse in Kars das gleiche Glück nicht habe erleben können, auch wenn sie es verdient hätte. Obwohl sie in einem Zustand war, der von Drogen ausgelaugten, erschöpften und niedergeschlagenen Bühnenkünstlern oft eigen ist und in dem sie sich an nichts erinnern wollte, bedrängte ich sie, mir von dieser Nacht zu berichten, wie sie sie erlebt hatte. Weil ich auch mit zahlreichen weiteren Zeugen dieses Abends gesprochen habe, kann ich ins Detail gehen:

Während der ersten Szene waren die Zuschauer aus Kars verwirrt. Sie waren wegen des Titels *Vaterland oder Turban* auf ein aktuelles politisches Stück gefaßt, aber bis auf ein, zwei Greise, die sich noch an das alte Stück erinnerten, erwartete niemand eine Frau im Tschador. Für die große Mehrzahl war der »Turban«, das Kopftuch, Symbol der Anhänger des politischen Islams. Als eine geheimnisvolle Frau im Schleier so entschlossen einherschritt, waren zahlreiche Zuschauer von dem selbstbewußten, ja stolzen Gang beeindruckt. Sogar »radikale« Beamte, die nichts von religiöser Kleidung hielten, hatten Respekt vor ihr. Ein aufgeweckter Junge von der Vorbeter- und Predigerschule, der ahnte, wer sich unter dem Schleier verbarg, fing zu lachen an, was die in den vorderen Reihen provozierte.

Als im zweiten Bild die Frau im Schleier den Schritt zu Aufklärung und Freiheit vollzog und begann, ihre schwarzen Hüllen abzulegen, da erschraken zunächst einmal alle. Wir können das so erklären, daß sogar die prowestlichen Säkularisten sich vor den Folgen ihrer eigenen Überzeugungen fürchteten. Im Grunde waren sie seit langem damit einverstanden, daß in Kars alles blieb, wie es war, weil sie vor den politischen Islamisten so große Angst hatten. Sie dachten nicht im mindesten daran, wie in den frühen Jahren der Republik verschleierte Frauen mit staatlichem Druck zu entschleiern; sie dachten bloß: Hauptsache, daß die ohne Schleier nicht aus Furcht vor den Islamisten und auf ihren Druck hin wie im Iran den Schleier anlegen müssen.

»Eigentlich sind alle diese Kemalisten in den vorderen Reihen keine Kemalisten, sondern Feiglinge«, sagte Turgut Bey später zu Ka. Jeder fürchtete sich davor, daß die demonstrative Selbstentkleidung einer verschleierten Frau auf der Bühne nicht nur die Islamisten, sondern auch die Arbeitslosen und Proleten im Publikum in Wallung bringen würde. Trotzdem stand gerade nun ein Lehrer, der weiter vorne saß, auf und begann Funda Eser, die mit eleganten und entschlossenen Bewegungen ihren Schleier ablegte, zu applaudieren. Allerdings meinten manche, es habe sich bei diesem Applaus nicht um die politische Aktion eines Modernisten gehandelt, sondern die nackten runden Arme und das schöne Dekolleté der Frau hätten ihm den vom Alkohol ohnehin benebelten Kopf verdreht. Dieser einsame, arme Lehrer erhielt eine wütende Antwort von einer Handvoll Jugendlicher in den hinteren Reihen.

Auch die Republikaner in den vorderen Reihen waren von der Situation nicht angetan. Sie waren irritiert, weil hinter dem Schleier kein bebrilltes, anständiges Bauernmädchen auftauchte, dem man den Idealismus vom Gesicht ablas und das vor allem studieren wollte, sondern Funda Eser, eine frivole Bauchtänzerin. Bedeutete das, daß nur Nutten und völlig unmoralische Frauen den Schleier ablegten? Dann war dies eine islamistische Botschaft! In den vorderen Reihen hörte man, wie der stellvertretende Gouverneur rief: »Das ist falsch, ganz falsch!« Daß auch andere, vielleicht aus Speichelleckerei, ihm zustimmten, beeindruckte Funda Eser kaum. Während die vorderen Reihen mit Respekt und Sorge verfolgten, wie die aufgeklärte Tochter der Republik ihre Selbstbestimmung verteidigte, hörte man ein oder zwei Drohungen aus der Menge der Jugendlichen von der Vorbeter- und Predigerschule, aber das erschreckte niemanden. Der stellvertretende Gouverneur, der eifrige und mutige stellvertretende Polizeipräsident Kasım Bey, der seinerzeit die PKK mit Stumpf und Stiel ausgerottet hatte, die anderen führenden Beamten, der Provinzdirektor des Katasteramtes, der Kulturdirektor, dessen Aufgabe darin bestand, kurdische Musikkassetten beschlagnahmen zu lassen und nach Ankara zu schicken (er war mit Frau, zwei Töchtern, vier Söhnen und drei Neffen, die er Krawatten hatte anlegen lassen, gekommen), die Offiziere in Zivil mit ihren Gattinnen in den vorderen Reihen hatten keinerlei Furcht vor dem Lärm, den einige Jugendliche von der Vorbeter- und Predigerschule machten, die nicht wußten, was sich für sie gehörte. Außerdem vertrauten sie den überall im Zuschauerraum verteilten Zivilpolizisten, den Uniformierten an den Wänden und den angeblich hinter der Bühne bereitstehenden Soldaten. Noch wichtiger: daß der Abend live im Fernsehen übertragen wurde, hatte in ihnen das Gefühl geweckt, daß die ganze Türkei und Ankara ihnen zusah, auch wenn es sich nur um einen lokalen Sender handelte. Schon das ließ die Gewöhnlichkeit, die politische Agitation und den Unsinn auf der Bühne verfeinerter und bezaubernder aussehen, als sie waren. Es gab Leute, die sich alle Augenblicke umdrehten, um zu überprüfen, ob die Kamera noch lief, andere, die aus dem Hintergrund winkten, und solche, die mit dem Gedanken: »O Gott, man sieht uns zu« ganz unbeweglich auf ihrem Platz in der entferntesten Ecke des Raums saßen. Daß der Abend vom Lokalfernsehen übertragen wurde, hatte bei vielen Bewohnern von Kars nicht den Wunsch geweckt, zu Hause zu sitzen und das Geschehen auf der Bühne im Fernsehen zu verfolgen, sondern zum Theater zu laufen und zuzusehen, wie die Leute vom Fernsehen »drehten«.

Funda Eser hatte ihren Schleier, den sie gerade abgelegt hatte, wie Wäsche in eine Kupferschüssel auf der Bühne gelegt, darüber Benzin gegossen, als sei es Fleckenwasser, und begonnen, ihn sorgfältig einzureiben. Weil sie das Benzin in eine Flasche von »Akıfs Fleckenwasser« gefüllt hatte, das zu dieser Zeit die Hausfrauen in Kars besonders viel verwendeten, glaubte nicht nur der ganze Zuschauerraum, sondern ganz Kars, daß das aufrührerische freie Mädchen seine Pläne geändert habe und nun brav seinen Schleier walkte. Seltsamerweise erleichterte das jeden.

»Wasch ihn, Mädel, reib ihn richtig ein!« rief jemand von den hinteren Reihen. Es gab Gelächter. Nur die Beamten vorne waren verstimmt. »Und wo bleibt das Omo?« rief jemand anderes.

Das waren welche von der Schule für Vorbeter und Prediger, und man war ihnen nicht besonders böse, weil sie die Zuschauer zwar störten, aber auch zum Lachen brachten. Die Mehrheit im Zuschauerraum wollte ebenso wie die Staatsbeamten, daß dieses altmodische, jakobinisch provozierende politische Stück überstanden würde, ohne daß es zu einem Skandal kam. Eine ganze Menge Leute, mit denen ich Jahre später gesprochen habe, sagten mir, das gleiche Gefühl hätten sie auch gehabt: Vom Beamten bis zum armen kurdischen Schüler hätten die meisten Leute aus Kars an diesem Abend im Volkstheater etwas anderes erleben und sich ein wenig amüsieren wollen, wie man das im Theater tut. Möglicherweise hatten einige Schüler von der Schule für Vorbeter und Prediger die Absicht, den Abend zu verderben; aber bis zu diesem Augenblick fürchtete man sich nicht besonders vor ihnen.

Funda Eser dehnte die Szene aus wie eine Hausfrau, die das Waschen zu einem Hobby gemacht hat, wie wir sie in der Werbung oft zu sehen bekommen. Als sie soweit war, zog sie den feuchten schwarzen Schleier aus dem Becken, öffnete ihn wie eine Fahne, als wolle sie ihn auf die Leine hängen, und zeigte ihn den Zuschauern.

Unter den verblüfften Blicken der Menge, die versuchte zu begreifen, was als nächstes passieren würde, zündete sie mit einem Feuerzeug, das sie aus ihrer Rocktasche gezogen hatte, den Schleier an einem Ende an. Einen Moment lang wurde es still. Man hörte den Atem der Flammen, die den Schleier explosionsartig ergriffen. Der ganze Raum wurde von einem eigenartigen, erschreckenden Licht erfüllt.

Eine ganze Menge Leute sprangen entsetzt auf.

Niemand hatte das erwartet. Selbst die kompromißlosesten Säkularisten waren erschrocken. Einige hatten Angst, die über hundert Jahre alten Bretter der Bühne oder die verdreckten und geflickten Samtvorhänge, die noch aus den reichsten Jahren von Kars stammten, würden Feuer fangen, als die Frau den brennenden Schleier auf den Boden warf. Aber die Mehrheit im Zuschauerraum war entsetzt, weil sie ganz richtig fühlte, daß ein Damm gebrochen war. Nun konnte alles geschehen.

Von den Schülern der Vorbeter- und Predigerschule war ein Dröhnen zu hören, eine Explosion von Lärm. Buhrufe, Protestschreie, wütende Pfiffe waren herauszuhören.

»Gottlose Feinde der Religion!« schrie einer. »Atheisten! Ungläubige!«

In den vorderen Reihen war man immer noch fassungslos. Zwar stand wieder der gleiche einsame und mutige Lehrer auf und rief: »Seid still! Schaut zu!«, doch niemand hörte auf ihn. Als klar wurde, daß die Buhrufe, Schreie und Sprechchöre sich nicht beruhigen, daß die Ereignisse sich auswachsen würden, wehte Entsetzen wie ein Wind durch die Reihen. Dr. Nevzat, der Direktor des Gesundheitsamtes, hieß seine Söhne, die Jackett und Krawatte angezogen hatten, seine Tochter mit ihren geflochtenen Haaren und seine Frau, die das beste Stück ihrer Garderobe, ein smaragdfarbenes Abendkleid aus Krepp, angelegt hatte, sofort aufstehen und zog sie zum Ausgang. Der Lederhändler Sadık Bey, einer der alten Reichen von Kars, der aus Ankara gekommen war, um sich um seine Geschäfte in der Stadt zu kümmern, und sein Freund aus der Zeit der Grundschule, der Rechtsanwalt Sabit Bey von der Republikanischen Volkspartei, standen gemeinsam auf. Ka sah, daß in den vorderen Reihen die Angst ausgebrochen war, blieb aber unentschlossen auf seinem Sitz hocken: Er überlegte, ob er aufstehen sollte, aber weniger wegen des sich entfaltenden Geschehens als vielmehr, weil er fürchtete, daß er das Gedicht in seinem Kopf, das er noch nicht in sein grünes Heft geschrieben hatte, wegen des Lärms vergessen könnte. In diesem Augenblick ging Recai Bey, der Direktor der staatlichen Telefongesellschaft, der wegen seiner Bildung und seiner Integrität in ganz Kars geachtet war, auf die von Rauch erfüllte Bühne zu.

»Mein liebes Kind«, rief er hinauf, »uns allen hat Ihr kemalistisches Stück sehr gut gefallen. Aber laß es jetzt gut sein! Schauen Sie, alle sind ganz unruhig, und das Volk wird außer Rand und Band geraten.«

Die Flammen waren rasch erloschen. Funda Eser trug nun, umwirbelt von Rauch, den Monolog vor, den ganzen Stolz des Verfassers von *Vaterland oder Schleier*, dessen vollständigen Text ich unter den Veröffentlichungen der Volkshäuser von 1936 finden sollte. Der Autor von *Vaterland oder Schleier*, den ich vier Jahre nach den Geschehnissen zweiundneunzigjährig und immer noch rüstig in Istanbul antraf, erzählte mir, daß in den dreißiger Jahren die Gymnasiastinnen und Beamtinnen an dieser Stelle seines ebenso wie seine anderen Werke (*Atatürk kommt, Atatürk-Stücke für Gymnasien, Erinnerungen an Ihn* usw.) leider jetzt vergessenen Stücks (er wußte nichts von der Aufführung in Kars und den Ereignissen) sich erhoben und unter Tränen applaudiert hätten, während er gleichzeitig seine ungezogenen Enkel (genaugenommen seine Urenkel) ausschimpfte, die auf ihm herumkletterten.

Jetzt dagegen hörte man nichts anderes als die Buhrufe, Drohungen und Wutschreie der Schüler von der Vorbeter- und Predigerschule. Trotz der schuldbewußten und furchtsamen Stille im vorderen Teil des Zuschauerraums konnten nur ganz wenige Leute Funda Esers Worte hören. Warum das zornige Mädchen seinen Schleier abgeworfen hatte, daß das Wesen nicht nur der Menschen, sondern auch der Völker nicht in ihrer Kleidung, sondern in ihrem Geist beschlossen liege und daß es nun darum gehe, sich von Schleier, Kopftuch, Fes und Turban, den Verdunklern unserer Seele und Symbolen der Unterentwicklung, zu befreien, um nach Europa an die Seite der modernen Nationen zu treten – diese Darlegungen wurden vielleicht kaum verstanden, wohl aber hörte man die wütende Antwort von den hinteren Reihen im ganzen Raum.

»Renn doch nackt in dein Europa, splitterfasernackt!«

Sogar aus dem vorderen Teil des Raums waren Lacher und zustimmender Applaus zu hören. Das enttäuschte und erschreckte mehr als alles andere die in den ersten Reihen. Wie viele andere stand auch Ka zu diesem Zeitpunkt auf. Alles rief durcheinander, die hinteren Reihen schrien voller Erregung, manche versuchten, sich auf dem Weg zum Ausgang umzusehen, und Funda Eser trug immer noch ihr Gedicht vor, dem nur wenige zuhörten.

18

Schießt nicht, die Gewehre sind geladen!

DIE REVOLUTION AUF DER BÜHNE

Dann geschah alles ganz schnell. Auf der Bühne erschienen zwei religiöse Fanatiker mit Vollbart und Käppchen. Sie hatten einen Strick und Messer in der Hand, und ihre ganze Erscheinung ließ erkennen, daß sie Funda Eser bestrafen wollten, die mit dem Ablegen und der Verbrennung des Schleiers Allahs Gebot getrotzt hatte.

Als Funda Eser ihnen in die Hände fiel, wand sie sich mit aufreizenden, lasziven Bewegungen.

Eigentlich benahm sie sich nicht wie eine Heldin der Aufklärung, sondern wie eine »Frau, die entehrt werden wird«, wie sie sie so häufig bei den durch die Provinz tourenden Theatertruppen gegeben hatte. Sie beugte den Hals wie ein Opferlamm und appellierte mit flehenden Blicken an die männlichen Zuschauer, erregte sie damit aber nicht so stark wie erwartet. Einer der vollbärtigen Fanatiker (der Vater von vorhin hatte sich ungeschickt umgeschminkt) hatte sie an den Haaren gezogen, so daß sie der Länge nach auf den Boden fiel; der andere hielt seinen Dolch an ihren Hals in einer Pose, die an Renaissancegemälde erinnerte, auf denen die Opferung Isaaks dargestellt war. In dieses ganze Tableau war viel von den Schreckensvorstellungen von einem reaktionären und religiösen Aufstand eingegangen, die in den ersten Jahren der Republik unter den westlich orientierten Intellektuellen und Beamten verbreitet gewesen waren. Zunächst hatten sich die älteren Beamten in den ersten Reihen und die konservativen alten Leute hinten richtig erschreckt.

Funda Eser und die beiden »Fundamentalisten« hielten ganze achtzehn Sekunden regungslos still, ohne ihre Pose zu verändern. Weil die Menge im Zuschauerraum in dieser Zeit zu rasen begann, haben mir später zahlreiche Leute aus Kars erzählt, daß die drei sehr viel länger so dagestanden hätten. Was die Schüler von der Vorbeter- und Predigerschule so wütend machte, waren nicht nur die Häßlich- keit und die Bosheit der »religiösen Fanatiker« auf der Bühne, die Tat- sache, daß sie bloße Karikaturen waren und daß statt der Sorgen von Kopftuchträgerinnen die Probleme einer Frau, die den Schleier ab- legte, dargestellt wurden. Sie spürten auch, daß das ganze Stück eine gewagte Provokation war. Sie begriffen, daß sie nur noch mehr in die ihnen gestellte Falle gingen, wenn sie durch lautes Geschrei oder das Schleudern von Gegenständen auf die Bühne – eine halbe Orange, ein Kissen – ihren Zorn zeigten; und das machte sie in all ihrer Hilf- losigkeit noch zorniger. Deswegen versuchte derjenige mit der größ- ten politischen Erfahrung unter ihnen, der kurzgewachsene, breit- schultrige Abdurrahman Öz aus der Abschlußklasse (sein Vater, der drei Tage später aus Sivas kam, um die Leiche seines Sohnes abzu- holen, gab einen anderen Namen als seinen eigentlichen an), seine Freunde zu beruhigen und zum Schweigen zu bringen; aber er hatte nicht den geringsten Erfolg. Der Applaus und die Buhrufe aus ande- ren Ecken des Raumes hatte die wütenden Schüler nun richtig mutig gemacht. Noch bedeutsamer war: Die jungen Islamisten von Kars, die im Vergleich zu den Gesinnungsgenossen in den Nachbarprovinzen noch nicht sehr erfolgreich gewesen waren, hatten an diesem Abend zum erstenmal couragiert und einmütig ihre Stimme erhoben. Sie hatten staunend und glücklich erlebt, daß sie die staatlichen Würden- träger und die Militärs in den ersten Reihen das Fürchten lehren konnten. Sie konnten es nicht lassen, diese Demonstration ihrer Macht auszukosten, wo doch das Fernsehen das Ereignis der ganzen Stadt vorführte. So geriet später in Vergessenheit, daß dieser heftig anschwellende Lärm einen Grund auch im Wunsch nach Unterhal- tung hatte. Weil ich das Videoband wiederholt angeschaut habe, habe ich gesehen, wie manche Schüler noch bei ihren Sprechchören und Verwünschungen lachten und daß der Applaus und die Buhrufe, die sie ermutigten, von ganz normalen Leuten kamen, die sich am Ende eines unverständlichen Theaterabends etwas amüsieren und auch ein bißchen zeigen wollten, daß sie sich gelangweilt hatten.

»Wenn die vorderen Reihen diesen blinden Lärm nicht so ernst genommen hätten und ruhig geblieben wären, wäre nichts von dem geschehen, was dann passierte«, habe ich Leute sagen hören, und andere erklärten, daß »die hohen Beamten und reichen Leute, die während dieser achtzehn Sekunden voller Hektik aufgestanden sind, ohnehin wußten, was geschehen würde, daß sie deswegen ihre Familien genommen haben und aufgebrochen sind und daß das alles in Ankara geplant worden ist«.

Ka hatte entsetzt begriffen, daß er in dem ganzen Lärm dabei war, das Gedicht in seinem Kopf zu vergessen, und hatte den Zuschauerraum verlassen. Im gleichen Moment erschien der erwartete Retter auf der Bühne, der Funda Eser von den vollbärtigen »Reaktionären« befreien würde: Es war Sunay Zaim. Er trug eine Pelzmütze von der Art, wie sie Atatürk und die Helden des Befreiungskrieges getragen hatten, und eine Uniform aus den dreißiger Jahren. Sobald er mit festen Schritten (ohne nur im geringsten erkennen zu lassen, daß er leicht hinkte) die Bühne betreten hatte, warfen sich die beiden »Reaktionäre« voller Furcht auf den Boden. Derselbe einsame alte Lehrer stand auf und applaudierte Sunay Zaim heftig. »Er lebe hoch! Hurra!« schrien ein, zwei Leute. Als ein grelles Licht sich über ihn ergoß, erschien Sunay Zaim allen Leuten aus Kars wie ein Wunder, das aus einer anderen Welt gekommen war.

Jedermann fiel auf, wie schön und erleuchtet er war. Jene harte, entschiedene und tragische Ausstrahlung, jene zerbrechliche, ja sogar leicht feminine Schönheit, die ihn durch die siebziger Jahre hindurch in den Rollen Che Guevaras, Robespierres und des revolutionären Enver Pascha für linke Studenten so anziehend gemacht hatte, war bei den zermürbenden Tourneen durch Anatolien, die seinen linken Fuß dauerhaft geschädigt hatten, noch nicht völlig verschwunden. Er führte den Zeigefinger seiner mit einem weißen Handschuh bekleideten Rechten nicht an die Lippen, sondern in einer eleganten Bewegung unter sein Kinn und sagte: »Schweigen Sie!«

Dieser Satz, der nicht im Text stand, war nicht nötig, denn im Zuschauerraum herrschte ohnehin Schweigen. Wer stand, setzte sich sofort und hörte etwas anderes.

»Unter Schmerzen!«

Dieser Satz war offenbar nur halb gesprochen worden, denn keiner verstand, wer denn da Schmerzen leiden sollte. Früher wäre einem bei dieser Äußerung das Volk oder die Nation eingefallen, jetzt aber begriffen die Leute aus Kars nicht, ob nun die Dinge, die sie die ganze Nacht über angesehen hatten, sie selbst, Funda Eser oder die Republik unter Schmerzen litten. Trotzdem war das Gefühl, das von dieser Bemerkung ausgelöst wurde, richtig: Der ganze Zuschauerraum versank in betretenes Schweigen, in das sich Furcht mischte.

»Ehrenvolle, heilige türkische Nation«, sprach Sunay Zaim. »Keiner kann dich auf der großen und edlen Fahrt aufhalten, zu der du auf dem Wege der Aufklärung aufgebrochen bist. Sei unbesorgt! Reaktionäre, Geschmeiß, spinnwebverhangene Köpfe können den Lauf der Geschichte nicht aufhalten. Hände, die sich feindlich gegen die Republik, die Freiheit, den Fortschritt recken, werden gebrochen werden!«

Nur die spöttische Antwort eines tollkühnen aufgeregten Freunds von Necip, der zwei Sitze von ihm entfernt saß, war noch einigermaßen zu hören. Sonst herrschte im Zuschauerraum eine tiefe Stille, eine Mischung von Bewunderung und Angst. Jeder saß unbeweglich wie eine Wachsfigur und erwartete, daß der Retter, der die bedrükkende Vorstellung mit Sinn füllen sollte, einige gütig-strenge Worte, ein, zwei Geschichten voller Weisheit zum besten geben würde, über die man abends zu Hause sprechen könnte, als der Redner verstummte. In demselben Moment tauchte auf beiden Seiten des Vorhangs jeweils ein Soldat auf. Gleich darauf stießen noch drei weitere zu ihnen, die durch den rückwärtigen Eingang hereingekommen waren und durch die Stuhlreihen hindurch auf die Bühne stiegen. Daß die Schauspieler wie in modernen Stücken zwischen den Zuschauern herumliefen, erschreckte die Leute von Kars zuerst, dann amüsierte es sie. In diesem Augenblick erkannten die Zuschauer einen bebrillten Botenjungen, der auf die Bühne gerannt kam, und belachten ihn freundlich. Das war doch Brille, der pfiffige, liebenswerte Neffe des größten Zeitungshändlers der Stadt, den ganz Kars kannte, weil er jeden Tag auf den Laden aufpaßte! Er trat auf Sunay Zaim zu, und als der sich niederbeugte, flüsterte er ihm etwas ins Ohr. Ganz Kars sah, daß Sunay Zaim tief betroffen war von dem, was er da hörte.

»Wir haben erfahren, daß der Direktor der Pädagogischen Hochschule im Krankenhaus verstorben ist«, sagte Sunay Zaim. »Dieser feige Mord wird der letzte Angriff auf die Republik, den Säkularismus und die Zukunft der Türkei gewesen sein!«

Noch bevor die Zuschauer diese schlechte Nachricht hatten verdauen können, nahmen die Soldaten auf der Bühne ihre Gewehre von den Schultern, luden sie durch und richteten sie auf die Menge. Sogleich feuerte jeder von ihnen einen Schuß ab, was großen Lärm machte.

Man hätte dies für eine spielerische Inszenierung des Schreckens halten können oder auch für ein Zeichen, das von der Phantasiewelt des Stücks auf die bittere Nachricht aus dem wirklichen Leben verwies. Die Leute aus Kars mit ihrer begrenzten Theatererfahrung hatten das Gefühl, daß es sich um eine modische Neuerung der Inszenierung westlichen Ursprungs handelte.

Trotzdem kam es zu einer heftigen Bewegung, einer Erschütterung aus den Reihen der Zuschauer. Diejenigen, die sich vor dem Waffenlärm gefürchtet hatten, schlossen daraus, daß auch andere Angst bekommen hatten. Ein oder zwei Personen machten Anstalten aufzustehen, die vollbärtigen »Reaktionäre« auf der Bühne duckten sich noch tiefer.

»Keiner bewegt sich!« rief Sunay Zaim.

In dem Moment luden die Soldaten ihre Gewehre erneut durch und zielten wieder auf das Publikum. Da stand der kurzgewachsene mutige Schüler auf, der zwei Sitze von Necip entfernt saß, und skandierte: »Tod den gottlosen Säkularisten, Tod den ungläubigen Faschisten!«

Wieder feuerten die Soldaten ihre Gewehre ab.

Zugleich mit dem Knall der Schüsse ging erneut eine Welle von Erschütterung und Angst durch den Zuschauerraum.

Gleich darauf sahen die in den hinteren Sitzreihen, daß der Schüler, der eben noch die Parole gerufen hatte, auf seinem Sitz zusammensackte, genauso schnell wieder aufstand und unkontrollierte

Armbewegungen machte. Darüber und über seinen von einer noch komischeren Bewegung begleiteten Fall zwischen die Sitzreihen, der dem eines wirklich Toten glich, lachten einige, die sich schon den ganzen Abend über die Flegeleien und seltsamen Aktionen der Schüler von der Vorbeter- und Predigerschule amüsiert hatten.

Erst nach der dritten Salve merkten manche Zuschauer, daß tatsächlich auf sie geschossen wurde. Denn man hörte, anders als bei Schüssen mit Platzpatronen, nicht nur mit dem Ohr, sondern auch mit dem Magen, wie in den Nächten, in denen Soldaten auf den Straßen Terroristen verfolgten. Aus dem riesigen Schamottofen deutscher Produktion, der seit vierundvierzig Jahren den Zuschauerraum heizte, kam ein seltsamer Laut, und weil ein Zinnrohr durchlöchert worden war, zischte Rauch heraus wie Dampf aus der Tülle eines Kännchens zum Teekochen. Nun nahm man auch den blutverschmierten Kopf eines Mannes wahr, der in einer der mittleren Reihen aufgestanden und auf die Bühne zugegangen war, und auch den Pulvergeruch. Der Ausbruch einer Panik stand bevor, aber viele im Raum waren immer noch still und bewegungslos wie Götzenbilder. Ein Gefühl von Verlassenheit hatte alle ergriffen, wie man es in Angstträumen hat. Trotzdem stand die Literaturlehrerin Nuriye Hanım, die es sich zur Gewohnheit gemacht hatte, auf jeder Fahrt nach Ankara alle Aufführungen des Staatstheaters zu besuchen, zum erstenmal von ihrem Platz in den vorderen Reihen auf und begann aus Begeisterung für den Realismus der Theatereffekte den Leuten auf der Bühne zu applaudieren. Etwa zum gleichen Zeitpunkt stand auch Necip auf, wie ein aufgeregter Schüler, der drangenommen werden möchte.

Gleich darauf feuerten die Soldaten ihre Gewehre zum viertenmal ab. Gemäß dem Bericht, den der zur Untersuchung der Vorfälle später aus Ankara abgesandte Major in wochenlanger minutiöser Inspektionstätigkeit und unter Geheimhaltung erarbeitete, wurden zwei Menschen von dieser Salve getötet. Einer von ihnen war Necip, dem zwei Kugeln in Stirn und Auge drangen, aber weil ich diesbezüglich auch andere Gerüchte gehört habe, kann ich nicht mit Sicherheit sagen, daß er genau in diesem Moment starb. Wenn es einen

Punkt gibt, in dem sich alle einig sind, die in den vorderen und mittleren Reihen gesessen haben, dann ist es der, daß Necip nach dem dritten Schuß begriffen hatte, daß Kugeln durch die Luft flogen, aber dies ganz eigenartig interpretierte. Zwei Sekunden bevor er getroffen wurde, stand er auf und sagte so, daß es eine Menge Leute gehört haben (aber ohne daß es in der Videoaufzeichnung vorkommt): »Halt, schießt nicht! Die Gewehre sind geladen!«

Damit war ausgesprochen, was inzwischen jeder im Raum im Herzen bereits wußte, aber mit dem Verstand nicht akzeptieren wollte. Beim ersten Abfeuern der Waffen hatte eine der fünf abgeschossenen Kugeln die Lorbeerblätter aus Stuck über der Loge getroffen, in der ein Vierteljahrhundert zuvor der letzte russische Konsul mit seinem Hund Filme angesehen hatte. Der Kurde aus Siirt, der die Waffe abgefeuert hatte, hatte niemanden töten wollen. Ein anderer Soldat hatte aus einer ähnlichen Überlegung, aber auch aus einer gewissen Unbeholfenheit heraus die Decke des Theaters getroffen; und die hundertzwanzigjährigen Kalk- und Farbpartikel, die dadurch gelockert wurden, regneten wie Schnee auf die in Unruhe versetzte Menge. Eine weitere Kugel war in die hölzerne Brüstung unter dem Podest, auf dem die Kamera für die Live-Übertragung aufgebaut war, eingedrungen; an dieser Brüstung hatten sich einst arme, verträumte Armeniermädchen festgehalten, während sie auf billigen Stehplätzen die Darbietungen von Theaterensembles, Artisten und Kammerorchestern aus Moskau verfolgten. Die vierte Kugel durchschlug in einer von der Kamera weit entfernten Ecke die Rückenlehne eines Sitzes und drang in die Schulter Muhittin Beys ein, eines Händlers mit Ersatzteilen für Traktoren und landwirtschaftliche Geräte, der mit seiner Frau und seiner geschiedenen Schwägerin eine Reihe dahinter saß; der schaute zuerst nach oben, weil er unter dem Eindruck der eben erwähnten Kalkstückchen gedacht hatte, es sei etwas auf ihn heruntergefallen. Die fünfte Kugel zersplitterte das linke Brillenglas eines Opas, der hinter den islamistischen Schülern saß und aus Trabzon gekommen war, um seinen zum Militärdienst nach Kars verpflichteten Enkel zu besuchen, drang von dort in das Hirn des Alten ein, tötete den sowieso eingenickten Opa, der gar nicht spürte, daß er starb, trat aus seinem Nacken aus und landete in einem hartgekochten Ei in dem Beutel eines zwölfjährigen kurdischen Jungen, der über eine Rückenlehne gestiegen war, um beim Verkauf von Fladenbrot und Eiern etwas Rückgeld durch die Reihe zu reichen.

Ich schreibe diese Details nieder, um zu erklären, warum der größte Teil des Publikums im Volkstheater sich überhaupt nicht rührte, obwohl geschossen worden war. Den Schüler, der beim zweiten Schuß der Soldaten in die Schläfe, in den Hals und etwas oberhalb des Herzens getroffen wurde, hielt man für den unterhaltsamen Teil des erschreckenden Stücks, weil er davor übertrieben mutig gewesen war. Von den beiden anderen Kugeln drang eine in die Brust eines weiter hinten sitzenden und nicht viel Lärm verursachenden Schülers von der Vorbeter- und Predigerschule (eine Cousine mütterlicherseits war die erste junge Selbstmörderin der Stadt gewesen), die andere traf zwei Meter über dem Projektor das verstaubte, von Spinnweben bedeckte Zifferblatt einer Uhr, die seit sechzig Jahren an der Wand hing, ohne zu funktionieren. Daß eine Kugel bei der dritten Salve dieselbe Stelle getroffen hatte, sollte dem untersuchenden Major beweisen, daß einer der gegen Abend ausgewählten Scharfschützen seinem auf den Koran abgelegten Eid nicht treu geblieben war, sondern vermieden hatte, jemanden umzubringen. Als ein ähnliches Problem sollte der Major in seinem Bericht behandeln, daß ein anderer Schüler, der beim dritten Schuß umkam, ein hitziger Islamist, zugleich ein fleißiger und diensteifriger Agent der Abteilung Kars des Nationalen Nachrichtendienstes gewesen war (in Klammern bemerkte er, daß es allerdings keine Rechtsgrundlage für eine Entschädigung der den Staat verklagenden Familie gebe). Die letzten beiden Kugeln töteten gleichzeitig den bei allen Konservativen und Frommen in Kars beliebten Rıza Bey, der den Brunnen im Burgviertel hatte errichten lassen, und seinen Bedienten, der den inzwischen recht hinfälligen Alten als eine Art Spazierstock unterstützte. Es ist schwer zu erklären, warum der Großteil des Publikums den Soldaten regungslos zuschaute, als diese ihre Gewehre erneut durchluden, wo doch diese beiden Schicksalsgefährten mitten im Zuschauerraum laut stöhnend im Todeskampf lagen. »Wir in den hinteren Reihen hatten begriffen, daß etwas Schreckliches geschah«, sagte mir Jahre später ein Molkereibesitzer, der immer noch nicht erlaubt, seinen Namen zu nennen. »Wir schauten deshalb zu, ohne einen Laut von uns zu geben, weil wir Angst hatten, daß das Unglück auch uns erreichen würde, wenn wir uns bewegten und so Aufmerksamkeit erregten.«

Selbst der Major war nicht in der Lage festzustellen, was die Kugeln der vierten Salve alles getroffen hatten. Eine Kugel verletzte einen jungen Vertreter, der aus Ankara nach Kars gekommen war, um Nachschlagewerke und Gesellschaftsspiele auf Ratenzahlungen zu verkaufen (er sollte zwei Stunden später am Blutverlust sterben). Eine andere verursachte ein tiefes Loch in der Unterseite der privaten Loge, in der sich am Anfang des zwanzigsten Jahrhunderts der Lederhändler Kirkor Çizmeciyan, einer der reichen Armenier, an Theaterabenden mit seiner in Pelze gehüllten Familie niedergelassen hatte. Die Kugel, die in eines von Necips grünen Augen eingedrungen war, und die, die ihn mitten in seine breite reine Stirn getroffen hatte, haben ihn einer übertriebenen Behauptung zufolge nicht sofort getötet, sondern der junge Mann soll, so diese späteren Erzählungen, einen Augenblick lang auf die Bühne geblickt und gesagt haben: »Ich sehe!«

Wer auf die Ausgänge zugelaufen war, vor Angst geschrien oder irgend etwas gerufen hatte, war nach diesen letzten Schüssen gründlich eingeschüchtert. Der Kameramann des Fernsehteams mußte sich hinter eine Wand geworfen haben; seine sich ständig nach rechts oder links bewegende Kamera stand nun still. Der Zuschauer in Kars bekam auf dem Bildschirm nur die Gruppe auf der Bühne und ruhige, respektvolle Zuschauer in den ersten Reihen zu sehen. Trotzdem begriff die große Mehrheit der Stadt, daß etwas Seltsames im Volkstheater vor sich ging. Sogar diejenigen, die gegen Mitternacht die Aufführung auf der Bühne langweilig gefunden hatten und dabei waren einzunicken, richteten nach dem Lärm der Schüsse in den letzten achtzehn Sekunden ihre Augen auf den Bildschirm.

Sunay Zaim war erfahren genug, diesen Augenblick des Interesses zu erspüren. »Heldenhafte Soldaten, ihr habt eure Pflicht getan!«

Mit einer eleganten Bewegung wandte er sich der immer noch am Boden liegenden Funda Eser zu, verneigte sich mit einer übertriebenen Bewegung vor ihr und reichte ihr die Hand. Die Frau ergriff die Hand ihres Retters und stand auf.

Ein pensionierter Beamter in der ersten Reihe erhob sich und applaudierte ihnen. Einige Leute aus den vorderen Reihen folgten ihm darin. Auch in den hinteren Reihen wurde vereinzelt geklatscht, ob nun aus Furcht oder aus der Gewohnheit, in jeden Applaus einzustimmen. Im Rest des Zuschauerraums herrschte eisiges Schweigen. Jedermann erwachte sozusagen aus einem Rausch. Einige fanden allmählich zu einem Lächeln, weil sie den beruhigenden Entschluß gefaßt hatten, alles für einen Teil der Welt auf der Bühne zu halten, obwohl sie auf Menschen im Todeskampf blickten; manche reckten ihren Kopf aus den Ecken, in die sie sich geflüchtet hatten, da erschreckte sie Sunay Zaims Stimme:

»Dies ist kein Schauspiel, dies ist der Beginn einer Revolution!« sagte er in tadelndem Ton. »Für unser Vaterland werden wir alles tun! Vertraut der ruhmreichen türkischen Armee! Soldaten, führt sie ab!«

Zwei Soldaten führten die beiden vollbärtigen »Reaktionäre« von der Bühne. Die anderen Soldaten luden ihre Gewehre wieder durch und stiegen ins Publikum, als ein sonderbarer Mann von hinten auf die Bühne eilte. Sonderbar deswegen, weil er weder Soldat noch Schauspieler war, wie man sofort an seinen hastigen und jeder Schönheit baren Bewegungen sah, die überhaupt nicht auf eine Bühne passen wollten. Viele der Leute auf Kars schauten ihn an und hofften, er würde sagen, dies sei alles ein Scherz.

»Hoch lebe die Republik!« rief er. »Hoch lebe die Armee! Hoch lebe die türkische Nation! Hoch lebe Atatürk!« Langsam begann sich der Vorhang zu schließen. Der Mann trat mit Sunay Zaim zwei Schritte vor und stellte sich vor dem Vorhang vor die Zuschauer hin. In der Hand hatte er eine Pistole aus der Produktion in Kırıkkale; und er trug zu seiner Zivilkleidung Militärstiefel. Er sagte: »Tod den religiösen Fanatikern!« und stieg die Treppe zum Publikum hinab. Hinter ihm tauchten noch zwei Männer mit Gewehren in der Hand auf.

Während die Soldaten die Schüler der Schule für Vorbeter und Prediger festnahmen, gingen die drei, ohne die verängstigt blickenden Zuschauer auch nur zu beachten, mit festem Schritt zum Ausgang.

Sie waren so glücklich, so begeistert. Denn erst im letzten Moment war nach langen Diskussionen und Verhandlungen entschieden worden, daß sie an der kleinen Revolution von Kars teilnehmen, einen Part im Stück übernehmen durften. Sunay Zaim, der ihnen am ersten Abend nach seiner Ankunft in Kars vorgestellt worden war, hatte sich einen ganzen Tag lang dagegen gewehrt, weil er glaubte, daß bewaffnete Abenteurer, die in dunkle Geschäfte verwickelt waren, das »Kunstwerk« beschmutzen würden, das er hier zur Aufführung bringen wollte. Im letzten Augenblick hatte er sich dem zutreffenden Gegenargument nicht entziehen können, daß man möglicherweise Männer, die mit Waffen umgehen konnten, gegen den kunstfernen Pöbel benötigen würde. Nachträglich hieß es, daß ihm diese Entscheidung sehr leid tat und er wegen des von diesen Leuten in Räuberzivil angerichteten Blutvergießens Gewissensbisse litt; aber wie bei so vielem handelte es sich auch hierbei nur um Gerüchte.

Als ich Jahre später nach Kars kam und der Geschäftsinhaber Muhtar Bey mich in dem zur Hälfte verfallenen, zur anderen Hälfte in ein Lager der Vertretung des Haushaltsgeräteherstellers Arçelik verwandelten Volkstheaters herumführte, meinte dieser, um von meinen Fragen nach den Schrecken jenes Abends und der folgenden Tage abzulenken, daß seit der Zeit der Armenier in Kars zahlreiche Verbrechen, Morde und Massaker begangen worden seien. Aber wenn ich die armen Leute von Kars wenigstens ein bißchen glücklich machen wollte, sollte ich bei meiner Rückkehr nach Istanbul nicht über die Sünden der Vergangenheit schreiben, sondern über die Schönheit der sauberen Luft und die Gutherzigkeit der Menschen. Er zeigte mir in dem Zuschauerraum, der sich in eine schimmelige und dunkle Lagerhalle verwandelt hatte, zwischen den Gespenstern von Kühlschränken, Waschmaschinen und Öfen eine einzige Spur jenes Abends: das riesige Loch von der Kugel, die die Wand der Loge getroffen hatte, in der Krikor Çizmeciyan sich Theateraufführungen angeschaut hatte.

19

Und wie schön fiel der Schnee

DIE NACHT DER REVOLUTION

Z. Eisenarm war der Deckname des ersten der drei mit Pistolen und Gewehren bewaffneten Männer, die unter den verängstigten Blicken des Publikums schreiend nach draußen liefen, als sich der Vorhang des Theaters senkte. Z. Eisenarm war ein kommunistischer Journalist gewesen. In den siebziger Jahren war er in prosowjetischen kommunistischen Organisationen als Autor, Dichter und vor allem als »Ordner« in Erscheinung getreten. Er war von massigem Körperbau. Nach dem Militärputsch von 1980 war er nach Deutschland geflohen und nach dem Fall der Berliner Mauer mit einer Sondergenehmigung in die Türkei zurückgekehrt, um den modernen Staat und die Republik gegen die kurdische Guerilla und die »Anhänger der Scharia« zu verteidigen. Die beiden Männer an seiner Seite gehörten zu der Gruppe türkischer Nationalisten, mit der sich Z. Eisenarm 1979 und 1980 auf den nächtlichen Straßen Istanbuls Feuergefechte geliefert hatte, aber ihr Abenteuergeist und die Idee, den Staat zu verteidigen, vereinte sie nun. Einige meinen, sie seien von Anfang an Agenten im Dienste des Staates gewesen. Diejenigen, die angstvoll die Treppen des Volkstheaters hinabeilten, um es möglichst schnell zu verlassen, benahmen sich so, als ob diese Männer zu dem oben noch immer weitergehenden Stück gehörten, weil sie keine Ahnung hatten, um wen es sich handelte.

Als Z. Eisenarm auf die Straße trat und sah, was für eine Schneedecke sich gebildet hatte, stampfte er freudig auf wie ein Kind, gab zwei Schüsse in die Luft ab und rief: »Hoch lebe die türkische Nation! Hoch lebe die Republik!« Die Menge vor der Tür, die dabei war, sich zu verlaufen, verzog sich an den Straßenrand. Einige schauten die

Männer mit einem ängstlichen Lächeln an. Manche blieben stehen, als wollten sie um Verzeihung bitten, daß sie so früh nach Hause gingen. Z. Eisenarm und seine Gefolgsleute rannten die Atatürk-Straße hinauf, skandierten Parolen und sprachen laut miteinander wie Betrunkene. Alte Leute, die sich gegenseitig stützten und immer wieder im Schnee einsanken, so daß sie kaum vorwärts kamen, und die Familienväter, deren Kinder aneinandergedrängt die Straße entlanggingen, spendeten ihnen unentschlossen Beifall.

Das gutgelaunte Trio holte Ka an der Ecke zur Küçük-Kâzımbey-Straße ein. Sie hatten bemerkt, daß Ka sie erkannt und sich auf das Trottoir unter die Ölweiden zurückgezogen hatte, als wolle er einem Auto Platz machen.

»Herr Dichter!« rief ihn Z. Eisenarm an. »Du mußt sie umbringen, bevor sie dich umbringen. Verstehst du?«

Etwa zu dieser Zeit vergaß Ka das Gedicht, das er noch nicht niedergeschrieben hatte und später den »Ort, an dem Allah nicht ist« nennen sollte.

Z. Eisenarm marschierte mit seinen Gefährten weiter die Atatürk-Straße hinauf. Ka bog nach rechts in die Montenegro-Straße ein, weil er ihnen nicht folgen wollte, und bemerkte, daß er das Gedicht inzwischen völlig vergessen hatte.

Ihn erfüllten die Scham und das Schuldgefühl, das er in seiner Jugend beim Verlassen politischer Versammlungen verspürt hatte. Damals hatte er sich nicht nur deshalb geschämt, weil er der wohlhabende Bürgersohn war, der in Nişantaşı wohnte, sondern auch, weil vieles von dem, was dort gesagt wurde, voller extrem kindlicher Übertreibungen war. Er entschloß sich, nicht gleich ins Hotel zurückzukehren, sondern einen Umweg zu machen, weil er hoffte, sich wieder an das eben vergessene Gedicht zu erinnern.

Er sah einige Neugierige, die aus Aufregung über das Geschehen im Fernsehen ans Fenster getreten waren. Es ist schwer zu sagen, wieviel Ka über die schrecklichen Ereignisse im Theater wußte. Die Schießerei hatte begonnen, bevor er das Gebäude verließ, aber es ist sehr wohl möglich, daß er die Schüsse und auch Z. Eisenarm mit seinen Gefährten für einen Teil der Aufführung hielt.

All seine Aufmerksamkeit galt dem Gedicht, das er vergessen hatte. Als er merkte, daß statt dessen ein anderes Gedicht in ihm entstand, ließ er es sich in einem Winkel seines Geistes entwickeln.

Aus der Ferne waren zwei Schüsse zu hören. Sie verloren sich ohne Widerhall im Schnee.

Und wie schön fiel der Schnee! In wie großen Flocken, wie entschieden, als wolle er nie aufhören, und wie still! Die breite Montenegro-Straße war ein Abhang, der unter kniehohem Schnee sich in die Dunkelheit hinein verlor. Weiß und geheimnisvoll. In dem schönen dreistöckigen Rathaus, einem Andenken an die Armenier, hielt sich keine Menschenseele auf. Von einer Ölweide herabhängende Eiszapfen hatten sich mit der Schneemasse auf einem nicht mehr sichtbaren Wagen darunter vereinigt und einen Tüllvorhang halb aus Eis, halb aus Schnee gebildet. Ka ging an den mit Brettern vernagelten Fenstern eines verlassenen, einstöckigen armenischen Hauses vorbei. Er lauschte dem eigenen Atem und den eigenen Schritten. Dabei fühlte er in sich die Kraft, dem Ruf des Lebens und des Glücks, den er zum erstenmal zu hören schien, mit Entschiedenheit den Rücken kehren zu können.

Auf der winzigen Grünfläche mit dem Atatürk-Denkmal gegenüber dem Sitz des Gouverneurs war kein Mensch. Auch vor dem Finanzamt, das aus der russischen Periode stammt und das prächtigste Gebäude der Stadt ist, sah Ka niemanden. Siebzig Jahre zuvor, als sich nach dem Ersten Weltkrieg die Soldaten des Zaren und die des Sultans aus dem Gebiet zurückzogen, war hier das Zentrum und der Parlamentssitz des Staates, den die Türken in Kars gegründet hatten. Gegenüber war das alte armenische Gebäude, das einst englische Soldaten erstürmt hatten, weil es der Regierungspalast des untergegangenen Staates war, und das inzwischen als Sitz des Gouverneurs diente. Ohne dem streng bewachten Gebäude auch nur nahe zu kommen, bog Ka nach rechts zur Grünfläche ab und ging weiter. Gerade war er an einem anderen armenischen Gebäude, so schön und melancholisch wie die anderen, vorbeigegangen, da sah er am Rand des leeren Grundstücks daneben einen Panzer, der sich lautlos und langsam wie in einem Traum entfernte. Etwas weiter vorn erblickte er einen Militärlastwagen in unmittelbarer Umgebung der Schule für Vorbeter und Prediger. Daran, daß nur wenig Schnee darauf lag, erkannte Ka, daß er erst vor kurzem dorthin gefahren sein konnte. Ein Schuß fiel. Ka drehte um. Er ging die Heerstraße hinab, ohne sich den Polizisten zu zeigen, die im Wachhäuschen vor dem Gouverneurssitz, dessen Fenster mit Eis beschlagen waren, sich warm zu halten versuchten. Er hatte begriffen, daß er sich an das neue Gedicht nur dann würde erinnern können, wenn es ihm gelänge, in sein Hotelzimmer zurückzukehren, ohne in der Stille des Schnees gestört zu werden.

Er war in der Mitte des Abhangs, als ein Lärm vom Trottoir gegenüber kam; und Ka verlangsamte seinen Schritt. Zwei Leute bearbeiteten die Tür der Telefongesellschaft mit Fußtritten.

Im Schnee tauchten die Scheinwerfer eines Autos auf; dann hörte Ka das angenehme Geräusch von Rädern mit Schneeketten. Der schwarze Personenwagen hielt neben der Telefongesellschaft, und ein bewaffneter Mann mit Wollmütze entstieg ihm mit einem gesetzt aussehenden anderen Mann, den Ka kurz zuvor gesehen hatte, als er sich im Theater überlegt hatte, ob er aufbrechen sollte.

Vor der Tür kam es zu einem kleinen Auflauf. Eine heftige Diskussion entbrannte. Ka erkannte an den Stimmen und im Schein der Straßenlaterne, daß die an der Tür Z. Eisenarm und seine Gefährten waren.

»Was heißt, du hast keinen Schlüssel?« fragte einer. »Du bist doch der Generaldirektor der Telefongesellschaft, oder? Sie haben dich doch hierhergebracht, damit du die Telefone kappst? Wie kannst du da den Schlüssel vergessen!«

»Die Telefonleitungen der Stadt kann man nicht hier unterbrechen, sondern im neuen Gebäude an der Bahnhofstraße«, erklärte der Generaldirektor.

»Das ist eine Revolution, und wir wollen hier rein«, antwortete Z. Eisenarm. »In das andere Gebäude gehen wir, wenn wir das wollen. Ist das klar? Wo ist der Schlüssel?«

»Mein Junge, dieser Schnee hört in zwei Tagen auf, dann werden die Straßen frei, und der Staat fordert von uns allen Rechenschaft!«

»Dieser Staat, den du so fürchtest, sind wir«, sagte Z. Eisenarm und wurde laut. »Machst du nun sofort auf?«

»Ohne schriftlichen Befehl öffne ich die Tür nicht!«

»Das werden wir gleich sehen«, sagt Z. Eisenarm. Er zog seine Pistole und gab zwei Schüsse in die Luft ab. »Nehmt ihn und stellt ihn an die Wand; wenn er nicht nachgibt, erschießen wir ihn.«

Niemand nahm ihm das ab, aber trotzdem schleppten die mit Gewehren bewaffneten Männer Z. Eisenarms Recai Bey an die Mauer des Gebäudes. Damit die Kugeln nicht die Fenstern dahinter beschädigen konnten, stießen sie ihn ein bißchen nach rechts. Der Direktor fiel hin, weil der Schnee an dieser Ecke besonders weich war. Sie baten ihn um Entschuldigung, reichten ihm die Hand und richteten ihn auf. Sie lösten seine Krawatte und banden ihm damit die Hände auf den Rücken. Dabei redeten sie miteinander und sprachen davon, daß sie bis zum Morgen alle Vaterlandsverräter in Kars liquidieren würden.

Auf Z. Eisenarms Befehl luden sie ihre Gewehre durch und reihten sich wie ein Hinrichtungskommando vor Recai Bey auf. In dem Augenblick waren in der Ferne Schüsse zu hören. (Es handelte sich um Warnschüsse, die die Soldaten im Hof des Schlafsaals der Schule für Vorbeter und Prediger abgegeben hatten.) Alle schwiegen und warteten. Der Schneefall war endlich fast zum Stillstand gekommen. Nach einer Weile meinte einer, der Greis (er war keinesfalls ein Greis) habe das Recht, eine letzte Zigarette zu rauchen. Sie steckten Recai Bey eine Zigarette in den Mund, entzündeten sie mit einem Feuerzeug, und während der Direktor rauchte, begannen sie aus Langeweile mit den Kolben ihrer Gewehre und ihren Stiefeln die Tür der Telefongesellschaft einzuschlagen.

»Schade um das Staatseigentum«, sagte der Direktor. »Löst meine Fesseln; ich mach auf.«

Während sie hineingingen, setzte Ka seinen Weg fort. Ab und an hörte er Schüsse, kümmerte sich aber nicht mehr um sie als um das Heulen von Hunden. Er konzentrierte sich mit aller Energie auf die Schönheit dieser völlig windstillen Nacht. Eine Weile stand er vor einem alten, leeren armenischen Haus. Dann betrachtete er respektvoll eine Kirchenruine und die von den Baumgespenstern in ihrem Hof herunterhängenden Eiszapfen. Im toten Licht der blaßgelben Straßenlaternen der Stadt sah alles so sehr aus, als stamme es aus einem wehmütigen Traum, daß Ka sich schuldig fühlte. Andererseits war er dankbar für dieses stumme und vergessene Land, das ihn zu Gedichten inspirierte.

Weiter vorn war ein Sohn auf dem Bürgersteig, der sagte: »Ich geh und schau mal, was los ist«, und seine erzürnte Mutter beschimpfte ihn vom Fenster aus und rief ihn ins Haus. An der Ecke zur Faikbey-Straße sah er zwei Männer seines Alters, die ganz aufgelöst aus dem Schuhgeschäft herauskamen, der eine ziemlich massig, der andere zierlich wie ein Kind. Diese beiden, die seit zwölf Jahren zweimal in der Woche zu ihren Frauen sagten: »Ich gehe ins Teehaus« und sich insgeheim in diesem nach Schusterleim riechenden Laden trafen, waren in Aufregung geraten, weil sie aus dem ständig laufenden Fernseher des Nachbarn aus dem Stock über dem Laden erfahren hatten, daß ein Ausgangsverbot ausgesprochen worden war. Nachdem er in die Faikbey-Straße eingebogen und zwei Querstraßen weiter gegangen war, erblickte Ka einen Panzer gegenüber dem Geschäft, auf dessen vor die Tür gestellter Auslage er sich am Morgen Forellen angeschaut hatte. Wie die Straße war auch der Panzer in der verzauberten Stille derartig reglos und wie tot, daß Ka glaubte, er sei leer. Aber die Klappe öffnete sich, ein Kopf reckte sich heraus und sagte ihm, er solle sofort nach Hause gehen. Ka fragte ihn nach dem Weg zum Hotel Schneepalast. Aber noch bevor der Soldat antworten konnte, sah er gegenüber das dunkle Büro der *Grenzstadtzeitung* und kannte dann den Heimweg.

Die Wärme des Hotels und die Helligkeit in der Empfangshalle erfüllten ihn mit Freude. Er entnahm den Gesichtern der Gäste, die im Pyjama und mit Zigaretten in der Hand fernsahen, daß etwas Außerordentliches geschah, aber sein Geist glitt wie der eines Kindes, das ein ihm unangenehmes Thema vermeidet, über alles ungebunden und leichthin hinweg. Mit diesem Gefühl der Leichtigkeit betrat er Turgut Beys Wohnung. Die ganze Mannschaft saß immer noch am Tisch und schaute fern. Turgut Bey stand auf, als er Ka erblickte, und sagte tadelnd, daß sie sich große Sorgen gemacht hätten, weil er so spät gekommen sei. Er sagte noch etwas, als Kas Augen die İpeks trafen. »Du hast dein Gedicht sehr schön vorgetragen«, sagte İpek. »Ich bin stolz auf dich.«

Ka war sich sofort klar, daß er diesen Augenblick bis an sein Lebensende nicht vergessen würde. Er war so glücklich, daß er vor Freude hätte weinen können, wenn nicht die Fragen der anderen Mädchen und Turgut Beys Neugier und Sorge gewesen wären.

»Die Soldaten handeln offenbar«, sagte Turgut Bey bedrückt, weil er sich nicht entscheiden konnte, ob er deswegen zuversichtlich sein oder sich beschweren sollte.

Der Tisch war in völliger Unordnung. Jemand hatte Zigarettenasche in Mandarinenschalen geschnippt; das war augenscheinlich İpek gewesen. In Kas Kindheit hatte eine junge, weit entfernte Verwandte seines Vaters namens Münire die gleiche Angewohnheit; und obwohl Kas Mutter im Gespräch mit ihr nie versäumte, sie als Tante anzureden, hatte sie keinerlei Achtung vor ihr.

»Sie haben ein Ausgangsverbot verhängt«, sagte Turgut Bey. »Erzählen Sie uns, was im Theater geschehen ist!«

»Politik interessiert mich überhaupt nicht«, antwortete Ka.

Alle, und vor allem İpek, hatten verstanden, daß er das ausgesprochen hatte, was eine innere Stimme ihm sagte, aber trotzdem war es ihm peinlich.

Er wollte jetzt hier sitzen und lange Zeit İpek ansehen, ohne zu reden. Aber die im Hause herrschende »Stimmung der Revolutionsnacht« machte ihn ruhelos. Nicht weil sie böse Erinnerungen an die Nächte der Militärputsche in seiner Kindheit wachrief, sondern weil ihn alle ausfragten. Hande war in einer Ecke eingeschlafen. Kadife sah zum Fernseher, in den Ka nicht schauen wollte; Turgut Bey wirkte zufrieden, aber aufgeregt, weil etwas Interessantes geschah.

Ka saß eine Weile da und hielt İpeks Hand, dann flüsterte er ihr zu, sie solle nach oben in sein Zimmer kommen. Als es anfing, ihn zu quälen, daß er sich ihr nicht weiter nähern konnte, ging er auf sein Zimmer. Hier lag ein wohlbekannter Holzgeruch in der Luft. Sorgfältig hängte er seinen Mantel an den Haken an der Tür. Er machte die kleine Lampe am Kopfende seines Bettes an: Müdigkeit hatte wie ein aus der Unterwelt stammendes Dröhnen nicht nur seine Augenlider und seinen ganzen Körper erfaßt, sondern das Zimmer und überhaupt das Hotel. Deshalb hatte er das Gefühl, als er das neue Gedicht hastig in sein Heft übertrug, die Verse, die er da schrieb, seien eine Fortsetzung des Bettes, auf dessen Kante er saß, des Hotelgebäudes, der schneebedeckten Stadt Kars und der ganzen Welt.

Er nannte das Gedicht »Die Nacht der Revolution«. Es begann damit, wie in seiner Kindheit die ganze Familie in den Nächten der Militärputsche aufgewacht war und im Schlafanzug Marschmusik im Radio hörte, setzte sich aber dann mit den gemeinsamen Mahlzeiten an Festtagen fort. Deswegen sollte er später glauben, daß das Gedicht seinen Ursprung nicht in einer wirklich erlebten Revolution hatte, sondern in der Erinnerung; und einen entsprechenden Platz wies er ihm auch auf der Schneeflocke zu. Ein wesentliches Thema des Gedichts war, daß der Dichter, während in der Welt eine Katastrophe stattfindet, seinen Geist teilweise davor verschließen kann. Nur ein Dichter, der dazu fähig ist, kann die Gegenwart als Phantasievorstellung erleben. Das ist das Schwierige, das zu gelingen hat! Als er sein Gedicht beendet hatte, zündete sich Ka eine Zigarette an und schaute aus dem Fenster.

20

Segen möge es bringen Land und Volk!

Ka schlief genau zehn Stunden und zwanzig Minuten, tief und ungestört. Einmal träumte er, es schneie. Kurz davor hatte erneut Schneefall draußen auf der Gasse eingesetzt, die hinter dem halbgeöffneten Vorhang zu sehen war. Im Licht der Straßenlampe, die das rosa Schild mit der Aufschrift »Hotel Schneepalast« erleuchtete, sah der Schnee außerordentlich weich aus. Vielleicht konnte Ka deswegen in aller Seelenruhe schlafen, weil dieser seltsam verzauberte Schnee den Lärm schluckte, den die Waffen auf den Straßen von Kars machten.

Dabei war die Schule für Vorbeter und Prediger, die zu der Zeit unter Beteiligung eines Panzers und zweier Militärlastwagen erstürmt wurde, gerade zwei Straßen entfernt. Nicht am Haupteingang, der immer noch Zeugnis ablegt von der Kunstfertigkeit armenischer Schmiede, sondern am hölzernen Tor, das zu den Schlafsälen der oberen Klassen und dem Vortragssaal führt, kam es zu einer Auseinandersetzung. Die Soldaten hatten erst Warnschüsse aus dem verschneiten Hof in den dunklen Himmel abgefeuert. Weil die militantesten islamistischen Schüler an der Vorführung im Volkstheater teilgenommen hatten und dort festgenommen worden waren, befanden sich in den Schlafsälen nur Neulinge und Uninteressierte. Aber die Szenen im Fernsehen hatten sie begeistert, und sie hatten aus Tischen und Bänken Barrikaden gebaut, Sprechchöre und »Gott ist groß!« skandiert und begonnen, Wache zu stehen. Weil ein oder zwei wahnwitzige Schüler Messer und Gabeln, die sie im Speisesaal entwendet hatten, aus dem Toilettenfenster auf die Soldaten warfen und sich anschickten, mit der einzigen ihnen zur Verfügung stehenden Pistole herumzuspielen, wurde am Ende der Auseinandersetzung wieder geschossen; und ein schlanker Schüler von schönem Wuchs und mit schönem Gesicht starb, von einer Kugel in die Stirn getroffen. Wegen des dichten Schneefalls bemerkte fast niemand in der Stadt, was vor sich ging, als Schüler aus der Mittelstufe im Pyjama, von denen viele weinten, Unentschlossene, denen es leid tat, den Widerstand bloß deswegen unterstützt zu haben, um einmal bei etwas dabeigewesen zu sein, und Kämpfer, deren Gesicht schon jetzt blutbeschmiert war, in Autobusse gesetzt und ins Polizeipräsidium gebracht wurden.

Der größere Teil der Bevölkerung war wach, aber die Aufmerksamkeit galt nicht den Fenstern oder den Straßen, sondern immer noch dem Fernseher. Nachdem Sunay Zaim in der Direktübertragung aus dem Volkstheater gesagt hatte, daß dies kein Schauspiel, sondern eine Revolution sei, war der in ganz Kars wohlbekannte stellvertretende Gouverneur Umman Bey auf die Bühne gestiegen, während die Soldaten die Protestierer im Zuschauerraum einsammelten und die Leichen und die Verletzten auf Bahren herausgetragen wurden. Mit seiner wie immer amtlichen, cholerischen, aber vertrauenerweckenden Stimme, der man ein wenig das Unbehagen anhörte, daß er zum erstenmal »live auf Sendung« war, gab er bekannt, daß bis morgen um zwölf Uhr eine Ausgangssperre über Kars verhängt worden sei. Weil nach ihm niemand die verlassene Bühne betrat, sahen die Zuschauer in Kars in den nächsten zwanzig Minuten nur den Vorhang des Volkstheaters; dann kam es zu einer Unterbrechung der Ausstrahlung, und plötzlich tauchte derselbe alte Vorhang wieder auf. Nach einer Weile öffnete er sich allmählich, und die ganze »Aufführung« wurde im Fernsehen noch einmal von vorne gezeigt.

Das erweckte Angst bei vielen der Fernsehzuschauer in Kars, die versuchten zu begreifen, was in der Stadt vor sich ging. Wer übermüdet oder betrunken war, hatte das Gefühl, in ein unentwirrbares zeitliches Chaos geraten zu sein, andere hatten den Eindruck, daß sich die Nacht und die Todesfälle wiederholen würden. Einige am politischen Aspekt der Ereignisse nicht interessierte Zuschauer betrachteten diese Wiederholungssendung, genau wie ich Jahre später, als eine neue Gelegenheit, die Ereignisse jener Nacht in Kars zu verstehen, und machten sich daran, genau hinzusehen.

Während die Zuschauer in Kars aufs neue betrachteten, wie Funda Eser in Nachahmung einer ehemaligen Ministerpräsidentin weinend amerikanische Kunden empfing oder nach der Persiflage auf einen Reklamefilm fröhlich den Bauchnabel rotieren ließ, wurde im Geschäftshaus Halil-Pascha das Provinzzentrum der Partei der Gleichheit unter den Völkern von einer spezialisierten Polizeitruppe lautlos gestürmt, der kurdische Bedienstete, die einzige Person, die sich dort aufhielt, festgenommen und alles eingesammelt, was sich an Papieren und Registern in Schränken und Schubladen fand. Dieselben Polizisten sammelten mit ihrem gepanzerten Fahrzeug der Reihe nach die Angehörigen des Vorstands dieser Partei auf Provinzebene ein, die sie alle von früheren nächtlichen Razzien kannten und zu deren Wohnungen sie den Weg wußten. Sie wurden unter dem Vorwurf des Separatismus und des kurdischen Nationalismus verhaftet.

Sie waren nicht die einzigen kurdischen Nationalisten in Kars. Die drei Leichen, die am nächsten Morgen aus einem verbrannten Taxi der Marke Murat geborgen wurden, das man auf der Straße nach Digor fand, bevor es der Schnee zugedeckt hatte, gehörten – nach Auskunft der Sicherheitskräfte – zu den militanten Anhängern der PKK. Diese drei jungen Männer, die Monate zuvor in die Stadt eingeschleust worden waren, hatten angeblich wegen der Ereignisse im Volkstheater in Panik beschlossen, mit einem Taxi in die Berge zu fliehen, aber angesichts der unpassierbaren Straße ihren Kampfesmut verloren und, als Streit unter ihnen ausbrach, dadurch Selbstmord begangen, daß einer von ihnen eine Bombe zündete. Die Eingabe der Mutter eines der Toten, einer Reinigungskraft in der Poliklinik, daß ihr Sohn in Wirklichkeit von unbekannten bewaffneten Personen, die an ihrer Tür geklingelt hätten, weggebracht worden sei, wurde ebensowenig bearbeitet wie die des älteren Bruders des Taxichauffeurs, daß sein Bruder nicht einmal Kurde gewesen sei, geschweige denn kurdischer Nationalist.

Daß eine Revolution im Gange war oder daß zumindest etwas Merkwürdiges in der Stadt geschah, in der zwei Panzer wie schwere dunkle Gespenster umherfuhren, hatte ganz Kars im Grunde zu dieser Stunde begriffen, aber es herrschte keine Furcht, weil alles im Rahmen einer im Fernsehen übertragenen Aufführung und begleitet von dem Schnee geschah, der vor den Fenstern wie in alten Märchen fiel und fiel, so als wolle er nie mehr aufhören. Bloß wer sich mit Politik befaßte, war etwas besorgt.

Zum Beispiel hatte Sadullah Bey, ein in Kars bei allen Kurden angesehener Journalist und Volkskundler, sobald er im Fernsehen vom Ausgangsverbot gehört hatte, sich auf die Zeit vorbereitet, die er mutmaßlich im Gefängnis würde verbringen müssen. Schließlich war er in seinem Leben Zeuge zahlreicher Militärputsche geworden. Er legte in seinen Koffer seinen blaukarierten Pyjama, ohne den er nicht schlafen konnte, sein Prostata-Medikament und seine Schlaftabletten, sein Wollkäppchen und seine Socken, das Foto, auf dem seine Tochter in Istanbul mit seinem Enkel auf dem Schoß lächelte, und die Entwürfe zu dem Buch über kurdische Trauerlieder, die er im Lauf der Zeit gesammelt hatte; dann wartete er, während er mit seiner Frau einen Tee trank und sich im Fernsehen Funda Esers zweiten Bauchtanz anschaute. Als es lange nach Mitternacht an der Tür klingelte, verabschiedete er sich von seiner Frau, nahm seinen Koffer, öffnete die Tür, und als er niemanden sah, trat er auf die schneebedeckte Straße, erinnerte sich, als die Gasse im schwefelgelben Schein der Straßenlaternen schneebedeckt und still so schön dalag, an das Eislaufen in seiner Kindheit auf dem Fluß von Kars und wurde von unbekannten Personen durch Schüsse in Kopf und Brust ums Leben gebracht.

Als Monate später der Schnee richtig abtaute, stellte sich durch den Fund weiterer Leichen heraus, daß in jener Nacht noch mehr Morde begangen worden waren, aber ich werde mich bemühen, wie das auch die vorsichtige Presse von Kars getan hat, diese Geschehnisse erst gar nicht zu erwähnen, um meine Leser nicht weiter zu beunruhigen. Gerüchte, die besagen, Z. Eisenarm und seine Gefährten hätten diese »unaufgeklärten Bluttaten« begangen, sind jedenfalls für die ersten Stunden jener Nacht nicht richtig. Ihnen war es, wenn auch mit gewisser Verspätung, gelungen, die Telefonleitungen zu kappen, sie hatten *Grenz-TV Kars* gestürmt und sich vergewissert, daß die Sendungen die Revolution unterstützten, und gegen Ende der Nacht alle ihre Anstrengungen darauf verwandt, einen »Helden- und Grenzerliedsänger mit kraftvoller Stimme« zu finden, was sie sich als fixe Idee in den Kopf gesetzt hatten. Denn damit eine Revolution eine richtige Revolution ist, müssen in Radio und Fernsehen Helden- und Grenzerlieder vorgetragen werden.

Diesen Sänger hatte man nach Nachforschungen in den Kasernen, den Krankenhäusern, im Naturwissenschaftlichen Gymnasium und in den Teehäusern, die bis zum Morgen geöffnet blieben, schließlich unter den diensthabenden Feuerwehrleuten gefunden, und zuerst hatte er geglaubt, er werde festgenommen und womöglich an die Wand gestellt, war dann aber geradewegs ins Studio verbracht worden. Seine poetische Stimme drang aus dem Fernseher in der Hotel-eingangshalle, durch Wände, Gipsverkleidungen sowie Vorhänge und war das erste, was Ka hörte, kaum daß er aufgewacht war. Es herrschte eine seltsame, vom Schnee verursachte Helligkeit, die mit außerordentlicher Intensität durch die halboffenen Vorhänge nach innen in sein stilles Zimmer mit der hohen Decke strahlte. Er hatte gut geschlafen und war ausgeruht, aber noch bevor er das Bett ver-ließ, wußte er, daß ihn Schuldgefühle seiner inneren Kraft und Ent-schiedenheit beraubten. Wie ein normaler Hotelgast genoß er es, woanders, in einem anderen Badezimmer zu sein, wusch sich das Gesicht, rasierte sich, zog sich aus, kleidete sich an, nahm seinen Zimmerschlüssel mit einem schweren Anhänger aus Messing und ging zur Rezeption hinunter.

Als er den Volksliedsänger im Fernsehen erblickte und die Tiefe der Stille, in der die Stadt versunken war, bemerkte (in der Hotel-halle wurde flüsternd gesprochen), begriff er allmählich, was gestern abend alles geschehen war und was sein Geist vor ihm verborgen hatte. Er lächelte den Jungen an der Rezeption kühl an und ging wie ein eiliger Reisender, der keinerlei Absicht hatte, in dieser sich durch Gewalt und politische Wahnvorstellungen selbst zerstörenden Stadt Zeit zu verlieren, sofort in den anstoßenden Speisesaal zum Früh-stücken. Eine bauchige Teekanne stand auf einem dampfenden Samowar in einer Ecke; und er bemerkte dünn geschnittenen *kaşar*-Käse aus Kars auf einer Platte und schale Oliven, die ihren Glanz verloren hatten, in einer Schüssel.

Er setzte sich an einen Tisch am Fenster. Lange blickte er auf die schneebedeckte Gasse, die in ihrer ganzen Schönheit durch die Lücken zwischen den Tüllvorhängen sichtbar war. Es lag etwas so Melancholisches in dieser leeren Straße, daß sich Ka ganz deutlich an die Volkszählungen, Erneuerungen der Wählerlisten, allgemeinen Fahndungen und an die Militärputsche erinnerte, bei denen sich jedermann vor dem Radio oder dem Fernseher versammelte und während denen in seiner Kindheit und Jugend immer eine Ausgangssperre verhängt worden war. Während im Radio Märsche gesungen und Bekanntmachungen oder Verbote der Notstandsverwaltung verlesen wurden, hatte Ka immer auf den leeren Straßen sein wollen. Die Zeit der Militärputsche, ein Thema, das jedermann vereinte und alle Tanten, Onkel und Nachbarn einander näherbrachte, fand Ka in seiner Kindheit auf die gleiche Weise schön wie andere die traditionellen Unterhaltungen im Monat Ramadan. In dem Bedürfnis, zumindest ein wenig zu verbergen, wie sehr sie die Militärputsche guthießen, die für sie das Leben sicherer machten, spotteten die bourgeoisen und großbürgerlichen Familien der Istanbuler Kreise, in denen Ka aufgewachsen war, leise lächelnd über die unsinnigen Maßnahmen, wie sie nach jedem Putsch ergriffen wurden (die Rinnsteine in ganz Istanbul wurden mit Kalk geweißelt, geradeso wie die Kasernen; Männer mit langem Haar oder Bart wurden mit militärischer oder polizeilicher Gewalt auf der Straße angehalten und grob geschoren). Großbürgerliche Türken aus Istanbul fürchteten sich einerseits vor den Soldaten, andererseits verachteten sie insgeheim diese Befehlsempfänger, die ihr Leben in Sorge ums Auskommen und in Disziplin verbrachten.

Wie in seiner Kindheit war Ka augenblicklich ganz Aufmerksamkeit, als ein Militärlastwagen von unten her in die Straße einbog, die an eine vor Hunderten von Jahren verlassene Stadt erinnerte. Plötzlich umarmte ein Mann, der wie ein Viehhändler gekleidet war und gerade erst den Raum betreten hatte, Ka und küßte ihn auf die Wangen.

»Uns allen viel Freude! Segen möge es bringen Land und Volk!«

Ka erinnerte sich, daß Leute der besseren Gesellschaft sich nach Militärputschen gegenseitig so gratulierten, als sei es ein altes religiöses Fest. Er murmelte dem Mann so etwas wie ein »Ein Segen soll es sein!« zu und schämte sich dafür.

Die Tür zur Küche ging auf, und Ka spürte, wie ihm augenblicklich alles Blut aus dem Gesicht wich. Aus der Tür war İpek getreten. Ihre Augen trafen sich, und Ka wußte einen Moment lang nicht, was er tun sollte. Er wäre gerne aufgestanden, aber İpek lächelte ihn an und wandte sich dem Mann zu, der sich kurz zuvor gesetzt hatte. Sie trug ein Tablett, auf dem eine Tasse und ein Teller standen.

Jetzt stellte İpek beides auf den Tisch des Mannes. Wie eine Bedienung.

Ka erfaßte eine Mischung aus Pessimismus, Gewissensbissen und Schuldgefühl. Er tadelte sich, weil er İpek nicht richtig begrüßt hatte, aber es gab noch etwas anderes, und er begriff sofort, daß er es vor sich nicht würde verbergen können. Es war alles falsch gewesen, alles, was sie gestern getan hatten: daß er ihr, einer fremden Frau, aus heiterem Himmel einen Heiratsantrag gemacht und sie geküßt hatte (na gut, das war schön gewesen), daß er sich dem Schwindel so überlassen hatte, daß er ihre Hand hielt, als sie alle zusammen zu Abend aßen, noch schlimmer, daß er sich betrunken und die schwindelerregende Hingezogenheit zu ihr wie ein gewöhnlicher türkischer Mann schamlos allen gezeigt hatte. Weil er sich jetzt nicht klar war, was er zu ihr sagen sollte, wünschte er sich, İpek möge bis ans Ende aller Tage am Nebentisch bedienen.

Der Mann in Viehhändlerkleidung rief forsch nach seinem Tee. İpek wandte sich gewohnheitsmäßig mit ihrem nun leeren Tablett zum Samowar. Als sie schnell an seinen Tisch trat, nachdem sie dem Mann seinen Tee eingeschenkt hatte, spürte Ka seine Herzschläge bis in die Innenwand seiner Nase.

»Was ist?« fragte İpek lächelnd. »Hast du gut geschlafen?«

Ka erschrak vor dieser Anspielung auf gestern nacht, auf die Glücksmomente von gestern. »Der Schnee scheint gar nicht mehr aufhören zu wollen«, bekam er mit Mühe heraus.

Schweigend musterten sie einander. Ka begriff, daß er nicht wußte, was er sagen sollte, und daß es nur künstlich wirken würde, wenn er etwas sagte. Schweigend signalisierte er, daß er nichts anderes tun konnte, und blickte in ihre riesigen hellbraunen Augen, die einen leichten Silberblick hatten. İpek hatte gespürt, daß Ka in einer ganz anderen seelischen Verfassung war als gestern, und auch verstanden, daß er selbst jetzt ein anderer war. Ka wiederum merkte, daß İpek die Dunkelheit in ihm nachfühlte und ihr sogar mit Verständnis begegnete. Und er hatte das Gefühl, daß dieses Verständnis ihn ein Leben lang von dieser Frau abhängig machen würde.

»Dieser Schnee wird nicht so schnell aufhören«, sagte İpek vorsichtig.

»Hier fehlt das Brot«, meinte Ka.

»Ach, Entschuldigung!« Sie ging sofort an das Buffet, auf dem der Samowar stand, stellte ihr Tablett ab und begann Brot zu schneiden.

Ka hatte gesagt, er wolle Brot, weil er die Lage nicht mehr ertragen hatte. Jetzt sah er İpek nach, als wolle er sagen: Eigentlich hätte ja auch ich gehen und das Brot schneiden können.

İpek trug einen weißen Wollpullover, einen langen braunen Rock und einen ziemlich breiten Gürtel, wie er in den siebziger Jahren Mode gewesen war, wie ihn aber jetzt niemand mehr trug. Ihre Taille war schlank, ihre Hüften gerade richtig. Ihre Körpergröße paßte gut zu der von Ka. Auch ihre Fußgelenke mochte Ka; und er begriff, daß er, wenn er nicht mit ihr zusammen aus Kars nach Frankfurt zurückkehrte, sich mit Qualen bis an sein Lebensende daran erinnern würde, wie sie hier seine Hand gehalten hatte, wie sie sich halb im Scherz, halb im Ernst geküßt hatten und wie glücklich er gewesen war.

Als İpeks brotschneidender Arm zur Ruhe kam, wandte sie sich an Ka, bevor sie zurückging. »Ich lege noch Käse und Oliven auf Ihren Teller«, rief sie ihm zu. Ka begriff, daß sie ihn gesiezt hatte, um ihn daran zu erinnern, daß sie noch mit anderen in einem Raum waren.

»Ja, bitte!« antwortete er im gleichen, für die anderen bestimmten Ton. Als er ihr in die Augen blickte, merkte er, daß ihr mehr als klar war, eben von hinten betrachtet worden zu sein. Er erschrak bei dem

Gedanken, daß İpek sich in Beziehungen zwischen Männern und Frauen sehr gut auskannte, in dieser schwierigen Diplomatie, die er nie beherrscht hatte. Ohnehin hatte er Angst, daß darin seine einzige Chance lag, im Leben je glücklich zu werden.

»Das Brot hat der Militärlastwagen vor kurzem gebracht«, sagte İpek und lächelte mit jenem süßen Blick, der Ka völlig entwaffnete. »Zahide Hanım konnte wegen des Ausgangsverbotes nicht kommen; und deshalb kümmere ich mich um die Küche... Als ich die Soldaten gesehen habe, hatte ich richtig Angst.«

Denn die Soldaten hätten auch gekommen sein können, um Hande oder Kadife abzuholen. Oder sogar ihren Vater...

»Sie haben das diensthabende Hilfspersonal aus dem Krankenhaus zum Volkstheater gebracht, um sie die Blutspuren beseitigen zu lassen«, flüsterte İpek. Sie setzte sich an den Tisch. »Sie haben die Studentenheime, die Schule für Vorbeter und Prediger und die Parteilokale gestürmt...« Da habe es auch Tote gegeben. Sie hätten Hunderte von Leuten festgenommen, aber manche am Morgen freigelassen. Wie sie begann, flüsternd und in einem Ton zu sprechen, der Zeiten politischer Unterdrückung eigen ist, erinnerte Ka an die Universitätsmensen von zwanzig Jahren zuvor, die Geschichten von Folter und Entrechtung, die alle immer flüsternd erzählt wurden, an die Wut, die Trauer und den seltsamen Stolz, mit dem davon gesprochen worden war. Damals wollte er aus einem Schuldgefühl und einer dunklen Hoffnungslosigkeit heraus immer am liebsten vergessen, daß er in der Türkei lebte, wollte nach Hause gehen und Bücher lesen. Jetzt hatte er sich als Antwort »Schrecklich, ganz schrecklich!« bereitgelegt, um İpek zu helfen, das Thema abzuschließen; es lag ihm auf der Zunge, aber jedesmal, wenn er es gerade sagen wollte, verzichtete er wieder, weil er dachte, es würde künstlich klingen, und aß weiter schuldbewußt sein Brot und seinen Käse.

Während İpek davon flüsterte, daß die Fahrzeuge unterwegs steckengeblieben waren, die man in die kurdischen Dörfer geschickt hatte, damit die Väter zur Identifikation der Leichen ihrer Söhne von der Vorbeter- und Predigerschule kämen, daß jedermann eine Frist von einem Tag gewährt worden sei, alle Waffen abzuliefern, und daß die Aktivitäten der Korankurse und der politischen Parteien verboten worden seien, blickte Ka auf ihre Hände, in ihre Augen, auf die schöne Haut ihres langen Halses und den Fall ihrer hellbraunen Haare auf diesen Hals. Konnte er sie lieben? Eine kurze Weile versuchte er sich vor Augen zu führen, wie sie in Frankfurt die Kaiserstraße entlanggehen und abends nach einem Kinobesuch nach Hause zurückkehren würden. Aber in Windeseile wurde er von Pessimismus ergriffen. Ihm fiel auf, daß İpek das Brot in dicke Scheiben schnitt, wie man das in armen Haushalten tut, und dann – noch schlimmer – diese dicken Scheiben zu Pyramiden schichtete, wie das in Garküchen üblich ist, in denen es darauf ankommt, daß der Teller voll ist.

»Bitte, red jetzt von etwas anderem«, bat Ka sie vorsichtig.

İpek war gerade dabeigewesen, von der Verhaftung eines Mannes zu erzählen, der denunziert und ganz in der Nähe des Hotels beim Versuch gefaßt worden war, sich über die Hinterhöfe davonzuschleichen.

Ka sah Angst in ihren Augen. »Gestern war ich sehr glücklich, weißt du, und ich konnte zum erstenmal seit Jahren Gedichte schreiben«, erklärte er ihr. »Aber jetzt kann ich diese Geschichten nicht aushalten.«

»Dein Gedicht gestern war wirklich schön«, sagte İpek.

»Hilfst du mir heute, bevor mich das Unglück ganz und gar erfaßt?«

»Was soll ich tun?«

»Ich gehe gleich nach oben auf mein Zimmer«, sagte Ka. »Komm etwas später und halte meinen Kopf zwischen deinen Händen. Nur ein bißchen, und nicht mehr!«

Als er das sagte, erkannte er schon an İpeks angsterfülltem Blick, daß sie das nicht fertigbringen würde, und stand auf. Er hätte diesen dummen Vorschlag gar nicht erst machen dürfen, dann hätte er İpeks verständnislosen Blick nicht sehen müssen. Während er eilig die Treppe hochstieg, machte er sich Vorwürfe, weil er sich eingeredet hatte, in sie verliebt zu sein. Er betrat sein Zimmer, warf sich auf sein Bett und dachte erst daran, wie töricht es von ihm gewesen war, aus Istanbul hierherzukommen, und dann, daß es ein Fehler gewesen war, von Frankfurt in die Türkei zu kommen. Was würde seine Mutter sagen, die zwanzig Jahre zuvor versucht hatte, ihn von Gedichten und der Literatur fernzuhalten, damit ihr Sohn ein normales Leben führen könnte, wenn sie wüßte, daß im Alter von zweiundvierzig Jahren sein Glück von einer Frau abhängig war, die sich in Kars »um die Küche kümmerte« und Brot in dicke Scheiben schnitt? Was hätte sein Vater gesagt, wenn er gehört hätte, daß sein Sohn in Kars vor einem Scheich vom Dorf auf die Knie gefallen war und unter Tränen von seinem Glauben zu Allah geredet hatte? Draußen hatte es wieder zu schneien begonnen, und die melancholischen riesigen Flocken sanken langsam an seinem Fenster vorbei.

Es klopfte an der Tür, er sprang auf und öffnete sie hoffnungsvoll. Es war İpek, aber ihr Gesicht hatte einen veränderten Ausdruck: Ein Militärfahrzeug sei gekommen, zwei Leute, einer davon ein Soldat, seien ausgestiegen und hätten nach Ka gefragt. Sie habe ihnen gesagt, er sei anwesend, und sie würde ihn benachrichtigen.

»Gut«, meinte Ka.

»Wenn du willst, kann ich dir auch zwei Minuten lang diese Massage machen«, sagte İpek.

Ka zog sie hinein, schloß die Tür, gab ihr einen Kuß und setzte sie dann an das Kopfende des Bettes. Er selbst streckte sich auf dem Bett aus und legte seinen Kopf in ihren Schoß. So blieben sie eine Weile, schwiegen und schauten aus dem Fenster nach draußen auf die Krähen, die auf dem Dach des über hundert Jahre alten Rathauses herumliefen.

»Gut, das genügt, vielen Dank!« sagte Ka. Sorgfältig nahm er seinen aschgrauen Mantel vom Haken und verließ das Zimmer. Während er die Treppe hinunterging, roch er einen Moment an dem Mantel, der ihn an Frankfurt erinnerte, und für einen Augenblick vermißte er sein Leben in Deutschland in all seinen Farben. Es gab einen blonden Verkäufer, Hans Hansen, der ihn im Kaufhof, an dem Tag, an dem er den Mantel kaufte, beraten hatte und den er zwei Tage später, als er den gekürzten Mantel abholte, noch einmal gesehen hatte. Ka erinnerte sich auch, daß er nachts kurz aufgewacht war und an ihn gedacht hatte – möglicherweise wegen seines übertrieben deutschen Namens und seiner Blondheit.

21

Aber ich erkenne keinen von ihnen

KA IN DEN EISIGEN RÄUMEN DES SCHRECKENS

Um Ka abzuholen, hatte man einen alten Lastwagen der Marke GMS aus der Marshallplanhilfe geschickt, wie es sie damals in der Türkei kaum mehr gab. Ein auffällig junger Mann in Zivil mit heller Haut und Hakennase wartete auf Ka in der Hotelhalle und ließ ihn vorne im Lastwagen, in der Mitte, Platz nehmen. Er selbst setzte sich neben ihn, an die Tür, so, als sollte Ka daran gehindert werden, die Tür zu öffnen und wegzulaufen. Aber er hatte Ka ziemlich höflich behandelt und ihn respektvoll angeredet, woraus Ka den Schluß gezogen hatte, daß er kein Zivilpolizist, sondern ein Offizier des Nationalen Nachrichtendienstes war und man ihn möglicherweise nicht mißhandeln würde.

Langsam fuhren sie durch die menschenleeren, schneeweißen Straßen der Stadt. Weil die Fahrerkabine des Militärlasters, die einige Armaturen schmückten, die nicht mehr funktionierten, sehr hoch war, konnte Ka in ein paar wenige Wohnungen schauen, deren Vorhänge offen waren. Überall lief der Fernseher, und fast ganz Kars hatte die Vorhänge vorgezogen und sich eingeigelt. Es kam Ka so vor, als führen sie durch eine ganz andere Stadt und als seien auch der Fahrer und der Mann mit der Hakennase ganz verzaubert von der Schönheit der schneebedeckten Ölweiden, der alten russischen Häuser im baltischen Stil und der wie aus einem Traum stammenden Straßen, die sie hinter den Scheibenwischern zu sehen bekamen, die nur mit Mühe mit dem Schnee fertig wurden.

Sie hielten vor dem Polizeipräsidium und stiegen rasch aus, weil sie im Lastwagen ziemlich gefroren hatten. Drinnen war es im Vergleich zu gestern so voll und belebt, daß Ka einen Moment erschrak, obwohl er gewußt hatte, daß es so sein würde. Es herrschte jene seltsame chaotische Umtriebigkeit, die Orten eigen ist, an denen eine Menge Türken miteinander arbeiten. Ka erinnerte sich an Korridore in Gerichten, Eingänge zu Fußballstadien und Autobusbahnhöfen. Aber es lag auch eine unheilvolle Todesstimmung in der Luft, wie er sie in nach Jodtinktur riechenden Krankenhäusern gespürt hatte. Der Gedanke, daß ganz in der Nähe jemand gefoltert wurde, erfüllte ihn mit Schuldgefühl und Furcht.

Als er erneut die Treppe hochstieg, die er gestern mit Muhtar emporgestiegen war, versuchte er instinktiv, sich so selbstverständlich zu verhalten wie die Leute, die hier das Sagen hatten. Er hörte aus offenen Türen das eilige Klappern von Schreibmaschinen, brüllend über Funk geführte Gespräche und Rufe durch das Treppenhaus nach dem Teekellner. Jugendliche, die mit Handschellen aneinandergefesselt waren, warteten mit derangierter Kleidung und mit Blutergüssen im Gesicht auf ihre Vernehmung; und er bemühte sich, ihnen nicht in die Augen zu sehen.

Sie brachten ihn in ein Zimmer ähnlich dem, in dem er am Tag zuvor zusammen mit Muhtar gesessen hatte. Sie meinten, er könnte vielleicht den Mörder des Direktors der Pädagogischen Hochschule, den er gestern unter den Bildern nicht wiedererkannt hatte, diesmal unter den verhafteten islamistischen Studenten im unteren Geschoß identifizieren, obwohl er aussagte, daß er das Gesicht des Mörders nicht gesehen hatte. Ka begriff, daß nach der »Revolution« der Nationale Nachrichtendienst die Kontrolle über die Polizei erlangt hatte und daß es einen Konflikt zwischen den beiden gab. Ein Geheimdienstler mit rundem Gesicht fragte Ka, wo er gestern gegen vier Uhr gewesen sei.

Einen Augenblick lang wurde Kas Gesicht aschfahl. »Man hatte mir gesagt, es wäre gut, wenn ich auch Scheich Saadettin Efendi träfe«, setzte er an, als der Mann mit dem runden Gesicht ihn unterbrach. »Nein, davor!«

Als Ka schwieg, erinnerte er ihn daran, daß er sich mit Lapislazuli getroffen hatte. Er tat so, als bedaure er, ohnehin alles gewußt und Ka beschämt zu haben. Ka bemühte sich, auch darin ein Zeichen guten Willens zu sehen. Ein gewöhnlicher Polizeikommissar hätte behauptet, Ka habe versucht, dieses Treffen zu verschweigen, und ihm wichtigtuerisch und grob unter die Nase gerieben, daß die Polizei alles wisse.

Der Geheimdienstler erklärte in einem Ton, der besagte: »Gut, daß es überstanden ist«, was für ein fanatischer Terrorist Lapislazuli sei, was für ein gerissener Intrigant und verschworener Feind der Republik, der im Dienst des Iran stehe. Es sei erwiesen, daß er einen Fernsehmoderator umgebracht habe, und es liege deswegen ein Haftbefehl vor. Er reise durch die ganze Türkei und organisiere die Anhänger der Scharia. »Wer hat das Gespräch mit ihm für Sie arrangiert?«

»Ein Schüler von der Vorbeter- und Predigerschule, dessen Namen ich nicht kenne«, sagte Ka.

»Dann versuchen Sie jetzt, auch ihn zu identifizieren«, meinte der Geheimdienstler. »Sehen Sie genau hin! Sie werden durch die Überwachungsklappen über den Zellentüren schauen. Haben Sie keine Angst, man kann Sie nicht erkennen!«

Sie führten Ka eine breite Treppe hinab. Vor gut hundert Jahren, als dieser schmale, langgestreckte Bau das Krankenhaus einer armenischen Stiftung war, war dieser Bereich als Holzlager und als Schlafraum für das Hilfspersonal verwendet worden. Als das Gebäude in den vierziger Jahren in ein staatliches Gymnasium umgewandelt wurde, riß man die Zwischenwände ein und machte diesen Bereich zu einem Speisesaal. Zahlreiche Jugendliche aus Kars, die in späteren Jahren zu antiwestlichen Marxisten werden sollten, schluckten hier in den sechziger Jahren die ersten Lebertrantabletten ihres Lebens mit einem Glas Ayran aus Milchpulver, beides geliefert von UNICEF, und es wurde ihnen übel, weil der Geruch so schrecklich war. Ein Teil dieses weitläufigen Kellers war nun in einen Korridor und vierzehn kleine Zellen verwandelt worden.

Ein Polizist, an dessen Bewegungen zu erkennen war, daß er das nicht zum erstenmal tat, setzte Ka sorgfältig eine Offiziersmütze auf den Kopf. Der hakennasige Agent des Nationalen Nachrichtendienstes, der Ka vom Hotel abgeholt hatte, sagte mit dem Ausdruck eines

Mannes, der viel erlebt hat: »Die haben eine Riesenangst vor Offiziersmützen!«

Als sie bei der ersten Tür rechts ankamen, öffnete der Polizist mit einer energischen Bewegung das kleine Fenster über der eisernen Zellentür und rief, so laut er konnte: »Achtung, der Kommandant!« Ka schaute durch das handtellergroße Fensterchen hinein.

In der Zelle, die so groß war wie ein etwas überdimensioniertes Bett, sah Ka fünf Menschen. Vielleicht waren es auch mehr: Sie waren nämlich übereinandergestapelt. Sie hatten sich dichtgedrängt an die Wand gegenüber gelehnt, waren, weil sie noch keinen Kriegsdienst geleistet hatten, ungeschickt in Habtachtstellung gegangen, und hatten außerdem die Augen geschlossen, wie man ihnen das vorher unter Drohungen beigebracht hatte. (Ka spürte, daß ihn einige unter halbgeschlossenen Ausgenlidern ansahen.) Obwohl erst elf Stunden seit der »Revolution« vergangen waren, waren sie alle kahlgeschoren und hatten vom Prügeln zugeschwollene Augen und Gesichter. In der Zelle war es heller als auf dem Korridor, trotzdem sahen sie für Ka alle gleich aus. Er war fassungslos: Mitleid, Angst und Scham ergriffen ihn. Er war erleichtert, daß Necip nicht unter ihnen war.

Als der Agent des Nationalen Nachrichtendienstes sah, daß Ka auch beim zweiten und dritten Fenster niemanden identifizierte, sagte er: »Kein Grund zur Angst! Sie werden doch sowieso von hier abhauen, wenn die Straßen wieder frei sind.«

»Aber ich erkenne keinen von ihnen«, antwortete Ka ein bißchen aufsässig.

Später erkannte er einige Leute: Er erinnerte sich sehr gut, wie er gesehen hatte, daß einer Funda Eser auf der Bühne etwas zugerufen hatte, und an einen anderen, der dauernd etwas skandierte. Zwischendurch dachte er daran, daß er seine Bereitschaft beweisen könnte, mit der Polizei zusammenzuarbeiten, wenn er jemanden denunzierte, und dann Necip übersehen könnte, wenn sie sich begegneten (denn schließlich waren die Vergehen dieser Jugendlichen nichts Ernstes).

Aber er denunzierte niemanden. In einer Zelle flehte ein Junge mit blutig geschlagenem Gesicht Ka an: »Lieber Kommandant, verhindern Sie bloß, daß man meiner Mutter Bescheid gibt!«

Mit großer Wahrscheinlichkeit hatte man in der ersten revolutionären Aufregung diese Jugendlichen ohne Gebrauch von Hilfsmitteln bloß mit Fäusten und Stiefeln malträtiert. Auch in der letzten Zelle sah Ka niemanden, der dem Mann ähnelte, der den Direktor der Pädagogischen Hochschule erschossen hatte. Er war erleichtert, daß auch hier Necip nicht unter den verängstigten Jungen war.

Oben begriff er, daß der Mann mit dem runden Gesicht und seine Vorgesetzten fest entschlossen waren, in kürzester Zeit den Mörder des Direktors zu finden und das den Leuten von Kars als einen Erfolg der Revolution zu präsentieren, ja, vielleicht ihn sofort aufzuhängen. Im Raum befand sich nun auch ein pensionierter Major, der trotz der Ausgangssperre einen Weg gefunden hatte, zum Polizeipräsidium zu kommen, und die Freilassung seines festgenommenen Neffen verlangte. Er bat darum, seinen jungen Verwandten nicht durch Folter »der Gesellschaft zu entfremden«, und erzählte, daß die arme Mutter des Jungen ihn auf die Vorbeter- und Predigerschule gegeben habe, weil sie auf die Lüge hereingefallen sei, der Staat verteile dort gratis wollene Mäntel und Jacken an die Schüler, daß aber die Familie eigentlich republikanisch und kemalistisch gesinnt sei. Der Mann mit dem runden Gesicht unterbrach den pensionierten Major.

»Major, hier wird niemand mißhandelt«, sagte er und zog Ka beiseite: Vielleicht seien der Mörder und die Männer Lapislazulis (Ka hatte den Eindruck, für ihn gehöre der Mörder dazu) unter denen, die oben in der tierärztlichen Fakultät inhaftiert seien.

So bestiegen Ka und der hakennasige Mann, der ihn vom Hotel abgeholt hatte, wieder denselben Militärlastwagen. Während der ganzen Fahrt war Ka glücklich, weil die leeren Straßen so schön waren, er endlich das Polizeipräsidium hinter sich gelassen hatte und es guttat, eine Zigarette zu rauchen. Ein Teil seines Verstandes sagte ihm, daß er sich insgeheim freute, daß es einen Putsch der Militärs gegeben hatte und das Land nicht den Islamisten überlassen wurde. Deshalb schwor er sich, um sein Gewissen zu erleichtern, nicht mit der Polizei und der Armee zusammenzuarbeiten. Gleich darauf fiel ihm ein neues Gedicht ein, so überwältigend und seltsam lebensbejahend, daß er den hakennasigen Agenten des Nationalen Nachrichtendienstes fragte: »Können wir bei einem Teehaus halten und einen Tee trinken?«

Die meisten der Teehäuser für Arbeitslose, die es überall in der Stadt gab, hatten geschlossen, aber sie sahen in der Kanalstraße, in der ein am Rande wartender Militärlastwagen nicht auffallen würde, ein Teehaus, an dessen Herd jemand arbeitete. Drinnen waren außer dem Lehrjungen, der auf das Ende der Ausgangssperre wartete, noch drei Jugendliche in einer Ecke. Beim Anblick von zwei Männern, der eine mit Offiziersmütze, der andere in Zivil, wurden sie nervös.

Der Mann mit der Hakennase zog sofort seine Pistole aus dem Mantel, nahm eine geschäftsmäßige Haltung ein, die in Ka Respekt erweckte, hieß die jungen Männer sich vor einer Wand aufstellen, an der eine riesige Ansicht der Schweiz abgebildet war, suchte sie ab und nahm ihre Ausweise an sich. Ka, der zu der Ansicht gekommen war, daß nichts Ernstes geschehen würde, setzte sich an einen Tisch gleich neben dem kalten Ofen und schrieb in aller Ruhe sein Gedicht auf. Der Ausgangspunkt des Gedichtes, das er »Traumgassen« nennen sollte, waren die verschneiten Straßen von Kars, aber in diesen sechsunddreißig Versen fand sich eine ganze Menge aus den alten Gassen Istanbuls, aus der Gespensterstadt Ani, diesem armenischen Kulturerbe, und den leeren, unheimlichen und wunderbaren Städten, die Ka in seinen Träumen gesehen hatte.

Als Ka mit seinem Gedicht fertig war, sah er, daß in dem Schwarzweißfernseher die Revolution im Volkstheater den Platz des Volkssängers vom Morgen eingenommen hatte. Da der Torwart Vural gerade begonnen hatte, von seinen Liebesaffären und den von ihm kassierten Toren zu erzählen, würde er sich in zwanzig Minuten selbst zusehen können, wie er im Fernsehen Gedichte vortrug. Ka hätte sich gerne an das Gedicht erinnert, das er vergessen und deswegen nicht in sein Heft übertragen hatte.

Durch die Hintertür kamen noch vier Personen in das Teehaus; und der Mann vom Nationalen Nachrichtendienst zog auch vor ihnen seine Pistole und stellte sie an die Wand. Der Kurde, der das Tee-

haus betrieb, erklärte dem Beamten vom Nachrichtendienst, den er
»Herr Kommandant« nannte, daß diese Männer nicht gegen das Ver-
bot, auf die Straße zu gehen, verstoßen hätten, sondern durch den
Hof und den Garten gekommen seien.

Der Beamte entschloß sich, die Richtigkeit dieser Behauptungen
zu überprüfen. Einer der Männer hatte keinen Ausweis bei sich und
zitterte geradezu übertrieben vor Angst. Der Agent wies ihn an, ihn
auf gleichem Wege zu sich nach Hause zu bringen. Die an die Wand
gelehnten Jugendlichen überließ er dem Chauffeur, den er hereinge-
rufen hatte. Ka hatte sein Gedichtheft in die Manteltasche gesteckt
und ging ihnen hinterher. Sie traten aus dem Hinterausgang des Teehauses auf einen eisigen, schneebedeckten Hof, stiegen über eine
niedrige Mauer, kletterten drei vereiste Stufen hoch und dann hinunter in den Keller eines Betongebäudes, das wie die meisten Häuser
in Kars heruntergekommen und ohne Anstrich war. Hier roch es
nach Schmutz, nach Kohle und Schlaf. Der vorneweg gehende Mann
kroch in eine Ecke mit leeren Pappkartons und Gemüsekästen neben
einem dröhnenden Heizkessel; auf einem improvisierten Bett sah Ka
eine außerordentlich schöne junge Frau mit weißem Gesicht schlafen. Instinktiv wandte er den Kopf ab. Währenddessen gab der Mann
ohne Ausweis dem hakennasigen Agenten einen Paß. Ka konnte wegen des Dröhnens aus dem Heizkessel nicht verstehen, was sie sagten, sah aber im Halbdunkel, wie der Mann noch einen zweiten Paß
hervorholte.

Es war ein georgisches Ehepaar, das in die Türkei gekommen war,
um zu arbeiten und Geld zu verdienen. Nach ihrer Rückkehr ins Teehaus begannen die Jugendlichen, die an der Wand standen und denen der Beamte des Nationalen Nachrichtendienstes ihre Ausweise
zurückgab, auch gleich, sich über sie zu beschweren: Die Frau hatte
die Schwindsucht, arbeitete aber als Hure und schlief mit Leder-
händlern und Besitzern von Viehweiden, die hin und wieder von den
Bergen in die Stadt kamen. Weil ihr Mann wie auch die anderen Georgier bereit war, zum halben Preis zu arbeiten, nahm er den türkischen Landsleuten die Arbeit weg, wenn es alle Jubeljahre mal einen
Auftrag auf dem Markt für Tagelöhner gab. Und sie waren derart arm

und knauserig, daß sie kein Geld für eine Pension ausgaben, sondern dem Hausmeister der Wasserverwaltung jeden Monat fünf amerikanische Dollars in die Hand drückten und in diesem Heizungskeller lebten. Es ging das Gerücht, daß sie nach ihrer Rückkehr in ihre Heimat sich eine Wohnung kaufen und bis an das Ende ihres Lebens nicht mehr arbeiten würden. In den Schachteln seien Lederwaren, die sie hier billig einkauften und bei ihrer Rückkehr nach Tiflis verkaufen würden. Sie seien schon zweimal ausgewiesen worden, hätten es aber wieder geschafft, auf irgendeinem Weg »nach Hause« in den Heizungskeller zurückzukehren. Von solchen Krankheitserregern, die die bestechlichen Polizisten einfach nicht beseitigen könnten, müsse die Militärverwaltung Kars säubern.

Während sie ihren Tee tranken, den der Teehausbesitzer seinen Gästen zu servieren stolz und glücklich war, erzählten diese herumlungernden, arbeitslosen Jugendlichen, die sich, durch den hakennasigen Nachrichtendienstler ermutigt, zögernd zu ihnen an den Tisch setzten, was sie sich von dem Militärputsch erwarteten, beschwerten sich über verkommene Politiker und sprachen von zahlreichen Gerüchten, die so gut wie Denunziationen waren: von nichtgenehmigten Schlachtungen, von den Betrügereien im Lager der staatlichen Monopolverwaltung, davon, daß einige Bauunternehmer Schwarzarbeiter aus Armenien in Tiefkühllastern für Fleisch hertransportierten, weil sie billiger arbeiteten, und sie in Hütten unterbrachten, und daß manche die Leute den ganzen Tag arbeiten ließen und dann nicht zahlten... Diese arbeitslosen Jugendlichen schienen gar nicht bemerkt zu haben, daß der »Militärputsch« gegen die kurdischen Nationalisten und die »Fundamentalisten«, die dabei waren, die Lokalwahlen zu gewinnen, gerichtet war. Sie taten so, als sei das, was seit dem gestrigen Abend in Kars geschah, dazu da, der Arbeitslosigkeit und der Unmoral in der Stadt Einhalt zu gebieten und Arbeit für sie zu finden.

Als sie dann wieder im Militärlastwagen saßen, sah Ka, daß der Nachrichtendienstler mit der Hakennase den Paß der Georgierin herauszog und das Foto betrachtete. Er fühlte sich davon seltsam erregt und beschämt.

Sobald Ka das Gebäude der tierärztlichen Fakultät betreten hatte, merkte er, daß hier die Lage viel übler war als im Polizeipräsidium. Als er durch die Korridore dieses eiskalten Gebäudes ging, wurde ihm sofort klar, daß hier niemand Zeit für Mitleid hatte. Hierher waren die kurdischen Nationalisten gebracht worden, die linken Terroristen, die immer mal wieder irgendwo eine Bombe hochgehen ließen und daneben eine Resolution deponierten (sofern sie sich hatten fangen lassen), sowie all jene, die in den Unterlagen des Nationalen Nachrichtendienstes als Sympathisanten auftauchten. Polizisten, Soldaten und Staatsanwälte unterwarfen die Teilnehmer an gemeinsamen Aktionen dieser beiden Gruppen, Leute, die der kurdischen Guerilla bei dem Versuch, sich in der Stadt einzunisten, geholfen hatten, und verschiedene andere Verdächtige einem intensiven Verhör, wobei sie Methoden anwandten, die bei weitem härter und gnadenloser waren als die, die man bei den Anhängern des politischen Islams gebrauchte.

Ein hochgewachsener, massiger Polizist hakte sich liebevoll bei Ka ein, so als sei er ein gehbehinderter alter Mann, und führte ihn durch drei Vorlesungssäle, in denen Schreckliches begangen wurde. So wie das mein Freund in dem Heft, das er später anlegte, getan hat, werde auch ich mich bemühen, nicht viel über das zu sprechen, was er in diesen Räumen sah.

Nachdem er den ersten Vorlesungssaal betreten und den Zustand der Verdächtigen dort einige Sekunden betrachtet hatte, dachte Ka zunächst, wie kurz doch die Reise des Menschen auf dieser Welt sei. Als er diese Verdächtigen nach ihrer Vernehmung sah, belebten sich vor seinem inneren Auge wie in einem Traum manche Phantasien und Wunschvorstellungen, die sich auf andere Zeiten, ferne Kulturen und nie besuchte Länder bezogen. Ka und die Menschen in diesem Raum spürten zutiefst, daß das ihnen gegebene Leben sich wie eine brennende Kerze verzehrte. In seinem Heft sollte Ka diesen Raum den »gelben Raum« nennen.

Ka hatte das Gefühl, er habe sich in dem zweiten Vorlesungssaal kürzer aufgehalten. Hier hatte er einigen Leuten in die Augen geschaut, hatte sich erinnert, sie gestern bei seinen Gängen durch die

Stadt in einem Teehaus gesehen zu haben, und hatte dann voller Schuldgefühl seine Augen weiterwandern lassen. Er spürte, daß sie sich jetzt in einem sehr weit entfernten Traumland aufhielten.

Im dritten Vorlesungssaal spürte Ka inmitten des Wimmerns und Weinens und einer sich in seiner Seele ausbreitenden tiefen Stille, daß eine allwissende Kraft ihr Wissen an uns nicht weitergibt und dadurch das Leben in dieser Welt in Qual verwandelt. Es gelang ihm in diesem Raum, niemandem in die Augen zu blicken. Er schaute, sah aber nicht, was vor seinen Augen war, sondern eine Farbe in seinem Kopf. Weil diese Farbe am ehesten wie Rot aussah, sollte er diesen Saal »den roten Raum« nennen. Was er in den ersten beiden Vorlesungssälen empfunden hatte, das Gefühl, daß das Leben kurz und daß der Mensch schuldig sei, ging hier eine Verbindung ein und beruhigte Ka trotz der Entsetzlichkeit des Anblicks.

Ka war sich bewußt, daß man an ihm zu zweifeln begann und das Vertrauen in ihn verlor, weil er auch auf der tierärztlichen Fakultät niemanden identifiziert hatte. Er war so erleichtert, daß er Necip nicht begegnet war, daß er sofort bereit war, ins Leichenschauhaus aufzubrechen, als der Mann mit der Hakennnase sagte, er solle sich zum Schluß noch die Leichen im Sozialversicherungskrankenhaus anschauen.

Im Leichenschauhaus im Keller des Sozialversicherungskrankenhauses zeigte man Ka zunächst die Leiche des Hauptverdächtigen. Das war der islamistische Aktivist, den bei der zweiten Salve der Soldaten drei Schüsse getroffen und getötet hatten, als er politische Parolen rief. Aber Ka kannte ihn nicht. Er hatte sich dem Toten vorsichtig genähert und ihn angeschaut, als grüße er ihn mit einer respektvollen und angespannten Bewegung. Die zweite Leiche, die auf dem Marmor lag, als friere sie, gehörte einem winzigen Greis. Nachdem sein linkes Auge von einer Kugel zerfetzt worden war, war es durch den Blutfluß zu einem tiefdunklen Loch geworden. Man zeigte ihn Ka, weil die Polizei nicht in der Lage gewesen war, festzustellen, daß er aus Trabzon gekommen war, um seinen Enkel zu besuchen, der seinen Militärdienst leistete, und weil seine Winzigkeit Verdacht erregte. Als er an die dritte Leiche herantrat, dachte Ka voller Optimismus an İpek, die er bald sehen würde. Auch bei dieser Leiche war ein Auge zerstört worden. Ihm ging die Idee durch den Kopf, daß dies etwas ist, was Leichen zustößt, die im Schauhaus liegen. Als er sich näherte und das Gesicht des toten jungen Mannes genauer betrachtete, zerbrach etwas in ihm.

Es war Necip. Das kindliche Gesicht. Die vorgestülpten Lippen, wie bei einem fragenden Kind. Ka empfand die Kälte und Stille des Krankenhauses. Die Pickel der Pubertät. Die gebogene Nase. Das schmutzige Schuljackett. Ka glaubte einen Moment, weinen zu müssen, und wurde ganz panisch. Die Panik lenkte ihn ab, und es floß keine Träne. In der Mitte der Stirn, gegen die er vor zwölf Stunden seine Hand gedrückt hatte, war nun ein Einschußloch. Was Necip tot erscheinen ließ, war nicht das blasse, bläuliche Weiß seines Gesichts, sondern daß sein Körper ausgestreckt dalag wie ein Brett. Ka durchströmte ein Gefühl der Dankbarkeit dafür, am Leben zu sein. Das entfernte ihn von Necip. Er beugte sich vor, löste seine hinter dem Rücken verschränkten Hände, hielt Necip an den Schultern und küßte ihn auf beide Wangen. Kalt waren diese Wangen, aber nicht hart. Das eine halboffene grüne Auge blickte Ka an. Ka faßte sich und sagte dem Mann mit der Hakennase, dieser »Kollege« habe ihn auf der Straße angehalten und ihm mitgeteilt, er sei ein Autor von Science-fiction-Romanen, und später habe er ihn zu Lapislazuli gebracht. Er hatte ihn geküßt, denn dieser Junge hatte ein sehr reines Herz.

22

Ganz der Mann für die Rolle Atatürks

SUNAY ZAIMS KARRIERE BEIM MILITÄR UND
AM MODERNEN THEATER

Darüber, daß Ka eine der Leichen identifiziert hatte, die man ihm im Leichenschauhaus des Sozialversicherungskrankenhauses gezeigt hatte, wurde in aller Eile ein Protokoll angefertigt und unterzeichnet. Ka und der Mann mit der Hakennase stiegen wieder in denselben Militärlastwagen und fuhren durch menschenleere Straßen, in denen Wahlanschläge und Plakate gegen den Selbstmord hingen und Hunde sich an den Rand drückten und sie anblickten. Ka konnte erkennen, wie sich Lücken in Vorhängen auftaten und spielende Kinder und neugierige Väter einen Blick auf den Lastwagen warfen; aber er war mit den Gedanken ganz woanders. Vor seinem Auge stand immer Necips Gesicht und die steif ausgestreckte Gestalt. Er stellte sich vor, wie er im Hotel ankommen und İpek ihn trösten würde, aber nachdem der Lastwagen den leeren Stadtplatz passiert hatte, fuhr er die Atatürk-Straße hinab und hielt in kurzer Entfernung vor einem neunzig Jahre alten Gebäude aus der Russenzeit, zwei Block unterhalb des Volkstheaters.

Es war ein einstöckiges Herrenhaus, das Ka schon an seinem ersten Abend in Kars durch seine Schönheit und Ungepflegtheit wehmütig gestimmt hatte. Nachdem die Türken die Stadt wiedererobert hatten, hatte hier in den ersten Jahren der Republik Maruf Bey, ein berühmter Kaufmann, der mit der Sowjetunion in Holz und Leder handelte, über zwanzig Jahre lang mit seiner Familie auf großem Fuß und inmitten von Köchen, Dienern, Pferdeschlitten und Kutschen gelebt. Als am Ende des Zweiten Weltkriegs, in den frühen Zeiten des Kalten Krieges, der Nationale Nachrichtendienst die Reichen von

Kars, die mit den Sowjets Geschäfte machten, unter dem Vorwurf der Spionage verhaftete und unterdrückte, verschwand auch er auf Nimmerwiedersehen; und das Herrenhaus stand fast zwanzig Jahre lang leer, weil sich niemand seiner annahm und es Streitigkeiten zwischen den Erben gab. Mitte der siebziger Jahre besetzte eine gewalttätige marxistische Fraktion das Gebäude, machte es zu ihrem Hauptquartier und plante eine Reihe von politischen Morden hier (Bürgermeister Muzaffer Bey, der Rechtsanwalt, war verletzt entkommen); nach dem Militärputsch von 1980 stand der Bau leer. Später mietete ein gerissener Verkäufer von Kühlschränken und Öfen einen kleinen Laden gleich daneben und verwandelte das Gebäude in sein Lager; und danach kam ein unternehmender Schneider voll hochfliegender Ideen mit dem Geld, das er in Istanbul und in arabischen Ländern angespart hatte, in seine Heimat zurück und eröffnete hier eine Näherei mit Overlockmaschinen.

Schon beim Eintreten sah Ka in der von den Tapeten mit orangefarbenen Rosen weichgetönten Beleuchtung Knopfmaschinen, große Nähmaschinen alten Stils und an Nägeln an der Wand aufgehängte riesige Scheren, die wie sonderbare Folterinstrumente aussahen.

Sunay Zaim, in Pullover und dem fadenscheinigen Mantel, den er schon anhatte, als ihn Ka zwei Tage zuvor zum erstenmal gesehen hatte, Militärstiefel an den Füßen und eine Zigarette ohne Filter zwischen den Fingern, ging im Raum auf und ab. Als er Ka erblickte, hellte sich sein Gesicht auf, als sehe er einen lieben alten Freund; er lief auf ihn zu, umarmte ihn und küßte ihn auf die Wangen. In diesem Kuß lag etwas, was wie bei dem Mann in Viehhändlerkleidung im Hotel »Segen möge der Putsch dem Lande bringen« besagte, er hatte aber auch etwas übermäßig Freundschaftliches, das Ka befremdete. Er erklärte sich später diese Freundschaftlichkeit damit, daß zwei Istanbuler sich unter schwierigen Umständen an einem so abgelegenen und armen Ort wie Kars begegneten, wußte aber inzwischen auch, daß Sunay Zaim einen Teil dieser Bedingungen selbst geschaffen hatte.

»Der dunkle Adler der Schwermut erhebt auch in mir jeden Tag seine Schwingen«, sagte Sunay, stolz und in geheimnisvollem Ton.

»Aber ich überlasse mich ihm nicht; widerstehe auch du! Alles wird gut werden!«

Im Schneelicht, das durch die großen Fenster in den Raum fiel, der mit seiner hohen Decke, dem Stuckdekor in den Ecken und dem riesigen Ofen ganz offenbar bessere Zeiten gesehen hatte, erkannte Ka an den Männern mit Funkgeräten in der Hand, den beiden massigen Leibwächtern, die ihn pausenlos im Auge behielten, und den Karten, Waffen, Schreibmaschinen und Aktenordnern auf dem Tisch neben der Tür zum Korridor, daß hier die »Revolution« ihr Hauptquartier und Sunay erhebliche Macht hatte.

»Zu einer Zeit, und es war dies unsere schlimmste«, fuhr Sunay fort und ging dabei weiter auf und ab, »als ich erfuhr, daß wir in den abgelegensten, armseligsten, erbärmlichsten Provinzstädten nicht einmal ein Hotelzimmer für die Nacht finden würden, geschweige denn einen Platz, um unsere Stücke aufzuführen, als ich begriff, daß der alte Freund, von dem es hieß, er lebe hier, die Stadt sowieso schon lange verlassen hatte, da regte sich in mir langsam die Schwermut, die man auch Melancholie nennt. Um nicht in ihre Fänge zu geraten, rannte ich los, ging von Tür zu Tür zu Ärzten, Rechtsanwälten und Lehrern, um herauszufinden, ob es jemanden in der Stadt gab, der sich für moderne Kunst, für uns Boten aus der modernen Welt interessierte. Wenn ich dann erfuhr, daß an der einzigen Adresse, die ich hatte, niemand wohnte, oder begriff, daß die Polizei uns sowieso nicht erlauben würde, ein Stück aufzuführen, oder wenn der Landrat mich nicht empfing, bei dem ich – als eine letzte Hoffnung – vorsprechen wollte, um die Erlaubnis doch zu bekommen, bemerkte ich voller Angst, daß sich die Dunkelheit in mir erhob. Dann öffnete der Adler, der in meiner Brust schlummerte, allmählich seine Schwingen und erhob sich in die Lüfte, um mich zu würgen. Oft zeigte ich mein Stück im schäbigsten Teehaus der Welt oder, wenn es das nicht gab, auf der Rampe am Eingang des Busbahnhofs, manchmal auch, wenn ein Stationsvorsteher ein Auge auf eine unserer jungen Schauspielerinnen geworfen hatte, auf dem Bahnhof, oder in Feuerwehrgaragen, in leeren Klassenzimmern von Grundschulen, schmutzigen Gasthäusern, im Schaufenster eines Friseurs, auf den Treppen eines Geschäftshauses, in Ställen und auf Bürgersteigen – aber ich überließ mich nicht der Schwermut.«

Als Funda Eser durch die Tür zum Flur hereinkam, ging Sunay vom Ich zum Wir über. Es herrschte eine solche Nähe zwischen dem Paar, daß Ka dieser Übergang nicht im mindesten künstlich vorkam. Funda Eser näherte sich mit ihrem üppigen Körper eilig und elegant, drückte Kas Hand, besprach flüsternd etwas mit ihrem Mann, kehrte wieder um, ungemein beschäftigt wirkend, und war verschwunden.

»Das waren unsere schlimmsten Jahre«, sagte Sunay. »Alle Zeitungen schrieben darüber, daß wir bei der Gesellschaft, bei den Idioten in Istanbul und Ankara nicht mehr gefragt waren. An dem Tag, an dem ich die größte Gelegenheit meines Lebens – die nur den Glücklichen geschenkt wird, die Genie haben – in Händen hielt, gerade als ich mit meiner Kunst in den Lauf der Geschichte eingreifen konnte, wurde mir der Boden unter den Füßen weggezogen, und ich fiel plötzlich in den gemeinsten Dreck. Auch da ließ ich mich nicht einschüchtern, aber ich kämpfte mit der Schwermut. Nie habe ich meinen Glauben daran verloren, daß ich, wenn ich nur noch tiefer in diesen Schlamm eintauchte, inmitten des Drecks, der Gemeinheit, der Armut und Unbildung den eigentlichen Stoff, jenen großen, edlen Stein finden würde. Warum fürchtest du dich?«

Vom Korridor her tauchte ein Arzt im weißen Kittel mit einer Tasche in der Hand auf. Während er mit künstlicher Aufregung ein Blutdruckmeßgerät aus der Tasche zog und es Sunay anlegte, blickte dieser mit einem derart melodramatischen Ausdruck in das weiße Licht, das vom Fenster her ins Zimmer einfiel, daß sich Ka daran erinnerte, wie er am Anfang der achtziger Jahre »nicht mehr gefragt« gewesen war. Aber genauer erinnerte er sich an die Rollen, in denen Sunay in den siebziger Jahren seinen eigentlichen Ruhm erworben hatte. Was in jenen Jahren, der goldenen Zeit des linken politischen Theaters, unter all den vielen kleinen Theatergruppen Sunays Namen so bemerkenswert machte, war nicht nur seine Qualität als Schauspieler und sein Fleiß, sondern auch eine von Gott geschenkte Begabung zum Führer, die die Zuschauer von manchen Stücken, in denen er die Hauptrolle spielte, an ihm entdeckten. Der jugendliche türkische Zuschauer war von Sunay in Stücken begeistert, in denen er historische Machtmenschen und Herrscher, Napoleon, Lenin, jakobinische Revolutionäre wie Robespierre oder Enver Pascha und lokale Volkshelden, die ihnen nachgebildet worden waren, darstellte. Mit Tränen in den Augen begeistert Beifall spendend, hatten ihm Oberschüler und »fortschrittliche« Studenten zugesehen, wie er sich mit lauter und erschütternder Stimme um sein leidendes Volk sorgte, wie er sein Haupt stolz hob, wenn er von den Unterdrückern eine Ohrfeige bekam, und sagte: »Seid sicher, dafür werden wir eines Tages Rechenschaft fordern«, wie er, wenn die Sache am schlimmsten stand (irgendwann landete er immer unweigerlich im Gefängnis), unter Qualen die Zähne zusammenbiß und seinen Freunden Mut machte, aber, wenn nötig, für das Glück seines Volkes mitleidlos Gewalt anwendete, auch wenn ihm dabei das Herz blutete. Es hieß, daß in der Entschlossenheit, mit der er am Ende des Stückes nach seiner Machtergreifung die Bösen bestrafte, seine militärische Erziehung spürbar gewesen sei. Er hatte die Kadettenanstalt von Kuleli besucht. Dort war er während der letzten Klasse von der Schule geflogen, weil er mit einem Ruderboot nach Istanbul ausriß und sich an den Theatern von Beyoğlu herumtrieb sowie versucht hatte, das Stück *Bevor das Eis bricht* insgeheim an der Schule aufzuführen.

Der Militärputsch von 1980 führte zum Verbot aller linken Theater, und der Staat beschloß, aus Anlaß von Atatürks hundertstem Geburtstag einen großen Film über ihn zu drehen, der im Fernsehen gezeigt werden sollte. Früher hätte keiner geglaubt, daß ein Türke diesen großen blonden und blauäugigen Helden der Verwestlichung verkörpern könne; man dachte bei diesen großen nationalen Filmen ohne Zögern an Schauspieler wie Laurence Olivier, Curd Jürgens oder Charlton Heston. Diesmal aber nahm sich die Zeitung *Die Freiheit* der Sache an und überzeugte ohne weiteres die öffentliche Meinung, daß »nunmehr« auch ein Türke Atatürk darstellen könne. Außerdem machte sie bekannt, daß die Leser, die Stimmzettel ausschnitten und einsendeten, bestimmen würden, wer Atatürk spielen solle. Vom ersten Tag der Volksabstimmung an war klar, daß nach einer langen Phase der demokratischen Selbstpräsentation unter den von einer Vorjury ausgewählten Kandidaten Sunay klar vorne lag. Der türkische Zuschauer hatte sofort gemerkt, daß der gutaussehende, majestätische, vertrauenerweckende Sunay, der seit Jahren in Rollen von Jakobinern Erfahrung gesammelt hatte, Atatürk würde verkörpern können.

Sunays erster Fehler war, zu ernst zu nehmen, daß er vom Volk gewählt worden war. Alle naselang erschien er im Fernsehen und in Zeitungen und gab an die Allgemeinheit gerichtete Äußerungen ab. Er ließ Fotos anfertigen, die seine glückliche Ehe mit Funda Eser dokumentierten. Durch Offenlegung seiner Wohnverhältnisse, seines täglichen Lebens und seiner politischen Ansichten versuchte er nachzuweisen, daß er Atatürks würdig sei und, was bestimmte Vorlieben und Eigenschaften (Rakı trinken, tanzen, sich elegant kleiden, gewandte Umgangsformen) anging, Ihm ähnele. Er ließ sich mit den Bänden Seiner Rede »Nutuk« ablichten, um zu zeigen, daß er Ihn wieder und wieder gelesen hatte. (Als ein mäkelnder Kolumnist schon frühzeitig darüber zu spotten begann, daß er nicht das Original des »Nutuk«, sondern eine gekürzte und sprachlich modernisierte Ausgabe las, ließ sich Sunay mit den Originalen aus seinem Bücherschrank fotografieren; aber bedauerlicherweise wurden diese Aufnahmen trotz aller Bemühungen nicht in derselben Zeitung abgedruckt.) Er besuchte Ausstellungseröffnungen, Konzerte und wichtige Fußballspiele und äußerte sich drittklassigen Reportern gegenüber, die jedem, der ihnen unterkommt, nach allem möglichen fragen, zu »Atatürk und die Malerei«, »Atatürk und die Musik«, »Atatürk und der türkische Sport«. In dem Wunsch, von jedermann geliebt zu werden, der zu seiner jakobinischen Haltung gar nicht paßte, gab er auch in antiwestlichen, »fundamentalistischen« Zeitungen Interviews. In einer von ihnen sagte er als Antwort auf eine im Grunde nicht besonders provozierende Frage: »Sicher kann ich eines Tages auch, wenn das Volk mich dessen für würdig hält, die Rolle des Propheten Muhammad spielen.«

In kleinen Zeitschriften des politischen Islams schrieb man, daß niemand – Gott behüte! – unseren Herrn, den Propheten, spielen könne. Dieser Ärger spiegelte sich in den Zeitungsspalten erst als »Kein Respekt vor unserem Propheten«, dann als »Beleidigung unseres Propheten« wider. Als auch die Militärs die Islamisten nicht zum Schweigen bringen konnten, war es an Sunay, das Feuer zu löschen. In der Hoffnung, die Lage zu beruhigen, machte er sich daran, mit dem Heiligen Koran in der Hand den konservativen Lesern zu erklären, wie sehr er unseren Herrn, den Propheten Muhammad, liebe und daß dieser eigentlich modern gewesen sei. Darauf hatten die kemalistischen Kolumnisten, die ihm seine Posen als »erwählter Atatürk« übelnahmen, nur gewartet: Sie erwiderten, Atatürk habe niemals Fundamentalisten und religiösen Fanatikern nach dem Munde geredet. Das Bild des durchgeistigten Sunay mit dem Koran in der Hand wurde wieder und wieder in den Zeitungen abgedruckt, die auf der Seite der Putschisten standen, und dazu wurde gefragt: »Ist das Atatürk?« Daraufhin ging die islamistische Presse, weniger um Sunays willen als um sich selbst zu schützen, zum Gegenangriff über. Sie veröffentlichten nun Fotos von Sunay beim Rakıtrinken und untertitelten sie mit: »Ein Rakı-Trinker wie Atatürk« oder »Und der soll unseren Propheten spielen?«. So entzündete sich der alle zwei Monate in der Istanbuler Presse zwischen Islamisten und Säkularisten aufflammende Streit diesmal an ihm. Es dauerte nur ganz kurz.

Innerhalb einer Woche waren zahlreiche Fotos von Sunay in den Zeitungen gedruckt worden: Wie er in einem Werbefilm, in dem er vor Jahren mitgespielt hatte, mit Genuß Bier trank, wie er in einer Filmrolle aus seiner Jugend Schläge einsteckte, wie er vor einer Fahne mit Hammer und Sichel die Faust ballte, wie er zuschaute, wie seine Frau in einer Rolle andere Schauspieler küßte... Seitenweise gab es Gerüchte: Seine Frau sei lesbisch, er sei immer noch ein Kommunist, sie synchronisierten illegale Pornofilme, er würde für Geld nicht nur Atatürk, sondern jede Rolle spielen, sie führten Brechts Stücke ohnehin mit Geld aus Ostdeutschland auf, sie hätten die Türkei beschuldigt, man habe Frauen von schwedischen Vereinen gefoltert, die zu Untersuchungen in die Türkei gekommen seien, und noch vieles mehr. In diesen Tagen teilte ein »hochrangiger Offizier«, der ihn zum Generalstab einbestellt hatte, Sunay kurz und knapp mit, sein Rücktritt von der Kandidatur für die Rolle sei Beschluß des gesamten Militärs. Bei diesem Offizier handelte es sich nicht um den gutherzigen, einfühlsamen Mann, der traumtänzerische Istanbuler Journalisten, die sich selbst zu wichtig nahmen und in Andeutungen die Einmischung des Militärs in die Politik kritisierten, nach Ankara einlud, sie erst gnadenlos abfertigte und ihnen dann Schokolade anbot, wenn er sah, daß sie weinten, weil er ihnen das Herz gebrochen hatte. Dieser Offizier hier war aus der gleichen »Abteilung für Öffentlichkeitsarbeit«, aber ein sarkastischer Mann von größerer Entschiedenheit. Er wurde nicht weich, als er sah, wie traurig und verängstigt Sunay dasaß; im Gegenteil, er machte sich über seine politischen Meinungsäußerungen in der Pose des »erwählten Atatürk« lustig. Zwei Tage zuvor hatte Sunay das Kleinstädtchen besucht, in dem er geboren worden war, war mit einem Autokorso und von den Sprechchören Tausender Arbeitsloser und Tabakbauern begrüßt worden, war auf das Atatürk-Denkmal auf dem Stadtplatz geklettert und hatte Atatürk unter Beifall die Hand gedrückt. Dadurch ermutigt, hatte er auf die Frage einer populären Istanbuler Zeitschrift: »Werden Sie eines Tages von der Bühne in die Politik wechseln?« mit einem »Wenn es das Volk will!« geantwortet. Nun verlautbarte das Amt des Ministerpräsidenten, der Atatürk-Film sei »bis auf weiteres« verschoben worden.

Sunay war erfahren genug, um diese böse Niederlage ohne Erschütterung zu überstehen. Schlimmer traf ihn, was dann geschah: Er war innerhalb eines Monats so häufig im Fernsehen aufgetreten, um sich diese Rolle zu sichern, daß man ihm keine Synchronisationsaufträge mehr gab, weil jedermann seine nun allzu bekannte Stimme als die Atatürks kannte. Auch die Werbefilmer, die ihn früher für Auftritte als vernünftigen Familienvater verpflichtet hatten, der ein gutes und zuverlässiges Produkt auszuwählen weiß, kehrten ihm nun den Rükken, weil es seltsam gewirkt hätte, wenn ein gescheiterter Atatürk mit einem Farbeimer in der Hand eine Wand bemalt oder erklärt hätte, wie zufrieden er mit seiner Bank sei. Was jedoch am schlimmsten war: das Volk, das leidenschaftlich an alles glaubte, was in der Zeitung stand, war überzeugt, daß er ein Feind Atatürks und der Religion sei. Und manche hatten sogar geglaubt, er sehe schweigend zu, wie seine Frau andere Männer küßte. In jedem Fall herrschte die Meinung vor: Wo Rauch ist, ist auch Feuer! Aufgrund all dieser Entwicklungen hatte zudem das Publikum seiner Aufführungen abgenommen. Dauernd hielten ihn auf der Straße Leute an und sagten zu ihm: »Schande über dich!« Ein Junge von einer Vorbeter- und Predigerschule, der überzeugt war, daß Sunay den Propheten schlechtgemacht hatte, und der selbst in die Zeitung kommen wollte, stürmte am Abend einer Aufführung das Theater, zog ein Messer und spuckte mehreren Personen ins Gesicht. Das alles war innerhalb von fünf Tagen geschehen. Das Ehepaar verschwand von der Bildfläche.

Zum weiteren Verlauf gab es zahlreiche Gerüchte: daß sie nach Berlin gegangen und dort unter dem Vorwand der Weiterbildung an Brechts Berliner Ensemble als Terroristen ausgebildet oder daß sie mit einem Stipendium des französischen Kulturministeriums in die französische Nervenheilanstalt La Paix im Istanbuler Stadtteil Şişli eingeliefert worden seien. Richtig war hingegen, daß sie sich in das Haus von Funda Esers Mutter, einer Malerin, an die Küste des Schwarzen Meers zurückgezogen hatten. Erst im nächsten Jahr fanden sie in einem gewöhnlichen Hotel in Antalya als Animatoren eine Anstellung. Morgens spielten sie auf dem Strand mit deutschen Ladenbesitzern und holländischen Touristen Volleyball, nachmittags unterhielten sie als Karagöz und Hacivat kostümiert und auf deutsch radebrechend die Kinder, und abends hatten sie einen Bühnenauftritt als der Sultan und seine bauchtanzende Odaliske. Das war der Beginn von Funda Esers Karriere als Bauchtänzerin, die sie in den nächsten zehn Jahren in diversen Kleinstädten fortführen sollte. Sunay hielt diese Maskerade drei Monate aus und verprügelte dann unter den Augen der entsetzten Touristen einen schwedischen Friseur, der die türkischen Witze über den Harem und den Fes nicht auf die Bühne beschränkt wissen, sondern morgens am Strand fortsetzen wollte und außerdem mit Funda Eser flirtete. Es ist bekannt, daß sie danach in Festsälen und bei Hochzeitsveranstaltern in Antalya und Umgebung als Moderator, Tänzerin und »Theatermacher« Arbeit fanden. Sunay präsentierte billige Sänger, die ihre Istanbuler Vorbilder fanatisch nachahmten, einen feuerschluckenden Zauberkünstler und drittklassige Kabarettisten, dann führte Funda Eser nach einer kurzen Rede über die Institution der Ehe, Atatürk und die Republik einen Bauchtanz vor, und schließlich stellten die beiden etwa zehn Minuten lang ganz seriös eine Szene wie zum Beispiel die aus *Macbeth* dar, wo über die Ermordung des Königs beraten wird, was mit Applaus belohnt wurde. Bei diesen Abenden bildete sich der Kern der Theatertruppe, die später durch Anatolien touren sollte.

Nachdem sein Blutdruck gemessen worden war und er per Funkgerät jemandem einen Befehl gegeben hatte, las Sunay ein Stück Papier, das man ihm vorgelegt hatte, und verzog das Gesicht voller Ekel. »Alle denunzieren einander«, sagte er. Auf seinen jahrelangen Tourneen durch entlegene anatolische Provinzstädte habe er gesehen, daß alle Männer dieses Landes von Schwermut gelähmt seien. »Sie sitzen tagaus, tagein in Teehäusern und tun gar nichts«, erklärte er. »In jeder Kleinstadt sind es Hunderte, in der ganzen Türkei Hunderttausende, Millionen von arbeitslosen, erfolglosen, hoffnungslosen, bewegungslosen Schwächlingen. Die Brüder haben keinen Anlaß, auf ihr Aussehen zu achten, keinen Willen, ihr fettiges und verflecktes Jackett zuzuknöpfen, keine Energie, ihre Glieder zu bewegen, keine Konzentration, um eine Geschichte bis zum Ende anzuhören, und keinen Grund, über einen Witz zu lachen.« Er behauptete, viele könnten vor Unglück nicht schlafen, rauchten Zigaretten deshalb, weil sie sie umbrächten, begriffen die Sinnlosigkeit, einen angefangenen Satz zu Ende zu bringen, und ließen ihn darum unvollendet, schauten nicht deswegen fern, weil sie das Programm mochten und sich amüsierten, sondern weil sie die anderen Gründe für Schwermut in ihrer Umgebung nicht aushielten, wollten eigentlich sterben, hielten sich aber für einen Selbstmord nicht für wertvoll genug, stimmten bei Wahlen für die schändlichsten Kandidaten der nichtswürdigsten Parteien, damit die ihnen die wohlverdiente Strafe zukommen ließen, und zögen die dauernd von Bestrafung redenden Putschisten Politikern vor, die ihnen ständig Hoffnungen machten. Funda Eser war hereingekommen und ergänzte, daß sie alle zu Hause unglückliche Frauen hätten, die auf die Kinder aufpaßten, von denen sie mehr als genug hätten, und die an Orten, von denen ihre Ehemänner nicht einmal wüßten, wo sie seien, putzten, Tabak verarbeiteten, Teppiche knüpften oder als Krankenschwester arbeiteten und so ein bißchen Geld verdienten. Wenn es diese Frauen nicht gäbe, die das dauernde Schimpfen mit ihren Kindern und ihr ständiges Weinen an das Leben binde, würden diese Millionen von unrasierten Männern in schmutzigen Hemden ohne Fröhlichkeit, Arbeit oder Beschäftigung, die ganz Anatolien überschwemmten und einer wie der andere aussähen, so verschwinden wie Bettler, die in frostigen Nächten an einer Ecke erfroren, oder wie Trinker, die aus der Kneipe kamen, in einen offenen Kanalisationsschacht fielen und nie wiederauftauchten, oder wie die verkalkten Opas, die sich im Schlafanzug und in Pantoffeln zum Krämer aufmachten, um ein Brot zu kaufen, und sich verirrten. Dabei waren sie, wie wir »in dieser armen Stadt Kars« sahen, allzu viele; und ihre einzige Freude sei es, ihre Frauen zu unterdrücken, denen sie ihr Leben zu verdanken hätten und denen sie mit einer Liebe anhingen, deren sie sich schämten.

»Ich habe in Anatolien zehn Jahre meines Lebens dafür gegeben, daß meine unglücklichen Brüder diese Schwermut und Melancholie ablegen«, sagte Sunay, ohne im geringsten Mitleid mit sich selbst erregen zu wollen. »Man hat uns immer wieder als Kommunisten, westliche Agenten, Perverse, Zeugen Jehovas, Nutte und Zuhälter eingesperrt, gefoltert, geschlagen. Man hat versucht, uns zu vergewaltigen, man hat uns mit Steinen beworfen. Aber sie haben auch gelernt, das Glück und die Freiheit zu lieben, die meine Stücke und meine Truppe ihnen geben. Ich kann jetzt nicht aufgeben, wo ich die größte Chance meines Lebens habe!«

Zwei Männer hatten den Raum betreten; einer gab Sunay wieder ein Funkgerät. Ka entnahm den Gesprächen, daß eines der *gecekondus* im Viertel am Wassertor umzingelt war, daß von dort aus geschossen wurde und sich in dem Haus ein kurdischer Kämpfer und eine Familie aufhielten. In der Leitung hörte man auch einen Soldaten, der Befehle gab und als »Kommandant« angeredet wurde. Etwas später informierte derselbe Soldat Sunay über etwas und fragte ihn dann nach seiner Meinung, aber nicht so, wie man mit einem Revolutionsführer, sondern so, wie man mit einem Klassenkameraden spricht.

Sunay bemerkte, wie aufmerksam Ka zuhörte. »In Kars gibt es eine Brigade Soldaten. Der Staat hat in den Jahren des Kalten Kriegs die eigentlichen Streitkräfte, die gegen mögliche russische Angreifer kämpfen sollten, in Sarıkamış konzentriert. Die hier reichen höchstens, um die Russen bei einem ersten Angriff etwas hinzuhalten. Jetzt sind sie eher dafür da, die Grenze nach Armenien zu schützen.«

Sunay erzählte, daß er wie Ka aus dem Bus aus Erzurum ausgestiegen und dann im Gasthaus Grünes Land Osman Nuri Çolak begegnet sei, mit dem er seit gut dreißig Jahren befreundet sei. Er sei sein Klassenkamerad aus der Kadettenschule von Kuleli. Früher einmal sei er der einzige in Kuleli gewesen, der gewußt habe, wer Pirandello sei und was Sartres Stücke ausmache. »Er hat es nicht geschafft, sich wie ich wegen Mangel an Disziplin von der Schule werfen zu lassen, aber er ist auch kein begeisterter Soldat geworden. Deswegen hat er es nie bis in den Stab geschafft. Es wurde auch getuschelt, daß er nicht General werden wird, weil er so klein ist. Er ist wütend und traurig, aber meiner Ansicht nach nicht aus beruflichen Gründen, sondern weil seine Frau das gemeinsame Kind genommen und ihn verlassen hat. Er ist von der Einsamkeit, Untätigkeit und den Gerüchten in der Kleinstadt angeödet, aber natürlich tratscht er am meisten. Er war der erste, der schon im Gasthaus von all den Auswüchsen wie den illegalen Schlachtungen, den Krediten der Landwirtschaftbank und den Korankursen erzählt hat. Er trank auch ein bißchen zuviel. Er hat sich sehr gefreut, mich zu sehen, und beklagte sich über die Einsamkeit. Er meinte entschuldigend, aber auch ein wenig angeberisch, er müsse am nächsten Morgen früh aufstehen, weil in dieser Nacht die Befehlsgewalt in Kars bei ihm liege. Der Brigadekommandant sei wegen der Rheumabeschwerden seiner Frau nach Ankara gefahren, der ihn vertretende Oberst zu einer dringenden Konferenz nach Sarıkamış gerufen worden, und der Gouverneur sei in Erzurum. Alle Macht liege in seiner Hand.

Der Schnee falle immer noch, und es sei klar, daß wie jeden Winter die Straßen für ein paar Tage blockiert würden. Ich begriff sofort, daß dies die Chance meines Lebens war, und habe ihm noch einen doppelten Rakı bestellt.«

Den Untersuchungen des nach den Geschehnissen aus Ankara entsandten Majors zufolge hatte Oberst Osman Nuri Çolak – für Sunay: Çolak –, dessen Stimme Ka gerade aus dem Funkgerät gehört hatte, den seltsamen Gedanken eines Militärputschs bloß für einen Scherz, einen phantastischen Zeitvertreib am Rakı-Tisch gehalten, ja er hatte sogar als erster gewitzelt, daß man mit zwei Panzern die Angelegenheit erledigen könne. Danach hatte Sunay darauf bestanden, und er war in die Sache eingestiegen, um seine Ehre als Mann nicht zu beflecken und im Glauben, Ankara würde am Ende zufrieden mit dem sein, was sie tun würden, nicht aber aus persönlichem Groll, Ärger oder aus Gewinnsucht. (Dem Bericht des Majors zufolge verletzte »Çolak« bedauerlicherweise dieses Prinzip doch und hob wegen einer Frauengeschichte auch die Wohnung eines kemalistischen Zahnarztes im Atatürk-Viertel aus.) An der Revolution beteiligten sich außer einer halben Kompanie Soldaten, die bei der Erstürmung von Wohnungen und Schulen zum Einsatz kamen, vier Lastwagen und zwei T-1-Panzern, die wegen des Mangels an Ersatzteilen äußerst vorsichtig eingesetzt werden mußten, keinerlei Militäreinheiten. Wenn wir Z. Eisenarm und sein Spezialteam, die für die »unaufgeklärten Bluttaten« verantwortlich waren, nicht zählen, wurde das meiste von einigen fleißigen Beamten der Polizei und des Nationalen Nachrichtendienstes erledigt, der ohnehin in der Erwartung einer außergewöhnlichen Zeit seit Jahren Daten über ganz Kars angelegt hatte und ein Zehntel der Bevölkerung als Agenten beschäftigte. Diese Beamten waren so glücklich, als sie von den ersten Putschplänen erfuhren und sich in der Stadt Gerüchte ausbreiteten, die Säkularisten würden im Volkstheater eine Demonstration abhalten, daß sie offizielle Telegramme an ihre Kollegen verschickten, die in Urlaub gefahren waren, sie sollten sofort zurückkommen, um den Auftrieb nicht zu verpassen.

Etwa zu dieser Zeit entnahm Ka den Gesprächen über Funk, daß die Auseinandersetzung im Viertel am Wassertor in eine neue Phase eingetreten war. Erst kam aus dem Funkgerät das Geräusch von drei Schüssen; einige Sekunden später hörte man die Schüsse, wie sie von der verschneiten Ebene gedämpft herüberklangen. Ka fand, daß das vom Funkgerät übertrieben wiedergegebene Geräusch schöner war.

»Seid nicht brutal!« sagte Sunay ins Funkgerät. »Aber laßt sie spüren, daß die Revolution und der Staat stark sind und nicht mit sich spaßen lassen.« Er hielt nachdenklich sein Kinn zwischen Daumen und Zeigefinger, und Ka erinnerte sich, daß Sunay denselben Satz Mitte der siebziger Jahre in einem historischen Stück gesprochen hatte. Er sah jetzt nicht mehr so gut aus wie früher, war erschöpft, mitgenommen und blaß. Er nahm ein Militärfernglas aus den vierziger Jahren vom Tisch, zog den dicken und abgewetzten Filzmantel über, den er seit zehn Jahren auf seinen Fahrten durch Anatolien benutzte, setzte sich seine Pelzmütze auf den Kopf, nahm Ka am Arm und zog ihn nach draußen. Die Kälte überraschte Ka einen Augenblick lang; er merkte, wie klein und schwach neben der Kälte von Kars menschliche Wünsche und Träume, Politik und Aufregungen doch waren. Zugleich stellte er fest, daß Sunay links stärker hinkte, als er gedacht hatte. Beim Gehen auf dem verschneiten Bürgersteig erfüllte es ihn mit Glück, daß die Straßen leer und sie die einzigen waren, die in der ganzen Stadt unterwegs waren. Und es waren nicht nur Lebensfreude und der Wunsch nach Liebe, was die verschneite schöne Stadt und die alten, verlassenen Stadtpaläste in ihm erweckten: Jetzt genoß Ka es auch, der Macht nahe zu sein.

»Das ist die schönste Gegend von Kars«, sagte Sunay. »Zum drittenmal bin ich innerhalb von zehn Jahren mit meiner Theatertruppe hierhergereist. Jedesmal komme ich bei Einbruch der Dunkelheit hierher, unter die Pappeln und Ölweiden, höre den Krähen und Elstern zu, werde wehmütig und blicke auf die Burg, die Brücke und das vierhundertjährige Badehaus.«

Sie standen jetzt auf der Brücke über dem zugefrorenen Fluß. Sunay zeigte auf eines der verstreuten *gecekondus* auf dem Hügel links gegenüber. Ka sah etwas unterhalb davon, etwas oberhalb der Straße, einen Panzer, in einiger Entfernung ein Militärfahrzeug. »Wir sehen euch«, rief Sunay ins Funkgerät und schaute dann durch das Fernglas. Bald darauf kam der Knall von zwei Schüssen aus dem Funkgerät. Dann hörten sie den Klang, wie er aus dem vom Fluß eingegrabenen Tal widerhallte. War das ein Gruß an sie? Am Zugang zur Brücke warteten zwei Wachen auf sie. Sie betrachteten das arme *gecekondu*-Viertel, das nach hundert Jahren an der Stelle der von russischen Kanonen zerstörten Stadtpaläste reicher osmanischer Paschas entstanden war, den Park auf der anderen Seite des Flusses, in dem sich einstmals die reichen Großbürger von Kars amüsiert hatten, und die Stadt dahinter.

»Hegel hat als erster erkannt, daß Geschichte und Theater aus dem gleichen Stoff sind«, sagte Sunay. »Er macht darauf aufmerksam, daß wie das Theater auch die Geschichte bestimmten Menschen eine Rolle zuweist. Daß wie auf der Bühne des Theaters auch auf der der Geschichte die Mutigen ihren Auftritt haben...«

Explosionen erschütterten das ganze Tal. Ka begriff, daß nun das Maschinengewehr auf dem Panzer in Aktion getreten war. Auch der Panzer hatte gefeuert, aber danebengeschossen. Danach kamen die Explosionen von Handgranaten, die die Soldaten warfen. Ein Hund bellte. Die Tür des *gecekondu* öffnete sich, und zwei Personen kamen heraus. Sie hoben die Hände. Währenddessen sah Ka Flammen aus den zerbrochenen Fenstern züngeln. Die Leute, die aus dem Haus gekommen waren, warfen sich in den Schnee, und ein schwarzer, fröhlich bellender Hund drängte sich mit wedelndem Schwanz an sie heran. Dann sah Ka weiter hinten jemanden laufen und hörte, wie die Soldaten das Feuer eröffneten. Der Mann fiel hin, dann war alles still. Sehr viel später brüllte jemand etwas, aber Sunays Interesse war verflogen.

Die Leibwächter hinter sich, kehrten sie in die Schneiderei zurück. Kaum sah Ka die wundervollen Tapeten des alten Stadtpalastes, begriff er, daß er sich gegen ein neues Gedicht, das in ihm entstand, nicht wehren konnte, und verzog sich in eine Ecke.

»Selbstmord und Macht« hieß das Gedicht, in das Ka ohne Zaudern die Freude an der Macht, die ihm gerade das Zusammensein mit

Sunay bereitet hatte, den Geschmack, den er an dieser Freundschaft fand, und sein Schuldgefühl den Mädchen gegenüber einfließen ließ, die sich umgebracht hatten. Später glaubte er, daß all die Dinge, deren Zeuge er in Kars geworden war, in diesem »gesunden« Gedicht ihren stärksten und treffendsten Ausdruck gefunden hatten.

23

Allah ist gerecht genug, um zu wissen, daß das Problem nicht ein Problem des Verstandes und des Glaubens, sondern eines des ganzen Lebens ist

MIT SUNAY IM HAUPTQUARTIER

Als Sunay sah, daß Ka ein Gedicht schrieb, stand er von seinem mit Papieren überladenen Tisch auf, gratulierte ihm und humpelte auf ihn zu. »Auch das Gedicht, das du gestern im Theater vorgetragen hast, war sehr modern«, sagte er. »Leider hat in unserem Land der Zuschauer nicht das Niveau, moderne Kunst zu verstehen. Deswegen setze ich in meinen Werken den Bauchtanz und die Abenteuer des Torwarts Vural ein, die das Volk versteht. Zwischendrin aber führe ich ganz kompromißlos das modernste ›Theater vom Leben‹ auf, das direkt auf das Leben wirkt. Ich ziehe es vor, mit dem Volk eine Kunst zu machen, die so elend wie edel ist, statt in Istanbul von Banken subventionierte Imitate von Boulevardkomödien zu spielen. Nun sage mir in aller Freundschaft: Warum hast du unter den Islamisten, die man dir auf dem Polizeipräsidium und der tierärztlichen Fakultät gezeigt hat, keinen Schuldigen identifiziert?«

»Ich habe keinen erkannt.«

»Als sich herausstellte, wie gern du den Jungen hattest, der dich zu Lapislazuli gebracht hat, wollten die Soldaten dich auch festnehmen. Es macht sie mißtrauisch, daß du gerade vor der Revolution aus Deutschland gekommen bist und dabei warst, als der Hochschuldirektor erschossen wurde. Sie wollten dich einem Verhör mit Folter unterziehen, um herauszukriegen, was du so alles weißt, aber ich habe sie gestoppt; ich habe für dich gebürgt.«

»Danke.«

»Es ist immer noch nicht klar, warum du diesen Jungen geküßt hast, der dich zu Lapislazuli gebracht hast.«

»Ich weiß es nicht«, sagte Ka. »Er hatte etwas sehr Ehrliches und Rückhaltloses an sich. Ich glaubte, er würde hundert Jahre leben.«

»Soll ich dir einmal vorlesen, wie edel dieser Necip, den du so bemitleidest, gewesen ist?« Er zog ein Papier hervor und verlas es. Necip hatte im März vergangenen Jahres einmal die Schule geschwänzt, war in die Sache mit dem Bierhaus Frohsinn verwickelt, wo die Fensterscheiben eingeworfen worden waren, weil dort im Fastenmonat Ramadan alkoholische Getränke verkauft wurden, hatte zwischendurch als Hilfskraft im Provinzzentrum der Wohlfahrtspartei gearbeitet, war aber von dort entfernt worden, entweder wegen seiner extremistischen Ansichten oder weil er eine alle erschreckende Nervenkrise hatte (es gab mehr als einen Spitzel im Provinzzentrum der Partei). Er hatte versucht, während Lapislazulis Reisen in die Stadt in den vergangenen anderthalb Jahren in dessen Nähe zu kommen, hatte eine Erzählung geschrieben, die die Kräfte des Nationalen Nachrichtendienstes »unverständlich« fanden, und sie bei der islamistischen Zeitung von Kars mit einer verkauften Auflage von 75 Exemplaren hinterlegt, hatte mit seinem Freund Fazıl Pläne geschmiedet, einen pensionierten Apotheker, der in dieser Zeitung eine Kolumne hatte, zu ermorden, nachdem dieser Necip einige Male auf seltsame Weise geküßt hatte (das Original des Briefes mit der Begründung für die Tat, den sie am Tatort hatten hinterlegen wollen, war aus dem Archiv des Nationalen Nachrichtendienstes gestohlen worden, es gab nur noch eine Kopie in den Akten). Er war verschiedentlich mit seinen Freunden lachend die Atatürk-Straße entlanggegangen und hatte dabei einmal im Oktober hinter einem an ihnen vorbeifahrenden zivilen Polizeifahrzeug her Gesten gemacht.

»Der Nationale Nachrichtendienst leistet hier sehr gute Arbeit«, sagte Ka.

»Sie wissen, daß du in die Wohnung Scheich Saadettin Efendis gegangen bist, in der man Mikrofone installiert hat, daß du ihm die Hand geküßt hast, als du zu ihm vorgelassen wurdest, daß du unter

Tränen erklärt hast, an Allah zu glauben, daß du dich vor dem Pöbel dort in unschickliche Situationen gebracht hast, aber sie wissen nicht, warum du das alles getan hast. In diesem Land haben schon eine Menge linker Dichter in Panik die Fronten gewechselt, weil sie sich denken: Laß mich bloß Islamist werden, bevor die an die Macht gekommen sind!«

Ka wurde über und über rot. Weil er das Gefühl hatte, Sunay sehe seine Scham als Schwäche, schämte er sich noch mehr.

»Ich weiß, was du heute morgen gesehen hast, hat dich traurig gemacht. Die Polizei behandelt die jungen Leute wirklich schlecht; es gibt sogar Bestien unter ihnen, die aus Spaß prügeln. Aber laß das jetzt mal beiseite...« Er hielt Ka eine Zigarette hin. »In meiner Jugend bin ich auch wie du durch Nişantaşı und Beyoğlu gelaufen, habe wie ein Verrückter Filme aus dem Westen angesehen und die ganzen Bücher von Sartre und Zola gelesen; und wie du habe ich daran geglaubt, daß Europa unsere Zukunft ist. Ich kann mir nicht vorstellen, daß du einfach zuschaust, wie diese ganze Welt zusammenbricht, wie deine Schwestern gezwungen werden, das Kopftuch anzuziehen, und deine Gedichte wie im Iran verboten werden, weil sie der Religion nicht entsprechen. Denn du kommst aus meiner Welt; in Kars gibt es außer dir keinen, der die Gedichte T. S. Eliots gelesen hat.«

»Muhtar, der Bürgermeisterkandidat der Wohlfahrtspartei, hat sie gelesen«, antwortete Ka. »Er interessiert sich sehr für Lyrik.«

»Es war nicht einmal nötig, ihn festzunehmen«, sagte Sunay lächelnd. »Er hat dem ersten Soldaten, der an seiner Tür klingelte, ein unterschriebenes Papier gegeben, auf dem er erklärte, er trete von der Bürgermeisterkandidatur zurück.«

Es gab eine Explosion. Rahmen und Scheiben der Fenster erzitterten. Beide blickten in die Richtung, aus der das Geräusch gekommen war, zum Fluß hin, aber weil sie nichts anderes sahen als schneebedeckte Pappeln und die vereisten Traufen eines leerstehenden Gebäudes auf der anderen Straßenseite, traten sie ans Fenster. Außer einer Wache vor dem Gebäude war niemand auf der Straße. Kars wirkte sogar um die Mittagszeit außergewöhnlich melancholisch.

»Ein guter Schauspieler«, sagte Sunay in etwas theatralischer Haltung, »repräsentiert die Kräfte, die sich in der Geschichte über Jahre, ja Jahrhunderte aufgeladen haben, in die Enge gedrängt wurden, ohne zum Ausbruch zu kommen und sich zu manifestieren. Er sucht nach einer Stimme, die ihm wirkliche Freiheit schenken wird – sein ganzes Leben lang, an den entlegensten Orten, auf den am wenigsten betretenen Wegen, den am schwersten zu erreichenden Bühnen. Wenn er sie gefunden hat, muß er furchtlos aufs Ganze gehen.«

»Wenn in drei Tagen der Schnee schmilzt und die Straßen wieder offen sind, wird Ankara für das Blut, das hier vergossen wird, Rechenschaft fordern«, sagte Ka. »Nicht, weil sie etwas gegen Blutvergießen haben. Sondern weil sie etwas dagegen haben, daß jemand anders als sie Blut vergießt. Und die Leute von Kars werden dich und dein seltsames Spiel auch verabscheuen. Was tust du dann?«

»Du hast den Arzt gesehen; ich bin herzkrank und mit meinem Leben am Ende – das ist mir egal«, sagte Sunay. »Paß auf, da fällt mir etwas ein: Sie sagen, wenn wir jemand finden und aufhängen, zum Beispiel den, der den Direktor der Pädagogischen Hochschule erschossen hat, und wenn wir das live im Fernsehen zeigen, dann ist ganz Kars Wachs in unseren Händen.«

»Die sind doch schon jetzt weich wie Wachs«, sagte Ka.

»Es heißt, sie bereiten Selbstmordattentate mit Bomben vor.«

»Wenn ihr einen aufhängt, wird alles noch schrecklicher.«

»Du hast Angst, du schämst dich, wenn die Europäer sehen, was wir hier tun? Weißt du, wie viele Menschen die aufgehängt haben, um ihre modernen Welten zu gründen, die du so bewunderst? Atatürk hätte so ein liberales Spatzenhirn wie dich am ersten Tag aufgeknüpft. Und mach dir das eine klar: Die Schüler von der Vorbeter- und Predigerschule, die du heute in Haft gesehen hast, haben dein Gesicht bereits unauslöschbar ihrem Gedächtnis eingeprägt. Sie können ihre Bomben überall und gegen jeden hochgehen lassen, Hauptsache, ihre Stimme wird gehört. Und nachdem du gestern abend auch ein Gedicht vorgetragen hast, zählst du als Teil des Komplotts... Jeder, der auch nur ein bißchen verwestlicht ist, aber besonders die hochnäsigen Intellektuellen, die auf das Volk herabschauen, brauchen ein säkulares Militär, um in diesem Land frei atmen zu können. Sonst machen die Fundamentalisten mit stumpfen Messern Hackfleisch aus ihnen und ihren geschminkten Frauen. Aber diese Neunmalklugen bilden sich ein, sie seien Europäer, und rümpfen die Nase über die Soldaten, die sie schützen. Glaubst du, an dem Tag, an dem sie das Land zum Iran machen, wird sich jemand daran erinnern, daß eine liberale, weichherzige Memme wie du Tränen über Kinder von der Vorbeter- und Predigerschule vergossen hat? An dem Tag werden sie dich umbringen, weil du ein bißchen verwestlicht bist oder dich gern gut kleidest, weil du Krawatte trägst oder auch weil du diesen Mantel da anhast. Wo hast du diesen schönen Mantel her? Kann ich ihn während des Stücks tragen?«

»Natürlich.«

»Ich gebe dir einen Leibwächter mit, damit der Mantel keine Löcher bekommt. Ich werde es demnächst im Fernsehen bekanntgeben; es wird nur während der einen Hälfte des Tages erlaubt sein, auf die Straße zu gehen. Bleib du zu Haus!«

»In Kars gibt es keine islamistischen Terroristen, vor denen man soviel Angst haben muß«, sagte Ka.

»Die, die es gibt, reichen«, antwortete Sunay. »Außerdem kann man dieses Land nur ordentlich regieren, wenn man Angst vor der Religion verbreitet. Später stellt sich immer heraus, daß diese Angst berechtigt ist. Wenn sich das Volk nicht vor den Fundamentalisten fürchtet und Zuflucht bei Staat und Heer sucht, fällt es der Reaktion und der Anarchie anheim, wie in manchen Stammesstaaten im Nahen Osten und in Asien.«

Die Art, wie er kerzengerade dastand und sprach, als gäbe er Befehle, wie er manchmal ausführlich auf einen vorgestellten Punkt über den Zuschauern blickte, erinnerte Ka an die Posen, die Sunay zwanzig Jahre zuvor auf der Bühne eingenommen hatte. Aber er lachte nicht darüber; er fühlte sich so, als sei er selbst Teil dieses aus der Mode gekommenen Stücks.

»Sagt doch endlich, was ihr von mir wollt!« sagte Ka.

»Wenn es mich nicht gäbe, könntest du dich hier von nun an kaum halten. Wie sehr du dich auch an die Fundamentalisten ranschmeißt, am Ende hast du doch ein Loch im Mantel. Dein einziger Beschützer und Freund in der Stadt Kars bin ich. Und vergiß nicht, daß du in eine der Zellen im Untergeschoß des Polizeipräsidiums gesteckt und gefoltert wirst, wenn du meine Freundschaft verlierst. Auch deine Freunde bei der *Republik* werden nicht dir, sondern den Soldaten glauben. Das muß dir klar sein.«

»Ich weiß.«

»Dann sag mir jetzt, was du morgens den Polizisten verschwiegen hast, was du aus Schuldgefühlen heraus in einer Ecke deines Herzens begraben hast!«

»Offenbar beginne ich hier, an Allah zu glauben«, sagte Ka mit einem Lächeln. »Möglicherweise verberge ich das immer noch vor mir selbst.«

»Du betrügst dich selbst! Auch wenn du glaubst, hat das keinen Sinn, solange du das alleine tust. Das Problem besteht darin, so zu glauben wie die Armen und einer von ihnen zu werden. Nur wenn du ißt, was sie essen, wenn du mit ihnen zusammenlebst, lachst, worüber sie lachen, und dich über das ärgerst, was auch sie ärgert, dann glaubst du an ihren Gott. Du kannst nicht ein ganz anderes Leben führen und an denselben Allah glauben. Allah ist gerecht genug, um zu wissen, daß das Problem nicht ein Problem des Verstandes und des Glaubens, sondern eines des ganzen Lebens ist. Aber danach habe ich jetzt gar nicht gefragt. In einer halben Stunde trete ich im Fernsehen auf und werde zu den Leuten von Kars sprechen. Ich möchte ihnen eine gute Botschaft bringen. Ich werde sagen, der Mörder des Direktors der Pädagogischen Hochschule ist gefaßt. Höchstwahrscheinlich hat dieselbe Person auch den Bürgermeister umgebracht. Kann ich sagen, daß du am Morgen diese Person identifiziert hast? Danach trittst du auf und erzählst alles.«

»Aber ich konnte doch niemanden identifizieren!«

Sunay faßte Ka mit einer wütenden Bewegung am Arm, die gar nicht theatralisch wirkte, zog ihn aus dem Zimmer, ging mit ihm durch einen breiten Korridor und zerrte ihn in einen völlig weißen Raum. Kaum hatte Ka einen Blick hineingeworfen, erschrak er nicht vor der Unsauberkeit, sondern der Privatheit dieses Zimmers. An einem vom Fenstergriff zu einem Nagel in der Wand gespannten Seil waren Socken aufgehängt. Ka sah in einem offenen Koffer in einer Ecke einen Haartrockner, Handschuhe, Hemden und einen Büstenhalter, der so groß war, daß er nur Funda Eser gehören konnte. Sie selbst saß auf einem Stuhl gleich daneben, löffelte den Inhalt einer Schüssel (Eine Kaltschale, dachte Ka, oder Suppe?), die sie auf einen mit Schminkutensilien und Papier bedeckten Tisch gestellt hatte, und las dabei.

»Wir sind hier als Vertreter der modernen Kunst... und wir sind einander verbunden wie Pech und Schwefel«, sagte Sunay und drückte Kas Arm noch fester.

Ka hatte keine Ahnung, was Sunay damit sagen wollte und ob es Theater oder Wirklichkeit war.

»Torhüter Vural wird vermißt«, sagte Funda Eser. »Er ist morgens weggegangen und nicht wieder aufgetaucht.«

»Der wird irgendwo versumpft sein«, antwortete Sunay.

»Wo sollte er versumpfen?« fragte seine Frau. »Überall ist geschlossen. Keiner kann auf die Straße. Die Soldaten haben ihn zu suchen begonnen. Sie befürchten, daß er entführt worden ist.«

»Na, hoffentlich wurde er entführt«, meinte Sunay. »Wenn sie ihm die Haut abziehen und die Zunge abschneiden, sind wir ihn los.«

Trotz der Grobheit der Szene und der Worte bemerkte Ka zwischen den Ehepartnern einen so feinen Humor und eine derartige Harmonie der Seelen, daß er wohl oder übel einen mit Neid vermischten Respekt empfand. In diesem Augenblick begegneten sich sein und Funda Esers Blick; instinktiv verneigte er sich bis zum Boden und begrüßte die Frau.

»Gnädige Frau, Sie waren wundervoll gestern abend«, sagte er mit affektierter Stimme, aber auch mit aufrichtiger Bewunderung.

»Zuviel des Lobes, mein Lieber«, antwortete die Frau etwas verschämt. »In unserem Theater sind nicht die Schauspieler, sondern die Zuschauer die Künstler.«

Sie drehte sich zu ihrem Mann um. Die Eheleute begannen hastig miteinander zu reden, wie ein fleißiges Königspaar, das sich über Staatsgeschäfte berät. Unter Kas halb bewundernder, halb verblüffter Zeugenschaft legten die beiden im Handumdrehen fest, was Sunay gleich bei seinem Fernsehauftritt anziehen würde (Zivilkleidung? Uniform? Kostüm?), wie der Text für seine Rede vorbereitet würde (einen Teil hatte Funda Eser schon geschrieben), berieten die mit einer Bitte um Protektion verbundene Denunziation des Inhabers des Hotels Blühendes Kars, in dem sie bei ihren früheren Aufenthalten untergekommen waren (er hatte zwei verdächtige junge Gäste selbst denunziert, weil ihn störte, daß dauernd Soldaten kamen und Durchsuchungen anstellten), und dann lasen und verabschiedeten sie das auf einer Zigarettenschachtel notierte Programm des *Grenz-TV Kars* (die vierte und fünfte Wiederholung des Abends im Volkstheater, drei Wiederholungen von Sunays Rede, Helden- und Grenzerlieder, eine touristische Sendung über die Schönheiten von Kars, einen Film aus einheimischer Produktion: *Gülizar*).

»Was machen wir mit unserem Dichter?« fragte Sunay. »Sein Verstand ist in Europa, sein Herz bei den Aktivisten von der Vorbeter- und Predigerschule, und in seinem Kopf geht es durcheinander.«

»Das kann man von seiner Miene ablesen«, sagte Funda Eser und lächelte freundlich. »Der ist ein guter Junge. Er wird uns helfen.«

»Aber er vergießt Tränen über diese Islamisten.«

»Er ist verliebt, deswegen«, sagte Funda Eser. »Unser Dichter ist in diesen Tagen über die Maßen gefühlsselig.«

»Ah, unser Dichter ist verliebt?« fragte Sunay mit übertriebener Geste. »Nur die reinsten Dichter können sich in Zeiten der Revolution mit Liebe abgeben.«

»Er ist kein reiner Dichter, sondern ein reiner Liebender«, sagte Funda Eser.

Das Ehepaar führte dieses Stück ohne jeden Patzer noch eine Weile weiter, womit sie Ka sowohl verärgerten als auch ganz benommen machten. Danach setzten sie sich um den großen Tisch im Nähereiraum und tranken Tee.

»Ich sage das nur für den Fall, daß du beschließt, daß es das klügste ist, uns zu helfen«, sagte Sunay. »Kadife ist Lapislazulis Mätresse. Lapislazuli kommt nicht aus politischen Gründen nach Kars, sondern aus Liebe. Man hat diesen Mörder nicht ergriffen, weil man erst feststellen wollte, welche Islamisten mit ihm in Verbindung stehen. Jetzt bedauert man das, denn gestern abend ist er vor der Erstürmung des Schlafsaals unversehens verschwunden. Alle jungen Islamisten in Kars sind seine Bewunderer und Anhänger. Er ist irgendwo in Kars und wird sicher noch einmal auf dich zukommen. Es kann dann schwierig für dich sein, uns zu benachrichtigen. Aber wenn wir wie bei dem verstorbenen Direktor der Pädagogischen Hochschule ein – oder sogar zwei – Mikrofone an dir anbringen und dann noch einen Sender an deinen Mantel stecken, hast du kaum Grund, dich zu fürchten. Sie nehmen ihn fest, sobald du dich entfernst.« Er sah Kas Gesicht sofort an, daß dieser diese Idee nicht mochte. »Ich bestehe nicht darauf«, sagte er. »Du zeigst das zwar nicht, aber aus deiner Handlungsweise heute geht hervor, daß du vorsichtig bist. Du weißt dich zu schützen, aber ich will dir trotzdem sagen, daß du dich vor Kadife in acht nehmen mußt. Man vermutet, daß sie alles, was sie hört, Lapislazuli mitteilt. Bestimmt meldet sie auch, was ihr Vater und seine Gäste jeden Abend bei Tisch miteinander reden. Vielleicht, weil es ihr ein bißchen Spaß macht, ihren Vater zu verraten, aber auch, weil sie Lapislazuli liebt und ihm treu ist. Was ist deiner Ansicht nach so bewundernswert an dieser Person?«

»An Kadife?« fragte Ka.

»An Lapislazuli natürlich«, sagte Sunay erbost. »Warum bewundern alle diesen Mörder? Warum hat er so einen sagenhaften Ruf in ganz Anatolien? Du hast mit ihm geredet, kannst du mir das sagen?«

Weil Funda Eser einen Plastikkamm hervorzog und die matten Haare ihres Mannes voller Zärtlichkeit und Sorgfalt zu kämmen begann, war Ka ganz abgelenkt und sagte nichts.

»Hör auf meine Ansprache im Fernsehen«, sagte Sunay. »Ich lass dich mit dem Lastwagen ins Hotel bringen.«

Es waren noch fünfundvierzig Minuten bis zum Ende der Ausgangssperre. Ka bat um die Erlaubnis, zu Fuß ins Hotel gehen zu dürfen, und erhielt sie.

Gerade hatte er sich angesichts der Leere der breiten Atatürk-Straße, der Stille der verschneiten Nebenstraßen und der Schönheit der schneebedeckten Ölweiden und der alten Russenhäuser ein wenig entspannt, da bemerkte er, daß jemand ihm folgte. Er überquerte die Halit-Paşa-Straße und bog von der Küçük-Kâzımbey-Straße nach links ab. Der Spitzel hinter ihm folgte ihm schnaufend durch den weichen Schnee. Und an ihn hatte sich der freundliche schwarze Hund mit dem weißen Fleck auf der Stirn gehängt, der gestern im Bahnhof herumgerannt war. Ka versteckte sich bei einem der Kurzwarenläden im Yusuf-Pascha-Viertel und beobachtete die beiden, trat dann plötzlich vor den Spitzel.

»Folgen Sie mir, um etwas herauszukriegen oder um mich zu schützen?«

»Wirklich, mein Herr, ganz wie Sie das lieber auffassen wollen.«

Aber der Mann sah so mitgenommen und erschöpft aus, als könnte er nicht einmal sich selbst, geschweige denn Ka schützen. Er wirkte wie mindestens fünfundsechzig, hatte ein runzliges Gesicht, eine dünne Stimme und keinen Glanz mehr in den Augen. Er blickte Ka nicht so sehr wie ein Zivilbeamter der Polizei an, sondern mehr wie einer, der sich vor der Polizei fürchtete. Ka bekam Mitleid mit ihm, als er sah, daß die Sümerbank-Schuhe, die er, wie alle Zivilpolizisten in der Türkei, trug, an der Spitze klafften.

»Sie sind Polizist; wenn Sie Ihren Ausweis dabeihaben, wird man uns im Gasthaus Grünes Land aufmachen, und wir können uns etwas hinsetzen.«

Das Lokal wurde geöffnet, ohne daß sie lange an die Tür klopfen mußten. Ka und der Spitzel, von dem er erfuhr, daß er Saffet hieß, tranken einen Rakı, aßen Börek, das sie auch mit dem Hund teilten, und hörten sich Sunays Rede an. Diese unterschied sich überhaupt nicht von den üblichen Reden der Regierungschefs, die er nach Militärputschen gehört hatte. Als Sunay sagte, daß kurdische Nationalisten, von unseren Feinden im Ausland aufgehetzte Fundamentalisten und entartete Politiker, die für Wählerstimmen alles täten, Kars an den Rand eines Abgrunds geführt hätten, hatte Ka längst begonnen, sich zu langweilen.

Während Ka ein zweites Glas Rakı trank, zeigte der Spitzel respektvoll auf Sunay im Fernsehen. Weniger denn je sah er wie ein Spitzel aus, wirkte vielmehr wie ein armseliger Bittsteller. »Sie kennen ihn, und was mehr ist, er erzeigt Ihnen Respekt«, sagte er. »Ich habe eine

Bitte. Wenn Sie ihm die vortragen, werde ich aus diesem Höllenleben gerettet. Vielleicht könnte man mich aus den Ermittlungen in der Sache mit den Vergiftungen abziehen und auf etwas anderes ansetzen?«

Als Ka Genaueres wissen wollte, stand er auf und verriegelte die Tür des Lokals. Dann setzte er sich wieder an den Tisch und erzählte von den »Ermittlungen in der Sache mit den Vergiftungen«.

Diese Geschichte, die der hilflose Spitzel umständlich erzählte und die dadurch noch wirrer wurde, daß Kas ohnehin wie betäubter Verstand durch den Alkohol noch mehr benebelt war, begann damit, daß Armee und Geheimdienst mutmaßten, ein von Soldaten vielbesuchter Verkaufsstand für Sandwichs und Zigaretten in der Stadtmitte, der Moderne Imbiß, verkaufe ein vergiftetes Zimtgetränk. Der erste auffällige Fall war der eines Infanterie-Reserveoffiziers aus Istanbul. Dieser Offizier war zwei Jahre zuvor, vor einer Übung, von der klar war, daß sie sehr anstrengend verlaufen würde, von Fieber geschüttelt worden und unfähig, sich auf den Beinen zu halten. Auf der Krankenstation wurde eine Vergiftung festgestellt, und der Soldat, der glaubte, er liege im Sterben, machte das heiße Getränk, das er am Imbiß Ecke Küçük-Kâzımbey-Straße und Kâzım-Karabekir-Straße getrunken hatte, weil es etwas Neuartiges war, dafür verantwortlich. An diesem Fall, der als eine einfache Vergiftung schnell vergessen worden wäre, erinnerte man sich wieder, als in kurzen Abständen zwei weitere Reserveoffiziere mit den gleichen Symptomen auf die Krankenstation eingeliefert wurden. Auch sie hatten Schüttelfrost, stotterten, so sehr zitterten sie, waren zu schwach, um stehen zu können, fielen hin und glaubten, das gleiche Zimtgetränk, das sie aus Neugier getrunken hatten, sei schuld. Diesen heißen Saft hatte eine kurdische Alte im Atatürk-Viertel als ihre »Erfindung« hergestellt. Als er allen schmeckte, wurde er an dem Imbiß verkauft, den die Neffen der Alten betrieben. Diese Informationen waren bei einer sofort von der Militärkommandantur Kars eingeleiteten geheimen Untersuchung gesammelt worden. Aber die Proben von dem Getränk, die man insgeheim an der tierärztlichen Fakultät untersucht hatte, ergaben einen negativen Befund. Der Fall sollte gerade abgeschlossen werden, als ein General, der seiner Frau von der Sache erzählte, zu seinem Schrecken erfuhr, daß sie jeden Tag gläserweise diesen Saft gegen ihr Rheuma trank. Zahlreiche Offiziersfrauen, ja auch viele Offiziere tranken unter dem Vorwand der Gesundheit oder aus bloßer Langeweile reichlich davon. Als eine kurze Untersuchung ergab, daß Offiziere und ihre Familien, Gefreite, die Ausgang hatten, und Soldatenfamilien auf Besuch bei ihren Söhnen jede Menge von diesem Getränk zu sich nahmen, das an dem Kiosk mitten in der Stadt verkauft wurde, wo sie zehnmal am Tag vorbeikamen, und daß das ihre einzige Abwechslung in Kars war, erschrak der General über diese ersten Informationen so sehr, daß er die Angelegenheit – sicher ist sicher – den Geheimdiensten und den Inspektoren des Generalstabs übergab. In jenen Tagen, als die Armee, die sich im Südosten mit der Guerilla von der PKK bis aufs Messer bekämpfte, dort die Oberhand gewann, waren unter den arbeitslos herumlungernden kurdischen Jugendlichen ohne Hoffnung, die davon geträumt hatten, zu der Guerilla zu stoßen, sonderbare und erschreckende Rachephantasien weit verbreitet.

Natürlich wußten die Geheimdienstspitzel, die in den verschiedenen Kaffeehäusern von Kars herumhingen, von diesen wirren Phantasien, in denen es darum ging, Bomben zu legen, Menschen zu entführen, Atatürk-Denkmale umzustürzen, das städtische Trinkwasser zu vergiften und Brücken zu sprengen. Deswegen nahm man die Angelegenheit ernst, aber weil sie so heikel war, hielt man es nicht für tunlich, die Betreiber des Imbisses unter Folter zu verhören. Statt dessen schleuste man in die Küche der durch die wachsende Nachfrage zunehmend besser gelaunten kurdischen Alten und in den Imbiß Spitzel des Gouverneurs ein. Der Spitzel im Laden stellte zunächst fest, daß das Zimtstreugerät – noch eine spezielle Erfindung der Alten –, die Gläser, die Topflappen für die gebogenen Stiele der Weißblechkellen, der Kasten für das Münzgeld, die verrosteten Löcher und die Hände der im Imbiß Arbeitenden mit keinerlei Fremdstoff in Berührung kamen. Eine Woche später zeigte er die gleichen Vergiftungssymptome wie die früheren Fälle und mußte, zitternd und sich erbrechend, die Arbeitsstelle verlassen. Der in das

Haus der Alten eingeschleuste Spitzel war weitaus fleißiger. Er informierte in Berichten, die er jeden Abend verfaßte, über alles und jedes, angefangen mit jedem, der in dem Haus ein und aus ging, bis zu den eingekauften Materialien (Möhren, Äpfel, getrocknete Pflaumen und Maulbeeren, Granatblüte, Hagebutte und rauher Eibisch). Diese Berichte verwandelten sich in kurzer Zeit in preisende und appetitanregende Rezepte des heißen Getränkes. Der Spitzel berichtete, daß er am Tage fünf bis sechs Krüge davon trinke, daß es ihm nicht nur nicht schade, sondern im Gegenteil guttue, gegen Krankheiten wirke, ein wirkliches »Berggetränk« sei und im berühmten kurdischen Epos *Sonne und Mond* vorkomme. Die aus Ankara herbeigeschickten Experten verloren ihr Vertrauen in diesen Spitzel, weil er Kurde war, folgerten aus dem, was ihnen gesagt worden war, daß der Trank Türken vergifte, aber auf Kurden keine Wirkung habe, konnten aber diese Meinung niemandem gegenüber äußern, weil sie nicht der Sicht des Staates entsprach, nach der es keinen Unterschied zwischen Türken und Kurden gibt. Daraufhin kamen Ärzte aus Istanbul und eröffneten im Sozialversicherungskrankenhaus eine spezielle Krankenstation. Allerdings wurde die Ernsthaftigkeit der Forschungsarbeit dadurch beeinträchtigt, daß kerngesunde Einwohner von Kars, die sich gratis untersuchen lassen wollten, und Patienten, die unter ganz gewöhnlichen Erkrankungen wie Haarausfall, Schuppenflechte, Nabelbruch oder Stottern litten, diese Station füllten. So oblag es erneut den fleißigen Beamten der Geheimdienste in Kars, unter denen sich auch Saffet befand, dieses immer weiter um sich greifende Zimtgetränk-Komplott aufzudecken, das, wenn es denn überhaupt etwas damit auf sich hatte, schon jetzt den Tod Tausender Soldaten nach sich ziehen konnte, und dabei durften sie nicht die seelische Verfassung von irgend jemandem beeinträchtigen. Zahlreiche Spitzel wurden damit beauftragt, diejenigen zu beobachten, die das Getränk zu sich nahmen, das die kurdische Alte fröhlich zusammenbraute. Das Problem war nun nicht mehr, herauszubekommen, wie das Gift mit den Einwohnern von Kars in Berührung kam, sondern zuverlässig festzustellen, ob die Leute aus Kars tatsächlich vergiftet wurden oder nicht. So verfolgten die Spitzel alle Landsleute, die das

Zimtgetränk der alten Frau mit Appetit tranken, einzeln, ob sie nun
Soldaten oder Zivilisten waren, und manchmal bis in ihre Wohnungen. Ka versprach, dem immer noch im Fernsehen redenden Sunay
die Sorgen des Spitzels mitzuteilen, dessen Schuhspitzen infolge dieser aufwendigen und anstrengenden Bemühungen klafften und dessen Kraft erschöpft war.

Der Spitzel war so glücklich darüber, daß er im Gehen Ka dankbar
umarmte und küßte und den Riegel an der Tür mit eigener Hand öffnete.

24

Ich, Ka

DER SECHSECKIGE SCHNEEKRISTALL

Ka ging ins Hotel, hinter sich den schwarzen Hund, und genoß in vollen Zügen die Schönheit der leeren, schneebedeckten Straßen. Er gab Cavit an der Rezeption eine Notiz für İpek: »Komm schnell!« In seinem Zimmer warf er sich auf sein Bett und dachte beim Warten an seine Mutter. Aber das dauerte nicht lange, denn nach einer Weile kehrten seine Gedanken wieder zu İpek zurück, die immer noch nicht gekommen war. Auf İpek zu warten wurde in kurzer Zeit so schmerzhaft, daß Ka voller Reue zu denken begann, es sei eine Dummheit gewesen, sich in sie zu verlieben und eigentlich überhaupt nach Kars zu fahren. Aber jetzt war es viel zu spät; und İpek tauchte einfach nicht auf.

Achtunddreißig Minuten nachdem Ka das Hotel betreten hatte, kam İpek. »Ich war zum Kohlenhändler gegangen«, sagte sie. »Nach Ende des Ausgehverbots gibt es sicher eine Schlange, habe ich gedacht und bin deswegen zehn vor zwölf über den Hinterhof losgegangen. Nach zwölf habe ich bei den Geschäften etwas gebummelt. Hätte ich Bescheid gewußt, wäre ich sofort gekommen.«

Ka war über die Vitalität und Lebendigkeit, die İpek in das Zimmer gebracht hatte, so glücklich, daß er große Angst davor hatte, dieses momentane Gefühl könnte zerstört werden. Er betrachtete İpeks glänzende lange Haare und ihre kleinen, sich unablässig bewegenden Hände. (Ihre linke Hand hatte in kurzer Zeit ordnend ihre Haare, ihre Nase, ihren Gürtel, den Türstock, ihren schönen langen Hals, noch einmal ihre Haare und eine Jadekette berührt, von der Ka erst jetzt feststellte, daß sie sie angelegt hatte.)

»Ich bin sehr in dich verliebt und leide Qualen«, sagte Ka.

»Keine Angst! Eine so schnell aufflammende Liebe erlischt genauso schnell.«

Ka versuchte in Panik, sie zu umarmen und zu küssen. İpek küßte ihn mit einer Ruhe, die das genaue Gegenteil seiner Aufregung war. Ka spürte ihre kleinen Hände auf seinen Schultern, ihren Kuß in all seiner Süße, und ihm wurde beinahe schwindlig. Daran, wie sie ihren Körper an seinen drängte, erkannte er, daß İpek diesmal bereit war, mit ihm zu schlafen. Dank seiner Fähigkeit, schnell von tiefem Pessimismus in überschäumendes Glück überzuwechseln, war Ka jetzt so selig, daß er seine Augen, seinen Verstand und sein Gedächtnis diesem Augenblick und der ganzen Welt öffnete.

»Auch ich möchte jetzt mit dir schlafen«, sagte İpek. Einen Moment lang schaute sie vor sich hin, dann erhob sie ihre Augen mit dem Silberblick und blickte entschlossen geradewegs in Kas Augen: »Aber ich habe schon gesagt, nicht hier, mit meinem Vater gleich vor unserer Nase!«

»Wann geht dein Vater aus?«

»Nie!« sagte İpek. Sie öffnete die Tür, sagte: »Ich muß gehen« und entfernte sich.

Ka sah ihr nach, bis sie die Treppe am Ende des halbdunklen Korridors hinabstieg und sich aus seinem Blick verlor. Sobald er die Tür geschlossen und sich auf den Rand seines Bettes gesetzt hatte, zog er sein Heft aus der Tasche und begann unverzüglich, auf eine leere Seite ein Gedicht zu schreiben, das er »Auswegloses, Schwieriges« betitelte.

Nachdem er sein Gedicht beendet hatte, dachte Ka zum erstenmal, seit er nach Kars gekommen war, daß er in dieser Stadt nichts anderes zu tun hatte, als hinter İpek her zu sein und Gedichte zu schreiben: das gab ihm gleichzeitig das Gefühl der Hilflosigkeit und das der Freiheit. Er wußte, daß er bis zum Ende seines Lebens glücklich sein würde, wenn er jetzt İpek überreden könnte, mit ihm zusammen Kars zu verlassen. Er war dankbar für den Schnee, der die Wege versperrt und ihm so die Zeit gegeben hatte, İpek zu überzeugen, dazu eine räumliche Beschränkung, was die Angelegenheit erleichterte.

Er zog seinen Mantel an und ging unauffällig auf die Straße, nicht Richtung Stadtverwaltung, sondern nach links, die Straße der Nationalen Unabhängigkeit hinab. Er betrat eine Apotheke namens Wissenschaft und kaufte Vitamin-C-Tabletten, bog bei der Faikbey-Straße nach links ab, ging weiter, wobei er in die Schaufenster der Lokale dort schaute, und bog in die Kâzım-Karabekir-Straße ein. Die Wimpel der Wahlkampagnen, die die Straße gestern so lebendig hatten erscheinen lassen, waren abgenommen und alle Läden geöffnet worden. Aus einem kleinen Schreibwaren- und Kassettengeschäft ertönte laut Musik. Eine Menge Leute, die nur deswegen die Bürgersteige füllten, weil die Ausgangssperre vorbei war, spazierten frierend die Geschäftsstraße auf und ab und schauten dabei einander und die Schaufenster an. Die Menge derer, die sonst mit Kleinbussen aus den Kreisstädtchen nach Kars kamen, um in den Teehäusern herumzuhängen und sich beim Friseur rasieren zu lassen, war nicht in die Stadt gekommen; es gefiel Ka, daß die Teehäuser und die Friseurgeschäfte so leer waren. Die Kinder auf der Straße ließen ihn seine Sorge vergessen und machten ihn vollends glücklich. Er sah eine Menge Kinder, die auf leeren Grundstücken, schneebedeckten Plätzen, in den Höfen von Amtsgebäuden und Schulen, an Abhängen und auf den Brücken über den Fluß rodelten, sich Schneeballschlachten lieferten, durcheinanderrannten, sich stritten und beschimpften oder diesem ganzen Gewimmel schniefend zuschauten. Nur ganz wenige trugen einen Mantel, die meisten hatten ihr Schuljackett, einen Schal und eine Mütze an. Wenn Ka beim Betrachten dieser Menge, die sich über den Militärputsch freute, weil die Schulen geschlossen waren, zu sehr fror, ging er in das nächste Teehaus, setzte sich an den Tisch gegenüber dem Spitzel Saffet, trank einen Tee und verließ es wieder.

Weil er sich an den Spitzel Saffet gewöhnt hatte, fürchtete sich Ka kein bißchen vor ihm. Er wußte, daß sie ihm einen unsichtbaren Spitzel hinterherschicken würden, wenn sie ihn wirklich observieren wollten. Der sichtbare Spitzel diente in so einem Fall dazu, den unsichtbaren zu verbergen. Deswegen war Ka ganz beunruhigt, als er zwischendurch Saffet aus den Augen verlor, und begann nach ihm zu suchen. Er fand ihn auf der Faikbey-Straße, an der Ecke, an der er am

Vortag dem Panzer begegnet war, wie er seinerseits, kurzatmig und mit einer Plastiktüte in der Hand, nach ihm fahndete. »Die Apfelsinen waren so billig; ich habe nicht widerstehen können«, sagte der Spitzel. Er dankte Ka fürs Warten und sagte, er habe guten Willen bewiesen und sich nicht abgesetzt und versteckt. »Wenn Sie sagen, wohin Sie als nächstes gehen, vergeuden wir beide nicht umsonst unsere Kraft.«

Aber Ka wußte nicht, wohin er gehen würde. Als sie später in einem anderen leeren Teehaus mit Fenstern voller Eisblumen saßen, begriff er, daß er eigentlich zwei Glas Rakı trinken und dann zu Scheich Saadettin gehen wollte. Im Augenblick war es unmöglich, İpek wiederzutreffen, und er war hin und her gerissen zwischen dem Gedanken an sie und der Furcht vor der Folter. Er hätte jetzt gerne dem hochverehrten Scheich seine Liebe zu Allah darlegen und mit ihm gemessen über Gott und den Sinn der Welt sprechen wollen. Aber ihm fiel ein, daß die Sicherheitsbeamten, die den Konvent mit Mikrofonen ausgestattet hatten, zuhören und ihn auslachen würden.

Trotzdem hielt er einen Moment lang inne, als sie an der bescheidenen Wohnung des Scheichs in der Baytarhane-Gasse vorbeigingen. Er schaute hinauf zu den Fenstern.

Danach sah Ka, daß die Türen der Provinzbücherei von Kars geöffnet waren. Er betrat sie und stieg die schlammverschmierte Treppe hoch. An ein Schwarzes Brett auf dem Treppenabsatz waren säuberlich die sieben Lokalzeitungen von Kars angeheftet. Weil sie genau wie die *Grenzstadtzeitung* schon am Nachmittag des Vortags gedruckt worden waren, berichteten auch die anderen nicht von der Revolution, sondern davon, daß die Vorstellung im Volkstheater ein Erfolg gewesen sei und man ein Andauern des Schneefalls erwarte.

Im Leseraum sah er außer einigen pensionierten Beamten, die sich vor der Kälte ihrer Wohnungen hierhergeflüchtet hatten, auch fünf oder sechs Schüler, obwohl die Schulen geschlossen hatten. In einer Ecke fand er zwischen völlig zerfledderten Wörterbüchern und Jugendlexika die alten Bände des *Lexikons des Lebens*, für die er seit seiner Kindheit eine Vorliebe hatte. Ein jeder dieser Bände hatte an der hinteren Umschlagseite eine »anatomische« Tafel, die aus übereinandergeklebten Farbbildern bestand und die beim Umblättern der inneren Seiten die Teile oder Organe eines Autos, eines Mannes oder eines Schiffes enthüllte. Automatisch griff Ka nach dem vierten Band mit der Mutter und dem in ihrem runden Bauch wie in einem Ei liegenden Kind, aber die Bilder waren aus den Büchern herausgetrennt worden. Nur die Stellen waren noch zu sehen, wo sie ausgerissen worden waren.

Im selben Band (IS–MA) las er auf Seite 324 aufmerksam einen Artikel:

> *Schnee.* Feste Form des Wassers, die dieses beim Fallen, Schweben oder Aufsteigen in der Atmosphäre annimmt. Im allgemeinen ist er in der Form schöner sechseckiger Kristallsterne ausgestaltet. Jeder Kristallstern hat eine ihm eigene Form. Die Geheimnisse des Schnees haben seit der Antike das Interesse und die Bewunderung des Menschen hervorgerufen. Als erster hat der Mönch Olaus Magnus 1555 in der schwedischen Stadt Uppsala beobachtet, daß jede Flocke eine individuelle sechseckige Struktur besitzt. Wie auf der Abbildung zu sehen…

Ich kann nicht sagen, wie oft Ka in Kars diesen Artikel gelesen und wie sehr sich das Bild eines Schneekristalls ihm eingeprägt hat. Jahre später, als ich in die Wohnung der Familie in Nişantaşı gegangen bin und mich mit Tränen in den Augen lange mit seinem stets beunruhigten und mißtrauischen Vater über ihn unterhalten habe, habe ich auch um die Erlaubnis gebeten, mir die alte häusliche Bibliothek ansehen zu dürfen. Ich hatte dabei nicht an die Bücher aus seiner Kindheit und Jugend in seinem eigenen Zimmer, sondern an den Bücherschrank seines Vaters gedacht, der in einer dunklen Ecke des Wohnzimmers stand. Hier fand ich zwischen elegant gebundenen juristischen Büchern, türkischen und ausländischen Romanen aus den vierziger Jahren, Adreß- und Telefonbüchern auch das *Lexikon des Lebens* mit seinem speziellen Einband und warf einen Blick auf das Bild der schwangeren Frau auf der hinteren inneren Umschlagseite des vierten Bandes. Als ich das Buch aufs Geratewohl aufschlug, tauchte ganz von selbst die Seite 324 auf. Dort, gleich neben dem Artikel »Schnee«, erblickte ich auch ein dreißig Jahre altes Löschpapier.

Ka schaute in das Lexikon und zog wie ein Schüler, der eine Hausaufgabe hat, sein Heft aus der Tasche und begann das zehnte Gedicht niederzuschreiben, das ihm in Kars einfiel. Ausgehend von der Einzigartigkeit jeder Schneeflocke und der Vorstellung von dem Kind im Bauch seiner Mutter, das im vierten Band des *Lexikons des Lebens* nicht mehr zu finden war, legte Ka in diesem Gedicht den Ort fest, den er selbst und sein Leben in der Welt hatten, seine Ängste, Eigenschaften und seine Einzigartigkeit und nannte es »Ich, Ka«.

Er war noch nicht an das Ende seines Gedichtes gekommen, als er merkte, daß sich jemand an seinen Tisch gesetzt hatte. Als er seinen Kopf vom Heft erhob, war er verblüfft: Es war Necip. Das erweckte in ihm nicht Entsetzen oder Fassungslosigkeit, sondern Schuldgefühle, weil er an den Tod von jemandem geglaubt hatte, der so leicht nicht sterben konnte.

»Necip«, sagte er. Er wollte ihn umarmen und küssen.

»Ich bin Fazıl«, sagte der Jugendliche. »Ich habe Sie auf der Straße gesehen und bin Ihnen gefolgt.« Er warf einen Blick auf Saffet, der nebenan saß. »Sagen Sie sofort: Stimmt es, daß Necip tot ist?«

»Es stimmt. Ich habe ihn mit eigenen Augen gesehen.«

»Warum haben Sie dann ›Necip‹ zu mir gesagt? Sie sind sich trotzdem nicht sicher!«

»Ich bin mir nicht sicher.«

Einen Augenblick lang wurde Fazıls Gesicht aschfahl, dann faßte er sich mühsam.

»Er will, daß ich ihn räche. Deswegen weiß ich, daß er tot ist. Aber wenn die Schule wieder öffnet, möchte ich wie früher für meine Fächer arbeiten und mich nicht mit Rache oder Politik beschäftigen.«

»Außerdem ist Rache etwas Schreckliches.«

»Trotzdem, wenn er das wirklich will, räche ich ihn«, sagte Fazıl. »Er hat mir von Ihnen erzählt. Haben Sie Hicran, also Kadife, die Briefe gegeben, die er an sie geschrieben hat?«

»Habe ich«, sagte Ka. Fazıls Blick war ihm unbehaglich. Er dachte: Soll ich hinzufügen: Habe ich gewollt? Aber es war zu spät. Außerdem hatte es ihn, warum auch immer, mit Selbstbewußtsein erfüllt, gelogen zu haben. Ihn beunruhigte der Ausdruck von Schmerz, der sich auf Fazıls Gesicht abzeichnete.

Fazıl bedeckte sein Gesicht mit beiden Händen und weinte, aber er war so zornig, daß keine Tränen flossen. »Wenn Necip tot ist, an wem muß ich mich dann rächen?« Als er sah, wie Ka schwieg, schaute er ihm direkt in die Augen: »Sie wissen es.«

»Angeblich habt ihr beide manchmal zugleich das gleiche gedacht«, sagte Ka. »Das heißt, es gibt ihn, wenn du denkst.«

»Das, wovon er will, daß ich es denke, erfüllt mich mit Schmerz«, antwortete Fazıl. Zum erstenmal sah Ka in seinen Augen das Licht, das er in den Augen Necips erblickt hatte. Ihm war, als begegne er einem Gespenst.

»Woran zwingt er Sie zu denken?«

»An Rache«, sagte Fazıl und weinte wieder.

Ka begriff sofort, daß es nicht Rache war, woran Fazıl eigentlich dachte. Denn Fazıl hatte das erst gesagt, nachdem er gesehen hatte, daß Saffet von seinem Tisch aufgestanden war und näher kam.

»Geben Sie mir Ihren Ausweis!« sagte Saffet und sah Fazıl streng an.

»Mein Schülerausweis ist am Ausleihtisch.«

Ka sah, daß Fazıl gleich erkannt hatte, daß ihm ein Zivilpolizist gegenüberstand und daß er seine Angst unterdrückte. Alle gingen sie zu dem Ausleihtisch. Der Spitzel riß den Ausweis der völlig verschüchtert wirkenden Beamtin aus der Hand, entnahm ihm, daß Fazıl von der Vorbeter- und Predigerschule war, und schaute Ka kurz mit einem vorwurfsvollen Blick an, der soviel bedeutete wie: Haben wir es doch gleich gewußt. Dann steckte er den Ausweis mit dem Ausdruck eines Erwachsenen, der den Ball eines Kindes beschlagnahmt, in seine Tasche.

»Komm auf das Polizeipräsidium, dann bekommst du deinen Predigerausweis wieder«, sagte er.

»Saffet Bey«, sagte Ka. »Dieser Junge ist völlig harmlos; er hat gerade gehört, daß sein bester Freund gestorben ist; geben Sie ihm seinen Ausweis!«

Aber Saffet ließ sich nicht erweichen, obwohl er noch am Mittag Ka um seine Fürsprache gebeten hatte.

Ka verabredete mit Fazıl ein Treffen um fünf Uhr an der Eisen-

brücke, weil er annahm, er könne an einer Ecke, wo niemand zuschaute, von Saffet den Ausweis bekommen. Fazıl verließ die Bücherei sofort. Der ganze Leseraum war voller Unruhe, jeder glaubte, sein
Ausweis würde kontrolliert. Aber Saffet kümmerte sich nicht darum,
kehrte an seinen Tisch zurück und blätterte im Band der Zeitschrift
Leben von Anfang 1960 und betrachtete die letzten Fotografien, die
man von dem ehemaligen Ministerpräsidenten Adnan Menderes gemacht hatte, bevor er aufgehängt wurde, sowie Fotos von der traurigen Kaiserin Soraya, die sich vom Schah scheiden lassen mußte, weil
sie ihm kein Kind gebären konnte.

Ka vermutete, daß Saffet ihm den Ausweis nicht geben würde, und
verließ die Bücherei. All seine Ängste fielen wieder von ihm ab, als
er die schöne schneebedeckte Straße und die begeistert Schneeball
spielenden Kinder erblickte. Am liebsten wäre er losgerannt. Auf
dem Gouverneursplatz sah er eine Menge Männer, die mit Stoff-
beuteln und Paketen, die in Zeitungspapier gewickelt waren, frierend
und traurig in einer Schlange warteten. Das waren die vorsichtigen
Einwohner von Kars, die die Erklärung des Ausnahmezustandes
ernst genommen hatten und brav wie die Lämmer die sich in ihrem
Haushalt befindlichen Waffen dem Staat auslieferten. Aber weil der
Staat ihnen nicht vertraute und die Spitze der Schlange nicht in den
Sitz des Gouverneurs hineinließ, froren sie alle. Die Mehrheit der
Bevölkerung hatte nach dieser Bekanntmachung mitten in der Nacht
den Schnee weggeräumt und ihre Waffen an Plätzen, auf die keiner
kommen würde, im vereisten Boden vergraben.

Als er die Faikbey-Straße entlangging, begegnete er Kadife und
wurde über und über rot im Gesicht. Gerade hatte er an İpek gedacht,
und Kadife erschien ihm wie etwas sehr Nahes und außergewöhnlich
Schönes, das mit İpek zusammenhing. Hätte er sich nicht beherrscht,
hätte er das Mädchen mit dem Kopftuch umarmt und geküßt.

»Ich muß ganz dringend mit Ihnen sprechen«, sagte Kadife. »Aber
Ihnen folgt ein Mann; solange der hinschaut, geht es nicht. Kommen
Sie im Hotel um zwei Uhr auf Zimmer 217? Das letzte Zimmer am
Ende des Korridors, an dem auch Ihres ist.«

»Können wir dort in Ruhe miteinander reden?«

»Wenn Sie es keinem« – Kadife öffnete ihre Augen ganz weit –, »auch nicht İpek, erzählen, wird niemand erfahren, daß wir miteinander gesprochen haben.« Da die Menge sie aus den Augenwinkeln beobachtete, schüttelte sie mit einer sehr förmlichen Bewegung Ka die Hand. »Jetzt schauen Sie mir unauffällig nach und sagen mir später, ob mir ein oder zwei Spitzel folgen!«

Mit dem Mundwinkeln leise lächelnd nickte er so kaltblütig »Ja!«, daß er über sich selbst staunte. Dabei hatte der Gedanke daran, sich mit Kadife in einem Zimmer zu treffen, ohne daß ihre Schwester davon wußte, ihn fast um den Verstand gebracht.

Er begriff, daß er nicht einmal zufällig İpek im Hotel begegnen wollte, bevor er sich mit Kadife traf. Deshalb setzte er, um die Zeit totzuschlagen, seinen Gang durch die Straßen fort. Niemand schien etwas an dem Militärputsch auszusetzen zu haben; genau wie in seiner Kindheit lag die Stimmung eines Neuanfangs und einer Abwechslung in der Langweile des Lebens in der Luft. Die Frauen hatten Taschen und Kinder genommen und begonnen, bei den Obsthändlern die Früchte einzeln mit der Hand zu befühlen, auszuwählen und dann über den Preis zu verhandeln, Männer mit Schnurrbart standen an den Straßenecken, rauchten Zigaretten ohne Filter, schauten auf die Vorbeigehenden und tauschten Gerüchte aus. Der Bettler, der so tat, als sei er blind, und den Ka tags zuvor zweimal unter dem Dachvorsprung eines leeren Gebäudes zwischen Busbahnhof und Wochenmarkt gesehen hatte, war nicht an seinem Platz. Auch die Kleinlastwagen, die sonst mitten auf der Straße Orangen und Äpfel verkauften, waren nicht zu sehen. Der ohnehin spärliche Verkehr hatte noch weiter abgenommen, aber es war schwer zu sagen, ob das am Militärputsch oder am Schnee lag. Die Zahl der Zivilpolizisten in der Stadt war erhöht worden (einen hatten die Kinder, die unten an der Halit-Paşa-Straße Fußball spielten, ins Tor gestellt); die Organisatoren von Hahnenkämpfen, die illegal schlachtenden Fleischer und zwei Hotels, die neben dem Autobusbahnhof als Bordell betrieben wurden (Hotel Pan und Hotel Freiheit), hatten ihre dunklen Aktivitäten auf unbestimmte Zeit verschoben. Da die Leute aus Kars ohnehin an die Schüsse gewöhnt waren, die vor allem nachts ab und zu aus den *gecekondu*-Vierteln zu hören waren, ließ sich keiner von ihnen die Stimmung verderben. Weil Ka das Gefühl der Freiheit, das diese Musik der Gleichgültigkeit in ihm erweckte, so schön fand, kaufte er sich am Modernen Imbiß an der Ecke Küçük-Kâzımbey-Straße und Kâzım-Karabekir-Straße ein heißes Zimtgetränk und trank es mit Genuß.

25

Die einzige Zeit der Freiheit in Kars

KA UND KADIFE IM HOTELZIMMER

Als Ka sechzehn Minuten später das Zimmer 217 betrat, war er aus Angst, gesehen zu werden, so angespannt, daß er, um ein unterhaltsames und abwechlungsreiches Thema zu finden, Kadife von dem Zimtgetränk erzählte, dessen leicht herben Geschmack er immer noch auf der Zunge hatte.

»Es gab eine Zeit, da wurde erzählt, daß erboste Kurden Gift in dieses Getränk mischten, um Armeeangehörige zu vergiften«, sagte Kadife. »Der Staat hat sogar Geheiminspektoren geschickt, um diese Angelegenheit zu untersuchen.«

»Glauben Sie an diese Geschichten?« fragte Ka.

»Alle gebildeten und verwestlichten Fremden, die nach Kars kommen«, sagte Kadife, »gehen zu diesem Imbiß und trinken von diesem Zimtgetränk, sobald sie diese Geschichten hören, um zu beweisen, daß sie an solche Verschwörungstheorien nicht glauben. Und schon haben sie sich wie Idioten vergiften lassen. Denn die Gerüchte sind wahr. Manche Kurden sind so unglücklich, daß es Allah für sie nicht mehr gibt.«

»Wie läßt der Staat das nach all der Zeit zu?«

»Wie alle verwestlichten Intellektuellen vertrauen Sie am meisten auf den Staat, ohne das überhaupt zu merken. Der Nationale Nachrichtendienst weiß darüber Bescheid, wie er über alles Bescheid weiß, aber er setzt dem kein Ende.«

»Weiß er denn auch, daß wir hier sind?«

»Haben Sie keine Angst«, antwortete Kadife mit einem Lächeln. »Er wird das eines Tages sicher wissen, aber bis dahin sind wir hier frei. Diese Übergangszeit ist die einzige Zeit der Freiheit in Kars. Sie sollten sie zu schätzen wissen. Und bitte, ziehen Sie den Mantel aus!«

«Dieser Mantel schützt mich vor Unglücksfällen«, sagte Ka. Er sah an Kadifes Gesichtsausdruck, daß sie erschrocken war. »Und kalt ist es hier auch«, ergänzte er.

Dies hier war die Hälfte eines kleinen Zimmers, das ehemals als Abstellraum genutzt worden war. Es gab ein winzig schmales Fenster, das auf den Innenhof schaute, ein enges Bett, auf dessen beide Enden sie sich zögernd setzten, und einen erstickenden Geruch nach feuchtem Staub, wie er schlecht gelüfteten Hotelzimmern eigen ist. Kadife streckte sich und versuchte, den Hahn der Heizung an der Seite aufzudrehen, aber er hatte sich böse verklemmt; und sie ließ es sein. Sie bemühte sich um ein Lächeln, als sie sah, daß Ka nervös aufgestanden war.

Ka begriff sogleich, daß es Kadife Lust bereitete, mit ihm in einem Zimmer zu sein. Auch er selbst fand es schön, sich nach langen Jahren der Einsamkeit mit einem hübschen Mädchen in einem Raum zu befinden, aber bei Kadife handelte es sich um kein so harmloses Vergnügen – er bemerkte das an ihrem Gesicht, es war etwas Tieferes und Destruktiveres.

»Haben Sie keine Angst, denn außer diesem armen Kerl, der Orangen im Plastikbeutel mit sich herumträgt, hat Sie kein Zivilpolizist verfolgt. Das zeigt, daß der Staat Sie eigentlich nicht fürchtet, sondern Ihnen nur einen kleinen Schrecken einjagen möchte. Wer war hinter mir her?«

»Ich habe vergessen, Ihnen nachzuschauen«, sagte Ka kleinlaut.

»Wie?« Kadife sah ihn einen Augenblick mit giftigen Augen an. »Sie sind verliebt, Sie sind wirklich sehr verliebt!« Sie faßte sich sofort wieder. »Entschuldigen Sie, wir haben alle Angst«, sagte sie, und ihr Gesicht nahm wieder einen ganz anderen Ausdruck an. »Machen Sie meine Schwester glücklich, sie ist ein sehr guter Mensch.«

»Glauben Sie, sie liebt mich?« fragte Ka fast flüsternd.

»Tut sie, muß sie; Sie sind ein sehr netter Mann«, antwortete Kadife.

Als sie merkte, daß Ka betroffen reagierte, erklärte sie:»Denn Sie sind ein Zwilling.« Sie stellte Theorien darüber auf, warum ein Zwillings-Mann unweigerlich zu einer Jungfrau-Frau paßte. Die Zwillinge hatten neben einer doppelten Persönlichkeit eine Leichtigkeit und Oberflächlichkeit, durch die die Jungfrau-Frau, die alles immer ernst nahm, glücklich werden, vor der sie sich aber auch ekeln konnte. »Ihr beiden verdient eine glückliche Liebe«, fügte sie hinzu, als wolle sie ihn trösten.

»Haben Sie bei Ihren Gesprächen mit Ihrer Schwester den Eindruck gewonnen, daß sie mit mir nach Deutschland gehen könnte?«

»Sie findet, Sie sehen sehr gut aus«, sagte Kadife. »Aber sie glaubt Ihnen nicht. Und es braucht Zeit, bis sie Ihnen glaubt. Denn Leute, die so ungeduldig sind wie Sie, denken nicht daran, eine Frau zu lieben, sondern sie zu erobern.«

»Hat sie Ihnen das gesagt?« fragte Ka und hob die Brauen. »Wir haben in dieser Stadt keine Zeit.«

Kadife warf einen Blick auf ihre Uhr. »Zuerst einmal möchte ich Ihnen danken, daß Sie hierhergekommen sind. Ich habe Sie in einer sehr wichtigen Angelegenheit hierhergerufen. Lapislazuli hat Ihnen eine Mitteilung zu machen.«

»Diesmal verfolgen sie mich und fassen ihn sofort«, antwortete Ka. »Und dann lassen sie uns alle foltern. Die Wohnung ist ausgehoben. Die Polizei hat alles mit angehört.«

»Lapislazuli hat gewußt, daß er abgehört wurde«, sagte Kadife. »Das war eine Nachricht philosophischer Natur, die er vor diesem Putsch erst an Sie und dann über Sie an den Westen geschickt hat. Er hat denen gesagt: Beschäftigt euch nicht allzusehr mit unseren Selbstmorden. Jetzt ist alles anders. Deswegen möchte er auch seine alte Nachricht annullieren. Aber was noch wichtiger ist: Er hat eine ganz neue Mitteilung zu machen.«

Je mehr Kadife auf ihn einredete, desto weniger konnte Ka sich entschließen. »In dieser Stadt ist es unmöglich, irgendwo hinzugehen, ohne gesehen zu werden«, sagte er dann.

»Es gibt da ein Pferdefuhrwerk. Es kommt jeden Tag ein- oder zweimal an die Küchentür zum Hof, um Gasflaschen von Aygaz, Kohlen oder Wasserkanister zu liefern. Der Mann liefert auch anderswohin und breitet eine Plane aus Segeltuch über alles, um seine Waren vor Regen zu schützen. Der Kutscher ist zuverlässig.«

»Ich soll mich wie ein Dieb unter einer Plane verstecken?«

»Ich habe mich oft so versteckt«, sagte Kadife. »Es macht Spaß, durch die ganze Stadt zu fahren, ohne daß es einer merkt. Wenn Sie dieses Gespräch führen, helfe ich Ihnen nach Kräften in der Sache mit İpek. Ich möchte nämlich, daß Sie sie heiraten.«

»Warum?«

»Jede jüngere Schwester möchte, daß ihre ältere Schwester glücklich wird.«

Ka glaubte diesen Satz überhaupt nicht, nicht nur, weil das, was er sein Leben lang zwischen allen türkischen Geschwistern gesehen hatte, tiefe Abneigung und erzwungene Solidarität war, sondern auch, weil er in jedem Zug Kadifes etwas Gekünsteltes sah – ihre linke Augenbraue hatte sich unmerklich gehoben; und sie hatte mit einer aus türkischen Filmen entliehenen Unschuldsmiene ihre Lippen leicht geöffnet und gespitzt, wie ein Kind, das gleich weinen wird. Aber als sie erneut auf ihre Uhr sah und sagte, daß in siebzehn Minuten das Pferdefuhrwerk komme, und schwor, sie werde ihm alles erzählen, wenn er ihr jetzt sofort verspreche, mit ihr zu Lapislazuli zu gehen, da sagte Ka: »Ich verspreche, ich komme mit; aber erst sagen Sie mir, warum Sie mir so sehr vertrauen!«

»Sie sollen ein Sufi sein, meint Lapislazuli; er glaubt, Allah habe Sie von der Geburt bis zum Tode unschuldig geschaffen.«

»Schön«, erwiderte Ka. »Kennt İpek diese Eigenschaft von mir?«

»Woher soll sie sie kennen? Das ist ein Wort Lapislazulis.«

»Bitte sagen Sie mir alles, was İpek über mich denkt!«

»Eigentlich habe ich alles gesagt, worüber wir gesprochen haben«, sagte Kadife. Als sie bemerkte, daß Ka enttäuscht war, dachte sie ein bißchen nach oder tat jedenfalls so – Ka konnte das vor Aufregung nicht unterscheiden – und sagte dann: »Sie findet Sie unterhaltsam. Sie kommen von den Deutschen und haben viel zu erzählen!«

»Was kann ich tun, um sie zu gewinnen?«

»Wenn schon nicht im ersten Augenblick, dann doch in den ersten zehn Minuten spürt eine Frau zuinnerst, mit was für einem Mann sie zu tun hat, oder doch zumindest, welche Bedeutung er möglicherweise für sie hat, ob sie ihn lieben kann oder nicht. Um das, was sie empfindet, ganz zu verstehen, muß etwas Zeit vergehen. Während dieser Zeit kann ein Mann nicht viel tun. Wenn Sie wirklich daran glauben, sagen Sie ihr schöne Dinge, die Sie für sie empfinden. Wieso lieben Sie sie, warum wollen Sie sie heiraten?«

Ka schwieg. Als Kadife sah, daß er wie ein trauriges kleines Kind aus dem Fenster schaute, sagte sie ihm, daß er mit İpek in Frankfurt glücklich sein könne, daß İpek fröhlich sein werde, sobald sie Kars verlassen habe, und daß ihr lebendig vor Augen stehe, wie sie abends lachend miteinander durch die Straßen von Frankfurt ins Kino gingen.

»Sagen Sie mir den Namen eines Kinos in Frankfurt, in das Sie gehen werden«, sagte sie, »irgendeines Kinos.«

»Filmforum Hoechst«, antwortete Ka.

»Haben die Deutschen keine solchen Kinonamen wie Elhamra, Majestic oder Alkazar?«

»Doch. Eldorado!«

Während sie auf den Hof schauten, in dem unentschlossene Schneeflocken hin und her tanzten, erzählte ihm Kadife, daß ihr in den Jahren, in denen sie im Studententheater mitgespielt hatte, einmal der Cousin eines Kommilitonen aus dem gleichen Jahrgang in Andeutungen eine Rolle in einer deutsch-türkischen Koproduktion angeboten, sie das aber abgelehnt hatte, daß jetzt İpek und Ka in jenem Land sehr glücklich werden würden, daß ihre Schwester eigentlich dafür geschaffen sei, glücklich zu sein, aber weil sie das nicht wisse, nie glücklich gewesen sei; daß es sie auch unglücklich mache, kein Kind zu haben, daß aber das eigentlich Traurige sei, daß ihre ältere Schwester unglücklich sei, obwohl oder vielleicht auch weil sie so schön, feinfühlig, aufrichtig und ehrlich sei (hier brach ihre Stimme), daß in ihrer Kindheit und Jugend die Güte und Schönheit ihrer Schwester ihr immer ein Vorbild gewesen sei (hier brach ihre Stimme wieder), daß sie sich selbst neben dieser Güte und Schönheit immer schlecht und häßlich gefühlt habe und daß ihre Schwester ihre Schönheit verborgen habe, damit sie sich nicht so fühle (jetzt weinte sie endlich). Schluchzend erzählte sie weiter, daß eines Tages in der

Mittelschule (»Wir waren damals in Istanbul und nicht so arm«, sagte Kadife, und Ka erwiderte, daß sie »auch jetzt« nicht arm seien, Kadife aber schloß eilig mit einem: »Aber wir leben in Kars« diese Klammer) die Biologielehrerin Mesrure Hanım Kadife, als sie zur ersten Stunde zu spät gekommen war, gefragt habe: »Ist deine kluge Schwester auch zu spät gekommen?« und dann gesagt habe: »Ich lass dich noch mitmachen, weil ich deine Schwester so mag.« Natürlich war İpek nicht zu spät gekommen.

Das Pferdefuhrwerk fuhr in den Hof ein.

Es handelte sich um einen alten, gewöhnlichen Karren, dessen Bretter mit roten Rosen, weißer Kamille und grünen Blättern bemalt waren. Aus den Nüstern des müden alten Pferdes, deren Ränder vereist waren, stieg Dampf auf. Mantel und Hut des breitgebauten, leicht buckligen Kutschers waren von Schnee bedeckt. Ka sah mit klopfendem Herzen, daß auch die Plane schneebedeckt war.

»Hab bloß keine Angst«, sagte Kadife. »Ich bringe dich nicht um!«

Ka hatte die Pistole in Kadifes Hand gesehen, aber gar nicht begriffen, daß sie sie auf ihn gerichtet hatte.

»Ich habe keinen Nervenzusammenbruch oder so etwas«, redete Kadife weiter. »Aber wenn du jetzt einen schmutzigen Trick mit mir versuchst, glaub mir, ich erschieße dich... Wir mißtrauen jedem, auch den Journalisten, die kommen, um eine Stellungnahme von Lapislazuli zu bekommen.«

»Ihr seid auf mich zugekommen«, sagte Ka.

»Stimmt, aber selbst wenn du nicht daran denkst, können die vom Nationalen Nachrichtendienst vermutet haben, daß wir dich aufsuchen, und ein Abhörgerät an dir angebracht haben. Ich habe den Verdacht, daß du es vorhin deshalb nicht über dich gebracht hast, dein Mäntelchen abzulegen. Zieh den Mantel jetzt aus und leg ihn schnell auf die Bettkante!«

Ka tat, was ihm gesagt worden war. Kadife tastete mit ihrer Hand, die so klein war wie die ihrer Schwester, eilig den Mantel ab. Als sie nichts fand, sagte sie: »Entschuldige bitte! Du wirst auch dein Jakkett, dein Hemd und dein Unterhemd ausziehen. Sie befestigen den Empfänger nämlich auch mit Klebeband auf dem Rücken oder der

Brust. In Kars gibt es möglicherweise hundert Leute, die von morgens bis abends mit Mikrofon herumlaufen.«

Als Ka sein Jackett ausgezogen hatte, schob er Hemd und Unterhemd hoch, wie ein Kind, das dem Doktor seinen Bauch zeigt. Kadife blickte ihn kurz an. »Dreh dich um!« befahl sie. Es herrschte einen Moment Schweigen. »Gut. Entschuldige die Pistole... Aber wenn ein Empfänger angebracht ist, wehren sie sich gegen die Durchsuchung, halten nicht still...« Aber sie ließ die Pistole nicht sinken. »Jetzt hör zu!« sagte sie mit drohender Stimme. »Du sagst zu Lapislazuli kein Wort von unserer Vertrautheit hier und von dem, was wir miteinander geredet haben.« Sie sprach wie ein Arzt, der nach der Untersuchung seinem Kranken Drohungen macht. »Du wirst İpek nicht erwähnen und nicht sagen, daß du in sie verliebt bist. Lapislazuli verabscheut so einen Schmutz... Wenn du es doch tust, und er läßt dich nicht dafür büßen, tue ich es, darauf kannst du dich verlassen. Weil er einen ganz wachen sechsten Sinn hat, kann es sein, daß er etwas spürt und ein bißchen auf den Busch klopft. Tu so, als hättest du İpek ein- oder zweimal gesehen, und das sei es. Verstanden?«

»In Ordnung!«

»Benimm dich Lapislazuli gegenüber respektvoll. Trau dich ja nicht mit deinem Hintergrund als Junge von einer Privatschule, der Europa gesehen hat, ihn nicht für voll zu nehmen. Wenn dir so eine Dummheit unterläuft, lach bloß nicht... Vergiß nicht, du kümmerst die Europäer, die du voller Bewunderung imitierst, überhaupt nicht... Aber vor Lapislazuli und seinesgleichen haben sie eine Heidenangst.«

»Ich weiß.«

»Ich bin dein Freund, du kannst mir gegenüber ehrlich sein«, sagte Kadife und lächelte mit einem Gesichtsausdruck, der aus schlechten Filmen stammte.

»Der Kutscher hat die Plane aufgedeckt«, sagte Ka.

»Vertraue dem Kutscher! Letztes Jahr ist sein Sohn im Gefecht mit der Polizei umgekommen. Und genieße die Fahrt!«

Erst ging Kadife hinunter. Etwa zu dem Zeitpunkt, als sie in der Küche ankam, sah Ka, daß das Fuhrwerk unter den Bogen der Ein-

fahrt eingefahren war, die das Haus von der Straße trennte. Wie verabredet, kam er aus seinem Zimmer und ging hinunter. Als er in der
Küche niemanden sah, wurde er nervös, aber der Kutscher erwartete
ihn in der halbgeöffneten Hoftür. Er legte sich lautlos neben Kadife
in den zwischen Gasflaschen der Marke Aygaz freigelassenen Raum.

Die Fahrt, von der Ka gleich wußte, daß er sie nie vergessen würde,
dauerte bloß acht Minuten, kam ihm aber viel länger vor. Er fragte
sich, wo in der Stadt sie waren, hörte Leute reden, an denen sie unter
dem Rattern des Wagens vorbeifuhren – und den Atem Kadifes, die
neben ihm ausgestreckt dalag. Einmal versetzte ihn eine Gruppe von
Kindern in Aufregung, die sich hinten am Fuhrwerk festhielten und
so die Straße entlangschlitterten. Aber es gefiel ihm derart, wie
freundlich Kadife dazu lächelte, daß er sich selbst so glücklich fühlte
wie die Kinder auch.

26

Unsere Armut ist nicht der Grund, warum wir Gott so sehr anhängen

LAPISLAZULIS STELLUNGNAHME,
AN DEN GANZEN WESTEN GERICHTET

Während sie im Pferdefuhrwerk lagen, dessen Gummiräder fröhlich über den Schnee rollten, fiel Ka ein neues Gedicht ein. Genau in dem Moment fuhr der Karren mit einem Ruck auf einen Bürgersteig und hielt dann an. Nach einer langen Stille, in der ihm weitere Verse einfielen, hob der Kutscher die Plane, und Ka sah einen schneebedeckten leeren Hof, wo sich Autoreparaturbetriebe, Schweißerwerkstätten und ein kaputter Traktor befanden. Ein in einer Ecke angeketteter schwarzer Hund sah, wer unter der Plane hervorkam, und begrüßte sie mit Gebell.

Sie traten durch eine Tür aus Walnußholz; und hinter einer zweiten Tür stand Lapislazuli und schaute aus dem Fenster auf den verschneiten Hof hinaus. Sein leicht rötlichbraunes Haar, die Sommersprossen im Gesicht und das Tiefblau seiner Augen verblüfften Ka genausosehr wie bei ihrer ersten Begegnung. Die Schlichtheit des Raumes und einige Gegenstände (die gleiche Haarbürste, die gleiche halboffene Handtasche und der gleiche Plastikaschenbecher mit osmanischen Blumenmustern am Rand und der Aufschrift »Ersin Elektrik«) erweckten beinahe den Eindruck, Lapislazuli habe in der Nacht gar nicht die Wohnung gewechselt. Aber in seinem Gesicht sah Ka ein kaltblütiges Lächeln, das die Entwicklungen seit gestern schon jetzt hingenommen hatte. Er begriff sofort, daß Lapislazuli sich selbst gratulierte, weil er den Putschisten entkommen war.

»Über die Mädchen, die Selbstmord begehen, schreibst du nicht mehr«, sagte Lapislazuli.

»Warum?«

»Auch die Militärs wollen nicht, daß über sie geschrieben wird.«

»Ich bin nicht der Sprecher der Militärs«, antwortete Ka vorsichtig.

»Ich weiß.«

Sie musterten sich einen Moment lang angespannt.

»Gestern hast du mir erzählt, du würdest in den Zeitungen des Westens über die Mädchen schreiben, die sich umbringen«, sagte Lapislazuli.

Ka schämte sich wegen dieser kleinen Lüge.

»In welcher westlichen Zeitung?« fragte Lapislazuli. »Bei welcher deutschen Zeitung hast du einen Bekannten?«

»Bei der *Frankfurter Rundschau*«, antwortete Ka.

»Wen?«

»Einen demokratischen deutschen Journalisten.«

»Wie heißt er?«

»Hans Hansen«, sagte Ka und wickelte sich fester in seinen Mantel.

»Ich habe eine Stellungnahme für Hans Hansen, die sich gegen den Militärputsch ausspricht«, erklärte Lapislazuli. »Wir haben nicht viel Zeit, ich möchte, daß du sie gleich aufschreibst.«

Ka begann, sich auf der Rückseite seines Gedichtheftes Notizen zu machen. Lapislazuli erzählte, daß seit dem Putsch im Theater bislang mindestens achtzig Menschen umgebracht worden seien (die korrekte Zahl war, einschließlich der im Theater Erschossenen, siebzehn), berichtete von der Erstürmung von Wohnungen und Schulen, von den neun (richtig: vier) *gecekondu*, die Panzer niedergewalzt und abgerissen hatten, von Schülern, die unter der Folter gestorben waren, und Straßenkämpfen in Gassen, deren Namen Ka nicht kannte. Während er die Leiden der Kurden nur kurz berührte, übertrieb er die der Islamisten ein wenig und sagte, der Bürgermeister und der Direktor der Pädagogischen Hochschule seien von der Regierung erschossen worden, um die Bedingungen für diesen Putsch herzustellen. Seiner Ansicht nach war das alles getan worden, »um den Sieg der Islamisten in demokratischen Wahlen zu verhindern«. Während Lapislazuli zum Beweis dieser Tatsache weitere Einzelheiten wie das Verbot der Partei- und Vereinstätigkeit und Ähnliches erwähnte, schaute Ka Kadife, die ihm voller Bewunderung zuhörte, in die Augen und zeichnete auf die Ränder dieser Seiten, die er später aus seinem Gedichtheft herausreißen sollte, Bilder und Skizzen, die zeigten, daß er an İpek dachte: Hals und Haare einer Frau, dahinter steigt aus dem kindlichen Schornstein eines kindlichen Hauses kindlicher Rauch... Ka hatte mir schon viel früher gesagt, daß die machtvollen Tatsachen, die ein guter Dichter für richtig erachtet, an die zu glauben er sich aber fürchtet, weil sie seine Lyrik verderben können, nur um ihn kreisen dürfen und daß die geheime Musik dieses Umkreisens seine Kunst ausmacht.

Dabei fand Ka einige Sätze Lapislazulis so schön, daß er sie Wort für Wort in sein Heft schrieb. »Der Grund, warum wir hier Gott so sehr anhängen, ist nicht, wie die Menschen im Westen glauben, daß wir so arm sind, sondern daß wir mehr als andere wissen wollen, was wir in dieser Welt hier zu suchen haben und wie es in der anderen Welt zugehen wird.«

Anstatt die Wurzeln dieser Neugier aufzuspüren und zu erklären, was wir in dieser Welt zu suchen haben, appellierte Lapislazuli in seinen Schlußsätzen an den Westen: »Wird der Westen, der anscheinend an seine eigene große Erfindung, die Demokratie, mehr glaubt als an das Wort Allahs, sich gegen diesen antidemokratischen Militärputsch in Kars erheben?« fragte er mit grandioser Geste. »Oder sind nicht Demokratie, Freiheit und Menschenrechte wichtig, sondern daß der Rest der Welt den Westen nachäfft? Kann der Westen eine Demokratie ertragen, die seine ihm nicht im geringsten ähnelnden Todfeinde errungen haben? Und ich möchte dem Rest der Welt, der nicht zum Westen gehört, zurufen: Brüder, ihr seid nicht allein...« Er schwieg einen Moment. »Aber wird Ihr Freund bei der *Frankfurter Rundschau* diese ganze Nachricht veröffentlichen?«

»Es ist nicht freundlich, immer nur vom Westen zu reden, als sei das nur eine Person mit einer Meinung«, meinte Ka vorsichtig.

»Daran glaube ich aber«, sagte Lapislazuli. »Es gibt einen einzigen Westen mit einer einzigen Meinung. Die andere Meinung vertreten wir.«

»Dennoch leben die im Westen nicht so«, wandte Ka ein. »Anders als hier sind die Leute nicht stolz darauf, so wie alle anderen zu denken. Jeder, auch der kleinste Ladenbesitzer, brüstet sich damit, seine eigenen Ansichten zu haben. Deswegen appellieren wir an das Gewissen der Menschen dort wirkungsvoller, wenn wir ›die westlichen Demokratien‹ statt ›der Westen‹ sagen.«

»Gut, tun Sie, wie Sie es für richtig halten. Gibt es noch eine Korrektur, die für eine Veröffentlichung nötig ist?«

»Mit dem Aufruf am Schluß wurde das eher als eine Nachricht ein interessanter Appell mit Nachrichtenwert«, sagte Ka. »Darunter setzen Sie Ihren Namen... Vielleicht auch einige Worte, die Sie vorzustellen...«

»Die habe ich vorbereitet«, sagte Lapislazuli. »Sie sollen schreiben: ›ein führender Islamist der Türkei und des Nahen Ostens‹, das reicht.«

»Das kann Hans Hansen nicht drucken.«

»Wie?«

»Die Erklärung irgendeines türkischen Islamisten in der sozialdemokratischen *Frankfurter Rundschau* zu drucken bedeutet für sie, Partei zu ergreifen«, sagte Ka.

»Herr Hans Hansen kneift also, wenn ihm etwas nicht paßt«, sagte Lapislazuli. »Was müssen wir tun, um ihn zu überzeugen?«

»Selbst wenn deutsche Demokraten etwas gegen einen Militärputsch in der Türkei tun – einen wirklichen, nicht einen auf dem Theater –, dann stört es sie doch, wenn die, die sie unterstützen, sich als Islamisten herausstellen.«

»Stimmt, die fürchten sich alle vor uns«, sagte Lapislazuli.

Ka wurde sich nicht klar, ob er das voller Stolz oder als Beschwerde über ein Mißverständnis sagte. »Deswegen wird dieser Appell in der *Frankfurter Rundschau* ohne weiteres veröffentlicht, wenn auch ein ehemaliger Kommunist, ein Liberaler und ein kurdischer Nationalist unterschreiben.«

»Wie also?«

»Wir können einen gemeinsamen Aufruf mit zwei anderen Leuten aus Kars verfassen«, meinte Ka.

»Ich kann nicht Wein trinken, um mich bei den Westlern beliebt zu machen«, sagte Lapislazuli. »Und ich kann mich nicht bemühen, ihnen ähnlich zu sein, damit sie sich nicht vor mir fürchten und sich um meine Angelegenheiten kümmern. Und ich werfe mich nicht vor der Tür von diesem Herrn Hansen aus dem Westen in den Staub, damit sie uns zusammen mit den gottlosen Atheisten bemitleiden. Wer ist denn dieser Hans Hansen? Warum stellt er so viele Bedingungen? Ist er Jude?«

Schweigen trat ein. Lapislazuli blickte Ka einen Augenblick haßerfüllt an, weil er spürte, daß dieser dachte, er habe etwas Falsches gesagt. »Die Juden sind die größten Opfer von Unterdrückung in diesem Jahrhundert«, sagte er. »Bevor ich irgend etwas in meiner Stellungnahme ändere, möchte ich erst über Hans Hansen Bescheid wissen. Wie hast du ihn kennengelernt?«

»Ein türkischer Freund hat mir gesagt, daß in der *Frankfurter Rundschau* eine Reportage über die Türkei erscheinen soll und der Autor mit jemandem reden will, der sich mit diesen Dingen auskennt.«

»Warum stellt Hans Hansen seine Fragen nicht diesem Freund, sondern dir?«

»Dieser Freund hatte mit diesen Sachen nicht soviel zu tun wie ich...«

»Was waren denn das für Sachen, laß mich raten«, sagte Lapislazuli: »Folter, Unterdrückung, die Lage in den Gefängnissen und ähnliche Dinge, die uns herabwürdigen.«

»Es handelte sich offenbar darum, daß Vorbeter- und Predigerschüler in Malatya einen Atheisten umgebracht hatten...« antwortete Ka.

»An so einen Fall erinnere ich mich nicht«, sagte Lapislazuli bedächtig. »Genau wie angebliche Islamisten niederträchtig sind, die einen erbärmlichen Atheisten umbringen und sich dann im Fernsehen damit brüsten, um berühmt zu werden, sind auch die orientalistischen ›Experten‹ abscheulich, die diese Nachrichten so übertreiben, daß es zehn, fünfzehn Tote gegeben hat, um die islamistische Weltbewegung herabzuwürdigen. Wenn Herr Hans Hansen so einer ist, vergessen wir ihn besser.«

»Mich hat Hans Hansen etwas zur Europäischen Union und zur Türkei gefragt. Ich habe seine Fragen beantwortet. Eine Woche später hat er angerufen. Er hat mich nach Hause zum Essen eingeladen.«

»Einfach so?«

»Ja.«

»Sehr verdächtig. Was hast du in seinem Haus gesehen? Hat er dir seine Frau vorgestellt?«

Ka sah, daß Kadife, die direkt neben den völlig zugezogenen Vorhängen saß, nun äußerst gespannt zuhörte.

»Die Familie Hans Hansens ist eine nette, glückliche Familie«, sagte Ka. »Gegen Abend hat sich Hans Hansen beim Heimweg von der Zeitung mit mir am Bahnhof getroffen. Eine halbe Stunde später sind wir in einem schönen, hellen Haus in einem Garten angekommen. Sie haben mich sehr freundlich behandelt. Wir haben Brathuhn mit Kartoffeln gegessen. Seine Frau hatte die Kartoffeln erst gekocht und dann im Ofen gebacken.«

»Wie war seine Frau?«

Ka stellte sich den Verkäufer Hans Hansen vom Kaufhaus vor. »So blond, breitschultrig und gutaussehend, wie Hans Hansen ist, so blond und schön sind auch Ingeborg und die Kinder.«

»Hing ein Kreuz an der Wand?«

»Ich erinnere mich nicht, nein.«

»Da ist eines, du hast bloß nicht aufgepaßt«, sagte Lapislazuli. »Im Gegensatz zu den Phantasien unserer atheistischen Europabewunderer sind alle gebildeten Europäer ihrer Religion und dem Kreuz eng verbunden. Aber die Unseren erzählen davon nicht, wenn sie in die Türkei zurückkehren, denn ihnen geht es darum, zu beweisen, daß die technologische Überlegenheit des Westens ein Sieg des Atheismus ist... Erzähl, was du gehört und gesehen hast.«

»Herr Hansen ist ein Liebhaber der Literatur, auch wenn er in der Auslandsredaktion der *Frankfurter Rundschau* arbeitet. Das Gespräch kam auf Lyrik. Wir haben über Dichter, Länder und Geschichten geredet. Ich habe gar nicht gemerkt, wie die Zeit verging.«

»Hatten sie Mitleid mit dir? Waren sie deswegen freundlich zu dir, weil du ein Türke, ein hilfloser, einsamer und armer politischer Asylant bist und weil gelangweilte deutsche Jugendliche, wenn sie betrunken sind, solche Türken wie dich, die niemanden haben, anzünden?«

»Ich weiß nicht. Sie haben sich mir nicht aufgedrängt.«

»Auch wenn sie nicht zudringlich sind und dir nicht zeigen, daß sie Mitleid mit dir haben, so hat doch der Mensch ein Bedürfnis nach Mitleid. Es gibt Zehntausende von kurdisch-türkischen Intellektuellen in Deutschland, die diesen Wunsch zu ihrem Broterwerb gemacht haben.«

»Hans Hansens Familie, die Kinder, das waren alles gute Menschen. Sie sind zuvorkommend und rücksichtsvoll gewesen. Vielleicht haben sie aus Rücksicht mich nicht spüren lassen, daß sie Mitleid mit mir haben. Ich habe sie gemocht. Und selbst wenn sie mich bemitleidet hätten, hätte es mir nichts ausgemacht.«

»Das heißt, daß die Situation deinen Stolz gar nicht verletzt hat?«

»Hat sie möglicherweise, aber trotzdem war ich an dem Abend mit ihnen sehr glücklich. Die Lampen an den Wänden gaben ein sehr angenehm oranges Licht ... Gabeln und Messer waren von einer Sorte, die ich noch nie gesehen hatte, aber auch nicht so fremdartig, daß es einen gestört hätte ... Der Fernseher lief ununterbrochen; und ab und zu schauten sie hin; deshalb habe ich mich ganz zu Hause gefühlt. Wenn sie manchmal merkten, daß mein Deutsch nicht reichte, haben sie es mir auf englisch erklärt. Nach dem Essen haben die Kinder ihren Vater wegen ihrer Hausaufgaben gefragt; und die Eltern haben den Kindern vor dem Schlafengehen einen Kuß gegeben. Ich habe mich so wohl gefühlt, daß ich am Ende des Essens mir einfach ein zweites Stück Kuchen genommen habe. Das hat keiner gemerkt, und wenn sie es gemerkt haben, fanden sie es ganz normal. Denn das fiel mir erst viel später ein.«

»Was für ein Kuchen ist das denn gewesen?« fragte Kadife.

»Wiener Torte mit Feigen und Schokolade.«

Schweigen trat ein.

»Welche Farben hatten die Vorhänge?« fragte Kadife. »Und welches Muster?«

»Weißlich oder cremefarben«, sagte Ka und tat so, als versuche er sich zu erinnern. »Darauf waren kleine Fische, Blumen, Bären und bunte Früchte.«

»Also ein Stoff für Kinder?«

»Nein, denn er sah ganz seriös aus. Das muß ich erwähnen: Sie waren glücklich, aber sie haben nicht, wie das bei uns ist, dauernd gelacht. Sie waren sehr ernsthaft. Vielleicht waren sie deswegen glücklich. Das Leben ist für sie eine ernste Sache, für die man Verantwortungsgefühl braucht. Nicht wie bei uns, wo es entweder ein blindes Bemühen ist oder eine bittere Prüfung. Aber diese Ernsthaftigkeit war etwas Lebendiges, etwas Positives. Sie besaßen ein Glück, das wie die Bären und Fische auf den Vorhängen farbig und gemessen war.«

»Welche Farbe hatte das Tischtuch?« fragte Kadife.

»Das habe ich vergessen«, sagte Ka und versank in Gedanken, als versuche er, sich zu erinnern.

»Wie häufig bist du da hingegangen?« fragte Lapislazuli leicht verstimmt.

»Ich war in jener Nacht so glücklich, daß ich mir sehr gewünscht habe, sie würden mich noch einmal einladen. Aber Hans Hansen hat das nie wieder getan.«

Der im Hof angekettete Hund fing wieder an zu bellen. Ka sah jetzt Wehmut in Kadifes Gesicht, in dem Lapislazulis aber zornige Verachtung.

»Ich habe viele Male daran gedacht, sie anzurufen«, erzählte er trotzig weiter. »Manchmal habe ich gedacht, Hans Hansen habe noch einmal angerufen, um mich zum Abendessen einzuladen, aber mich nicht erreicht; und dann konnte ich kaum an mich halten, um nicht aus der Bibliothek zu laufen und nach Hause zu rennen. Ich habe mir sehr gewünscht, all das noch einmal zu sehen: den schönen Garderobenspiegel, die Sessel, deren Farbe ich vergessen habe – vielleicht zitronengelb –, wie sie mich gefragt haben: ›Ist das so gut?‹, während sie am Tisch auf einem Brett Brot schnitten (Sie wissen, die Europäer essen viel weniger Brot als wir), und die schönen Landschaften aus den Alpen an den Wänden, an denen kein Kreuz hing.«

Ka sah, daß Lapislazuli ihn jetzt mit unverhülltem Ekel ansah.

»Drei Monate später hat ein Freund neue Nachrichten aus der Türkei gebracht«, fuhr Ka fort. »Unter dem Vorwand, ihm von der abscheulichen Folter, der Unterdrückung und Verfolgung zu berichten, habe ich Hans Hansen angerufen. Wieder hat er mich aufmerksam angehört, wieder war er sehr zuvorkommend und höflich. Es erschien auch in der Zeitung eine kurze Nachricht. Diese Meldung von Folter und Tod hat mich überhaupt nicht gekümmert. Ich wollte, daß er mich anruft. Aber er hat mich nie wieder angerufen. Manchmal denke ich daran, Hans Hansen einen Brief zu schreiben: ›Was habe ich denn falsch gemacht, warum haben Sie mich nicht wieder angerufen?‹«

Es beruhigte Lapislazuli nicht, daß Ka so tat, als lächele er über sich selbst.

»Nun haben Sie einen Vorwand, um ihn anzurufen«, sagte er spöttisch.

»Aber damit die Nachricht in der Zeitung erscheint, müssen wir den deutschen Normen entsprechen und eine gemeinsame Erklärung verfassen.«

»Wer werden der kurdische Nationalist und der liberale Kommunist sein, mit denen zusammen ich eine Erklärung schreiben soll?«

»Wenn Sie Angst haben, daß sie sich als Polizisten herausstellen, schlagen Sie Namen vor«, sagte Ka.

»Es gibt eine Menge kurdischer Jugendlicher, die empört darüber sind, was ihren Kameraden in der Vorbeter- und Predigerschule angetan wurde. Zweifellos ist in den Augen eines westlichen Journalisten ein atheistischer kurdischer Nationalist wertvoller als ein islamistischer. In dieser Erklärung kann auch ein junger Student die Kurden vertreten.«

»Gut, treiben Sie diesen jungen Studenten auf«, sagte Ka. »Ich kann zusagen, daß die *Frankfurter Rundschau* damit einverstanden sein wird.«

»Natürlich repräsentieren Sie unter uns den Westen, was auch geschieht«, spottete Lapislazuli.

Ka ignorierte ihn. »Als ehemaliger Kommunist und heutiger Demokrat ist Turgut Bey aber am besten geeignet.«

»Mein Vater?« fragte Kadife besorgt und erklärte, als Ka das bestätigte, daß ihr Vater bestimmt nicht das Haus verlassen werde. Alle begannen auf einmal zu sprechen.

Lapislazuli versuchte zu erklären, daß Turgut Bey wie alle ehemaligen Kommunisten eigentlich kein Demokrat sei, daß er sicher den Militärputsch begrüßt habe, weil dieser die Islamisten in Furcht und Schrecken versetze, daß er aber wie ein Hochstapler so tue, als sei er dagegen, um seinen Ruf als Linker nicht zu beschmutzen.

»Mein Vater ist kein Hochstapler!« sagte Kadife.

Ka begriff sofort an dem Zittern in ihrer Stimme und an dem augenblicklich in seinen Augen aufflackernden Zorn, daß die beiden an der Schwelle eines schon häufig wiederholten Streites standen. Ihm war auch bewußt, daß ihre Bemühungen, ihre Auseinandersetzung vor anderen zu verbergen, wie bei einem kampfmüden Paar inzwischen erlahmt waren. Er sah bei Kadife die Entschlossenheit, um jeden Preis das letzte Wort zu behalten, die vernachlässigten und gleichzeitig verliebten Frauen eigen ist, und bei Lapislazuli eine außergewöhnliche Zärtlichkeit, kombiniert mit einem überheblichen Ausdruck. Aber plötzlich trat ein entschlossener Ausdruck in Lapislazulis Augen.

»Wie all diese Atheisten-Darsteller, diese in Europa vernarrten linken Intellektuellen ist auch dein Vater eigentlich bloß ein Hochstapler, der das Volk verabscheut!« verkündete Lapislazuli.

Kadife ergriff den Aschenbecher von Ersin Elektrik und schleuderte ihn auf Lapislazuli. Aber sie hatte, möglicherweise mit Absicht, nicht gut gezielt: Der Aschenbecher traf auf die Ansicht von Venedig an der Wand und fiel fast lautlos auf den Boden.

»Außerdem verschließt dein Vater seine Augen davor, daß seine Tochter die geheime Geliebte eines radikalen Islamisten ist«, ergänzte Lapislazuli.

Kadife hämmerte leicht mit beiden Fäusten auf Lapislazulis Schulter ein und begann dann zu weinen. Lapislazuli führte sie zu einem Stuhl, der etwas abseits stand, und beide sprachen mit einer derart gekünstelten Stimme, daß Ka fast glaubte, es handele sich um Theater, das aufgeführt wurde, um ihn zu beeindrucken.

»Nimm zurück, was du gesagt hast!« verlangte Kadife.

»Ich nehme es zurück«, sagte Lapislazuli mit einer Stimme, als tröste er ein weinendes kleines Kind. »Um das zu beweisen, bin ich bereit, zusammen mit deinem Vater die Erklärung zu unterschreiben, ohne mich darum zu kümmern, daß er von morgens bis abends lästerliche Witze reißt. Aber ich kann nicht in euer Hotel, weil das eine Falle sein kann, die der Repräsentant Hans Hansens« – er lächelte Ka an – »uns gestellt hat. Verstehst du, mein Liebling?«

»Und mein Vater kann das Hotel nicht verlassen«, sagte Kadife mit der Stimme eines verzogenen Mädchens, die Ka verblüffte. »Die Armut in Kars ist ihm unerträglich.«

»Überreden Sie ihn, Kadife; Ihr Vater muß aus dem Haus gehen«, mahnte Ka und gab seiner Stimme einen offiziellen Ton, den er noch nie ihr gegenüber angeschlagen hatte. »Der Schnee hat alles zugedeckt.« Er sah ihr in die Augen.

Diesmal begriff Kadife. »Gut«, sagte sie. »Aber bevor mein Vater aus dem Hotel geht, muß man ihn davon überzeugen, daß er mit einem Islamisten und einem kurdischen Nationalisten denselben Text unterschreiben soll. Wer soll das tun?«

»Das mache ich«, sagte Ka, »und Sie helfen mir.«

»Wo sollen sie sich treffen?« fragte Kadife. »Wenn mein armer Vater nun wegen dieses Unsinns gefaßt wird und in seinem Alter noch einmal ins Gefängnis geworfen wird…«

»Das ist kein Unsinn«, sagte Lapislazuli. »Wenn in europäischen Zeitungen ein, zwei Meldungen erscheinen, zieht Ankara denen hier die Ohren lang, dann halten die sich etwas zurück.«

»Worum es geht, ist weniger, daß in europäischen Zeitungen Meldungen erscheinen, als daß dein Name veröffentlicht wird«, erwiderte Kadife.

Als Lapislazuli es fertigbrachte, auch dazu noch verständnisvoll und freundlich zu lächeln, empfand Ka Respekt für ihn. Es fiel ihm erst jetzt ein, daß die kleinen islamistischen Zeitungen in Istanbul eine solche Stellungnahme stolz und mit Übertreibungen übersetzen würden, wenn sie in der *Frankfurter Rundschau* erschienen war. Das bedeutete, daß Lapislazuli in der ganzen Türkei bekannt würde. Es gab ein langes Schweigen. Kadife hatte ein Taschentuch hervorgeholt und wischte sich die Augen. Ka hatte das Gefühl, daß das Liebespaar, sobald er den Raum verließ, erst streiten, dann miteinander schlafen würde. Wollten sie, daß er jetzt verschwand, so schnell es nur ging? Hoch in der Luft flog ein Flugzeug vorbei. Sie alle richteten ihre Augen auf den im oberen Teil des Fensters sichtbaren Himmel und lauschten.

»Eigentlich kommt hier nie ein Flugzeug vorbei«, sagte Kadife.

»Etwas Außergewöhnliches geht vor«, erklärte Lapislazuli und lächelte dann über sein Mißtrauen. Als er bemerkte, daß Ka ebenfalls lächelte, wurde er heftig: »Man sagt, die Temperatur ist weit unter minus zwanzig Grad, aber der Staat meldet es als minus zwanzig.« Er blickte Ka herausfordernd an.

»Ich hätte gern ein normales Leben«, sagte Kadife.

»Das normale bürgerliche Leben hast du zurückgewiesen«, sagte Lapislazuli. »Das ist es auch, was dich zu so einem besonderen Menschen macht...«

»Ich möchte nicht besonders sein. Ich möchte sein wie alle. Wenn es den Putsch nicht gegeben hätte, hätte ich vielleicht meinen Kopf entblößt und wäre wie alle geworden.«

»Hier bedecken alle ihren Kopf«, antwortete Lapislazuli.

»Das ist nicht wahr. Die meisten Frauen in meiner Umgebung, die einen gewissen Bildungsstand haben, bedecken ihren Kopf nicht. Wenn es darum geht, wie alle anderen und eine von vielen zu sein, dann habe ich mich durch die Verhüllung meines Kopfes von meinesgleichen ziemlich weit entfernt. Darin liegt etwas Überhebliches, und das gefällt mir nicht.«

»Dann enthüllst du eben morgen deinen Kopf«, sagte Lapislazuli.

»Aber alle werden das als einen Sieg des Militärputsches verstehen.«

»Alle wissen, daß ich nicht so wie du damit lebe, dauernd daran zu denken, was alle glauben.« Kadifes Gesicht war rot vor Kampflust.

Lapislazuli lächelte auch dazu freundlich, aber Ka merkte ihm an, daß er diesmal seinen ganzen Willen dafür brauchte. Und Lapislazuli sah, daß Ka dies gesehen hatte. Dies brachte die beiden Männer an einen Ort, an dem sie überhaupt nichts miteinander teilen wollten, an die Schwelle von Lapislazulis und Kadifes Privatheit. Ka spürte, daß Kadife, während sie mit einigermaßen gereizter Stimme Lapislazuli widersprach, eigentlich ihrer beider Intimsphäre enthüllte, ihn an seiner schwächsten Stelle verletzte und Ka durch seine Mitwisserschaft in die Position eines Schuldigen brachte. Warum fielen ihm gerade jetzt die Liebesbriefe ein, die Necip an Kadife geschrieben hatte und die er seit gestern in seiner Tasche mit sich trug?

»Keine der Frauen, die wegen ihres Kopftuchs schlecht behandelt oder von der Schule geworfen werden, wird namentlich in der Zeitung genannt«, sagte Kadife in dem gleichen enthemmten Ton. »Anstelle der Frauen, deren Leben durch das Kopftuch aus dem Gleis gerät, erscheint in den Zeitungen das Bild der provinziellen, bedächtigen und trägen Islamisten, die in ihrem Namen sprechen. Dann erscheint die muslimische Frau noch, wenn ihr Mann Bürgermeister oder etwas Ähnliches ist, weil sie bei Festtagszeremonien neben ihm auftritt. Deswegen würde es mich nicht traurig machen, wenn ich in diesen Zeitungen erwähnt würde. Eigentlich habe ich Mitleid mit diesen Männern, die sich furchtbar anstrengen, um sich selbst zur Schau zu stellen, während wir für unsere Privatheit Qualen auf uns nehmen. Deswegen bin ich der Meinung, daß über die Mädchen, die Selbstmord begangen haben, geschrieben werden muß. Außerdem habe ich das Gefühl, daß auch ich das Recht habe, Hans Hansen eine Erklärung zu übermitteln.«

»Das wäre sehr gut«, sagte Ka spontan. »Sie unterzeichnen als Repräsentantin der muslimischen Feministinnen.«

»Ich möchte niemanden repräsentieren«, sagte Kadife. »Ich möchte nur mit meiner eigenen Geschichte, allein, mit allen meinen Sünden und Fehlern den Europäern gegenübertreten. Manchmal möchte man doch jemandem, den man überhaupt nicht kennt und von dem man sicher weiß, daß man ihn nie wiedersehen wird, einfach alles erzählen, seine ganze Geschichte... Als ich früher europäische Romane gelesen habe, kam es mir vor, als hätten ihre Helden den Autoren ihre Geschichten so erzählt. Ich hätte gern, daß in Europa ein paar Menschen meine Geschichte so lesen.«

In der Nähe kam es zu einer Explosion, das ganze Haus wackelte, und die Scheiben klirrten. Ein oder zwei Sekunden später standen Lapislazuli und Ka erschrocken auf.

»Ich geh und schau nach«, sagte Kadife. Sie war die, die von den dreien am kaltblütigsten wirkte.

Ka zog den Vorhang ein wenig zur Seite. »Der Kutscher ist fort, abgefahren«, sagte er.

»Es ist gefährlich, wenn er hierbleibt«, sagte Lapislazuli. »Wenn du gehst, nimmst du die Tür an der Seite des Hofs.«

Ka hatte den Eindruck, daß er ihn damit zum Gehen aufgefordert hatte, wartete aber ab und bewegte sich nicht von der Stelle. Sie schauten sich alle haßerfüllt an. Ka fühlte sich an die Angst erinnert, die er gehabt hatte, wenn er in seinen Jahren an der Universität auf leeren, dunklen Korridoren radikal nationalistischen, bewaffneten Studenten begegnet war, aber damals hatte keine sexuelle Spannung in der Luft gelegen.

»Ich mag ja ein bißchen paranoid sein«, sagte Lapislazuli. »Aber das heißt nicht, daß du kein Spion für den Westen bist. Daß du nicht weißt, daß du ein Agent bist, und nicht beabsichtigst, einer zu sein, ändert daran gar nichts. Du bist der Fremde unter uns. Die Zweifel und merkwürdigen Neigungen, die du in diesem dem Glauben ganz ergebenen Mädchen erweckt hast, ohne es auch nur zu merken, sind der Beweis dafür. Du hast uns mit deinem selbstverliebten Westlerblick abgeurteilt, hast uns vielleicht insgeheim belächelt... Mich hat das nicht gekümmert, und auch Kadife hätte es nicht gekümmert, aber du hast mit deiner eigenen Unberührtheit das Glücksversprechen und den Wahrheitsanspruch des Europäers zwischen uns getrieben. Ich nehme es dir nicht übel, denn wie alle guten Menschen tust du das Böse, ohne es zu merken. Aber weil ich dir das jetzt gesagt habe, kannst du von nun an nicht mehr als unschuldig gelten.«

27

Halt durch, Mädchen, aus Kars kommt Hilfe!

KA VERSUCHT TURGUT BEY AN DER
DEKLARATION ZU BETEILIGEN

Ka verließ das Haus und ging, ohne von jemandem gesehen zu werden, über den Hof in das Geschäftsviertel. Er ging in den Laden für Strümpfe, Schreibwaren und Kassetten, aus dem er gestern Peppino di Capris »Roberta« gehört hatte, gab dem bleichen, mürrisch dreinblickenden Jungen hinter dem Tresen Seite für Seite die Briefe, die Necip an Kadife geschrieben hatte, und ließ Fotokopien anfertigen. Dafür war es nötig gewesen, die Umschläge zu öffnen. Danach legte er die Originalseiten in Umschläge von der gleichen blassen, billigen Sorte und schrieb, Necips Handschrift nachahmend, »Kadife Yıldız« darauf.

Das Phantasiebild einer İpek vor Augen, die ihn zur Lüge und zum Kampf für das Glück aufrief, ging er mit eiligen Schritten zum Hotel. Es schneite wieder in dicken Flocken. Auf den Straßen spürte Ka das unruhige Hin und Her eines gewöhnlichen frühen Abends. An der von aufgehäuften Schneebergen verengten Ecke der Schloß-Gasse und der Halit-Paşa-Straße versperrte ein von einem erschöpften Pferd gezogener Kohlenwagen die Straße. Die Scheibenwischer des Lastwagens dahinter reichten gerade aus, die Frontscheibe klar zu halten. Es lag eine Traurigkeit in der Luft, die er von den bleigrauen Winterabenden seiner Kindheit kannte, wenn jeder mit Plastiktüten in der Hand in sein Zuhause, sein begrenztes Glück eilte. Aber er fühlte sich so entschlossen, als beginne er den Tag neu.

Er ging auf sein Zimmer und verstaute die Fotokopien von Necips Briefen tief in seiner Reisetasche. Dann zog er seinen Mantel aus und hängte ihn auf. Mit eigenartiger Gründlichkeit wusch er sich die

Hände. Er putzte sich instinktiv die Zähne (das erledigte er sonst am Abend) und schaute lange aus dem Fenster, weil er glaubte, gleich falle ihm ein neues Gedicht ein. Dabei nutzte er auch die Wärme des Heizkörpers aus. Anstelle eines Gedichtes kamen ihm einige vergessene Erinnerungen an Kindheit und Jugend in den Sinn: der »schmutzige Mann«, der eines Frühlingsmorgens hinter ihnen herlief, als er mit seiner Mutter auf die Beyoğlu-Straße ging, um Knöpfe zu kaufen ... wie in Nişantaşı das Taxi hinter der Ecke verschwand, das seine Mutter und seinen Vater für eine Europareise zum Flughafen brachte ... Wie er stundenlang mit einem hochgewachsenen, langhaarigen, grünäugigen Mädchen getanzt hatte, das er auf einer Party auf der Prinzeninsel Büyükada kennengelernt hatte, und dann tagelang Bauchschmerzen vor Verliebtheit gehabt hatte, weil er nicht wußte, wie er sie wiedertreffen konnte... Zwischen all diesen Erinnerungen gab es keinerlei Verbindung, und Ka begriff sehr gut, daß das Leben nichts anderes war als eine Reihe sinnloser und gewöhnlicher Ereignisse ohne Zusammenhang, außer man war verliebt und glücklich.

Er ging hinab und klopfte mit der Entschlossenheit eines Menschen, der einen seit Jahren geplanten Besuch macht, und einer ihn selbst erstaunenden Kaltblütigkeit an die weiße Tür, die die Wohnung des Hotelbesitzers von der Empfangshalle trennte. Er hatte das Gefühl, das kurdische Dienstmädchen empfange ihn wie in den Romanen Turgenjews mit einer »Mischung von Geheimnistuerei und Respekt«. Als er den Raum betrat, in dem sie am Vortag zu Abend gegessen hatten, sah er, daß Turgut Bey und İpek nebeneinander auf einem langen, mit dem Rücken zur Tür stehenden Sofa vor dem Fernseher saßen.

»Kadife, wo bleibst du denn? Es fängt an!« sagte Turgut Bey.

Im blassen Schneelicht, das von draußen einfiel, erschien Ka der große Raum des russischen Hauses mit seiner hohen Decke als ein ganz anderer Ort als gestern.

Als Vater und Tochter begriffen, daß der Eintretende Ka war, waren sie einen Augenblick lang irritiert wie ein Paar, dessen Intimität von einem Fremden gestört worden ist. Gleich darauf sah Ka ein

Glänzen in İpeks Augen, das ihn glücklich machte. Er setzte sich auf einen Sessel, der sowohl Vater und Tochter als auch dem Fernseher zugewandt war, und sah wieder mit Staunen, daß İpek noch schöner war, als er sie in Erinnerung hatte. Das verstärkte seine Angst, aber er glaubte nun auch daran, daß sie am Ende zusammen glücklich sein würden.

»Ich sitze hier jeden Nachmittag um vier Uhr mit meinen Töchtern und schaue mir *Marianna* an«, sagte Turgut Bey mit leichter Verlegenheit, aber auch mit einem Ausdruck, der besagte: »Ich brauche doch keinem Rechenschaft abzulegen!«

Marianna war eine melodramatische mexikanische Fernsehserie, die von einem der großen Kanäle in Istanbul an fünf Tagen in der Woche ausgestrahlt wurde und in der ganzen Türkei sehr beliebt war. Marianna, nach der die Serie hieß, hatte riesige grüne Augen, war klein, ging auf die Menschen zu und schäumte vor Leben über. Trotz ihrer weißen Haut war sie ein armes Mädchen aus der Unterschicht. Wann immer sie mit einer schwierigen Situation, einer ungerechten Beschuldigung, einer unerwiderten Liebe oder einem tiefen Mißverständnis zu kämpfen hatte, erinnerte sich der Zuschauer daran, daß das Mädchen mit dem unschuldigen Gesicht und den langen Haaren arm, einsam und verwaist aufgewachsen war, und dann umarmten sich Turgut Bey und seine Töchter, die sich wie Katzen auf dem Sofa aneinanderdrängten, und während die Mädchen den Kopf an Schultern oder Brust ihres Vaters lehnten, flossen aus ihren Augen ein paar Tränen. Weil sich Turgut Bey dafür schämte, dieser melodramatischen Serie so verfallen zu sein, betonte er dauernd Mariannas und Mexikos Armut, sagte, daß dieses Mädchen auf ihre Art ihren Kampf gegen die Kapitalisten austrage, rief auch manchmal »Halt durch, Mädchen, aus Kars kommt Hilfe!« in Richtung des Bildschirms. Seine Töchter lächelten dann still mit tränenverschleierten Augen.

Als die Serie begann, zeichnete sich in Kas Mundwinkel ein Lächeln ab. Aber als sein Blick den İpeks traf, begriff er, daß ihr das nicht gefiel, und zog die Augenbrauen hoch.

In der ersten Werbepause brachte Ka das Gespräch rasch und selbstsicher auf die gemeinsame Erklärung. Es gelang ihm in kurzer

Zeit, Turgut Beys Interesse zu erwecken. Besonders gefiel es Turgut Bey, wichtig genommen zu werden. Er fragte, wer die Idee zu diesem Appell gehabt habe und wie sein Name ins Spiel gekommen sei.

Ka sagte, im Licht seiner Gespräche mit demokratischen Journalisten in Deutschland habe er selbst diesen Entschluß gefaßt. Turgut Bey fragte, wie hoch die Auflage der *Frankfurter Rundschau* sei und ob Hans Hansen ein »Humanist« sei. Ka beschrieb Lapislazuli, um Turgut Bey auf diesen vorzubereiten, als einen gefährlichen Islamisten, der aber begriffen habe, wie wichtig es sei, ein Demokrat zu sein. Aber sein Gegenüber ging darauf gar nicht ein und sagte nur, es sei eine Folge der Armut, daß die Religion zur Zuflucht werde, und erinnerte daran, daß er an die Ziele seiner Tochter und ihrer Freunde zwar nicht glaube, sie aber respektiere. Im gleichen Geist respektiere er auch den jungen kurdischen Nationalisten – wer immer es sei –, und er erklärte, daß auch er ein kurdischer Nationalist wäre, lebte er heute als junger Kurde in Kars. Er verhielt sich wie in einem dieser Augenblicke von Begeisterung, in denen er Marianna unterstützte. »Es ist falsch, so etwas in aller Öffentlichkeit zu sagen, aber ich bin gegen Militärputsche«, meinte er erregt. Ka beruhigte ihn mit der Versicherung, daß diese Stellungnahme nicht in der Türkei veröffentlicht werde, und erwähnte dann, daß das Treffen nur in einem heruntergekommenen Zimmer im Obergeschoß des Hotels Asien gefahrlos abgehalten werden könne und daß man in das Hotel gelange, ohne gesehen zu werden, wenn man aus der Hintertür der Ladenpassage hinaus und durch die des Ladens daneben über einen Hinterhof gehe.

»Man muß der Welt zeigen, daß es in der Türkei wahre Demokraten gibt«, erklärte Turgut Bey. Weil die Fortsetzung der Sendung begann, hatte er es eilig, seine Meinung zusammenzufassen. Er schaute auf die Uhr, bevor *Marianna* wieder auf dem Fernsehschirm erschien: »Wo bleibt bloß Kadife?«

Dann schaute Ka gemeinsam mit Vater und Tochter stumm die Soap-opera an.

Irgendwann stiegen Marianna und ihr Geliebter nebeneinander eine Treppe hoch, und als sie sicher war, daß niemand sie beobachtete, umarmte sie ihn. Sie küßten sich nicht, sondern taten etwas, was Ka viel mehr beeindruckte: Sie umarmten sich mit ganzer Kraft. In der lang andauernden Stille wurde sich Ka dessen bewußt, daß in diesem Moment ganz Kars zuschaute, Ehemänner mit ihren vom Markt zurückgekehrten Frauen, Mittelschülerinnen und Rentner, daß nicht nur die traurigen Straßen von Kars, sondern die der ganzen Türkei wegen dieser Serie wie leergefegt waren und daß er aufgrund seiner eigenen Dummheit, seiner intellektuellen Prätentionen, politischen Aktivitäten und seines Anspruchs kultureller Überlegenheit ein ödes Dasein lebte, das nichts mit den Empfindungen gemein hatte, die diese Serie ansprach. Er war sich sicher, daß auch Lapislazuli und Kadife, nachdem sie miteinander geschlafen hatten, sich jetzt in eine Ecke zurückgezogen hatten und zärtlich umschlungen *Marianna* anschauten.

Als Marianna zu ihrem Geliebten sagte: »Mein ganzes Leben lang habe ich auf diesen Tag gewartet«, dachte Ka, daß diese Worte nicht zufällig seine eigenen Gefühle widerspiegelten. Er versuchte, İpek in die Augen zu sehen. Sie hatte ihren Kopf auf die Brust ihres Vaters gelegt, ihre großen, von Wehmut und Liebe verschleierten Augen auf den Bildschirm gerichtet und sich selbst mit Lust den Gefühlen überlassen, die der Film in ihr weckte.

»Trotzdem mache ich mir große Sorgen«, sagte Mariannas gutaussehender, treuherziger Geliebter. »Meine Familie wird nicht erlauben, daß wir zusammen sind.«

»Solange wir uns lieben, haben wir nichts zu fürchten«, antwortete die optimistische Marianna.

»Mein Mädchen, dein eigentlicher Feind ist doch dieser Kerl«, mischte sich Turgut Bey ein.

»Ich möchte, daß du mich liebst, ohne dich zu fürchten«, sagte Marianna.

Weil Ka hartnäckig zu İpek hinsah, gelang es ihm, einen Blick zu tauschen, aber sie wandte ihre Augen sofort ab. Als wieder eine Werbe-Unterbrechung kam, wandte sie sich ihrem Vater zu: »Papa, meiner Ansicht nach ist es für Sie gefährlich, ins Hotel Asien zu gehen.«

»Mach dir keine Sorgen«, sagte Turgut Bey.

»Seit Jahren haben Sie doch gesagt, daß es Unglück bringt, in Kars auf die Straße zu gehen.«

»Ja, aber wenn ich nicht zu diesem Treffen gehe, muß ich das aus Prinzip tun, nicht, weil ich mich fürchte«, sagte Turgut Bey. Er wandte sich an Ka: »Die Frage ist die: Muß ich jetzt als ein Kommunist, ein Anhänger der Moderne, ein säkularer, demokratischer Patriot zuerst der Aufklärung vertrauen oder dem Willen des Volkes? Wenn ich vor allen Dingen an Aufklärung und Verwestlichung glaube, muß ich diesen Militärputsch gegen die Islamisten unterstützen. Andernfalls, wenn der Wille des Volkes unbedingt Vorrang hat und ich ein Demokrat ohne Wenn und Aber geworden bin, dann muß ich gehen und meine Unterschrift unter diese Stellungnahme setzen. Woran glauben Sie?«

»Stellen Sie sich auf die Seite der Unterdrückten, gehen Sie und unterschreiben Sie den Appell!« sagte Ka.

»Es reicht nicht, unterdrückt zu sein; man muß auch recht haben. Viele Unterdrückte sind geradezu lächerlich im Unrecht. Woran sollen wir glauben?«

»Der glaubt an nichts«, sagte İpek.

»Jeder glaubt an etwas«, sagte Turgut Bey. »Bitte, legen Sie dar, was Sie denken!«

Ka bemühte sich zu erklären, daß es in Kars ein bißchen mehr Demokratie geben würde, wenn Turgut Bey unterschriebe. Er war nervös und hatte auf einmal das Gefühl, daß die Wahrscheinlichkeit, daß İpek nicht mit ihm nach Frankfurt gehen wolle, hoch war, und außerdem fürchtete er, es könnte ihm vielleicht nicht gelingen, Turgut Bey zu überzeugen, das Hotel zu verlassen. Er fühlte auch die schwindelerregende Freiheit in sich, Dinge zu sagen, ohne daran zu glauben. Während er zugunsten der Erklärung, der Demokratie und der Menschenrechte Dinge vor sich hin leierte, die jeder kannte, erblickte er in İpeks Augen ein Licht, das zeigte, daß sie ihm überhaupt nichts abnahm. Aber das war kein mißbilligendes, moralisches Licht; im Gegenteil, es war der Schimmer sexueller Provokation. Es besagte: Ich weiß, du sagst alle diese Lügen, weil du mich willst. So fand Ka, daß er gleich nach der Wichtigkeit melodramatischer Empfindsamkeit eine weitere bedeutende Tatsache entdeckt hatte, die er nie verstanden hatte: daß manche Frauen Männer, die an nichts anderes als die Liebe glauben, sehr anziehend finden... Vor lauter Begeisterung über diese neue Erkenntnis hielt er eine lange Rede über Menschenrechte, Gedankenfreiheit, Demokratie und ähnliche Themen. Er sagte Sätze über die Menschenrechte, die manche durch extreme Gutwilligkeit leicht verdummte europäische Intellektuelle und ihre Nachahmer in der Türkei durch dauerndes Wiederholen in leere Worthülsen verwandelt hatten, und richtete seinen Blick auf İpek, erregt von dem Gedanken, bald mit ihr schlafen zu können.

»Sie haben recht«, sagte Turgut Bey, als die Werbung zu Ende war. »Wo ist Kadife bloß geblieben?«

Während die Sendung weiterging, wurde Turgut Bey nervös; er wollte ins Hotel Asien gehen und fürchtete sich gleichzeitig davor. Während sie *Marianna* anschauten, sprach er mit der Wehmut eines sich in seinen Vorstellungen und Erinnerungen verlierenden Greises von politischen Erlebnissen in seiner Jugend, der Furcht vor dem Gefängnis und der Verantwortung des Menschen. Ka begriff, daß İpek ihm einerseits übelnahm, daß er Turgut Bey in Angst versetzt hatte, ihn aber andererseits bewunderte, weil er ihn überredet hatte. Es machte ihm nichts aus, daß sie ihn nicht anschaute, und er ärgerte sich auch nicht darüber, daß sie ihren Vater bis zum Ende der Sendung umschlungen hielt und zu ihm sagte: »Sie brauchen wirklich nicht zu gehen; Sie haben schon genug für andere gelitten.«

Ka sah in İpeks Gesicht einen Schatten, aber ihm war ein neues, heiteres Gedicht eingefallen. Er setzte sich still auf den Stuhl neben der Küchentür, auf dem kurz zuvor noch Zahide Hanım gesessen und unter Tränen *Marianna* angeschaut hatte, und schrieb voller Zuversicht sein Gedicht.

Als Ka das Gedicht abgeschlossen hatte, dem er viel später den vielleicht ironisch gemeinten Titel »Ich werde glücklich sein« gab, eilte Kadife in den Raum, ohne ihn zu sehen. Turgut Bey stand auf, nahm sie in den Arm, küßte sie und fragte, wo sie geblieben sei und warum ihre Hände so kalt seien. Eine einzelne Träne floß aus seinem

Auge. Kadife sagte, sie sei bei Hande gewesen. Sie sei dort zu lange geblieben, und weil sie *Marianna* auf keinen Fall hatte verpassen wollen, habe sie die Sendung bis zum Ende dort angeschaut. »Und wie geht es unserem Mädchen?« fragte Turgut Bey (er meinte Marianna), aber statt Kadifes Antwort abzuwarten, ging er gleich zu dem anderen Thema über, das jetzt sein ganzes Dasein beunruhigend überschattete, und wiederholte kurz, was er von Ka gehört hatte.

Kadife benahm sich nicht nur so, als höre sie zum erstenmal von der Sache, sondern tat so, als sei sie sehr erstaunt, Ka hier anzutreffen. »Freut mich sehr, Sie zu sehen«, sagte sie und begann, ihren Kopf zu verhüllen, setzte sich dann aber mit bloßem Kopf vor den Fernseher und fing an, ihrem Vater Ratschläge zu erteilen. Kadifes Überraschung war derart glaubhaft, daß Ka glaubte, sie spiele auch ihrem Vater etwas vor, als sie begann, ihn zu überreden, zu dem Treffen zu gehen und die Stellungnahme zu unterzeichnen. Da auch Lapislazuli wollte, daß die Erklärung im Ausland veröffentlicht wurde, wäre dieser Verdacht möglicherweise gerechtfertigt gewesen, aber Ka merkte an der Angst, die sich in İpeks Gesicht abzeichnete, daß es noch einen anderen Grund gab.

»Ich gehe mit Ihnen ins Hotel Asien, Papa!« sagte Kadife.

»Ich möchte auf keinen Fall, daß du meinetwegen in Schwierigkeiten gerätst«, erwiderte Turgut Bey mit einer Geste, die aus den Serien stammte, die sie zusammen angeschaut, und aus den Romanen, die sie früher gemeinsam gelesen hatten.

»Papa, vielleicht bringt es Sie nur unnötig in Gefahr, wenn Sie sich auf diese Sache einlassen«, sagte İpek.

Ka hatte das Gefühl, daß İpek, während sie mit ihrem Vater sprach, auch ihm etwas sagen wollte, daß sie wie eigentlich alle in diesem Raum doppelsinnig redete und daß es um die Betonung dieser Doppelbedeutungen ging, wenn sie ihren Blick einmal abwendete, dann wieder auf ihn richtete. Er sollte erst viel später erkennen, daß jeder, dem er in Kars begegnet war – außer Necip –, in instinktiver Übereinstimmung doppeldeutig geredet hatte, und sich dann fragen, ob das mit der Armut, den Ängsten, der Einsamkeit oder der Eintönigkeit des Lebens dort in Zusammenhang stand. Ka merkte, daß İpek ihn herausforderte, wenn sie »Papa, gehen Sie nicht!« sagte, und daß Kadife von ihrer Bindung an Lapislazuli sprach, wenn sie von der Stellungnahme und ihrer Verbundenheit mit ihrem Vater redete.

So machte er sich an das, was er später »die am tiefsten doppeldeutige Rede meines Lebens« nannte. Er hatte das deutliche Gefühl, daß er nie mit İpek schlafen würde, wenn er jetzt nicht Turgut Bey überredete, das Hotel zu verlassen, hatte das auch in İpeks herausforderndem Blick gelesen und war überzeugt, dies sei die letzte Chance seines Lebens, glücklich zu werden. Er begriff sofort, als er zu reden begann, daß die Wörter und Gedanken, die nötig waren, Turgut Bey zu überreden, auch die waren, die bewirkt hatten, daß sein Leben sich im Nichts verlief. Das erweckte in ihm den Wunsch, an den linken Idealen seiner Jugend, die er jetzt dabei war zu vergessen, ohne das überhaupt zu bemerken, Rache zu nehmen. Er empfand unerwartet ein Gefühl von Aufrichtigkeit, während er davon sprach, etwas für andere zu tun, Verantwortung für die Armut und die Sorgen des Landes zu übernehmen, der Zivilisation zu dienen und eine etwas nebulöse Solidarität zu üben. Er hatte sich an die linke Begeisterung seiner Jugend erinnert, an seine Entschlossenheit, kein so elender türkischer Bourgeois zu sein wie alle anderen auch, und an seine Sehnsucht, zwischen Büchern und Ideen zu leben. So wiederholte er mit dem Feuer eines Zwanzigjährigen Turgut Bey seine Überzeugungen, die seine Mutter, die völlig zu Recht versucht hatte, ihren Sohn daran zu hindern, Dichter zu werden, so traurig gemacht, sein ganzes Leben ruiniert und ihn am Ende ins Exil eines Mauselochs in Frankfurt getrieben hatten. Und dabei hatte er das Gefühl, daß die Heftigkeit seiner Worte für İpek bedeutete: »So heftig möchte ich mit dir schlafen.« Er glaubte, daß dieses linke Geschwätz, mit dem er sein ganzes Leben verdorben hatte, am Ende zu etwas gut sein würde, daß er deshalb mit İpek schlafen werde gerade zu einer Zeit, zu der er überhaupt nicht mehr an diese Worte glaubte, sondern einsah, daß das größte Glück im Leben war, ein schönes und kluges Mädchen in den Armen zu halten und in einer Ecke Gedichte zu schreiben.

Turgut Bey sagte, er werde »jetzt sofort« zu dem Treffen ins Hotel Asien gehen. Um sich anzuziehen und sich vorzubereiten, zog er sich mit Kadife in sein Zimmer zurück. Ka näherte sich İpek, die auf dem Platz saß, auf dem sie kurz zuvor mit ihrem Vater ferngesehen hatte. Sie saß immer noch da, als lehne sie sich bei ihrem Vater an. »Ich erwarte dich auf meinem Zimmer«, flüsterte Ka.

»Liebst du mich?« fragte İpek.

»Sehr!«

»Bestimmt?«

»Ganz bestimmt!«

Sie waren eine Weile lang still. Ka folgte İpeks Blick und schaute aus dem Fenster. Es hatte wieder zu schneien begonnen. Die Straßenlaterne vor dem Hotel war angegangen; und obwohl sie die riesigen Schneeflocken beleuchtete, sah sie aus, als brenne sie umsonst, weil die Dunkelheit noch nicht ganz hereingebrochen war.

»Geh du auf dein Zimmer! Wenn sie gehen, komme ich«, sagte İpek.

28

Was die Qual des Wartens
von der Liebe trennt

KA UND İPEK IM HOTELZIMMER

Aber İpek kam nicht gleich. Das Warten war eine Qual, die schlimmste, die Ka je erlebt hatte. Er erinnerte sich, daß er sich vor dem Verliebtsein wegen dieses zerstörerischen Schmerzes gefürchtet hatte. Als er aufs Zimmer gegangen war, hatte er sich erst auf das Bett geworfen, war sofort wieder aufgestanden, hatte sein Äußeres in Ordnung gebracht, seine Hände gewaschen, gespürt, daß das Blut aus seinen Lippen wich, sich mit zitternden Händen die Haare gekämmt, dann sein Spiegelbild im Fenster angeblickt und sie mit der Hand wieder durcheinandergebracht, schließlich mit Schrecken festgestellt, daß dies alles nur ganz kurz gedauert hatte, und begonnen, aus dem Fenster nach draußen zu schauen.

Er mußte erst vom Fenster aus gesehen haben, wie Turgut Bey und Kadife fortgingen. Vielleicht waren sie auch schon gegangen, als Ka im Bad war. Aber wenn sie dann gegangen waren, hätte İpek inzwischen kommen müssen. Vielleicht betupfte sie sich auch gerade ganz gemächlich mit Parfum und legte Make-up auf in dem Zimmer, das er am Abend zuvor gesehen hatte. Was für eine falsche Entscheidung, Zeit, die sie miteinander verbringen konnten, für so etwas zu verbrauchen! Wußte sie nicht, wie sehr er sie liebte? Nichts konnte einen so unerträglichen Schmerz wie das Warten jetzt rechtfertigen; wenn sie kam, würde er das İpek sagen, aber würde sie kommen? Er glaubte jeden Augenblick mehr daran, daß İpek im letzten Moment ihre Absicht ändern und nicht kommen würde.

Er sah, daß ein Pferdewagen sich dem Hotel näherte, daß Kadife Turgut Bey stützte und Zahide Hanım und Cavit, der Rezeptionist, ihm hineinhalfen und daß die Wachstücher, die die Seiten des Wagens verhängten, vorgezogen wurden. Aber der Wagen bewegte sich nicht. Er stand einfach da, während die Schneeflocken, deren jede im Schein der Straßenlaterne noch größer schien, sich auf seinem Verdeck unversehens ansammelten. Es kam Ka so vor, als stehe auch die Zeit, und er glaubte, verrückt zu werden. Da kam Zahide rasch herbeigelaufen und reichte etwas in den Wagen, das Ka nicht sehen konnte. Als der Wagen losfuhr, schlug Kas Herz schneller.

Aber İpek kam immer noch nicht.

Was war es, das die Qual des Wartens von der Liebe trennte? Genau wie die Liebe begann die Qual des Wartens irgendwo im oberen Teil seines Magens, zwischen den Bauchmuskeln, weitete sich von diesem Zentrum aus, besetzte seine Brust, den oberen Teil seiner Beine und seine Stirn und lähmte seinen ganzen Körper. Er lauschte den Geräuschen aus dem Inneren des Hotels und versuchte zu raten, was İpek gerade tat. Er hielt eine Frau, die über die Straße lief und überhaupt nicht wie İpek aussah, für İpek. Wie schön doch der Schnee fiel! Als er in seiner Kindheit zur Impfung in den Speisesaal der Schule hinuntergeführt wurde und er mit hochgekrempeltem Ärmel in der Schlange im Geruch von Jodtinktur und Bratfett dastand und wartete, hatte ihm der Bauch auch so weh getan. Da hatte er sterben wollen. Er wollte zu Hause, in seinem Zimmer sein. Er wollte in seinem armseligen Zimmer in Frankfurt sein. Was für ein Fehler war es doch gewesen, hierherzukommen! Jetzt fiel ihm nicht einmal ein Gedicht ein. Vor Schmerz konnte er nicht einmal auf den Schnee auf der leeren Straße blicken. Trotzdem war es wieder schön, vor diesem warmen Fenster zu stehen, während der Schnee fiel; das war besser, als tot zu sein, denn wenn İpek nicht kam, konnte er auch sterben.

Der Strom fiel aus.

Er betrachtete das als ein Zeichen, das ihm geschickt worden war. İpek war möglicherweise nicht gekommen, weil sie wußte, daß der Strom ausfallen würde. Seine Augen suchten auf der schneebedeckten Straße nach etwas, was ihn ablenken könnte. Etwas, was erklären würde, warum İpek immer noch nicht gekommen war. Er sah drüben einen Lastwagen, war es ein Militärlastwagen?, nein, es war eine Täuschung, wie jetzt auch die Stimmen auf der Treppe. Niemand würde kommen. Er zog sich vom Fenster zurück, warf sich rücklings auf das Bett. Der Druck in seinem Bauch hatte sich in einen tiefen Schmerz, eine mit Reue vermischte Hilflosigkeit verwandelt. Er glaubte, sein ganzes Leben sei umsonst gewesen, vor Unglück und Einsamkeit werde er hier sterben. Er würde auch nicht mehr die Kraft haben, in dieses Mauseloch in Frankfurt zurückzukehren. Was ihn so tief schmerzte, was ihn umbrachte, war nicht, daß sein Unglück so groß war, sondern daß er begriffen hatte, daß er bei etwas klügerem Verhalten ein weitaus glücklicheres Leben hätte führen können. Was noch schrecklicher war: daß keiner sein Unglück und seine Einsamkeit überhaupt wahrnahm. Hätte İpek es gemerkt, wäre sie sofort nach oben gekommen! Hätte seine Mutter ihn in diesem Zustand gesehen, wäre allein sie auf der Welt darüber wirklich traurig gewesen; sie hätte ihm das Haar gestreichelt und ihn getröstet. Aus den Fenstern, deren Ränder mit Eis beschlagen waren, sah man die matten Lichter von Kars, das ins Orange spielende Licht aus dem Inneren der Wohnungen. Wenn es nach ihm gegangen wäre, hätte es noch über Tage oder Monate so heftig weiterschneien können, bis die Stadt Kars vom Schnee bedeckt gewesen wäre und niemand sie hätte wiederfinden können, und er würde auf diesem Bett, auf dem er sich ausgestreckt hatte, einschlafen, um mit seiner Mutter eines sonnigen Morgens in seiner eigenen Kindheit aufzuwachen.

Es klopfte an der Tür. Jemand aus der Küche, dachte Ka, aber er sprang auf, öffnete die Tür und spürte İpeks Gegenwart im Dunkeln.

»Wo warst du denn?«

»Bin ich spät dran?«

Aber es war, als habe Ka sie gar nicht gehört. Er umarmte sie sofort mit aller Kraft, schmiegte seinen Kopf an ihren Hals und vergrub das Gesicht in ihren Haaren und rührte sich nicht. Er fühlte sich so glücklich, daß ihm die Qual des Wartens reichlich lächerlich vorkam. Dennoch war er deswegen erschöpft und empfand daher nicht die nötige Begeisterung. Darum beklagte er sich und verlangte, in vollem Bewußtsein, daß das falsch war, von İpek Rechenschaft darüber, daß sie so spät gekommen war. Aber İpek sagte, sie sei gleich gekommen, nachdem ihr Vater gegangen war. Ach ja, sie sei in die Küche gelaufen und habe Zahide ein, zwei Anweisungen für den Abend gegeben, aber das habe nicht länger als eine Minute gedauert. Deswegen habe sie gar nicht gedacht, daß sie Ka habe warten lassen. So hatte Ka das Gefühl, schon am Anfang ihrer Beziehung gezeigt zu haben, der Interessiertere und Verletzlichere und so in der Machtverteilung unterlegen zu sein. Er wäre nicht aufrichtig gewesen, hätte er aus Furcht vor dieser Position der Schwäche die von ihm durchlittene Qual des Wartens verborgen. Wollte er denn nicht ein Liebender sein, um alles teilen zu können? War nicht Liebe sowieso der Wunsch, alles sagen zu können? Sofort erzählte er İpek diese ganze Gedankenkette so aufgeregt, als sei es ein Geständnis.

»Vergiß das jetzt alles«, sagte İpek. »Ich bin hierhergekommen, um mit dir zu schlafen.«

Sie küßten sich und fielen in einer weichen Bewegung, die Ka sehr gefiel, auf das Bett. Für Ka, der seit vier Jahren mit niemandem mehr geschlafen hatte, war dies ein wundersamer Glücksmoment. Deswegen gab er sich nicht so sehr den körperlichen Freuden hin, die er durchlebte, als Gedanken darüber, wie schön dieser Augenblick war. Wie bei seinen sexuellen Erfahrungen in der frühen Jugend dachte er mehr als an den Sex daran, daß er Sex hatte. Das bewahrte ihn am Anfang vor zu großer Erregung. Zugleich liefen vor seinem inneren Auge einige Einzelheiten aus den Pornofilmen, deren passionierter Konsument er in Frankfurt war, mit einer lyrischen Logik, deren Geheimnis ihm verborgen blieb. Aber es war kein Phantasieren pornographischer Szenen, um sich beim Sex zu erregen; er feierte im Gegenteil die Möglichkeit, endlich Teil einiger pornographischer Szenen zu werden, die ihm als Phantasien ständig vorschwebten. Deshalb hatte er das Gefühl, daß die intensive Erregung, die er verspürte, nicht von İpek ausgelöst wurde, sondern von einer Frau in seiner Vorstellung sowie von dem Wunder, daß diese Frau hier mit ihm im Bett war. Erst als er İpek mit einer etwas groben und ungeschickten Wildheit auszog, wurde er ihrer selbst gewahr. Ihre Brüste waren riesig; die Haut an Schultern und Hals war ganz weich, und sie roch seltsam und fremd. Er betrachtete sie im von draußen einfallenden

Schneelicht und fürchtete sich plötzlich vor ihren leuchtenden Augen. Sie waren sehr selbstsicher, diese Augen; und Ka hatte Angst davor zu erfahren, daß İpek nicht hinreichend verletzlich war. Deshalb zog er sie an den Haaren, daß es weh tat, und als ihm das Lust bereitete, zog er noch stärker, deshalb zwang er sie zu Dingen, die den pornographischen Bildern in seinem Kopf entsprachen, und faßte sie im Einklang mit dem Rhythmus einer Musik unerwarteter Instinkte hart an. Als er das Gefühl hatte, daß auch ihr das gefiel, verwandelte sich sein Triumphgefühl in geschwisterliche Zuneigung. Er umarmte sie mit aller Kraft, als wolle er nicht nur sich selbst, sondern auch sie vor der Erbärmlichkeit der Stadt Kars beschützen. Aber dann hatte er das Gefühl, keine hinreichende Reaktion zu erhalten, und zog sich zurück. Und dabei hielt er mit einem Teil seines Geistes Harmonie und Ablauf der sexuellen Akrobatik in unverhofftem Gleichgewicht. In einem Augenblick der Reflexion, in dem er sich von İpek ziemlich entfernt hatte, näherte er sich ihr erneut gewaltsam und wollte ihr weh tun. Nach einigen Notizen, die Ka zu dieser sexuellen Begegnung angefertigt hatte und die ich glaube, meinen Lesern nicht vorenthalten zu dürfen, sind sie danach voller Inbrunst einander nahe gewesen; den Rest der Welt vergaßen sie dabei weitgehend. Wieder Kas Notizen zufolge schrie İpek gegen Ende des Liebesaktes mit tiefer Stimme auf, und Ka dachte in einem Anflug von Paranoia und Angst, daß ihm dieses Zimmer in der entferntesten Ecke des Hotels von Anfang an aus diesem Grund gegeben worden war. Es ließ ihn sich einsam fühlen, daß sie Lust daraus bezogen, sich gegenseitig Schmerz zuzufügen. Da rissen sich dieser entlegene Korridor und das Zimmer von dem Hotel los und ließen sich in dem Viertel der leeren Stadt Kars nieder, das den Menschen am fernsten lag. Auch in dieser leeren Stadt, die an die Stille nach dem Jüngsten Tag erinnerte, schneite es.

Lange Zeit lagen sie zusammen auf dem Bett und blickten, ohne zu sprechen, auf den draußen fallenden Schnee. Ka sah den Schnee manchmal auch in den Augen İpeks.

29

Was mir mangelt

Die kleine Frankfurter Wohnung, in der Ka die letzten acht Jahre seines Lebens verbrachte, habe ich vier Jahre nach seiner Rückkehr aus Kars und zweiundvierzig Tage nach seinem Tod besucht. Es war ein windiger Tag im Februar, mit Schneeregen. Ich war vormittags aus Istanbul gekommen, und Frankfurt kam mir noch abstoßender vor, als es auf den Postkarten ausgesehen hatte, die Ka mir seit sechzehn Jahren geschickt hatte. Die Straßen waren leer bis auf schnell vorbeifahrende Autos in dunklen Farben, Straßenbahnen, die wie ein Gespenst auftauchten und wieder verschwanden, und eilige Hausfrauen mit Schirmen in der Hand. Der Himmel war so bedeckt und dunkel, daß schon zur Mittagszeit das tote gelbe Licht der Straßenlaternen angezündet worden war.

Es hatte mich gefreut, trotzdem auf den Bürgersteigen in der Umgebung des nahe gelegenen Hauptbahnhofs, wo sich Döner-Buden, Reisebüros, Eisdielen und Sexshops befanden, Spuren jener unsterblichen Energie zu finden, die große Städte auf den Beinen hält. Ich richtete mich in meinem Hotel ein, telefonierte mit einem jungen literaturbegeisterten Deutsch-Türken, der mich auf meinen eigenen Vorschlag hin einlud, im türkischen »Volkshaus« einen Vortrag zu halten, und traf mich dann in dem italienischen Café im Hauptbahnhof mit Tarkut Ölçün. Seine Telefonnummer hatte ich in Istanbul von Kas Schwester bekommen. Dieser Mann, wohlmeinend, müde, um die sechzig Jahre alt, war in Kas Frankfurter Jahren die Person, die ihn am besten gekannt hatte. Bei der Untersuchung nach Kas Tod hatte er die Polizei mit Informationen unterstützt, nach Istanbul telefoniert, den Kontakt mit seiner Familie hergestellt und geholfen, die Leiche in die Türkei zu überführen. Damals hatte ich geglaubt, die Entwürfe zu einem Gedichtband, von dem Ka mir erst vier Jahre nach seiner Rückkehr gesagt hatte, daß er ihn vollendet habe, befänden sich unter seinen Sachen in Deutschland, und ich hatte seinen Vater und seine Schwester gefragt, was mit seinen Hinterlassenschaften geschehen solle. Da damals beiden die Kraft fehlte, nach Deutschland zu reisen, hatten sie mich gebeten, das Einsammeln von Kas Habseligkeiten und die Wohnungsauflösung zu übernehmen.

Tarkut Ölçün war einer der ersten Migranten, die Anfang der sechziger Jahre nach Frankfurt gekommen waren. Jahrelang hatte er als Kursleiter und Berater in türkischen Vereinen und Hilfsorganisationen gearbeitet. Er hatte zwei in Deutschland geborene Kinder, einen Jungen und ein Mädchen, deren Bilder er mir gleich zeigte, und war stolz darauf, daß sie auf die Universität gingen. Unter den Türken Frankfurts genoß er hohes Ansehen, aber auch in seinem Gesicht las ich jene ganz eigentümliche Einsamkeit und Resignation, die bei der ersten Generation der Türken in Deutschland und bei den Asylanten sichtbar ist.

Tarkut Ölçün zeigte mir erst die kleine Reisetasche, die Ka bei sich hatte, als er erschossen wurde. Die Polizei hatte sie ihm gegen seine Unterschrift überlassen. Ich öffnete sie sofort und durchwühlte sie, fand einen Schlafanzug, den Ka achtzehn Jahre zuvor in Nişantaşı gekauft hatte, einen grünen Pullover, Rasierzeug und eine Zahnbürste, eine Socke und saubere Unterwäsche, Literaturzeitschriften, die ich ihm aus Istanbul geschickt hatte, aber nicht das grüne Gedichtheft.

Etwas später, während wir unseren Kaffee tranken und zwei alten Türken zusahen, die mitten im Gedränge des Bahnhofs fröhlich schwatzend den Boden wischten, sagte Tarkut Ölçün: »Orhan Bey, Ihr Freund Ka Bey war ein einsamer Mann. In Frankfurt hat niemand genauer gewußt, was er tat, auch ich nicht.« Aber er versprach, mir trotzdem alles zu erzählen, was er wußte.

Zunächst gingen wir an den hundert Jahre alten Fassaden von Fabrikgebäuden und ehemaligen Kasernen entlang in das Gebäude nahe der Gutleutstraße, in dem Ka die letzten acht Jahre gelebt hatte.

Wir trafen seine Vermieterin nicht an, die uns die Eingangstür zu dem auf einen kleinen Platz und einen Spielplatz schauenden Mietshaus und seine Wohnung öffnen sollte. Während wir unter dem Schneeregen darauf warteten, daß die Tür, deren Farbe abblätterte, geöffnet wurde, schaute ich, als seien es meine eigenen Erinnerungen, auf den kleinen vernachlässigten Spielplatz, den Kramladen an der Ecke und das dunkle Schaufenster des Ladens weiter vorne, der Zeitschriften und Alkoholika verkaufte, von denen Ka in seinen Briefen und unseren seltenen Telefongesprächen erzählt hatte (weil er den paranoiden Verdacht hatte, er würde abgehört, telefonierte er nicht gern in die Türkei). Auf der Schaukel und den Wippen des Spielplatzes, auf den Bänken, auf denen Ka an warmen Sommerabenden mit italienischen und jugolawischen Arbeitern zusammengesessen und Bier getrunken hatte, lag jetzt fingerdick Schneematsch.

Wir folgten dem Weg, den er in seinen letzten Jahren jeden Morgen eingeschlagen hatte, um zur Stadtbibliothek zu gehen, und gingen zum Bahnhofsplatz. Wie es auch Ka gemacht hatte, der eine Vorliebe dafür hatte, zwischen eilig hastenden Menschen einherzuschlendern, betraten wir das Bahnhofsgebäude und gingen durch die Geschäftspassage im Untergrund, dann vorbei an den Sexshops in der Kaiserstraße, den Souvenirläden, Konditoreien und Apotheken, folgten den Straßenbahngleisen und kamen zur Hauptwache. Während Tarkut Ölçün hier und da Türken und Kurden grüßte, die in Döner-Buden, Kebab-Restaurants und Gemüseläden arbeiteten, erzählte er mir, daß all diese Leuten Ka jeden Tag auf seinem Weg in die Stadtbibliothek »Guten Morgen, Professor!« zugerufen hätten. Er zeigte mir dann ein großes Kaufhaus, nach dem ich ihn vorher gefragt hatte: den Kaufhof. Ich sagte ihm, Ka habe den Mantel hier gekauft, den er in Kars getragen hatte, lehnte aber sein Angebot ab, hineinzugehen.

Bei der Stadtbibliothek Frankfurt handelte es sich um ein modernes, gesichtsloses Gebäude. Drinnen waren es die typischen Besucher solcher Bibliotheken: Hausfrauen, Rentner, die die Zeit totschlugen, Arbeitslose, ein, zwei Araber und Türken, kichernde Schüler, die ihre

Hausaufgaben erledigten, und das unvermeidliche Stammpublikum solcher Orte, extrem Fettleibige, Behinderte, Verrückte und geistig Zurückgebliebene. Einer von ihnen, ein noch ganz junger Mann, aus dessen Mund Speichel tropfte, hob seinen Kopf von dem Bilderbuch, das er sich anschaute, und streckte mir die Zunge heraus. Ich ließ meinen Führer, der sich zwischen all den Büchern unwohl fühlte, in der Cafeteria unten Platz nehmen, ging zu dem Regal mit den Bänden englischer Lyrik und suchte auf den Ausleihzetteln im hinteren Buchdeckel nach dem Namen meines Freundes: Auden, Browning, Coleridge... Immer wenn ich auf Kas Unterschrift traf, wurden mir die Augen feucht beim Gedanken an meinen Freund, der in dieser Bibliothek sein Leben dahingebracht hatte.

Ich brach diese Nachforschung ab, die mich mit tiefer Wehmut erfüllte. Schweigend gingen mein Führer und ich den gleichen Weg zurück. Irgendwo mitten auf der Kaiserstraße, vor einem Laden mit dem unsinnigen Namen »World Sex Center«, bogen wir nach links ab und liefen eine Straße weiter. Ich hatte längst begriffen, was mir hier gezeigt werden würde. Mein Herz schlug heftig, meine Augen aber ruhten auf den Orangen und Lauchstangen eines Gemüsehändlers, auf einem einbeinigen Bettler, den sich im Schaufenster des Hotels Eden widerspiegelnden Autoscheinwerfern und einem Neonbuchstaben K, der aus dem Aschgrau des hereinbrechenden Abends rosa hervorleuchtete.

»Hier«, sagte Tarkut Ölçün, »ja, genau hier hat man Kas Leiche gefunden.«

Mit leeren Augen schaute ich auf den nassen Bürgersteig. Eines von zwei Kindern, die rangelnd zugleich aus dem Gemüseladen stürmten, trat beim Vorbeilaufen auf die feuchten Gehwegplatten, auf die Kas von drei Kugeln getroffener Körper gefallen war. Die roten Rücklichter eines Lastwagens, der etwas weiter vorne stand, spiegelten sich auf dem Asphalt. Ka war nach einigen Minuten, in denen er sich unter Qualen gewunden hatte, gestorben, bevor der Krankenwagen eintraf. Einen Moment lang hob ich meinen Kopf und schaute auf das Stück Himmel, das er gesehen hatte, als er starb: Zwischen alten, dunklen Gebäuden mit Döner-Buden, Reisebüros, Friseuren und

Kneipen im Erdgeschoß, Stromleitungen und Straßenlaternen war ein schmales Stück Himmel zu sehen. Ka war gegen Mitternacht erschossen worden. Tarkut Ölçün sagte mir, daß sich hier um diese Zeit hin und wieder Nutten herumtrieben. Prostitution wurde eigentlich eine Straße weiter nördlich, in der Kaiserstraße, betrieben, aber in belebten Nächten, an Wochenenden und bei Messen kämen die Mädchen bis hierher. »Man hat überhaupt nichts gefunden«, sagte er, als er bemerkte, daß ich mich umschaute, als suchte ich nach einer Spur. »Die deutsche Polizei ist nicht wie die türkische; die arbeitet gut.«

Als ich dann in die Läden in der Umgebung hinein- und wieder hinausging, half er mir mit aufrichtigem Mitgefühl. Die Mädchen im Friseurladen kannten Tarkut Bey und fragten ihn, wie es ihm gehe, waren aber zur Tatzeit nicht im Laden und hatten überhaupt nicht von dem Fall gehört. »Die türkischen Familien lassen ihre Mädchen nur Friseuse lernen«, sagte er mir draußen. »In Frankfurt gibt es Hunderte von türkischen Friseusen.«

Die Kurden im Gemüsegeschäft hatten mehr als genug von dem Mord und den nachfolgenden polizeilichen Ermittlungen mitbekommen. Vielleicht mochten sie uns deshalb nicht besonders. Der freundliche Kellner im Kebab-Haus Bayram hatte mit demselben schmutzigen Lappen, den er auch jetzt in der Hand hielt, in der Tatnacht die Resopaltische abgewischt, die Schüsse gehört und war dann nach einem Moment des Wartens nach draußen gegangen. Er war der letzte, der Ka lebend gesehen hatte.

Als wir das Kebab-Restaurant verlassen hatten, betraten wir schnell den nächstbesten Durchgang und kamen auf den Hinterhof eines dunklen Gebäudes. Unter Tarkut Beys Führung stiegen wir zwei Treppen hinab, gingen durch eine Tür und fanden uns in einem furchterregenden Raum von der Größe eines Flugzeughangars, der offensichtlich einmal als Lager benutzt worden war. Diese unterirdische Welt zog sich unter diesem Gebäude bis auf die andere Straßenseite. Die Teppiche in der Mitte und die Gemeinde von fünfzig oder sechzig Männern, die sich zum Abendgebet versammelt hatten, machten deutlich, daß dieser Raum als Moschee benutzt wurde. Die

Umgebung bestand wie bei den unterirdischen Passagen in Istanbul aus schmutzigen dunklen Geschäften: Ich sah einen Juwelier, bei dem nicht einmal die Auslage funkelte, einen zwergenhaften Obsthändler, gleich daneben einen vielbeschäftigten Fleischer, einen Gemischtwarenhändler, der auf den Fernseher schaute und gleichzeitig Ring um Ring Würste verkaufte. An den Seiten befanden sich Kästen mit türkischem Obstsaft, türkische Nudeln und Konserven, ein Stand, der religiöse Bücher verkaufte, und ein Kaffeehaus, das voller war als die Moschee und erfüllt von Zigarettenrauch. Abgearbeitete Männer betrachteten konzentriert den Film, der im Fernsehen lief, und hin und wieder stand einer auf und begab sich zu den Wasserhähnen, die aus einem großen Plastiktank am Rand gespeist wurden, um die rituelle Waschung vorzunehmen. »Zu Festtags- und Freitagsgebeten füllen zweitausend Personen diesen Raum«, sagte Tarkut Ölçün. »Dann geht das über die Treppe bis in den Hof weiter.« Nur um irgend etwas getan zu haben, kaufte ich von einem der Stände für Bücher und Zeitschriften eine Nummer der *Offenbarung*.

Danach setzten wir uns genau über der Moschee in eine Bierkneipe Altmünchner Stils. »Das da unten ist die Moschee der Süleymanisten«, sagte Tarkut Ölçün und zeigte auf den Boden. »Das sind Fundamentalisten, aber mit Terror haben sie nichts zu tun. Die riskieren keinen Konflikt mit dem türkischen Staat wie die von der ›Nationalen Überzeugung‹ oder Cemalettin Kaplans Anhänger.« Trotzdem mußte ihn mein zweifelnder Blick oder die Tatsache, daß ich wie auf der Suche nach einem Hinweis die Zeitschrift *Offenbarung* durchblätterte, so beunruhigt haben, daß er mir darüber, wie Ka umgebracht worden war, erzählte, was er von der Polizei und aus der Presse erfahren hatte.

Zweiundvierzig Tage zuvor war Ka am ersten Samstag des Jahres um 23.30 Uhr von einer Lyriklesung in Hamburg, an der er teilgenommen hatte, zurückgekommen. Gleich nach der sechsstündigen Zugfahrt hatte er den Bahnhof durch den Südausgang verlassen und war, statt unverzüglich zu seiner Wohnung in der Gutleutstraße zu gehen, in genau entgegengesetzter Richtung zur Kaiserstraße gegangen und dort fünfundzwanzig Minuten in der Menge von unverheirateten Männern, Touristen und Betrunkenen zwischen den immer noch offenen Sexshops und den auf Kunden wartenden Nutten umhergeschlendert. Nach einer halben Stunde war er beim World Sex Center nach rechts abgebogen und erschossen worden, sobald er in der Münchener Straße den Bürgersteig gegenüber erreicht hatte. Aller Wahrscheinlichkeit nach hatte er vor seiner Rückkehr nach Hause Mandarinen vom Gemüseladen Güzel Antalya kaufen wollen. Das war der einzige Gemüseladen in Frankfurt, der bis Mitternacht geöffnet hatte, und der Verkäufer erinnerte sich daran, daß Ka oft nachts kam, um Mandarinen zu kaufen.

Die Polizei hatte niemanden finden können, der die Person gesehen hätte, die Ka erschossen hat. Der Kellner des Kebab-Hauses Bayram hatte die Schüsse gehört, aber wegen des Lärms vom Fernseher und von den Gästen nicht mitbekommen, wie viele es gewesen waren. Durch die beschlagenen Scheiben der Bierkneipe über der Moschee war die Außenwelt kaum zu erkennen. Die Polizisten waren mißtrauisch geworden, als der Verkäufer des Gemüseladens sagte, er wisse von nichts; er wurde eine halbe Nacht lang verhört, aber ohne Ergebnis. Eine Nutte, die eine Straße weiter unten rauchend auf Kunden wartete, hatte ausgesagt, sie habe in diesen Minuten gesehen, wie ein kurzgewachsener Mann, dunkel wie ein Türke, in dunklem Mantel Richtung Kaiserstraße gerannt sei, war aber nicht in der Lage gewesen, die Person genauer zu beschreiben. Den Krankenwagen hatte ein Deutscher gerufen, der, nachdem Ka auf den Bürgersteig gefallen war, zufällig auf seinen Balkon getreten war, aber auch er hatte niemanden gesehen. Die erste Kugel war von hinten in Kas Kopf ein- und durch sein linkes Auge ausgetreten. Die beiden anderen Kugeln hatten Adern in der Umgebung seines Herzens und seiner Lungen zerfetzt und seinen aschgrauen Mantel, den sie an Rücken und Brust durchlöchert hatten, mit Blut getränkt.

»Da er von hinten erschossen wurde, handelte es sich um jemanden, der entschlossen war und ihm gefolgt ist«, hatte ein redseliger älterer Ermittler gesagt. Vielleicht hatte der Mörder ihn seit Hamburg verfolgt. Die Polizei war auch anderen Vermutungen nachgegangen, daß es sich um einen Mord aus Eifersucht oder um eine politische Abrechnung zwischen Türken gehandelt habe. Ka hatte mit der Unterwelt um den Bahnhof nichts zu tun. Die Verkäufer, denen sein Bild vorgelegt wurde, hatten der Polizei gesagt, daß er manchmal in Sexshops herumgestreift sei und die Kabinen besucht habe, in denen man Pornofilme anschaute. Weil es keinerlei handfesten Hinweis gab und weil weder die Presse noch andere einflußreiche Kreise Druck machten, damit der Mörder gefunden wurde, ließ der Eifer der Polizei nach einer Weile nach.

Der ältere Ermittler mit dem chronischen Husten, der sich so verhielt, als sei es weniger sein Ziel, den Mordfall aufzuklären, als ihn vergessen zu machen, verabredete sich mit Kas Bekannten und sprach während der Ermittlungen vor allem über sich selbst. Tarkut Ölçün hatte durch diesen väterlichen Ermittler mit einer Vorliebe für Türken von zwei Frauen erfahren, die in den acht Jahren vor Kas Fahrt nach Kars in sein Leben getreten waren. Ich schrieb die Telefonnummern dieser beiden Frauen, die eine Deutsche, die andere Türkin, sorgfältig in mein Adreßbuch. In den vier Jahren nach seiner Rückkehr aus Kars war Ka keinerlei Beziehungen zu Frauen eingegangen.

In tiefem Schweigen gingen wir zu Kas Wohnung zurück und fanden dort die walkürenhafte, sympathische, ständig über alles mögliche klagende Vermieterin vor. Sie öffnete uns das kühle, nach Ruß riechende Dachgeschoß, sagte in erbostem Ton, daß sie dabei sei, die Wohnung zu vermieten, und daß sie, wenn wir nicht das Zeug darin, all diesen Dreck da, an uns nähmen, ihn wegwerfen würde. Dann ging sie. Als ich die kleine dunkle Wohnung mit der niedrigen Decke, in der Ka die letzten acht Jahre seines Lebens verbracht hatte, betrat und den ihm ganz eigenen Geruch spürte, der mir seit meiner Kindheit vertraut war, stiegen mir Tränen in die Augen. Das war der Geruch der Wollpullover, die ihm seine Mutter gestrickt hatte, seiner Schultasche und seines Zimmers, wenn ich ihn zu Hause besuchte; ich hatte immer geglaubt, daß er von einer bestimmten türkischen Seife kam, die ich nicht kannte und nach deren Marke zu fragen mir nie eingefallen war.

Ka hatte in seinen ersten Jahren in Deutschland als Lastträger in der Markthalle, Gehilfe bei Umzügen, Englischlehrer für Türken, Anstreicher und so weiter gearbeitet, aber den Kontakt zu den Kommunisten in der Umgebung des Türkischen Volkshauses verloren, wo er diese Jobs gefunden hatte, nachdem er seine Anerkennung als politischer Asylant durchgesetzt und begonnen hatte, Sozialhilfe zu beziehen. Die türkischen Kommunisten im Exil fanden Ka zu verschlossen und zu »bürgerlich«. Kas andere Einnahmequelle in den letzten zwölf Jahren waren Gedichtlesungen in Stadtbibliotheken, Kulturzentren und türkischen Vereinen. Wenn er in einem Monat drei dieser Lesungen veranstaltete, zu denen ausschließlich Türken kamen (selten mehr als zwanzig), und so achthundert Mark verdiente, kam er über die Runden, weil er als politischer Asylant noch sechshundert Mark bezog; aber das war nur selten der Fall. Die Stühle waren schäbig, die Aschenbecher angeschlagen, der Elektroofen korrodiert. Weil ich mich darüber ärgerte, daß die Vermieterin solchen Druck gemacht hatte, wollte ich zunächst alle Sachen meines Freundes in den alten Koffer im Zimmer und in Tüten füllen und wegbringen: das Kissen, das den Geruch seiner Haare angenommen hatte, Gürtel und Krawatte, an die ich mich noch aus der Gymnasialzeit erinnerte, die Ballyschuhe, von denen er mir in einem Brief geschrieben hatte, daß er sie »wie Pantoffeln zu Hause« trage, obwohl seine Zehen die Spitzen durchbohrt hatten, seine Zahnbürste und das schmutzige Glas, in dem sie stand, ein paar hundert Bücher, einen alten Fernseher und ein Videogerät, das er mir gegenüber nie erwähnt hatte, sein abgetragenes Jackett, seine Hemden und den achtzehn Jahre alten Schlafanzug, den er aus der Türkei mitgebracht hatte. Aber ich verlor die Fassung, als ich auf seinem Schreibtisch nicht den Gegenstand sah, den ich dort eigentlich zu finden gehofft hatte und von dem ich, als ich meinen Fuß über die Schwelle setzte, begriffen hatte, daß ich im Grunde nur um seinetwillen nach Frankfurt gekommen war.

In den letzten Briefen, die mir Ka aus Frankfurt geschrieben hatte, hatte er mir voller Freude berichtet, daß er nach vierjähriger Arbeit seinen neuen Gedichtband abgeschlossen habe. Der Titel des Buches war *Schnee*. Den größten Teil hatte er in plötzlichen Explosionen von Inspiration in Kars in ein grünes Heft geschrieben. Nach seiner Rückkehr aus Kars hatte er das Gefühl, daß das Buch eine »tiefe und geheime« Ordnung besitze, die er selbst nicht kenne. Er hatte dann die nächsten vier Jahre damit zugebracht, die »Leerstellen« des Buches zu füllen. Das war eine Selbstkasteiung erfordernde, zermürbende Bemühung, denn die Verse, die ihm in Kars einfielen, als habe sie ihm jemand ins Ohr geflüstert, hörte Ka in Frankfurt nie.

Deswegen hatte er sich darangemacht, die geheime Logik des Buches zu entschlüsseln, und die Lücken des Buches dieser Logik folgend gefüllt. In seinem letzten Brief hatte er mir geschrieben, daß all diese Mühe sich schließlich gelohnt habe, daß er die Gedichte in einigen deutschen Städten vorlesen und testen werde und daß er dann, wenn er zu dem Schluß komme, alles sei endlich an seinem Platz, das Heft abtippen und ein Exemplar an mich, ein anderes an seinen Verleger in Istanbul schicken werde. Ob ich ein paar Worte für die hintere Umschlagseite schreiben und an unseren Freund Fahir, den Verleger des Buches, schicken könne?

Kas Schreibtisch, der so ordentlich war, wie man es von einem Dichter nicht erwarten würde, schaute auf die im Schnee und in der Dunkelheit versinkenden Dächer Frankfurts. Auf der rechten Seite des mit grünem Wolltuch bezogenen Schreibtischs lagen Hefte, in denen Ka seine Tage in Kars und die Gedichte interpretierte, die er dort geschrieben hatte, links die Bücher und Hefte, die er gerade las. In genau gleichem Abstand zu der vorgestellten Linie exakt in der Mitte des Tisches hatte er eine Lampe mit Bronzefuß und ein Telefon gestellt. Verzweifelt schaute ich in Schubladen, durchsuchte Hefte und Bücher, die Sammlung von Zeitungsausschnitten, die auch er wie viele andere Türken im Exil angelegt hatte, seinen Kleiderschrank, sein Bett, die Schränkchen in Bad und Küche, den Kühlschrank und den Wäschebehälter, kurz, jede Ecke der Wohnung, in die ein Heft gepaßt hätte. Ich konnte nicht glauben, daß dieses Heft verlorengegangen war, und suchte noch einmal an denselben Plätzen, während Tarkut Ölçün schweigend rauchte und auf die schneebedeckten Dächer schaute. Wenn es nicht in der Tasche war, die er bei der Reise nach Hamburg bei sich hatte, mußte er es zu Hause gelassen haben. Bevor er einen Gedichtband beendet hatte, schrieb Ka keines seiner Gedichte ab; er hatte immer gesagt, das bringe Unglück, aber wie er mir geschrieben hatte, war das Buch ja fertig geworden.

Zwei Stunden später, anstatt zu akzeptieren, daß das grüne Heft, in das Ka in Kars seine Gedichte geschrieben hatte, verlorengegangen war, redete ich mir ein, daß es direkt vor meinen Augen lag, aber ich es in der Aufregung nicht wahrnahm. Als die Hausbesitzerin an die Tür klopfte, packte ich alle Hefte, die ich in den Schubladen finden konnte, und alle Papierstücke, die Kas Schrift trugen, wahllos in Plastiktüten. Die achtlos neben das Videogerät geworfenen Pornokassetten (ein Beweis, daß Ka nie Besuch bekam) tat ich in eine Einkaufstüte mit der Aufschrift »Kaufhof«. Wie ein Reisender, der beim Aufbruch zu einer langen Fahrt einen Alltagsgegenstand mit sich nimmt, sah ich mich nach einem letzten Andenken an Ka um. Aber mich überkam wie so oft ein Anfall von Unentschlossenheit, und ich stopfte nicht nur den Aschenbecher, die Schachtel Zigaretten und das Messer, das er als Brieföffner benutzte, die Uhr am Kopfende seines Bettes, die nach fünfundzwanzig Jahren völlig verschlissene Weste, die er in Winternächten über seinem Schlafanzug trug und die deswegen seinen Geruch trug, und das Foto von ihm und seiner Schwester auf dem Kai von Dolmabahçe in Tüten, sondern auch schmutzige Socken und ein nie gebrauchtes Taschentuch aus dem Schrank, die Gabeln aus der Küche und eine Zigarettenschachtel, die ich aus dem Mülleimer gefischt hatte. Ich tat das mit der Leidenschaft eines Museologen. Bei einem unserer letzten Gespräche in Istanbul hatte mich Ka nach dem Roman gefragt, den ich als nächstes schreiben würde, und ich hatte ihm die Geschichte des »Museums der Unschuld« erzählt, die ich vor allen anderen sorgfältig geheimhalte.

Sobald ich mich von meinem Führer getrennt und in mein Hotelzimmer zurückgezogen hatte, begann ich Kas Sachen zu durchwühlen. Dabei hatte ich mir vorgenommen, meinen Freund für diese Nacht zu vergessen, um nicht von Trauer erdrückt zu werden. Als erstes warf ich einen Blick auf die Pornokassetten. Im Hotelzimmer gab es kein Videogerät, aber den Notizen, die mein Freund mit eigener

Hand auf ihnen gemacht hatte, entnahm ich, daß er ein besonderes Interesse an einem amerikanischen Pornostar namens Melinda hatte.

Dann begann ich die Hefte zu lesen, in denen Ka die Gedichte interpretierte, die er in Kars geschrieben hatte. Warum hatte er all das Entsetzliche und die Liebe, die er in Kars erlebt hatte, vor mir verheimlicht? Die Antwort darauf entnahm ich etwa vierzig Liebesbriefen aus einem Ordner, den ich in einer der Schubladen gefunden und in die Tüte geworfen hatte. Alle waren an İpek gerichtet, keiner war abgeschickt worden, und alle begannen mit dem gleichen Satz: »Liebling, ich habe lange darüber nachgedacht, ob ich Dir das schreiben sollte oder nicht.« In jedem Brief gab es eine neue Erinnerung Kas an Kars, ein neues schmerzliches und zu Tränen rührendes Detail ihrer Liebesgeschichte und ein oder zwei Beobachtungen zu der Monotonie und Durchschnittlichkeit seines Lebens in Frankfurt. (Von einem hinkenden Hund im Von-Bethmann-Park und von den Depression verbreitenden Zinktischen im Jüdischen Museum hatte er auch mir geschrieben.) Daraus, daß keiner der Briefe gefaltet war, konnte man ablesen, daß Ka nicht einmal entschlossen genug gewesen war, sie in einen Umschlag zu stecken.

In einem Brief hatte Ka geschrieben: »Ein Wort von Dir genügt, und ich komme.« In einem anderen, daß er niemals nach Kars zurückkehren werde, weil er nicht erlaube, daß İpek ihn noch weiter falsch verstehe. Ein Brief erwähnte ein verlorengegangenes Gedicht, ein anderer erweckte beim Lesen den Eindruck, er sei als Antwort auf einen Brief İpeks verfaßt worden. »Leider hast Du meinen Brief falsch verstanden«, hatte Ka geschrieben. Weil ich an jenem Abend all die Dinge, die aus den Tüten auftauchten, im Hotelzimmer auf dem Boden und dem Bett ausgebreitet und durchsucht hatte, war ich sicher, daß kein einziger Brief İpeks an Ka darunter war. Trotzdem fragte ich sie Wochen später, als ich sie in Kars traf, ob sie je einen Brief an Ka geschrieben habe, und erfuhr, daß sie ihm nie geschrieben hatte. Warum tat Ka in diesen Briefen, von denen er schon beim Schreiben wußte, daß er sie nie abschicken würde, so, als antwortete er auf einen Brief İpeks?

Vielleicht sind wir in das Herz unserer Geschichte vorgedrungen.

Wie weit ist es möglich, den Schmerz und die Liebe eines anderen zu verstehen? Wie weit können wir diejenigen verstehen, die schlimmere Qualen, Nöte und Verletzungen durchleben als wir? Wenn Verstehen heißt, sich an die Stelle eines von uns Verschiedenen zu versetzen, haben dann die Reichen und Mächtigen der Welt jemals die Milliarden armer Schlucker je verstehen können? Wieviel von der Dunkelheit im schwierigen und leidvollen Leben seines Dichterfreundes kann der Romancier Orhan durchdringen?

An einer Stelle hatte Ka geschrieben: »Mein ganzes Leben ist im übermächtigen Gefühl von Verlust und Mangel vergangen, in Qualen wie denen eines verletzten Tiers. Hätte ich Dich nicht so fest umschlungen, hätte ich Dich am Ende nicht so erzürnt, hätte ich das in acht Jahren gewonnene Gleichgewicht nicht verloren, wäre ich nicht ganz an den Anfang zurückgekehrt. Jetzt erfüllt mich wieder dieses unerträgliche Verlust- und Verlassenheitsgefühl, und das macht mich überall bluten. Manchmal glaube ich, was mir mangelt, bist nicht nur Du, sondern die ganze Welt.« Ich las das, aber verstand ich es auch?

Als die Whiskys aus der Minibar im Hotelzimmer mich hinreichend benebelt hatten, ging ich zu später Abendstunde in die Kaiserstraße, um Nachforschungen zu Melinda anzustellen.

Sie hatte große, sehr große olivenfarbene traurige Augen mit einem leichten Silberblick. Ihr Teint war weiß, ihre Beine lang, ihre Lippen klein, aber fleischig, so daß Diwan-Dichter sie mit einer Kirsche verglichen hätten. Sie war ziemlich berühmt: Während einer zwanzigminütigen Recherche in der vierundzwanzig Stunden am Tag offenen Videokassetten-Abteilung des World Sex Center stieß ich auf sechzehn Kassetten mit ihrem Namen darauf. Als ich mir später in Istanbul einige dieser Filme anschaute, konnte ich nachfühlen, was an ihr Ka so tief beeindruckt hatte. Einerlei, wie häßlich oder grob der Mann war, der sich Melinda zwischen die Beine legte: wenn er dort vor Lust stöhnte, zeichnete sich in ihrem blassen Gesicht ein Ausdruck echter Zärtlichkeit ab, wie er Müttern eigen ist. So aufreizend sie in bekleidetem Zustand war (eine ehrgeizige Geschäftsfrau, eine Hausfrau, die unter der Impotenz ihres Mannes litt, eine lüsterne Stewardess), so zerbrechlich war sie nackt. Und wie ich sofort begriff, als ich dann nach Kars kam, erinnerten ihre riesigen Augen, ihre großen festen Brüste und etwas in ihrer Haltung sehr an İpek.

Ich weiß, wenn ich sage, daß mein Freund in den letzten vier Jahren seines Lebens einen guten Teil seiner Zeit damit verbracht hat, sich solche Kassetten anzusehen, wird das diejenigen erzürnen, die aus einer Schwäche für Phantasterei und Legenden heraus, wie die Armen sie haben, in Ka einen vollkommenen und heiligen Dichter sehen wollen. Während ich im World Sex Center auf der Suche nach weiteren Melinda-Kassetten zwischen Männern, so einsam wie Gespenster, umherstrich, dachte ich, daß das einzige, was die armen Schweine von Männern in aller Welt vereint, darin bestand, in irgendeiner Ecke schuldbewußt Pornokassetten anzuschauen. Was ich in den Kinos auf der 42. Straße in New York, auf der Kaiserstraße in Frankfurt oder auch den Nebengassen von Beyoğlu in Istanbul gesehen habe, beweist, daß diese armen Wichte sich in einem Grade ähneln, wenn sie schamerfüllt und mit dem Gefühl der Verlorenheit Pornos anschauen und es zwischen den Filmen in den tristen Vorhallen vermeiden, sich in die Augen zu blicken, daß es nationalistische Vorurteile und anthropologische Theorien erschüttern müßte. In der Hand eine schwarzen Plastiktüte mit Melinda-Kassetten, verließ ich das World Sex Center und ging durch leere Straßen unter großflockig fallendem Schnee in mein Hotel.

An der Bar in der Halle trank ich noch zwei Whiskys, schaute aus dem Fenster nach draußen auf den Schnee und wartete, daß der Alkohol wirkte. Ich glaubte, wenn ich mich ein wenig betränke, bevor ich auf mein Zimmer ging, würde ich mich in dieser Nacht nicht mehr um Melinda oder Kas Hefte scheren. Aber sobald ich auf dem Zimmer war, nahm ich aufs Geratewohl eines der Hefte, legte mich, ohne mich auszuziehen, auf mein Bett und begann zu lesen. Nach drei oder vier Seiten begegnete ich dieser Schneeflocke:

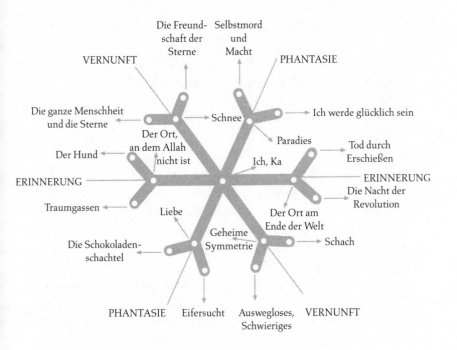

VERNUNFT

Die Freund-
schaft der
Sterne

Selbstmord
und
Macht

PHANTASIE

Die ganze Menschheit
und die Sterne

Schnee

Ich werde glücklich sein

Der Ort,
an dem Allah
nicht ist

Paradies

Der Hund

Tod durch
Erschießen

Ich, Ka

ERINNERUNG

ERINNERUNG
Die Nacht der
Revolution

Traumgassen

Liebe

Der Ort am
Ende der Welt

Die Schokoladen-
schachtel

Geheime
Symmetrie

Schach

PHANTASIE

Eifersucht

Auswegloses,
Schwieriges

VERNUNFT

315

30

Wann sehen wir uns wieder?

EIN KURZES GLÜCK

Nachdem sie miteinander geschlafen hatten, hielten sich Ka und İpek eine Weile lang reglos in den Armen. Die ganze Welt war so still und Ka so glücklich, daß ihm das wie eine sehr lange Zeit vorkam. Nur deswegen ergriff ihn Ungeduld; er sprang aus dem Bett und blickte nach draußen. Später glaubte er, diese lange Stille sei der glücklichste Augenblick in seinem Leben gewesen, und fragte sich, warum er sich aus İpeks Armen gelöst und ihn beendet hatte. »Aus Unruhe«, beantwortete er sich diese Frage, als würde auf der anderen Seite des Fensters, auf der schneebedeckten Straße etwas geschehen, und er müsse rechtzeitig dasein.

Dabei gab es auf der anderen Seite des Fensters nichts als den fallenden Schnee. Der Strom war immer noch ausgefallen, aber das Licht einer Kerze im Geschoß unter ihnen, in der Küche, drang durch das vereiste Fenster nach draußen und beleuchtete die allmählich sinkenden Schneeflocken mit einem leicht orangen Licht. Später glaubte Ka, er habe den glücklichsten Augenblick seines Lebens deswegen abgebrochen, weil er zuviel Glück nicht aushalten konnte. Aber im ersten Moment hatte er auch gar nicht gewußt, wie glücklich er war, als er in İpeks Armen lag; er spürte eine Erfüllung, und die war etwas so Natürliches, daß er fast vergessen hatte, warum er sein Leben davor in einer Gefühlslage zwischen Verzweiflung und Unruhe verbracht hatte. Diese Erfüllung ähnelte der Stille vor einem Gedicht; aber bevor ihm ein Gedicht einfiel, lag die ganze Bedeutung der Welt völlig entblößt da, und er fühlte eine Art Begeisterung. In diesem Moment des Glücks mit İpek gab es in ihm keine derartige Erleuchtung, sondern eine einfachere, kindlichere Reinheit: so als würde ein Kind, das gerade erst die Wörter lernt, plötzlich die Bedeutung der Welt aussprechen. Ihm fiel in allen Einzelheiten ein, was er am Nachmittag in der Bibliothek über die Struktur von Schneeflocken gelesen hatte. Er war in die Bibliothek gegangen, um vorbereitet zu sein, wenn ihm noch ein Gedicht über den Schnee einfiel. Aber jetzt dachte er nicht an ein Gedicht. Er verglich die kindliche sechseckige Struktur der Schneeflocken, von der er in dem Lexikon gelesen hatte, mit der Harmonie zwischen den Gedichten, die wie Schneeflocken eines nach dem anderen zu ihm gekommen waren. In diesem Augenblick kam ihm der Gedanke, daß all die Gedichte auf einen tieferen Sinn verweisen mußten.

»Was machst du?« fragte in genau diesem Moment İpek.

»Ich schaue mir den Schnee an, Liebling.«

Er hatte das Gefühl, İpek ahne, daß er im geometrischen Bau der Schneeflocken einen über Schönheit hinausgehenden Sinn fand, wußte aber mit einem Teil seines Verstandes, daß dies nicht sein konnte. İpek wiederum störte es, daß sich Ka mit etwas anderem als ihr beschäftigte. Und weil sich Ka İpek gegenüber sehr als der Begehrende und deshalb ausgelieferter als nötig fühlte, freute er sich darüber und begriff, daß es ihm wenigstens ein bißchen Macht gegeben hatte.

»Woran denkst du?« fragte İpek.

»An meine Mutter«, sagte Ka und wußte plötzlich nicht, warum er das gesagt hatte; denn obwohl sie erst vor kurzem gestorben war, hatte er nicht an sie gedacht. Aber wenn er sich später an diesen Augenblick erinnerte, sollte er ergänzen: »Während der ganzen Zeit in Kars habe ich an meine Mutter gedacht.«

»An was genau?«

»Wie sie mir in einer Winternacht die Haare gestrichelt hat, als ich aus dem Fenster auf den Schnee geblickt habe.«

»Warst du glücklich als Kind?«

»Man weiß nicht, daß man glücklich ist, wenn man es ist. Jahre später habe ich beschlossen, daß ich als Kind glücklich war: Eigentlich war ich es nicht. Aber auch nicht so unglücklich wie in den Jahren später. Das Glück hat mich als Kind nicht beschäftigt.«

»Wann hat es begonnen, dich zu beschäftigen?«

»Nie«, hätte Ka gerne gesagt, aber das war zum einen nicht wahr und außerdem zu angeberisch. Trotzdem war es ihm eine Sekunde durch den Kopf gegangen, weil er İpek beeindrucken wollte, aber jetzt erwartete er von İpek mehr, als beeindruckt zu sein.

»Als ich vor lauter Unglück nicht mehr fähig war, überhaupt noch etwas zu tun, habe ich begonnen, an das Glück zu denken«, sagte er dann. Hatte er gut daran getan, dies zu sagen? İpeks Schweigen beunruhigte ihn. Wie sollte er sie überreden, nach Frankfurt zu kommen, wenn er ihr von seiner Einsamkeit und Armut dort erzählte? Draußen wehte ein heftiger Wind, der die Schneeflocken hin und her trieb; Ka wurde von der Unruhe ergriffen, die ihn beim Aufstehen erfaßt hatte, und er spürte mehr denn je die Qual der Liebe und des Wartens in seinem Magen. Gerade war er so glücklich gewesen, daß ihn nun der Gedanke, daß er dieses Glück verlieren könnte, völlig aus der Fassung brachte. Das versetzte ihn in Zweifel an seinem Glück. Kommst du mit mir nach Frankfurt? wollte er fragen, hatte aber Angst davor, nicht die Antwort zu bekommen, die er gerne gehabt hätte.

Er kehrte ins Bett zurück und preßte sich an İpeks Rücken. »Es gibt einen Laden im Geschäftsviertel«, sagte er. »Sie haben ›Roberta‹ gespielt, ein ganz altes Lied von Peppino di Capri. Wo sie das wohl herhaben?«

»In Kars gibt es immer noch alte Familien, die die Stadt nicht verlassen haben«, sagte İpek. »Wenn dann schließlich Vater und Mutter sterben, verkaufen die Kinder ihre Sachen und gehen. So kommen ganz komische Sachen auf den Markt, die zur jetzigen Armut der Stadt gar nicht passen. Früher gab es einen Antiquitätenhändler, der jeden Herbst aus Istanbul kam, diese alten Sachen billig aufkaufte und wieder ging. Inzwischen kommt aber nicht einmal der mehr.«

Einen Moment lang glaubte Ka, er erlebe das unvergleichliche Glück von eben noch einmal, aber es war nicht das gleiche Gefühl. Seine Angst davor, jenen Augenblick nicht mehr wiederfinden zu können, wurde immer größer, wurde zur Panik: Voller Furcht bildete er sich ein, daß er İpek nie und nimmer überreden könnte, nach Frankfurt zu kommen.

»Liebling, ich werde aufstehen«, sagte İpek.

Sogar daß sie ihn »Liebling« genannt hatte, sich beim Aufstehen zu ihm umdrehte und ihn zärtlich küßte, konnte Ka nicht beruhigen. »Wann sehen wir uns wieder?«

»Ich mache mir Sorgen um meinen Vater. Die Polizei kann ihnen gefolgt sein.«

»Ich mache mir auch Sorgen um sie«, sagte Ka. »Aber jetzt will ich wissen, wann wir uns wiedersehen.«

»Ich kann nicht in dieses Zimmer kommen, wenn mein Vater im Hotel ist.«

»Aber jetzt ist nichts mehr, wie es war«, sagte Ka. Einen Moment dachte er voller Angst, daß für İpek, die sich in der Dunkelheit leise und geschickt anzog, alles so sein könnte wie vorher. »Ich ziehe in ein anderes Hotel, und du kommst dann gleich dahin«, meinte er. Eine niederschmetternde Stille trat ein. Panik ergriff Ka, die von Eifersucht und Hilflosigkeit genährt war. Er glaubte, İpek habe noch einen anderen Liebhaber. Etwas in seinem Verstand erinnerte ihn daran, daß das die ganz gewöhnliche Eifersucht eines unerfahrenen Liebhabers war, aber ein mächtigeres Gefühl sagte ihm, daß er İpek mit ganzer Kraft umarmen und alle nur denkbaren Barrieren zwischen ihnen einreißen müsse. Er spürte, daß ihn das in Schwierigkeiten bringen könnte, was er tun und sagen würde, um sich İpek intensiver und schneller zu nähern, und schwieg daher unentschlossen.

31

Wir sind nicht dumm, wir sind bloß arm

Das Ding, das Zahide noch im letzten Augenblick in den Pferdewagen gereicht hatte und das Ka in der Dunkelheit nicht hatte erkennen können, war ein Paar alte Wollhandschuhe. Um auszuwählen, was er zu dem Treffen im Hotel Asien anziehen würde, hatte Turgut Bey seine beiden Jacketts aus seinen Tagen als Lehrer, eines schwarz, eines grau, seinen Filzhut, den er zu den Zeremonien am Tag der Republik und zu Schulinspektionen getragen hatte, und seine karierte Krawatte, die seit Jahren nur Zahides Sohn zum Spielen anzog, auf dem Bett ausgebreitet und lange Zeit seine Kleidung und den Inhalt seiner Schränke gemustert. Als Kadife merkte, daß ihr Vater so unentschlossen war wie eine selbstverliebte Frau, die sich nicht entscheiden kann, was sie zum Ball anzieht, wählte sie selbst Stück für Stück aus, was er anziehen sollte, knöpfte ihm eigenhändig das Hemd zu, half ihm in Jackett und Mantel und zog zuletzt noch mit Mühe die weißen Handschuhe aus Hundeleder über die kleinen Hände ihres Vaters. Dabei erinnerte sich Turgut Bey an seine alten Wollhandschuhe und bestand darauf, daß die gefunden würden. İpek und Kadife schauten in Schränke und auf den Grund von Truhen, durchsuchten aufgeregt die ganze Wohnung und legten dann die Handschuhe, als sie sie gefunden hatten, gleich wieder weg, weil sie die Mottenlöcher sahen. Im Pferdewagen insistierte Turgut Bey, ohne die Handschuhe fahre er nicht, und erzählte, daß vor Jahren, als er wegen seiner politischen Aktivitäten im Gefängnis war, seine selige Frau diese Handschuhe gestrickt und ihm gebracht hatte. Kadife, die ihren Vater besser kannte als er sich selbst, hatte sofort gespürt, daß hinter diesem Wunsch mehr Angst als Verbundenheit mit seinen

Erinnerungen stand. Nachdem die Handschuhe eingetroffen waren, fuhr der Wagen durch den fallenden Schnee, und Kadife lauschte mit weit geöffneten Augen, als höre sie sie zum erstenmal, den Gefängniserinnerungen ihres Vaters (wie er über die Briefe seiner Frau geweint hatte, wie er sich selbst Französisch beigebracht hatte, wie er in Winternächten mit diesen Handschuhen an den Händen geschlafen hatte). Sie sagte zu ihm: »Sie sind ein sehr mutiger Mensch, lieber Papa!« Wie jedesmal, wenn er diesen Satz von seinen Töchtern hörte (in den letzten Jahren nur selten), wurden Turgut Beys Augen feucht; er umarmte Kadife und küßte sie, wobei ihn ein Schauder überlief. In der Straße, in die der Pferdewagen jetzt einbog, war der Strom nicht ausgefallen.

Als er aus dem Wagen ausgestiegen war, sagte Turgut Bey: »Was haben hier nicht alles für Läden aufgemacht! Warte, ich möchte mir die Schaufenster ansehen!« Weil Kadife begriff, daß ihr Vater nur widerstrebend zu dem Treffen ging, drängte sie ihn nicht zur Eile. Als Turgut Bey sagte, er wolle in einem Teehaus einen Lindenblütentee trinken, und falls hinter ihnen ein Spitzel her sei, könnten sie ihm auf diese Weise Probleme bereiten, setzten sie sich in ein Teehaus und schauten sich schweigend eine Verfolgungsjagd im Fernsehen an. Beim Hinausgehen begegnete Turgut Bey seinem alten Friseur, also gingen sie wieder hinein und setzten sich. Während er so tat, als höre er dem dicken Friseur zu, flüsterte Turgut Bey seiner Tochter zu: »Kommen wir jetzt zu spät? Ist das nicht ungehörig? Vielleicht sollten wir gar nicht hingehen?« Als Kadife ihn unterhakte, ging er nicht in den Hinterhof, sondern in einen Schreibwarenladen und wählte umständlich einen dunkelblauen Kugelschreiber aus. Als sie durch die Hintertür von Ersin-Elektrik- und Installationsmaterialien auf einen Innenhof traten und sich zu der im Dunkeln liegenden Hintertür des Hotels Asien wendeten, sah Kadife, daß ihr Vater blaß geworden war.

Am Hintereingang des Hotels war es still; Vater und Tochter drängten sich dichter aneinander und warteten. Niemand folgte ihnen. Nach einigen Schritten wurde es drinnen so dunkel, daß Kadife die Treppe zur Empfangshalle ertasten mußte. »Laß meinen Arm nicht los«, sagte Turgut Bey. Die Hotelhalle, deren hohe Fenster von dicken Gardinen bedeckt waren, lag im Halbdunkel. Das aus einer schmutzigen Lampe fallende fahle Licht an der Rezeption erhellte undeutlich das unrasierte, mitgenommene Gesicht eines Angestellten. In der Dunkelheit erkannten sie nur vage einige Personen, die in der Halle umhergingen oder die Treppe hinunterstiegen. Die meisten dieser Schatten waren Zivilpolizisten oder Männer, die dunklen Geschäften nachgingen, etwa dem Schmuggel von Vieh und Holz oder dem Einschleusen von Schwarzarbeitern über die Grenze. Achtzig Jahre zuvor waren reiche russische Kaufleute in dem Hotel untergekommen, später Türken, die zu Geschäften mit Rußland aus Istanbul kamen, und englische Doppelagenten aristokratischer Abstammung vom anderen Ufer, die über die Grenze und über Armenien Spione in die Sowjetunion einschleusten. Nun waren es Frauen aus Georgien und der Ukraine, die als fliegende Händlerinnen mit Koffern voller Ware unterwegs waren oder Prostitution betrieben. Wenn die Männer aus den Dörfern um Kars, die diesen Frauen erst Zimmer mieteten und dann dort mit ihnen eine Art Eheleben führten, schließlich am Abend mit dem letzten Kleinbus in ihr Dorf zurückgefahren waren, kamen die Frauen aus ihren Zimmern und tranken in der dunklen Hotelbar Tee und Kognak. Als Turgut Bey und Kadife die Holztreppe hochstiegen, die mit einem früher einmal roten Läufer bedeckt war, begegneten sie einer dieser müden blonden Frauen. Turgut Bey flüsterte seiner Tochter zu: »Auch das Grandhotel in Lausanne, in dem İsmet İnönü lebte, war so kosmopolitisch« und zog seinen Stift heraus. »Ich werde, wie es İsmet Pascha in Lausanne getan hat, meine Unterschrift mit einem brandneuen Stift unter die Erklärung setzen.« Kadife war nicht klar, ob ihr Vater auf den Treppenabsätzen so lange stehenblieb, um zu verschnaufen oder um sein Eintreffen zu verzögern. An der Tür zu Zimmer 307 sagte Turgut Bey: »Wir unterschreiben und gehen gleich wieder.«

Drinnen war es so voll, daß Kadife im ersten Augenblick glaubte, sie seien in ein falsches Zimmer geraten. Als sie sah, daß Lapislazuli mit verdrossenem Gesicht mit zwei jungen islamistischen Aktivisten am Fenster saß, zog sie ihren Vater dorthin und ließ ihn sich setzen.

Trotz einer nackten Glühbirne unter der Decke und einer Lampe in Fischgestalt auf dem Nachttisch war der Raum nicht gut beleuchtet. In einem Auge dieses Fisches aus Bakelit, der kerzengerade auf seinem Schwanz stand und in seinem offenen Maul eine Glühbirne hielt, war ein staatliches Mikrofon versteckt.

Auch Fazıl war im Zimmer; er stand auf, sobald er Kadife sah, setzte sich aber nicht mit den anderen, die sich aus Respekt vor Turgut Bey erhoben hatten, gleich wieder hin, sondern schaute sie eine Weile lang wie gebannt an. Ein paar Leute im Raum dachten, er wolle etwas sagen, aber Kadife hatte ihn nicht einmal bemerkt. Ihre Aufmerksamkeit galt der Spannung, die sofort zwischen Lapislazuli und ihrem Vater entstand.

Lapislazuli hatte sich überzeugen lassen, daß es die Leute im Westen beeindrucken würde, wenn die Person, die als kurdischer Nationalist die Erklärung in der *Frankfurter Rundschau* unterzeichnete, ein Atheist wäre. Aber der schmale blasse Junge, den man nur mit Mühe dafür gewonnen hatte, war sich mit seinen Vereinsfreunden nicht über die Formulierung der Stellungnahme einig. Jetzt saßen alle drei nervös da und warteten darauf, daß ihnen das Wort erteilt würde. Diese Vereine, in denen sich arbeitslose, aufgebrachte kurdische Jugendliche versammelten, die die kurdische Guerilla in den Bergen bewunderten und sich in den Wohnungen von Mitgliedern trafen, wurden dauernd aufgelöst, ihre Vorstände häufig verhaftet, geschlagen und gefoltert, und deswegen war es schwierig gewesen, diese jungen Männer nach dem Putsch überhaupt zu finden. Ein anderes Problem war, daß die Kämpfer in den Bergen den jungen Leuten vorwarfen, in den gutgeheizten Räumen der Stadt ein angenehmes Leben zu führen und sich mit dem türkischen Staat zu arrangieren. Die Beschuldigung, daß der Verein nicht mehr genügend zukünftige Guerilleros in die Berge schicke, hatte dem Kampfgeist der wenigen Mitglieder, die noch nicht im Gefängnis saßen, einen schweren Schlag versetzt.

An dem Treffen nahmen außerdem zwei »Sozialisten« in den Dreißigern, aus der vorherigen Generation, teil. Sie hatten von den Jugendlichen des Kurdenvereins erfahren, daß es eine an die deutsche Presse gerichtete Erklärung geben sollte, als diese von der Sache erzählten, um sich damit zu brüsten und auch ein bißchen, um sich Ratschläge geben zu lassen. Diese früh altgewordenen Aktivisten hatten etwas Niedergedrücktes an sich, weil die bewaffneten Sozialisten in Kars nicht mehr so einflußreich waren wie früher und nur noch mit Erlaubnis und Hilfe der kurdischen Guerilla Aktionen wie Wegelagerei, Polizistenmord oder Bombenlegen durchführen konnten. Sie hatten gesagt, daß es in Europa immer noch sehr viele Marxisten gebe, und waren uneingeladen erschienen. Der eine Sozialist hatte eine besonders gelangweilte Pose eingenommen, der neben ihm sitzende Genosse hatte ein offenes Gesicht und ein ungezwungenes Benehmen. Er war besonders aufgeregt, da er die Einzelheiten des Treffens den Behörden mitteilen würde. Das tat er nicht aus böser Absicht, sondern um zu verhindern, daß ihre Organisation von der Polizei allzusehr drangsaliert würde. Die Aktionen, die er geringschätzte und sowieso meist im nachhinein für überflüssig erklärte, denunzierte er ein wenig beschämt bei Militär und Polizei, war aber andererseits im Innersten seines rebellischen Herzens stolz auf seine Teilnahme an Schießereien, Entführungen und Prügelaktionen, Bombenlegen und Mordanschlägen, weswegen er jedermann von diesen Dingen erzählte.

Alle waren sich so sicher, daß die Polizei das Zimmer abhörte oder doch wenigstens einige Denunzianten in die Gruppe eingeschleust hatte, daß am Anfang niemand etwas sagte. Wer sprach, schaute aus dem Fenster und redete davon, daß es immer noch schneie, oder man ermahnte sich gegenseitig, die Zigaretten nicht auf dem Boden auszudrücken. Dieses Schweigen dauerte an, bis die Tante eines der kurdischen Jugendlichen, die in dem Raum gar nicht aufgefallen war, aufstand und zu erzählen begann, wie ihr Sohn verschwunden war (eines Abends hatte man an der Tür geklingelt und ihn abgeholt). Turgut Bey störte diese Vermißtengeschichte, der er mit halbem Ohr zuhörte. Er fand es abscheulich, daß kurdische Jugendliche mitten in der Nacht entführt und umgebracht wurden, ärgerte sich aber instinktiv, daß der Junge als unschuldig bezeichnet wurde. Kadife hielt die Hand ihres Vaters und versuchte in Lapislazulis erschöpftem, spöttischem Gesicht zu lesen. Lapislazuli dachte, er sei in eine Falle gelockt worden, blieb aber widerwillig sitzen, weil er befürchtete, jeder würde schlecht über ihn reden, wenn er aufstände und ginge. Dann bemühte sich zum einen der »islamistische« junge Mann, der neben Fazıl saß und dessen Beteiligung an der Ermordung des Direktors der Pädagogischen Hochschule Monate später nachgewiesen werden sollte, zu beweisen, daß ein Agent des Staates diesen Mord begangen habe. Danach informierten die linken Revolutionäre ausführlich über den Hungerstreik ihrer Freunde im Gefängnis. Schließlich lasen die drei jungen Männer vom Kurdenverein aufmerksam und mit rotem Kopf einen ziemlich langen Text über den Platz kurdischer Kultur und Literatur in der Weltgeschichte vor und drohten, ihre Unterschrift zu verweigern, wenn dieser nicht in der *Frankfurter Rundschau* erscheine.

Als die Mutter des Vermißten fragte, wo denn der »deutsche Journalist« sei, der ihre Eingabe entgegennehmen würde, stand Kadife auf und erklärte in beruhigendem Ton, daß Ka in Kars sei und an dem Treffen nicht teilnehme, um seine »Unparteilichkeit« zu gewährleisten. Die Leute im Raum waren nicht daran gewöhnt, daß eine Frau in einer politischen Versammlung aufstand und so selbstbewußt sprach; augenblicklich hatten alle Respekt vor ihr. Die Mutter des Vermißten umarmte Kadife und weinte. Kadife nahm ein Papier mit dem Namen des Sohnes entgegen und versprach alles zu tun, damit er in der deutschen Zeitung veröffentlicht werde.

Dann zog der linke Aktivist, der Denunziant aus bester Absicht, den Entwurf zu der Erklärung hervor, den er mit der Hand auf ein liniertes Blatt Papier geschrieben hatte, nahm eine eigenartige Pose ein und verlas ihn.

Die Überschrift lautete: »Erklärung an die öffentliche Meinung in Europa zu den Ereignissen in Kars«. Das gefiel zunächst allen sofort. Fazıl erzählte Ka später lächelnd, was er in dem Augenblick gefühlt hatte: »Ich konnte mir zum erstenmal vorstellen, daß unsere kleine Stadt eines Tages in die Weltgeschichte eingehen wird!«, und das kam dann in Kas Gedicht »Die ganze Menschheit und die Sterne« vor. Gegen diesen Punkt wandte sich dann Lapislazuli: »Wir appellieren nicht an Europa«, erklärte er. »Wir appellieren an die ganze Menschheit. Es sollte unsere Freunde nicht verwirren, daß wir unsere Stellungnahme nicht in Kars oder Istanbul, sondern in Frankfurt veröffentlichen. Die öffentliche Meinung in Europa ist nicht unser Freund, sondern unser Feind. Nicht weil wir ihr Feind sind, sondern weil sie uns instinktiv geringschätzen.«

Der linke Aktivist, der den Entwurf verfaßt hatte, sagte, nicht die ganze Menschheit schätze uns gering, sondern die europäische Bourgeoisie. Die Armen, die Arbeiter seien unsere Brüder, aber niemand glaubte ihm, nicht einmal sein erfahrener Freund.

»In Europa ist niemand so arm wie wir«, sagte einer der drei jungen Kurden.

»Waren Sie jemals in Europa, mein Sohn?« fragte Turgut Bey.

»Ich hatte noch keine Gelegenheit, aber mein Schwager lebt als Arbeiter in Deutschland.«

Darüber wurde etwas gelacht. Turgut Bey richtete sich auf seinem Stuhl auf. Er sagte: »Auch wenn Europa viel für mich bedeutet, bin ich nie dorthin gefahren. Das ist nicht zum Lachen. Diejenigen, die schon in Europa waren, sollen bitte die Hand heben.« Niemand, auch nicht Lapislazuli, der jahrelang in Deutschland gelebt hatte, hob die Hand.

»Aber wir wissen alle, was Europa bedeutet«, fuhr Turgut Bey fort. »Europa ist in Zukunft unser Ort in der Menschheit. Aus diesem Grund können wir die Überschrift ändern, wenn dieser Herr hier« – er zeigte auf Lapislazuli – »›Menschheit‹ anstelle von ›Europa‹ setzen möchte.«

»Meine Zukunft ist Europa nicht«, sagte Lapislazuli lächelnd. »Ich denke nicht daran, die Europäer mein Leben lang nachzumachen und mich schlechtzumachen, weil ich nicht so bin wie sie.«

»In diesem Lande haben nicht nur die Islamisten, sondern auch die Republikaner eine nationale Ehre «, sagte Turgut Bey. »Wie wäre es, wenn wir ›Menschheit‹ anstelle von ›Europa‹ schrieben?«

»›Erklärung an die Menschheit zu den Ereignissen in Kars‹«, las der Verfasser des Textes vor. »Klingt zu hochtrabend.«

Auf Turgut Beys Vorschlag hin dachte man über »Westen« anstelle von »Menschheit« nach, aber dagegen sprach sich ein pickliger junger Mann neben Lapislazuli aus. Auf Anregung eines der kurdischen Jugendlichen, der eine schrille Stimme hatte, einigte man sich, nur von einer »Erklärung« zu schreiben.

Der Entwurf der Deklaration war, anders als in solchen Fällen üblich, ganz kurz. Keiner hatte etwas gegen die ersten Sätze einzuwenden, in denen erklärt wurde, ein Militärputsch sei »inszeniert« worden, als sich herausstellte, daß islamistische und kurdische Kandidaten die bevorstehenden Wahlen in Kars gewinnen würden, nur Turgut Bey erhob Einspruch. Er erzählte, daß es in Kars nicht die Spur von dem gebe, was die Europäer eine Meinungsumfrage nannten, daß es hier ganz üblich sei, daß Wähler eine Nacht vor der Wahl oder sogar am Morgen auf dem Weg zur Wahl aus einem ganz nichtigen Grund ihre Meinung änderten und für eine Partei stimmten, die das Gegenteil von dem vorhabe, was sie tags zuvor gewollt hätten, und daß deswegen niemand sagen könne, dieser oder jener Kandidat werde die Wahl gewinnen.

Der linke Aktivist und Denunziant, der den Text verfaßt hatte, antwortete ihm: »Jeder weiß, daß vor der Wahl und gegen die Resultate der Wahl geputscht worden ist.«

»Die sind doch nur eine Theatertruppe«, sagte Turgut Bey. »Und sie haben nur deshalb soviel Erfolg, weil durch Schnee die Straßen gesperrt sind. In ein paar Tagen wird alles wieder normal.«

»Wenn Sie nicht gegen den Putsch sind, warum sind Sie dann hier?« fragte ein anderer junger Mann.

Es wurde nicht deutlich, ob Turgut Bey die Frage dieses vorlauten Jungen, der mit puterrotem Gesicht neben Lapislazuli saß, gehört hatte oder nicht. Noch im selben Moment stand Kadife auf (nur sie erhob sich beim Reden, und keinem, sie eingeschlossen, fiel auf, wie merkwürdig das war) und sagte mit zornblitzenden Augen, daß ihr Vater wegen seiner politischen Überzeugungen jahrelang im Gefängnis gesessen und zu jeder Zeit gegen die staatliche Unterdrückung eingetreten sei.

Ihr Vater zupfte sie am Mantel zum Zeichen, daß sie sich setzen solle. »Meine Antwort auf Ihre Frage lautet: Ich bin zu diesem Treffen gegangen, um den Europäern zu beweisen, daß es auch in der Türkei Demokraten mit Gerechtigkeitsgefühl gibt«, sagte er.

»Wenn mir eine große deutsche Zeitung zwei Zeilen einräumte, wäre das sicher nicht das erste, was ich beweisen wollte«, sagte der Rotgesichtige spöttisch, wollte augenscheinlich auch noch mehr sagen, aber Lapislazuli zog ihn warnend am Ärmel.

Das reichte schon, daß es Turgut Bey leid tat, überhaupt gekommen zu sein. Er redete sich sofort ein, hier nur im Vorbeigehen kurz hereingeschaut zu haben, stand auf mit der Miene eines Menschen, dessen Kopf von ganz anderen Sachen in Anspruch genommen ist, und machte ein paar Schritte zur Tür. Da erblickte er den Schnee, der draußen auf die Karabagh-Straße fiel, und ging ans Fenster. Kadife führte ihn am Arm, als könne ihr Vater nicht gehen, wenn sie ihn nicht stützte. Lange schauten Vater und Tochter auf einen Pferdewagen, der durch die schneebedeckte Straße fuhr, als seien sie traurige Kinder, die ihre Sorgen vergessen wollten.

Der junge Kurde mit der schrillen Stimme konnte seine Neugier nicht bezwingen, stellte sich auch an das Fenster und blickte ebenfalls nach unten auf die Straße. Die Menge im Raum schaute ihnen in einer Mischung aus Respekt und Beklemmung zu, und es war Angst vor einer Razzia und allgemeine Nervosität zu spüren. Vor lauter Besorgnis einigten sich alle Seiten in kurzer Zeit auf den Rest der Erklärung.

Darin war die Rede davon, daß eine Handvoll Abenteurer für den Militärputsch verantwortlich sei. Dagegen protestierte Lapislazuli. Statt dessen vorgeschlagene umfassendere Formulierungen begegneten dem Einwand, daß sie bei den Leuten im Westen den Eindruck erwecken würden, es habe in der ganzen Türkei einen Putsch gegeben. So verständigte man sich auf die Formulierung: »der lokale Putsch, den Ankara unterstützt hat«. Kurz wurden auch Unterdrückung und Folter erwähnt, denen die Vorbeter- und Predigerschüler sowie die Kurden ausgesetzt worden waren, die am Abend des Putsches erschossen oder einzeln aus ihren Wohnungen verschleppt und getötet worden waren. Die Bezeichnung »ein Frontalangriff auf das Volk« wurde ersetzt durch »ein Angriff auf das Volk, seine geistige Integrität und die Religion«. Durch eine Änderung im letzten Satz wurde nun nicht mehr nur die öffentliche Meinung im Westen, sondern die ganze Welt dazu aufgerufen, gegen den türkischen Staat zu protestieren. Als dieser Satz vorgelesen wurde, begegneten Turgut Beys Augen einen Moment lang denen Lapislazulis, und er hatte das Gefühl, daß dieser glücklich war. Wieder bedauerte er, daß er hier war.

»Wenn keiner mehr etwas einzuwenden hat, dann lassen Sie uns bitte gleich unterschreiben«, sagte Lapislazuli. »Schließlich kann dieses Treffen jeden Augenblick von der Polizei beendet werden.«

Alle drängten sich in die Mitte des Raumes, um so schnell wie möglich die Erklärung, die durch Pfeile, eingekreiste Verbesserungen und Durchstreichungen wie ein Wortknäuel aussah, zu unterschreiben und dann zu verschwinden. Einige waren schon dabei zu gehen, da rief Kadife: »Einen Moment, mein Vater hat etwas zu sagen!«

Das erhöhte die Aufregung noch. Lapislazuli befahl dem rotgesichtigen jungen Mann, die Tür zu besetzen. »Niemand verläßt den Raum«, sagte er. »Wir wollen uns Turgut Beys Einwand anhören.«

»Ich habe keinen Einwand«, sagte Turgut Bey. »Aber bevor ich meine Unterschrift daruntersetze, möchte ich etwas von diesem jungen Mann wissen.« Er dachte einen Moment nach. »Nicht nur von ihm, sondern von jedem in diesem Raum.« Er zeigte auf den Jugendlichen mit dem roten Gesicht, der ihn eben attackiert hatte und jetzt an der Tür postiert war. »Wenn die Frage, die ich gleich stellen werde, nicht zuerst von diesem jungen Mann und dann von Ihnen allen beantwortet wird, werde ich die Erklärung nicht unterschreiben.« Er drehte sich zu Lapislazuli um, um zu sehen, ob der begriffen hatte, wie entschlossen er war.

»Bitte, stellen Sie Ihre Frage«, sagte Lapislazuli. »Wenn wir können, werden wir sie gerne beantworten.«

»Eben haben Sie mich ausgelacht. Jetzt sagen Sie mir alle: Wenn eine große deutsche Zeitung Ihnen zwei Zeilen einräumte, was würden Sie dann sagen? Zuerst soll der da es sagen!«

Der Junge mit dem roten Gesicht war kräftig und in jeder Beziehung selbstbewußt, aber auf eine solche Frage nicht gefaßt. Während er den Türgriff noch fester umfaßte, baten seine Blicke Lapislazuli um Hilfe.

»Sag jetzt schnell, was dir durch den Kopf geht!« sagte Lapislazuli mit gezwungenem Lächeln. »Sonst hebt die Polizei uns hier noch aus!«

Der rotgesichtige Junge blickte in die Ferne und dann wieder zu Lapislazuli, als versuche er sich in einer sehr wichtigen Prüfung an die Antwort auf eine Frage zu erinnern, die er eigentlich sehr gut wußte.

»Dann rede ich als erster«, sagte Lapislazuli. »Die Herrschaften in Europa kümmern uns einen Dreck... Sie sollen mir nicht in der Sonne stehen, das reicht, würde ich zum Beispiel sagen... Aber wir leben sowieso unter ihrem Schatten...«

»Helfen Sie ihm nicht, er wird das sagen, was er auf dem Herzen hat«, sagte Turgut Bey. »Sie reden als letzter.« Er lächelte den Jungen an, der sich wand vor Verlegenheit: »Schwer, sich zu entscheiden, denn das ist ein verzwicktes Problem. Das kann man nicht so zwischen Tür und Angel lösen.«

»Ausreden, Ausreden«, sagte einer von hinten. »Der will bloß die Erklärung nicht unterzeichnen.«

Jeder zog sich in seine eigenen Gedanken zurück. Einige Leute gingen ans Fenster und schauten versonnen einem Pferdefuhrwerk nach, das die Karabagh-Straße entlangfuhr. Als Fazıl Ka später von diesem Moment »verzauberter Stille« erzählte, sagte er: »Es war fast, als seien wir alle mehr denn je Brüder geworden.« Die Stille wurde zuerst von oben, von einem aus der Dunkelheit auftauchenden Flugzeug unterbrochen. Während einen Moment lang alle lauschten, flüsterte Lapislazuli: »Das ist das zweite Flugzeug heute.«

Einer rief: »Ich gehe!«

Es war ein blasser Mann in blassem Jackett, zwischen dreißig und vierzig Jahre alt, auf den keiner geachtet hatte, einer von den drei Personen im Raum, die einer geregelten Arbeit nachgingen. Er war Koch im Sozialversicherungskrankenhaus und schaute in kurzen Abständen auf seine Uhr. Er war mit den Familien von Verschwundenen hereingekommen. Nach dem, was man später erzählte, war sein politisch aktiver älterer Bruder eines Nachts zur Vernehmung auf die Polizeiwache geholt worden und nicht wieder zurückgekehrt. Gerüchten zufolge bemühte sich dieser Mann um einen »Totenschein« vom Staat, um die schöne Frau seines Bruders heiraten zu können. Er war aber vom Polizeipräsidium, von den Geheimdiensten, der Staatsanwaltschaft und dem Offiziersklub vor die Tür gesetzt worden, als er deswegen ein Jahr nach dem Verschwinden seines Bruders dort vorsprach, und hatte sich dann zwei Monate zuvor den Familien der Vermißten angeschlossen, weniger aus Rachsucht, als weil diese die einzigen waren, mit denen man über das Thema sprechen konnte.

»Sie werden mich hinter meinem Rücken einen Feigling nennen. Sie sind selbst feige. Ihre Europäer sind feige. Schreiben Sie, daß ich ihnen das zu sagen habe!« Er schlug die Tür hinter sich zu und war fort.

Da wurde gefragt, wer dieser Hans Hansen Bey sei. Anders als Kadife befürchtet hatte, erklärte Lapislazuli diesmal in höflichen Worten, es handele sich um einen aufrichtig an den Problemen der Türkei interessierten, gutwilligen Journalisten.

Von hinten meinte einer: »Man muß sich bei den Deutschen besonders vor den gutwilligen hüten!«

Ein Mann in dunklem Jackett, der aufrecht neben dem Fenster stand, fragte, ob außer der Erklärung auch die persönlichen Stellungnahmen veröffentlicht würden. Kadife sagte, das sei möglich.

»Freunde, laßt uns nicht wie ängstliche Grundschüler darauf warten, daß ein anderer zuerst etwas sagt«, meinte jemand.

»Ich gehe auf die Oberschule«, sagte ein Jugendlicher vom Kurdenverein. »Ich habe mir schon früher ausgedacht, was ich sagen werde.«

»Sie haben gewußt, daß Sie eines Tages in einer deutschen Zeitung eine Erklärung abgeben würden?«

»Ja, genau das«, sagte der Junge in sehr vernünftigem Ton, aber er hatte zugleich auch etwas Leidenschaftliches an sich. »Wie Sie alle habe auch ich insgeheim daran geglaubt, daß ich eines Tages Gelegenheit bekommen werde, der Welt zu sagen, was ich denke.«

»Ich denke an so etwas nie…«

»Was ich sagen werde, ist ganz einfach«, sagte der leidenschaftliche Jugendliche.»Das soll die Zeitung in Frankfurt drucken: Wir sind nicht dumm! Wir sind bloß arm! Wir haben das Recht, auf dieser Unterscheidung zu bestehen.«

»Aber sicher, ich bitte Sie!«

Von hinten wurde gefragt:»Wer sind denn bitte die, die Sie ›wir‹ nennen? Türken, Kurden, Aserbaidschaner, Tscherkessen, die Leute aus Kars...? Wer?«

»Denn das ist der größte Irrtum des Menschen«, fuhr der leidenschaftliche Jugendliche fort,»die größte, Tausende von Jahren alte Täuschung: Immer sind Armut und Dummheit verwechselt worden!«

»Was ist denn Dummheit? Das soll er auch noch sagen!«

»Es stimmt zwar, daß es immer wieder im ehrenvollen Verlauf der Menschheitsgeschichte Männer der Religion und der Moral gegeben hat, die diese beschämende Verwechslung erkannt und gesagt haben, daß auch die Armen Wissen, Menschlichkeit, Intelligenz und ein Herz besitzen. Wenn Hans Hansen einen armen Menschen sieht, hat er Mitleid mit ihm. Vielleicht glaubt er auch nicht gleich, daß dieser Arme ein Dummkopf ist, der seine Chancen nicht genutzt hat, ein willensschwacher Säufer.«

»Ich kenne Hans Hansen nicht, aber inzwischen denkt doch jeder so, der einen Armen sieht.«

»Hören Sie doch bitte zu!« sagte der leidenschaftliche kurdische Jugendliche.»Ich werde auch nicht lange reden. Vielleicht hat man mit einzelnen Armen Mitleid, aber wenn ein Volk arm ist, glaubt die ganze Welt zunächst, daß dieses Volk dumm und verblödet ist, daß es ein faules, dreckiges und ungeschicktes Volk ist. Man lacht es aus, statt es zu bemitleiden. Man findet seine Kultur, seine Sitten und Bräuche lächerlich. Später schämt man sich vielleicht für diese Gedanken, hört auf zu lachen und findet diese Kultur interessant, wenn zugewanderte Arbeiter aus diesem Volk den Boden wischen und die niedrigsten Arbeiten übernehmen, damit sie nicht rebellieren, ja man tut so, als ob sie gleich wären.«

»Er soll endlich sagen, von welchem Volk er redet.«

»Ich möchte noch dieses ergänzen«, mischte sich ein anderer kurdischer Jugendlicher ein. »Die Menschheit hat bedauerlicherweise verlernt, freundlich lachend zuzusehen, wenn sich andere Leute gegenseitig umbringen und unterdrücken. Das habe ich aus dem geschlossen, was mein Schwager aus Deutschland erzählte, als er letzten Sommer nach Kars kam. Die Welt toleriert Völker nicht mehr, die andere unterdrücken.«

»Das heißt wohl, daß Sie uns im Namen derer aus dem Westen drohen?«

»Auf diese Weise«, fuhr der leidenschaftliche kurdische Junge fort, »empfindet jemand aus dem Westen, wenn er einem Angehörigen eines armen Volkes begegnet, zunächst instinktiv Verachtung. Er glaubt, daß dieser Mann so arm ist, weil er zu einem dummen Volk gehört. Er denkt, daß höchstwahrscheinlich der Kopf dieses Mannes von all dem Unsinn und den Dummheiten erfüllt ist, die sein ganzes Volk so arm und erbärmlich gemacht haben.«

»Da hat er dann wohl nicht ganz unrecht...«

»Wenn du uns auch so dumm findest wie dieser eingebildete Schriftsteller, dann sag das offen! Dieser gottlose Atheist hat es wenigstens fertiggebracht, in einer Fernsehsendung live aufzutreten, mutig uns allen in die Augen zu schauen und offen zu sagen, daß er das ganze türkische Volk für dumm hält, bevor er sich auf den Weg in die Hölle gemacht hat.«

»Verzeihen Sie, aber jemand, der in einer Live-Sendung auftritt, kann im Fernsehen seinen Zuschauern nicht in die Augen sehen.«

»Der Herr hat nicht ›sehen‹ gesagt, sondern ›schauen‹«, sagte Kadife.

»Freunde, bitte, laßt uns doch nicht miteinander streiten, als seien wir bei einer Podiumsdiskussion«, sagte der Linke, der alles notierte. »Und laßt uns leise sprechen!«

»Solange er nicht Manns genug ist, zu sagen, von welchem Volk er spricht, werde ich nicht schweigen. Wir müssen uns klar sein, daß es Vaterlandsverrat ist, einer deutschen Zeitung gegenüber eine Erklärung abzugeben, die uns herabwürdigt.«

»Ich bin kein Vaterlandsverräter. Ich bin ganz Ihrer Meinung«, sagte der leidenschaftliche kurdische Jugendliche und stand auf.

»Deswegen möchte ich, daß aufgeschrieben wird, daß ich nicht nach Deutschland gehen möchte, selbst wenn ich eines Tages die Gelegenheit dazu hätte und wenn sie mir ein Visum gäben.«

»Keiner gibt einem Hungerleider wie dir ein Visum nach Europa.«

»Er bekommt ja nicht einmal einen Reisepaß vom Staat.«

»Stimmt, den stellen sie nicht aus«, sagte der leidenschaftliche junge Kurde. »Aber selbst wenn sie den herausrückten und ich führe nach Europa, und sogar wenn sich dann der erste Europäer, dem ich auf der Straße begegne, als guter Mensch herausstellte, dann würde ich doch denken, daß mich dieser Mann verachtet, weil er ein Westler ist, und das würde mich stören. Denn in Deutschland sind die Leute aus der Türkei auf den ersten Blick zu erkennen... Das einzige, was man tun kann, um nicht erniedrigt zu werden, ist, zu beweisen, daß man denkt wie sie. Das aber ist unmöglich und außerdem würdelos.«

»Mein Sohn, der Beginn von dem, was du gesagt hast, war schlecht, aber du hast es gut zu Ende gebracht«, sagte der alte aserbaidschanische Journalist. »Laß uns das trotzdem nicht in die deutsche Zeitung schreiben, die machen sich über uns lustig...« Er schwieg einen Augenblick, dann fragte er listig: »Welches ist denn das Volk, von dem du sprichst?«

Als sich der kurdische Junge setzte, ohne irgendeine Antwort zu geben, rief der Sohn des aserbaidschanischen Journalisten, der neben ihm saß: »Er hat Angst!«

Es kamen Antworten wie »Recht hat er, Angst zu haben!« und »Der arbeitet auch nicht auf Rechnung des Staates wie ihr!«, aber weder der alte Journalist noch sein Sohn nahmen das übel. Daß alle gleichzeitig redeten, dazwischen Witze rissen und sich übereinander lustig machten, hatte die Leute im Raum zu einer Gemeinschaft vereint, die in fröhlicher und verspielter Stimmung war. Ka, der sich später von Fazıl anhörte, was alles geschehen war, sollte in sein Heft notieren, daß solche politischen Versammlungen stundenlang dauern können und daß die einzige Bedingung dafür ist, daß die Menge zigarettenrauchender Männer mit mürrischen Gesichtern sich gut amüsiert, ohne das im geringsten zu merken.

»Wir können keine Europäer werden!« sagte ein anderer islamistischer Jugendlicher hochmütig. »Die Leute, die sich bemühen, uns ihr Modell aufzuzwingen, werden das am Ende mit Panzer und Gewehren vielleicht schaffen, wenn sie uns nur genug Gewalt antun. Aber unsere Seelen können sie nicht ändern.«

»Sie können sich meines Körpers bemächtigen, aber meiner Seele niemals«, spottete ein kurdischer Junge in einem Tonfall wie aus einem türkischen Film.

Darüber lachten alle. Auch der junge Mann, der das Wort ergriffen hatte, stimmte versöhnlich in das Gelächter ein.

»Ich will auch etwas sagen«, meldete sich einer der Jungen, die neben Lapislazuli saßen, zu Wort. »Zwar reden unsere Freunde hier nicht wie ehrlose Nachäffer der westlichen Welt, aber es herrscht hier doch eine Stimmung, als würden wir um Verzeihung dafür bitten, daß wir nicht Europäer sind.« Er wandte sich an den Mann mit dem Lederjackett, der alles aufschrieb, und sagte mit der Miene eines höflichen Schlägers: »Was ich bis jetzt gesagt habe, wirst du bitte nicht aufschreiben, Kleiner! Jetzt schreib: Ich bin stolz auf die Seite in mir, die nicht europäisch ist. Alles, was die Europäer an mir kindisch, grausam und primitiv finden, macht mich stolz. Wenn sie schön sind, werde ich häßlich sein, wenn sie klug sind, dumm, und wenn sie modern sind, rein.«

Niemand stimmte diesen Worten zu. Weil auf alles, was in diesem Raum gesagt wurde, eine scherzhafte Antwort gegeben wurde, lächelte man etwas. Einer warf spitz ein: »Du bist sowieso blöd!«, aber weil gerade da der ältere der beiden Linken und der Mann im dunklen Jackett einen heftigen Hustenanfall bekamen, war unklar, wer das gesagt hatte.

Der rotgesichtige Junge, der an der Tür stand, sprang nun vor und begann, ein Gedicht vorzutragen. Es begann: *Europa, ach Europa /Bleib du nur da, / Ich tue, was ich tu / Möcht nicht sein wie du!*

Fazıl hatte die Fortsetzung des Gedichtes wegen der Husterei, der Zwischenrufe und des Gelächters kaum gehört und konnte Ka deshalb später nicht mehr von dem ganzen Gedicht berichten, wohl aber von den Protesten dagegen. Drei dieser Reaktionen wurden auf dem

Papier festgehalten, auf das die zwei Zeilen langen »Antworten an Europa« geschrieben wurden, und fanden auch Eingang in Kas Gedicht »Die ganze Menschheit und die Sterne«, das er bald darauf verfassen sollte.

1. »Wir brauchen vor denen dort keine Angst zu haben; da gibt's nichts zum Fürchten!« schrie der erfahrene linke Aktivist mittleren Alters.

2. Der alte aserbaidschanische Journalist, der dauernd »Von welchem Volk reden Sie denn?« gefragt hatte, meinte: »Wir wollen nicht auf unser Türkentum und unsere Religion verzichten« und zählte dann ausführlich die Kreuzzüge, den Völkermord an den Juden, die in Amerika umgebrachten Indianer und die von den Franzosen in Algerien umgebrachten Muslime auf, worauf der Miesmacher in der Menge hinterhältig fragte: »Wo sind denn die Millionen von Armeniern in Kars und ganz Anatolien?« Der alles notierende Spitzel schrieb seinen Namen nicht auf, weil der Mann ihm leid tat.

3. Einer sagte: »Ein so langes und unsinniges Gedicht übersetzt zu Recht keiner, und Hans Hansen veröffentlicht es auch nicht in seiner Zeitung.« Das bot den Lyrikern im Raum (es gab drei davon) die Gelegenheit, über die elende Einsamkeit türkischer Dichter in der Welt zu klagen.

Als der rotgesichtige Junge schweißüberströmt sein Gedicht beendete, über dessen Unsinnigkeit und Primitivität sich alle einig waren, applaudierten ihm einige Leute spöttisch. Es hieß, dieses Gedicht, wenn es in einer deutschen Zeitung veröffentlicht würde, könne dazu führen, daß man sich noch mehr über »uns« lustig machte. Und der kurdische Jugendliche mit dem Schwager in Deutschland beklagte sich: »Wenn die ein Gedicht schreiben oder ein Lied singen, sprechen sie im Namen der ganzen Menschheit. Sie sind Menschen, wir nur Muslime. Wenn wir etwas schreiben, ist es Volksdichtung«,

»Meine Mitteilung ist die folgende, schreiben Sie!« sagte der Mann mit dem dunklen Jackett: »Wenn die Europäer recht haben und unsere einzige Zukunft und Rettung darin besteht, daß wir uns ihnen angleichen, dann ist es bloß dummer Zeitverlust, uns mit Unsinn abzugeben, der uns nur noch uns selbst ähnlicher macht.«

»Das ist wohl der Satz, der uns in den Augen der Europäer am dümmsten erscheinen läßt!«

»Jetzt seien Sie endlich ein Mann und sagen, welches das Volk ist, das so dumm erscheint!«

»Meine Herren, wir tun hier so, als seien wir alle viel klüger und wertvoller als die im Westen, aber wenn heute die Deutschen in Kars ein Konsulat eröffnen und an jedermann gratis Visa verteilen, dann schwöre ich, daß Kars sich innerhalb einer Woche leert.«

»Das ist eine Lüge. Gerade vorhin noch hat unser Freund da gesagt, er würde nicht gehen, selbst wenn sie ihm ein Visum gäben. Ich würde auch nicht gehen, sondern meine Ehre bewahren und hierbleiben.«

»Auch andere bleiben, meine Herren, merken Sie sich das gut! Die, die nicht gehen werden, sollen bitte die Hand heben; dann werden wir ja sehen!«

Einige Leute hoben mit ernster Miene die Hand. Ein oder zwei Jugendliche, die das sahen, wirkten unsicher. »Erst soll mal erklärt werden, warum die ehrlos sind, die gehen«, wollte der Mann im dunkeln Jackett wissen.

»Schwer, das einem zu erklären, der das nicht versteht«, sagte jemand geheimnisvoll.

Da sah Fazıl, wie Kadife traurig durch das Fenster nach draußen blickte, und sein Herz begann heftig zu pochen. Mein Gott, beschütze meine Reinheit, bewahre mich vor Verwirrnis, ging ihm durch den Kopf. Ihm fiel ein, daß Kadife diese Worte mögen würde. Er wollte sie für die deutsche Zeitung aufschreiben lassen, aber jedermann sprach über etwas anderes, und niemand interessierte sich für ihn.

Diesen ganzen Lärm konnte nur der Kurdenjunge mit der schrillen Stimme überschreien. Er hatte sich entschlossen, einen seiner Träume in die deutsche Zeitung zu bringen. Am Anfang dieses Traums, den er mit manchmal zitternder Stimme vortrug, sah er sich im Volkstheater ganz allein einen Film an. Es war ein westlicher Film, alle redeten in einer Fremdsprache, aber ihn störte das überhaupt nicht, denn er hatte das Gefühl, alles zu verstehen. Da bemerkte er auf einmal, daß er in den Film hineingeraten war: Sein Sitz im Volkstheater war eigentlich ein Sessel im Wohnzimmer der christlichen Familie im Film. Plötzlich sah er einen großen, gedeckten Tisch, er wollte sich satt essen, hielt sich aber fern, weil er Angst hatte, etwas falsch zu machen. Dann schlug sein Herz schneller, er begegnete einer schönen blonden Frau und erkannte sofort, daß er sie schon seit Jahren liebte. Die Frau behandelte ihn auch unverhofft freundlich und vertraut. Sie lobte seine Kleidung und sein Aussehen, küßte ihn auf die Wange und streichelte ihm das Haar. Er war sehr glücklich. Dann nahm ihn die Frau auf einmal auf den Schoß und zeigte ihm die Speisen auf dem Tisch. Da begriff er unter Tränen, daß er noch ein Kind war und deswegen sympathisch gefunden wurde.

Dieser Traum wurde mit Gelächter und Witzen, aber auch mit einer Wehmut aufgenommen, die an Furcht grenzte.

»So etwas kann er nicht geträumt haben«, sagte der alte Journalist in die Stille, die daraufhin entstanden war. »Dieser junge Kurde hat das erfunden, um uns in den Augen der Deutschen so richtig herabzusetzen. Schreiben Sie das nicht!«

Um zu beweisen, daß er das geträumt hatte, gestand der Junge ein Detail, das er am Anfang ausgelassen hatte: Jedesmal, wenn er von diesem Traum erwachte, erinnerte er sich an die blonde Frau. Er hatte sie zuerst fünf Jahre zuvor gesehen, als sie aus einem Bus voller Touristen stieg, die gekommen waren, um sich die armenischen Kirchen anzuschauen. Sie hatte ein blaues Trägerkleid an, das sie später in seinen Träumen und dem Film auch trug.

Darüber wurde noch mehr gelacht. »Solche Europäerinnen haben wir auch gesehen, und was für Phantasien hat uns nicht der Teufel eingegeben!« sagte einer.

Augenblicklich entstand die richtige Stimmung für erbosten, sehnsüchtigen und unanständigen Klatsch über europäische Frauen. Ein hochgewachsener, schlanker und ziemlich gutaussehender junger Mann, den bisher keiner so recht wahrgenommen hatte, begann mit einer Geschichte: Eines Tages begegnen sich einer aus dem Westen und ein Muslim auf dem Bahnhof. Der Zug will einfach nicht kommen. Weiter vorn auf dem Bahnsteig wartet eine sehr attraktive Französin auch auf den Zug...

Es war eine Geschichte, die, wie jeder Mann, der auf ein Jungengymnasium gegangen ist oder Militärdienst geleistet hat, voraussehen kann, eine Beziehung zwischen sexueller Potenz auf der einen Seite und Nationalität sowie Kultur auf der anderen herstellte. Es kamen keine unanständigen Wörter vor, und alle Grobheit war unter Anspielungen versteckt. Aber in kurzer Zeit herrschte im Raum eine Atmosphäre, von der Fazıl später sagte: »Ich habe mich fürchterlich geschämt!«

Turgut Bey stand auf.

»Gut, mein Junge, komm her! Ich unterschreibe.«

Er unterschrieb mit dem neuen Kugelschreiber, den er aus der Tasche zog. Er war erschöpft vom Lärm und vom Tabakrauch und wollte aufbrechen, als Kadife ihn festhielt. Dann stand Kadife selbst auf.

»Hören Sie mich jetzt eine Minute lang an«, sagte sie. »Sie schämen sich nicht, aber mein Gesicht ist rot vor Scham wegen der Dinge, die ich gehört habe. Ich bedecke hier mein Haupt, damit Sie mein Haar nicht sehen, das bedeutet, daß ich für Sie eine Mühsal mehr auf mich nehme, aber...«

»Nicht für uns!« flüsterte respektvoll eine Stimme. »Für Gott und für dein eigenes Seelenheil!«

»Auch ich habe der deutschen Zeitung etwas zu sagen. Schreiben Sie bitte!« Sie erkannte mit dem Gespür einer Schauspielerin, daß man sie mit einer Mischung aus Fassungslosigkeit und Ärger ansah. »Ein junges Mädchen aus Kars, nein, schreiben Sie: eine junge Muslimin aus Kars, die sich wegen ihres Glaubens ihr Kopftuch wie eine Fahne zu eigen gemacht hatte, hat wegen eines Ekels, der sie plötzlich überfallen hat, vor aller Augen ihren Kopf entblößt. Das ist eine gute Nachricht, die den Europäern gefallen wird. So wird Hans Hansen veröffentlichen, was wir zu sagen haben. Und sie hat, als sie ihr Kopftuch ablegte, gesagt: ›Gott, verzeih mir, denn ich muß nun allein sein. Diese Welt ist so abscheulich, und ich bin so zornig und schwach, daß dein –«

»Kadife!« rief auf einmal Fazıl. »Entblöße nicht dein Haupt! Wir alle, alle sind jetzt hier. Auch Necip und ich. Später werden wir alle, alle sterben.«

Einen Moment lang waren alle verblüfft. Einige sagten »Unsinn!«
oder »Natürlich soll sie ihr Kopftuch nicht ablegen!«, aber die Mehrheit schaute nur zu Kadife hin und wartete in der Hoffnung, daß
etwas Skandalöses passierte, daß sich irgend etwas ereignete, und
versuchte dabei zu ermitteln, was das für eine Provokation war und
wer das eingefädelt hatte.

Fazıl sagte: »Die beiden Sätze, von denen ich möchte, daß sie in der
deutschen Zeitung veröffentlicht werden, sind die folgenden.« Der
Lärm im Zimmer schwoll an. »Ich spreche nicht nur für mich, sondern auch für meinen seligen Freund Necip, der in der Nacht der Revolution grausam umgebracht wurde: Kadife, wir lieben dich sehr.
Wenn du dein Haupt entblößt, bringe ich mich um, tu es bloß nicht!«

Einige hatten gehört, daß Fazıl zu Kadife »Wir lieben dich« gesagt
hatte, andere behaupteten, er habe gesagt: »Ich liebe dich.« Das mag
auch erfunden worden sein, um Lapislazulis Verhalten gleich darauf
zu erklären.

Lapislazuli rief aus vollem Hals: »Niemand soll in dieser Stadt von
Selbstmord reden!« und verließ dann, ohne auch nur einen Blick auf
Kadife zu werfen, das Zimmer. Das beendete das Treffen sofort, und
die im Raum Versammelten zerstreuten sich eilig, wenn auch nicht
besonders leise.

32

Ich kann nicht,
solange in mir zwei Seelen leben

ÜBER LIEBE, DIE EIGENE UNWICHTIGKEIT UND
LAPISLAZULIS VERSCHWINDEN

Ka verließ um Viertel vor fünf das Hotel Schneepalast, bevor Turgut Bey und Kadife von dem Treffen im Hotel Asien zurückgekommen waren. Er hatte noch fünfzehn Minuten bis zum Zeitpunkt der Verabredung mit Fazıl, aber er war zu glücklich, um still dasitzen zu können. Er bog nach links von der Atatürk-Straße ab, schlenderte bis zum Fluß Kars und betrachtete unterwegs die Menschenmengen in den Teehäusern, die laufenden Fernseher, die Gemischtwarenläden und Fotografengeschäfte. Er betrat die eiserne Brücke, rauchte zwei Marlboro hintereinander, ohne sich um die Kälte zu scheren, und träumte davon, wie glücklich er mit İpek in Frankfurt leben würde. In dem Park gegenüber, in dem einst die Reichen von Kars den Schlittschuhläufern zugesehen hatten, herrschte jetzt eine erschreckende Finsternis.

In der Dunkelheit hielt er Fazıl, der etwas zu spät auf der Brücke ankam, einen Moment lang für Necip. Zusammen gingen sie in das Teehaus Brüder im Glück, und Fazıl erzählte Ka ganz genau alles über das Treffen im Hotel Asien. Als er zu der Stelle kam, an der er das Gefühl gehabt hatte, Kars werde in die Weltgeschichte eintreten, brachte ihn Ka abrupt zum Schweigen, so wie man ein Radio ausstellt, und schrieb sein Gedicht »Die ganze Menschheit und die Sterne«.

In den Notizen, die er später anfertigte, brachte Ka dieses Gedicht mehr als mit dem Kummer, in einer vergessenen Stadt ohne Ort in der Geschichte zu leben, mit der Anfangssequenz einiger Hollywoodfilme aus seiner Kindheit in Zusammenhang, die er immer sehr geliebt hatte. Am Ende des Vorspanns zeigt die Kamera erst aus großer Entfernung eine sich langsam drehende Erde, nähert sich ihr allmählich, dann sieht man auf einmal ein Land – und in Kas Film, den er seit seiner Kindheit in seiner Phantasie drehte, war dieses Land selbstverständlich die Türkei: das Blau des Marmara-Meeres, das Schwarze Meer und der Bosporus werden sichtbar, und während die Kamera immer näher kommt, sieht man Istanbul, das Viertel Nişantaşı, in dem er seine Kindheit verbracht hat, den Verkehrspolizisten auf der Teşvikiye-Straße, die kleine Dichterin-Nigâr-Straße, Dächer und Bäume (wie hübsch, sie von oben zu sehen!), dann Wäsche auf der Leine, das Werbeplakat von Tamek-Konserven, verrostete Regenrinnen, mit Teer verputzte Seitenmauern und ganz allmählich Kas Fenster. Die Kamera dringt durch das Fenster in das Innere vor, schwenkt kurz über das Zimmer voller Bücher, Dinge, Staub und Teppiche, zeigt dann Ka, der an einem Tisch vor dem anderen Fenster sitzt und schreibt, und kommt dann zur Spitze des Füllfederhalters, wo wir lesen: DIE ADRESSE, AN DER ICH IN DIE WELTGESCHICHTE DER LYRIK EINTRAT: DICHTER KA. DICHTERIN-NİGÂR-STRASSE 16/8, NİŞANTAŞI, ISTANBUL, TÜRKEI. Aufmerksame Leser werden vermuten, daß diese Anschrift, von der ich annehme, daß sie auch in das Gedicht eingegangen ist, auf dem Stern der Schneeflocke auf der Achse der Vernunft oben im Anziehungsbereich der Phantasie ihren Platz hat.

Am Ende seines Berichts redete Fazıl davon, was ihn wirklich bedrückte: Er war ganz aufgewühlt, weil er gesagt hatte, er bringe sich um, wenn Kadife ihr Haupt entblöße. »Mich bedrückt das nicht nur, weil sich umbringen heißt, daß man den Glauben an Gott verloren hat, sondern auch, weil ich gar nicht dahinterstehe. Warum habe ich etwas gesagt, woran ich gar nicht glaube?« Nachdem er Kadife das gesagt hatte, hatte er erklärt: »Ich bereue, Gott erbarme sich meiner!«, aber als er ihr an der Tür in die Augen geschaut hatte, hatte er gezittert wie Espenlaub.

»Hat Kadife geglaubt, ich liebe sie?« fragte er Ka.

»Liebst du Kadife?«

»Du weißt doch, ich habe die selige Teslime geliebt. Und mein seliger Freund Necip liebte Kadife. Ich schäme mich, weil ich mich nicht einmal einen Tag nach dem Tod meines Freundes in sein Mädchen verliebte. Ich weiß auch, daß es dafür nur eine einzige Erklärung gibt, und die erschreckt mich. Erklär mir, wie ich sicher sein kann, daß Necip tot ist!«

»Ich habe seine Leiche an den Schultern gefaßt und ihn auf die Wangen geküßt.«

»Kann sein, daß Necips Seele in mir lebt«, sagte Fazıl. »Hör zu: Gestern abend habe ich mich weder für das Theater interessiert noch ferngesehen. Ich habe mich früh hingelegt und geschlafen. Im Schlaf habe ich begriffen, daß Necip schreckliche Dinge zugestoßen sind. Als die Soldaten unseren Schlafsaal gestürmt haben, hatte ich daran keinen Zweifel mehr. Als ich dich in der Bücherei getroffen habe, wußte ich schon, daß Necip tot ist; denn seine Seele war in meinen Körper eingegangen. Das ist früh am Morgen geschehen. Die Soldaten, die den Schlafsaal geräumt haben, haben mir nichts getan; und ich habe die Nacht bei einem Freund meines Vaters aus der Militärzeit verbracht, der aus Varto stammt und am Marktweg wohnt. Sechs Stunden nach Necips Tod, früh am Morgen, habe ich gemerkt, daß ich ihn in mir trage. In dem Bett, in dem ich da als Gast lag, überfiel mich kurz ein Schwindel, dann spürte ich eine süße Bereicherung, eine Tiefe; mein Freund war bei mir, war in mir. Wie die alten Bücher schreiben, verläßt die Seele eines Menschen sechs Stunden nach seinem Tod seinen Körper. Wie Suyuti schreibt, ist die Seele dann so schlüpfrig wie Quecksilber, und sie muß bis zum Jüngsten Tag im Barzah, an der Grenze zwischen Diesseits und Jenseits, sein. Aber Necips Seele ist in mich eingegangen. Ich bin mir ganz sicher. Und ich fürchte mich auch, denn so etwas kommt im Koran nicht vor. Aber wenn es anders wäre, könnte ich mich in Kadife nicht so schnell verlieben. Und mich ihretwegen umzubringen ist nicht einmal mein eigener Gedanke. Kann es deiner Ansicht nach sein, daß Necips Seele in mir lebt?«

»Wenn du daran glaubst«, meinte Ka vorsichtig.

»Ich sage das nur dir. Necip hat dir seine Geheimnisse eröffnet, die er sonst keinem verraten hat. Ich flehe dich an, sag mir die Wahrheit:

Necip hat mir nie gesagt, daß in ihm ein atheistischer Zweifel aufgekommen ist. Aber dir gegenüber kann er so etwas erwähnt haben. Hat dir Necip irgendwann gesagt, daß er – Gott behüte – an der Existenz Allahs zweifelte?«

»Er hat nicht über so einen Zweifel gesprochen, sondern über etwas anderes. Wie er mir gesagt hat, dachte er ganz unwillkürlich an die Nichtexistenz Gottes, den er von Herzen liebte, so wie einer sich den Tod seiner Mutter oder seines Vaters vorstellt, davon zu Tränen gerührt wird und an diesem Schmerz Vergnügen findet.«

»Jetzt geht es mir auch so«, unterbrach ihn Fazıl. »Und ich bin mir sicher, daß mir Necips Seele diesen Zweifel eingegeben hat.«

»Dieser Zweifel bedeutet doch nicht Atheismus!«

»Aber ich gebe inzwischen auch den Selbstmörderinnen recht«, sagte Fazıl betrübt. »Gerade eben habe ich gesagt, ich sei bereit, mich umzubringen. Ich will den seligen Necip keinen Atheisten nennen. Aber ich höre jetzt die Stimme eines Atheisten in mir und fürchte mich deswegen sehr. Ich weiß nicht, ob Sie einer sind, aber Sie haben in Europa gelebt, haben all diese Intellektuellen, all diese Menschen kennengelernt, die Alkohol trinken und Rauschgift nehmen. Bitte sagen Sie es mir noch einmal: Was fühlt ein Atheist?«

»Kein Mensch will sich dort dauernd umbringen.«

»Nicht dauernd, aber manchmal will ich mich umbringen.«

»Warum?«

»Weil ich ständig an Kadife denke und es nichts anderes mehr gibt. Immer habe ich sie vor Augen! Bei den Hausaufgaben, beim Fernsehen, beim Warten darauf, daß es Abend wird, an Orten, die nicht das geringste mit Kadife zu tun haben, erinnert mich alles an sie, und ich leide tiefe Qualen. Das war schon so, bevor Necip starb. Eigentlich habe ich nie Teslime, sondern immer Kadife geliebt. Aber ich habe alles in mir vergraben, weil sie die Liebe meines Freundes war. Dadurch, daß er dauernd über Kadife geredet hat, hat Necip diese Liebe in mir entfacht. Als die Soldaten den Schlafsaal gestürmt haben, habe ich begriffen, daß sie möglicherweise Necip umgebracht haben, und, ja, ich habe mich gefreut. Nicht weil ich nun meine Liebe zu Kadife zeigen konnte, sondern weil ich Haß auf Necip empfand, der diese Liebe in mir entzündet hatte. Nun ist Necip tot, und ich bin frei, aber das hat nur zur Folge, daß ich noch verliebter in Kadife bin. Ich denke seit dem Morgen an sie und kann immer weniger an irgend etwas anderes denken; was soll ich bloß tun, mein Gott!«

Fazıl schlug beide Hände vors Gesicht und begann zu weinen. Ka zündete sich eine Marlboro an und verspürte ein egoistisches Desinteresse. Lange streichelte er Fazıl den Kopf.

Da näherte sich ihnen, ein Auge auf sie gerichtet, das andere auf den Fernseher, der Spitzel Saffet. »Der Junge soll nicht weinen; ich habe seinen Ausweis nicht aufs Präsidium gebracht, ich habe ihn bei mir«, sagte er. Als Fazıl nicht reagierte, nahm Ka den Ausweis, den Saffet aus seiner Tasche gezogen und hingehalten hatte. »Warum weint er denn?« fragte der Spitzel mit halb professionellem, halb menschlichem Interesse. »Aus Liebe«, sagte Ka. Das beruhigte den Spitzel augenblicklich. Ka blickte ihm nach, bis er das Teehaus verlassen hatte.

Dann fragte Fazıl, wie er Kadifes Interesse auf sich lenken könne. Und er sagte, ganz Kars wisse, daß Ka in Kadifes ältere Schwester İpek verliebt sei. Fazıls Leidenschaft kam Ka derart hoffnungslos und verfahren vor, daß er einen Augenblick lang Angst hatte, seine Liebe zu İpek könnte genauso aussichtslos sein. Uninspiriert wiederholte er Fazıl, dessen Schluchzen verebbte, İpeks Vorschlag: »Sei du selbst!«

»Aber das kann ich nicht, solange zwei Seelen in mir leben«, sagte Fazıl. »Noch dazu gewinnt Necips atheistische Seele in mir allmählich die Oberhand. Nachdem ich jahrelang gedacht habe, meine Freunde machen einen Fehler, wenn sie sich mit Politik abgeben, möchte ich jetzt mit den Islamisten etwas gegen den Putsch tun. Aber ich habe das Gefühl, ich werde das nur machen, um Kadife zu gefallen. Es macht mir angst, daß ich an nichts anderes denken kann als an Kadife. Nicht, weil ich sie überhaupt nicht kenne, sondern weil ich merke, daß ich wie ein Atheist an nichts anderes mehr glaube als an die Liebe und das Glück.«

Während Fazıl wieder anfing zu weinen, fragte sich Ka, ob er ihm sagen solle, er dürfe nicht vor allen Leuten seine Liebe zu Kadife offenbaren und solle sich vor Lapislazuli hüten. Er nahm auch an, daß

Fazıl von dem Verhältnis zwischen Lapislazuli und Kadife wußte, wenn er seine Beziehung zu İpek kannte. Und wenn er Bescheid wußte, durfte er sich aus Gründen der politischen Hierarchie keinesfalls in Kadife verlieben. »Wir sind arm und unwichtig, das ist das ganze Problem«, sagte Fazıl mit eigenartigem Zorn. »Unser kümmerliches Leben hat keinen Platz in der Geschichte der Menschheit. Am Ende werden eines Tages wir alle, die wir in dieser armseligen Stadt Kars wohnen, verrecken. Keiner wird sich an uns erinnern, keiner wird sich für uns interessieren. Wir werden unerhebliche Figuren sein, die sich gegenseitig wegen des Problems, was ihre Frauen auf dem Kopf tragen sollen, an die Kehle gehen und sich mit ihren bedeutungslosen, unsinnigen Streitigkeiten zugrunde richten. Alle werden uns vergessen. Ich verstehe aus tiefstem Herzen, daß es im Leben nur die Liebe gibt, wenn ich sehe, daß wir völlig spurlos von dieser Welt verschwinden werden, nachdem wir ein so abgrundtief törichtes Leben geführt haben. Dann quält mich noch mehr, was ich Kadife gegenüber empfinde und daß ich auf dieser Welt nur in ihren Armen werde Trost finden können. Und sie geht mir nicht aus dem Kopf.«

»Ja, das sind Gedanken wie sie zu einem Atheisten passen«, sagte Ka mitleidlos.

Entweder erinnerte sich Ka an nichts von dem, worüber sie danach noch sprachen, oder er schrieb es nicht auf. Im Fernsehen lief ein Film, aufgenommen mit versteckter Kamera, in dem kleine amerikanische Kinder von Stühlen rutschten, Aquarien zerschlugen, ins Wasser plumpsten, auf ihre Rocksäume traten und hinfielen; als Hintergrundgeräusch hörte man Lachen aus der Konserve. Wie die anderen Leute im Teehaus vergaßen Fazıl und Ka alles andere und schauten lächelnd den amerikanischen Kindern zu.

Ka und Fazıl sahen im Fernsehen gerade einen Lastwagen, der sich auf geheimnisvolle Weise durch einen Wald fortbewegte, als Zahide das Teehaus betrat. Sie zog einen gelben Umschlag heraus, für den sich Fazıl nicht interessierte, und gab ihn Ka. Der öffnete ihn, entnahm ihm eine Notiz und las: Sie war von İpek. Kadife und İpek wollten ihn in zwanzig Minuten, um sechs Uhr, in der Konditorei Neues

Leben treffen. Zahide hatte von Saffet erfahren, daß Ka im Teehaus Brüder im Glück war.

Fazıl sagte, als Zahide gegangen war: »Ihr Neffe ist in unserer Klasse. Er interessiert sich wahnsinnig für Glücksspiele, läßt keinen Hahnenkampf, keinen Hundekampf, wo gewettet wird, aus.«

Ka gab ihm seinen Ausweis, den er von Saffet bekommen hatte. »Man erwartet mich zum Essen im Hotel«, sagte er und stand auf.

Fazıl fragte hoffnungslos: »Wirst du Kadife treffen?« Er schämte sich wegen des Überdrusses und des Mitleids, die sich in Kas Gesicht abzeichneten. »Ich möchte mich umbringen.« Als Ka das Teehaus verließ, brüllte er hinter ihm her: »Wenn du sie siehst, sag ihr, ich werde mich umbringen, wenn sie ihr Haupt enthüllt. Aber nicht, weil sie ihr Haupt enthüllt, sondern um der Lust willen, die es mir bereiten wird, mich ihretwegen zu töten!«

Weil noch Zeit bis zu der Verabredung war, bog Ka in Seitenstraßen ab. Als er beim Gehen durch die Kanalstraße das Teehaus sah, in dem er am Morgen sein Gedicht »Traumgassen« geschrieben hatte, trat er ein, aber ihm fiel kein neues Gedicht ein, wie er sich das gewünscht hätte, sondern er verließ in einer plötzlichen Eingebung das zigarettenrauchgeschwängerte, halbleere Teehaus durch die Hintertür. Er durchquerte den schneebedeckten Hof, stieg in der Dunkelheit über das niedrige Mäuerchen, stieg drei Stufen hinauf und in den Keller hinab, während der angekettete Hund wie zuvor bellte.

Es brannte eine trübe Lampe. Außer dem Geruch nach Kohlen und Schlaf nahm Ka auch den von Rakı wahr. Neben dem dröhnenden Heizungskessel sah er die Schatten mehrerer Personen. Er war nicht im geringsten überrascht, als er sah, daß zwischen den Pappkartons der hakennasige Agent des Nationalen Nachrichtendienstes mit der tuberkulösen Georgierin und ihrem Mann zusammensaß und Rakı trank. Auch sie sahen nicht so aus, als wunderten sie sich über Kas Auftauchen. Auf dem Kopf der kranken Frau sah Ka einen eleganten roten Hut. Die Frau bot Ka ein gekochtes Ei und dünne Brotfladen an, und der Mann machte sich daran, ihm ein Glas Rakı einzuschenken. Während Ka sein hartgekochtes Ei pellte, sagte der hakennasige

Agent, daß dieser Heizungskeller die wärmste Ecke in ganz Kars sei, ein wahres Paradies.

»Paradies« war der Titel des Gedichtes, das Ka in der darauf einsetzenden Stille ohne jede Pause, und ohne ein Wort auszulassen, aufschrieb. Daß es seinen Platz weit entfernt von der Mitte der Schneeflocke genau auf der Achse der Phantasie hatte, bedeutete für Ka nicht, daß das Paradies eine vorgestellte Zukunft war, sondern daß paradiesische Erinnerungen nur lebendig bleiben können, wenn man sie sich in der Phantasie vorstellt. Ka hat in späteren Jahren, wenn ihm dieses Gedicht wieder einfiel, einige Erinnerungen einzeln aufgezählt: die Sommerferien seiner Kindheit zum Beispiel, die Tage, an denen er die Schule schwänzte, oder wie er mit seiner Schwester in das Bett stieg, in dem seine Eltern lagen, oder einige Bilder, die er als Kind malte, und wie er sich mit dem Mädchen, das er auf einem Schulfest kennengelernt hatte, später traf und es küßte.

Als er zur Konditorei Neues Leben ging, dachte er an all das ebenso wie an İpek. In der Konditorei warteten İpek und Kadife bereits auf ihn. İpek war so schön, daß Ka – auch unter der Wirkung des Rakı auf nüchternen Magen – sich einen Augenblick einbildete, ihm stiegen vor Glück Tränen in die Augen. Mit den beiden attraktiven Schwestern an einem Tisch zu sitzen und sich mit ihnen zu unterhalten machte Ka aber nicht nur glücklich, sondern auch stolz. Er hätte sich gewünscht, daß ihn die erschöpften türkischen Verkäufer, die ihn in Frankfurt jeden Tag mit einem Lächeln grüßten, mit diesen beiden Frauen zusammen sähen, aber in der Konditorei, in der ja tags zuvor der Direktor der Pädagogischen Hochschule erschossen worden war, war niemand außer dem alten Kellner. Die ganze Zeit über, die er in der Konditorei Neues Leben mit Kadife und İpek zusammensaß, stand ihm wie eine von draußen aufgenommene Fotografie sein Bild mit den zwei schönen Frauen – wenn eine auch ein Kopftuch trug – vor seinem inneren Auge, so wie in einem Rückspiegel, der dauernd das Auto hinter einem zeigt.

Im Gegensatz zu Ka waren die beiden Frauen überhaupt nicht entspannt. Weil Ka sagte, er habe von Fazıl erfahren, was im Hotel Asien vorgefallen sei, faßte sich İpek kurz.

»Lapislazuli hat das Treffen im Zorn verlassen. Und Kadife tut jetzt sehr leid, was sie dort gesagt hat. Wir haben Zahide zu seinem Versteck geschickt, aber er war nicht da. Wir können Lapislazuli nicht finden.« İpek hatte zu reden begonnen wie eine ältere Schwester, die der jüngeren helfen will, wirkte aber jetzt selbst ausgesprochen besorgt.

»Was wollt ihr von ihm, wenn ihr ihn findet?«

»Erst einmal wollen wir sicher sein, daß er lebt und nicht gefangen worden ist«, sagte İpek. Sie warf einen Blick auf Kadife, die aussah, als würde sie gleich in Tränen ausbrechen. »Bring uns Nachricht von ihm! Sag ihm, daß Kadife tun wird, was immer er will!«

»Ihr kennt Kars viel besser als ich.«

»Wir sind zwei Frauen, und es ist schon dunkel«, sagte İpek. »Du hast die Stadt kennengelernt. Geh in die Teehäuser Mann im Mond und Willkommen in der Halit-Paşa-Straße, in die die Vorbeter- und Predigerschüler und die Islamisten gehen. Dort wimmelt es jetzt nur so von Zivilpolizisten, aber Zivilpolizisten klatschen auch. Du wirst erfahren, wenn Lapislazuli etwas zugestoßen ist.«

Kadife zog ihr Taschentuch hervor, um sich die Nase zu putzen. Ka dachte einen Moment, sie finge gleich an zu weinen.

»Bring uns Nachricht von Lapislazuli!« sagte İpek. »Wenn wir zu spät kommen, macht sich mein Vater Sorgen. Er erwartet auch dich zum Abendessen.«

»Schauen Sie auch in die Teehäuser im Viertel Bayrampaşa!« sagte Kadife beim Aufstehen.

Die Mädchen hatte in ihrer Sorge und Bedrücktheit etwas so Verletzliches, so Anziehendes, daß Ka die Hälfte des Weges von der Konditorei zum Hotel Schneepalast mit ihnen ging, weil er sich von ihnen nicht trennen konnte. Was ihn an sie band, war nicht nur die Angst, İpek zu verlieren, sondern auch eine geheimnisvolle Komplizenschaft: Sie taten gemeinsam etwas, von dem ihr Vater nichts wußte. Er stellte sich vor, daß İpek und er eines Tages nach Frankfurt gehen, daß Kadife sie besuchen und sie zusammen auf der Berliner Straße bummeln und von einem Café zum anderen flanieren würden.

Er glaubte nicht im geringsten, daß er die ihm gestellte Aufgabe würde lösen können. Das Teehaus Mann im Mond, das er ohne Mühe gefunden hatte, war so gewöhnlich und langweilig, daß Ka fast vergaß, warum er hierhergekommen war, und längere Zeit allein fernsah. Es waren einige junge Leute im Studentenalter da, aber trotz eines Versuches, ein Gespräch anzuknüpfen – er hatte etwas zu dem Fußballspiel im Fernsehen gesagt –, setzte sich niemand zu ihm. Dabei hatte Ka sofort seine Zigarettenschachtel bereitgehalten und sein Feuerzeug auf den Tisch gelegt, damit jemand ihn um die Erlaubnis bitten konnte, es zu benutzen. Als klar wurde, daß er auch von dem schielenden Kellner am Tresen nichts erfahren würde, brach er auf und ging in das Teehaus Willkommen ganz in der Nähe. Auch hier sahen sich einige Jugendliche das gleiche Fußballspiel im Schwarzweißfernseher an. Hätte Ka nicht die Zeitungsausschnitte und den diesjährigen Spielplan von Karsspor an den Wänden bemerkt, wäre ihm nicht aufgefallen, daß er hier am Vortag mit Necip über Gottes Existenz und den Sinn der Welt geredet hatte. Er sah, daß ein anderer Dichter eine Variation auf das Gedicht, das er gestern abend gelesen hatte, geschrieben und danebengehängt hatte; auch dieses schrieb er in sein Heft ab.

Klar, unsere Mutter kommt nie mehr, uns zu umarmen aus dem Paradies,
Ungeprügelt lassen wird Vater sie niemals – gottlos, wie er ist –
Macht aber auch nichts: Denn unser Schicksal ist Scheiße
Unsere Seele blüht auf, denn sitzt du in der Scheiße, ist Kars das Paradies.

»Schreibst du ein Gedicht?« fragte der Teeverkäufer vom Tresen gegenüber.

»Hast du gut erraten«, sagte Ka. »Kannst du das auf dem Kopf lesen?«

»Ich kann es noch nicht einmal richtig herum lesen. Ich bin aus der Schule abgehauen. Ich bin älter geworden, ohne das mit dem Lesen herauszukriegen; das ist nun alles vorbei.«

»Wer hat das neue Gedicht an der Wand geschrieben?«

»Die Hälfte der Jungen, die hierherkommen, sind Dichter.«

»Warum sind sie heute nicht da?«

»Gestern haben die Soldaten alle verhaftet. Manche sind im Gefängnis, manche verstecken sich. Du kannst die da drüben fragen, das sind Zivilpolizisten; die wissen Bescheid.«

Er zeigte auf zwei Jugendliche, die voller Eifer über Fußball redeten, aber Ka verließ das Teehaus, ohne sich ihnen zu nähern und sie etwas zu fragen.

Es gefiel ihm, daß es wieder angefangen hatte zu schneien. Er glaubte nicht, daß er in den Teehäusern in Bayrampaşa Lapislazulis Spur finden würde. Ihn erfüllte Wehmut wie beim Abend seiner Ankunft in Kars, aber auch Glück. In Erwartung eines neuen Gedichtes passierte er langsam wie im Traum häßliche, armselige Betongebäude, schneebedeckte Parkplätze, vereiste Schaufenster von Teehäusern, Friseuren und Gemischtwarenläden, Höfe, in denen seit der russischen Zeit diverse Hunde heulten, und Läden, die Ersatzteile für Traktoren, Zubehör für Pferdewagen und Käse verkauften. Er hatte das Gefühl, daß ihm bis an sein Lebensende alles, was er sah, vor Augen stehen werde: das Wahlplakat der Vaterlandspartei, ein kleines Fenster mit fest vorgezogenen Vorhängen, die vor Monaten an das vereiste Schaufenster der Apotheke Wissenschaft geklebte Anzeige »Japanischer Grippeimpfstoff frisch eingetroffen« und der auf gelbes Papier gedruckte Aushang gegen den Selbstmord. Die intensive Empfänglichkeit für den Augenblick, das Gefühl, daß gerade jetzt alles mit allem verbunden, er aber ein untrennbarer Bestandteil dieser schönen und tiefen Welt sei, war so stark, daß er glaubte, ein neues Gedicht überkomme ihn. Er betrat ein Teehaus an der Atatürk-Straße. Aber ihm fiel kein Gedicht ein.

33

Ein Gottloser in Kars

DIE ANGST, ERSCHOSSEN ZU WERDEN

Kaum hatte er das Teehaus verlassen, stand er plötzlich direkt vor Muhtar. Muhtar, der gedankenverloren seines Weges ging, hatte ihn gesehen, aber unter dem dichten, großflockigen Schnee Ka nicht sofort erkannt, und auch Ka hatte ihm zuerst ausweichen wollen. Dann machten sie beide gleichzeitig einen Schritt aufeinander zu und umarmten einander wie alte Freunde.

»Hast du İpek übermittelt, was ich dir gesagt habe?« fragte Muhtar.

»Ja.«

»Was hat sie gesagt? Komm, setzen wir uns in das Teehaus, und du erzählst.«

Trotz des Putsches, der Schläge von der Polizei, des Scheiterns seiner Bürgermeisterkandidatur sah Muhtar überhaupt nicht pessimistisch aus. »Warum man mich nicht verhaftet hat? Wenn der Schnee aufgehört hat, die Wege frei sind, die Soldaten sich zurückgezogen haben, dann werden die Lokalwahlen abgehalten: deswegen! Das sag auch İpek!« sagte er, als sie sich im Teehaus setzten. Ka sagte ihm, er werde es weitergeben, und fragte ihn, ob er etwas von Lapislazuli wisse.

»Den habe ich als erster nach Kars eingeladen. Früher ist er immer bei mir untergekommen, wenn er kam«, sagte Muhtar stolz. »Aber seitdem ihn die Istanbuler Presse zum Terroristen erklärt hat, sucht er bei seinen Besuchen nicht mehr den Kontakt zu uns, um unserer Partei keinen Schaden zuzufügen. Ich erfahre immer als letzter, was er macht. Was hat İpek zu dem gesagt, was ich ihr habe ausrichten lassen?«

Ka sagte, daß İpek keine besondere Antwort auf Muhtars erneuten Heiratsantrag gegeben habe.

Muhtar nahm einen Gesichtsausdruck an, als ob das eine ganz spezielle Antwort darstellte, und sagte, er wolle, daß Ka wisse, was für ein sensibler, feiner und verständnisvoller Mensch seine ehemalige Frau sei. Es tue ihm jetzt zutiefst leid, in einer Krisenzeit seines Lebens ihr gegenüber falsch gehandelt zu haben. Dann sagte er: »Bei deiner Rückkehr nach Istanbul wirst du die Gedichte, die ich dir gegeben habe, mit eigener Hand Fahir übergeben, nicht wahr?« Als ihm Ka das bestätigte, schaute Muhtar wie ein freundlicher, trauriger Onkel drein. Anstelle der Verlegenheit, die Ka Muhtar gegenüber empfunden hatte, spürte er nun eine Mischung aus Mitleid und Ekel, als er sah, daß der Mann eine Zeitung aus der Tasche zog. Schadenfroh sagte Muhtar: »Wenn ich du wäre, würde ich nicht so seelenruhig in der Stadt herumlaufen.«

Ka riß ihm das Exemplar der morgigen *Grenzstadtzeitung*, dessen Druckerschwärze noch nicht getrocknet war, aus der Hand und las es begierig: »Der Erfolg der Revolutionäre vom Theater... Tage des Friedens in Kars: Die Wahlen verschoben... Die Bürger zufrieden mit der Revolution...« Dann las er auf der ersten Seite die Nachricht, auf die Muhtar mit dem Finger zeigte:

EIN GOTTLOSER IN KARS

WAS SUCHT DER ANGEBLICHE DICHTER KA WÄHREND DIESER
UNRUHIGEN TAGE IN UNSERER STADT?
BEVÖLKERUNG VON KARS VERÄRGERT ÜBER UNSERE GESTRIGE
MELDUNG ÜBER DIESEN ANGEBLICHEN DICHTER

Zahlreiche Gerüchte über den angeblichen Dichter Ka sind uns zu Ohren gekommen, der der Bevölkerung durch das unverständliche und geschmacklose Gedicht den Abend verdorben hat, das er mitten in dem kemalistischen Stück vortrug, welches gestern abend der große Künstler Sunay Zaim und seine Truppe unter der begeisterten Beteiligung des Volkes so erfolgreich aufführten und das ganz Kars Ruhe und Frieden gebracht hat. In der Bevölkerung fragt man sich, warum diese zwielichtige Person, die aus der Türkei geflohen ist und seit Jahren in Deutschland lebt, plötzlich wie ein Spion unter uns auftaucht – in diesen Tagen, in denen wir Leute aus Kars, die wir seit Jahren in einem gemeinsamen Geiste miteinander leben, durch Kräfte von außerhalb in einen Bruderkampf verwickelt werden, so daß unsere Gesellschaft künstlich in säkular und fundamentalistisch, kurdisch, türkisch und aserbaidschanisch geteilt wird und Behauptungen über Massaker an den Armeniern wiederbelebt werden, die wir endlich vergessen sollten. Ist es richtig, daß er sich vor zwei Tagen mit Jugendlichen von unserer Vorbeter- und Predigerschule, die ja leider allzuleicht zu provozieren sind, am Bahnhof getroffen und zu ihnen – Gott bewahre! – gesagt hat: »Ich bin ein Atheist, ich glaube nicht an Gott, aber Selbstmord begehe ich auch nicht, Allah existiert sowieso nicht«? Besteht die Gedankenfreiheit in Europa darin, Gott zu leugnen, weil es angeblich Aufgabe eines Intellektuellen ist, die heiligen Werte des Volkes in den Dreck zu ziehen? Aus deutschen Quellen Geld zu beziehen gibt dir nicht das Recht, den Glauben dieses Volkes mit Füßen zu treten! Oder verbirgst du deinen eigentlichen Namen aus Scham, ein Türke zu sein, und verwendest deswegen statt dessen »Ka«, dieses aus der Luft gegriffene Imitat fremder Namen? Wie unsere Leser in Telefonaten unserer Zeitung mit Bedauern mitgeteilt haben, ist dieser gottlose Nachahmer des Westens mit dem Ziel in unsere Stadt gekommen, in dieser schweren Zeit Zwietracht unter uns zu säen, hat in den *gecekondu*-Vierteln an die Türen der Ärmsten geklopft und das Volk zum Aufstand ermuntert und ist sogar so weit gegangen, Atatürk schlechtzumachen, der uns dieses Vaterland, diese Republik geschenkt hat. Ganz Kars möchte dringlich wissen, warum dieser angebliche Dichter, der im Hotel Schneepalast logiert, in unsere Stadt gekommen ist. Die Jugend von Kars weist Lästerer in ihre Schranken, die Gott und unseren Propheten (Friede sei mit ihm!) leugnen.

»Als ich vor zwanzig Minuten vorbeikam, druckten die beiden Söhne Serdar Beys gerade die Zeitung«, sagte Muhtar, nicht so sehr wie einer, der Kas Ängste und Sorgen teilte, sondern wie jemand, der sich freute, daß ein interessantes Thema angesprochen wurde.

Ka fühlte sich sehr einsam; aufmerksam las er die Meldung noch einmal.

Als er noch von einer glänzenden literarischen Karriere träumte, hatte Ka sich vorgestellt, daß er wegen der modernistischen Neuerungen, die er in der türkischen Lyrik (jetzt kam dieser nationalistische Begriff Ka sehr lächerlich und armselig vor) einführen würde, zahlreichen Anwürfen ausgesetzt sein würde und daß solche Feindseligkeit und Verständnislosigkeit eine Aura um ihn schaffen würden. Weil solche aggressiven Kritiken nie geschrieben worden waren, obwohl er in späteren Jahren zu einem gewissen Ruhm gekommen war, beschäftigte ihn nun die Bezeichnung »der angebliche Dichter«.

Nachdem Muhtar ihm geraten hatte, er solle nicht wie eine Zielscheibe überall herumlaufen, ihn dann aber im Teehaus allein gelassen hatte, erfaßte Ka die Angst, umgebracht zu werden. Er verließ das Teehaus und ging in Gedanken versunken unter den riesigen Schneeflocken einher, die wie in Zeitlupe zu Boden fielen.

In seiner Jugend war der Tod um eines intellektuellen oder politischen Anliegens willen oder um dessentwillen, was man selbst geschrieben hatte, in Kas Augen eine der höchsten spirituellen Stufen gewesen, die man erreichen konnte. Als er um die Dreißig war, hatten zahlreiche Freunde und Bekannte Kas um unsinniger oder sogar schädlicher Prinzipien willen unter der Folter ihr Leben gelassen, waren von politischen Banden auf der Straße erschossen worden oder bei Banküberfällen im Feuergefecht umgekommen, oder, noch schlimmer, es war ihnen eine selbstgebastelte Bombe in der Hand explodiert, und Ka hatte sich von diesen Gedanken distanziert. Daß er wegen politischer Gründe, an die er längst nicht mehr glaubte, seit Jahren im Exil lebte, hatte in Kas Vorstellung die Verbindung zwischen Politik und menschlicher Selbstaufopferung völlig gelöst. Wenn er in Deutschland in einer türkischen Zeitung las, daß dieser oder jener Kolumnist aus politischen Gründen von – aller Wahrscheinlichkeit nach – Islamisten umgebracht worden war, war er entrüstet darüber und achtete den Toten, fühlte aber keine Spur von Bewunderung für den umgekommenen Autor.

Trotzdem stellte er sich vor, wie an der Ecke Halit-Paşa-Straße und Kâzım-Karabekir-Straße ein aus einem vereisten Loch in einer Brandmauer gestreckter imaginärer Lauf auf ihn zielte und er plötzlich angeschossen auf dem verschneiten Bürgersteig im Sterben lag; und er versuchte sich vorzustellen, was die Zeitungen in Istanbul darüber schreiben würden. Wahrscheinlich würden das Gouverneursamt und die örtliche Vertretung des Nationalen Nachrichtendienstes den politischen Aspekt verschleiern, damit kein Skandal entstand und ihre Verantwortlichkeit nicht deutlich wurde, und die Istanbuler Zeitungen, die nicht bemerkten, daß der Tote ein Dichter war, würden die

Nachricht vielleicht bringen, vielleicht auch nicht. Selbst wenn seine Dichterfreunde und die Journalisten von der *Republik* sich später bemühen sollten, die politische Dimension aufzudecken, würde das entweder die Bedeutung eines allgemeinen Beitrags zur Würdigung seiner Lyrik (wer würde diesen Artikel schreiben? Fahir? Orhan?) schmälern oder seinen Tod auf die Kulturseite verbannen, die keiner las. Gäbe es tatsächlich einen deutschen Journalisten namens Hans Hansen und wäre Ka wirklich mit ihm bekannt, würde die *Frankfurter Rundschau* die Meldung bringen, aber sonst keine westliche Zeitung. Obwohl er sich zum Trost vorstellte, daß seine Gedichte vielleicht ins Deutsche übersetzt und in den *Akzenten* veröffentlicht würden, sah Ka ganz klar, daß es ein beschissener Tod wäre, wenn er jetzt hier wegen dieses Artikels in der *Grenzstadtzeitung* umgebracht würde, und fürchtete sich mehr als vor dem Tod davor, gerade zu dem Zeitpunkt zu sterben, als die Hoffnung aufgetaucht war, mit İpek in Frankfurt glücklich zu werden.

Eine Reihe von Schriftstellern traten ihm vor Augen, die in den letzten Jahren den Kugeln der Islamisten zum Opfer gefallen waren. Auch wenn ihm das Mitgefühl Tränen in die Augen trieb, fand er all das ziemlich naiv: die positivistische Begeisterung des ehemaligen Predigers, der später zum Atheisten geworden war und sich bemühte, »Widersprüche« im Koran aufzudecken (man hatte ihn durch einen Schuß in den Hinterkopf exekutiert), die Wut des Chefredakteurs, der in seinen Kolumnen die Mädchen mit dem Kopftuch und die verschleierten Frauen polemisch als »Kakerlaken« titulierte (ihn hatten sie eines Morgens samt Chauffeur mit einer Salve umgebracht), und den Ehrgeiz des Kolumnisten, der die Verbindungen der islamistischen Bewegung in der Türkei mit dem Iran nachweisen wollte (er war mitsamt seinem Auto in die Luft geflogen, als er den Anlasser betätigte). Ka ärgerte sich nicht so sehr über die Istanbuler und die westliche Presse, die sich für das Leben dieser und anderer Journalisten, die aus ähnlichen Gründen in der Nebenstraße einer Provinzstadt eine Kugel in den Kopf bekamen, überhaupt nicht interessierte, sondern darüber, daß er aus einer Kultur stammte, die alle Schriftsteller, die Opfer blutiger Anschläge wurden, nach kurzer Zeit auf immer vergaß. Staunend erkannte er, was für eine gute Idee es war, sich in einen Winkel zurückzuziehen und glücklich zu sein.

Als er am Sitz der *Grenzstadtzeitung* an der Faikbey-Straße ankam, sah er, daß die morgige Zeitung von innen an einer vom Eis befreiten Ecke des Schaufensters aufgehängt war. Er las die ihn betreffende Meldung noch einmal und ging hinein. Der ältere der beiden fleißigen Söhne Serdar Beys verschnürte gerade einen Teil der frisch gedruckten Zeitungen. Ka nahm den Hut ab, damit der Mann ihn erkannte, und klopfte sich den Schnee von den vollgeschneiten Schultern seines Mantels.

»Mein Vater ist nicht da«, sagte der jüngere Sohn, der mit einem Lappen in der Hand, den er zum Reinigen der Maschine benutzt hatte, aus dem hinteren Raum kam. »Kann ich Ihnen einen Tee anbieten?«

»Wer hat die Meldung über mich in der morgigen Zeitung geschrieben?«

»Es gibt einen Artikel über Sie?« fragte der jüngere Sohn und zog die Augenbrauen hoch.

»Ja, doch«, sagte der ältere Bruder und lächelte zufrieden und freundlich. Er hatte die gleichen fleischigen Lippen wie der Jüngere. »Heute hat alle Artikel mein Vater geschrieben.«

»Wenn Sie morgen diese Zeitung verteilen…« sagte Ka. Er dachte einen Moment lang nach: »… dann kann das für mich schlimme Folgen haben.«

»Warum?« fragte der ältere Sohn. Er hatte ganz weiche Haut und unglaublich unschuldige Augen, die einen naiv und aufrichtig anschauten. Ka begriff, daß er von den beiden Brüdern nur etwas erfahren würde, wenn er in freundschaftlichster Atmosphäre Fragen stellte, die einfach wie die eines Kindes waren. So bekam er heraus, daß bis jetzt nur Muhtar Bey, ein Junge, der aus dem Zentrum der Vaterlandspartei herübergeschickt worden war, und die pensionierte Literaturlehrerin Nuriye Hanım, die jeden Abend vorbeikam, eine Zeitung gekauft und mitgenommen hatten, daß die Zeitungen, die, wenn die Straßen offen wären, zur Auslieferung nach Ankara und Istanbul Reisebussen übergeben würden, jetzt mit den Paketen von gestern zusammen warten müßten, daß der Rest von den beiden Söhnen morgen früh in Kars verteilt würde, daß sie sicher bis zum Morgen eine neue Ausgabe herstellen könnten, wenn ihr Vater das wolle, und daß ihr Vater vor kurzem das Büro verlassen habe und zum Abendessen nicht nach Hause komme. Ka sagte, er könne nicht bleiben, um einen Tee zu trinken, kaufte eine Zeitung und trat in die kalte, tödliche Nacht von Kars hinaus.

Die sorglose und unschuldige Haltung der Jungen beruhigte Ka ein wenig. Während die Schneeflocken bedächtig zu Boden fielen, fragte er sich schuldbewußt, ob er nicht übertrieben feige sei. Aber in einem Winkel seines Geistes wußte er auch, daß eine ganze Menge von Schriftstellern sich von dieser Welt hatten verabschieden müssen, weil sie in die gleiche Sackgasse von Stolz und Mut geraten waren; die hatten dann das Pech, Kopf und Brust mit Blei vollgepumpt zu bekommen, oder das Paket mit der Bombe für eine Schachtel Turkish Delight von einem Bewunderer zu halten. Zum Beispiel hatte sich vor Jahren der Dichter Nurettin, ein Bewunderer Europas ohne großes Interesse an politischen Dingen, als ein halb »wissenschaftlicher«, aber eigentlich eher unsinniger Artikel von ihm durch eine Zeitung des politischen Islams als »Beleidigung unserer Religion« verzerrt wiedergegeben worden war, nur um nicht als Feigling zu erscheinen, diese alten Ideen voller Feuer zu eigen gemacht. Dann wurde sein feuriger Kemalismus durch die den Militärs nahestehende säkularistische Presse auf übertriebene Weise, was auch ihm gefiel, in eine Heldenlaufbahn uminterpretiert; und schließlich ging ein langer und beeindruckender Trauerzug hinter seinem leeren Sarg her, nachdem er durch die Explosion einer in einer Plastiktüte steckenden, an einem Vorderrad seines Autos angebrachten Bombe in zahllose kleine Teile zerfetzt worden war. Aus den kurzen, unaufgeregten Meldungen von den letzten Seiten der türkischen Zeitungen, die er in der Bibliothek in Frankfurt durchgeblättert hatte, wußte Ka, wie das in kleinen Provinzstädten ausging: Für einheimische Journalisten mit linker Vergangenheit, materialistische Ärzte und hochtrabende Kritiker der Religion, die derlei Mutproben und der Sorge erlegen waren, bloß nicht für einen Feigling gehalten zu werden, oder sich der Hoffnung hingegeben hatten, vielleicht »wie Salman Rushdie das Interesse der Weltöffentlichkeit auf sich zu ziehen«, wurde nicht einmal eine gewöhnliche Pistole, geschweige denn eine raffiniert angefertigte Bombe wie in den Metropolen benutzt, sondern wütende junge Fanatiker erdrosselten ihre Opfer in einer dunklen Gasse mit bloßer Hand oder erstachen sie mit dem Messer. Deswegen versuchte Ka zu überlegen, was er sagen sollte, wenn er in der *Grenzstadtzeitung* Gelegenheit zur Antwort erhielte, um einerseits zu verhindern, ein Loch ins Fell gebrannt zu bekommen, andererseits aber seine Ehre zu retten (»Ich bin Atheist, habe aber sicher nicht den Propheten beleidigt«? »Ich bin nicht gläubig, aber ich respektiere die Religion«?), als er sich schaudernd umwandte, weil er die Schritte von jemandem hörte, der sich ihm durch den Schnee stapfend näherte. Es war der Geschäftsführer der Autobusgesellschaft, den er gestern zu dieser Zeit beim Besuch des Konvents von Scheich Saadettin kennengelernt hatte. Ka dachte, daß dieser Mann bezeugen könnte, daß er kein Atheist sei, und schämte sich dann für diesen Gedanken.

Voller Bewunderung für die Schönheit des großflockigen Schnees, die endlose Wiederholung eines gewöhnlichen Wunders, ging er langsam die Atatürk-Straße hinab. Später fragte er sich, warum er die Schönheit des Schnees von Kars, die Szenen, die er beim Bummeln auf den verschneiten Bürgersteigen der Stadt wie melancholische, unvergeßliche Postkarten vor sich gesehen hatte, stets in sich trug (während weiter unten drei Kinder einen Schlitten den Abhang hochzogen, spiegelte sich das grüne Licht der einzigen Ampel von Kars im Foto-Palast Aydın).

Vor der Tür der alten Schneiderei, die Sunay als Hauptquartier benutzte, sah er einen Militärlastwagen und zwei Wachen. Obwohl er den Soldaten, die sich zum Schutz vor dem Schnee auf der Schwelle aufgepflanzt hatten, immer wieder sagte, er wünsche Sunay zu sehen, wiesen sie Ka unter Püffen ab, als sei er ein unbeholfener, armer Dörfler, der einen Antrag an den Chef des Generalstabs stellen wollte. Er hatte mit Sunay reden wollen, um die Verteilung der Zeitung zu verhindern.

Die Panik und den Ärger, die ihn dann ergriffen, muß man im Hinblick auf diese Enttäuschung verstehen. Eigentlich wollte er in höchster Eile ins Hotel zurückkehren, aber bevor er an die erste Ecke kam, trat er links in das Teehaus Einheit ein. Er setzte sich an einen Tisch zwischen dem Ofen und dem Spiegel an der Wand und schrieb sein Gedicht »Tod durch Erschießen«.

Dieses Gedicht, über das er notierte, daß sein Hauptmotiv die Furcht sei, plazierte Ka auf dem sechsarmigen Schneekristall zwischen den Achsen der Phantasie und der Erinnerung, überging aber bescheiden die Prophezeiung, die es beinhaltete.

Es war zwanzig nach sieben, als Ka das Gedicht geschrieben hatte, das Teehaus Einheit verließ und ins Hotel Schneepalast zurückkehrte. Er legte sich auf sein Bett, betrachtete im Licht der Straßenlaterne und des rosa Buchstaben P die langsam fallenden Schneeflocken, stellte sich vor, wie glücklich er in Deutschland mit İpek sein würde, und versuchte, sich zu beruhigen. Zehn Minuten später ging er nach unten, weil der Wunsch, İpek jetzt sofort zu sehen, unglaublich stark war, und sah dort, wie Zahide den Suppentopf in die Mitte des Tisches stellte, um den sich die Familie mit einem Besucher versammelt hatte, und wie İpeks rotbraunes Haar leuchtete. Als er sich auf den ihm angebotenen Platz neben İpek setzte, hatte Ka einen Moment lang stolz das Gefühl, daß der ganze Tisch um die Liebe zwischen ihnen wußte. Dann bemerkte er, daß der ihm genau gegenübersitzende Besucher Serdar Bey war, der Inhaber der *Grenzstadtzeitung*.

Serdar Bey schüttelte ihm mit einem so freundschaftlichen Lächeln die Hand, daß Ka einen Moment an dem zweifelte, was er in der Zeitung gelesen hatte. Er hielt seinen Teller hin und bekam seine Suppe, legte unter dem Tisch seine Hand in İpeks Schoß, näherte seinen Kopf dem ihren, nahm ihren Geruch, ihre Gegenwart wahr und flüsterte ihr zu, daß er über Lapislazuli leider überhaupt nichts erfahren habe. Gleich darauf begegneten seine Augen denen Kadifes, die gleich neben Serdar Bey saß, und er begriff, daß İpek ihr in dieser winzigen Zeitspanne die Nachricht bereits übermittelt hatte. Er war verärgert und empört, hörte sich aber trotzdem Turgut Beys Klagen über das Treffen im Hotel Asien an: Turgut Bey meinte, die ganze

Versammlung sei eine Provokation gewesen, und fügte hinzu, natürlich wisse die Polizei über alles Bescheid. »Aber mir tut es nicht im mindesten leid, bei dieser historischen Versammlung dabeigewesen zu sein«, sagte er. »Ich bin froh, mit eigenen Augen gesehen zu haben, wie gering das menschliche Potential an politisch Interessierten hier ist, egal, ob bei den Jungen oder den Alten. Ich habe auf dieser Versammlung, bei der ich gegen den Putsch protestieren wollte, den Eindruck gewonnen, daß man mit dieser armseligsten, ahnungslosesten und am schlechtesten organisierten Schicht der Stadt keinerlei Politik machen kann und daß die Soldaten eigentlich gut daran getan haben, die Zukunft von Kars nicht dieser Meute zu überlassen. Ich rufe sie alle, und zuallererst Kadife, dazu auf, es sich noch einmal zu überlegen, bevor sie sich in diesem Land in die Politik verwickeln lassen. Außerdem wußte vor fünfunddreißig Jahren in Ankara jedermann, daß diese zu stark geschminkte Sängerin jenseits des besten Alters, die ihr da im Fernsehen das Glückrad drehen seht, die Mätresse des damaligen Außenministers Fatin Rüştü Zorlu war, den sie später hingerichtet haben.«

Ka hatte schon über zwanzig Minuten mit am Tisch gesessen, als er die *Grenzstadtzeitung* aus der Tasche zog, sie den anderen zeigte und sagte, es sei ein Artikel gegen ihn dort erschienen. Der Fernseher lief zwar, aber am Tisch war es still geworden.

»Ich wollte das auch schon erwähnen, wußte aber nicht, wie, weil Sie das vielleicht falsch verstehen und übelnehmen könnten«, sagte Serdar Bey.

»Serdar, Serdar, von wem hast du dir wieder eine Anweisung geben lassen?« fragte Turgut Bey. »Das hat unser Gast doch nicht verdient. Geben Sie ihm das Blatt, soll er mal vorlesen, was er da wieder verbrochen hat.«

»Ich möchte, daß Sie wissen, daß ich nicht ein einziges Wort von dem glaube, was ich da geschrieben habe«, sagte Serdar Bey und nahm die Zeitung, die ihm Ka hinstreckte. »Sie kränken mich, wenn Sie meinen, daß ich das glaube. Bitte, Turgut Bey, sag du ihm auch, daß das nichts Persönliches ist und daß ein Journalist in Kars auf Bestellung solche Artikel schreiben muß.«

»Serdar schreibt dauernd auf Weisung des Gouverneursamtes etwas und bewirft andere mit Dreck«, sagte Turgut Bey. »Nun lies mal
vor!«

»Aber ich glaube an nichts davon«, meinte Serdar Bey stolz.
»Auch unsere Leser glauben das nicht. Deswegen muß man da auch
keine Angst haben.«

Serdar Bey las die Meldung vor, betonte manches dramatisch oder
spöttisch. »Wie man sieht, es gibt nichts zu befürchten!« sagte er ab-
schließend.

»Sind Sie Atheist?« fragte Turgut Bey Ka.

»Papa, darum geht es nicht«, sagte İpek ärgerlich. »Wenn diese
Zeitung ausgeliefert wird, erschießen die ihn morgen auf offener
Straße.«

»Überhaupt nichts passiert, meine Liebe«, sagte Serdar Bey. »Das
Militär hat alle Islamisten und Reaktionäre von Kars eingesammelt.«
Er wandte sich Ka zu: »Ich lese in Ihrem Blick, daß Sie das nicht
übelnehmen, daß Sie wissen, wie sehr ich Ihre Kunst und Ihre Persönlichkeit schätze. Tun Sie mir kein Unrecht mit irgendwelchen
Maßstäben aus Europa, die für uns ganz ungeeignet sind! Dummköpfe, die glauben, sie seien hier in Kars in Europa, werden, wie auch
Turgut Bey genau weiß, innerhalb von drei Tagen an einer Ecke erschossen und vergessen! Die Presse in Ostanatolien ist in großen
Schwierigkeiten. Der Bürger von Kars kauft und liest uns nicht. Auf
meine Zeitung sind die staatlichen Amtsstellen abonniert. Natürlich
müssen wir da Nachrichten von der Sorte bringen, die unseren
Abonnenten gefällt. Überall auf der Erde, sogar in Amerika, bringen
die Zeitungen zunächst die Nachrichten, die ihre Leser haben wollen.
Wenn der Leser erlogene Nachrichten von Ihnen verlangt, wird niemand auf der Welt seine Auflage durch das Schreiben der Wahrheit
verringern. Warum sollte ich nicht die Wahrheit schreiben, wenn
es den Verkauf meiner Zeitung fördern würde? Außerdem erlaubt
uns auch die Polizei nicht, die Wahrheit zu schreiben. In Ankara und
Istanbul haben wir hundertfünfzig Leser, die aus Kars stammen. Wir
übertreiben, wie erfolgreich und wohlhabend diese Leute dort geworden sind, und schmücken es aus, damit sie ihre Abonnements er-

neuern. Später glauben die dann selbst an diese Lügen, aber das steht auf einem anderen Blatt.« Er lachte auf.

»Wer hat diese Nachricht bestellt? Damit sollst du herausrücken!« meinte Turgut Bey.

»Mein Lieber, bekanntlich ist der Schutz der Quelle die wichtigste Regel des Journalismus im Westen.«

»Meine Töchter haben diesen Gast liebgewonnen«, sagte Turgut Bey. »Wenn du morgen diese Zeitung verteilst, werden sie dir das nie verzeihen. Und wenn verrückt gewordene Fundamentalisten unseren Freund umbringen, wirst du dich dann nicht verantwortlich fühlen?«

»Haben Sie soviel Angst?« fragte Serdar Bey und lächelte Ka an. »Wenn Sie soviel Angst haben, gehen Sie morgen besser nicht aus!«

»Statt unseres Gastes sollten lieber die Zeitungen nicht in der Öffentlichkeit erscheinen«, sagte Turgut Bey. »Verteile sie nicht!«

»Das verärgert die Abonnenten.«

»Gut«, sagte Turgut Bey wie in einer plötzlichen Eingebung. »Wer immer diese Zeitung bestellt hat, dem gibst du sie. Was den Rest angeht, mach eine neue Nummer ohne diese verlogene und hetzerische Meldung über unseren Gast!«

Auch İpek und Kadife unterstützten diese Idee. »Es macht mich stolz, daß meine Zeitung so ernst genommen wird«, sagte Serdar Bey. »Aber Sie müssen mir dann noch sagen, wer die Kosten dieser neuen Auflage übernimmt.«

»Mein Vater führt Sie und Ihre Söhne zu einem Abendessen in das Restaurant Grünes Land aus«, sagte İpek.

»Einverstanden, wenn auch Sie alle dazukommen«, erklärte Serdar Bey. »Wenn die Straßen wieder offen sind und wir dieses Theatervolk wieder vom Hals haben! Auch Kadife Hanım soll dabeisein. Kadife Hanım, können Sie für den frei werdenden Platz eine Stellungnahme für die Zeitung abgeben, die den Theaterputsch unterstützt? Unsere Leser würden das sehr gerne lesen.«

»Das macht sie nicht, bestimmt nicht«, sagte Turgut Bey. »Kennst du denn meine Tochter überhaupt nicht?«

»Können Sie sagen, Kadife Hanım, daß Sie überzeugt sind, nach dem Theaterputsch wird die Zahl der Selbstmorde in Kars abnehmen? Auch das würde unseren Lesern sehr gut gefallen. Außerdem waren Sie schon immer gegen die Selbsttötungen muslimischer Mädchen.«

»Ich bin nicht mehr gegen Selbstmord«, schnitt ihm Kadife das Wort ab.

»Aber macht Sie das nicht zu einem Atheisten?« fragte Serdar Bey. Er versuchte, ein neues Thema anzuschneiden, war aber nüchtern genug, um zu bemerken, daß die Tischgesellschaft ihm das übelnahm.

»Gut, ich gebe mein Wort, ich werde die Zeitung nicht verteilen«, sagte er.

»Sie drucken eine neue Ausgabe?«

»Sobald ich hier aufbreche, bevor ich nach Hause gehe!«

»Wir danken Ihnen«, sagte İpek.

Es entstand eine lange, eigenartige Stille. Ka gefiel das: Zum erstenmal seit Jahren hatte er das Gefühl, zu einer Familie zu gehören. Er sah ein, daß das, was man Familie nennt, auf dem Vergnügen daran beruht, trotz allen Unglücks und aller Probleme, für die es keine Lösung gibt, gemeinsam auszuharren, und ihm tat leid, das im Leben verpaßt zu haben. Konnte er mit İpek bis ans Ende seines Lebens glücklich sein? Es war nicht Glück, was er suchte, nach dem dritten Glas Rakı spürte er das ganz genau, man hätte sogar sagen können, daß er das Unglück vorzog. Worum es ging, war jener hoffnungslose Zusammenhalt, die Gründung einer Zelle aus zwei Menschen, von der die ganze Welt ausgeschlossen war. Er hatte das Gefühl, daß er eine solche Gemeinschaft mit İpek aufbauen könnte, wenn sie über Monate hinweg miteinander schliefen. An diesem Abend mit den beiden Schwestern an einem Tisch zu sitzen, ihre Gegenwart und die Weichheit ihrer Körper zu spüren, zu wissen, abends beim Nachhausekommen nicht allein zu sein, die Aussicht auf sexuelles Glück und das Vertrauen darauf, daß die Zeitung morgen nicht ausgeliefert würde, das machte Ka über alle Maßen glücklich.

In seiner Euphorie hörte er sich die bei Tisch erzählten Geschichten und Gerüchte nicht wie Katastrophenmeldungen, sondern wie die furchteinflößenden Sätze aus einem Märchen an: Einer der Jungen, die in der Küche arbeiteten, hatte Zahide erzählt, zahlreiche Verhaftete seien in das Fußballstadion gebracht worden, in dem die Tore wegen des Schnees nur halb zu sehen waren, seien gezwungen worden, den ganzen Tag im Freien zu bleiben, damit sie möglichst krank wurden oder sogar erfroren; einige seien zur Warnung im Gang zu den Umkleidekabinen an die Wand gestellt und erschossen worden. Zeugen des Terrors, den Z. Eisenarm und seine Gefährten in der ganzen Stadt verbreitet hatten, erzählten Dinge, die vielleicht auch übertrieben waren: Der Verein Mesopotamien, in dem nationalistische kurdische Jugendliche sich mit Literatur und Folklore beschäftigten, war ausgehoben worden; weil niemand da war, hatte man den alten Mann, der dort den Tee machte und im Verein übernachtete, schrecklich verprügelt, obwohl er mit Politik nichts zu tun hatte. Zwei Friseure und ein Arbeitsloser, die man vor Monaten unter dem Verdacht vernommen, aber nicht verhaftet hatte, das Atatürk-Denkmal im Eingang des Atatürk-Geschäftshauses mit Schmutz und Farbe verunstaltet zu haben, hatten, nachdem sie bis zum Morgen verprügelt worden waren, ihre Schuld und ihre anderen Vergehen gestanden: Mit Hilfe eines Hammers hatten sie die Nase am Atatürk-Denkmal im Hof der Industrie-Fachschule abgeschlagen, eine Schmähschrift auf dem Atatürk-Poster angebracht, das an der Wand des Teehauses Die Fünfzehner aufgehängt war, geplant, das Atatürk-Denkmal gegenüber dem Gouverneursamt mit Beilen zu zerstören. Von zwei kurdischen Jungen, die angeblich nach dem Theaterputsch in der Halit-Paşa-Straße politische Slogans an Wände geschrieben hatten, war einer erschossen, der andere nach seiner Festnahme geschlagen worden, bis er das Bewußtsein verlor; und einem anderen arbeitslosen Jugendlichen, dem man den Auftrag gegeben hatte, die Slogans an den Mauern der Schule für Vorbeter und Prediger zu entfernen, hatte man ins Bein geschossen, als er versuchte wegzulaufen. Alle, die schlecht über die Soldaten und die Schauspieler redeten oder haltlose Gerüchte verbreiteten, waren mit Hilfe der Spitzel in den Teehäusern eingesammelt worden, aber trotzdem liefen wie immer in katastrophalen, mörderischen Zeiten übertriebene Gerüchte um; man redete von kurdischen Jugendlichen, die bei der vorzeitigen

Explosion einer Bombe, die sie in der Hand getragen hatten, umgekommen waren, von Mädchen mit Kopftuch, die sich aus Protest gegen den Putsch umgebracht hatten, oder von einem mit Dynamit beladenen Lastwagen, der aufgehalten worden war, als er auf die İnönü-Polizeiwache zufuhr.

Weil Ka schon vorher von einem Selbstmordattentat mit einem sprengstoffbeladenen Lastwagen gehört hatte, hörte er bei diesem Thema aufmerksam zu, sonst aber genoß er den ganzen Abend über nichts anderes, als daß er in aller Gelassenheit neben İpek saß.

Als zu später Stunde nach Serdar Bey auch Turgut Bey und die Mädchen aufstanden, um sich auf ihre Zimmer zurückzuziehen, dachte Ka kurz daran, İpek auf sein Zimmer einzuladen. Um aber durch eine Ablehnung sein Glück nicht beflecken zu lassen, ging er ohne auch nur eine Andeutung an İpek auf sein Zimmer.

34

Das akzeptiert Kadife nicht

Ka schaute aus dem Fenster und rauchte. Es schneite nicht mehr, und im fahlen Schein der Straßenlaternen herrschte auf der schneebedeckten leeren Straße eine beruhigende Bewegungslosigkeit. Ka war sich bewußt, daß die Ruhe, die er in sich spürte, mehr als mit der Schönheit des Schnees mit Liebe und Glück zusammenhing. Mehr noch, er fühlte sich ganz gelöst, weil er hier, in der Türkei, in einer Menge von Menschen aufging, denen er ähnlich war. Er war sogar glücklich genug, um sich einzugestehen, daß er sich durch das Gefühl der Überlegenheit diesen Menschen gegenüber, weil er aus Deutschland und aus Istanbul kam, gestärkt fühlte.

Es klopfte an der Tür. Ka war überrascht, als İpek vor ihm stand.

»Ich kann nicht schlafen, weil ich dauernd an dich denken muß«, sagte İpek und kam herein.

Ka war sich auf der Stelle darüber im klaren, daß sie sich bis zum Morgen lieben würden, ohne sich um Turgut Bey zu kümmern. Es kam ihm unglaublich vor, daß er İpek umarmen konnte, ohne vorher die geringste Qual des Wartens ertragen zu haben. Während dieser Nacht mit İpek erkannte Ka, daß es einen Ort jenseits des Glücks gab und daß seine bisherigen Lebens- und Liebeserfahrungen nicht ausgereicht hatten, diese Region jenseits von Zeit und Leidenschaft zu erkunden. Zum erstenmal im Leben fühlte er sich so sehr erfüllt von Frieden. Er hatte die sexuellen Phantasien und die Wünsche vergessen, die er aus pornographischen Publikationen und Filmen bezogen hatte und deren er sich stets vage bewußt gewesen war, wenn er zuvor mit einer Frau geschlafen hatte. Als er und İpek sich liebten, entdeckte er eine Musik, von der er zuvor nicht gewußt hatte, daß er sie in sich trug, und er bewegte sich zu ihrer Harmonie. Zwischendurch schlief er ein, sah in Träumen, die etwas von der paradiesischen Stimmung von Sommerferien an sich hatten, wie er rannte, wie er unsterblich war, wie er in einem abstürzenden Flugzeug einen Apfel aß, den er nicht aufessen würde, wachte dann mit dem Geruch von İpeks nach Apfel riechender warmer Haut auf, blickte von ganz nah in İpeks Augen – beleuchtet von der von draußen einfallenden Farbe des Schnees und dem leicht gelblichen Licht der Straßenlaternen –, und als er sah, daß sie wach war und ihn still betrachtete, kam ihm vor, sie seien wie zwei in seichtem Wasser nebeneinanderruhende Wale. Und da erst bemerkte er, daß sie ihre Hände ineinander verschränkt hielten.

In einem dieser Augenblicke, als sie zwischendurch aufwachten und sich ansahen, sagte İpek:»Ich werde mit meinem Vater reden. Ich gehe mit dir nach Deutschland.«

Ka konnte danach lange Zeit nicht schlafen. Er betrachtete sein ganzes Leben, als sei es ein Film mit Happy-End.

Irgendwo in der Stadt gab es eine Explosion. Das Bett, das Zimmer, das Hotel schwankten einen Moment lang. Aus der Ferne hörte man Salven aus Maschinengewehren. Der Schnee dämpfte die Geräusche. Sie umschlangen einander und warteten.

Als Ka später aufwachte, waren die Waffen verstummt. Er stieg zweimal aus dem Bett und rauchte eine Zigarette, wobei er die Kälte vom Fenster her spürte. Kein Gedicht fiel ihm ein. Er war glücklicher als jemals in seinem Leben.

Am Morgen wachte er davon auf, daß gegen seine Tür gehämmert wurde. İpek lag nicht neben ihm. Er konnte sich nicht erinnern, wann er zuletzt eingeschlafen war, wann er zuletzt mit ihr gesprochen hatte und wann die Schüsse aufgehört hatten.

An der Tür war Cavit von der Rezeption. Er sagte, ein Offizier sei ins Hotel gekommen, habe erklärt, Sunay Zaim wolle Ka im Hauptquartier sehen, und warte nun unten. Ka beeilte sich nicht; er rasierte sich erst.

Er fand die leeren Straßen von Kars noch verzauberter und schöner als am Morgen zuvor. Im oberen Abschnitt der Atatürk-Straße sah er ein Haus mit zerbrochener Tür und zersplitterten Fensterscheiben, dessen Fassade zerlöchert war.

In der Schneiderei erzählte ihm Sunay Zaim, es habe ein Selbstmordattentat gegeben. »Irrtümlich hat sich der arme Kerl nicht hierher-, sondern in eines der Gebäude weiter oben begeben. Bei der Explosion wurde er in Stücke gerissen, so daß wir noch nicht ermitteln konnten, ob es ein Islamist oder einer von der PKK war.«

Ka bemerkte an Sunay die kindliche Ausstrahlung berühmter Schauspieler, die die von ihnen gespielten Rollen zu ernst nahmen. Er war rasiert, sah frisch, sauber und energisch aus. »Wir haben Lapislazuli gefaßt«, sagte er und blickte Ka tief in die Augen.

Ka wollte sich nicht anmerken lassen, daß er sich über diese Nachricht freute, aber Sunay entging das nicht. »Er ist ein schlechter Mensch«, sagte er. »Es steht fest, daß er es war, der den Direktor der Pädagogischen Hochschule hat umbringen lassen. Auf der einen Seite verkündet er, er sei gegen den Selbstmord, andererseits organisiert er Jugendliche, die dumm und arm genug sind, sich für Selbstmordattentate herzugeben. Der Nationale Nachrichtendienst hat keinen Zweifel daran, daß er mit genügend Sprengstoff hierhergekommen ist, um ganz Kars in die Luft zu sprengen. In der Nacht der Revolution war er wie vom Erdboden verschwunden. Er soll sich an einem Ort versteckt haben, den keiner kannte. Du weißt natürlich von diesem lächerlichen Treffen gestern abend im Hotel Asien.«

Ka nickte affektiert, als spielten sie in einem Theaterstück mit.

»Mein Lebensziel ist es nicht, diese Verbrecher, Reaktionäre und Terroristen zu bestrafen«, sagte Sunay. »Es gibt ein Stück, das ich seit Jahren aufführen will, und deshalb bin ich jetzt hier. Es gibt einen englischen Autor namens Thomas Kyd. Shakespeare hat den *Hamlet* von ihm geklaut. Ich habe ein unterschätztes und vergessenes Stück Kyds entdeckt, die *Spanische Tragödie*. Es handelt von einer Blutfehde und von einer Rache, und es gibt ein Stück im Stück. Funda und ich warten seit fünfzehn Jahren auf eine Gelegenheit, dieses Stück aufzuführen.«

Funda Eser, im Mund eine Zigarette mit langem Mundstück, betrat das Zimmer. Ka begrüßte sie mit einem tiefen Kratzfuß, was ihr offensichtlich gefiel. Ohne daß er darum gebeten hätte, gab das Ehepaar eine Zusammenfassung des Stückes.

»Ich habe das Stück so vereinfacht, daß unser Publikum es mit Vergnügen anschauen und davon erbaut und belehrt werden wird«, sagte Sunay später. »Wir werden es morgen im Volkstheater aufführen, und ganz Kars kann es in einer Live-Übertragung sehen.«

»Ich würde es auch gerne sehen«, sagte Ka.

»Wir möchten gerne, daß auch Kadife in dem Stück mitspielt. Funda wird ihre böse Rivalin sein... Kadife wird mit Kopftuch auftreten. Dann wird sie gegen die widersinnigen Bräuche rebellieren, die schuld an der Blutfehde sind, und vor aller Augen ihr Haupt entblößen.« Sunay tat so, als ob er ein imaginäres Kopftuch mit einer pompösen Geste von sich schleudere.

»Da gibt es wieder Zwischenfälle!« wandte Ka ein.

»Mach dir darüber keine Sorgen! Wir haben jetzt eine Militärverwaltung.«

»Und Kadife akzeptiert das sowieso nicht«, führte Ka fort.

»Wir wissen, daß Kadife Lapislazuli liebt«, sagte Sunay. »Wenn Kadife ihr Haupt entblößt, sorge ich dafür, daß ihr Lapislazuli sofort freigelassen wird. Dann fliehen sie irgendwohin weit weg und werden miteinander glücklich.«

Auf Funda Esers Gesicht malte sich jener liebevolle Ausdruck, der in türkischen Melodramen den gutherzigen Tanten zu eigen ist, die sich über das Glück der fliehenden jungen Liebenden freuen. Einen Moment stellte sich Ka vor, Funda würde seiner und İpeks Liebe gegenüber die gleiche Haltung einnehmen.

»Trotzdem bezweifle ich, daß Kadife in einer Live-Sendung ihr Haupt entblößt«, erklärte er.

»In Anbetracht der Lage dachten wir, daß du der einzige bist, der sie überzeugen kann«, sagte Sunay. »Mit uns zu verhandeln bedeutet, mit dem größten Teufel zu verhandeln. Dagegen weiß sie, daß du auch Mädchen mit dem Kopftuch recht gibst. Und du bist in ihre ältere Schwester verliebt.«

»Man muß nicht nur Kadife, sondern auch Lapislazuli überzeugen. Aber zunächst muß jemand mit Kadife reden«, erklärte Ka. Doch ihn beschäftigte immer noch die Schlichtheit und Grobheit des Satzes: »Du bist in ihre ältere Schwester verliebt.«

»Das machst du alles, wie du willst«, sagte Sunay. »Ich gebe dir alle Kompetenzen und außerdem ein Militärfahrzeug. Du kannst in meinem Namen verhandeln.«

Schweigen trat ein. Sunay hatte bemerkt, wie gedankenversunken Ka war.

»Ich möchte mit der Sache nichts zu tun haben«, sagte Ka.

»Warum?«

»Vielleicht weil ich feige bin. Ich bin zur Zeit sehr glücklich. Ich möchte nicht zur Zielscheibe der Fundamentalisten werden. Die werden sagen, ein atheistischer Schuft hat es fertiggebracht, daß Kadife ihr Haupt entblößt hat und die Schüler haben zusehen müssen; und selbst wenn ich nach Deutschland fliehe, erschießen sie mich eines Tages nachts auf der Straße.«

»Zuerst erschießen sie mich«, sagte Sunay stolz. »Aber es hat mir gefallen, daß du gesagt hast, du seist ein Feigling. Auch ich bin extrem feige, glaub mir! In diesem Land überleben nur Feiglinge. Aber der Mensch stellt sich doch wie alle Feiglinge vor, daß er eines Tages etwas ganz besonders Heroisches tun wird, nicht wahr?«

»Ich bin zur Zeit sehr glücklich. Ich möchte überhaupt kein Held sein. Der Traum von der Heldentat ist der Trost der Unglücklichen. Wenn solche wie wir ein Held sein wollen, töten wir entweder jemand anders oder uns selbst.«

»Gut, aber weißt du nicht tief in deinem Inneren, daß dein Glück nicht lange dauern wird?« insistierte Sunay.

»Warum erschreckst du unseren Gast?« unterbrach ihn Funda Eser.

»Ich weiß, daß kein Glück lange dauert«, sagte Ka vorsichtig. »Aber ich habe nicht die Absicht, den Helden zu spielen und mich umbringen zu lassen, bloß weil ich womöglich in Zukunft unglücklich sein werde.«

»Wenn du dich aus der Sache heraushältst, werden sie dich nicht in Deutschland, sondern hier töten! Hast du die Zeitung von heute gesehen?«

»Schreiben sie, ich würde heute sterben?« fragte Ka lächelnd.

Sunay zeigte Ka die neueste Ausgabe der *Grenzstadtzeitung* in der Fassung, die er gestern abend gesehen hatte.

»Ein Gottloser in Kars!« las Funda Eser übertrieben emphatisch vor.

»Das ist die erste Auflage von gestern«, sagte Ka selbstsicher. »Serdar Bey hat sich später entschlossen, eine Neuauflage zu veranstalten und die Sache in Ordnung zu bringen.«

»Bevor er diesen Entschluß in die Tat umsetzte, hat er allerdings die erste Auflage am Morgen verteilt«, sagte Sunay. »Man darf dem Wort eines Journalisten nie trauen. Aber wir schützen dich. Die Islamisten, die gegen die Soldaten nichts ausrichten können, würden daher gern einen Atheisten erschießen, der ein Diener des Westens ist.«

»Hast du von Serdar Bey verlangt, diese Meldung zu schreiben?« fragte Ka.

Sunay zog seine Mundwinkel nach unten, hob seine Augenbrauen und warf ihm einen verletzten Blick zu, wie jemand, der in seiner Ehre beleidigt worden war, aber Ka sah, daß er sich in der Rolle eines gerissenen Politikers gefiel, der seine kleinen Intrigen spann.

»Wenn du versprichst, mich bis zum Schluß zu beschützen, übernehme ich die Vermittlung«, sagte Ka.

Sunay versprach es ihm, umarmte ihn, gratulierte ihm, weil er in die Reihen der Jakobiner eingetreten sei, und sagte, daß zwei Mann nicht von Kas Seite weichen würden.

»Wenn nötig, schützen sie dich auch gegen dich selbst!« ergänzte er aufgeregt. Sie setzten sich und tranken einen wundervoll duftenden Tee, um die Einzelheiten der Vermittlung und der Überredungsarbeit abzusprechen. Funda Eser war so zufrieden, als sei ein berühmter und brillanter Schauspieler ihrer Theatertruppe beigetreten. Sie sagte etwas über die Ausdrucksstärke der *Spanischen Tragödie*, aber Ka hörte gar nicht richtig zu, sondern blickte auf das wundervolle weiße Licht, das durch die hohen Fenster der Schneiderei fiel.

Ka war enttäuscht, als ihm beim Verlassen des Ladens zwei bewaffnete Gefreite von riesigem Wuchs beigegeben wurden. Er hatte gehofft, daß mindestens einer von ihnen ein Offizier oder ein gutgekleideter Zivilbeamter sein würde. Er hatte einmal den berühmten

Schriftsteller, der einst bei einem Fernsehauftritt geäußert hatte, das türkische Volk sei dumm und er glaube überhaupt nicht an Gott, zwischen seinen beiden eleganten und gewandten Leibwächtern gesehen, die ihm der Staat in seinen letzten Lebensjahren zugeteilt hatte. Nicht nur, daß sie seine Tasche trugen, sie hielten ihm mit einer Feierlichkeit, die ein berühmter oppositioneller Autor nach Kas Ansicht auch verdiente, die Tür auf, halfen ihm auf Treppen und hielten sowohl Feinde als auch übertrieben zudringliche Bewunderer auf Distanz. Die Soldaten hingegen, die sich neben Ka in das Militärfahrzeug setzten, benahmen sich, als würden sie ihn nicht schützen, sondern in Haft nehmen.

Sobald Ka das Hotel betrat, konnte er wieder das Glück nachempfinden, das seine Seele am Morgen ganz erfaßt hatte. Auch wenn er eigentlich İpek sofort sehen wollte, beabsichtigte er, es irgendwie so einzufädeln, daß er zunächst allein mit Kadife sprach, weil etwas vor İpek zu verbergen einen Verrat an ihrer Liebe bedeuten konnte, wenn auch einen kleinen. Aber als er in der Empfangshalle İpek begegnete, vergaß er diesen Vorsatz.

»Du bist noch schöner, als ich dich in Erinnerung hatte«, sagte er und blickte sie bewundernd an. »Sunay hat mich gerufen. Ich soll sein Vermittler sein.«

»In welcher Angelegenheit?«

»Gestern gegen Abend ist Lapislazuli gefaßt worden«, sagte Ka. »Was siehst du so erschrocken aus? Für uns ist das ganz ungefährlich. Gut, Kadife wird traurig sein. Aber glaub mir, ich bin erleichtert.« Er gab schnell wieder, was er von Sunay gehört hatte, erklärte die Explosion und die Schüsse, die sie in der Nacht gehört hatten. »Morgens warst du gegangen, ohne mich zu wecken. Hab keine Angst, ich finde für all das eine Lösung; niemandem wird ein Haar gekrümmt. Wir ziehen nach Frankfurt und werden glücklich sein. Hast du mit deinem Vater geredet?« Er fügte hinzu, daß es Verhandlungen geben würde, daß ihn Sunay beauftragt hatte, zu Lapislazuli zu gehen, daß er aber zuvor unbedingt mit Kadife sprechen müsse. Die Panik, die er in İpeks Augen sah, bedeutete, daß sie sich um ihn Sorgen machte; und das freute ihn.

»Ich schicke Kadife in ein paar Minuten auf dein Zimmer«, sagte İpek und ging.

Als Ka auf sein Zimmer kam, sah er, daß sein Bett gemacht war. Der Raum, in dem er die glücklichste Nacht seines Lebens verbracht hatte, die schwache Nachttischlampe, die blassen Vorhänge waren nun von einem ganz anderen Schneelicht beleuchtet, und selbst die Stille schien anders, aber er konnte immer noch den Geruch einatmen, der nach ihrer Liebesnacht in der Luft hing. Er legte sich auf das Bett, schaute an die Decke und versuchte sich auszudenken, was mit ihm geschehen würde, falls er Kadife und Lapislazuli nicht überredete.

Kadife war kaum im Zimmer, da sagte sie schon: »Sag mir, was du von Lapislazulis Verhaftung weißt! Haben sie ihn mißhandelt?«

»Hätten sie ihn mißhandelt, würden sie mich nicht zu ihm bringen«, erklärte Ka. »Und sie werden mich bald abholen. Sie haben ihn nach dem Treffen im Hotel gefaßt; das ist alles, was ich weiß.«

Kadife schaute aus dem Fenster nach draußen, auf die verschneite Straße. »Nun bist du glücklich, und ich bin unglücklich«, sagte sie. »Was hat sich nicht alles verändert seit unserem Treffen im Abstellraum!«

Ka dachte daran, wie sie sich am Vortag auf Zimmer 217 getroffen hatten, wie Kadife ihn mit der Pistole bedroht und er sich ausgezogen hatte, und es kam ihm vor, als sei das eine sehr alte, angenehme Erinnerung, die sie beide verband.

»Das ist nicht alles, Kadife«, sagte Ka. »Die Leute in Sunays Umgebung haben ihn davon überzeugt, daß Lapislazuli seine Finger bei der Ermordung des Direktors der Pädagogischen Hochschule im Spiel gehabt hat. Außerdem soll eine Akte nach Kars geschickt worden sein, die beweist, daß er diesen Fernsehmoderator aus Izmir umgebracht hat.«

»Wer sind die Leute in seiner Umgebung?«

»Ein paar Leute vom Nationalen Nachrichtendienst in Kars. Und zwei, drei Soldaten, die mit ihnen in Verbindung stehen. Aber Sunay ist keine Marionette von denen. Er hat künstlerische Ambitionen. Das sind die Worte, die er verwendet. Heute abend wird er im Volkstheater ein Stück aufführen und möchte auch dir eine Rolle anbieten. Verzieh nicht das Gesicht, hör zu! Es wird im Fernsehen live übertragen; und ganz Kars schaut zu. Wenn du auftreten willst und wenn Lapislazuli die Vorbeter- und Predigerschüler überredet, auch zu kommen, sich das Stück, ohne Radau zu machen, anzusehen und an den richtigen Stellen zu klatschen, dann wird Sunay Lapislazuli freilassen. Alles ist dann vergessen und vergeben, und niemandem wird ein Haar gekrümmt. Er hat mich als Vermittler ausgewählt.«

»Was ist das für ein Stück?«

Ka erzählte ihr von Thomas Kyd und der *Spanischen Tragödie* und sagte, daß Sunay das Stück bearbeitet habe. »Auf ähnliche Art und Weise, wie er seit Jahren auf seinen Tourneen durch Anatolien Corneille, Shakespeare und Brecht mit Bauchtanzeinlagen und obszönen Witzen verbindet.«

»Ich soll bestimmt die Frau sein, die bei der Live-Übertragung vergewaltigt wird, damit die Blutfehde beginnen kann.«

»Nein. Du wirst die rebellierende junge Frau sein, die erst, wie das spanische Frauen einst getan haben, ihren Kopf bedeckt hält, aber dann genug von der Blutfehde hat und in einem Moment des Zorns ihr Kopftuch wegwirft.«

»Bei uns ist es vielmehr ein Zeichen der Rebellion, das Kopftuch zu tragen.«

»Das ist ein Schauspiel, Kadife. Und weil es Theater ist, kannst du dein Haar zeigen!«

»Ich habe verstanden, was du von mir willst. Aber auch wenn es ein Spiel ist, sogar wenn es nur ein Spiel im Spiel ist, werde ich meinen Kopf nicht entblößen.«

»Kadife, hör zu, in zwei Tagen hört der Schnee auf, die Straßen sind dann wieder frei; und wer im Gefängnis sitzt, fällt mitleidlosen Menschen in die Hände. Dann siehst du Lapislazuli bis zum Ende deines Lebens nie wieder. Hast du das genau bedacht?«

»Ich fürchte mich davor, daß ich ja sage, wenn ich darüber nachdenke.«

»Außerdem kannst du eine Perücke unter dem Kopftuch anziehen. Niemand wird deine Haare sehen.«

»Würde ich eine Perücke akzeptieren, dann hätte ich das wie manche andere auch getan, um in die Universität gelassen zu werden.«

»Jetzt geht es nicht darum, an der Tür zur Universität deine Ehre zu retten. Um Lapislazuli zu retten, wirst du das tun.«

»Wird denn Lapislazuli dadurch gerettet werden wollen, daß ich meinen Kopf entblöße?«

»Das wird er wollen«, sagte Ka. »Es befleckt Lapislazulis Ehre nicht, wenn du dein Haar zeigst, denn niemand weiß über euer Verhältnis Bescheid.«

Er erkannte an dem verärgerten Ausdruck in ihren Augen, daß er ihren schwachen Punkt berührt hatte, sah dann, wie sie eigenartig lächelte, und erschrak. Ihn ergriffen Angst und Eifersucht. Er befürchtete, daß Kadife ihm etwas Niederschmetterndes über İpek sagen würde. »Wir haben nicht viel Zeit, Kadife«, sagte er, von dieser merkwürdigen Angst getrieben. »Ich weiß, daß du klug und einfühlsam genug bist, um aus dieser Sache unversehrt herauszukommen. Ich spreche zu dir als jemand, der jahrelang im politischen Asyl gelebt hat. Hör mir zu: Das Leben ist nicht um der Prinzipien willen da, sondern damit man glücklich wird.«

»Aber ohne Prinzipien, ohne Glauben kann niemand glücklich sein«, sagte Kadife.

»Richtig. Aber in einem grausamen Land wie dem unseren, in dem der Mensch keinen Wert hat, ist es nur Dummheit, sich für seinen Glauben aufzuopfern. Hohe Prinzipien, reiner Glauben: das ist etwas für die Menschen in reichen Ländern.«

»Ganz im Gegenteil. Die Menschen in armen Ländern haben nichts anderes als ihren Glauben, woran sie sich halten können.«

Ka wollte eigentlich sagen: Aber das, woran sie glauben, ist nicht wahr, sagte dann statt dessen: »Aber du gehörst nicht zu den Armen, Kadife. Du kommst aus Istanbul.«

»Deswegen tue ich das, wovon ich glaube, daß es richtig ist. Ich kann mich nicht verstellen. Wenn ich mein Haupt entblöße, dann richtig.«

»Schön, aber was sagst du dazu: Niemand wird im Zuschauerraum sein. Die Leute in Kars sehen alles nur im Fernsehen. Dann zeigt die Kamera zuerst nur, wie deine Hand das Kopftuch abstreift. Danach gibt es einen Schnitt, und man sieht von hinten, wie eine Frau, die dir ähnlich sieht, ihr Haar offen trägt.«

»Das ist eine gerissene Variante davon, eine Perücke anzuziehen«, meinte Kadife. »Am Ende werden alle glauben, ich hätte nach dem Militärputsch mein Haar entblößt.«

»Was ist wichtiger, was dir deine Religion befiehlt oder was alle denken? Auf diese Weise wirst du deine Haare nicht wirklich entblößt haben. Aber wenn es dir darum geht, was alle sagen, dann erzählen wir ihnen, wenn dieser ganze Unfug hier vorbei ist, daß es ein Filmtrick war. Wenn sich herausstellt, daß du all das auf dich genommen hast, um Lapislazuli zu retten, werden die Schüler von der Vorbeter- und Predigerschule vor dir noch mehr Respekt haben.«

»Hast du schon einmal daran gedacht«, fragte Kadife mit einem ganz anderen Ausdruck, »daß du Dinge sagst, an die du überhaupt nicht glaubst, wenn du jemanden mit aller Kraft zu etwas überreden willst?«

»Ja. Aber jetzt habe ich nicht das Gefühl.«

»Aber du hast Gewissensbisse, wenn es dir am Ende gelungen ist, diese Person zu überzeugen, weil du sie hereingelegt hast, oder? Weil du ihr keinen Ausweg gelassen hast.«

»Es geht jetzt nicht darum, Kadife, daß du keinen Ausweg hast. Du siehst, daß du als vernünftiger Mensch nichts anderes tun kannst. Die Leute in Sunays Umgebung hängen Lapislazuli auf, ohne daß ihnen auch nur die Hand zittert; und das kannst du nicht zulassen.«

»Sagen wir, ich habe vor aller Augen meinen Kopf entblößt, ich habe kapituliert. Woher soll ich wissen, daß sie Lapislazuli freilassen? Warum soll ich an ein Versprechen dieses Staates glauben?«

»Da hast du recht. Ich werde das mit ihnen bereden.«

»Was wirst du wann mit wem bereden?«

»Wenn ich Lapislazuli getroffen habe, werde ich wieder zu Sunay gehen.«

Beide schwiegen eine Weile, und es wurde deutlich, daß Kadife die Bedingungen im großen und ganzen angenommen hatte. Um aber ganz sicherzugehen, schaute Ka trotzdem noch einmal auf seine Uhr, so daß es Kadife sah.

»Ist Lapislazuli beim Nationalen Nachrichtendienst oder bei den Soldaten?«

»Weiß ich nicht. Das wird wohl keinen großen Unterschied machen.«

»Die Soldaten foltern ihn vielleicht nicht«, sagte Kadife. Sie schwieg einen Moment. »Ich möchte, daß du ihm das hier gibst.« Sie streckte Ka ein altmodisches perlmuttenes Feuerzeug und ein Päckchen rote Marlboro hin. »Das Feuerzeug ist das meines Vaters. Lapislazuli wird sich gern seine Zigaretten damit anzünden.«

Ka nahm die Zigaretten, aber nicht das Feuerzeug. »Wenn ich ihm das Feuerzeug gebe, weiß Lapislazuli, daß ich zuerst mit dir gesprochen habe.«

»Das soll er auch wissen.«

»Dann weiß er auch, worüber wir miteinander geredet haben, und wird deine Entscheidung wissen wollen. Aber ich werde ihm nicht sagen, daß ich dich gesehen habe und daß du es auf dich nimmst, in gewisser Weise dein Haupt zu entblößen, um ihn zu retten.«

»Weil er das nicht akzeptieren wird?«

»Nein. Lapislazuli ist klug und vernünftig genug, um zu akzeptieren, daß du so tust, als würdest du deinen Kopf entblößen, um ihn zu retten, und das weißt du auch. Was er nicht akzeptieren würde, ist, daß ich nicht zuerst ihn, sondern dich gefragt habe.«

»Aber das ist nicht nur ein politisches Thema, sondern auch ein privates, das mich ganz persönlich angeht. Lapislazuli versteht das.«

»Selbst wenn er es versteht, weißt du doch ganz genau, daß er als erster gefragt werden möchte. Er ist Türke. Und obendrein ein politischer Muslim. Ich kann nicht zu ihm gehen und ihm sagen: ›Kadife hat sich entschlossen, ihr Haar zu zeigen, damit du freigelassen wirst.‹ Er muß glauben, daß die Entscheidung selbst getroffen hat. Ich werde ihm auch die Variante mit der Perücke und die Zwischenlösung mit dem Schnitt anbieten. Er wird sich selbst sofort davon überzeugen, daß du deine Ehre rettest und daß dies eine Lösung ist. Er wird sich nicht einmal jene dunklen Bereiche vorstellen wollen, in denen dein Ehrbegriff, der keine Tricks akzeptiert, und seine praktische Vorstellung von Ehre sich nicht vertragen. Er wird gar nicht hören wollen, daß du, wenn du dein Haar zeigst, das ehrlich und ohne Tricks tun wirst.«

»Du bist auf Lapislazuli eifersüchtig, du verabscheust ihn«, sagte Kadife. »Du willst ihn nicht einmal als Menschen betrachten. Du bist wie die Säkularisten, die alle, die nicht verwestlicht sind, für primitiv, unmoralisch und minderwertig halten und vorhaben, sie mit Prügeln zu bessern. Es freut dich, daß ich mich der militärischen Gewalt beuge, um Lapislazuli zu retten. Du verbirgst noch nicht einmal deine unmoralische Freude.« Haß funkelte in ihren Augen. »Wenn schon in dieser Angelegenheit erst Lapislazuli zu entscheiden hatte, warum bist du, der du doch auch ein Türke bist, nicht geradewegs zu Lapislazuli, sondern zu mir gegangen? Soll ich dir das sagen? Du hast erst sehen wollen, wie ich mich entschloß, mich zu beugen. Das sollte dich Lapislazuli gegenüber in eine überlegene Position bringen, denn du fürchtest dich vor ihm.«

»Es stimmt, ich habe Angst vor ihm. Aber der Rest von dem, was du gesagt hast, Kadife, ist ungerecht. Wäre ich erst zu Lapislazuli gegangen und hätte dir dann seine Entscheidung, daß du dein Haupt entblößen mußt, wie einen Befehl überbracht, dann hättest du nicht gehorcht.«

»Du bist kein Vermittler, du arbeitest zusammen mit den Unterdrückern.«

»Ich will nur eins, Kadife: heil aus dieser Stadt herauskommen. Auch du sollst jetzt an nichts mehr glauben. Du hast ganz Kars hinreichend bewiesen, daß du intelligent, stolz und mutig bist. Sobald wir hier herauskommen, werden deine Schwester und ich nach Frankfurt gehen. Um dort glücklich zu sein. Und ich sage auch dir, tu, was du tun mußt, um glücklich zu werden. Lapislazuli und du, ihr könnt, wenn ihr hier entkommt, ohne weiteres in irgendeiner europäischen Stadt als politische Asylanten glücklich werden. Auch dein Vater wird euch nachfolgen, da bin ich mir sicher. Aber zuerst mußt du mir vertrauen.«

Während er vom Glück sprach, rann eine Träne aus Kadifes Augen über ihre Wange. Sie lächelte auf eine Weise, die Ka angst machte, und wischte sich schnell mit der Innenfläche ihrer Hand die Träne ab. »Du bist sicher, daß meine Schwester Kars verlassen wird?«

»Ich bin sicher«, sagte Ka, obwohl das überhaupt nicht stimmte.

»Ich bestehe nicht darauf, daß du ihm das Feuerzeug gibst und sagst, daß du erst mit mir geredet hast«, sagte Kadife mit dem Ausdruck einer stolzen, aber nachsichtigen Prinzessin. »Doch ich möchte ganz sicher sein, daß Lapislazuli freigelassen wird, wenn ich meinen Kopf entblöße. Dafür reicht nicht die Bürgschaft von Sunay oder irgendeinem anderen. Wir alle kennen den türkischen Staat.«

»Du bist sehr klug, Kadife. Von allen Menschen in Kars verdienst du es am meisten, glücklich zu sein.« Einen Moment ging ihm durch den Kopf: Und Necip verdiente es genauso, aber das vergaß er sofort. »Gib mir auch das Feuerzeug! Vielleicht schaffe ich es, es Lapislazuli zu geben. Aber vertrau mir!«

Als Kadife ihm das Feuerzeug hinstreckte, umarmten sie sich unversehens. Ka berührte zärtlich Kadifes Körper, der viel zarter und leichter als der ihrer Schwester war, und mußte sich zurückhalten, sie nicht zu küssen. Als in dem Moment laut gegen die Tür geklopft wurde, dachte er: Gut, daß ich mich beherrscht habe.

İpek stand in der Tür und sagte, ein Militärfahrzeug sei gekommen, um Ka abzuholen. Um zu verstehen, was in dem Zimmer vorgefallen war, schaute sie Ka und Kadife lange nachdenklich in die Augen. Ka ging hinaus, ohne sie zu küssen. Als er sich voller Gewissensbisse und Triumphgefühl am Ende des Korridors umdrehte, sah er, daß die beiden Schwestern sich stumm umarmt hielten.

35

Ich bin niemandes Spitzel

KA UND LAPISLAZULI IN DER ZELLE

Das Bild von Kadife und İpek, wie sie sich umarmten, ging Ka eine Weile nicht aus dem Sinn. Als das Militärfahrzeug, in dem er neben dem Chauffeur Platz genommen hatte, an der Ecke Atatürk-Straße und Halit-Paşa-Straße bei der einzigen Ampel von Kars anhielt, sah Ka von seinem hohen Sitz aus, als sei er ein eingefleischter Voyeur, in eine Wohnung im zweiten Stock eines alten armenischen Hauses. Zwischen einem ungestrichenen, zum Lüften geöffneten Fensterflügel und einem sich sanft im Wind bewegenden Vorhang gab es einen Spalt, und Ka ahnte, daß drinnen eine konspirative politische Versammlung abgehalten wurde; und als eine weiße Frauenhand hastig den Vorhang vorzog und das Fenster schloß, konnte er sich genau vorstellen, was in dem erleuchteten Raum vor sich ging: Zwei erfahrene, führende Aktivisten der kurdischen Nationalisten in Kars redeten auf den Lehrling einer Teestube ein, dessen älterer Bruder am Tag zuvor bei den Razzien ums Leben gekommen war und der wegen der um seinen Körper gewickelten Mullverbände der Marke »Gazo« neben dem Ofen aus allen Poren schwitzte, und versuchten ihn zu überzeugen, es sei ganz einfach, durch einen Nebeneingang ins Polizeipräsidium zu kommen und eine an seinem Körper befestigte Bombe zu zünden.

Anders als Ka gedacht hatte, bog der Militärlaster weder beim gerade erwähnten Polizeipräsidium noch bei dem prächtigen Amtssitz des Nationalen Nachrichtendienstes aus den ersten Jahren der Republik ab, sondern fuhr die Atatürk-Straße immer weiter, bog in die Faikbey-Straße und fuhr zum militärischen Hauptquartier, das genau im Stadtzentrum lag. Dieses große Grundstück, das in den sechziger Jahren für einen Park vorgesehen war, war nach dem Putsch von 1971 mit einer Mauer umgeben und in eine Garnisonsanlage verwandelt worden, die aus Dienstwohnungen bestand, vor denen gelangweilte Kinder zwischen schmächtigen Pappeln Fahrrad fuhren, den neuen Gebäuden der Kommandantur und einem Exerziergelände. Auf diese Weise wurden sowohl das Haus, in dem Puschkin auf seiner Reise nach Kars gewohnt hatte, als auch die Ställe, die vierzig Jahre später der Zar für die Kosakenkavallerie hatte errichten lassen, vor dem Abbruch gerettet, wie die den Militärs nahestehende Zeitung *Freies Land* geschrieben hatte.

Die Zelle, in der Lapislazuli inhaftiert war, lag gleich neben diesen historischen Ställen. Man ließ Ka vor einem hübschen alten Steingebäude aussteigen, auf das die vom Schnee niedergedrückten Zweige einer alten Ölweide herunterhingen. Drinnen befestigten zwei höfliche Herren, von denen Ka zu Recht annahm, daß sie beim Nationalen Nachrichtendienst beschäftigt waren, mit einer Mullbinde ein nach den Maßstäben der neunziger Jahre primitives Abhörgerät an seiner Brust und zeigten ihm den Knopf, mit dem man es in Betrieb setzte. Dabei ermahnten sie ihn ohne jeden Spott in der Stimme, so zu tun, als sei er traurig, daß der Gefangene da unten in diese Lage geraten sei, und als wolle er ihm helfen. Gleichzeitig aber solle er ihn dazu bringen, die von ihm begangenen und organisierten Verbrechen zu gestehen und auf das Band aufzunehmen. Ka fiel es gar nicht ein, daß diese Männer keine Ahnung hatten, warum er eigentlich hierhergeschickt worden war.

In diesem kleinen, steinernen Bau, der in der Zarenzeit als Hauptquartier der Kavallerie verwendet worden war, gab es im Untergeschoß, das man über eine kalte Steintreppe erreichte, eine ziemlich große Zelle ohne Fenster, in die man einst Soldaten wegen disziplinarischer Verstöße gesteckt hatte. Ka fand diese Zelle, die in der republikanischen Frühzeit zwischenzeitlich als kleines Depot und in den fünfziger Jahren als modellhafter Luftschutzkeller im Falle eines Atomkriegs verwendet worden war, viel sauberer und angenehmer als erwartet.

Obwohl ein elektrischer Heizstrahler der Marke Arçelik, die Muhtar, der der regionale Hauptvertreter war, einmal zur Pflege des guten Verhältnisses der Garnison geschenkt hatte, die Zelle ausreichend erwärmte, hatte Lapislazuli, der auf dem Bett lag und las, eine saubere Militärdecke über sich gezogen. Als Ka hereinkam, stand er auf, zog seine Schuhe an, deren Senkel ihm abgenommen worden waren, schüttelte ihm förmlich, aber doch lächelnd die Hand und zeigte mit der Entschlossenheit von jemandem, der auf eine geschäftliche Verhandlung gefaßt ist, auf einen Resopaltisch an der Wand. Sie setzten sich auf die beiden Stühle an den Enden des Tisches. Als Ka einen bis zum Rand mit Zigarettenstummeln gefüllten Aschenbecher aus Zink auf dem Tisch stehen sah, holte er die Packung Marlboro aus der Tasche, reichte sie Lapislazuli und sagte, er habe den Eindruck, er werde gut behandelt. Lapislazuli erwiderte, er sei nicht gefoltert worden, und zündete dann mit einem Streichholz erst Ka, dann sich selbst eine Zigarette an. »Für wen sind Sie diesmal als Spion unterwegs, mein Herr?« fragte er mit freundlichem Lächeln.

»Ich habe die Agententätigkeit aufgegeben«, sagte Ka. »Ich arbeite jetzt als Vermittler.«

»Das ist noch schlimmer. Spione transportieren gegen Geld alle möglichen Informationen, von denen die meisten nichts taugen. Vermittler dagegen stecken ihre Nase vorwitzig in wichtige Angelegenheiten und geben sich noch neutral dabei. Was springt für dich dabei raus?«

»Ich komme heil aus dieser erbärmlichen Stadt raus.«

»Diese Garantie kann einem Atheisten, der aus dem Westen zum Spionieren gekommen ist, heute nur Sunay geben.«

Ka begriff an dieser Äußerung, daß Lapislazuli die neueste Ausgabe der *Grenzstadtzeitung* zu sehen bekommen hatte. Er verabscheute Lapislazulis hämisches Grinsen. Wie konnte dieser militante Anhänger der Scharia so ruhig und fröhlich sein, wo er doch in die Hand des türkischen Staates gefallen war, über dessen Erbarmungslosigkeit er sich so beklagt hatte, und wo ihm noch dazu zwei Morde vorgeworfen wurden? Außerdem konnte Ka nun verstehen, warum Kadife so verliebt in ihn war. Er fand, Lapislazuli sah besser aus denn je.

»Was vermittelst du?«

»Deine Freilassung«, sagte Ka und faßte ruhig Sunays Vorschlag zusammen. Um noch etwas Verhandlungsspielraum zu haben, erwähnte er mit keinem Wort, daß Kadife eine Perücke tragen könnte, wenn sie ihren Kopf entblößte, und sprach auch nicht von den anderen Tricks, die man während der Live-Sendung anwenden konnte. Er fügte hinzu, daß Sunay ein Spinner sei und alles wieder normal werden würde, wenn erst der Schnee geschmolzen sei und die Straßen wieder offen seien, denn er merkte, wie es ihn bei seinen Darlegungen freute – weswegen er sich auch gleich schuldig fühlte –, daß die Bedingungen so hart waren und die Vertreter einer rigorosen Linie, die Sunay in die Enge trieben, Lapislazuli bei der erstbesten Gelegenheit aufhängen wollten. Später fragte er sich, ob er das den Leuten vom Nationalen Nachrichtendienst zuliebe gesagt hatte.

»Dennoch wird deutlich, daß das einzige Mittel zu meiner Rettung darin liegt, daß Sunay verrückt ist«, sagte Lapislazuli.

»Ja.«

»Dann sag ihm: Ich lehne seinen Vorschlag ab. Dir danke ich für die Mühe, daß du hierhergekommen bist.«

Ka glaubte einen Moment, Lapislazuli würde aufstehen, ihm die Hand geben und ihn zur Tür begleiten. Es wurde still.

Lapislazuli schaukelte ruhig auf den hinteren Beinen seines Stuhls.

»Wenn du nicht heil aus diesem erbärmlichen Kars herauskommst, weil du das mit der Vermittlung nicht geschafft hast, dann ist das nicht meinetwegen, sondern weil du dich überschätzt und mit deinem Atheismus geprahlt hast. In diesem Land kann man nur dann stolz auf seinen Atheismus sein, wenn man sich die Unterstützung des Militärs gesichert hat.«

»Ich bin keiner, der auf seinen Atheismus stolz wäre.«

»Dann ist es ja gut.«

Sie schwiegen wieder und rauchten. Ka hatte das Gefühl, als bliebe ihm nichts übrig als zu gehen. Dann fragte er: »Fürchtest du dich nicht vor dem Tod?«

»Wenn das eine Drohung ist: nein! Wenn es eine Frage aus freundschaftlichem Interesse ist: ja, ich habe Angst. Aber diese Unterdrükker werden mich aufhängen, was immer ich auch tue. Da ist nichts zu machen.«

Lapislazuli lächelte mit einer Freundlichkeit, die Ka verstörte. Sein Blick besagte: Schau, meine Lage ist viel ernster als deine, aber trotzdem bin ich viel gelassener als du! Ka wurde schmachvoll klar, daß seine eigene Unruhe und Sorge mit der Hoffnung auf Glück zusammenhing, die er wie einen süßen Schmerz in sich trug, seit er in İpek verliebt war. Hatte Lapislazuli keine solche Hoffnung? Er sagte zu sich selbst: Ich werde bis neun zählen und dann gehen: Eins, zwei ... Bei fünf hatte er beschlossen, daß er es nicht schaffen würde, İpek nach Deutschland mitzunehmen, wenn es ihm nicht gelänge, Lapislazuli zu überreden.

In einer Eingebung redete er eine Weile über Belanglosigkeiten. Er sprach darüber, wie in einem amerikanischen Schwarzweißfilm, den er in seiner Kindheit gesehen hatte, ein Vermittler scheiterte, und davon, daß die Erklärung, die im Hotel Asien verfaßt worden war, Chancen hatte, in Deutschland veröffentlicht zu werden (wenn man sie ordentlich redigiere), daß Menschen manchmal aus einer Verstocktheit, einer flüchtigen Leidenschaft heraus falsche Entscheidungen träfen, die sie dann später bedauerten, daß beispielsweise er, als er auf dem Gymnasium war, aus einem solchen Zorn heraus das Basketballteam verlassen habe und nicht wieder zurückgekehrt sei, daß er an jenem Tag zum Bosporus gegangen sei und lange, lange auf das Wasser geblickt habe, er sprach davon, wie sehr er Istanbul liebe, wie wunderbar die Bucht von Bebek an Frühlingsabenden sei, und von vielem anderem mehr. Er bemühte sich, unter den Blicken von Lapislazuli, der ihn kaltblütig ansah, nicht den Mut zu verlieren und zu verstummen; und so ähnelte dieses Gespräch der letzten Unterredung vor einer Hinrichtung.

»Selbst wenn wir die unmöglichsten Forderungen erfüllen, die sie uns stellen, brechen sie ihr Wort«, sagte Lapislazuli. Er zeigte auf einen Stapel Papiere und einen Stift auf dem Tisch. »Sie wollen, daß ich meine ganze Lebensgeschichte, meine Verbrechen, alles, wovon ich erzählen möchte, aufschreibe. Wenn sie darin meinen guten Willen erkennen würden, könnte ich vielleicht als reuiger Täter begnadigt werden. Ich habe die Idioten immer bemitleidet, die diesen Lügen geglaubt, sich in ihren letzten Tagen von ihrer Mission abgewandt und ihr ganzes Leben verraten haben. Aber wenn ich schon sterbe, sollen die nach mir doch immerhin ein oder zwei Wahrheiten über mich erfahren.«

Auf dem Tisch lagen ein paar beschriebene Blätter, und er nahm eins davon an sich. Sein Gesicht war nun wieder so ernst wie an dem Abend, als er der deutschen Zeitung gegenüber seine Erklärung abgab:»Ich möchte klarstellen, daß ich an diesem 20. Februar, dem Tag meiner Hinrichtung, nichts von dem bedaure, was ich bis heute als Teil meiner Politik getan habe. Ich bin der zweite Sohn eines Vaters, der bis zu seiner Pensionierung beim Finanzamt Istanbul als Sachbearbeiter gearbeitet hat. Meine Kindheit und Jugend verbrachte ich in der bescheidenen und stillen Welt meines Vaters, der insgeheim zu einem Konvent von Cerrahi-Derwischen gehörte. Als junger Mann rebellierte ich gegen ihn und wurde ein Linker; und als ich auf der Universität war, folgte ich militanten Studenten und warf Steine auf die Matrosen, die von Bord amerikanischer Kriegsschiffe kamen. Zu der Zeit heiratete ich, trennte mich, durchlebte eine Krise. Jahrelang mied ich jeden Kontakt mit anderen Menschen. Ich bin Elektroingenieur. Weil ich den Westen haßte, empfand ich Respekt für die Revolution im Iran. Ich wurde wieder zum Muslim. Ich glaubte dem Imam Chomeini, der sagte, heute sei es wichtiger, den Islam zu verteidigen, als zu beten und zu fasten. Ich habe mich von den Schriften Frantz Fanons über Gewalt, den Gedanken Sayyid Kutubs über Hidschra und Wanderung angesichts von Unterdrückung sowie von Ali Schariati inspirieren lassen. Nach dem Militärputsch suchte ich Asyl in Deutschland. Ich kehrte zurück. Wegen einer Verletzung, die ich im Kampf mit den Tschetschenen gegen die Russen in Grosny erlitt, hinke ich leicht auf dem rechten Bein. Während der Belagerung durch die Serben ging ich nach Sarajewo; die Bosnierin Merzuka, die ich dort heiratete, kam mit mir nach Istanbul. Ich trennte mich auch von meiner zweiten Frau, weil ich wegen meiner politischen Aktivitäten und meines Glaubens an die Idee der Hidschra in keiner Stadt länger als zwei Wochen bleiben kann. Nachdem ich meine Verbindung zu den muslimischen Gruppen gekappt hatte, die mich nach Tschetschenien und Bosnien gebracht hatten, habe ich die ganze Türkei bereist. Obwohl ich daran glaube, daß die Feinde des Islams getötet werden müssen, wenn es nötig ist, habe ich bis heute weder jemanden umgebracht noch umbringen lassen. Den ehemaligen Bürgermeister von Kars hat ein geistig verwirrter kurdischer Kutscher umgebracht, der ihm böse war, weil er die Kutschen aus der Stadt verbannen wollte. Ich bin nach Kars wegen der Mädchen gekommen, die Selbstmord begangen haben. Der Selbstmord ist die größte aller Sünden. Nach meinem Tod sollen meine Gedichte an mich erinnern, ich möchte, daß sie veröffentlicht werden. Sie sind alle bei Merzuka. Das ist alles.«

Er verstummte.

»Du mußt nicht sterben«, sagte Ka nach einer Weile. »Deswegen bin ich hier.«

»Dann erzähle ich dir von etwas anderem«, sagte Lapislazuli. In der Gewißheit, daß ihm genau zugehört wurde, zündete er sich eine neue Zigarette an. Wußte er Bescheid über das Abhörgerät, daß an Kas Brust wie eine eifrige Hausfrau lautlos seine Arbeit tat?

»In München gab es ein Kino, das samstags nach Mitternacht ein Double Feature zeigte; da ging ich immer hin«, sagte Lapislazuli. »Da gibt es diesen Italiener, der *Die Schlacht von Algier* gedreht hat, wo gezeigt wird, wie grausam die Franzosen die Algerier unterdrückt haben. Und in diesem Kino haben sie seinen letzten Film *Queimada* gezeigt. In dem Film geht es um die Intrigen, die englische Kolonialisten auf einer karibischen Insel, auf der Zuckerrohr angebaut wird, spinnen, und über die von ihnen angezettelten Rebellionen. Zuerst suchen sie sich einen schwarzen Anführer, der einen Aufstand gegen die Portugiesen organisiert, dann setzen sie sich auf der Insel fest und übernehmen die Kontrolle. Nach dem Scheitern des ersten Aufstands erheben sich die Neger erneut, diesmal gegen die Engländer, aber sie unterliegen, als die Engländer die ganze Insel niederbrennen. Der Anführer der beiden Aufstände wird gefaßt und soll aufgehängt werden. Genau da dringt Marlon Brando, der ihn am Anfang gefunden, den Aufstand provoziert, über Jahre hin alles eingefädelt und am

Ende auf englische Rechnung den zweiten Aufstand niedergeworfen hat, in das Zelt ein, in dem der Neger gefangen gehalten wird, zerschneidet seine Fesseln und läßt ihn frei.«

»Warum?«

Lapislazuli war irritiert:»Warum wohl? Damit er nicht aufgehängt wird! Er weiß ganz genau, daß der Schwarze, wenn man ihn aufhängt, zu einer Legende werden wird und daß die Eingeborenen seinen Namen über Jahre zur Losung für Rebellionen machen werden. Aber weil der schwarze Anführer begreift, daß Marlon seine Stricke aus diesem Grund durchschneidet, lehnt er es ab, freigelassen zu werden, und flieht nicht.«

»Haben sie ihn aufgehängt?« fragte Ka.

»Ja, aber seine Hinrichtung wird nicht gezeigt«, sagte Lapislazuli. »Statt dessen sieht man, wie der Spitzel Marlon Brando, der den Schwarzen genauso mit der Freiheit in Versuchung führt, wie du das jetzt bei mir tust, von einem der Eingeborenen erstochen wird, gerade als er dabei ist, die Insel zu verlassen.«

»Ich bin kein Spitzel«, sagte Ka, unfähig zu verbergen, daß er sich getroffen fühlte.

»Stör dich nicht an dem Wort ›Spitzel‹. Schließlich bin ich der Spitzel des Islams!«

»Ich bin niemandes Spitzel«, sagte Ka, diesmal ohne zu bedauern, daß er so empfindlich war.

»Heißt das, daß sie nicht einmal ein besonderes Medikament in diese Zigarette getan haben, das mich vergiftet, meinen Willen schwächt? Das Beste, was die Amerikaner der Welt gegeben haben, sind rote Marlboro. Ich könnte bis ans Ende meines Lebens Marlboro rauchen.«

»Wenn du vernünftig bist, kannst du noch vierzig Jahre lang Marlboro rauchen!«

»Wenn ich von ›Spitzel‹ rede, meine ich das«, sagte Lapislazuli. »Zu den Aufgaben eines Spitzels gehört es, die Vernunft von Leuten zu ködern.«

»Ich will dir bloß sagen, wie unvernünftig es wäre, sich hier von diesen verrückt gewordenen Faschisten mit Blut an den Händen umbringen zu lassen. Außerdem wird dein Name auch nicht zur Losung für irgendwen. Die Menschen hier sind fromm wie Lämmer und ihrer Religion ergeben, aber am Ende tun sie nicht das, was die Religion, sondern was der Staat befiehlt. Von all diesen Scheichen, die einen Aufstand anzetteln, die rebellieren, weil die Religion in Gefahr ist, von den militanten Aktivisten, die im Iran ausgebildet worden sind, bleibt am Ende nicht einmal ein Grab zurück, selbst wenn ihr Name wie der von Said Nursi einmal ein bißchen Widerhall gefunden hat. In diesem Land werden die Leichen religiöser Führer, deren Name eines Tages zum Slogan werden könnte, in ein Flugzeug verfrachtet und an einem unbekannten Ort ins Meer geworfen. Das alles weißt du doch. Die Gräber, die in Batman zur Pilgerstätte der Hizbullah-Anhänger geworden waren, sind über Nacht vom Erdboden verschwunden: Wo sind heute diese Gräber?«

»Im Herzen des Volkes.«

»Leeres Geschwätz, nur zwanzig Prozent dieses Volkes geben den Islamisten ihre Stimme. Und auch noch einer gemäßigten Partei!«

»Wenn sie gemäßigt ist, warum haben sie dann Angst und machen einen Militärputsch, erklär mir das doch einmal! Deine unparteiische Vermittlung geht eben nur bis hierhin.«

»Ich *bin* ein unparteiischer Vermittler!« Ka erhob automatisch seine Stimme.

»Bist du nicht. Du bist ein Agent des Westens. Du bist ein Sklave der Europäer, der seine Freilassung nicht akzeptiert, und weißt wie alle echten Sklaven nicht einmal, daß du ein Sklave bist. Weil du in Nişantaşı ein bißchen europäisiert worden bist und gelernt hast, die Religion und die Traditionen deines Volkes herzlich zu verachten, hältst du dich für den Herrn dieser Nation. Deiner Ansicht nach führt in diesem Land der Weg dazu, gut und moralisch sauber zu sein, nicht über die Religion, über Gott und darüber, das Leben des Volkes zu teilen, sondern darüber, daß man den Westen imitiert. Vielleicht äußerst du ein oder zwei Worte gegen die Unterdrückung von Islamisten und Kurden, aber insgeheim heißt du den Militärputsch gut.«

»Ich kann das folgende für dich arrangieren: Kadife trägt unter dem Kopftuch eine Perücke; und so kann keiner ihre Haare sehen, wenn sie ihr Haupt entblößt.«

»Ihr werdet mich nicht dazu bringen, Wein zu trinken!« Auch Lapislazuli erhob jetzt die Stimme. »Weder werde ich Europäer noch ahme ich sie nach. Ich werde meine eigene Geschichte leben und ich selbst sein. Ich glaube daran, daß die Menschen auch glücklich werden können, ohne die Europäer zu imitieren und zu ihren Sklaven zu werden. Es gibt da so ein Wort, das die Bewunderer des Westens immer wieder verwenden, um das Volk herabzusetzen: Um ein Europäer zu sein, muß man erst ein Individuum werden, aber in der Türkei gibt es keine Individuen. Das genau ist der Sinn meiner Hinrichtung. Ich leiste als Individuum Widerstand gegen den Westen; weil ich ein Individuum bin, werde ich die Westler nicht imitieren.«

»Sunay ist so überzeugt von diesem Stück, daß ich auch noch etwas anderes arrangieren kann: Das Volkstheater wird leer sein. Die Kamera wird erst Kadifes Hände zeigen, wie sie nach ihrem Kopftuch greifen. Dann werden mit einem Montagetrick die Haare von einer anderen gezeigt, die ihr Haupt entblößt.«

»Es ist verdächtig, wie sehr du dich anstrengst, mich zu retten.«

»Ich bin sehr glücklich«, sagte Ka und fühlte sich schuldig wie jemand, der lügt. »Nie in meinem Leben war ich so glücklich. Ich möchte dieses Glück bewahren.«

»Was macht dich so glücklich?«

Ka gab nicht die Antwort, an die er später oft denken sollte: Weil ich Gedichte schreibe, oder: Weil ich an Gott glaube. Vielmehr sagte er: »Weil ich verliebt bin. Meine Geliebte wird mit mir nach Frankfurt gehen.« Einen Augenblick lang freute er sich, weil er zu einem Unbeteiligten über seine Liebe sprechen konnte.

»Wer ist deine Geliebte?«

»İpek, Kadifes ältere Schwester.«

Ka bemerkte, daß sich Lapislazulis Miene veränderte. Es tat ihm sofort leid, sich einen Augenblick lang seiner Begeisterung überlassen zu haben. Stille breitete sich aus.

Lapislazuli zündete sich wieder eine Marlboro an. »Es ist eine Gnade Gottes, wenn ein Mensch so glücklich ist, daß er dieses Glück mit einem teilen möchte, der vor seiner Hinrichtung steht. Nimm an, daß ich die Vorschläge, die du mir überbracht hast, akzeptiere, damit du aus dieser Stadt entkommst, ohne daß dein Glück zerstört wird, und daß Kadife in einer geeigneten, ihre Ehre nicht verletzenden Form in dem Stück auftritt, damit das Glück ihrer Schwester nicht zerstört wird: Woher soll ich wissen, daß diese Leute ihr Wort halten und mich freilassen?«

»Ich wußte, daß du das sagen würdest«, rief Ka erregt. Einen Moment lang schwieg er, führte seinen Finger an die Lippen und gab Lapislazuli ein Zeichen, das bedeutete, er solle still sein und aufpassen. Er öffnete die Knöpfe seines Jacketts und stoppte demonstrativ das Abhörgerät unter seinem Pullover. »Ich bürge dafür«, sagte er. »Erst lassen sie dich frei. Kadife tritt auf, wenn du ihr aus deinem Versteck mitgeteilt hast, daß du frei bist. Aber erst mußt du einen Brief schreiben, daß du der Vereinbarung zustimmst, und dann mir geben, damit ich Kadife überzeugen kann.« All diese Einzelheiten fielen ihm ein, während er sprach. »Ich werde durchsetzen, daß du unter deinen Bedingungen und an dem Ort freigelassen wirst, den du aussuchst«, flüsterte er. »Du versteckst dich an einem Platz, an dem dich keiner findet, bis die Straßen wieder frei sind. Vertrau mir!«

Lapislazuli streckte ihm ein Blatt Papier von seinem Tisch hin. »Schreib auf, daß du, Ka, Vermittler und Bürge dafür bist, daß als Gegenleistung dafür, daß Kadife auf der Bühne ihr Haupt entblößt, ohne ihre Ehre zu beflecken, ich freigelassen werde und Kars unbehelligt verlassen kann. Was soll die Strafe des Bürgen sein, wenn du dein Wort nicht hältst und ich reingelegt werde?«

»Was immer dir geschieht, das soll auch mir geschehen«, sagte Ka.

»Dann schreib das so!«

Auch Ka streckte ihm ein Blatt hin. »Und du schreib, daß du mit der von mir geschilderten Übereinkunft einverstanden bist, daß die Nachricht dieser Vereinbarung durch mich Kadife mitgeteilt werden soll und daß die letzte Entscheidung Kadife überlassen bleibt! Wenn Kadife einverstanden ist, schreibt sie das auf ein Blatt Papier und unterzeichnet, und du wirst freigelassen, so wie du es wünschst, ehe sie ihr Haupt entblößt. Schreib das! Wo und wie du freigelassen werden willst, sprich aber nicht mit mir ab, sondern mit jemandem, dem du in dieser Sache mehr vertraust als mir. Ich schlage dafür Fazıl vor, den Blutsbruder des toten Necip.«

»Ist das der Junge, der sich in Kadife verliebt und ihr Briefe geschrieben hat?«

»Das war Necip; er ist tot. Er war ein besonderer Mensch, den Gott gesandt hat«, sagte Ka. »Fazıl ist wie er ein guter Mensch.«

»Wenn du das sagst, habe ich Vertrauen«, erklärte Lapislazuli und begann auf das Blatt vor ihm zu schreiben.

Lapislazuli war als erster mit seinem Text fertig. Als Ka seine eigene Bürgschaftserklärung beendet hatte, sah er, daß Lapislazuli wieder jenen leicht spöttischen Blick aufgesetzt hatte, aber er kümmerte sich nicht darum. Er war über alle Maßen glücklich, die Angelegenheit geregelt zu haben und mit İpek die Stadt verlassen zu können. Schweigend tauschten sie die Papiere aus. Weil Ka sah, daß Lapislazuli sein Blatt in seine Tasche steckte, ohne es zu lesen, machte er es auch so, drückte mit einer Bewegung, die Lapislazuli sehen konnte, auf den Knopf seines Abhörgerätes und brachte es so wieder in Gang.

Sie schwiegen eine Weile. Ka erinnerte sich an die letzten Worte, die er gesagt hatte, ehe er das Tonband angehalten hatte. »Ich wußte, daß du das sagen würdest«, erklärte er. »Aber wenn die Beteiligten kein Vertrauen zueinander haben, kann man zu überhaupt keiner Übereinkunft kommen. Du mußt daran glauben, daß der Staat das Versprechen, das er dir gibt, auch hält.«

Lächelnd schauten sie sich in die Augen. Immer wenn er in späteren Jahren an diesen Augenblick dachte, bedauerte Ka, daß sein eigenes Glück ihn hinderte zu sehen, wie wütend Lapislazuli war, und glaubte, daß er seine nächste Frage nicht gestellt hätte, wenn er diese Wut gespürt hätte: »Wird sich Kadife an diese Übereinkunft halten?«

»Das wird sie tun«, antwortete Lapislazuli mit zornsprühenden Augen.

Wieder schwiegen sie.

»Da du nun einmal eine Vereinbarung treffen willst, die mich an das Leben bindet, erzähl mir von deinem Glück«, sagte Lapislazuli.

»Ich habe mein Leben lang niemanden so geliebt«, sagte Ka. Er fand seine Worte naiv und unbeholfen, sagte sie aber trotzdem. »Und für mich gibt es im Leben auch keine andere Möglichkeit als İpek, um glücklich zu werden.«

»Was ist Glück?«

»Eine Welt zu finden, in der du diese ganze Not, dieses Elend vergessen kannst. Jemanden zu schätzen wie eine ganze Welt ...« erklärte Ka. Er wollte noch mehr sagen, aber Lapislazuli stand plötzlich auf.

In diesem Moment fiel Ka das Gedicht »Schach« ein. Er warf einen Blick auf Lapislazuli, holte sein Heft aus der Tasche und begann eilig zu schreiben. Während er die Zeilen des Gedichts zu Papier brachte, in denen von Glück und Macht, Weisheit und Ehrgeiz die Rede war, schaute Lapislazuli ihm über die Schulter, um herauszubekommen, was vor sich ging. Ka spürte diesen Blick und bemerkte später, daß er das, worauf dieser Blick anspielte, in das Gedicht eingefügt hatte. Er schaute auf seine Hand, die das Gedicht schrieb, als sei es die eines anderen. Er begriff, daß Lapislazuli dies nicht erkennen konnte, aber er wünschte, er würde wenigstens bemerken, daß seine Hand sich nicht aus eigener Kraft bewegte. Aber Lapislazuli saß auf der Bettkante und rauchte wie ein wirklich zum Tode Verurteilter eine Zigarette.

Danach wollte ihm Ka in einem spontanen Einfall, über den er später oft nachdachte, den er aber nie verstand, erneut sein Herz öffnen.

»Ich habe jahrelang kein Gedicht geschrieben«, sagte er. »Jetzt in Kars haben sich alle Wege zur Lyrik geöffnet. Ich bringe das mit der Gottesliebe in Verbindung, die ich hier in mir spüre.«

»Ich will dich nicht verletzen, aber deine Gottesliebe entstammt westlichen Romanen«, antwortete Lapislazuli. »Wenn du hier wie ein Europäer an Gott glaubst, machst du dich lächerlich. Und dann glaubt der Mensch auch nicht mehr an das, woran er glaubt. Du gehörst nicht zu diesem Land; es ist, als seist du kein Türke mehr. Versuch erst, wie jedermann zu sein, dann glaubst du an Allah.«

Ka spürte, daß der andere ihn nicht ausstehen konnte. Er nahm ein paar der Blätter vom Tisch und faltete sie zusammen. Er sagte, er müsse so schnell wie möglich mit Kadife und Sunay sprechen, und klopfte an die Zellentür. Als die geöffnet wurde, drehte er sich zu Lapislazuli um und fragte ihn, ob er Kadife eine besondere Nachricht überbringen solle.

Lapislazuli lächelte: »Paß auf, daß dich keiner umbringt!«

36

Sie werden doch nicht wirklich sterben, nicht wahr?

EIN HANDEL, BEI DEM ES UM LEBEN UND SPIEL, KUNST UND POLITIK GEHT

Als im oberen Stockwerk die Angehörigen des Nationalen Nachrichtendienstes Ka ganz langsam das Abhörgerät abnahmen, wobei sie ihm zusammen mit dem Klebeband einzelne Brusthaare ausrissen, paßte er sich unwillkürlich ihrer sarkastischen, professionellen Haltung an und äußerte sich abfällig über Lapislazuli. Er sprach gar nicht darüber, wie feindselig ihm dieser begegnet war. Er wies den Fahrer des Militärlastwagens an, ihn zum Hotel zu bringen und dort auf ihn zu warten. Eskortiert von seinen beiden Leibwächtern, ging er durch die ganze Garnison. Auf dem weiten, schneebedeckten Platz, auf den sich die Offizierswohnheime öffneten, lieferten sich lärmende Jungen eine Schneeballschlacht. Am Rand baute ein dünnes Mädchen in einem Mantel, der ihn an den rotschwarzen Wollmantel erinnerte, den er in der dritten Grundschulklasse getragen hatte, mit zwei Freundinnen, die in der Nähe einen riesigen Schneeball vor sich her rollten, einen Schneemann. Die Luft war kristallklar, und nach dem schlimmen Sturm wärmte die Sonne zum erstenmal wieder ein bißchen.

Im Hotel suchte er sofort nach İpek. Sie war in der Küche und trug einen Kittel und eine Weste, wie sie sie früher alle Oberschülerinnen in der Türkei getragen hatten. Ka schaute sie an und hätte sie gern umarmt, aber sie waren nicht allein. So faßte er zusammen, was seit dem Morgen passiert war, und erzählte, daß sich alles gut für Kadife, aber auch für sie entwickle. Die Zeitung sei verteilt worden, aber er habe keine Angst mehr, umgebracht zu werden. Er wollte noch mehr sagen, als Zahide in die Küche kam und die beiden Leibwächter an der Tür erwähnte. İpek trug ihr auf, sie hereinzulassen und ihnen Tee zu geben, und verabredete mit Ka zwischen Tür und Angel, sich oben auf seinem Zimmer zu treffen.

Sobald Ka in seinem Zimmer war, hängte er seinen Mantel auf und blickte zur Decke, während er auf İpek wartete. Obwohl er sehr gut wußte, daß İpek ohne irgendwelche Umstände kommen würde, weil sie so viel zu besprechen hatten, überkam ihn ein pessimistisches Gefühl. Erst stellte er sich vor, İpek könne nicht kommen, weil sie ihrem Vater über den Weg gelaufen war, dann befürchtete er, sie wolle nicht kommen. Wieder spürte er jenen Schmerz, der sich von der Magengegend aus wie ein Gift durch seinen ganzen Körper verbreitete. Wenn es das war, was man Liebesqualen nannte, dann war daran nichts Glückverheißendes. Ihm war bewußt, daß diese Anfälle von Unsicherheit und Pessimismus desto häufiger wiederkehrten, je stärker seine Liebe zu İpek wurde. Er dachte, was man als Liebe bezeichnete, sei dieser Mangel an Selbstvertrauen, diese Angst davor, hintergangen und enttäuscht zu werden, aber da alle von Liebe nicht als Niederlage oder Elend sprachen, sondern als etwas Positivem, ja manchmal als etwas, worauf man stolz sein konnte, mußte es sich doch anders verhalten. Was noch schlimmer war: nicht nur, daß seine Gedanken, während er wartete, immer paranoider wurden (İpek kam nicht, İpek wollte eigentlich ohnehin nicht kommen, İpek kam nur, um etwas zu drehen, oder mit einer unbekannten Absicht, alle – Kadife, Turgut Bey und İpek – redeten über ihn und sahen ihn als einen Feind, den es auszuschalten galt), sondern er wußte auch, daß diese Gedanken krank und paranoid waren. So bekam er zum Beispiel Bauchschmerzen bei dem Gedanken, daß İpek einen anderen Geliebten hatte, und stellte sich das in quälender Deutlichkeit vor, wußte aber gleichzeitig mit einem anderen Teil seines Verstandes, daß, was er da dachte, krank war. Damit der Schmerz nachließ und die schlimmen Szenen, die er vor Augen hatte, verschwanden (zum Beispiel wollte İpek ihn nicht mehr treffen und schon gar nicht mehr nach Frankfurt ziehen), mobilisierte er manchmal mit ganzer Kraft seine vernünftigste Seite, die von der Liebe nicht aus dem Gleichgewicht gebracht worden war (natürlich liebt sie mich, warum sollte sie so leidenschaftlich sein, wenn sie mich nicht liebt?), und rettete sich so vor Unsicherheit und Angst; aber nach einer Weile überfiel ihn eine neue Sorge und zerstörte den eben gewonnenen Seelenfrieden. Als er Schritte auf dem Korridor hörte, dachte er, das sei nicht İpek, sondern jemand, der kam, um ihm auszurichten, İpek werde nicht kommen. Als İpek in der Tür stand, blickte er sie zugleich erleichtert und feindselig an. Er hatte ganze zwölf Minuten gewartet und war ganz erschöpft. Voller Freude sah er, daß İpek sich geschminkt und Rouge aufgelegt hatte.

»Ich habe mit Papa gesprochen und ihm gesagt, daß ich nach Deutschland gehen werde«, sagte İpek.

Ka hatte sich so von den pessimistischen Bildern in seiner Vorstellung mitreißen lassen, daß er zunächst gekränkt war; er konnte gar nicht fassen, was ihm İpek erzählte. Das wiederum erweckte in İpek den Zweifel, daß ihm die Neuigkeit, die sie ihm mitgeteilt hatte, keine Freude bereitete, und schlimmer noch, diese Enttäuschung führte dazu, daß İpek sich zurückzog. Aber in einem Winkel ihres Herzens wußte sie, daß Ka wahnsinnig in sie verliebt und schon jetzt so an sie gebunden war wie ein hilfloses fünfjähriges Kind an seine Mutter. Sie war sich auch klar, daß einer der Gründe, daß Ka sie nach Deutschland bringen wollte, die Hoffnung war, sie dort fern von allen Beobachtern ganz für sich zu haben, und nicht nur, daß er in Frankfurt eine Wohnung hatte, in der er sich inzwischen wohl fühlte.

»Liebling, was hast du denn?«

Wenn Ka in den folgenden Jahren von Liebeskummer gepeinigt wurde, erinnerte er sich Tausende von Malen daran, wie sanft und zärtlich İpek diese Frage gestellt hatte. Er erzählte ihr nun in allen Einzelheiten von den Sorgen, die er auf dem Herzen hatte, von der Angst, verlassen zu werden, und den ungeheuer schrecklichen Szenen, die ihm vor Augen standen.

»Wenn du dich schon im voraus so vor Liebeskummer fürchtest, hat dir sicher eine Frau Schlimmes zugefügt.«

»Nur ein bißchen, aber vor dem Schmerz, den du mir zufügen wirst, habe ich schon jetzt Angst.«

»Ich werde dich gar nicht leiden lassen«, sagte İpek. »Ich liebe dich, ich werde mit dir nach Deutschland gehen, und alles wird gut.« Sie umarmte Ka mit ganzer Kraft, und sie liebten sich mit einer Selbstverständlichkeit, die Ka ganz unglaublich vorkam. Es bereitete ihm Lust, sie hart zu nehmen und fest zu umarmen, und ihm gefiel ihre zarte weiße Haut, aber beiden war bewußt, daß sie sich nicht so intensiv liebten wie in der Nacht davor.

Ka dachte an seine Pläne als Vermittler. Er war überzeugt, daß er zum erstenmal in seinem Leben glücklich werden könnte und daß dieses Glück, wenn er einigermaßen vernünftig handelte und heil mit seiner Geliebten aus Kars herauskam, möglicherweise von Dauer sein würde. Er war ganz versunken in diesen Gedanken, und es überraschte ihn, daß ihm ein neues Gedicht einfiel, während er aus dem Fenster schaute und rauchte. Unter İpeks liebevollen und bewundernden Blicken schrieb er es rasch auf, so wie es ihm einfiel. Dieses Gedicht mit dem Titel »Liebe« trug Ka später auf Lesungen in Deutschland sechsmal vor. Zuhörer erzählten mir, daß die Liebe, von der in dem Gedicht die Rede war, weniger in Zuneigung als in der Spannung zwischen Erfüllung und Einsamkeit oder Vertrauen und Angst wurzelte und viel mit dem unverstandenen Dunkel in Kas Leben wie mit dem besonderen Interesse an einer Frau zusammenhing (nur eine einzige Person sollte mich fragen, wer diese Frau gewesen sei). Dagegen schrieb Ka in seinen Notizen zu diesem Gedicht mehr von seinen Erinnerungen an İpek, von seiner Sehnsucht nach ihr und davon, was Details ihrer Kleidung und ihrer Bewegungen für ihn bedeuteten. Einer der Gründe, warum ich bei meiner ersten Begegnung mit İpek so von ihr beeindruckt war, lag darin, daß ich diese Notizen mehrmals gelesen hatte.

Kaum hatte sich İpek in aller Eile angezogen und war gegangen, um ihre Schwester zu ihm zu schicken, kam auch schon Kadife. Er erklärte Kadife, deren Augen vor Aufregung weit geöffnet waren, es gebe keinen Grund zur Sorge, man habe Lapislazuli gut behandelt. Er sagte, er habe lange auf Lapislazuli einreden müssen, um ihn zu überzeugen, und er sei sich sicher, daß er außerordentlich mutig sei. Dann begann er die Einzelheiten einer Lüge, die er sich vorher zurechtgelegt hatte, wie in einer plötzlichen Eingebung auszubreiten: Zunächst sei es am schwierigsten gewesen, Lapislazuli davon zu überzeugen, daß Kadife der Vereinbarung zustimmte. Er erzählte, Lapislazuli habe gesagt, die Vereinbarung mit ihm sei eine Respektlosigkeit Kadife gegenüber und man müsse erst mit Kadife sprechen, und als die kleine Kadife ihre Augenbrauen hob, sagte er, damit diese Lüge echter wirkte, er glaubte nicht, daß Lapislazuli das wirklich so gemeint habe. An dieser Stelle ergänzte er, wenn Lapislazuli, und sei es nur zum Schein, für Kadifes Ehre mit ihm, Ka, lange gestritten habe, dann sei das (also der Respekt für die Entscheidung einer Frau) etwas Positives von seiten Lapislazulis. Ka war jetzt froh darüber, daß er in dieser dummen Stadt Kars, in der er, wenn auch spät, gelernt hatte, daß das einzig Wichtige im Leben das Glück ist, diesen unglücklichen Menschen, die sich unsinnigen politischen Konflikten überlassen hatten, solche Lügen verkaufte. Andererseits stimmte es ihn wehmütig, daß Kadife, die er so viel mutiger und aufopferungsvoller als sich selbst fand, diese Lügen schluckte, weil er ahnte, daß sie am Ende unglücklich sein würde. Deswegen unterbrach er mit einer harmlosen Geschichte seine Lüge: Er ergänzte, daß Lapislazuli flüsternd Grüße an Kadife habe ausrichten lassen, wiederholte noch einmal die Einzelheiten der Übereinkunft und fragte sie nach ihrer Meinung.

Kadife sagte:»Ich werde mein Haar so entblößen, wie mir das richtig erscheint.«

Weil Ka das Gefühl hatte, es wäre ein Fehler, diesen Punkt überhaupt nicht zu berühren, sagte er, Lapislazuli hätte es vernünftig gefunden, wenn Kadife eine Perücke aufsetzte oder eine ähnliche Methode verwendete, verstummte aber, als er sah, daß Kadife wütend wurde. Die Vereinbarung besagte, daß erst Lapislazuli freigelassen und sich an einem sicheren Ort verstecken würde und daß dann Kadife ihr Haupt entblößen würde, wie sie es für richtig hielt. Ob Kadife jetzt gleich einen Text verfassen und unterschreiben könne, daß ihr das klar sei? Ka reichte Kadife das Blatt, das Lapislazuli geschrieben hatte, damit sie es genau las und es als Modell nahm. Ihn überlief eine Welle von Sympathie, als er sah, wie sehr es Kadife berührte, Lapislazulis Handschrift zu sehen. Während sie den Brief las, schnupperte sie einmal an dem Papier, was sie aber vor Ka zu verbergen suchte. Weil er das Gefühl hatte, sie beginne zu zögern, sagte er ihr, er werde das Schreiben benutzen, um Sunay und die Soldaten um ihn herum zu überzeugen, Lapislazuli freizulassen. Das Militär und der Staat seien möglicherweise wegen der Kopftuchaffäre verärgert, seien aber wie ganz Kars überzeugt, daß sie tapfer sei und ihr Wort halte. Während dann Kadife eifrig das leere Blatt, das ihr Ka gereicht hatte, beschrieb, schaute er ihr einen Moment lang zu. Seit dem Abend zwei Tage zuvor, als sie durch die Fleischhauer-Straße gegangen waren und über Astrologie geredet hatten, war Kadife älter geworden.

Nachdem er das Blatt in seiner Tasche verstaut hatte, sagte er ihr, ihr nächstes Problem werde sein, einen Ort zu finden, an dem sich Lapislazuli nach seiner Freilassung verstecken könne. War Kadife bereit, dabei zu helfen?

Kadife nickte ernst.

»Mach dir keine Sorgen«, sagte Ka. »Am Ende werden wir alle glücklich werden.«

»Es macht den Menschen nicht immer glücklich, das Richtige zu tun«, meinte Kadife.

»Richtig ist das, was uns glücklich macht«, entgegnete Ka. Er stellte sich vor, daß Kadife bald nach Frankfurt kommen und sehen würde, wie glücklich ihre Schwester und er waren. İpek würde Kadife im Kaufhof einen eleganten Sommermantel kaufen, sie würden alle zusammen ins Kino gehen, dann in einer der Gaststätten an der Kaiserstraße Würstchen essen und Bier trinken.

Gleich nachdem Kadife gegangen war, zog Ka seinen Mantel an, ging nach unten und stieg in den Militärlaster. Seine beiden Leibwächter saßen gleich hinter ihm. Ka fragte sich, ob es übertriebene Feigheit sei, zu glauben, er werde angegriffen, wenn er allein unterwegs war. Die Straßen von Kars waren, von der Fahrerkabine aus gesehen, keineswegs furchterregend. Er sah Frauen mit Einkaufsnetzen auf den Markt gehen, Schneebälle werfende Kinder, alte Leute, die sich aneinander festhielten, um nicht auszurutschen, und träumte davon, wie İpek und er Hand in Hand sich im Kino einen Film ansahen.

Er traf Sunay zusammen mit seinem Putschgefährten Oberst Osman Nuri Çolak an. Ka erklärte mit einem Optimismus, der aus seinen Glücksphantasien stammte, er habe alles geregelt, Kadife sei einverstanden, in dem Stück eine Rolle zu übernehmen und ihr Haar zu entblößen, und Lapislazuli fiebere darauf, als Gegenleistung freigelassen zu werden. Er hatte das Gefühl, zwischen Sunay und dem Oberst herrsche das Einverständnis, das nur zwischen vernünftigen Menschen besteht, die in ihrer Jugend die gleichen Bücher gelesen haben. In vorsichtigen, aber keineswegs bescheidenen Worten erklärte er, daß das Problem durchaus heikel gewesen sei. »Erst habe ich Kadifes, dann Lapislazulis Stolz geschmeichelt«, sagte er. Er gab Sunay die Blätter, die er von ihnen bekommen hatte. Während Sunay sie las, merkte Ka, daß er schon getrunken hatte, obwohl es noch nicht einmal Mittag war. Er näherte seinen Kopf Sunays Mund und überzeugte sich von dem Rakı-Geruch.

»Dieser Kerl möchte freigelassen werden, bevor Kadife auftritt und ihr Haar entblößt«, meinte Sunay. »Ein ganz Aufgeweckter!«

»Kadife verlangt das gleiche«, sagte Ka. »Ich habe alles versucht, konnte aber nichts Besseres aushandeln.«

»Warum sollten wir, die wir den Staat vertreten, denen vertrauen?« fragte Oberst Osman Nuri Çolak.

»Sie haben ihrerseits den Glauben an den Staat verloren«, antwortete Ka. »Wenn beide Seiten mißtrauisch sind, gibt es keine Lösung.«

»Denkt Lapislazuli nicht daran, daß er einfach zur Warnung aufgehängt werden und man dann später uns dafür verantwortlich machen könnte, einen versoffenen Schauspieler und einen verbitterten Oberst?« fragte Osman Nuri Çolak.

»Er ist gut darin, so zu tun, als fürchte er sich nicht vor dem Tod. Deswegen weiß ich nicht, was er wirklich denkt. Er hat angedeutet, daß er aufgehängt und so zu einem Heiligen, einem Symbolträger werden möchte.«

»Nehmen wir einmal an, wir würden Lapislazuli freilassen«, sagte Sunay. »Wie können wir uns darauf verlassen, daß Kadife ihr Wort hält und im Stück ihre Rolle spielt?«

»Wir können ihrem Wort jedenfalls mehr trauen als dem Lapislazulis, weil sie die Tochter Turgut Beys ist, der einstmals sein Leben seiner Ehre und einer Mission gewidmet und es dafür ruiniert hat. Aber wenn du ihr jetzt sagst, daß du Lapislazuli freigelassen hast, weiß sie möglicherweise selbst nicht, ob sie am Abend auftreten soll oder nicht. Sie hat eine Seite, die sich in plötzlichem Zorn, in sprung-. haften Entscheidungen auslebt.«

»Was schlägst du vor?«

»Ich bin mir bewußt, daß Sie den Putsch nicht nur aus politischen Gründen, sondern auch um seiner Schönheit und um der Kunst willen inszeniert haben«, sagte Ka. »Ich leite auch aus Sunay Beys Lebensgeschichte ab, daß er sich um der Kunst willen mit Politik befaßt. Wenn Sie jetzt bloß normal Politik machen wollen, dürfen Sie kein Risiko eingehen und Lapislazuli nicht freilassen. Aber Sie merken, daß es sowohl Kunst als auch Politik mit weitreichenden Folgen ist, wenn Kadife ihr Haupt vor ganz Kars entblößt.«

»Wenn sie ihr Haar entblößt, lassen wir Lapislazuli frei«, sagte Osman Nuri Çolak. »Und das Stück soll abends die ganze Stadt sehen!«

Sunay umarmte seinen alten Kameraden und küßte ihn. Nachdem der Oberst den Raum verlassen hatte, nahm Sunay Ka an der Hand und führte ihn in ein anderes Zimmer: »Ich möchte, daß du all das auch meiner Frau erzählst!« In einem kahlen Zimmer, in dem es trotz eines elektrischen Heizstrahlers kalt war, trug Funda Eser in großer Pose einen Text vor. Sie merkte, daß Ka und Sunay ihr von der Tür aus zuschauten, ließ sich aber nicht im geringsten in ihrem Vortrag stören. Ka war unfähig, auf die Worte zu achten, weil ihn ihr Make-up, der dick aufgetragene Lippenstift, das tiefdekolletierte Kostüm, das ihre Brüste freigab, und ihre übertriebenen Gesten ganz in Anspruch nahmen.

»Der tragische Monolog der vergewaltigten Rächerin aus Kyds *Spanischer Tragödie*!« sagte Sunay stolz. »Überarbeitet nach Brechts *Gutem Menschen von Sezuan* und vor allem mit Beiträgen meiner Imagination. Wenn Funda heute abend dies vorträgt, wird Kadife Hanım mit den Zipfeln ihres Kopftuchs, das abzuziehen sie noch nicht den Mut gefunden hat, sich die Tränen abwischen.«

»Wenn Kadife Hanım bereit ist, sollten wir sofort mit den Proben beginnen«, sagte Funda Eser.

Der fordernde Ton in der Stimme der Frau weckte in Ka nicht nur eine Vorstellung von ihrer Liebe zum Theater, sondern auch die Erinnerung an die Behauptung, sie sei lesbisch, die diejenigen hartnäckig wiederholt hatten, die Sunay nicht in der Rolle Atatürks sehen wollten. Sunay teilte ihr mehr in der Haltung eines selbstbewußten Theaterproduzenten als der eines Putschisten mit, Kadifes »Engagement« stehe noch nicht fest. Da trat ein Adjutant ein und meldete, daß Serdar Bey, Eigentümer der *Grenzstadtzeitung*, gebracht worden sei. Als er den Mann vor sich sah, spürte Ka einen Moment lang in sich einen Drang, den er zuletzt Jahre zuvor in der Türkei gespürt hatte: ihm seine Faust ins Gesicht zu schlagen. Aber sie wurden an einen Tisch mit Rakı und weißem Schafskäse gebeten, der offensichtlich lange im voraus sorgfältig gedeckt worden war. So aßen, tranken und redeten sie über die Dinge der Welt mit dem Selbstvertrauen, der Gelassenheit und Mitleidlosigkeit, wie sie Machthabern zu eigen ist, die ihre Befehlsgewalt über andere als etwas Natürliches zu betrachten gelernt haben.

Auf Sunays Wunsch hin wiederholte Ka für Funda Eser, was er gerade über Kunst und Politik gesagt hatte. Als der Journalist diese Worte, die Funda Eser mit Begeisterung aufnahm, zwecks späterer Veröffentlichung in seiner Zeitung notieren wollte, kanzelte ihn Sunay grob ab. Er verlangte erst die Korrektur der Lügen, die in der Zeitung über Ka erschienen waren. Serdar Bey versprach, umgehend eine sehr positive Nachricht zu verfassen und auf der ersten Seite zu veröffentlichen, die bei den vergeßlichen Lesern den schlechten Eindruck, den sie von Ka hatten, völlig auslöschen würde.

»Aber die Schlagzeile muß unserem Stück heute abend gehören«, wandte Funda Eser ein.

Serdar Bey sagte, er werde die Nachricht selbstverständlich so schreiben und bringen, wie es gewünscht werde, aber seine Kenntnisse von klassischem und modernem Theater seien äußerst spärlich. Wenn Sunay Bey ihm sage, was heute abend geschehen werde, das heißt, wenn er die Nachricht diktiere, erscheine morgen die erste

Seite ohne Fehler. Er erinnerte sie höflich daran, daß er sie auf das genaueste wiedergeben könne, da er in seinem Journalistenleben schon eine große Zahl von Nachrichten im voraus verfaßt habe. Da der Druckbeginn für die Zeitung in Anbetracht der revolutionären Situation auf vier Uhr festgelegt sei, hätten sie dafür noch vier Stunden.

»Ich werde nicht lange brauchen, um das zusammenzufassen, was heute abend geschehen soll«, sagte Sunay. Ka hatte bemerkt, daß er ein Glas Rakı hinuntergestürzt hatte, sobald er sich an den Tisch gesetzt hatte. Er sah Leiden und Leidenschaft in Sunays Augen, als er zügig ein zweites Glas trank.

»Journalist, schreib!« brüllte Sunay dann. Und während er Serdar Bey anschaute, als drohe er ihm, rief er: »Schlagzeile: TOD AUF DER BÜHNE!« (Er dachte kurz nach.) »Untertitel:« (Nachdenken.) »DER BERÜHMTE SCHAUSPIELER SUNAY ZAIM WÄHREND DER GESTRIGEN VORSTELLUNG ERSCHOSSEN! Noch ein Untertitel.«

Er redete mit einer Konzentration, die Kas Bewunderung erregte. Während er, ohne auch nur zu lächeln, Sunay respektvoll zuhörte, half er dem Journalisten an Stellen, die dieser nicht verstanden hatte.

Es dauerte – mit den Pausen, während denen Sunay nachdachte und Rakı trank – fast eine Stunde, bis er die Nachricht ganz diktiert hatte. Als ich Jahre später in Kars war, erhielt ich von Serdar Bey die vollständige Meldung:

TOD AUF DER BÜHNE!

DER BERÜHMTE SCHAUSPIELER SUNAY ZAIM
WÄHREND DER GESTRIGEN VORSTELLUNG ERSCHOSSEN!

Während der historischen Aufführung im Volkstheater gestern abend entblößte die Kopftuchträgerin Kadife im Feuer der Aufklärung erst ihr Haar, richtete dann ihre Waffe auf Sunay Zaim, den Darsteller des Bösewichts, und feuerte sie ab. Entsetzen bei den Zuschauern in Kars, die die Live-Übertragung verfolgten.

Sunay Zaim und seine Theatertruppe haben gestern die Leute von Kars mit ihrer zweiten Aufführung erneut überrascht, nachdem sie vor drei Tagen in unsere Stadt gekommen waren und mit ihrem von der Bühne auf das Leben übergreifenden, revolutionären und kreativen Theater Ordnung und das Licht der Aufklärung nach Kars gebracht hatten. In dieser Überarbeitung eines Stücks des verkannten englischen Dramatikers Kyd, der sogar Shakespeare beeinflußt hat, fand Sunay Zaims Liebe zum aufklärerischen Theater, dessen Belebung er sich seit zwanzig Jahren in vergessenen anatolischen Kleinstädten, auf leeren Bühnen und in Teehäusern gewidmet hat, ihren absoluten Höhepunkt und zugleich ihr Ende. Dieses erschütternde moderne Drama, das von den französischen Jakobinern und dem englischen Theater der Zeit König Jakobs beeinflußt ist, erzeugte soviel Aufregung, daß Kadife, die verstockte Anführerin der kopftuchtragenden Mädchen, in einem plötzlichen Entschluß auf der Bühne ihr Haar entblößte und unter den entsetzten Blicken von ganz Kars eine Waffe auf den Darsteller des Bösewichts, den wie Kyd verkannten großen Theatermann Sunay Zaim, abfeuerte, bis das Magazin leer war. Weil den Leuten aus Kars noch gegenwärtig war, daß auch die bei der Vorführung vor zwei Tagen abgefeuerten Waffen authentisch waren, hatten sie auch diesmal das entsetzliche Gefühl, daß Sunay Zaim tatsächlich erschossen worden sei. So wurde der Bühnentod des großen türkischen Schauspielers Sunay Zaim heftiger miterlebt als das Leben selbst. Die Zuschauer von Kars, die sehr gut verstanden hatten, daß im Stück die Errettung des Menschen von Tradition und religiöser Unterdrückung dargestellt wurde, waren nicht in der Lage zu begreifen, ob Sunay Zaim, der noch weiterspielte, als sein Leib schon von Kugeln durchlöchert war und aus vielen Wunden blutete, und bis zum Schluß an sein Stück glaubte, nun tatsächlich ums Leben gekommen ist oder nicht. Aber ihnen wurde bewußt, daß sie seine letzten Worte vor dem Tod, seine Hingabe an die Kunst, der er sein Leben geopfert hat, niemals werden vergessen können.

Serdar Bey las die Meldung, die durch Sunays Korrekturen ihre endgültige Form annahm, der Tischversammlung noch einmal vor. »Natürlich veröffentliche ich das Ihrer Anweisung gemäß in der morgigen Zeitung genauso«, meinte er. »Aber ich werde zum erstenmal darum beten, daß nach all den Dutzenden von Nachrichten, die ich verfaßt und publiziert habe, bevor sie sich ereigneten, diese eine nicht eintritt! Sie werden doch nicht wirklich sterben, nicht wahr?«

»Ich versuche an den Ort zu kommen, den wahre Kunst am Ende erreichen muß, nämlich zur Legende zu werden«, sagte Sunay. »Außerdem wird morgen früh mein Tod in Kars keinen mehr interessieren, wenn der Schnee geschmolzen ist und die Straßen passierbar werden.«

Einen Augenblick lang begegnete sein Blick dem seiner Frau. Das Ehepaar schaute sich mit derart tiefem Verständnis in die Augen, daß Ka eifersüchtig auf sie wurde. Würden İpek und er ein genauso tiefes Verständnis füreinander entwickeln und dadurch glücklich werden? »Gehen Sie nun, und machen Sie Ihre Zeitung zum Druck fertig«, sagte Sunay. »Mein Adjutant soll Ihnen für diese historische Ausgabe noch ein Klischee einer Fotografie von mir geben.« Sobald der Journalist weg war, verzichtete er auf den betont spöttischen Ton, den Ka auf den übermäßigen Rakı-Genuß geschoben hatte. »Ich akzeptiere Lapislazulis und Kadifes Bedingungen«, sagte er. Er erklärte Funda Eser, die eine Braue gehoben hatte, daß sie angesichts von Kadifes Versprechen, im Schauspiel ihr Haar zu entblößen, Lapislazuli zuerst freilassen würden.

»Kadife Hanım ist sehr tapfer. Ich weiß, daß wir uns bei den Proben sofort verstehen werden«, meinte Funda Eser.

»Wir gehen zusammen zu ihr«, sagte Sunay. »Aber davor muß Lapislazuli freigelassen werden, sich verstecken und Kadife Hanım mitteilen, daß er seine Spuren verwischt hat. Das braucht Zeit.«

Sunay machte damit klar, daß er Funda Esers Wunsch, sofort zusammen mit Kadife mit den Proben zu beginnen, nicht weiter ernst nahm, und begann mit Ka darüber zu diskutieren, wie Lapislazulis Freilassung organisiert werden sollte. Ich entnehme Kas Notizen, daß er zu einem gewissen Grad an Sunays Aufrichtigkeit glaubte. Das heißt, nach Kas Ansicht plante Sunay nicht, Lapislazuli nach seiner Freilassung verfolgen zu lassen, sein Versteck festzustellen und ihn wieder zu verhaften, wenn Kadife auf der Bühne ihr Haar entblößt hatte. Die Nachrichtendienstler, die mit überall versteckten Mikrofonen und mit ihren Doppelagenten versuchten, herauszubekommen, was geschah, und sich bemühten, Oberst Osman Nuri Çolak auf ihre Seite zu ziehen, hatten diese Idee entwickelt, nachdem ihnen die Geschehnisse bekannt geworden waren. Sie verfügten nicht über genügend militärische Macht, um sich anstelle von Sunay, dem verbitterten Oberst und einigen befreundeten Offizieren an die Spitze der Revolution zu stellen, aber sie versuchten mit Hilfe der Leute, die sie überall eingeschleust hatten, Sunays »künstlerische«

Exzesse einzudämmen. Auch waren sie beunruhigt, was Sunays Geisteszustand und seine Zuverlässigkeit anging, weil Serdar Bey seinen Freunden im Nationalen Nachrichtendienst über Funk die bei etlichen Gläsern Rakı formulierte Nachricht vorgelesen hatte, bevor er sie in die Zeitung setzte. Wie weit sie über Sunays Absicht, Lapislazuli freizulassen, informiert waren, wußte bis zuletzt keiner.

Heute glaube ich allerdings, daß diese Einzelheiten keinen wichtigen Einfluß auf das Ende unserer Geschichte hatten, und werde deswegen nicht lange auf die Details des Planes, Lapislazuli freizulassen, eingehen. Sunay und Ka legten fest, daß diese Angelegenheit von Sunays aus Sivas stammendem Adjutanten und Fazıl abgewickelt werden sollte. Zehn Minuten nachdem Sunay Fazıls Adresse von den Geheimdienstlern erfahren hatte, brachte ein Militärlastwagen den Jungen. Fazıl sah aus, als habe er Angst, und erinnerte Ka diesmal nicht an Necip. Er verließ mit Sunays Adjutanten auf dem Weg zur Garnisonszentrale die Schneiderei durch den Hinterausgang, um die Spitzel hinter ihnen abzuschütteln. Obwohl die vom Nationalen Nachrichtendienst argwöhnten, Sunay könne etwas Unsinniges unternehmen, waren ihre Vorbereitungen nicht so weit gegangen, daß sie überall ihre Leute postierten. Später sollte Ka erfahren, daß Lapislazuli aus seiner Zelle in der Kommandantur befreit und nach Sunays Ermahnung: »Nur keine Tricks!« in einen Militärlastwagen gesetzt worden war, daß der Adjutant aus Sivas den Wagen am Fuß der Eisenbrücke über den Kars angehalten hatte, wie das von Fazıl festgelegt worden war, daß Lapislazuli ausgestiegen und, wie ihm das vorher gesagt worden war, in einen Gemischtwarenladen gegangen war, in dessen Schaufenster Plastikbälle, Waschmittelpackungen und Wurstreklamen ausgestellt waren, und sich schließlich gleich darauf bei einem neben dem Gemischtwarenladen eintreffenden Pferdefuhrwerk unter der Segeltuchplane, die Gasflaschen der Firma Aygaz bedeckte, versteckt hatte. Wohin das Fuhrwerk Lapislazuli gebracht hatte, wußte außer Fazıl niemand.

All das zu regeln und in die Tat umzusetzen hatte anderthalb Stunden gedauert. Gegen halb vier wurden die Umrisse der Ölweiden und Kastanien undeutlich, und als die frühe Dämmerung gespenstisch über die Straßen von Kars hereinbrach, überbrachte Fazıl Kadife die Nachricht, daß Lapislazuli sich an einem sicheren Ort versteckt hielt. An der Tür, die vom Hof in die Küche des Hotels führte, betrachtete er Kadife, als komme sie aus dem Weltraum, aber so, wie Kadife Necip nicht zur Kenntnis genommen hatte, übersah sie auch Fazıl. Sie sprang vor Freude auf und rannte auf ihr Zimmer. In diesem Augenblick verließ İpek Kas Zimmer, in dem sie sich eine Stunde lang aufgehalten hatte. Diese eine Stunde, von der mein lieber Freund später glaubte, er sei durch das Versprechen von Glück glücklich gemacht worden, möchte ich am Anfang eines neuen Kapitels behandeln.

37

Heute abend sind Kadifes Haare
der einzige Text

VORBEREITUNGEN ZUM LETZTEN AUFTRITT

Ich habe schon erwähnt, daß Ka zu den Menschen gehörte, die sich vor dem Glück fürchten, weil sie später möglicherweise zu leiden haben. Wir wissen, daß er deswegen das Glück besonders dann empfand, wenn er glaubte, es zu verlieren, nicht, wenn er es erlebte. Als er sich von Sunay trennte und, begleitet von den beiden Leibwächtern, ins Hotel Schneepalast ging, war Ka glücklich, weil er noch dachte, alles laufe nach Plan, und weil er İpek gleich wiedersehen würde, aber zugleich meldete sich auch die Angst davor, dieses Glück zu verlieren. Ich muß mir also diese beiden Seelenlagen vor Augen halten, wenn ich über das Gedicht rede, das mein Freund an diesem Donnerstag etwa um drei Uhr in seinem Hotelzimmer schrieb. Er brachte dieses »Der Hund« betitelte Gedicht mit dem kohlschwarzen Hund in Verbindung, den er bei seiner Rückkehr von der Schneiderei erneut gesehen hatte. Vier Minuten später war er auf seinem Zimmer und schrieb das Gedicht, während sich die Liebesqualen wie ein Gift in seinem Körper ausbreiteten und er zwischen Glückserwartung und Verlustangst schwankte: Das Gedicht bezog sich auf die Angst, die er als Kind vor Hunden gehabt hatte, auf einen grauen Hund, der ihn im Park von Maçka verfolgt hatte, als er sechs Jahre alt war, und auf einen gemeinen gleichaltrigen Jungen aus dem Viertel, der auf alle anderen seinen Hund hetzte. Später glaubte Ka, seine Angst vor Hunden sei eine Strafe für glückliche Stunden in seiner Kindheit. Dabei aber hatte ihn ein Paradox interessiert: Auf der Straße Fußball zu spielen, Maulbeeren zu pflücken, Bilder von Fußballern aus Kaugummipackungen zu sammeln und in Glücksspielen einzusetzen waren kindliche Vergnügungen, die durch die Hunde, die diesen Schauplatz zur Hölle machten, noch anziehender wurden. İpek war, sieben oder acht Minuten nachdem sie von Kas Ankunft erfahren hatte, auf sein Zimmer gegangen. Weil ihm nicht klar war, ob İpek wußte, daß er zurückgekommen war, und er sich überlegt hatte, ob er ihr eine Nachricht schicken sollte, war das für Ka eine völlig annehmbare Zeitspanne; und er freute sich noch mehr, weil sie sich gesehen hatten, ohne daß er auch nur Gelegenheit gehabt hatte, zu denken, sie habe sich verspätet oder gar beschlossen, ihn zu verlassen. Noch dazu hatte ihr Gesicht einen Ausdruck von Glück, der nicht leicht zu erschüttern war. Ka sagte ihr, alles laufe gut; und sie sagte ihm das gleiche. Auf İpeks Frage bestätigte Ka, daß Lapislazuli bald freigelassen werde. Dies machte İpek noch zufriedener. Wie glückliche Paare das tun, die egoistischerweise davor Angst haben, daß andere traurig und unglücklich sind und deren Leid das eigene Glück schmälert, redeten sie sich gegenseitig ein, alles werde gut, gingen aber noch weiter und stellten schamlos fest, daß sie bereit waren, all das erlittene Leid und vergossene Blut sofort zu vergessen, damit ihr Glück nicht überschattet würde. Immer wieder umarmten sie einander und küßten sich begierig, ließen sich aber nicht auf das Bett fallen, um miteinander zu schlafen. Ka sagte İpek, daß sie in Istanbul innerhalb eines Tages ein Visum nach Deutschland bekommen könnte, daß er jemanden am deutschen Konsulat kenne, daß sie nicht sofort heiraten müßten, um das Visum zu bekommen, und später in Frankfurt heiraten könnten, wie immer sie das wollten. Sie sprachen sogar darüber, daß Turgut Bey und Kadife ihre Angelegenheiten hier regeln und nach Frankfurt kommen würden, und in welchem Hotel sie unterkommen könnten. Sie waren wie von einem Schwindel des Glücks überfallen und dabei, Einzelheiten zu besprechen, an die nur zu denken er sich schämte, weil sie so phantastisch waren, als İpek begann, von den politischen Sorgen ihres Vaters zu reden, von seiner Angst, jemand könnte aus Rache irgendwo eine Bombe hochgehen lassen, und davon, daß Ka überhaupt nicht mehr auf die Straße gehen solle. Sie versprachen einander, sich mit dem ersten Fahrzeug, das die Stadt verließ, auf den Weg zu machen. Sie hielten einander an der Hand und schauten auf die verschneiten Straßen in den Bergen.

İpek erzählte auch, daß sie begonnen hatte, ihren Koffer zu pakken. Ka sagte zuerst, sie solle nichts mitnehmen, aber es gab zahlreiche Dinge, die İpek seit ihrer Kindheit begleiteten und ohne die sie sich unvollständig fühlen würde. Während sie am Fenster standen und auf die verschneite Straße schauten (der Hund, die Quelle der Inspiration für das Gedicht, tauchte mal auf, mal verschwand er wieder), zählte İpek auf Kas Drängen einige dieser Dinge auf: eine Spielzeug-Armbanduhr, die ihre Mutter den Mädchen in Istanbul geschenkt hatte und die in İpeks Augen dadurch noch kostbarer geworden war, daß Kadife die ihre verloren hatte, ein eisblauer Pullover aus Angorawolle von guter Qualität, den ihr verstorbener Onkel, der früher in Deutschland gelebt hatte, ihr mitgebracht hatte und den sie in Kars nicht tragen konnte, weil er so enganliegend war, ein mit Silberfäden besticktes Tischtuch, das ihre Mutter ihr für die Aussteuer hatte machen lassen und das sie nur einmal hatte ausbreiten können, weil Muhtar bei der ersten Benutzung Kirschmarmelade hatte darauf tropfen lassen, siebzehn Schnaps- und Parfumfläschchen, die sie absichtslos zu sammeln begonnen hatte und die später zu einer Art Talismane geworden waren, Fotografien aus ihrer Kindheit, auf denen sie auf dem Schoß ihres Vaters oder ihrer Mutter saß (diese Bilder hätte Ka in jenem Moment sehr gerne gesehen), ein schönes schwarzes Abendkleid aus Samt, das sie mit Muhtar zusammen in Istanbul gekauft hatte und das zu tragen ihr Mann ihr aber nur zu Hause erlaubt hatte, weil es am Rücken so tief ausgeschnitten war, ein Schal aus Seidensatin mit gehäkeltem Rand, den sie gekauft hatte, damit er das Dekolleté des Kleides bedeckte, so daß Muhtar vielleicht umgestimmt würde, ein Paar Wildlederschuhe, die zu tragen sie nicht über sich brachte, weil der Schlamm von Kars sie ruinieren würde, und eine Kette mit einem großen Anhänger aus Jade, die sie in dem Augenblick bei sich trug, hervorholte und ihm zeigte.

Wenn ich erwähne, daß ich vier Jahre nach jenem Tag bei einem Essen, das der Bürgermeister von Kars gab, İpek gegenübersaß und sie diesen großen Stein aus Jade an einer schwarzen Satinkordel um den Hals trug, dann bitte ich das nicht als Abschweifung zu verstehen. Im Gegenteil, jetzt stoßen wir erst richtig ins Herz der Materie vor: İpek war so schön, wie weder mir noch Ihnen, die Sie durch meine Vermittlung dieser Geschichte folgen, vorstellbar war. Ich sah sie zum erstenmal bei diesem Essen von Angesicht zu Angesicht; Eifersucht, Überraschung und Verwirrung überkamen mich. Die unzusammenhängende Geschichte des verlorenen Gedichtbandes meines lieben Freundes verwandelte sich augenblicklich in eine ganz andere, vor tiefer Leidenschaft leuchtende Geschichte. Ich muß mich in jenem erschütternden Augenblick entschlossen haben, dieses Buch zu schreiben, das Sie in Händen halten. Aber in jenem Moment wußte ich nichts von dieser Entscheidung meiner Seele, sondern ließ mich zu Orten treiben, die vollständig von İpeks Schönheit erfüllt waren. Die Hilflosigkeit, die einen gegenüber einer außergewöhnlich schönen Frau ergreift, dieses Dahinschmelzen und diese Ahnung von etwas Übernatürlichem hatte mich ganz und gar ergriffen. Ich begriff sehr gut, daß die Menge der Gäste, all diese Leute aus Kars, die gekommen waren, um ein paar Worte mit diesem Schriftsteller zu wechseln, der in ihre Stadt gekommen war, oder um unter diesem Vorwand untereinander Gerüchte auszutauschen, im Grund nur so taten, als ob, und daß all dieses leere Gerede nur veranstaltet wurde, um sie selbst und mich von dem eigentlichen und einzigen Thema, nämlich İpeks Schönheit, abzulenken. Heftige Eifersucht quälte mich, und ich befürchtete, sie könnte sich in Liebe verwandeln: Ich wollte wie mein toter Freund Ka wenigstens für kurze Zeit eine Liebe mit einer so schönen Frau erleben. Mein geheimer Gedanke, daß die letzten Jahre von Kas Leben vergeblich gewesen seien, verwandelte sich in einem Wimpernschlag: »Nur wenn ein Mensch eine so tiefe Seele hat wie Ka, kann er die Liebe einer solchen Frau gewinnen.« Hätte ich İpek verführen und nach Istanbul bringen können? Ich hätte ihr versprochen, sie zu heiraten, oder ich wäre auch bis zu einem bitteren Ende ihr geheimer Geliebter gewesen, aber ich hätte mit ihr sterben wollen. Sie hatte eine breite, entschiedene Stirn, riesige, verhangene Augen, einen zarten Mund, genau wie der Melindas, den ich kaum anzusehen wagte … Was dachte sie wohl über mich? Hatten Ka und sie jemals über mich geredet? Noch vor dem ersten Glas war mein Herz in Aufruhr. Ich spürte, daß mir Kadife, die in der Nähe saß, einen strengen Blick zuwarf. Ich muß zu meiner Geschichte zurückkehren.

Wie sie so vor dem Fenster standen, nahm Ka die Kette und hängte sie İpek um, küßte sie lange und wiederholte etwas gedankenlos, daß sie in Deutschland sehr glücklich sein würden. Da sah İpek, daß Fazıl eilig durch das Hoftor kam, wartete einen Augenblick, ging hinunter und begegnete ihrer Schwester an der Küchentür. Kadife muß ihr dort die freudige Botschaft überbracht haben, daß Lapislazuli freigelassen worden war, dann gingen die beiden Schwestern auf ihr Zimmer. Ich weiß nicht, worüber sie da miteinander gesprochen, was sie gemacht haben. Ka war oben auf seinem Zimmer so erfüllt von seinen neuen Gedichten und seinem Glück, dessen er sich nun sicher war, daß er zum erstenmal nicht mehr in Gedanken verfolgte, was die beiden Schwestern im Hotel Schneepalast trieben.

Später entnahm ich den Unterlagen des Amtes für Meteorologie, daß etwa zu dieser Zeit das Wetter deutlich milder wurde. Die Sonne hatte den Tag über die Eiszapfen, die von Traufen und Ästen hingen, beschienen, und lange bevor sie unterging, verbreiteten sich in der Stadt Gerüchte, daß die Straßen in dieser Nacht geräumt würden und das Ende des Theaterputsches nahe sei. Diejenigen, die sich noch nach Jahren an die Ereignisse erinnerten, erzählten mir, daß in der gleichen Zeit das *Grenz-TV Kars* die Einwohnerschaft einlud, sich das neue Stück des Tourneetheaters Sunay Zaim an diesem Abend im Volkstheater anzuschauen. Weil man befürchtete, die blutigen Vorfälle von zwei Tagen zuvor würden die Bewohner von Kars vom Besuch des neuen Stücks abschrecken, ließ man Hakan Özge, den populärsten jungen Moderator des Senders, verlautbaren, daß keinerlei Übergriffe auf die Zuschauer gestattet würden, daß als Vorsichtsmaßnahme Sicherheitskräfte am Rand der Bühne aufgestellt würden und daß der Eintritt frei sei, so daß die Leute aus Kars mit ihrer Familie dieses didaktische Stück ansehen könnten. Aber das hatte nur zur Folge, daß die Angst noch zunahm und die Straßen sich früher leerten. Alle hatten das Gefühl, im Volkstheater würden wieder Gewalt und Wahnsinn ausbrechen, und außer denen, die verrückt genug waren, um jeden Preis Zeuge des Geschehens sein zu wollen (ich muß hier einflechten, daß es sich um eine nicht zu unterschätzende Menge handelte, die aus jungen Tagedieben bestand, aus gewaltbereiten, gelangweilten Linken, leidenschaftlichen alten Männern mit falschen Zähnen, die auf jeden Fall dabeisein wollten, wenn jemand umgebracht wurde, und Kemalisten, die Sunay vom Fernsehen gut kannten und ihn bewunderten), wollten die Einwohner von Kars den Abend in der Live-Übertragung des Fernsehens verfolgen. Zu dieser Stunde trafen sich Sunay und Oberst Osman Nuri Çolak erneut, und weil sie die Ahnung beschlich, das Volkstheater werde an diesem Abend leer bleiben, befahlen sie, die Studenten von der Vorbeter- und Predigerschule einzusammeln und mit Militärlastern herbeizuschaffen sowie aus den Gymnasien, dem Lehrerheim und verschiedenen Ämtern eine bestimmte Anzahl von Beamten und Schülern in Jackett und Krawatte zum Theatergebäude zu beordern.

Etwas später wurden ein paar Leute Zeuge, wie Sunay in einem kleinen, verstaubten Raum der Schneiderei auf Stoffresten, Einwickelpapier und leeren Kartons schlafend dalag. Aber das lag nicht am Alkohol, sondern daran, daß es sich Sunay seit Jahren zur Angewohnheit gemacht hatte, sich vor großen, ihm besonders wichtigen Aufführungen auf eine harte Unterlage zu legen und ein Nickerchen zu halten, weil er davon überzeugt war, daß weiche Betten den Leib erschlaffen ließen. Bevor er sich hingelegt hatte, hatten seine Frau und er sich laut über den Text des Stückes gestritten, dem er immer noch nicht seine endgültige Fassung gegeben hatte; dann hatte er sie mit dem Militärlastwagen in das Hotel Schneepalast zu Kadife geschickt, damit die Proben beginnen konnten. Daß Funda Eser, kaum hatte sie das Hotel betreten, mit der Haltung einer großen Dame, die sich in der ganzen Welt zu Hause fühlt, gleich in das Zimmer der beiden Schwestern ging und mit ihrer glockenhellen Stimme dort sofort ein intimes Gespräch unter Frauen anknüpfte, kann ich damit erklären, daß sie ihre schauspielerischen Fähigkeiten auch außerhalb der Bühne entwickelt hatte. Ihrem Herzen und ihren Augen entging selbstverständlich nicht die reine Schönheit İpeks, aber ihr Verstand war mit Kadifes Rolle an diesem Abend beschäftigt. Ich nehme an, daß sie die Bedeutung dieser Rolle erfaßte, weil ihr Mann sie so wichtig nahm. Denn Funda Eser, die seit zwanzig Jahren in Anatolien als unterdrückte und entehrte Frau auftrat, hatte auf der Bühne nur ein einziges Ziel: in der Pose des Opfers an die Sexualität der Männer zu appellieren. Heirat, Scheidung, die Entblößung oder Verhüllung des Haares waren in ihren Augen ganz gewöhnliche Mittel, die Heldin in einen Zustand der Hilflosigkeit zu versetzen, den die Männer erregend fanden, und deswegen hat sie vielleicht die kemalistischen und aufklärerischen Rollen, in denen sie auftrat, nicht ganz verstanden; aber die Autoren dieser Rollenklischees hatten auch keine tiefere oder subtilere Auffassung von Erotik und der gesellschaftlichen Stellung der Frau als sie. Aus innerem Antrieb bereicherte Funda Eser ihr Leben außerhalb der Bühne mit einer Emotionalität, die diese Autoren für solche Rollen nur selten vorsahen. So schlug sie auch, bald nachdem sie das Zimmer betreten hatte, Kadife vor, ihr Haar zu entblößen. Als Kadife, ohne sich lange zu zieren, ihr Haar entblößte, stieß Funda Eser erst einen Schrei aus und behauptete dann, Kadifes Haare hätten ganz außergewöhnlich viel Glanz und Spannkraft; sie könne den Blick gar nicht davon abwenden. Sie setzte Kadife vor den Spiegel und erklärte ihr, während sie ihr mit einem Kamm aus Elfenbeinimitat das Haar kämmte, daß es im Theater eigentlich nicht um Wörter, sondern um einen bestimmten Anblick gehe. »Laß dein Haar für sich sprechen, das soll die Männer verrückt machen!« Und sie beruhigte Kadife, die schon ganz verwirrt war, indem sie ihr einen Kuß aufs Haar drückte. Sie war intelligent genug, zu sehen, daß dieser Kuß den verborgenen Samen des Bösen in Kadife aufgehen ließ, und hatte hinreichend Erfahrung, um auch İpek in dieses Spiel einzubeziehen: Sie zog ein Fläschchen Weinbrand aus ihrer Tasche und goß ihn in die Teegläser, die Zahide gebracht hatte. Auf Kadifes Protest hin sagte sie provozierend: »Aber heute abend zeigst du auch dein Haar!« Als Kadife zu weinen begann, gab sie ihr unablässig kleine Küsse auf Wangen, Nacken, Hände. Dann trug sie zur Unterhaltung der Schwestern »Sunays unbekanntes Meisterwerk«, die *Tirade der unschuldigen Hosteß*, vor; aber das machte die beiden eher traurig als froh. Als Kadife sagte: »Ich möchte den Text lernen«, sagte Funda Eser, heute abend sei der einzige Text das Leuchten von Kadifes schönen langen Haaren, auf die alle Männer von Kars voller Bewunderung blicken würden. Was noch wichtiger sei: Die Frauen würden, eifersüchtig und verliebt, Kadifes Haare berühren wollen. Dabei füllte sie ein wenig Branntwein in ihr und in İpeks Glas. Sie meinte, sie lese aus İpeks Gesicht Glück, sehe aber in Kadifes Blicken Ehrgeiz und Mut. Dagegen könne sie nicht entscheiden, welche der beiden Schwestern schöner sei. Funda Esers Begeisterung dauerte an, bis Turgut Bey mit zornrotem Kopf das Zimmer betrat.

»Das Fernsehen hat gerade verkündet, Kadife, die Anführerin der Kopftuch-Mädchen, würde heute abend während des Stücks ihren Kopf entblößen«, sagte er. »Stimmt das?«

»Schauen wir uns das doch im Fernsehen an!« meinte İpek.

»Wenn Sie erlauben, möchte ich mich vorstellen«, sagte Funda Eser. »Ich bin Funda Eser, Lebenspartnerin des berühmten Schauspielers und seit neuestem Staatsmanns Sunay Zaim. Zunächst will ich Ihnen gratulieren, weil Sie diese beiden außerordentlichen, wunderbaren Töchter großgezogen haben. Ich möchte Ihnen den Rat geben, sich nicht die geringsten Sorgen wegen Kadifes mutiger Entscheidung zu machen.«

»Die fanatischen Fundamentalisten dieser Stadt verzeihen das meiner Tochter nie!« sagte Turgut Bey.

Sie gingen alle zusammen in das Speisezimmer hinüber, wo sie später das Stück im Fernsehen anschauen wollten. Hier nahm Funda Eser Turgut Beys Hand und versprach ihm im Namen ihres Ehemanns, der die ganze Stadt in der Hand habe, daß alles gutgehen werde. Dann kam Ka, der den Lärm im Speisezimmer gehört hatte, hinunter und erfuhr von der überglücklichen Kadife, daß man Lapislazuli freigelassen hatte. Ohne daß er nachfragte, sagte ihm Kadife, daß sie das Versprechen, das sie am Morgen gegeben hatte, halten werde und mit Funda Hanım für die Aufführung proben wolle. Die nächsten acht bis zehn Minuten, in denen alle auf den Fernseher schauten, durcheinanderredeten und Funda Eser Turgut Bey mit Charme herumzukriegen versuchte, damit er nicht verhinderte, daß seine Tochter am Abend auftrat, sollte Ka später zu den glücklichsten seines Lebens zählen. Er war voller Zuversicht und davon überzeugt, daß er glücklich würde, und stellte sich vor, selbst Mitglied einer großen und unterhaltsamen Familie zu sein. Es war noch nicht vier Uhr, aber der Abend sank wie eine beseligende Kindheitserinnerung über das Speisezimmer mit seiner hohen Decke herab, dessen Wände mit dunklen alten Tapeten bedeckt waren, und Ka schaute lächelnd in İpeks Augen.

Als er genau in diesem Augenblick in der Tür zur Küche Fazıl erblickte, wollte er ihn, damit er niemandem die Laune verdarb, in die Küche drängen und dort ausfragen. Aber der Junge ließ nicht zu, daß Ka ihn am Arm faßte und wegzog. Er hatte sich in die Küchentür gestellt und tat so, als sehe er ganz versunken fern, musterte aber in Wirklichkeit die fröhliche Gruppe drinnen mit Blicken, in denen sich Erstaunen und Zorn mischten. Als Ka ihn endlich in die Küche hatte ziehen können, hatte das auch İpek gesehen und war ihnen gefolgt.

»Lapislazuli möchte noch einmal mit Ihnen reden«, sagte Fazıl. Offenbar machte es ihm Freude, den anderen das Spiel zu verderben. »Er hat in einem Punkt seine Meinung geändert.«

»In welchem?«

»Das wird er Ihnen selbst erzählen. In zehn Minuten kommt der Pferdewagen, der Sie abholen wird, auf den Hof.« Damit verließ Fazıl die Küche.

Kas Herz klopfte plötzlich heftig. Nicht nur, weil er heute eigentlich das Hotel nicht mehr hatte verlassen wollen, sondern auch einfach aus Feigheit.

»Geh bloß nicht!« sagte İpek und sprach damit aus, was Ka dachte. »Die wissen inzwischen sicher, was das für ein Wagen ist. Alles wird schiefgehen.«

»Nein, ich gehe«, antwortete Ka.

Warum hatte er das gesagt, wo er es doch gar nicht gewollt hatte? Früher hatte er sich häufig bei Fragen des Lehrers gemeldet, auf die er keine Antwort wußte, oder hatte nicht den Pullover gekauft, den er eigentlich gewollt hatte, sondern für das gleiche Geld einen, von dem er genau wußte, daß er ihm weniger gefiel. Vielleicht aus Neugier, vielleicht aus Angst vor dem Glück.

Als sie, ohne Kadife in die Lage einzuweihen, zusammen auf sein Zimmer gingen, wünschte er sich, İpek würde etwas so Einfallsreiches sagen oder tun, daß er seine Meinung ändern und seelenruhig im Hotel bleiben könnte. Aber als sie dann gemeinsam aus dem Fenster schauten, wiederholte sie bloß den etwa gleichen Gedanken mit den etwa gleichen Worten: »Geh nicht, verlaß heute das Hotel nicht mehr, du bringst doch unser Glück in Gefahr« und so weiter und so fort.

Ka hörte ihr wie ein traumversunkenes Opfer zu und schaute nach draußen. Als das Pferdefuhrwerk in den Hof fuhr, dachte er bedrückt, wie rasch sich doch sein Glück in Unglück verwandelt hatte. Zwar küßte er İpek nicht, aber er vergaß nicht, sich mit einer Umarmung zu verabschieden, verließ das Zimmer, durchquerte die Küche, ohne sich seinen beiden Leibwächtern, die in der Empfangshalle Zeitung lasen, zu zeigen, und legte sich unter die Plane des Pferdefuhrwerks, das er verabscheute.

Niemand soll glauben, ich hätte mit dieser einleitenden Passage die Leser darauf vorbereiten wollen, daß diese Fahrt Kas sein Leben unweigerlich verändern würde und es für ihn ein Wendepunkt werden sollte, daß er Lapislazulis Aufforderung gefolgt war. Das glaube ich überhaupt nicht: Ka sollte noch viele Gelegenheiten haben, das, was ihm in Kars zustieß, in sein Gegenteil zu verwandeln, und das, was er sein Glück nannte, zu finden. Aber nachdem die Ereignisse ihr letztes Ergebnis gezeitigt hatten und er sie sich reumütig über Jahre hinweg durch den Kopf gehen ließ, dachte er Hunderte von Malen, daß er davon Abstand genommen hätte, zu Lapislazuli zu fahren, wenn İpek am Fenster seines Zimmers das rechte Wort gefunden hätte. Was für ein rechtes Wort aber İpek hätte finden sollen, war ihm nicht im geringsten klar.

Das zeigt, daß es gerechtfertigt ist, uns Ka, wie er sich in dem Pferdefuhrwerk versteckte, als einen Menschen vorzustellen, der sich dem Schicksal beugt. Ihm tat es leid, dort zu sein, und er war auf sich selbst und auf die Welt böse. Er fror, hatte Angst, krank zu werden, und erwartete von Lapislazuli nichts Gutes. Wie bei seiner ersten Fahrt im Wagen öffnete er seine Sinne weit für die Geräusche der Straßen und der Menschen, interessierte sich aber nicht im mindesten dafür, wohin ihn der Wagen bringen würde.

Der Wagen hielt, auf ein Klopfen des Kutschers hin kletterte er unter der Plane hervor und betrat, ohne zu erkennen, wo er war, ein windschiefes altes Gebäude, von dem die Farbe abblätterte, wie er schon viele gesehen hatte. Nachdem er eine enge, gewundene Treppe zwei Stockwerke hochgestiegen war (in einer glücklicheren Stunde sollte er sich erinnern, aus dem Spalt einer angelehnten Tür, vor der Schuhe aufgestellt waren, die Augen eines vorwitzigen Kindes gesehen zu haben), ging er durch eine offene Tür und fand sich Hande gegenüber.

»Ich habe mich entschlossen, mich nie von dem Mädchen zu trennen, das ich selbst bin«, sagte sie lächelnd.

»Wichtig ist, daß du glücklich bist.«

»Es macht mich glücklich, hier das zu tun, was ich will«, sagte Hande. »In meinen Träumen habe ich keine Angst mehr, eine andere zu sein.«

»Ist es nicht gefährlich für dich hierzusein?« fragte Ka.

»Schon, aber man kann sich nur dann auf das Leben konzentrieren, wenn es gefährlich ist«, sagte Hande. »Ich habe begriffen, daß ich mich nicht auf etwas konzentrieren kann, an das ich nicht glaube, zum Beispiel, mein Haupt zu entblößen. Können Sie hier Gedichte schreiben?«

Das Tischgespräch von zwei Tagen zuvor, bei dem sie sich kennengelernt und miteinander gesprochen hatten, war in Kas Gedächtnis so in die Ferne gerückt, daß er sie einen Moment lang anschaute, als habe er alles vergessen. Wie sehr wollte Hande die Nähe zwischen Lapislazuli und sich betonen? Das Mädchen öffnete die Tür zu einem Nebenzimmer, Ka ging hinein und sah Lapislazuli, wie er auf den Bildschirm eines Schwarzweißfernsehers schaute.

»Ich war mir sicher, daß du kommen würdest«, sagte Lapislazuli befriedigt.

»Ich weiß nicht, warum ich gekommen bin«, meinte Ka.

»Weil du unruhig bist«, antwortete Lapislazuli in besserwisserischem Ton.

Sie sahen sich haßerfüllt an. Keinem von beiden blieb verborgen, daß Lapislazuli offensichtlich guter Dinge war, Ka aber bedauerte dazusein. Hande verließ das Zimmer und schloß die Tür hinter sich.

»Ich möchte, daß du Kadife anweist, bei diesem widerwärtigen Spektakel heute abend nicht aufzutreten«, sagte Lapislazuli.

»Diese Mitteilung hättest du ihr auch durch Fazıl übermitteln können!« sagte Ka. Er merkte an Lapislazulis Gesichtsausdruck, daß er sich nicht erinnern konnte, wer Fazıl war. »Der Junge von der Vorbeter- und Predigerschule.«

»Ah«, sagte Lapislazuli, »den hätte Kadife nicht ernst genommen. Sie hätte keinen außer dir ernst genommen. Kadife begreift nur, wie ernst mir damit ist, wenn sie es von dir hört. Vielleicht hat sie schon selbst den Entschluß gefaßt, ihr Haupt nicht zu entblößen. Zumindest nachdem sie gesehen hat, wie ekelhaft das im Fernsehen angekündigt und ausgenutzt wird.«

Mit einer Freude, die er nicht verhehlen konnte, sagte Ka: »Als ich das Hotel verließ, hatte Kadife mit den Proben bereits begonnen.«

»Du sagst ihr, daß ich entschieden dagegen bin! Kadife hat sich nicht aus freiem Willen entschlossen, ihr Haupt zu entblößen, sondern um mein Leben zu retten. Sie hat einen Handel mit einem Staat abgeschlossen, der einen politischen Gefangenen als Geisel genommen hat, aber sie ist an ihr Wort nicht mehr gebunden.«

»Ich sage ihr das«, erklärte Ka, »aber ich habe keine Ahnung, was sie tun wird.«

»Du willst mir erzählen, daß du nicht dafür verantwortlich bist, wenn Kadife tut, was ihr gefällt, oder?« Ka schwieg. »Wenn Kadife am Abend auftritt und ihr Haupt entblößt, dann wirst auch du dafür verantwortlich sein. Denn du gehörst zu denen, die diesen Handel zustande gebracht haben.«

Zum erstenmal, seit er nach Kars gekommen war, hatte Ka ein gutes Gewissen: Der Bösewicht redete endlich so böse, wie Bösewichte das tun, und brachte ihn nicht mehr im geringsten aus dem Konzept. Um Lapislazuli zu beruhigen, sagte er: »Richtig ist, daß sie dich als Geisel genommen hatten!« und bemühte sich, herauszubekommen, wie er sich verhalten mußte, um das Zimmer zu verlassen, ohne ihn wütend zu machen.

»Und gib ihr diesen Brief«, sagte Lapislazuli und streckte ihm einen Umschlag hin. »Vielleicht glaubt Kadife ja meiner Botschaft nicht.« Ka nahm den Umschlag. »Wenn du eines Tages einen Weg findest, zu dir nach Frankfurt zurückzukehren, mußt du Hans Hansen unbedingt dazu bringen, die Resolution zu veröffentlichen, die so viele Menschen unter Gefahr unterzeichnet haben.«

»Natürlich.«

Er bemerkte in Lapislazulis Blick etwas Unbefriedigtes. Am Morgen, als er wie ein zum Tode Verurteilter in der Zelle gesessen hatte, war er innerlich ruhiger gewesen. Jetzt war sein Leben gerettet, aber ihn zeichnete schon im voraus das Unglück, zu wissen, daß er während des Rests seines Lebens nichts anderes würde tun können als zornig zu sein. Ka erkannte zu spät, daß Lapislazuli spürte, wie Ka sein Unglück bemerkt hatte.

»Ob nun hier, ob in deinem geliebten Europa, du wirst die Europäer nachmachen und dich unter ihren Fittichen von ihnen aushalten lassen!«

»Es reicht mir, glücklich zu sein.«

»Dann geh doch, geh«, schrie Lapislazuli. »Aber sei dir klar, daß keiner glücklich werden kann, dem glücklich zu sein reicht!«

38

Wir haben wirklich nicht die Absicht, dich zu betrüben

EIN ERZWUNGENER BESUCH

Ka war erleichtert, als er Lapislazulis Zimmer verlassen hatte, aber gleich darauf spürte er, daß eine unselige Verbindung zwischen ihnen bestand, die nicht nur mit Interesse und Abscheu zu tun hatte; und in dem Moment, in dem Ka Lapislazuli verlassen hatte, begriff er voller Reue, daß er ihn vermissen würde. Er fand Hande, die ihm voll guten Willens und ernster Gedanken begegnet war, nun einfach naiv und dumm, gab aber diese überhebliche Haltung rasch auf. Mit weit-aufgerissenen Augen gab Hande ihm Grüße an Kadife mit, wollte, daß Kadife wußte, daß Hande mit dem Herzen immer bei ihr war, ob sie nun heute abend im Fernsehen (ja, sie sagte nicht »Theater«, son-dern geradewegs »Fernsehen«) ihr Haupt entblößte oder nicht, und erklärte ihm außerdem, welchen Weg er einschlagen mußte, um nicht die Aufmerksamkeit der Zivilpolizisten zu erregen.

Eilig und aufgeregt verließ Ka die Wohnung, und als ihm ein Stockwerk tiefer ein Gedicht einfiel, setzte er sich auf die erste Stufe vor der Wohnungstür, vor der die Schuhe aufgereiht standen, zog sein Heft aus der Tasche und begann zu schreiben.

Das war das achtzehnte Gedicht, das Ka in Kars schrieb; und ohne die Notizen, die er für sich selbst angefertigt hat, würde keiner ver-stehen, daß es voller Anspielungen auf die Menschen war, zu denen er eine Art Haßliebe unterhalten hatte: da war in der Mittelstufe des Şişli-Terakki-Gymnasiums der Sohn einer sehr reichen Bauunter-nehmerfamilie, der auf Reitturnieren im Balkan Preise davongetra-gen hatte, verwöhnt, aber unabhängig genug, um auf Ka anziehend zu wirken; da war der ohne Vater und Geschwister aufwachsende geheimnisvolle blasse Sohn einer weißrussischen Mutter, der auf dem Gymnasium begonnen hatte, Rauschgift zu nehmen, dem alles gleich war und der auf geheimnisvolle Weise alles wußte; da war ein gutaussehender, stiller, sich selbst genügender Typ, der ihm während der Grundausbildung beim Militär kleine gemeine Streiche spielte, indem er zum Beispiel seinen Helm versteckte. In dem Gedicht analysierte er, daß ihn mit all diesen Menschen eine verborgene Liebe und ein offener Haß verband, daß er sich darum bemühte, das Durcheinander in seinem Kopf mit dem Wort »Eifersucht« zu beruhigen, das der Titel des Gedichtes war und diese beiden Gefühle verband, daß aber das Problem tiefer lag: Ka hatte das Gefühl, daß die Seelen und Stimmen dieser Menschen nach einiger Zeit in ihn eingegangen waren.

Als er das Gebäude verlassen hatte, wußte er immer noch nicht, wo er sich befand; aber nach einer Weile erkannte er, daß er auf die Halit-Paşa-Straße gekommen war. Unwillkürlich wandte er sich um und warf einen Blick auf das Haus, wo sich Lapislazuli versteckt hielt.

Er fühlte sich auf dem Rückweg ins Hotel unsicher, weil er seine beiden Leibwächter nicht dabeihatte. Als vor dem Rathaus ein ziviles Fahrzeug neben ihm hielt und sich die hintere Tür öffnete, blieb er stehen.

»Ka Bey, haben Sie keine Angst, wir sind vom Polizeipräsidium; steigen Sie ein, wir bringen Sie in Ihr Hotel.«

Ka versuchte zu überlegen, ob es sicherer sei, unter Polizeischutz ins Hotel zurückzukehren, oder dabei gesehen zu werden, wie er mitten in der Stadt in ein Polizeiauto einstieg, als auch die vordere Tür aufging. Ein massiger Mann, der Ka an irgend jemanden erinnerte (vielleicht ein entfernter Onkel väterlicherseits in Istanbul... ja, Onkel Mahmut), zog ihn mit einer groben und kräftigen Bewegung, die gar nicht zu seinen höflichen Worten paßte, in den Wagen. Als das Auto losfuhr, bekam Kas Kopf zwei Faustschläge ab. Oder hatte er sich beim Einsteigen den Kopf angestoßen? Er hatte große Angst, und im Wagen herrschte eine seltsame Dunkelheit. Nicht Onkel Mahmut, sondern einer, der vorne saß, fluchte fürchterlich. In

Kas Kindheit hatte in der Dichterin-Nigâr-Straße ein Mann gelebt, der so auf die Kinder fluchte, wenn ein Ball in seinen Garten flog. Ka schwieg und stellte sich vor, er sei ein Kind. Der Wagen (kein Renault wie die Zivilfahrzeuge der Polizei in Kars, sondern ein luxuriöser großer Chevrolet Baujahr 56) fuhr durch die dunklen Gassen von Kars, als solle ein ungehorsames Kind bestraft werden, bog noch einmal um eine Kurve und dann in einen Innenhof ein. »Schau nach vorne!« wurde er angewiesen. Man hielt ihn an den Armen fest und führte ihn zwei Treppen hinauf. Als sie oben ankamen, war sich Ka sicher, daß die drei Männer keine Islamisten waren (wo hätten die so einen Wagen herhaben sollen?). Auch vom Nationalen Nachrichtendienst waren sie nicht, denn die arbeiteten mit Sunay zusammen – oder doch ein Teil von ihnen. Eine Tür wurde geöffnet, eine andere geschlossen, und Ka fand sich in einem alten armenischen Haus mit hohen Decken; die Fenster blickten auf die Atatürk-Straße. Im Raum sah er einen laufenden Fernseher, einen Tisch voller schmutziger Teller, Apfelsinenschalen und Zeitungen, ein Ladegerät mit Kurbel, das, wie er später erfahren sollte, für elektrische Folter gebraucht wurde, ein oder zwei Funkgeräte, Pistolen, Vasen, Spiegel … Er begriff, daß er in die Hände einer Sondereinheit geraten war, beruhigte sich aber, als er am anderen Ende des Raums Z. Eisenarm sah: ein Mörder zwar, aber ein vertrautes Gesicht.

Z. Eisenarm spielte die Rolle des guten Polizisten. Er bedauerte sehr, daß man Ka auf diese Weise hatte hierherbringen müssen. Weil Ka annahm, daß der massige Onkel Mahmut den Part des schlechten Polizisten übernehmen würde, brachte er Z. Eisenarms Fragen gegenüber die größte Aufmerksamkeit auf.

»Was hat Sunay vor?«

Ka erzählte in leuchtenden Farben bis ins nichtigste Detail Kyds *Spanische Tragödie* nach.

»Warum hat dieser Spinner Lapislazuli freigelassen?«

Ka erklärte, er habe das getan, damit Kadife auf der Bühne während der Live-Sendung ihr Haupt entblöße. Er gehorchte einer Eingebung und verwendete wie ein Angeber einen Fachbegriff aus dem Schachspiel: Das sei ein ungeheuer mutiges »Gambit«, das vielleicht ein Ausrufezeichen verdiene. Aber auch ein Zug, der den Islamisten in Kars den Kampfgeist nehmen werde.

»Woher wissen wir denn, daß das Mädchen sein Wort halten wird?«

Ka sagte, daß Kadife versprochen habe aufzutreten, aber daß sich dessen niemand sicher sein könne.

»Wo ist das neue Versteck von Lapislazuli?« fragte Z. Eisenarm.

Ka sagte, er habe keine Ahnung.

Dann fragten sie, warum Ka seine Leibwächter nicht dabeigehabt hatte, als der Wagen ihn aufgelesen hatte, und woher er gekommen sei.

»Von einem Abendspaziergang«, sagte Ka; und als er auf dieser Antwort beharrte, verließ Z. Eisenarm, wie er das erwartet hatte, leise den Raum. Onkel Mahmut nahm ihn sich mit bösen Blicken vor. Auch er kannte, wie der Mann vorne im Auto, eine Menge ungeheuer ungehöriger Flüche. Er garnierte mit diesen Flüchen politische Analysen, Aussagen über die höheren Interessen des Landes und Drohungen, so wie ein Kind bedenkenlos Ketchup über jeden Bissen kippt, ohne sich darum zu kümmern, ob der süß oder salzig ist.

»Bist du dir klar, was du tust, wenn du einen vom Iran bezahlten islamistischen Terroristen mit blutigen Händen versteckst?« fragte Onkel Mahmut. »Du weißt, was sie mit europäisierten, weichherzigen Liberalen wie dir anstellen werden, wenn sie an die Macht kommen, oder?« Ka sagte, er wisse das, aber Onkel Mahmut erzählte ihm trotzdem in schöner Ausführlichkeit, wie die Mollas im Iran die Demokraten und Kommunisten, mit denen sie vor der Revolution zusammengearbeitet hatten, später zu Hackfleisch verarbeitet und als Kebab gebraten hatten, wie sie ihnen Dynamit in den Arsch gesteckt und sie dann in die Luft gesprengt hatten, Nutten und Tunten an die Wand gestellt, alle Bücher außer religiösen verboten, intellektuellen Gockeln wie Ka erst die Haare geschoren, dann ihre Gedichtbände genommen hatten und ... Hier sagte er wieder etwas Unanständiges und fragte dann Ka mit angewidertem Gesicht nach dem Ort, an dem sich Lapislazuli verstecke und woher er jetzt gerade gekommen sei. Als Ka die gleichen Antworten noch einmal sagte, legte ihm Onkel Mahmut mit dem gleichen angewiderten Gesicht Handschellen an. »Jetzt schau mal, was ich mit dir mache!« sagte er, und dann verprügelte er ihn halbherzig, ohne Wut oder Leidenschaft, gab ihm Ohrfeigen und schlug ihm mit der Faust ins Gesicht.

Ich hoffe, es verärgert meine Leser nicht, wenn ich in aller Aufrichtigkeit notiere, daß ich in Kas späteren Notizen fünf wichtige Gründe gefunden habe, warum diese Schläge ihm nicht viel ausmachten:

1. Kas Glücksvorstellungen zufolge war die Gesamtmenge an Glück und Leid, die ihm zustoßen konnte, gleich groß; und die Schläge, die er jetzt bezog, bedeuteten, daß er mit İpek nach Frankfurt gehen konnte.

2. Mit einem den herrschenden Klassen eigenen Gefühl nahm Ka zu Recht an, daß die ihn vernehmenden Angehörigen der Spezialeinheit einen Unterschied zwischen ihm und den Proleten, Kriminellen und armen Teufeln von Kars machen würden und ihn folglich nicht so schlimm schlagen und foltern würden, daß das bei ihm bleibende Spuren und dauernden Ärger verursachen würde.

3. Er nahm ebenfalls zu Recht an, daß die Schläge, die er einsteckte, İpeks Zärtlichkeit nur noch vermehren würden.

4. Als er zwei Tage zuvor, am Dienstag gegen Abend, den blutenden Muhtar im Polizeipräsidium gesehen hatte, hatte er sich idiotischerweise vorgestellt, daß es einen von Schuldgefühlen wegen des Elends in diesem Land befreite, wenn man von Polizisten geschlagen wurde.

5. Ihn erfüllte es mit Stolz, in der Lage eines politischen Gefangenen zu sein, der trotz Folter im Verhör das Versteck eines Flüchtigen nicht preisgibt.

Dieser letzte Grund hätte Ka zwanzig Jahre früher noch mehr bedeutet; jetzt war ihm diese aus der Mode gekommene Situation ein bißchen peinlich. Der salzige Geschmack des Bluts, das aus seiner Nase über die Lippen floß, erinnerte ihn an seine Kindheit. Wann hatte seine Nase zuletzt geblutet? Während Onkel Mahmut und die anderen ihn in dieser halbdunklen Ecke des Raumes vergaßen und sich vor dem Fernseher versammelten, erinnerte sich Ka an Fensterflügel und Bälle, die ihm in seiner Kindheit gegen die Nase geflogen waren, und an eine Faust, die bei einem Gerangel während des Militärdienstes auf seiner Nase gelandet war. Während es dunkel wurde, saßen Z. Eisenarm und seine Gefährten zusammen vor dem Fernseher und sahen sich *Marianna* an; und Ka war zufrieden, mit blutiger Nase, geschlagen, erniedrigt dazusitzen, wie ein Kind, das man vergessen hat. Zwischendurch hatte er Angst, daß sie ihn durchsuchen und Lapislazulis Notiz finden könnten. Lange schaute er schweigend und voller Schuldgefühle mit den anderen *Marianna* an und dachte daran, daß das im gleichen Moment auch Turgut Bey und seine Töchter taten.

In einer Werbepause stand Z. Eisenarm von seinem Stuhl auf, nahm das Ladegerät vom Tisch, zeigte es Ka und fragte ihn, ob er wisse, wozu es diene. Als er keine Antwort bekam, sagte er es ihm und schwieg dann eine Weile, wie ein Vater, der sein Kind mit dem Stock bedroht hat.

»Weißt du, warum ich Marianna mag?« fragte er ihn, als die Sendung wieder begann. »Weil sie weiß, was sie will. Intellektuelle wie du machen mich dagegen krank, weil sie nicht wissen, was sie wollen. Ihr redet von ›Demokratie‹, und dann arbeitet ihr mit denen zusammen, die das islamische Heilige Recht wollen. Ihr redet von ›Menschenrechten‹ und verhandelt mit Mördern und Terroristen ... Ihr sagt ›Europa‹ und schmeichelt euch bei den Islamisten ein, den Feinden Europas ... Ihr sprecht über ›Gleichberechtigung der Frau‹, aber unterstützt Männer, die Frauen dazu bringen, den Kopf zu bedecken. Du tust nicht, was du denkst und was dein Gewissen dir sagt, sondern du stellst dir vor: ›Ich will mich benehmen, wie das ein Europäer täte, wenn er hier wäre.‹ Aber du kannst nicht einmal ein Europäer sein! Weißt du, was die Europäer tun? Wenn Hans Hansen eure blöde Verlautbarung veröffentlichte und die Europäer das ernst nähmen und eine Kommission nach Kars schickten, dann würde diese Kommission als erstes den Militärs danken, weil sie das Land nicht den Islamisten ausgeliefert haben. Aber natürlich beklagen sich diese Wichser bei ihrer Rückkehr nach Europa, daß es in Kars keine Demokratie gibt. Und ihr beklagt euch einerseits über die Armee, und andererseits habt ihr nur deswegen Vertrauen, daß die Islamisten euch nicht verhackstücken, weil ihr wißt, es gibt die Soldaten. Aber du siehst das alles ein, und deshalb werde ich dich nicht foltern.«

Ka nahm an, daß nun »Güte« an der Reihe war, daß er bald freigelassen würde, schnell zu Turgut Bey und seinen Töchtern eilen und den letzten Abschnitt von *Marianna* mit ihnen zusammen ansehen könnte.

»Aber bevor ich dich zurück zu deiner Geliebten ins Hotel schicke, möchte ich dir ein oder zwei Dinge über diesen Mörder und Terroristen sagen, mit dem du da verhandelst und den du versteckst, die kannst du dir hinter die Ohren schreiben«, sagte Z. Eisenarm. »Aber erst merk dir gut: Du bist nie in diesem Büro gewesen. Wir werden es ohnehin innerhalb der nächsten Stunde räumen. Unser neuer Sitz ist das oberste Geschoß des Schlaftrakts der Schule für Vorbeter und Prediger. Da erwarten wir dich. Vielleicht fällt dir ja wieder ein, wo sich Lapislazuli versteckt und wo du vor kurzem deinen ›Abendspaziergang‹ gemacht hast, und du möchtest dieses Wissen mit uns teilen. Sunay hat, als er noch bei Verstand war, dir schon gesagt, daß dein gutaussehender Held mit den mitternachtsblauen Augen ein Spatzenhirn von Fernsehsprecher erbarmungslos umgebracht hat, weil der schlecht über unseren Propheten geredet hat, und daß er auch die Erschießung des Direktors der Pädagogischen Hochschule organisiert hat, die mit eigenen Augen anzusehen du das Vergnügen gehabt hast. Aber es gibt etwas, was durch die fleißigen Abhörbeamten des Nationalen Nachrichtendienstes ausführlich dokumentiert wurde und was er dir nicht gesagt hat, vielleicht, damit es dir nicht das Herz bricht. Aber wir haben uns gedacht, es wäre gut, wenn du das wüßtest.«

Jetzt sind wir an dem Punkt angekommen, von dem Ka in den nächsten vier Jahren sagen sollte: »Wenn doch das Leben wie bei einem die Rolle zurückspulenden Filmvorführer bis dahin zurücklaufen könnte und ab da alles anders wäre!«

»İpek Hanım, mit der du nach Frankfurt fliehen und glücklich sein willst, war früher auch einmal Lapislazulis Geliebte«, sagte Z. Eisenarm mit sanfter Stimme. »Nach der hier vor mir liegenden Akte begann ihre Beziehung vor vier Jahren. Damals war İpek Hanım die

Ehefrau Muhtar Beys, der gestern freiwillig von seiner Kandidatur zum Bürgermeisteramt zurückgetreten ist; und dieser, wenn du gestattet, halbkluge Exlinke und Dichter hatte bedauerlicherweise keine Ahnung, daß Lapislazuli, den er voller Bewunderung als Gast bei sich beherbergte, weil er die jungen Islamisten von Kars organisieren würde, zu Hause mit seiner Frau ein leidenschaftliches Verhältnis pflegte, während er in seinem Haushaltswarengeschäft elektrische Öfen verkaufte.«

Er hat diese Sätze vorbereitet; sie sind nicht wahr! dachte Ka.

»Die erste, die – natürlich nach den Abhörbeamten – diese geheime Liebe mitbekam, war Kadife Hanım. İpek Hanım, deren Verhältnis zu ihrem Mann nicht das beste war, hatte die Ankunft ihrer jüngeren Schwester, die ein Studium aufnehmen wollte, zum Vorwand genommen, mit ihr in eine eigene Wohnung zu ziehen. Lapislazuli reiste nach wie vor immer wieder in die Stadt, ›um die jungen Islamisten zu organisieren‹, und kam nach wie vor bei Muhtar unter; und wenn Kadife in die Hochschule ging, trafen sich die beiden Liebenden in dieser neuen Wohnung. Das ging so, bis Turgut Bey in die Stadt kam und seine beiden Töchter in den Schneepalast zogen. Dann nahm Kadife, die sich den Kopftuch-Mädchen angeschlossen hatte, den Platz ihrer Schwester ein. Wir haben Beweise, daß es auch eine Übergangszeit gegeben hat, in der unser Casanova mit den blauen Augen mit beiden Schwestern gleichzeitig ein Verhältnis unterhielt.«

Ka wandte seine feuchten Augen unter Aufbringung seiner ganzen Willenskraft von Z. Eisenarms Blick ab und sah auf die melancholischen, flackernden Straßenlaternen der schneebedeckten Atatürk-Straße, die er, wie er erst jetzt bemerkte, von Anfang bis Ende entlangblicken konnte.

»Ich erzähle dir das, um dich zu überzeugen, daß es falsch ist, das Versteck dieses bestialischen Mörders aus bloßer Weichherzigkeit nicht zu verraten«, meinte Z. Eisenarm, der wie alle Angehörigen von Spezialeinheiten um so redseliger wurde, je mehr er andere quälte. »Ich habe wirklich nicht die Absicht, dich zu betrüben. Aber vielleicht wirst du denken, wenn du von hier weggegangen bist, daß all dies nicht Informationen sind, die durch die Arbeit des Abhördienstes zusammengetragen wurden, der in den letzten vierzig Jahren Kars mit seinen Mikrofonen ausgestattet hat, sondern alles nur Unsinn, den ich erfunden habe. Vielleicht wird dich İpek Hanım überzeugen, daß das alles Lüge ist, damit kein Schatten auf euer Glück in Frankfurt fällt. Du hast ein weiches Herz, und vielleicht bricht es dir, aber damit du keinen Zweifel an der Wahrheit dessen hast, was ich dir erzählt habe, werde ich einen überzeugenden Auszug ihres Liebesgeflüsters vorlesen, das unser Staat mit hohem Aufwand hat aufzeichnen lassen und das Sekretärinnen dann abgetippt haben – mit deiner Erlaubnis.

›Liebling, Liebster, Tage ohne dich sind kein Leben‹, hat sie zum Beispiel am 16. August vor vier Jahren, an einem heißen Sommertag, gesagt, vielleicht, nachdem sie sich ein erstes Mal getrennt hatten … Als Lapislazuli zwei Monate später in die Stadt kam, um einen Vortrag zum Thema ›Der Islam und die Verhüllung des Privaten‹ zu halten, hat er an einem Tag von Läden und Teehäusern aus sie ganze achtmal angerufen; und sie haben einander gesagt, wie sehr sie sich liebten. Als zwei Monate später İpek Hanım sich überlegte, mit ihm über alle Berge zu gehen, aber sich nicht entscheiden konnte, hat sie ihm gesagt, eigentlich habe jeder im Leben nur einen Geliebten, und der ihre sei er. Ein anderes Mal teilt sie ihm aus Eifersucht auf seine Frau Merzuka mit, sie könne nicht mit ihm schlafen, solange ihr Vater zu Hause sei. Und zuletzt hat sie in den vergangenen beiden Tagen dreimal mit ihm telefoniert. Vielleicht hat sie das auch heute getan. Die Aufzeichnungen dieser letzten Gespräche habe ich nicht hier, aber das ist nicht wichtig; du kannst İpek Hanım fragen, worüber sie gesprochen haben. Ich bitte sehr um Entschuldigung, ich sehe, daß es genug ist. Bitte, weinen Sie nicht! Die Kollegen sollen Ihre Handschellen aufschließen. Wasch dein Gesicht; wenn du willst, sollen sie dich zum Hotel bringen.«

39

Die Freuden gemeinsamen Weinens

KA UND İPEK IM HOTEL

Ka wollte zu Fuß zurückgehen. Er hatte das Blut, das ihm von der Nase auf Lippen und Kinn gelaufen war, und das ganze Gesicht mit reichlich Wasser abgewaschen, den Räubern und Mördern in der Wohnung wie einer, der freiwillig zu einem Besuch gekommen war, freundlich auf Wiedersehen gesagt und war gegangen. Im blassen Licht der Atatürk-Straße lief er schwankend wie ein Betrunkener, bog automatisch in die Halit-Paşa-Straße ein und begann hemmungslos zu weinen, als er hörte, daß in dem Kurzwarengeschäft wieder Peppino di Capris »Roberta« spielte. In dem Moment begegnete er dem schlanken, gutaussehenden Bauern wieder, der drei Tage zuvor im Autobus von Erzurum nach Kars neben ihm gesessen hatte und auf dessen Schoß er im Schlaf seinen Kopf hatte rutschen lassen. Während ganz Kars noch *Marianna* anschaute, begegnete Ka erst auf der Halit-Paşa-Straße dem Anwalt Muzaffer Bey, dann auf der Kâzım-Karabekir-Straße dem Geschäftsführer der Busgesellschaft und seinem greisen Freund, die er bei seinem Besuch im Konvent Scheich Saadettins kennengelernt hatte. An den Blicken dieser Leute merkte er, daß ihm immer noch Tränen aus den Augen liefen. Nachdem er tagelang diese Straßen auf und ab gelaufen war, kannte er inzwischen, auch ohne hinzusehen, die vereisten Schaufenster, die überfüllten Teehäuser, die Fotografenläden, die daran erinnerten, daß die Stadt einmal bessere Tage gesehen hatte, die Straßenlaternen mit dem flackernden Licht, die Gemischtwarenläden, die Kaşar-Käseräder ausstellten, und die Zivilpolizisten an der Ecke Kâzım-Karabekir-Straße und Montenegro-Straße.

Bevor er das Hotel betrat, erklärte er den beiden Leibwächtern, die vor der Tür postiert waren, es sei alles in Ordnung. Er ging auf sein Zimmer und paßte auf, daß er von niemandem gesehen wurde. Sobald er sich auf sein Bett geworfen hatte, begann er zu schluchzen. Als er aufgehört hatte zu weinen, lauschte er ein oder zwei Minuten lang den Geräuschen von der Straße her, und sie kamen ihm so lang vor wie das nicht enden wollende Warten in seiner Kindheit. Da klopfte es an der Tür. Ka stand auf. Es war İpek. Sie hatte von dem Jungen an der Rezeption erfahren, daß Ka seltsam gewirkt hatte, und war gleich gekommen. Als sie das sagte, machte sie das Licht an und sah Kas Gesicht. Erschrocken verstummte sie. Es entstand ein längeres Schweigen.

»Ich habe von deinem Verhältnis zu Lapislazuli erfahren«, flüsterte Ka.

»Hat er es dir gesagt?«

Ka machte die Lampe aus. »Z. Eisenarm und seine Gruppe haben mich entführt«, flüsterte er. »Sie sagen, sie hören eure Telefonate seit vier Jahren ab.« Er warf sich wieder auf das Bett und sagte: »Ich will sterben!« Er begann zu weinen.

Als İpek sein Haar streichelte, weinte er nur noch mehr. Er war so ruhig, wie man es ist, wenn man etwas verloren hat und beschließt, daß man ohnehin nie glücklich sein könnte. İpek legte sich auf das Bett und schlang die Arme um ihn. Eine Weile weinten sie beide, und das verband sie nur noch mehr.

Im Dunkel des Zimmers stellte Ka ihr Fragen, und İpek erzählte ihre Geschichte. Sie sagte, Muhtar sei an allem schuld. Nicht nur, daß er Lapislazuli nach Kars geholt und in sein Haus eingeladen habe, er habe auch gewollt, daß der von ihm bewunderte Islamist bestätigte, was für ein wundervolles Wesen seine Frau sei. Noch dazu behandelte Muhtar İpek zu dieser Zeit ausgesprochen schlecht und gab ihr die Schuld, daß sie keine Kinder hatten. Wie auch Ka gemerkt hatte, fand Lapislazuli meist das rechte Wort und hatte vieles, was eine unglückliche Frau unterhalten oder um den Verstand bringen konnte. Nachdem sie ihr Verhältnis begonnen hatten, hatte sich İpek sehr bemüht, das Schlimmste zu verhindern. Zunächst, damit Muhtar, den sie sehr mochte und keinesfalls kränken wollte, nicht merkte,

was los war. Dann, um ihre immer heftiger brennende Liebe los-
zuwerden. Anfangs war das, was Lapislazuli anziehend machte,
seine Überlegenheit gegenüber Muhtar; İpek hatte sich immer für
Muhtar geschämt, wenn der über politische Themen, von denen er
nichts verstand, Unsinn zu reden begann. Wenn Lapislazuli weg
war, lobte Muhtar ihn dauernd, sagte, er müsse häufiger nach Kars
kommen, und ermahnte İpek, ihn besser und herzlicher zu behandeln. Auch nachdem sie mit Kadife zusammengezogen war, begriff
Muhtar die Situation nicht; wenn solche Typen wie Z. Eisenarm ihm
nichts sagten, würde er nie davon erfahren. Dagegen hatte die ge-
witzte Kadife alles schon vom Tag ihrer Ankunft an begriffen, und
sie hatte mit den Kopftuch-Mädchen nur deswegen Kontakt aufgenommen, um Lapislazuli nahe zu sein. İpek hatte gespürt, daß
Kadife, die seit ihrer Kindheit in Konkurrenz zu der älteren Schwester gestanden hatte, Interesse an Lapislazuli hatte. Als sie merkte,
daß dem das gefiel, gewann sie Abstand zu ihm. Sie glaubte, wenn
Lapislazuli sich für Kadife interessierte, würde sie von ihm loskom-
men. Ihr war es gelungen, den Kontakt zu ihm zu meiden, nachdem
ihr Vater gekommen war.

Ka hätte diese Geschichte, die das Verhältnis von Lapislazuli und
İpek auf einen Fehltritt in der Vergangenheit reduzierte, vielleicht
geglaubt, aber İpek hatte zwischendurch erregt gesagt: »Lapislazuli
liebt eigentlich nicht Kadife, sondern mich!« Ka fragte sie auf diesen
Satz hin, den er nur sehr ungern gehört hatte, was sie jetzt über diesen »miesen Kerl« denke, worauf İpek antwortete, sie wolle über das
Thema nicht mehr sprechen, das alles sei Vergangenheit, und sie
wolle mit Ka nach Deutschland gehen. Da erinnerte sich Ka, daß sie
auch in den letzten Tagen noch angeblich mit Lapislazuli telefoniert
hatte, aber İpek sagte, solche Gespräche habe es nicht gegeben, und
Lapislazuli habe genügend politische Erfahrung, um zu wissen, daß
sein Aufenthaltsort aufgedeckt würde, wenn er telefonierte. »Nie
werden wir glücklich werden!« sagte daraufhin Ka. »Doch, wir werden nach Frankfurt gehen und da glücklich werden!« antwortete İpek
und umarmte ihn. Nach İpeks Meinung glaubte Ka ihr in diesem
Moment, fing dann aber wieder an zu weinen.

İpek umarmte ihn daraufhin noch fester, und sie weinten gemeinsam. Später sollte Ka schreiben, daß damals vielleicht auch İpek zum erstenmal in ihrem Leben entdeckt hatte, daß bei einer Umarmung zu weinen, gemeinsam im Niemandsland zwischen einer Niederlage und einem neuen Leben zu wandern, ebensoviel Freude wie Leid verursachte. Er liebte sie auf einmal noch mehr, weil sie sich umarmen und zusammen weinen konnten. Während Ka einerseits İpek weinend in den Armen hielt, überlegte er andererseits in einem Winkel seines Gehirns, was er als nächstes tun sollte, und achtete auf die Geräusche von der Straße. Es ging auf sechs Uhr zu: Der Druck der *Grenzstadtzeitung* war abgeschlossen, die Schneepflüge an der Straße nach Sarıkamış waren dabei, die Straße wieder passierbar zu machen, Kadife, die Funda Eser mit freundlichem Zureden in den Militärlastwagen hatte einsteigen und zum Volkstheater hatte bringen lassen, hatte dort begonnen, mit Sunay zu proben.

Ka konnte İpek erst nach einer halben Stunde sagen, daß Lapislazuli eine Mitteilung an Kadife habe. Er hatte zunächst mit İpek schlafen wollen, aber ein Anfall von Angst, Zweifel und Eifersucht hatte ihn zurückgehalten. Ka fragte İpek, wann sie Lapislazuli zuletzt gesehen habe, und behauptete mit perverser Hartnäckigkeit, daß sie jeden Tag heimlich mit ihm rede, ihn treffe und mit ihm schlafe. Ka erinnerte sich später, daß İpek auf diese Fragen und Vorwürfe zunächst verärgert reagierte, weil er ihr nicht glaubte, dann aber nicht so sehr auf den rationalen Inhalt von Kas Worten, sondern die unterschwellige emotionale Aussage achtete und zärtlicher reagierte, daß es ihm aber auch guttat, İpek mit Fragen und Vorwürfen zu quälen. Er, der sich in seinen letzten vier Jahren mit Selbstvorwürfen peinigte, sollte sich eingestehen, daß er sein Leben lang an seiner Neigung, mit Worten zu verletzen, die Zuneigung maß, die jemand für ihn aufbrachte. Während er unaufhörlich İpek aushorchte und sie bezichtigte, sie liebe Lapislazuli mehr als ihn, interessierte ihn eigentlich mehr als ihre Antworten, wie lange sie mit ihm Geduld haben würde.

İpek sagte: »Weil ich ein Verhältnis mit ihm hatte, bestrafst du mich mit diesen Fragen!«

»Du willst mich nur, um ihn zu vergessen«, sagte Ka und erkannte entsetzt an İpeks Gesicht, daß das richtig war, verlor aber nicht die Fassung. Er hatte das Gefühl, daß sich in ihm Energie angesammelt hatte, vielleicht, weil er mehr als genug geweint hatte. »Lapislazuli hat eine Nachricht für Kadife«, sagte er. »Er will, daß sie ihr Wort bricht, nicht auftritt und natürlich ihr Haupt nicht entblößt. Er ist ganz und gar dagegen.«

»Das sollten wir Kadife aber nicht weitergeben«, riet İpek.

»Warum nicht?«

»Zum einen genießen wir so Sunays Schutz ohne Einschränkung. Zum anderen ist es gut für Kadife, denn ich will, daß sie Abstand zu Lapislazuli bekommt.«

»Nein«, sagte Ka. »Du willst, daß die beiden getrennt werden.« Er war sich klar, daß seine Eifersucht ihn in İpeks Augen herabsetzte, konnte aber trotzdem nicht an sich halten.

»Ich bin längst quitt mit Lapislazuli.«

Ka dachte, daß der großspurige Ton aus İpeks Mund nichts Echtes hatte. Aber er beherrschte sich und beschloß, das İpek nicht zu sagen. Einen Augenblick später sah er sich jedoch selbst zu, wie er aus dem Fenster schaute und auch dies noch sagte. Es machte ihn noch verzweifelter, daß er seine Eifersucht und seinen Zorn nicht im Zaum halten konnte. Er hätte weinen mögen, war aber auf İpeks Antwort gespannt.

»Stimmt, es gab eine Zeit, da habe ich ihn sehr geliebt«, sagte İpek. »Aber das ist jetzt weitgehend vorbei, mir geht es gut. Ich möchte mit dir nach Frankfurt kommen.«

»Wie sehr hast du ihn geliebt?«

»Ich habe ihn sehr geliebt«, antwortete İpek kurz und schwieg dann entschlossen.

»Erzähl, wie sehr du ihn geliebt hast!« Obwohl er nicht mehr gelassen war, spürte er doch, daß İpek sich nicht entscheiden konnte, ob sie nun aufrichtig antworten, Ka hinhalten, ihren Liebesschmerz mit ihm teilen oder ihn so kränken sollte, wie er es verdiente.

»Ich habe ihn so geliebt wie keinen anderen«, sagte sie endlich und wandte ihre Augen ab.

»Vielleicht, weil du sonst keinen außer Muhtar gekannt hast«, antwortete Ka.

Noch während er das sagte, tat es ihm leid. Nicht nur, weil er wußte, er würde ihr weh tun, sondern auch, weil er merkte, daß sie eine harte Antwort geben würde.

»Weil ich Türkin bin, habe ich in meinem Leben vielleicht nicht so viele Gelegenheiten gehabt, mich mit Männern näher abzugeben. Aber du hast sicher in Europa eine Menge freizügiger Mädchen kennengelernt. Ich frage dich nach keiner von ihnen, doch ich glaube, daß sie dir beigebracht haben, daß ein neuer Geliebter die alten Liebhaber auslöscht.«

»Ich bin Türke«, sagte Ka.

»Türke zu sein ist meistens eine Entschuldigung für etwas Schlechtes oder eine Ausrede.«

»Deswegen werde ich nach Frankfurt zurückkehren«, antwortete Ka, ohne zu glauben, was er sagte.

»Und ich werde mit dir kommen. Wir werden dort glücklich sein.«

»Du möchtest nach Frankfurt gehen, um ihn zu vergessen.«

»Ich spüre, daß ich dich nach einer Weile lieben werde, wenn wir beide zusammen nach Frankfurt gehen. Ich bin nicht wie du; ich kann mich in niemanden innerhalb von zwei Tagen verlieben. Wenn du Geduld mit mir hast, wenn du mir mit deinen türkischen Eifersuchtsanfällen nicht das Herz brichst, werde ich dich sehr lieben.«

»Aber jetzt liebst du mich nicht«, sagte Ka. »Du liebst immer noch Lapislazuli. Was macht ihn so besonders?«

»Ich bin froh, daß du das wirklich wissen willst, aber ich habe Angst vor deiner Reaktion auf meine Antwort.«

»Hab keine Angst«, sagte Ka, ohne daran zu glauben. »Ich liebe dich von ganzem Herzen.«

»Ich kann nur mit einem Mann zusammenleben, der mich immer noch lieben kann, wenn er gehört hat, was ich jetzt sage.« İpek schwieg einen Augenblick, wandte ihren Blick von Ka ab und sah auf die Straße im Schnee. »Lapislazuli ist sehr zärtlich, sehr nachdenklich und großzügig«, sagte sie mit einem ganz warmen Ton in der Stimme. »Er will nicht, daß jemand leidet. Einmal hat er um zwei

Hundewelpen, deren Mutter gestorben war, eine ganze Nacht geweint. Glaub mir, er ist einzigartig.«

»Ist er denn kein Mörder?« fragte Ka hoffnungslos.

»Sogar jemand, der ihn auch nur einen Bruchteil so gut kennt wie ich, begreift, was das für ein unsinniger Gedanke ist, und lacht darüber. Er kann niemandem weh tun. Er ist ein Kind. Wie ein Kind mag er Spiele, Phantasievorstellungen; er macht andere nach, erzählt Geschichten aus dem *Schahname* oder dem *Mathnavi*, ganz verschiedene Personen kommen dann zum Vorschein. Er hat einen extrem starken Willen, ist intelligent, entschlossen, sehr stark und sehr amüsant ... Ach, bitte verzeih mir, weine nicht, Liebling, genug, hör auf zu weinen!«

Ka hielt inne und sagte, er glaube nicht mehr daran, daß sie gemeinsam nach Frankfurt gehen könnten. Im Zimmer trat eine lange, befremdliche Stille ein, die hin und wieder von Kas Schluchzen unterbrochen wurde. Er lag auf seinem Bett, hatte dem Fenster den Rücken zugedreht und sich wie ein Kind zusammengerollt. Nach einer Weile legte sich İpek neben ihn und umarmte ihn von hinten.

Erst wollte Ka sagen: Laß das!, flüsterte dann aber: »Umarme mich fester!«

Es gefiel Ka, seine Wangen gegen das Kopfkissen zu drücken, das naß von seinen Tränen war. Schön war es auch, in İpeks Armen zu liegen. Er schlief ein.

Als er aufwachte, war es sieben Uhr, und beide hatten einen Moment lang das Gefühl, sie hätten immer noch die Chance, glücklich zu werden. Sie konnten sich nicht ins Gesicht blicken, suchten aber beide nach einem Vorwand für ein neues Einverständnis.

»Mach dir nichts daraus, vergiß das Ganze einfach!« sagte İpek.

Ka wurde sich nicht klar, ob das ein Zeichen der Hoffnungslosigkeit war oder der Zuversicht, daß die Vergangenheit vergessen werden könnte. Er glaubte, İpek ginge weg. Er wußte ganz genau, daß er nicht einmal sein altes unglückliches Leben wieder anfangen konnte, wenn er ohne İpek aus Kars nach Frankfurt zurückkehrte.

»Geh nicht, bleib noch ein bißchen!« bat er erregt.

Nach einem merkwürdigen, beunruhigenden Schweigen umarmten sie einander.

»Mein Gott, mein Gott, was soll bloß werden?« sagte Ka.

»Alles wird gut«, antwortete İpek. »Glaub mir, hab Vertrauen!«

Ka hatte das Gefühl, daß dieser Alptraum nur aufhören würde, wenn er İpek wie ein Kind zuhörte.

»Komm, ich zeig dir die Sachen, die ich in den Koffer für Frankfurt packen werde«, sagte İpek.

Es tat Ka gut, das Zimmer zu verlassen. İpeks Hand, die er beim Hinabsteigen auf der Treppe gehalten hatte, ließ er los, bevor sie Turgut Beys Wohnung betraten, aber er merkte voller Stolz, daß sie wie ein Paar angesehen wurden, als sie die Empfangshalle durchquerten. Sie gingen geradewegs in İpeks Zimmer. İpek zog den eisblauen Pullover, den sie in Kars nicht tragen konnte, aus der Schublade, faltete ihn auseinander, schüttelte das Mottenpulver aus, trat vor den Spiegel und hielt ihn sich vor.

»Zieh ihn über«, sagte Ka.

İpek zog ihren weiten Wollpullover aus und den engen eisblauen Pullover über. Ka bewunderte einmal mehr ihre Schönheit.

»Wirst du mich lieben bis zum Ende deines Lebens?« fragte er.

»Ja.«

»Zieh jetzt das Abendkleid aus Samt an, das dir Muhtar nur zu Hause zu tragen erlaubt hat!«

İpek öffnete den Schrank, zog das Kleid aus schwarzem Samt vom Bügel, schüttelte das Mottenpulver aus, breitete es sorgfältig aus und zog es an.

»Es gefällt mir, wenn du mich so anschaust«, sagte sie, als sich Kas und ihre Augen im Spiegel begegneten.

Erfüllt von Begeisterung und Eifersucht, blickte Ka auf den langen schönen Rücken der Frau, jene empfindliche Stelle im Nacken, direkt unterhalb des Haaransatzes, etwas darunter den Schatten der Wirbelsäule und die Grübchen in ihren Schultern, als sie, um zu posieren, die Hände am Hinterkopf verschränkte. Er fühlte sich äußerst glücklich, kam sich aber auch sehr schlecht vor.

»Oho, was ist denn das für ein Kleid!« sagte Turgut Bey, der plötzlich das Zimmer betrat. »Für welchen Ball machen wir uns denn fertig?« Aber sein Gesicht zeigte keine Spur von Fröhlichkeit. Ka erklärte sich das mit der Eifersucht eines Vaters, was ihm gefiel.

»Nachdem Kadife gegangen ist, wurden die Ankündigungen im Fernsehen noch aggressiver«, berichtete Turgut Bey. »Sie macht einen großen Fehler, wenn sie in diesem Stück auftritt.«

»Papa, bitte erklären Sie auch mir, warum Sie dagegen sind, daß Kadife ihr Haupt entblößt!«

Alle gingen in das Wohnzimmer hinüber und setzten sich vor den Fernseher. Der bald darauf auf dem Bildschirm erscheinende Sprecher verkündete, daß in der Live-Sendung am Abend eine Tragödie beendet werde, die unser soziales und geistiges Leben gelähmt habe, und daß die Bevölkerung von Kars heute abend durch eine dramatische Aktion von den religiösen Vorurteilen befreit werde, durch die sie vom modernen Leben und von der Gleichberechtigung von Frau und Mann ferngehalten worden sei. Wieder würde es zu einem dieser einzigartigen, magischen historischen Augenblicke kommen, in denen Leben und Theater auf der Bühne verschmolzen. Diesmal gebe es für die Bewohner von Kars nichts zu befürchten, denn Polizeipräsidium und Notstandsverwaltung hätten alle möglichen Sicherheitsmaßnahmen aus Anlaß der Aufführung ergriffen, zu der der Eintritt übrigens frei sei. In einem offensichtlich früher gedrehten Interview erschien der stellvertretende Polizeipräsident auf dem Bildschirm. Seine Haare, in der Nacht der Revolution völlig durcheinander, waren nun gekämmt, sein Hemd gebügelt, seine Krawatte ordentlich gebunden. Er erklärte, daß die Bewohner von Kars die bedeutende künstlerische Vorführung heute abend ohne jeden Vorbehalt besuchen könnten. Weiterhin äußerte er, daß schon jetzt zahlreiche Vorbeter- und Predigerschüler wegen des Abends auf das Polizeipräsidium gekommen seien und den Sicherheitskräften versprochen hätten, wie in zivilisierten Ländern und Europa üblich an den angemessenen Stellen diszipliniert, doch begeistert zu applaudieren, daß »diesmal« keinerlei Übergriffe, Roheiten und Brüllduelle toleriert würden und daß die Einwohner von Kars, die eine tausendjährige kulturelle Tradition repräsentierten, selbstverständlich wüßten, wie man einem Schauspiel zusah. Dann verschwand er.

Der nach ihm auftauchende Sprecher redete von dem Stück, das am Abend gespielt werden sollte, und erzählte, wie sich der Hauptdarsteller Sunay Zaim jahrelang auf diese Aufführung vorbereitet hatte. Auf dem Bildschirm erschienen zerknitterte Plakate von jakobinischen Stücken, in denen Sunay vor Jahren als Napoleon, Robespierre oder Lenin aufgetreten war, alte Schwarzweißfotografien von ihm und seiner Frau (wie schlank doch Funda Eser einmal gewesen war!) und einige weitere Souvenirs, von denen Ka glaubte, daß das Paar sie in einem Koffer mit sich trug: alte Eintrittskarten, Programme, Zeitungsausschnitte aus der Zeit, als Sunay hoffte, er werde Atatürk spielen, sowie herzzerreißende Bilder von Szenen, aufgeführt in anatolischen Kaffeehäusern. Dieser Einführungsfilm war zwar ziemlich langweilig und erinnerte an die Kulturemdungen staatlicher Fernsehsender, doch ein immer wieder auf der Mattscheibe auftauchendes, offenbar gerade erst angefertigtes, schmeichelhaftes Foto zeigte Sunay mit dem schäbigen, aber prahlerischen Ausdruck der Führer von Ostblockländern, afrikanischer oder nahöstlicher Diktatoren. Die Einwohner von Kars, die vom Morgen bis zum Abend ferngesehen hatten, glaubten bereits daran, daß Sunay ihrer Stadt Ordnung und Friede gebracht habe, hatten begonnen, sich als seine Untertanen zu fühlen und auf unerklärliche Weise Vertrauen in die Zukunft zu entwickeln. Inzwischen war auch immer wieder die Fahne auf dem Bildschirm zu sehen, die vor achtzig Jahren nach dem Rückzug der osmanischen und russischen Truppen aus der Stadt, als Armenier und Türken einander an die Gurgel gingen und die Türken einen neuen Staat ausgerufen hatten, gehißt worden war und die man wer weiß wo aufgetrieben hatte. Daß diese mottenzerfressene, fleckige Fahne auf dem Bildschirm zu sehen war, störte Turgut Bey mehr als alles andere.

»Dieser Mann ist verrückt. Er wird uns alle ins Unglück stürzen. Kadife soll bloß nicht auftreten!«

»Stimmt, das darf sie nicht«, meinte İpek. »Aber wenn wir ihr sagen, das sei Ihre Idee, Papa, dann wird sie erst recht auftreten und ihr Haupt enthüllen; Sie kennen Kadife.«

»Was können wir denn tun?«

»Ka soll sofort ins Theater gehen und Kadife überreden, nicht aufzutreten«, sagte İpek, drehte sich zu Ka um und hob die Augenbrauen.

Ka, der schon seit längerer Zeit nicht mehr den Fernseher, sondern İpek angeschaut hatte, war verwirrt, weil er nicht verstehen konnte, warum sie ihre Meinung geändert hatte.

»Wenn sie ihr Haar enthüllen möchte, soll sie das zu Hause tun, wenn sich die Lage beruhigt hat«, sagte Turgut Bey zu Ka. »Sunay wird ganz sicher heute abend im Theater wieder etwas Provokantes tun. Mir tut es sehr leid, daß ich mich von Funda Eser habe überreden lassen und diesen Verrückten Kadife ausgeliefert habe.«

»Ka wird ins Theater gehen und Kadife überreden, Papa.«

»Sie sind der einzige, der Kadife noch beeinflussen kann, denn Sunay vertraut Ihnen. Was ist denn mit Ihrer Nase, mein Lieber?«

»Ich bin auf dem Eis ausgerutscht«, sagte Ka schuldbewußt.

»Sie haben sich auch die Stirn aufgeschlagen. Die ist ganz blau.«

»Ka ist den ganzen Tag durch die Stadt gelaufen«, erklärte İpek.

»Nehmen Sie Kadife auf die Seite, ohne daß Sunay das merkt«, sagte Turgut Bey. »Sagen Sie ihr nicht, daß Sie diese Idee von uns haben; und sie soll auch nicht behaupten, daß sie das von Ihnen hat. Sie soll erst gar nicht mit Sunay diskutieren, sondern eine Ausrede erfinden. Am besten sagt sie, sie sei krank, und verspricht, morgen ihr Haupt zu Hause zu entblößen. Sagen Sie Kadife, wir alle lieben sie sehr. Mein kleines Mädchen!«

Turgut Beys Augen waren auf einmal feucht geworden.

»Papa, kann ich einmal mit Ka alleine sprechen?« fragte İpek und zog Ka an den Tisch. Sie setzten sich an den Tisch für das Abendessen, für das Zahide bisher bloß die Tischdecke ausgebreitet hatte.

»Sag Kadife, Lapislazuli verlange das, weil er dazu gezwungen ist und weil er in einer schwierigen Lage ist!«

»Erst erkläre mir, warum du deine Meinung geändert hast«, entgegnete Ka.

»Liebling, deswegen mußt du dir keine Gedanken machen. Glaub mir, ich habe bloß meinem Vater recht gegeben, das ist alles. Für mich ist jetzt wichtiger als alles andere, daß wir Kadife heute abend vor Unheil schützen.«

»Nein«, sagte Ka mißtrauisch. »Es ist etwas geschehen, und du hast deine Meinung geändert.«

»Du brauchst keine Angst zu haben. Wenn Kadife überhaupt ihren Kopf entblößt, dann tut sie das später auch zu Hause.«

»Wenn Kadife ihren Kopf heute abend nicht entblößt«, sagte Ka vorsichtig, »dann trägt sie später auch zu Hause kein Kopftuch. Das weißt du genau.«

»Es ist wichtiger, daß meine Schwester heil nach Hause kommt.«

»Ich habe Angst«, sagte Ka, »daß du mir etwas verheimlichst.«

»Liebling, das tue ich nicht. Ich habe dich doch lieb. Wenn du mich willst, gehe ich gleich mit dir nach Frankfurt. Da wirst du mit der Zeit sehen, wie sehr ich mich an dich binden und dich lieben werde, und du wirst die Probleme von heute vergessen und mir vertrauen, wenn du mich liebst.«

Sie legte ihre Hand auf die Kas, die feucht und heiß war. Ka konnte kaum glauben, wie nah er İpek war, ihren Augen und ihrem wundervollen Rücken im Samtkleid mit den Trägern, der sich im Spiegel über dem Buffet spiegelte.

»Ich bin so gut wie sicher, daß etwas Schlimmes geschehen wird«, sagte er.

»Warum?«

»Weil ich so glücklich bin. Ich hätte es nie erwartet, aber ich habe in Kars achtzehn Gedichte geschrieben. Wenn ich noch eines schreibe, habe ich ein neues Buch verfaßt, das sich praktisch von allein geschrieben hat. Ich glaube dir auch, daß du mit mir nach Deutschland kommen willst, und habe das Gefühl, daß noch größeres Glück vor mir liegt. Das ist zuviel Glück für mich, und ich spüre, daß garantiert etwas Schlimmes passieren wird.«

»Was denn?«

»Daß du dich mit Lapislazuli triffst, sobald ich hier weg bin, um Kadife zu überreden.«

»Ach, das ist doch völliger Unsinn!« antwortete İpek. »Ich weiß nicht einmal, wo er ist.«

»Ich bin geschlagen worden, weil ich sein Versteck nicht verraten habe.«

»Das darfst du auch auf keinen Fall jemandem sagen«, meinte İpek mit zusammengezogenen Augenbrauen. »Du wirst einsehen, wie unsinnig deine Ängste sind.«

»Nun, was ist, gehen Sie nicht zu Kadife?« rief Turgut Bey. »In eineinviertel Stunden beginnt das Stück. Das Fernsehen hat bekanntgegeben, daß die Straßen bald wieder passierbar sein werden.«

»Ich möchte nicht zum Theater gehen, ich möchte nicht von hier weggehen«, flüsterte Ka.

»Glaub mir, wir können nicht von hier weggehen, wenn wir Kadife unglücklich zurücklassen«, antwortete İpek. »Dann können auch wir nicht glücklich sein. Geh doch und versuch zumindest, sie zu überreden, damit wir ein ruhiges Gewissen haben.«

»Vor anderthalb Stunden, als Fazıl mit der Nachricht von Lapislazuli kam, hast du mir gesagt, ich solle nicht gehen.«

»Sag schnell, wie kann ich dir beweisen, daß ich hier nicht weggehe, wenn du zum Theater gehst?« fragte İpek.

Ka lächelte. »Du kommst nach oben auf mein Zimmer, ich verschließe die Tür und nehme den Schlüssel für eine halbe Stunde an mich.«

»Gut«, meinte İpek fröhlich. Sie stand auf. »Papa, ich gehe für eine halbe Stunde auf mein Zimmer, und keine Sorge, Ka wird gleich ins Theater aufbrechen, um mit Kadife zu reden … Sie brauchen nicht aufzustehen, wir haben oben noch schnell etwas zu erledigen.«

»Gott schütze euch«, sagte Turgut Bey, war aber sehr aufgeregt.

İpek nahm Ka an der Hand, ließ sie auch in der Empfangshalle nicht los und zog ihn hinter sich her nach oben.

»Cavit hat uns gesehen. Was wird er gedacht haben?« sagte Ka.

»Kümmer dich nicht drum«, sagte İpek fröhlich. Oben nahm sie Ka den Schlüssel aus der Hand, öffnete die Tür und ging ins Zimmer. Darin roch es immer noch vage nach ihrem Sex von der Nacht zuvor.

»Ich werde hier auf dich warten. Paß auf dich auf! Und streite nicht mit Sunay!«

»Soll ich Kadife sagen, daß sie nicht auftritt, sei unser und eures Vaters Wunsch oder der Lapislazulis?« fragte Ka.

»Der Lapislazulis.«

»Warum?«

»Kadife liebt Lapislazuli sehr, deswegen. Du gehst dahin, um meine Schwester vor Gefahr zu bewahren. Vergiß deine Eifersucht.«

»Wenn ich das kann.«

»Wir werden in Deutschland sehr glücklich sein«, sagte İpek. Sie schlang ihre Arme um Kas Hals. »Sag mir, in welches Kino werden wir gehen?«

»Das Filmmuseum zeigt spät am Samstagabend amerikanische Kunstfilme im Original; da gehen wir hin«, erklärte Ka. »Vorher essen wir in einer Gaststätte in der Nähe des Bahnhofs Döner mit süß-sauren Gurken. Nach dem Kino zappen wir im Fernsehen von Kanal zu Kanal und lassen es uns gutgehen. Dann schlafen wir miteinander. Weil meine Sozialhilfe und das Geld, das ich mit Lesungen aus meinem neuen Gedichtband verdienen werde, jetzt für uns beide reicht, haben wir nichts anderes zu tun, als uns zu lieben.«

İpek fragte ihn nach dem Titel des Buches, und Ka sagte ihn ihr.

»Gefällt mir«, sagte İpek. »Los, Liebling, geh jetzt, sonst macht sich mein Vater Sorgen und läuft noch selbst los.«

Ka zog seinen Mantel an und umarmte İpek.

»Ich habe keine Angst mehr«, log er. »Aber für alle Fälle: Wenn es zu Schwierigkeiten kommt, erwarte ich dich im ersten Zug, der die Stadt verläßt.«

»Wenn ich aus diesem Zimmer herauskomme«, sagte İpek lachend.

»Schau aus dem Fenster, bis ich um die Ecke verschwunden bin, ja?«

»In Ordnung.«

»Ich habe große Angst, dich nicht wiederzusehen«, sagte Ka, als er die Tür schloß.

Er zog den Schlüssel ab und steckte ihn in seine Manteltasche.

Er hatte seine beiden Leibwächter ein paar Schritte vorausgeschickt, um sich besser umdrehen und zu İpeks Fenster blicken zu können. Er sah, wie İpek ihn vom Zimmer 203 im ersten Stock des Hotels Schneepalast aus unbeweglich anschaute. Die kleine Tischlampe beleuchtete ihre honigfarbenen Schultern, die inzwischen in dem Samtkleid vor Kälte schauderten, mit einem ins Orange spielenden Licht, das Ka nie wieder vergaß und während der verbleibenden vier Jahre seines Lebens immer mit Glück in Verbindung bringen sollte.

Ka sah İpek nie wieder.

40

Doppelagent zu sein ist sicher nicht leicht

EIN UNVOLLENDETES KAPITEL

Als Ka ins Volkstheater ging, hatten sich die Straßen geleert; und die Gitter der Geschäfte waren bis auf die von ein oder zwei Gaststätten herabgelassen. Die letzten Gäste der Teehäuser, erschöpft nach einem langen Tag, den sie zigarettenrauchend und teetrinkend verbracht hatten, konnten, selbst als sie schon aufgestanden waren, ihre Augen immer noch nicht vom Fernseher lösen. Ka sah drei Polizeifahrzeuge vor dem Volkstheater, deren Blaulicht lautlos blinkte, und den Schatten eines Panzers unter den Ölweiden weiter unten am Abhang. Der Abend hatte den Frost besiegt, von den Spitzen der von den Traufen herabhängenden Eiszapfen tropfte Wasser auf die Bürgersteige.

Die an den Wänden aufgereihten Polizisten und Soldaten lauschten dem Widerhall der Bühnenprobe im leeren Zuschauersaal. Ka setzte sich auf einen Sessel und verfolgte, wie Sunay mit seiner sonoren Stimme die Worte deutlich aussprach, lauschte Kadife, die mit unsicherer Stimme antwortete, und den Anweisungen Funda Esers, die sich immer wieder einmischte (»Sag es mit mehr Gefühl, liebe Kadife!«), während sie die Requisiten (ein Baum, ein Schminktisch mit Spiegel) auf der Bühne an ihren Platz rückte.

Als dann Funda Eser und Kadife miteinander probten, sah Sunay das Glimmen von Kas Zigarette, kam her und setzte sich neben ihn. »Das sind die glücklichsten Stunden meines Leben«, sagte er. Er roch nach Rakı, war aber überhaupt nicht betrunken. »So lange wir auch proben, auf der Bühne wird entscheidend sein, was wir in jenem Moment fühlen. Kadife hat auf jeden Fall Talent fürs Improvisieren.«

»Ich habe ihr eine Nachricht von ihrem Vater und einen Glücksbringer gegen den bösen Blick gebracht«, sagte Ka. »Kann ich irgendwo allein mit ihr reden?«

»Uns ist klar, daß du zwischenzeitlich deine Eskorte abgeschüttelt hast und verschwunden warst. Der Schnee schmilzt, die Bahnlinie wird demnächst wieder geöffnet. Aber bevor das passiert, werden wir unser Stück aufführen«, erklärte Sunay. »Hat sich Lapislazuli nun an einem guten Ort versteckt?« fügte er lächelnd hinzu.

»Keine Ahnung.«

Sunay sagte, er werde Kadife schicken, und nahm wieder an der Probe teil. In dem Moment ging die Bühnenbeleuchtung an. Ka hatte das Gefühl, eine starke Anziehungskraft wirke zwischen den drei Menschen auf der Bühne. Es erschreckte ihn, wie schnell Kadife mit ihrem Kopftuch in das Innere dieser nach außen gerichteten Welt eingedrungen war. Er hatte das Gefühl, daß er mehr Sympathie für Kadife empfinden würde, wenn sie ihr Haar nicht bedeckte, keinen dieser häßlichen Mäntel trüge, wie ihn Mädchen mit Kopftuch anhaben, und einen Rock anzöge, der etwas von ihren Beinen zeigte, die so lang wie die ihrer Schwester waren. Aber als Kadife von der Bühne stieg und sich neben ihn setzte, spürte er plötzlich auch, warum Lapislazuli İpek verlassen und sich in ihre Schwester verliebt hatte.

»Kadife, ich habe Lapislazuli gesehen. Sie haben ihn freigelassen, und er hat sich versteckt. Er möchte nicht, daß du heute abend auftrittst und dein Haar enthüllst. Er hat mir auch einen Brief an dich mitgegeben.«

Ka steckte ihr den Brief, um nicht Sunays Aufmerksamkeit zu erregen, wie einen Spickzettel in einer Prüfung unterderhand zu, doch Kadife öffnete ihn demonstrativ. Dann las sie ihn und lächelte.

Erst nach einer Weile sah Ka die Tränen in Kadifes zornigen Augen.

»Auch dein Vater ist dieser Ansicht, Kadife. So richtig es ist, daß du beschlossen hast, dein Kopftuch abzulegen, so unsinnig ist es, das heute abend vor erbosten Vorbeter- und Predigerschülern zu tun. Sunay wird heute alle provozieren. Es ist völlig unnötig, daß du jetzt hierbleibst. Du sagst ihm, du seist krank geworden.«

»Eine Ausrede ist überflüssig. Sunay hat sowieso gesagt, ich könne nach Hause gehen, wenn ich wollte.«

Ka wurde klar, daß der Zorn und die Enttäuschung, die sich in Kadifes Gesicht malten, größer waren als die eines jungen Mädchens, dem man im letzten Moment verboten hat, in einer Schulaufführung aufzutreten.

»Wirst du wirklich hierbleiben, Kadife?«

»Ich werde hierbleiben und im Stück mitspielen.«

»Du weißt, daß das deinen Vater sehr traurig machen wird?«

»Gib mir den Glücksbringer gegen den bösen Blick, den er mir geschickt hat!«

»Den habe ich erfunden, um allein mit dir sprechen zu können.«

»Doppelagent zu sein ist sicher nicht leicht.«

Ka las Enttäuschung aus Kadifes Gesicht, war sich aber zugleich schmerzlich bewußt, daß die Gedanken des Mädchens ganz woanders waren. Er wollte sie an den Schultern packen und umarmen, brachte es aber nicht über sich, irgend etwas zu tun.

»İpek hat mir von ihrem alten Verhältnis mit Lapislazuli erzählt«, sagte Ka.

Kadife zog wortlos ein Päckchen Zigaretten hervor, steckte sich mit langsamen Bewegungen eine in den Mund und zündete sie an.

»Ich habe ihm die Zigaretten und das Feuerzeug gegeben«, redete Ka in ungeschicktem Ton weiter. Es entstand eine Gesprächspause.

»Tust du das, weil du Lapislazuli so sehr liebst? Was ist an ihm, das du so sehr liebst, sag mir das doch, Kadife!«

Ka verstummte, weil er begriff, daß er umsonst redete und es mit jedem Wort nur schlimmer machte.

Funda Eser rief von der Bühne Kadife zu, sie sei dran.

Mit Tränen in den Augen blickte Kadife Ka an und stand auf. Im letzten Augenblick umarmten sie einander. Ka war sich Kadifes Gegenwart bewußt, atmete noch ihren Geruch ein, während er dem Stück auf der Bühne zuschaute, aber seine Gedanken waren nicht bei der Sache, er begriff überhaupt nichts. Ihn erfüllten Ungenügen, Eifersucht und Reue, die sein Selbstvertrauen und sein logisches Denken zunichte machten. Es war ihm halbwegs klar, warum er litt, doch begriff er nicht, warum dieses Leid so stark und zerstörerisch war.

Er rauchte eine Zigarette und dachte, daß dieser niederschmetternde, vernichtende Schmerz den Jahren, die er mit İpek in Frankfurt verbringen würde, seinen Stempel aufdrücken werde – vorausgesetzt, es gelang ihm überhaupt, mit ihr nach Frankfurt zu gehen. Er war völlig durcheinander, ging auf die Toilette, auf der er sich zwei Tage zuvor mit Necip getroffen hatte, und betrat das gleiche Abteil. Er öffnete das Fenster oben und schaute rauchend in den dunklen Himmel.

Zuerst konnte er kaum glauben, daß ihm ein neues Gedicht einfiel. Aufgeregt schrieb er dieses Gedicht, von dem er sich Trost und Hoffnung versprach, in sein grünes Heft. Als er begriff, daß das vernichtende Gefühl sich immer noch mit unverminderter Kraft in ihm ausbreitete, verließ er aufgewühlt das Volkstheater.

Einen Moment lang dachte er, es werde ihm guttun, in der kalten Luft den verschneiten Bürgersteig entlangzugehen. Seine beiden Leibwächter waren bei ihm; und seine Verwirrung nahm zu. An dieser Stelle muß ich das Kapitel abbrechen und ein neues anfangen, damit unsere Geschichte verständlicher wird. Das heißt aber nicht, daß Ka sonst nichts Berichtenswertes getan hätte, doch muß ich mir zuerst den Platz ansehen, den dieses letzte Gedicht, »Der Ort am Ende der Welt«, das Ka zügig in sein Heft geschrieben hatte, in seinem Buch *Schnee* einnahm.

41

Jeder hat eine Schneeflocke

DAS VERLORENE GRÜNE HEFT

»Der Ort am Ende der Welt« war das neunzehnte und letzte Gedicht, das Ka in Kars verfaßte. Wir wissen, daß Ka achtzehn dieser Gedichte, wenn auch mit einigen Lücken, in das grüne Heft, das er immer bei sich trug, hineingeschrieben hat, sobald sie ihm einfielen. Nur das Gedicht, das ihm in der Nacht der Revolution auf der Bühne eingefallen war, hatte er nicht notieren können. In zweien der Briefe an İpek, die Ka später in Frankfurt verfaßt, aber nie abgeschickt hat, schrieb er, daß er sich an dieses Gedicht, dem er den Namen »Der Ort, an dem Allah nicht ist« gegeben hatte, einfach nicht erinnern könne, es aber unbedingt finden müsse, um den Gedichtband fertigzustellen, und daß er sich daher sehr freuen würde, wenn İpek sich für ihn die Videoaufzeichnungen des *Grenz-TV Kars* anschauen könne. Ich hatte, als ich diesen Brief in meinem Frankfurter Hotelzimmer las, das Gefühl, daß Ka sich vorstellte, İpek dächte, er schriebe ihr unter einem Vorwand wie dem Video oder dem Gedicht einen Liebesbrief, und daß ihn das störte.

Ich habe die Schneeflocke in einem Heft gefunden, das mir zufällig in die Hand fiel, nachdem ich in derselben Nacht etwas angetrunken mit Melinda-Kassetten in mein Zimmer zurückgekehrt war, und sie ans Ende des 29. Kapitels dieses Romans gesetzt. Als ich in den Tagen darauf diese Hefte durchlas, habe ich, glaube ich, zumindest teilweise begriffen, was Ka vorhatte, als er den Gedichten neunzehn Punkte des Schneekristalls zuwies.

Ka hatte sich mit der Verbindung zwischen Menschen und Schneeflocken beschäftigt und erfuhr aus Büchern, die er später las, daß von der Kristallisierung einer sechseckigen Schneeflocke im Himmel bis zu ihrer Landung auf dem Boden und dem Verlust ihrer Form im Durchschnitt acht bis zehn Minuten vergehen und daß jeder Kristall außer durch Wind, Kälte und Wolkenhöhe von zahlreichen, nicht völlig erklärlichen Faktoren geformt wird. Das Gedicht »Ich, Ka« hatte er mit dem Gedanken an einen Schneekristall in der Bibliothek von Kars verfaßt. Später hatte er gedacht, daß im Zentrum seines Gedichtbandes *Schnee* der gleiche Kristallstern liege.

Derselben Logik folgend hatte er seinen Gedichten »Paradies«, »Schach« und »Die Schokoladenschachtel« auf dem imaginierten Schneekristall seiner Gedichte einen Ort angewiesen. Zu diesem Zweck zeichnete er unter Rückgriff auf Bücher, die die Formen von Schneeflocken enthielten, seinen eigenen Schneekristall und gab allen Gedichten, die ihm in Kars eingefallen waren, auf diesem Kristall einen Platz. So wurde genauso wie die Struktur seines neuen Gedichtbandes alles, was ihn selbst zu Ka machte, auf dem Schneekristall eingezeichnet. Jeder Mensch mußte seiner Ansicht nach eine solche Schneeflocke haben, die eine innere Karte seines Lebens darstellte. Die Achsen des Gedächtnisses, der Vernunft und der Phantasie entnahm Ka dem Baumschema, mit dem Bacon das menschliche Wissen klassifizierte. Die Bedeutung der Punkte auf den Ästen dieses Sechszacks erklärt er ausführlich im Rahmen der Interpretation seiner Gedichte.

Deswegen sind die drei Hefte mit den Notizen zu den Gedichten, die er in Kars geschrieben hatte, nicht nur eine Betrachtung zur Bedeutung der Schneeflocke, sondern auch eine Reflexion über sein eigenes Leben. Als es zum Beispiel darum ging, das Gedicht »Tod durch Erschießen« zu plazieren, erläuterte er erst die im Gedicht behandelte Angst und untersuchte dann, warum dieses Gedicht und diese Angst nahe der Phantasie-Achse anzusiedeln waren; auch glaubte er, Material zur Lösung so mancher geheimnisvollen Sache zu liefern, wenn er überlegte, warum es in der Nähe und im Einflußbereich des Gedichtes »Der Ort am Ende der Welt« plaziert sein mußte. Kas Meinung nach verbarg sich hinter dem Leben eines jeden Menschen eine solche Karte und eine solche Schneeflocke; und er meinte, es sei möglich, durch eine Analyse der jeweils eigenen Flocke schlüssig darzulegen, warum die aus der Distanz so ähnlichen Menschen in Wahrheit so unterschiedlich, seltsam und unverstehbar sind.

Ich werde nicht mehr als für unseren Roman nötig über die Notizen sprechen, die Ka seitenlang über seinen Gedichtband und die Struktur seines eigenen Schneekristalls angefertigt hat. (Was bedeutete es, daß das Gedicht »Die Schokoladenschachtel« auf der Phantasie-Achse lag? Wie hatte »Die ganze Menschheit und die Sterne« die Struktur von Kas Kristallstern geformt? Und so weiter.) Ka hatte sich in seiner Jugend über Dichter lustig gemacht, die sich selbst allzu ernst nehmen und sich verkrampft noch zu Lebzeiten in ein Denkmal verwandeln, das keiner anschaut, weil sie glauben, daß jeder Unsinn, den sie schreiben, in Zukunft einmal Gegenstand der Forschung sein wird.

Es gibt auch eine Reihe von mildernden Umständen dafür, daß Ka in den letzten vier Jahren seines Lebens seine eigenen Gedichte deutete, nachdem er jahrelang auf Dichter hinabgeschaut hatte, die, durch modernistische Legenden verführt, schwerverständliche Lyrik schreiben. Wie bei einer aufmerksamen Lektüre seiner Notizen deutlich wird, hatte Ka nicht das Gefühl, die Gedichte, die in Kars zu ihm gekommen waren, ganz allein verfaßt zu haben. Er glaubte, diese Gedichte seien von einem Ort außerhalb seiner selbst zu ihm »gekommen« und er selbst sei nur ein Werkzeug gewesen, damit sie niedergeschrieben – oder in einem Fall vorgetragen – wurden. An mehreren Stellen schrieb er, er fertige seine Notizen an, um die Bedeutung und die geheime Symmetrie der von ihm verfaßten Gedichte zu analysieren und seiner eigenen »Passivität« zu entkommen. Hierin lag auch die zweite Entschuldigung dafür, daß Ka seine eigenen Gedichte interpretierte: Nur wenn er den Sinn der Gedichte, die er in Kars geschrieben hatte, enthüllte, konnte er die Lücken des Bandes, die fehlenden Verse und das Gedicht »Der Ort, an dem Allah nicht ist« ergänzen, das er vergessen hatte, bevor er es niederschreiben konnte. Denn nach seiner Rückkehr nach Frankfurt war ihm kein Gedicht mehr eingefallen.

Es geht aus Kas Briefen und Notizen hervor, daß er nach vier Jahren die Logik der Gedichte analysiert und den Band vollendet hatte.

Deswegen bildete ich mir ein, während ich in dem Frankfurter Hotel bis in den Morgen trank und die Papiere und Hefte, die ich aus seiner Wohnung mitgenommen hatte, durchblätterte, daß hier irgendwo Kas Gedichte sein müßten, und begann die Materialien, die ich in die Hand bekommen hatte, erneut durchzusehen. Ich blätterte in seinen Heften, betrachtete seine alten Schlafanzüge, die Melinda-Kassetten, Krawatten, Bücher, Feuerzeuge (dabei bemerkte ich, daß ich auch das Feuerzeug aus seiner Wohnung mitgenommen hatte, das Kadife Lapislazuli geschickt, Ka ihm aber nicht gegeben hatte). Gegen Morgen übermannte mich dann der Schlaf, und ich hatte Alpträume und Traumbilder voller Sehnsucht. (In einem Traum sagte mir Ka: »Du bist alt geworden«, und ich bekam Angst.)

Erst gegen Mittag wachte ich dann auf und verbrachte den Rest des Tages damit, ohne Tarkut Ölçüns Hilfe auf den verschneiten, nassen Straßen Informationen über Ka einzuholen. Auch die beiden Frauen, mit denen Ka in den acht Jahren vor seiner Reise nach Kars ein Verhältnis angefangen hatte, waren sofort bereit, mit mir zu sprechen – ich hatte ihnen gesagt, ich wolle eine Biographie meines Freundes schreiben. Nalan, Kas erste Geliebte, hatte nicht nur keine Ahnung von seinem letzten Gedichtband, sondern wußte nicht einmal, daß er überhaupt Gedichte schrieb. Sie war verheiratet und betrieb mit ihrem Ehemann zwei Döner-Geschäfte und ein Reisebüro. Als ich mit ihr allein sprach, beschrieb sie mir Ka als schwierig, streitsüchtig, launisch und extrem empfindlich; danach weinte sie ein bißchen (sie trauerte weniger um Ka als um ihre Jugend, die sie linken Idealen geopfert hatte).

Auch Hildegard, seine zweite Geliebte, die ledig war, hatte wie erwartet keinerlei Ahnung von Kas letzten Gedichten und seinem Gedichtband *Schnee*. In einer koketten, anzüglichen Weise, die mein Schuldgefühl milderte, ihr Ka als einen weit berühmteren Dichter dargestellt zu haben, als er in der Türkei war, erzählte sie mir, daß sie nach Ka keinen Sommerurlaub in der Türkei mehr verbracht habe, daß Ka ein hochintelligenter, einsamer Junge voller Probleme sei, daß er die Mischung aus Geliebter und Mutter, nach der er suche, wegen seiner Launenhaftigkeit nie finden werde, und selbst wenn er sie fände, wieder verlieren werde, und daß es genauso schwer sei, mit ihm zusammenzuleben, wie es leicht sei, sich in ihn zu verlieben. Ka hatte mich ihr gegenüber nie erwähnt. (Keine Ahnung, warum ich ihr diese Frage gestellt und das jetzt hier erwähnt habe.) Was ich während unseres eineinviertelstündigen Gesprächs nicht bemerkt hatte, nämlich daß an ihrer schönen, langfingrigen rechten Hand mit schlankem Gelenk die Kuppe des Zeigefingers fehlte, zeigte mir Hildegard im letzten Augenblick beim Händeschütteln und ergänzte lächelnd, daß Ka in einem Augenblick des Zorns sie wegen dieses fehlenden Fingergliedes verspottet hatte.

Nachdem er sein Buch vollendet hatte und bevor er die in seinem Heft handschriftlich eingetragenen Gedichte mit der Schreibmaschine abtippte, war Ka zu einer Lesetour aufgebrochen, wie er es bei seinen bisherigen Büchern auch gemacht hatte: Kassel, Braunschweig, Hannover, Osnabrück, Bremen und Hamburg. Auch ich ließ mit Hilfe Tarkut Ölçüns und des Volkshauses, das mich eingeladen hatte, in diesen Städten in aller Eile »Leseabende« organisieren. Genau wie Ka das in einem seiner Gedichte erzählt hatte, setzte ich mich auf einen Fensterplatz in einem Zugabteil, bewunderte, wie vor mir Ka, die Pünktlichkeit, Sauberkeit und den protestantischen Komfort der deutschen Bahn, betrachtete wehmütig die sich in der Fensterscheibe spiegelnden Ebenen, die kleinen Dörfer mit Kirche, die in Tälern schlummerten, und die Kinder mit bunten Regenmänteln und Schulranzen auf kleinen Bahnstationen, und erzählte den beiden Türken vom Verein, die mich dann zigaretterauchend am Bahnhof empfingen, daß ich genau das gleiche tun wolle, was Ka sieben Wochen zuvor getan hatte, als er zu seiner Lesung hergekommen war. Dann mietete ich mich in einer jeden Stadt, genau wie es Ka getan hatte, in einem billigen kleinen Hotel ein, sprach in einem türkischen Lokal mit den Leuten, die mich eingeladen hatten, über Politik und darüber, daß sich die Türken leider nicht für Kultur interessierten, aß Börek mit Spinat und Döner und lief anschließend durch die leeren, kalten Straßen der Stadt, wobei ich mir vorstellte, ich sei Ka, der diese Straßen entlanggegangen war, um seinen Schmerz über İpek zu vergessen. Abends bei dem »literarischen« Treffen, an dem fünfzehn oder zwanzig Leute mit Interesse an Politik, Literatur oder den Türken teilnahmen, las ich teilnahmslos ein paar Seiten aus meinem neuesten Roman und brachte dann das Gespräch unvermittelt auf Lyrik, erklärte, ich sei ein enger Freund des großen Dichters Ka, der vor kurzem in Frankfurt umgebracht worden sei, und fragte: »Erinnert sich vielleicht jemand an etwas aus seinen letzten Gedichten, die er hier vor kurzer Zeit vorgetragen hat?«

Die meisten der Teilnehmer an dem Abend waren bei Kas Lesung nicht anwesend gewesen, und die, die dagewesen waren, waren gekommen, um politische Fragen zu stellen, oder einfach aus Zufall, was ich daraus ableitete, daß sie sich nicht an seine Gedichte, sondern an seinen aschgrauen Mantel, den er nie abgelegt hatte, seine Blässe, seine zerzausten Haare und nervösen Bewegungen erinnerten. In kurzer Zeit waren nicht sein Leben und seine Gedichte, sondern sein Tod die interessanteste Seite meines Freundes geworden. Ich hörte mir zahlreiche Theorien an, nach denen ihn Islamisten, türkische Geheimdienste, Armenier, deutsche Skinheads, kurdische oder türkische Nationalisten umgebracht hatten. Trotzdem gab es jedesmal jemanden unter den Teilnehmern, der Ka tatsächlich zugehört hatte, klug, intelligent und sensibel war. Von diesen aufmerksamen Literaturliebhabern habe ich nicht viel mehr Nützliches erfahren, als daß Ka seinen neuen Band Lyrik vollendet, seine Gedichte »Traumgassen«, »Der Hund«, »Die Schokoladenschachtel« und »Liebe« vorgetragen habe und sie diese Gedichte sehr, sehr seltsam gefunden hätten. Ka hatte manchmal erzählt, er habe diese Gedichte in Kars geschrieben, was als Versuch eines Appells an die unter Heimweh leidenden Zuhörer verstanden worden war. Eine dunkelhaarige Frau in den Dreißigern, geschieden, mit einem Kind, die nach der Lesung mit Ka (und dann später mit mir) ein längeres Gespräch angefangen hatte, erinnerte sich, daß Ka auch ein Gedicht mit dem Titel »Der Ort, an dem Allah nicht ist« erwähnt hatte: Ihr zufolge hatte Ka, vermutlich um negative Reaktionen zu vermeiden, nur einen Vierzeiler aus diesem langen Gedicht gelesen. Sosehr ich auch in sie drang, erinnerte sich diese aufmerksame Lyrikleserin an nichts anderes, als daß er »ein zutiefst erschreckender Anblick« gesagt hatte. Diese Frau hatte bei der Lesung in Hamburg in der ersten Reihe gesessen und war sich sicher, daß Ka seine Gedichte aus einem grünen Heft vorgelesen hatte.

In der Nacht kehrte ich mit dem gleichen Zug wie Ka aus Hamburg nach Frankfurt zurück. Ich verließ den Bahnhof, ging wie er die Kaiserstraße entlang und hielt mich bei den Sexshops auf. (In der einen Woche, seit ich da war, war eine neue Kassette von Melinda eingetroffen.) Als ich zu der Stelle kam, an der mein Freund erschossen worden war, blieb ich stehen und sagte mir zum erstenmal offen, was ich unbewußt bereits für wahr gehalten hatte: Der Mörder muß, nachdem Ka zu Boden gestürzt war, das grüne Heft aus seiner Tasche genommen haben und geflohen sein. Auf meiner einwöchigen Reise durch Deutschland hatte ich in jeder Nacht stundenlang Kas Notizen zu seinen Gedichten und seine Erinnerungen an Kars gelesen. Jetzt war mein einziger Trost, mir vorzustellen, daß eines der langen Gedichte aus dem Buch im Videoarchiv eines Fernsehsenders in Kars auf mich wartete.

Nach meiner Rückkehr nach Istanbul hörte ich mir jede Nacht in den letzten Nachrichten des Staatsfernsehens an, wie das Wetter in Kars war, und stellte mir vor, wie ich dort empfangen würde. Es soll bei den Lesern dieses Buches nicht der Verdacht entstehen, daß ich mich allmählich zu einem Schatten Kas entwickelte, wenn ich sage, daß ich nach einer anderthalbtägigen Busreise so wie Ka am frühen Abend in Kars ankam, mich mit meiner Tasche in der Hand in einem Zimmer des Hotels Schneepalast einquartierte (weder die geheimnisvollen Schwestern waren zu sehen noch ihr Vater) und daß ich wie Ka lange die schneebedeckten Bürgersteige entlangging, wie er das vier Jahre vorher getan hatte. (In den vier Jahren war das Restaurant Grünes Land in eine schmuddelige Bierkneipe verwandelt worden.) Mein Mangel an poetischem Empfinden und an Wehmut, auf den auch Ka ab und zu angespielt hatte, trennte nicht nur uns voneinander, sondern auch seine melancholische Stadt Kars von dem armen Kars, das ich nun sah. Aber jetzt muß ich von der Person sprechen, die uns einander ähnlich machte und miteinander verband.

İpek sah ich zum erstenmal bei jenem Essen, das der Bürgermeister zu meinen Ehren gab; und wie gern hätte ich mir eingebildet, der Schwindel, der mich ergriff, komme vom Rakı, der Alkohol sei schuld gewesen, daß ich glaubte, ich hätte eine Chance, während in Wirklichkeit meine Eifersucht auf Ka völlig sinnlos war. Während Schneeflocken, naß und weit weniger poetisch als von Ka geschildert, auf den schlammigen Bürgersteig beim Hotel Schneepalast vor meinem Fenster fielen, fragte ich mich immer wieder, warum ich aus den Notizen meines Freundes nicht geschlossen hatte, daß İpek so schön war. Was ich unwillkürlich und mit der mir in jenen Tagen immer wieder durch den Kopf gehenden Formulierung »genau wie Ka« in ein Heft schrieb, mag sehr wohl der Beginn des Buches sein, das Sie lesen: Ich entsinne mich, daß ich versuchte, von Ka und seiner Liebe zu İpek zu erzählen, als sei es meine eigene Geschichte. In einem Winkel meines benebelten Verstandes dachte ich, mich den internen Problemen eines Buches oder eines Aufsatzes zu widmen sei ein erprobtes Mittel, um mich von der Liebe fernzuhalten. Anders als angenommen wird, kann man, wenn man will, sich von der Liebe fernhalten.

Aber dafür muß man sich sowohl von der Frau, die einem den Verstand raubt, als auch von dem Gespenst der dritten Person befreien, das in einem diese Liebe provoziert. Dabei hatte ich mich schon längst mit İpek verabredet, am nächsten Nachmittag in der Konditorei Neues Leben über Ka zu sprechen.

Oder ich glaubte auch nur, ich hätte ihr eröffnet, ich würde gerne über Ka reden. Während in der leeren Konditorei der gleiche Schwarzweißfernseher zeigte, wie sich zwei Liebende vor der Bosporus-Brücke umarmten, erklärte mir İpek, es falle ihr keinesfalls leicht, über Ka zu sprechen. Sie könne den Schmerz und die Enttäuschung, die sie empfand, nur gegenüber jemandem offenlegen, der ihr geduldig zuhöre. Daß dieser Mensch mit Ka so eng befreundet gewesen sei, daß er wegen seiner Gedichte bis nach Kars reise, beruhige sie. Denn wenn sie mich überzeugen könne, daß sie Ka nicht Unrecht getan habe, werde sie ihre innere Unruhe wenigstens zum Teil los. Sie fügte allerdings vorsichtig hinzu, daß es sie schmerzen würde, wenn ich kein Verständnis hätte. Sie trug den langen braunen Rock und über dem Pullover wieder den altmodischen breiten Gürtel, das gleiche, das sie angehabt hatte, als sie am Morgen nach der »Revolution« Ka sein Frühstück serviert hatte. (Ich erkannte beide wieder, weil ich in Kas Aufzeichnungen zu seinen Gedichten davon gelesen hatte.) Ihr Gesicht hatte einen halb herausfordernden, halb wehmütigen Ausdruck, der mich an Melinda erinnerte. Ich hörte ihr aufmerksam zu, eine lange, lange Zeit.

42

Ich packe meinen Koffer

MIT İPEKS AUGEN

Als Ka hinter seinen beiden Leibwächtern her zum Volkstheater ging, stehenblieb, sich umdrehte und noch ein letztes Mal zu ihr hochblickte, glaubte İpek zuversichtlich, sie könne ihn sehr lieben. Weil das Gefühl, einen Mann lieben zu können, für İpek noch positiver war, als ihn wirklich zu lieben, und sogar mehr, als leidenschaftlich verliebt zu sein, hatte sie das Gefühl, an der Schwelle zu einem neuen Leben und einem lang andauernden Glück zu stehen.

Deswegen machte sie sich während der ersten zwanzig Minuten nach Kas Weggehen überhaupt keine Sorgen: daß ein eifersüchtiger Geliebter sie in ein Zimmer eingeschlossen hatte, befriedigte sie mehr, als daß es sie verstörte. Sie dachte an ihren Koffer; sie wollte ihn sofort packen, denn es kam ihr so vor, als könne sie ihren Vater und ihre Schwester leichter zurücklassen und mit Ka unverzüglich und ohne Zwischenfall Kars verlassen, wenn sie sich mit den Dingen beschäftigte, von denen sie sich bis zum Ende ihres Lebens nicht mehr trennen wollte.

Als Ka nach einer halben Stunde immer noch nicht zurückgekehrt war, zündete sich İpek eine Zigarette an. Sie kam sich dumm vor, weil sie sich eingeredet hatte, alles werde gutgehen. In einem Zimmer eingeschlossen zu sein verstärkte dieses Gefühl, und sie war böse auf Ka und auf sich selbst. Als sie sah, daß Cavit das Hotel verließ und irgendwohin lief, wollte sie schon das Fenster öffnen und nach ihm rufen, aber bis sie sich entschlossen hatte, war der Junge weg. İpek tröstete sich damit, daß Ka jeden Augenblick zurückkommen werde.

Fünfundvierzig Minuten nachdem Ka gegangen war, stemmte

İpek das zugefrorene Fenster auf und bat einen Jungen, der auf dem Bürgersteig vorbeiging – ein verblüffter Vorbeter- und Predigerschüler, den man nicht in das Volkstheater transportiert hatte –, sie sei im Zimmer 203 eingeschlossen, ob er nicht unten im Eingang des Hotels Bescheid geben könne. Der junge Mann sah sie mißtrauisch an, ging aber hinein. Bald darauf klingelte das Telefon im Zimmer.

»Was tust du denn da?« war Turgut Beys Stimme zu hören. »Warum rufst du nicht an, wenn du eingeschlossen bist?«

Eine Minute später öffnete ihr Vater mit einem Ersatzschlüssel die Tür. İpek erzählte Turgut Bey, sie habe mit Ka ins Volkstheater gehen wollen, aber Ka habe sie in seinem Zimmer eingesperrt, damit sie sich nicht in Gefahr begebe, und sie habe gedacht, die Telefone würden auch im Hotel nicht funktionieren, wo sie doch in der Stadt gesperrt seien.

»In der Stadt funktionieren die Telefone wieder«, sagte Turgut Bey.

»Es ist schon lange her, daß Ka gegangen ist; ich mache mir Sorgen«, meinte İpek. »Wir sollten zum Theater gehen und nachschauen, was aus Kadife und Ka geworden ist.«

Trotz all seiner Aufregung dauerte es eine Weile, bis sie das Hotel verlassen konnten. Zuerst fand Turgut Bey seine Handschuhe nicht, dann sagte er, es könne von Sunay falsch verstanden werden, wenn er keine Krawatte umbinde. Unterwegs wollte er von İpek, daß sie langsamer gingen, einmal, weil er nicht genug Kraft hatte, und dann, um ihren Ratschlägen besser zuhören zu können.

»Streite dich bloß nicht mit Sunay«, sagte İpek. »Vergiß nicht, er ist ein radikaler Jakobiner, der plötzlich mit Machtbefugnissen ausgestattet worden ist.«

Turgut Bey erinnerte sich an die Begeisterung, die er in seiner Jugend bei derartigen politischen Versammlungen empfunden hatte, als er die Menge am Eingang zum Theater sah, die aus Polizisten, Soldaten, mit Bussen herbeigeschafften Schülern und Straßenhändlern bestand, die seit langer Zeit eine solche Menschenansammlung vermißt hatten. Er hängte sich noch stärker an den Arm seiner Tochter und schaute sich um, ob es nicht eine Gruppe gab, der er sich anschließen könnte, eine Debatte, die ihn zu einem Teil dieser Bewegung machen würde. Als er merkte, daß die Menge ihm zu fremd war, drängelte er sich vor und stieß grob einen der Jugendlichen, der den Eingang versperrte, zur Seite, wofür er sich sofort schämte.

Der Zuschauerraum war noch nicht voll, aber İpek hatte das Gefühl, daß im ganzen Theater bald ein einziges Gewimmel herrschen würde und daß alle, die sie kannte, sich wie in einem Traum dort versammelt hatten. Sie war beunruhigt, als sie Ka und Kadife nicht entdecken konnte. Ein Hauptmann zog sie zur Seite.

»Ich bin der Vater von Kadife Yıldız, die die Hauptrolle spielt«, beschwerte sich Turgut Bey. »Ich muß sie sofort sprechen.«

Turgut Bey benahm sich wie ein Vater, der im letzten Moment bei seiner Tochter durchgreift, die die Hauptrolle in einer Schulaufführung spielen soll; und der Hauptmann geriet in Aufregung wie ein assistierender Lehrer, der dem Vater recht gibt. Nachdem sie in einem Raum, an dessen Wänden Bilder von Atatürk und Sunay aufgehängt waren, eine Weile gewartet hatten, begriff İpek sofort, als sie Kadife allein hereinkommen sah, daß ihre Schwester heute abend auftreten würde, was immer sie dagegen tun würden.

İpek fragte nach Ka. Kadife sagte, er sei ins Hotel zurückgekehrt, nachdem sie miteinander gesprochen hatten. İpek erwähnte, daß sie sich auf dem Weg nicht begegnet seien, aber sie vertieften das Thema nicht weiter, denn Turgut Bey begann mit Tränen in den Augen Kadife anzuflehen, nicht aufzutreten.

»Jetzt, nachdem das so angekündigt worden ist, wäre es gefährlicher, nicht aufzutreten, Papa«, sagte Kadife.

»Du weißt doch, wie wütend die Vorbeter- und Predigerschüler sein werden, wie dich alle hassen werden, wenn du dein Haupt entblößt, oder, Kadife?«

»Offen gesagt, kommt es mir wie ein Witz vor, daß Sie mir nach all den Jahren sagen: ›Halte dein Haupt bedeckt!‹«

»Das ist überhaupt nicht witzig, liebe Kadife«, antwortete Turgut Bey. »Sag ihnen, du bist krank!«

»Ich bin aber nicht krank ...«

Turgut Bey weinte ein bißchen. İpek hatte das Gefühl, daß ihr Vater, der wie immer, wenn er den emotionalen Aspekt einer Angelegenheit gefunden und sich darauf eingelassen hatte, Tränen vergoß, irgendwo in seinem Hinterkopf selbst nicht daran glaubte. Wie Turgut Bey sein Leid auslebte, hatte etwas so Oberflächliches und zugleich Aufrichtiges, daß İpek spürte, daß er auch über das genaue Gegenteil ganz ehrlich Tränen vergießen könnte. Dieser Charakterzug, der ihren Vater eigentlich liebenswert machte, war aber angesichts des Themas, das die beiden Schwestern besprechen wollten, geradezu beschämend »unernst«.

»Wann ist Ka denn gegangen?« fragte İpek flüsternd.

»Er müßte schon längst zurück im Hotel sein«, antwortete Kadife genauso vorsichtig.

Angstvoll schauten sie sich in die Augen.

İpek hat mir vier Jahre später in der Konditorei Neues Leben gesagt, sie hätten in diesem Moment beide nicht an Ka, sondern an Lapislazuli gedacht, das an ihren Blicken erkannt und sich deswegen geängstigt. Ihr Vater aber sei ihnen ganz egal gewesen. Ich faßte dieses Geständnis İpeks als ein Zeichen von Nähe auf und spürte, daß ich das Ende meiner Geschichte nun unausweichlich mit ihren Augen sehen würde.

Die beiden Schwestern schwiegen einen Moment, dann fragte İpek: »Er hat gesagt, daß auch Lapislazuli dagegen ist, nicht wahr?«

Kadife sah ihre Schwester mit einem Blick an, der ausdrückte: Das hat Vater gehört. Beide schauten ihn an und begriffen, daß Turgut Bey unter Tränen dem Geflüster seiner Töchter aufmerksam gefolgt war und Lapislazulis Namen gehört hatte.

»Papa, können wir zwei Minuten als Schwestern miteinander alleine reden?«

»Euer beider Verstand ist dem meinen immer überlegen«, sagte Turgut Bey. Er verließ das Zimmer, schloß aber die Tür nicht.

»Hast du dir das gut überlegt, Kadife?« fragte İpek.

»Ich habe mir das sehr gut überlegt«, antwortete Kadife.

»Aber vielleicht siehst du ihn nie wieder«, sagte İpek.

»Glaube ich nicht«, entgegnete Kadife vorsichtig. »Außerdem bin ich ihm sehr böse.«

İpek wurde schmerzhaft bewußt, daß es zwischen Kadife und Lapislazuli eine lange, geheime Geschichte voller Streit, Versöhnung, Ärger, Höhe- und Tiefpunkten gab. Seit wie vielen Jahren? Sie konnte das nicht genau herausbringen, und sie wollte sich nicht mehr fragen, wie lange Lapislazuli mit ihr und Kadife gleichzeitig ein Verhältnis gehabt hatte. Sie dachte einen Moment liebevoll an Ka, der sie in Deutschland Lapislazuli vergessen lassen würde.

In einem dieser besonderen Augenblicke gegenseitigen Verstehens zwischen den Schwestern spürte Kadife genau, was İpek dachte. »Ka ist auf Lapislazuli sehr eifersüchtig«, sagte sie. »Er liebt dich wirklich sehr.«

»Ich habe zuerst nicht glauben können, daß er mich in so kurzer Zeit so lieben könnte«, sagte İpek. »Aber jetzt glaube ich es.«

»Geh mit ihm nach Deutschland!«

»Sobald ich nach Hause komme, packe ich den Koffer«, sagte İpek. »Glaubst du wirklich, Ka und ich können in Deutschland glücklich werden?«

»Ja«, antwortete Kadife. »Aber erzähl ihm nicht noch mehr von der Vergangenheit. Er weiß schon jetzt zuviel, und noch mehr ahnt er.«

İpek verabscheute dieses triumphierende Benehmen Kadifes, als kenne sie das Leben besser als ihre ältere Schwester. »Du sprichst, als würdest du nach dem Stück nicht mehr nach Hause kommen.«

»Natürlich komme ich zurück«, sagte Kadife. »Aber ich hatte den Eindruck, du würdest jetzt sofort aufbrechen.«

»Hast du eine Ahnung, wohin Ka gegangen sein könnte?«

Sie schauten sich in die Augen, und İpek hatte das Gefühl, beide fürchteten sich vor dem, woran sie dachten.

»Ich muß jetzt gehen«, sagte Kadife. »Ich muß noch geschminkt werden.«

»Mehr als darüber, daß du deinen Kopf entblößt, freue ich mich, daß du diesen violetten Regenmantel los wirst«, meinte İpek.

Mit zwei Tanzschritten ließ Kadife die Säume ihres alten Regenmantels fliegen, der ihr wie ein Schleier bis auf die Knöchel reichte. Als sie merkten, daß Turgut Bey, der seinen Töchtern durch die Tür zuschaute, lächelte, umarmten und küßten sich die beiden Schwestern.

Turgut Bey mußte sich längst damit abgefunden haben, daß Kadife auftreten würde. Diesmal weinte er weder noch gab er Ratschläge. Er umarmte seine Tochter und küßte sie; dann wollte er so schnell wie möglich den vollen Zuschauerraum verlassen.

Am Gedränge beim Eingang zum Theater und auf dem Rückweg schaute İpek immer wieder aufmerksam um sich, weil sie hoffte, Ka zu sehen oder jemanden, den sie nach ihm fragen könnte. Aber sie sah niemanden. Später sagte sie mir: »So wie Ka aus unsinnigen Gründen in Verzweiflung verfallen konnte, war ich aus offenbar genauso unsinnigen Gründen die nächste Dreiviertelstunde sehr zuversichtlich.«

Während sich Turgut Bey vor den Fernseher setzte, um auf das Stück zu warten, packte İpek ihren Koffer für Deutschland. Während sie sich bemühte, nicht daran zu denken, wo Ka war, sondern sich vorzustellen, wie glücklich sie in Deutschland sein würden, suchte sie Kleidungsstücke und Gegenstände aus ihrem Schrank aus. Außer den Dingen, die nach Deutschland mitzunehmen sie sich früher vorgenommen hatten, stopfte sie Strümpfe und Unterwäsche in ihren Koffer. Dabei hatte sie angenommen, es gebe »viel bessere« in Deutschland, aber nun dachte sie, sie könne sich vielleicht an die in Deutschland gar nicht gewöhnen. Unwillkürlich schaute sie einen Moment aus dem Fenster und sah, daß der Militärlastwagen, der schon mehrmals gekommen war, um Ka abzuholen, sich dem Hotel näherte.

Sie ging hinunter; auch ihr Vater war an der Tür. Ein sauber rasierter Beamter in Zivil mit Hakennase, den sie noch nie gesehen hatte, sagte: »Turgut Yıldız« und drückte ihrem Vater einen verschlossenen Umschlag in die Hand.

Als Turgut Bey mit aschfahlem Gesicht und zitternden Händen den Umschlag geöffnet hatte, kam ein Schlüssel hervor. Auch als er begriff, daß der Brief an seine Tochter gerichtet war, las er ihn bis zum Ende durch und reichte ihn İpek.

Vier Jahre später gab mir İpek diesen Brief, einerseits, um sich zu verteidigen, andererseits, weil sie aufrichtig wünschte, daß mein Text über Ka die Tatsachen widerspiegelte.

Donnerstag, acht Uhr
Turgut Bey, es ist für uns alle das beste, wenn Sie mit diesem Schlüssel İpek
aus meinem Zimmer herauslassen und ihr diesen Brief geben, bitte! Ich
bitte um Entschuldigung. Hochachtungsvoll.

Liebling, ich habe Kadife nicht überreden können. Die Soldaten haben
mich zu meinem Schutz zum Bahnhof gebracht. Die Strecke nach Erzurum
ist geräumt, sie zwingen mich, mit dem ersten Zug um halb zehn von hier
wegzufahren. Du mußt nun meine Tasche fertigmachen, Deinen Koffer
nehmen und kommen. Der Militärwagen holt Dich um Viertel nach neun
ab. Geh bloß nicht auf die Straße! Komm! Ich liebe Dich sehr. Wir werden
glücklich sein.

Der Mann mit der Hakennase sagte, er würde nach neun wiederkommen, und ging.

»Wirst du fahren?« fragte Turgut Bey.

»Ich mache mir große Sorgen um ihn«, sagte İpek.

»Die Soldaten beschützen ihn; dem passiert nichts. Wirst du uns verlassen?«

»Ich glaube daran, daß ich mit ihm glücklich werde«, sagte İpek.

»Kadife meint das auch.«

Sie las den Brief noch einmal, als enthalte er den Beweis ihres Glücks, und begann dann zu weinen. Aber ihr war nicht ganz klar, warum sie weinte. »Vielleicht, weil es mir schwerfiel, meinen Vater und meine Schwester zurückzulassen«, sagte sie mir Jahre später. Ich merkte, daß es İpek an ihre Geschichte fesselte, daß ich mich für jede Einzelheit interessierte, die sie damals empfunden hatte. »Vielleicht hatte ich auch Angst vor den anderen Dingen, an die ich dachte«, ergänzte sie dann.

Nachdem İpeks Tränen getrocknet waren, gingen sie und ihr Vater in ihr Zimmer, kontrollierten noch ein letztes Mal die Sachen, die eingepackt werden sollten, gingen dann in Kas Zimmer und füllten alle seine Habseligkeiten in seine dunkelrote Reisetasche. Diesmal redeten beide hoffnungsvoll von der Zukunft und erzählten sich, daß

Kadife nach İpeks Abreise hoffentlich ihre Ausbildung an der Hochschule schnell beenden könne und mit Turgut Bey İpek in Frankfurt besuchen würde.

Als die Tasche gepackt war, gingen beide ins Wohnzimmer und setzten sich vor den Fernseher, um sich Kadife anzusehen.

»Hoffentlich ist das Stück kurz, so daß du sehen kannst, daß es ohne größere Zwischenfälle geendet hat, bevor du in den Zug steigen mußt!« wünschte sich Turgut Bey.

Ohne noch etwas zu sagen, saßen sie vor dem Fernseher und schmiegten sich ganz eng aneinander, wie sie das auch taten, wenn sie sich *Marianna* ansahen. Aber İpek konnte sich überhaupt nicht auf das konzentrieren, was sie im Fernsehen sah. Von den ersten fünfundzwanzig Minuten der Live-Übertragung war ihr nach Jahren nur im Gedächtnis geblieben, wie Kadife mit Kopftuch und in einem langen roten Kleid aufgetreten war und gesagt hatte: »Wie Sie wollen, Papa!« Weil sie begriff, daß ich mich wirklich dafür interessierte, was sie damals gedacht hatte, sagte sie: »Natürlich war ich mit den Gedanken ganz woanders!« Als ich mehrmals nachfragte, was denn dieses andere gewesen sei, sprach sie von der Bahnreise mit Ka. Dann davon, daß sie Angst hatte. Aber so, wie sie sich selbst nicht genau hatte erklären können, wovor sie Angst gehabt hatte, so konnte sie es mir nach Jahren auch nicht erklären. Alle Fenster ihres Bewußtseins waren weit geöffnet, sie erfaßte alles außer dem Bildschirm ihr gegenüber und blickte staunend auf die Dinge in ihrer Umgebung, die Beistelltische, die Falten des Vorhangs, ganz wie ein Reisender, der, von einer langen Reise zurückgekehrt, sein Haus, sein Zimmer, seine Habseligkeiten sehr merkwürdig, winzig, verändert und alt findet. Daran, daß sie ihre eigene Wohnung mit den Augen einer Fremden gesehen habe, habe sie erkannt, daß ihr Leben ihr erlaube, von diesem Abend an ganz woandershin zu gehen. Das war, wie sie mir in der Konditorei Neues Leben genau erklärte, nach ihrer Ansicht der unumstößliche Beweis, daß sie an jenem Abend mit Ka nach Frankfurt fahren wollte.

Als es an der Hoteltür klingelte, lief İpek hin und öffnete. Das Militärfahrzeug, das sie zum Bahnhof bringen sollte, war zu früh gekommen. Angstvoll sagte sie dem Beamten in Zivil an der Tür, sie werde gleich kommen. Sie eilte zu ihrem Vater, setzte sich neben ihn und umarmte ihn.

»Ist der Wagen gekommen?« fragte Turgut Bey. »Wenn dein Koffer fertig ist, hast du noch Zeit.«

İpek schaute eine Weile mit leerem Blick auf Sunay, der auf dem Bildschirm zu sehen war. Sie konnte nicht stillsitzen, lief in ihr Zimmer, warf noch ihre Pantoffeln und das Nähtäschchen, das auf dem Fensterbrett lag, in ihren Koffer, setzte sich dann ein paar Minuten auf die Kante ihres Bettes und weinte.

Wie sie mir später erzählte, hatte sie sich bei ihrer Rückkehr endgültig entschlossen, zusammen mit Ka Kars zu verlassen. Sie war gelassen, weil sie das Gift des Zweifels und der Unentschiedenheit ausgeschieden hatte, und wollte die letzten Minuten in der Stadt mit ihrem Vater vor dem Fernseher verbringen.

Als Cavit ihr sagte, an der Tür sei noch jemand für sie, regte sich İpek überhaupt nicht auf. Und Turgut Bey bat seine Tochter nur, eine Flasche Coca-Cola aus dem Kühlschrank und zwei Gläser zu bringen.

İpek hat mir gesagt, sie werde ihr Leben lang das Gesicht Fazıls nicht vergessen können, das sie in der Küchentür sah. Seine Blicke sagten einerseits, daß eine Katastrophe geschehen war, andererseits etwas, was İpek davor nie bemerkt hatte, nämlich daß sich Fazıl als jemand betrachtete, der ihnen nahestand, der zur Familie gehörte.

Fazıl sagte: »Sie haben Lapislazuli und Hande umgebracht! Nur Lapislazuli hätte sie davon abbringen können.«

Fazıl weinte, während İpek wie erstarrt zuschaute. Er erzählte, daß er, einer inneren Stimme gehorchend, dorthin gegangen sei und aus der Anwesenheit eines Trupps Soldaten geschlossen habe, daß sich Lapislazuli zusammen mit Hande versteckt habe. Bestimmt seien sie denunziert worden, sonst wären nicht so viele Soldaten gekommen. Nein, sie seien ihm nicht gefolgt, denn als er dort ankam, war alles schon lange vorbei. Fazıl erzählte, er habe zusammen mit den Kindern aus den benachbarten Häusern im Licht der militärischen Suchscheinwerfer Lapislazulis Leiche gesehen.

Dann fragte er: »Kann ich hierbleiben? Ich möchte nirgendwo anders hingehen.«

İpek brachte auch ihm ein Glas. Sie öffnete auf der Suche nach einem Flaschenöffner Schränke und Schubladen, in denen er nicht sein konnte. Sie erinnerte sich, die geblümte Bluse, die sie an dem Tag getragen hatte, an dem sie Lapislazuli zum erstenmal gesehen hatte, in den Koffer gelegt zu haben. Sie bat Fazıl in die Wohnung, ließ ihn auf dem Stuhl neben der Küchentür Platz nehmen, auf den sich Ka am Dienstag abend betrunken gesetzt hatte, um unter aller Augen ein Gedicht zu schreiben. Dann hielt sie einen Moment inne und spürte wie eine Kranke dem Schmerz nach, der sich wie Gift in ihr ausbreitete. Während Fazıl aus der Entfernung stumm Kadife auf dem Bildschirm anschaute, gab İpek erst ihm, dann ihrem Vater ein Glas Coca-Cola. Ein Teil von ihr sah das alles wie eine Kamera von außen.

Sie ging in ihr Zimmer. In der Dunkelheit stand sie eine Minute lang still.

Sie holte von oben Kas Tasche und trat auf die Straße. Es war kalt draußen. Sie sagte dem Beamten in Zivil, der in dem Militärfahrzeug vor der Tür wartete, sie werde die Stadt nicht verlassen.

»Wir sollten Sie abholen und rechtzeitig zum Zug bringen«, sagte der Beamte.

»Ich habe meine Absicht geändert; ich komme nicht; vielen Dank. Bitte, geben Sie Ka Bey diese Tasche!«

Kaum hatte sie sich drinnen neben ihren Vater gesetzt, hörten sie, wie der Militärwagen abfuhr.

»Ich habe sie fortgeschickt«, sagte İpek, »ich fahre nicht.«

Turgut Bey umarmte sie. Sie sahen noch eine Weile dem Stück im Fernsehen zu, ohne viel zu verstehen. Gegen Ende des ersten Akts sagt İpek: »Laß uns zu Kadife gehen! Ich muß ihr etwas erzählen!«

43

Frauen begehen Selbstmord aus Stolz

DER LETZTE AKT

Sunay hatte das, was er, inspiriert von Thomas Kyds *Spanischer Tragödie* und manch anderen Dingen, geschrieben und inszeniert hatte, im letzten Augenblick in *Tragödie in Kars* umbenannt; und dieser neue Titel konnte nur noch in der letzten halben Stunde der im Fernsehen dauernd wiederholten Ankündigungen genannt werden. Diesen Titel kannte die Zuschauermenge im Theater daher nicht. Sie bestand zum Teil aus Neugierigen, die entweder unter militärischer Aufsicht mit Autobussen herangeschafft worden waren, oder den Ankündigungen im Fernsehen und der Garantie der Militärverwaltung glaubten, oder aber um jeden Preis mit eigenen Augen sehen wollten, was da passierte (denn es gab auch Gerüchte in der Stadt, die Live-Sendung sei eigentlich eine Bandaufzeichnung und das Band komme aus Amerika), sowie aus Beamten, die zumeist zu der Vorstellung beordert worden waren (diesmal hatten sie ihre Familien nicht mitgebracht). Selbst wenn sie den Titel gekannt hätten, wäre es schwierig gewesen, einen Zusammenhang zwischen ihm und dem Stück herzustellen, das sie wie die ganze Stadt anschauten, ohne viel zu verstehen.

Es ist nicht leicht, die Geschichte der ersten Hälfte der *Tragödie in Kars* zusammenzufassen, die ich mir vier Jahre nach ihrer ersten und einzigen Aufführung vom Videoarchiv des *Grenz-TV Kars* habe geben lassen. Es ging um eine Blutfehde in einer Kleinstadt, »zurückgeblieben, arm und unvernünftig«, aber es wurde überhaupt nicht gesagt, warum die Leute begonnen hatten, einander umzubringen, worüber man sich nicht einigen konnte; und weder die Mörder noch die zahlreichen Opfer stellten hierzu eine Frage. Bloß Sunay war zornig auf das Volk, weil es sich so etwas Rückständigem wie der Blutrache überließ, stritt deswegen mit seiner Frau und suchte Verständnis bei einer anderen jungen Frau (Kadife). Sunay spielte einen reichen, aufgeklärten Mann in einer Machtposition, tanzte aber auch mit Menschen aus dem Volk, machte Witze, diskutierte weise über den Sinn des Lebens und spielte in einer Art Spiel im Spiel Szenen aus Shakespeare, Victor Hugo und Brecht. Außerdem waren kurze didaktische Szenen eingeflochten, in denen es um den Verkehr in der Stadt ging, um Tischmanieren, typische Eigenheiten, die sich Türken und Muslime einfach nicht abgewöhnen wollten, die Errungenschaften der Französischen Revolution, den Nutzen von Impfungen, Präservativen und Rakı, darum, daß Kosmetika und Shampoos nichts anderes als gefärbtes Wasser seien, und dann gab es noch den Bauchtanz einer reichen Hure.

Das einzige, was dieses Stück, das immer wieder durch komödiantische Einlagen und Improvisationen durcheinandergeriet, zusammen- und die Zuschauer bei der Stange hielt, war Sunays brillante Schauspielkunst. Wenn das Spiel an Schwung verlor, empörte er sich mit Gesten, die aus den berühmtesten Rollen seines Bühnenlebens stammten, rechnete mit denen ab, die Volk und Land in diese Lage gebracht hatten, hinkte in tragischer Pose von einem Ende der Bühne zum anderen und erzählte Erinnerungen aus seiner Jugend, was Montaigne über Freundschaft geschrieben hatte oder wie einsam Atatürk war. Sein Gesicht war schweißüberströmt. Jahre später erzählte mir die theater- und geschichtsbegeisterte Lehrerin Nuriye Hanım, die schon der Aufführung am Abend der »Revolution« voller Bewunderung beigewohnt hatte, daß sie, die in der ersten Reihe saß, die Rakı-Fahne aus Sunays Mund ganz deutlich gerochen habe. Ihr zufolge bedeutete das nicht, daß dieser große Künstler betrunken, sondern daß er enthusiasmiert war. Wer innerhalb von zwei Tagen so von Bewunderung erfüllt wurde, daß er alle möglichen Gefahren in Kauf nahm, um ihn persönlich zu sehen, die Staatsbeamten mittleren Alters aus Kars, die geschiedenen Frauen, die jungen Kemalisten, die seine Auftritte nun schon Hunderte von Malen im Fernsehen angesehen hatten, die abenteuer- und machtlustigen Männer – alle sagten aus, daß von ihm auf die vorderen Reihen ein Licht, eine Strahlung ausgegangen sei und daß es ganz unmöglich gewesen sei, ihm länger in die Augen zu schauen.

Auch Mesut, einer der unter Zwang mit Militärlastwagen zum Volkstheater gebrachten Vorbeter- und Predigerschüler (derjenige, der dagegen war, Atheisten und Gläubige auf demselben Friedhof zu bestatten), erzählte mir Jahre später, er habe diese von Sunay ausgehende Anziehungskraft verspürt. Vielleicht konnte er das eingestehen, weil er vier Jahre lang in einer kleinen islamistischen Gruppe aktiv gewesen war, die bewaffnete Aktionen durchführte, und dann enttäuscht nach Kars zurückgekehrt war, um eine Arbeit in einem Teehaus aufzunehmen. Nach seiner Ansicht gab es etwas schwer Erklärliches, was die Jugendlichen von der Vorbeter- und Predigerschule an Sunay faszinierte. Vielleicht war es die Tatsache, daß Sunay die absolute Macht hatte, nach der sie selbst strebten. Oder daß er sie mit seinen Verboten von der gefährlichen Sorge befreit hatte, den Aufstand proben zu müssen. Mesut sagte mir:»Nach jedem Militärputsch freuen sich eigentlich alle.« Ihm zufolge hatte es die Jugendlichen auch beeindruckt, daß Sunay trotz all seiner Macht auf die Bühne trat und sich mit Leib und Seele der Masse hingab.

Als ich mir Jahre später im Sender *Grenz-TV Kars* die Videoaufzeichnung jenes Abends anschaute, spürte auch ich, wie die Zuschauer die individuellen Spannungen zwischen Vater und Sohn, Machthaber und Schuldigen vergaßen, jedermann in tiefer Stille in Gedanken an seine eigenen angstvollen Erinnerungen und Hoffnungen versank und jenes verzaubernde Wir-Gefühl aufkam, das nur verstehen kann, wer in autoritär regierten, extrem nationalistischen Ländern lebt. Durch Sunays Präsenz war gleichsam kein Fremder im Zuschauerraum mehr; alle waren durch eine gemeinsame Geschichte unweigerlich aneinandergekettet.

Dieses Gefühl wurde durch Kadife gebrochen, an deren Anwesenheit auf der Bühne die Leute aus Kars sich einfach nicht gewöhnen konnten. Das muß auch der Kameramann gespürt haben, so daß er in den Augenblicken der Begeisterung auf Sunay fokussierte und sich

Kadife gar nicht weiter näherte. Die Zuschauer konnten sie wie eine Dienerin in Boulevard-Komödien nur dann sehen, wenn sie den die Handlung bestimmenden Kräften zu Diensten war. Dabei waren sie sehr neugierig darauf, was Kadife tun würde, denn seit den Mittagsstunden war angekündigt worden, sie würde während des Stückes ihr Haupt entblößen. Es hatten sich eine Menge Gerüchte verbreitet, wie etwa, daß Kadife von den Soldaten dazu gezwungen werde, oder auch, daß sie überhaupt nicht auftreten werde. Auch wer nur von dem Widerstand der Kopftuch-Mädchen gewußt, aber ihren Namen nie gehört hatte, hatte während dieses halben Tages von Kadife erfahren. Deswegen waren viele enttäuscht, weil sie zunächst so unscheinbar wirkte und zwar in einem langen roten Kleid, aber doch mit Kopftuch auftrat.

Zum erstenmal wurde in der zwanzigsten Minute der Vorstellung in einem Dialog zwischen Sunay und Kadife deutlich, daß etwas von ihr erwartet wurde: In einem Moment, in dem sie allein auf der Bühne standen, fragte Sunay sie, ob sie »entschlossen sei oder nicht«, und sagte dann: »Ich finde es unannehmbar, daß du dich umbringst, weil du anderen böse bist.«

Kadife gab zurück: »Wenn die Männer in dieser Stadt einander wie Tiere töten und behaupten, sie täten dies um des Wohls der Stadt willen, wen geht es dann etwas an, wenn ich mich selbst töte?« Dann ging sie ab, als flüchtete sie vor der auftretenden Funda Eser.

Als ich vier Jahre später in Kars jeden, mit dem ich über die Ereignisse jenes Abends sprechen konnte, anhörte und mit der Uhr in der Hand die Geschehnisse Minute für Minute zu rekonstruieren versuchte, rechnete ich aus, daß Lapislazuli Kadife in der Szene, in der sie das sagte, zum letztenmal gesehen hatte. Denn nach dem, was mir Nachbarn und Angehörige der Sicherheitskräfte über die Razzia berichteten, schauten Lapislazuli und Hande fern, als es an ihrer Tür klingelte. Nach der offiziellen Verlautbarung war Lapislazuli, als er sich Polizei und Soldaten gegenübersah, in das Innere der Wohnung gerannt, hatte seine Waffe genommen und zu feuern begonnen; nach den Berichten der Nachbarn und einiger junger Islamisten hingegen, die ihn in kurzer Zeit zu einer Legende machten, hatte er gerufen: »Nicht schießen!« und versucht, Hande zu retten, aber die Spezialeinheit unter Z. Eisenarms Kommando, die in die Wohnung eingedrungen war, hatte innerhalb einer Minute nicht nur Lapislazuli und Hande getötet, sondern die ganze Wohnung mit Kugeln durchsiebt. Trotz des Lärms hatte sich in den Nachbarhäusern bis auf ein paar neugierige Kinder niemand um den Vorfall gekümmert – nicht nur deshalb, weil die Leute aus Kars an derartige nächtliche Razzien gewöhnt waren, sondern auch, weil sich zu dieser Zeit niemand in der Stadt auf etwas anderes als die Direktübertragung aus dem Volkstheater konzentrieren konnte. Alle Bürgersteige waren leer, alle Gitter heruntergelassen, alle Teehäuser mit wenigen Ausnahmen geschlossen.

Zu wissen, daß alle Augen in der Stadt auf ihn gerichtet waren, gab Sunay außergewöhnliches Selbstvertrauen und außergewöhnliche Kraft. Weil Kadife das Gefühl hatte, nur so weit auf der Bühne ihren Platz finden zu können, wie Sunay es erlaubte, hielt sie sich ganz an ihn. Sie spürte, daß sie das, was sie machen wollte, nur tun konnte, wenn sie die von Sunay geschaffenen Gelegenheiten nutzte. Ich weiß nicht, was sie sich dabei gedacht hat, weil sie es im Gegensatz zu ihrer Schwester vermied, mit mir über jene Tage zu sprechen. Die Menschen von Kars, die in den darauffolgenden vierzig Minuten des Stückes begriffen, wie entschlossen Kadife war, ihr Haar zu entblößen und sich umzubringen, begannen allmählich, sie zu bewundern. Dadurch, daß Kadife in den Vordergrund rückte, entwickelte sich das Stück von dem halb didaktischen, halb burlesken Protest Sunays und Funda Esers in Richtung eines ernsteren Dramas. Die Zuschauer hatten verstanden, daß Kadife eine Frau spielte, die mutig und zu allem bereit war, weil sie unter dem Druck der Männer zusammenbrach. Auch wenn ihre Identität als »das Kopftuch-Mädchen Kadife« nicht völlig vergessen wurde, hörte ich von zahlreichen Leuten, mit denen ich später sprach und die über Jahre hinweg Mitgefühl mit Kadife hatten, daß die neue Persönlichkeit, die sie an jenem Abend auf der Bühne darstellte, im Herzen der Leute von Kars einen Platz fand. Wenn Kadife nun auftrat, versank alles in tiefer Stille, und in den Wohnungen fragten sich die Familienmitglieder gegenseitig:

»Was hat sie gesagt? Was hat sie gesagt?«, wenn sie etwas nicht verstanden hatten.

Während eines dieser Augenblicke der Stille war der Pfiff des ersten Zuges zu hören, der nach vier Tagen Kars verlassen sollte. Ka saß in einem Waggon, in den einzusteigen ihn die Soldaten gezwungen hatten. Als mein lieber Freund sah, daß dem zurückkommenden Militärfahrzeug nicht İpek entstieg, sondern daß nur seine Tasche eingetroffen war, verlangte er von den mit seinem Schutz beauftragten Soldaten mit großer Hartnäckigkeit, mit ihr sprechen zu können, und als er dazu keine Erlaubnis erhielt, überredete er sie, das Militärfahrzeug noch einmal zum Hotel zu schicken. Als der Wagen leer zurückkehrte, flehte er die Offiziere an, den Zug noch fünf Minuten warten zu lassen; und als der Pfiff zur Abfahrt ertönte und İpek immer noch nicht zu sehen war, begann Ka zu weinen. Während der Zug sich in Bewegung setzte, suchten seine tränenfeuchten Augen immer noch in der Menge auf dem Bahnsteig und an dem anderen Eingang des Bahnhofs zum Denkmal Kâzım Karabekirs hin eine hochgewachsene Frau mit einem Koffer in der Hand, von der er sich vorstellte, sie würde auf ihn zugehen.

Der Zug fuhr schneller, und noch einmal ertönte ein Pfiff. In diesem Moment hatten sich İpek und Turgut Bey auf den Weg vom Hotel Schneepalast zum Volkstheater gemacht. »Der Zug fährt ab«, meinte Turgut Bey. »Ja«, antwortete İpek, »bald werden auch die Straßen passierbar sein. Der Gouverneur und der Brigadekommandant kehren in die Stadt zurück.« Sie sagte auch noch, daß dieser unsinnige Putsch so enden und alles wieder normal würde, aber nicht, weil sie diese Worte wichtig fand, sondern weil sie das Gefühl hatte, ihr Vater würde glauben, sie denke an Ka, wenn sie schwieg. Wieweit ihre Gedanken bei Ka, wieweit beim Tode Lapislazulis waren, wußte sie selbst nicht genau. Sie spürte in sich einen Schmerz, der stärker war als eine verpaßte Gelegenheit, glücklich zu werden, und heftigen Zorn auf Ka. An den Gründen ihres Zorns zweifelte sie so gut wie gar nicht. Als sie vier Jahre später widerwillig mit mir über diese Gründe sprach, störten sie meine Fragen und Einwände. Sie sagte mir, sie habe sofort begriffen, daß es nach diesem Abend so gut wie unmöglich war, Ka doch noch einmal lieben zu können. Als der Pfiff des Zugs ertönte, der Ka aus der Stadt brachte, spürte İpek Ka gegenüber nichts anderes als tiefe Enttäuschung; vielleicht war sie auch ein wenig erstaunt. Ihr ging es jetzt eigentlich nur darum, ihren Schmerz mit Kadife zu teilen.

Turgut Bey hatte gemerkt, daß das Schweigen seine Tochter störte. »Die ganze Stadt ist wie verlassen«, sagte er.

»Eine Geisterstadt«, antwortete İpek, um überhaupt etwas zu sagen.

Ein Konvoi aus drei Militärfahrzeugen bog um die Ecke und fuhr an ihnen vorbei. Für Turgut Bey war dies der Beweis, daß die Straßen wieder passierbar waren. Zur Ablenkung blickten Vater und Tochter den Lichtern des Konvois nach, wie er an ihnen vorbeifuhr und sich in der Dunkelheit verlor. Meinen späteren Nachforschungen zufolge befanden sich im mittleren GMS-Lastwagen die Leichen Lapislazulis und Handes.

Turgut Bey hatte gerade im Licht der schief stehenden Scheinwerfer des Jeeps ganz hinten gesehen, daß im Schaufenster der *Grenzstadtzeitung* die morgige Ausgabe aufgehängt war. Er blieb stehen und las: »TOD AUF DER BÜHNE! Der berühmte Schauspieler Sunay Zaim während der gestrigen Vorstellung erschossen!«

Nachdem sie die Nachricht zweimal gelesen hatten, liefen sie eilig ins Volkstheater: Am Eingang standen wieder dieselben Polizeiwagen, und in einiger Entfernung weiter unten sah man wieder den Schatten desselben Panzers.

Als sie hineingingen, wurden sie nach Waffen abgesucht. Turgut Bey sagte, er sei »der Vater der Hauptdarstellerin«. Der zweite Akt hatte begonnen; sie fanden zwei Plätze in der letzten Reihe und setzten sich.

In diesem Akt gab es immer noch einige der Witze und unterhaltsamen Szenen, die Sunay über Jahre hinweg entwickelt hatte; Funda Eser zeigte sogar die Parodie eines Bauchtanzes. Aber die Stimmung des Stückes war sehr ernst geworden, und Schweigen hatte sich auf das Theater gelegt. Sunay und Kadife waren nun häufig allein auf der Bühne.

»Trotzdem müssen Sie mir erklären, warum Sie sich umbringen wollen«, sagte Sunay.

»Das kann man nicht genau wissen«, antwortete Kadife.

»Wieso?«

»Wenn man genau wüßte, warum man sich umbringt, wenn man den Grund dafür offen darlegen könnte, würde man keinen Selbstmord begehen«, erklärte Kadife.

»Nein, das stimmt überhaupt nicht!« widersprach Sunay. »Manche töten aus Liebe, andere ertragen die Schläge ihres Ehemanns oder die bittere Armut nicht mehr.«

»Sie betrachten das Leben auf sehr simple Weise«, entgegnete Kadife. »Anstatt sich aus Liebe umzubringen, wartet man besser etwas, bis die Wirkung der Liebe nachläßt. Auch Armut ist kein hinreichender Grund für einen Selbstmord. Statt sich umzubringen, verläßt man lieber seinen Mann oder geht und versucht, irgendwo Geld zu stehlen.«

»Gut, was ist dann der eigentliche Grund?«

»Natürlich ist der eigentliche Grund aller Selbstmorde der Stolz. Zumindest nehmen sich Frauen deshalb das Leben!«

»Weil ihr Stolz in der Liebe verletzt wurde?«

»Sie verstehen nichts!« entgegnete Kadife. »Eine Frau bringt sich nicht um, weil ihr Stolz verletzt ist, sondern um zu zeigen, wie stolz sie ist.«

»Ihre Freundinnen gehen dafür in den Tod?«

»Ich kann nicht für sie sprechen. Jeder hat seine eigenen Motive. Aber jedesmal, wenn ich daran denke, mich selbst zu töten, spüre ich, daß auch sie wie ich gedacht haben werden. Der Augenblick des Selbstmords ist der Zeitpunkt, zu dem Frauen am besten verstehen, daß sie alleine und daß sie eine Frau sind.«

»Haben Sie Ihre Freundinnen mit diesen Worten in den Selbstmord getrieben?«

»Sie haben aus eigenem Willen den Tod gewählt.«

»Jeder weiß, daß hier in Kars keiner frei entscheiden kann, daß jeder nur danach strebt, vor Schlägen wegzulaufen und zu einer Gemeinschaft zu gehören, die ihn schützt. Gestehen Sie, Kadife, daß Sie sich heimlich mit ihnen verständigt und die Frauen in den Selbstmord getrieben haben!«

»Wie sollte denn das gehen?« widersprach Kadife. »Durch ihren Selbstmord sind sie noch einsamer geworden. Einige Väter haben sie nicht mehr als ihre Tochter anerkannt, weil sie sich umgebracht haben, für manche wurde nicht einmal ein Totengebet gesprochen.«

»Werden Sie sich jetzt umbringen, um ihnen zu beweisen, daß sie nicht allein sind, daß es sich um eine gemeinsame Tat handelt? Kadife, Sie schweigen ... Aber wenn Sie sich töten, ohne zu sagen, warum Sie das tun, wird dann die Botschaft, die Sie vermitteln wollen, nicht falsch verstanden werden?«

»Ich möchte mit meinem Freitod keine Botschaft vermitteln«, sagte Kadife.

»Trotzdem schauen Ihnen so viele Leute zu und sind neugierig. Sagen Sie wenigstens, was Sie jetzt in diesem Augenblick denken!«

»Frauen nehmen sich das Leben, um zu gewinnen«, meinte Kadife, »Männer dagegen, wenn sie sehen, daß sie keine Hoffnung auf Sieg mehr haben.«

»Das ist richtig«, antwortete Sunay und zog eine Pistole Marke Kırıkkale aus der Hosentasche. Der ganze Zuschauerraum schaute gebannt auf die glänzende Waffe. »Werden Sie mich damit erschießen, wenn Sie begreifen, daß ich ganz besiegt bin?«

»Ich habe keine Lust, ins Gefängnis zu wandern.«

»Aber werden Sie sich nicht ohnehin umbringen?« fragte Sunay. »Da Sie in die Hölle kommen, wenn Sie sich töten, dürften Sie sich vor Strafe weder in dieser noch in der anderen Welt fürchten.«

»Sehen Sie, eine Frau bringt sich genau deshalb um«, erwiderte Kadife. »Um sich von allen Arten von Strafe zu befreien.«

»Ich möchte, daß mir in dem Moment, in dem ich meine Niederlage erkenne, das Ende von so einer Frau bereitet wird«, sagte Sunay und drehte sich gravitätisch zu den Zuschauern hin. Er verstummte kurz. Dann begann er eine Anekdote über Atatürks Frauengeschichten zu erzählen; er hatte genau gespürt, daß die Zuschauer sich zu langweilen begannen.

Nach dem Ende des zweiten Aktes gingen Turgut Bey und İpek hinter die Kulissen und trafen Kadife. In dem großen Raum, in dem sich einst Akrobaten aus Moskau und St. Petersburg, armenische Schauspieler, die Molière aufführten, sowie Tänzerinnen und Musiker auf Rußlandtournee auf ihren Auftritt vorbereitet hatten, war es eiskalt.

»Ich dachte, du fährst«, sagte Kadife zu İpek.

»Ich bin stolz auf dich, mein Liebling; du warst wunderbar«, sagte Turgut Bey und umarmte Kadife. »Hätte er dir die Waffe gegeben und gesagt ›Erschieß mich!‹, wäre ich aufgestanden, hätte das Stück unterbrochen und gerufen: ›Kadife, schieß nicht!‹«

»Warum?«

»Weil die Waffe auch geladen sein kann, deswegen!« sagte Turgut Bey. Er erzählte von der Meldung in der morgigen Ausgabe der *Grenzstadtzeitung*, die sie gerade gelesen hatten. »Ich habe nicht deswegen Angst, weil die Nachrichten sich als richtig herausstellen könnten, die Serdar in der Hoffnung schreibt, daß sie eintreten«, meinte er. »Die meisten von ihnen stellen sich als falsch heraus. Aber ich mache mir Sorgen, weil ich weiß, daß ohne Sunays Zustimmung Serdar keine so sensationelle Meldung schreiben kann. Es ist klar, daß Sunay ihn die Nachricht hat schreiben lassen. Vielleicht ist das nicht bloß Reklame. Vielleicht möchte er sich auf der Bühne von dir umbringen lassen. Mein liebes Mädchen, feuere bloß die Pistole nicht ab, wenn du nicht sicher bist, daß sie nicht geladen ist! Und entblöße nur nicht wegen dieses Mannes dein Haupt! İpek fährt nicht. Wir werden noch lange in dieser Stadt leben, mach die Fundamentalisten nicht unnötig wütend!«

»Warum ist İpek doch nicht gefahren?«

»Weil sie ihren Vater und dich, unsere Familie, mehr liebt«, sagte Turgut Bey und nahm Kadifes Hände.

»Papa, können wir noch einmal allein miteinander sprechen?« unterbrach ihn İpek. Sie bemerkte, daß ein furchtsamer Ausdruck auf Kadifes Gesicht trat, kaum daß sie das gesagt hatte. Während sich Turgut Bey zu Sunay und Funda Eser gesellte, die den hohen, verstaubten Raum am anderen Ende betraten, zog İpek Kadife an sich. Sie sah, daß diese Geste ihrer Schwester angst machte, nahm sie an der Hand und zog sie in einen abgetrennten Bereich hinter einem

Vorhang. In dem Augenblick trat Funda Eser mit einer Flasche Weinbrand und Gläsern hervor.

»Du warst wirklich gut, Kadife«, meinte sie. »Macht es euch gemütlich!«

İpek hieß Kadife, die immer verstörter wirkte, sich hinsetzen und schaute ihr mit einem Blick in die Augen, der deutlich machte, daß sie eine schlechte Nachricht zu überbringen hatte. Dann sagte sie: »Hande und Lapislazuli sind umgebracht worden.«

Kadifes Blick richtete sich für einen Moment nach innen. »Waren sie in der gleichen Wohnung? Wer hat das gesagt?« Aber dann schwieg sie, als sie İpeks ernsten Gesichtsausdruck sah.

»Fazıl, der Junge von der Vorbeter- und Predigerschule. Ich habe es sofort geglaubt, denn er hat es mit eigenen Augen gesehen.« Sie wartete einen Moment ab, damit Kadife, deren Gesicht jetzt schneeweiß war, die Nachricht aufnehmen konnte, und fuhr dann rasch fort: »Ka wußte, wo sich Lapislazuli aufhielt, und er ist nicht in das Hotel zurückgekehrt, nachdem er dich zuletzt gesehen hat. Ich glaube, Ka hat denen von der Spezialeinheit gesagt, wo sich Lapislazuli und Hande versteckt haben. Deswegen bin ich nicht mit ihm weggefahren.«

»Woher willst du das wissen?« wendete Kadife ein. »Vielleicht hat das nicht er, sondern jemand anders gemeldet.«

»Kann sein. Das habe ich mir auch überlegt. Aber in meinem Herzen fühle ich so genau, daß Ka der Denunziant war, daß mir klargeworden ist: Ich werde mich von meinem Verstand nicht überzeugen lassen können, daß er es nicht war. Ich bin nicht mit ihm weggefahren, weil mir klar wurde, daß ich ihn nicht werde lieben können.«

Kadife war am Ende ihrer Kräfte. İpek sah, daß ihre Schwester Lapislazulis Tod erst jetzt ganz erfaßt hatte.

Kadife bedeckte ihr Gesicht mit den Händen und begann zu schluchzen. İpek umarmte sie und weinte ebenfalls, spürte aber tief in ihrem Inneren, daß ihre Schwester und sie nicht aus dem gleichen Grund weinten. Auch zu der Zeit, als keine von ihnen auf Lapislazuli verzichten wollte und sie sich wegen der erbarmungslosen Konkurrenz zwischen ihnen schämten, hatten sie ein- oder zweimal so geweint. İpek fühlte jetzt, daß ihr ganzer Kampf zu Ende war: Sie würde Kars nicht verlassen. Einen Moment lang fühlte sie sich gealtert. Kompromisse einzugehen, alt, klug genug sein, nichts von der Welt zu wollen: sie hatte das Gefühl, das jetzt zu können.

Nun machte sie sich mehr um die heftig weinende Kadife Sorgen. Sie sah, daß der Schmerz ihrer Schwester tiefer, zerstörerischer war als der ihre. Ein Gefühl der Dankbarkeit – oder auch der Rache – überkam sie, weil sie selbst nicht in ihrer Lage war; und sie schämte sich gleich danach dafür. Die Betreiber des Volkstheaters hatten die Kassette eingelegt, die sie immer in den Pausen der Filmvorführungen spielten, um den Verkauf von Limonade und gerösteten Kichererbsen anzukurbeln: es spielte das Lied »Baby, come closer, closer to me«, das sie in ihrer frühen Jugend in Istanbul gehört hatten. Damals hatten beide gut Englisch lernen wollen; keine hatte es geschafft. İpek merkte, daß ihre Schwester noch mehr weinte, als sie die Musik hörte. Durch einen Spalt im Vorhang sah sie, daß ihr Vater und Sunay am anderen Ende des halbdunklen Zimmers in ein Gespräch verwickelt waren und daß Funda Eser ihre Gläser nachfüllte.

»Kadife Hanım, ich bin Oberst Osman Nuri Çolak«, sagte ein Soldat mittleren Alters, der brüsk den Vorhang zur Seite schob und sie mit einer Verbeugung bis zum Boden grüßte, einer Geste, die er aus einem Film hatte. »Meine Dame, wie kann ich Ihren Schmerz lindern? Wenn Sie nicht auftreten wollen, kann ich Ihnen die folgende gute Botschaft bringen: Die Straßen sind geräumt, binnen kurzem wird die Armee in der Stadt sein.«

Später sollte Osman Nuri Çolak vor dem Militärgericht diese Worte als Beweis dafür verwenden, daß er sich bemüht habe, die Stadt vor irren Militärputschisten zu schützen.

»Mir geht es in jeder Beziehung gut; ich danke Ihnen«, erwiderte Kadife.

İpek hatte das Gefühl, daß Kadife bereits jetzt etwas von Funda Esers gekünstelter Attitüde angenommen hatte. Außerdem bewunderte sie die Anstrengung, mit der sie versuchte, sich zu sammeln. Kadife zwang sich aufzustehen; sie trank ein Glas Wasser und schritt wie ein Gespenst in dem großen Umkleideraum auf und ab.

Als der dritte Akt anfing, wollte İpek ihren Vater wegbringen, ohne daß er noch einmal mit Kadife redete, aber im letzten Moment drängte sich Turgut Bey doch wieder heran:»Hab keine Angst«, sagte er und meinte Sunay und seine Truppe,»das sind moderne Menschen.«

Zu Beginn des dritten Aktes sang Funda Eser das Lied der entehrten Frau. Das fesselte die Zuschauer, die das Stück bisher zu»intellektuell« und unverständlich gefunden hatten. Wie immer vergoß sie auf der einen Seite Tränen und verfluchte die Männer, auf der anderen malte sie in allen Farben aus, was ihr angetan worden war. Dann kamen noch zwei Lieder und eine Parodie auf eine Reklame, die vor allem die Kinder amüsierte (es wurde behauptet, das Methangas von Aygaz werde aus Furzen hergestellt), anschließend wurde die Bühne verdunkelt, und zwei einfache Soldaten tauchten auf, die an die Soldaten erinnerten, die im Stück zwei Tage zuvor auf die Bühne gekommen waren. Sie brachten einen Galgen herbei und stellten ihn in die Mitte der Bühne; im ganzen Theater trat nervöse Stille ein. Der sichtbar hinkende Sunay und Kadife begaben sich unter den Galgen.

»Ich hatte nicht erwartet, daß sich die Ereignisse so überschlagen würden«, meinte Sunay.

»Ist das ein Eingeständnis, nicht geschafft zu haben, was Sie erreichen wollten, oder sind Sie nur alt geworden und suchen einen Vorwand, um einen eleganten Tod zu sterben?« fragte Kadife.

İpek spürte, wie sich Kadife anstrengen mußte, um ihre Rolle zu spielen.

»Sie sind sehr intelligent, Kadife«, meinte Sunay.

»Macht Ihnen das angst?« fragte Kadife angespannt und ärgerlich.

»Ja«, antwortete Sunay, als flirte er mit ihr.

»Sie haben keine Angst vor meiner Intelligenz, sondern davor, daß ich einen eigenen Charakter habe«, sagte Kadife.»Denn in unserer Stadt fürchten sich die Männer nicht vor der Intelligenz der Frauen, sondern davor, daß sie tun, was sie wollen.«

»Im Gegenteil«, widersprach Sunay.»Ich habe diese Revolution gemacht, damit die Frauen so selbstbestimmt sind wie die Europäerinnen. Deswegen möchte ich jetzt, daß Sie Ihr Haupt entblößen.«

»Ich werde meinen Kopf enthüllen«, antwortete Kadife. »Und danach werde ich mich aufhängen, zum Beweis, daß ich das weder getan habe, weil Sie mich gezwungen haben, noch um die Europäerinnen zu imitieren.«

»Aber Sie wissen doch sehr gut, Kadife, daß die Europäer Ihnen applaudieren werden, weil Sie wie ein Individuum gehandelt und den Freitod gewählt haben? Man weiß ja sehr gut, daß Sie auch auf diesem angeblich geheimen Treffen im Hotel Asien große Lust hatten, einer deutschen Zeitung gegenüber eine Erklärung abzugeben. Man behauptet, Sie hätten die Mädchen organisiert, die Selbstmord begingen, genauso, wie Sie das mit den Kopftuch-Mädchen tun.«

»Es gibt nur ein Mädchen, das sich umgebracht hat und auch im Turban-Widerstand war; das war Teslime.«

»Jetzt werden Sie die zweite sein.«

»Nein, denn ich werde mein Kopftuch ablegen, bevor ich mich umbringe.«

»Haben Sie sich das gut überlegt?«

»Ja«, sagte Kadife, »ich habe mir das sehr gut überlegt.«

»Dann müssen Sie auch das folgende bedacht haben: Wer sich umbringt, kommt in die Hölle. Sie können mich in aller Seelenruhe töten, weil Sie ja ohnehin in die Hölle kommen.«

»Nein«, erwiderte Kadife. »Ich glaube nicht, daß ich in die Hölle komme, wenn ich mich umbringe. Und dich werde ich töten, um eine Bazille auszumerzen, einen Feind des Volks, der Religion und der Frauen!«

»Sie sind mutig und sagen, was Sie denken. Aber der Selbstmord ist in unserer Religion verboten.«

»Stimmt, in der Sure ›Die Frauen‹ des Heiligen Korans ist befohlen: ›Bringt euch nicht um!‹« antwortete Kadife. »Aber das heißt nicht, daß Allah, der Allmächtige, jungen Mädchen, die sich umgebracht haben, nicht verzeiht und sie in die Hölle schickt.«

»Das heißt, Sie suchen sich einen Hinterausgang.«

»Das genaue Gegenteil ist wahr«, sagte Kadife. »Es haben sich einige junge Mädchen in Kars das Leben genommen, weil sie ihren Kopf nicht bedecken konnten, wie sie das wollten. Der große Gott ist gerecht und sieht ihre Qualen. Wenn ich diese Liebe zu Gott in meinem Herzen trage, gibt es für mich in Kars keinen Platz, und deshalb werde ich mich auslöschen, wie das die anderen auch gemacht haben.«

»Sie sind sich klar, daß das unsere religiösen Autoritäten ärgerlich machen wird, die durch Kälte und Schnee in unsere arme Stadt Kars gekommen sind und predigen, um unsere verzweifelten Frauen davon abzubringen, sich das Leben zu nehmen, oder, Kadife? Dabei hat der Koran –«

»Ich diskutiere meine Religion weder mit Atheisten noch mit solchen Leuten, die aus Angst so tun, als glaubten sie. Außerdem sollten wir dieses Stück zu Ende bringen!«

»Sie haben recht. Ich hatte das Thema nicht angesprochen, um mich in Ihr Seelenheil einzumischen, sondern aus der Sorge, daß Sie mich möglicherweise aus Furcht vor der Hölle nicht mit gutem Gewissen umbringen.«

»Machen Sie sich keine Sorge, ich werde Sie mit gutem Gewissen töten.«

»Schön«, sagte Sunay etwas beleidigt. »Ich möchte Ihnen das wichtigste Ergebnis meiner fünfundzwanzigjährigen Theaterarbeit mitteilen. Keiner unserer Zuschauer kann in irgendeinem Stück einen noch längeren Dialog anhören, ohne sich zu langweilen. Wenn Sie einverstanden sind, sollten wir uns an die Arbeit machen.«

»Gut!«

Sunay zog seine Kırıkkale-Pistole hervor und zeigte sie Kadife und den Zuschauern. »Sie werden jetzt Ihren Kopf enthüllen. Dann werde ich Ihnen diese Pistole geben, und Sie werden mich erschießen ... Weil so etwas zum erstenmal in einer Live-Sendung geschieht, möchte ich unseren Zuschauern noch einmal –«

»Lassen Sie es uns kurz machen«, unterbrach ihn Kadife. »Ich kann es nicht mehr hören, wenn Männer uns erzählen, warum sich junge Mädchen umbringen.«

»Sie haben recht«, sagte Sunay und spielte mit der Waffe in seiner Hand. »Trotzdem möchte ich zwei Dinge sagen, damit sich niemand ängstigt, der die Meldungen in den Zeitungen gelesen hat, Gerüchten glaubt oder uns im Fernsehen zuschaut. Schauen Sie, Kadife, das ist das Magazin der Pistole. Wie Sie sehen, ist es leer.« Er zog das Magazin aus der Waffe, zeigte es Kadife und steckte es wieder an seinen Platz. »Sie haben gesehen, daß es leer ist?« fragte er wie ein erfahrener Zauberer.

»Ja!«

»Lassen Sie uns dennoch sichergehen!« meinte Sunay. Er zog das Magazin noch einmal heraus und zeigte es erneut den Zuschauern, wie ein Zauberkünstler, der Hut und Kaninchen vorführt. »Zuletzt will ich noch etwas in eigenem Namen sagen. Sie haben eben gesagt, Sie würden mich mit ruhigem Gewissen töten. Sie verabscheuen mich sicher, weil ich einen Militärputsch inszeniert und auf das Volk das Feuer eröffnet habe, weil es anders ist als die im Westen. Ich möchte aber, daß Sie wissen, daß ich das für das Volk gemacht habe.«

»Na gut«, antwortete Kadife. »Jetzt entblöße ich meinen Kopf. Ich bitte um Aufmerksamkeit.«

Einen Augenblick huschte ein Ausdruck von Schmerz über ihr Gesicht, dann zog sie mit einer ganz schlichten Bewegung ihr Kopftuch vom Haar.

Im Zuschauerraum war kein Laut zu hören. Sunay blickte einen Moment lang Kadife verdattert an, als sei etwas Unerwartetes geschehen. Dann drehten sich die beiden wie zwei unerfahrene Schauspieler, die vergessen haben, was sie als nächstes sagen sollen, zu den Zuschauern um.

Ganz Kars blickte auf Kadifes schöne, lange, hellbraune Haare. Der Kameramann nahm seinen ganzen Mut zusammen, richtete die Kamera zum erstenmal direkt auf Kadife und nahm sie groß ins Bild. In Kadifes Gesicht zeichnete sich die Scham einer Frau ab, der in einer Menschenmenge das Kleid aufgegangen ist. Man sah ihr überdeutlich an, wie sehr sie litt.

»Bitte, geben Sie mir die Waffe«, sagte sie ungeduldig.

»Bitte sehr«, entgegnete ihr Sunay. Er faßte die Pistole am Lauf und streckte sie Kadife hin. »Hier müssen Sie abdrücken!«

Sunay lächelte, als Kadife die Waffe nahm. Ganz Kars glaubte, es würde noch weiter gesprochen werden. Offenbar im gleichen Glauben sagte Sunay noch: »Ihre Haare sind wunderschön, Kadife. Ich würde sie andere Männer auch nicht gerne sehen lassen.« Da drückte Kadife ab.

Man hörte einen Schuß. Ganz Kars war mehr als über das Geräusch darüber verblüfft, daß Sunay schwankte und fiel, als sei er tatsächlich getroffen.

»Alles ist so dumm!« sagte er. »Die haben keine Ahnung von moderner Kunst und werden nie modern werden.«

Die Zuschauer erwarteten von Sunay einen langen Todesmonolog, als Kadife die Pistole nah an seinen Körper hielt und vier Schüsse abgab. Jedesmal erzitterte Sunays Leib, hob sich und fiel dann, als sei er schwerer geworden, wieder auf den Boden. Die vier Schüsse folgten in ganz kurzem Abstand aufeinander.

Die Zuschauer, die von Sunay über das Spielen des Sterbens hinaus eine sinngebende Todestirade erwartet hatten, gaben ihre Hoffnung auf, als sie nach dem vierten Schuß sahen, daß sein Gesicht blutüberströmt war. Nuriye Hanım, für die die Echtheit der Ereignisse und der Effekte auf der Bühne so wichtig waren wie der Text, war dabei, sich zu erheben, um Sunay zu applaudieren, erschrak aber, als sie sein blutendes Gesicht sah, und setzte sich wieder.

»Offenbar habe ich ihn getötet«, sagte Kadife zu den Zuschauern.

»Gut gemacht!« rief ein Vorbeter- und Predigerschüler aus einer der hinteren Reihen.

Die Sicherheitskräfte hatten sich so von der Bluttat auf der Bühne hinreißen lassen, daß sie weder feststellten, wo der Schüler saß, der die Ruhe störte, noch der Sache nachgingen. Als Nuriye Hanım, die die letzten beiden Tage über Sunay im Fernsehen bewundert und sich in die erste Reihe gesetzt hatte, weil sie ihn unbedingt aus der Nähe sehen wollte, zu schluchzen begann, merkte ganz Kars, daß das Bühnengeschehen ganz und gar wirklich war.

Zwei Soldaten, die mit seltsamen, lächerlichen Schritten aufeinander zuliefen, zerrten den Vorhang zu.

44

Heute mag Ka hier niemand mehr

VIER JAHRE SPÄTER IN KARS

Gleich nachdem der Vorhang sich geschlossen hatte, nahmen Z. Eisenarm und seine Gefährten Kadife fest, entführten sie zu »ihrer eigenen Sicherheit« durch den Hinterausgang, der sich auf die Küçük-Kâzımbey-Straße öffnete, setzten sie in ein Militärfahrzeug und brachten sie in den alten Schutzraum im militärischen Hauptquartier, in dem Lapislazuli zuletzt untergebracht gewesen war. Als einige Stunden später alle Straßen nach Kars vollkommen freigeräumt waren, drangen die militärischen Einheiten, die geschickt worden waren, um diesen kleinen »Militärputsch« in der Stadt niederzuwerfen, in Kars ein, ohne auf den geringsten Widerstand zu stoßen. Der stellvertretende Gouverneur, der Divisionskommandeur und andere leitende Beamte, die während des Geschehens ihre Pflichten vernachlässigt hatten, wurden sofort vom Dienst suspendiert, eine Handvoll Militärs und Angehörige des Nationalen Nachrichtendienstes, die mit den »Putschisten« zusammengearbeitet hatten, wurden – trotz ihres Einspruchs, sie hätten das »für die Nation und den Staat« getan – verhaftet. Turgut Bey und İpek durften Kadife erst nach drei Tagen besuchen. Turgut Bey hatte schon während der Geschehnisse begriffen, daß Sunay tatsächlich auf der Bühne gestorben war, hatte aber trotzdem noch in der Hoffnung, daß ihr nichts getan werde, an demselben Abend versucht, sich seine Tochter aushändigen zu lassen und sie nach Hause zu bringen, und war, als ihm das nicht gelang, lange nach Mitternacht am Arm seiner älteren Tochter auf leeren Straßen nach Hause gegangen. Während er weinte, öffnete İpek ihren Koffer und legte ihre Sachen zurück in den Schrank.

Die meisten Bewohner von Kars, die das Geschehen auf der Bühne verfolgt hatten, begriffen erst, daß Sunay nach ganz kurzem Todeskampf tatsächlich gestorben war, als sie am nächsten Tag in der *Grenzstadtzeitung* über das Geschehen lasen. Nachdem der Vorhang geschlossen war, verlief sich die Menge im Volkstheater voller Zweifel, aber ruhig und geordnet; das Fernsehen jedoch erwähnte die Ereignisse der letzten drei Tage nicht wieder. Die Einwohner von Kars, seit den Zeiten des Ausnahmezustandes daran gewöhnt, daß der Staat und Sondereinheiten auf den Straßen der »Terroristenjagd« nachgingen, Razzien organisierten und Erklärungen abgaben, ließen es nach kurzer Zeit bleiben, sich an diese drei Tage als eine ganz besondere Zeit zu erinnern. Ohnehin hatte der Generalstab am nächsten Morgen eine Disziplinaruntersuchung eingeleitet, hatte die Kontrollstelle des Ministerpräsidiums ihre Arbeit aufgenommen und hatte ganz Kars begonnen, nicht den politischen Aspekt des »Theaterputsches« zu diskutieren, sondern das Bühnenereignis und das künstlerische Geschehen. Wie hatte Kadife Sunay Zaim mit der Pistole erschießen können, wo der doch vor aller Augen ein leeres Magazin in dieselbe Pistole gesteckt hatte?

Der Bericht des Majors, der zur Untersuchung des »Theaterputsches« aus Ankara geschickt worden war, ist mir wie an vielen anderen Stellen meines Buches, so auch in dieser Beziehung, wo es sich eher um Zauberei als um Flinkheit der Hände zu handeln schien, eine Hilfe gewesen. Weil Kadife nach diesem Abend nicht bereit war, über die Vorkommnisse mit ihrer Schwester und ihrem Vater, die sie besuchen kamen, mit den Staatsanwälten oder einem Anwalt – und sei es nur, um sie vor Gericht zu verteidigen – zu sprechen, unterhielt sich der Major – genau wie vier Jahre später ich – mit zahlreichen Personen (oder, besser, er nahm ihre Aussage auf) und überprüfte alle Möglichkeiten und Gerüchte.

Um die Meinung zu widerlegen, daß Kadife Sunay Zaim gegen dessen Willen absichtlich umgebracht habe, wies der Major zunächst nach, daß die Gerüchte nicht zutrafen, die besagten, die junge Frau habe eine andere Waffe blitzschnell aus der Tasche gezogen oder ein volles Magazin in die Pistole eingelegt. Auch wenn sich im Gesicht

Sunays Erstaunen malte, so bestätigten doch die Durchsuchungen der Sicherheitskräfte, das, was man bei Kadife fand sowie die Videoaufzeichnungen, daß an dem Abend nur eine einzige Waffe und ein einziges Magazin verwendet wurden. Die bei den Leuten in Kars sehr beliebte Hypothese, daß im gleichen Augenblick auf Sunay von einer anderen Person aus einer anderen Richtung geschossen worden sei, ist durch einen aus Ankara zugesandten ballistischen Untersuchungsbericht und die Resultate der Autopsie widerlegt, die nachgewiesen haben, daß die Kugeln im Körper des Schauspielers aus der Kırıkkale-Pistole in Kadifes Hand stammten. Kadifes letzte Worte (»Offenbar habe ich ihn getötet«), die dazu führten, daß sie bei vielen Bewohnern von Kars sowohl als Heldin als auch als Opfer zu einer Legende wurde, wertete der mit der Inspektion beauftragte Major als Indiz dafür, daß sie die Tötung nicht mit Vorsatz ausgeführt habe; und als wolle er dem Staatsanwalt, der das Verfahren eröffnen sollte, den zu beschreitenden Weg weisen, unterzog er dann die beiden Begriffe des »vorsätzlichen Mordes« und des »niedrigen Beweggrundes« einer detaillierten philosophischen und rechtlichen Würdigung und erklärte, daß Kadifes Äußerungen während des Stückes ihr vorher beigebracht oder mit verschiedenen Kniffen aus ihr herausgelockt worden seien und also nicht ihre, sondern die des verstorbenen Schauspielers Sunay Zaim seien. Sunay Zaim, der das Magazin eingelegt hatte, nachdem er zweimal behauptet hatte, es sei leer, habe Kadife und ganz Kars getäuscht. Das heißt: »Das Magazin war voll!« – so äußerte sich der Major, der drei Jahre später vorzeitig pensioniert wurde und mir bei einem Gespräch in seiner Wohnung in Ankara, als ich ihn auf die Agatha-Christie-Bände in seinem Schrank ansprach, sagte, daß ihm vor allem die Titel der Bücher gefielen. Ein volles Magazin leer erscheinen zu lassen war freilich der vorbildlich saubere Zaubertrick eines Theatermenschen. Die mitleidlose Gewalt, die Sunay Zaim und seine Mittäter im Namen einer westlichen und kemalistischen Politik ausgeübt hatten (mit Sunay belief sich die Zahl der Toten auf 29), hatte die Bewohner von Kars derart terrorisiert, daß sie bereit waren, ein leeres Glas für voll zu halten. Insofern war nicht nur Kadife ein Teil des Geschehens, sondern auch die Bewohner von Kars, die sich lustvoll und im Glauben, es handele sich um eine Vorführung, ansahen, wie Sunay sich auf der Bühne umbringen ließ, obwohl er seinen Tod vorher angekündigt hatte. Der Major ging in seinem Bericht auch auf ein anderes Gerücht ein, nämlich daß Kadife Sunay umgebracht habe, um für Lapislazuli Rache zu nehmen, und erklärte, daß man jemanden, dem man eine geladene Pistole in die Hand drücke, während man behaupte, sie sei leer, nicht unter irgendwelchen Vorwänden beschuldigen dürfe, und auf die lobenden Erklärungen von Islamisten und die Vorwürfe der säkularen Republikaner, Kadife habe listig gehandelt, als sie Sunay tötete, sich selbst aber nicht umbrachte, entgegnete er, man dürfe Kunst und Wirklichkeit nicht verwechseln. Die Annahme, Kadife habe vom Selbstmord Abstand genommen, nachdem sie Sunay unter der Vorspiegelung, sie würde den Freitod wählen, umgebracht hatte, wurde dadurch entkräftet, daß sowohl Sunay als auch Kadife wußten, daß der Galgen auf der Bühne aus Karton war.

Der ausführliche Bericht dieses vom Generalstab entsandten fleißigen Majors wurde von den Militärstaatsanwälten und -richtern in Kars mit außerordentlichem Respekt akzeptiert. Auf diese Weise wurde Kadife nicht wegen politischen Mordes, sondern wegen fahrlässiger Tötung zu drei Jahren und einem Monat verurteilt und nach Verbüßung von zwanzig Monaten aus der Haft entlassen. Oberst Osman Nuri Çolak hingegen wurde wegen Gründung einer kriminellen Vereinigung zur Tötung von Menschen und Begehen unaufgeklärter Tötungsdelikte nach den Paragraphen 313 und 463 des türkischen Strafgesetzbuches zu sehr schweren Strafen verurteilt und nach sechs Monaten aufgrund eines Amnestiegesetzes entlassen. Obwohl man ihm die Folgen drastisch klargemacht hatte, die es nach sich ziehen würde, wenn er von den Ereignissen erzählte, erwähnte er in späteren Jahren an Abenden, an denen er sich mit alten Kameraden im Kasino getroffen und hinreichend getrunken hatte, er habe »wenigstens« gewagt, das zu tun, was der geheime Wunsch jedes kemalistischen Soldaten sei, und beschuldigte, ohne zu weit zu gehen, seine Kameraden, vor den Fundamentalisten Angst zu haben, träge und feige zu sein.

Die anderen in die Vorkommnisse verwickelten Offiziere, Gefrei-
ten und einige weitere Beamte wurden – trotz ihrer Proteste, sie
seien Patrioten und Befehlsempfänger – vor dem Militärgericht in
gleicher Weise wegen Gründung einer kriminellen Vereinigung, Tö-
tungsdelikten und anderen Verbrechen bis hin zur ungenehmigten
Verwendung staatlichen Eigentums zu verschiedenen Strafen verurteilt; sie kamen dann aufgrund der gleichen Amnestie frei. Einer von
ihnen, ein junger Leutnant mit Flausen im Kopf, der später zum Islamisten wurde, publizierte nach seiner Freilassung aus dem Gefängnis seine Erinnerungen in Fortsetzungen (»Auch ich war ein
radikaler Jakobiner«) in der islamistischen Zeitung *Der Bund*, was
dann aber wegen Beleidigung der Armee unterbunden wurde. Es
hatte sich herausgestellt, daß der Torhüter Vural ohnehin gleich nach
der Revolution begonnen hatte, für die lokale Abteilung des Nationalen Nachrichtendienstes zu arbeiten. Daß die anderen Angehörigen der Schauspieltruppe »einfache Künstler« waren, hatte auch das
Gericht anerkannt. Weil Funda Eser in der Nacht, in der ihr Mann
getötet wurde, einen Nervenzusammenbruch erlitten und voller Wut
jedermann angegriffen und jeden gegenüber jedem beschuldigt und
denunziert hatte, wurde sie vier Monate in der psychiatrischen Abteilung des Militärkrankenhauses Ankara unter Beobachtung gehalten. Jahre später, als ihre Stimme durch die Figur einer Hexe, die sie
in einer populären Kinderserie synchronisierte, im ganzen Land bekannt war, hat sie mir erzählt, wie traurig sie noch immer sei, daß ihr
Mann, der durch einen Arbeitsunfall auf der Bühne ums Leben gekommen sei, wegen Eifersüchteleien und Verleumdungen die Rolle
Atatürks nicht bekommen habe und daß sie sich nur damit tröste,
daß in den letzten Jahren Haltung und Posen ihres Mannes als Modell für zahlreiche Atatürk-Statuen gedient hätten. Weil Kas Anteil
an den Geschehnissen im Bericht des mit der Untersuchung befaßten
Majors erwähnt worden war, lud ihn der Militärrichter – zu Recht –
als Zeuge vor und ließ, als er zu den ersten beiden Sitzungen nicht
erschienen war, einen Haftbefehl gegen ihn ergehen.

Turgut Bey und İpek besuchten Kadife, die ihre Strafe in Kars ver-
büßte, jeden Samstag. An schönen Frühlings- und Sommertagen

breiteten sie mit Erlaubnis des nachsichtigen Anstaltsleiters unter dem großen Maulbeerbaum im Gefängnishof ein Tischtuch aus, aßen Zahides gefüllte Paprikaschoten, boten von den Fleischbällchen auch den anderen Insassen an, spielten Eierstechen mit den harten Eiern, bevor sie sie pellten, und hörten sich Chopins *Préludes* in dem tragbaren Kassettenrekorder von Philips an, den Turgut Bey hatte reparieren lassen. Turgut Bey betrachtete das Gefängnis, um die Haft seiner Tochter nicht als etwas Beschämendes erleben zu müssen, als eine Internatsschule, die jeder ehrbare Bürger durchlaufen müsse, und brachte hin und wieder einen Bekannten wie den Journalisten Serdar Bey mit. Kadife verlangte danach, Fazıl, der bei einigen solchen Besuchen dabeigewesen war, auch bei anderen Gelegenheiten zu sehen, und heiratete zwei Monate nach ihrer Freilassung diesen vier Jahre jüngeren Mann.

Das erste halbe Jahr lebten sie in einem Zimmer des Hotels Schneepalast, wo Fazıl an der Rezeption arbeitete. Als ich nach Kars kam, waren sie mit ihrem Baby woanders hingezogen. Kadife kam jeden Morgen mit dem sechs Monate alten Ömercan ins Hotel und arbeitete dort ein wenig, während İpek oder Zahide das Kind fütterten und Turgut Bey mit seinem Enkel spielte. Fazıl hingegen arbeitete im Foto-Palast Aydın, um von seinem Schwiegervater unabhängig zu sein, und ging einer Tätigkeit beim *Grenz-TV Kars* nach, von der er mir lächelnd sagte: »Die Bezeichnung ist ›Programmassistent‹, aber eigentlich bin ich ein Laufbursche.«

Am Tag nach meiner Ankunft in Kars und dem vom Bürgermeister für mich ausgerichteten Essen traf ich mich mittags mit Fazıl in ihrer neuen Wohnung an der Hulusi-Aytekin-Straße. Während ich dem langsam in großen Flocken auf die Burg und den Fluß von Kars fallenden Schnee zuschaute, fragte mich Fazıl ganz unschuldig, warum ich nach Kars gekommen sei; ich aber war ganz verwirrt, weil ich dachte, er rede von İpek, die mir beim Essen des Bürgermeisters am Vorabend den Kopf verdreht hatte, und erzählte ihm, indem ich ein bißchen übertrieb, von den Gedichten, die Ka in Kars geschrieben hatte, und daß ich vielleicht ein Buch über diese Gedichte schreiben wollte.

Er fragte ganz freundschaftlich: »Wenn es die Gedichte nicht mehr gibt, wie kannst du dann ein Buch über sie schreiben?«

»Das weiß ich auch nicht«, antwortete ich. »Im Archiv des Fernsehsenders muß eines noch sein.«

»Das finden wir heute abend, und ich gebe es dir. Aber du bist heute morgen Straße für Straße abgelaufen. Vielleicht denkst du daran, einen Roman über uns zu schreiben.«

Verunsichert erwiderte ich: »Ich bin nur an die Orte gegangen, die Ka in seinen Gedichten erwähnt hat.«

»Aber ich lese in deinem Gesicht, daß du erzählen möchtest, wie arm und wie völlig verschieden wir von den Leuten sind, die deinen Roman lesen werden. Und ich möchte nicht, daß ich in so einem Roman vorkomme.«

»Warum nicht?«

»Du kennst mich doch gar nicht! Selbst wenn du mich kennenlernst und erzählst, wie ich bin, könnten deine westlichen Leser mit meinem Leben nichts anderes anfangen, als mich wegen meiner Armut zu bemitleiden. Beispielsweise würden sie darüber lächeln, daß ich ein islamischer Science-fiction-Autor bin. Ich möchte nicht, daß man mich beschreibt als jemanden, den man zwar nett findet, aber herablassend auslacht.«

»Natürlich nicht.«

»Ich weiß, das tut dir leid«, redete Fazıl weiter. »Bitte, nimm mir nicht übel, was ich sage, du bist ein guter Mensch. Aber auch dein Freund war ein guter Mensch, und er wollte uns vielleicht gern haben, aber am Ende hat er uns das Schlimmste angetan.«

Ich fand es nicht ehrlich, daß er von dem Vorwurf, Ka habe Lapislazuli denunziert, als etwas Schlimmem redete, was auch ihm angetan worden sei, denn er hatte Kadife nur heiraten können, weil man Lapislazuli umgebracht hatte, aber ich sagte nichts.

Nach einer langen Pause fragte ich: »Wie kannst du so sicher sein, daß dieser Vorwurf stimmt?«

»Das weiß ganz Kars«, sagte Fazıl mit weicher, geradezu zärtlicher Stimme, ohne jeden Vorwurf an Ka oder mich.

In seinen Augen erblickte ich Necip. Ich sagte ihm, ich sei bereit, mir den Science-fiction-Roman anzuschauen, den er mir zeigen wollte: Er hatte mich gefragt, ob ich mir ansehen wolle, was er geschrieben hatte, aber gesagt, er würde mir das Manuskript nicht geben, sondern wolle dabeisein, wenn ich es läse. Abends setzten wir uns an den Tisch, an dem Kadife und er sonst aßen und fernsahen, und ich las stumm die ersten fünfzig Seiten des Science-fiction-Romans, von dem Necip vor vier Jahren geträumt und den Fazıl nun zu schreiben begonnen hatte.

»Wie ist es, ist es in Ordnung?« fragte Fazıl ein einziges Mal, als wolle er um Entschuldigung bitten. »Wenn es dich langweilt, lassen wir es!«

»Nein, es ist gut«, sagte ich und las neugierig weiter.

Als wir später zusammen die schneebedeckte Kâzım-Karabekir-Straße entlanggingen, sagte ich ihm noch einmal aufrichtig, daß mir sein Roman gefallen hatte.

»Vielleicht sagst du das, um mir eine Freude zu machen«, meinte Fazıl, doch er sah glücklich aus. »Aber du hast mir etwas Gutes getan. Ich will mich revanchieren. Wenn du einen Roman schreiben willst, darfst du mich erwähnen. Unter der Bedingung, daß ich deinen Lesern etwas direkt sagen darf.«

»Was denn?«

»Ich weiß nicht. Wenn ich es herauskriege, während du in Kars bist, sage ich es dir.«

Wir trennten uns und verabredeten, uns gegen Abend beim *Grenz-TV Kars* zu treffen. Während Fazıl in den Foto-Palast Aydın eilte, schaute ich ihm nach. Wie weit sah ich Necip in ihm? Spürte er immer noch, wie er das Ka gesagt hatte, Necip in sich? Wie sehr kann ein Mensch die Stimme eines anderen in sich hören?

Es war häufig passiert, daß ich mich wie Ka fühlte, als ich am Morgen die Straßen von Kars auf und ab lief, mit den Leuten sprach, mit denen auch er geredet hatte, und in denselben Teehäusern saß. In der Frühe hatte ich mich in das Teehaus Brüder im Glück gesetzt, in dem er sein Gedicht »Die ganze Menschheit und die Sterne« geschrieben hatte, und hatte mir wie mein lieber Freund meinen Platz im Kosmos vorgestellt. An der Rezeption des Hotels Schneepalast sagte mir

Cavit, ich nähme meinen Schlüssel »genauso hastig wie Ka Bey« entgegen. Der Inhaber des Gemischtwarenladens, der mich auf meinem Weg durch eine der Nebenstraßen anrief: »Sind Sie der Schriftsteller, der aus Istanbul gekommen ist?«, sprach mit mir, wie er es mit Ka getan hatte, und wollte auch von mir, ich solle schreiben, die Meldungen in den Zeitungen über den Selbstmord seiner Tochter Teslime seien falsch; und auch mir gab er eine Coca-Cola aus. Wieviel davon war Zufall, wieviel meine Erfindung? Einmal, als ich bemerkte, daß ich durch die Baytarhane-Gasse ging, schaute ich zu den Fenstern von Scheich Saadettins Konvent und stieg die steilen Stufen hinauf, von denen Muhtar in seinem Gedicht erzählt, um zu verstehen, was Ka fühlte, als er hierherkam.

Da ich die Gedichte, die Muhtar ihm gegeben hatte, unter Kas Papieren in Frankfurt gefunden hatte, kann er sie Fahir nicht geschickt haben. Dabei hatte Muhtar mir schon in der fünften Minute unserer Bekanntschaft erzählt, »was für ein verehrungswürdiger Mensch« Ka doch gewesen sei, und dann gleich darauf, daß der bei seinem Aufenthalt in Kars seine Gedichte sehr geschätzt und sie einem wichtigen Verleger in Istanbul mit einer warmen Empfehlung zugesandt habe. Geschäftlich war er zufrieden, und er machte sich Hoffnungen, bei der nächsten Wahl über eine neugegründete islamistische Partei (die alte Wohlfahrtspartei war verboten worden) zum Bürgermeister gewählt zu werden. Dank Muhtars freundlicher, verbindlicher Art konnten wir das Polizeipräsidium (zum Keller erhielten wir keinen Zugang) und das Sozialversicherungskrankenhaus besuchen, in dem Ka den toten Necip geküßt hatte. Als Muhtar mir die Räume, die vom Volkstheater übrig waren und die er zu einem Lager für Haushaltswaren gemacht hatte, zeigte, gab er zu, »zum Teil« für den Abriß des Gebäudes verantwortlich zu sein, versuchte mich aber zu trösten, das sei doch »sowieso kein türkisches, sondern ein armenisches Gebäude«. Er zeigte mir nacheinander all die Orte, an die sich Ka voller Sehnsucht, İpek und Kars wiederzusehen, erinnert hatte, die schneebedeckte Markthalle der Obst- und Gemüsehändler, die Werkstätten der Hufschmiede und Eisenwarenhändler an der Kâzım-Karabekir-Straße, stellte mich dann in dem Geschäftshaus Halil-Pascha seinem politischen Gegner Muzaffer Bey vor und verabschiedete sich. Nachdem ich mir die republikanische Geschichte von Kars angehört hatte, die der ehemalige Bürgermeister mir genauso erzählte, wie er sie Ka erzählt hatte, sprach mich bei meinem Gang durch die dunklen, bedrückenden Korridore des Geschäftshauses an der Tür zum Verein der Tierfreunde ein reicher Molkereibesitzer als »Orhan Bey« an, bat mich herein und erzählte mir, was von einem bemerkenswerten Gedächtnis zeugte, wie vor vier Jahren, als der Direktor der Pädagogischen Hochschule erschossen worden war, Ka hierhergekommen war, sich in eine Ecke des Saals für Hahnenkämpfe gesetzt und seinen Gedanken nachgehangen hatte.

Es tat mir nicht gut, die Einzelheiten des Augenblicks anzuhören, als Ka, noch bevor er İpek getroffen hatte, begriff, daß er sie liebte. Bevor ich mich zu unserer Verabredung in der Konditorei Neues Leben aufmachte, ging ich darum in die Bierkneipe Grünes Land und trank einen Rakı, in der Hoffnung, er werde mich entspannen und mich von der Angst befreien, in eine Liebesgeschichte verwickelt zu werden. Aber kaum saß ich in der Konditorei İpek gegenüber, stellte ich fest, daß mich meine Vorsichtsmaßnahme noch schutzloser gemacht hatte. Der Rakı auf nüchternen Magen hatte mich mehr durcheinandergebracht als entspannt. Sie hatte riesige Augen und ein längliches Gesicht, wie ich es mag. Während ich mich bemühte, ihre Schönheit, die ich noch weit außerordentlicher fand, als ich mir seit dem Vortag dauernd vorgestellt hatte, zu begreifen, versuchte ich mir ohne viel Hoffnung einzureden, daß das, was mich um den Verstand brachte, mein Wissen um die Liebe war, die Ka mit ihr erfahren hatte und die ich in allen Einzelheiten kannte. Aber das erinnerte mich nur schmerzlich an eine andere schwache Seite von mir: Während Ka ein wahrer Dichter war, der ganz so lebte, wie es ihm ganz entsprach, bin ich ein Romanschriftsteller mit einer relativ simplen Seele, der jeden Morgen und jede Nacht zu bestimmten Stunden wie ein Sekretär arbeitet. Vielleicht habe ich deswegen in so angenehmen Farben erzählt, was für ein regelmäßiges Leben Ka in Frankfurt führte, wie er jeden Morgen zur selben Stunde aufstand, durch dieselben Straßen ging, am selben Tisch in derselben Bücherei saß und arbeitete.

»Ich hatte mich wirklich entschlossen, mit ihm nach Frankfurt zu gehen«, sagte İpek und zählte eine Menge von Einzelheiten auf, die bewiesen, daß sie sich entschieden hatte, bis hin zum Packen ihres Koffers. »Aber jetzt fällt es mir schwer, mich daran zu erinnern, was für ein angenehmer Mensch er gewesen ist«, sagte sie. »Dabei möchte ich Ihnen aus Respekt vor Ihrer Freundschaft bei Ihrem Buch behilflich sein.«

»Ka hat dank Ihnen in Kars ein wundervolles Buch geschrieben«, sagte ich in dem Versuch, mehr aus ihr herauszulocken. »Er hat sich an diese drei Tage Minute für Minute erinnert und sie in Heften aufgeschrieben, nur die letzten Stunden, bevor er die Stadt verlassen hat, fehlen.«

Mit verblüffender Offenheit, die nichts verschwieg, mühevoll, weil sie ihr Privatleben ausbreitete, und mit einer Ehrlichkeit, die ich bewundern mußte, erzählte sie mir minutiös die letzten Stunden Kas in Kars, so wie sie sie erlebt hatte und sich vorstellte.

»Sie hatten keinen richtigen Beweis, der Sie hätte veranlassen müssen, nicht nach Frankfurt zu fahren«, meinte ich und versuchte, nicht vorwurfsvoll zu klingen.

»Manche Dinge versteht man sofort mit dem Herzen.«

»Sie haben zuerst vom Herzen geredet«, sagte ich und erzählte ihr, als wolle ich um Verzeihung bitten, daß den Briefen zufolge, die Ka an sie geschrieben, aber nicht abgeschickt hatte, und die ich für mein Buch zu lesen gezwungen war, Ka das erste Jahr in Deutschland jede Nacht zwei Schlaftabletten genommen hatte, weil er beim Gedanken an sie nicht schlafen konnte, daß er getrunken hatte, bis er völlig berauscht war, daß er, wenn er durch Frankfurts Straßen ging, alle Viertelstunde eine Frau aus der Entfernung für İpek gehalten hatte, und die Augenblicke des Glücks, die er mit ihr erlebt hatte, sich bis zum Ende seines Lebens jeden Tag von neuem stundenlang wie in Zeitlupe vergegenwärtigt hatte, daß er sich sehr glücklich fühlte, wenn er sie für fünf Minuten vergessen konnte, daß er bis zum Ende seines Lebens kein Verhältnis mit einer anderen Frau gehabt hatte und sich selbst, nachdem er sie verloren hatte, nicht als Mensch, sondern als Gespenst betrachtete; und als ich bemerkte, daß sie mich mit einem liebevollen Blick ansah, der zugleich besagte: »Bitte, hören Sie auf!«, und die Augenbrauen zusammenzog, als stelle man ihr eine mysteriöse Frage, stellte ich erschrocken fest, daß ich all dies nicht erzählte, damit İpek meinen Freund akzeptierte, sondern mich.

»Ihr Freund mag mich vielleicht sehr geliebt haben«, sagte sie, »aber nicht genug, um noch einmal zu versuchen, nach Kars zu kommen.«

»Es gab einen Haftbefehl gegen ihn.«

»Der war nicht wichtig. Er wäre vor Gericht gegangen und hätte ausgesagt; und er hätte auch keinen Ärger bekommen. Verstehen Sie mich nicht falsch, er hat gut dran getan, nicht zu kommen, aber Lapislazuli ist viele Male insgeheim nach Kars gekommen, um mich zu sehen, obwohl es den Befehl gegeben hat, ihn zu erschießen.«

Beklommen sah ich, daß wirkliche Trauer in ihrer Miene, in ihren hellbraunen Augen aufschien, als sie »Lapislazuli« sagte.

»Aber Ihr Freund hat sich nicht vor dem Gericht gefürchtet«, sagte sie, als wolle sie mich trösten. »Er hat im Grunde sehr gut begriffen, daß ich von seiner Schuld wußte und deswegen nicht zum Bahnhof gekommen bin.«

»Sie haben seine Schuld niemals bewiesen«, sagte ich.

»Ich verstehe sehr gut, daß Sie sich deswegen schuldig fühlen«, sagte sie listig und steckte ihre Zigaretten und ihr Feuerzeug in ihre Handtasche, um zu zeigen, daß unser Gespräch zu Ende war. Listig: denn sobald sie das sagte, begriff ich, daß ich geschlagen war, daß sie wußte, ich war nicht auf Ka, sondern im Grunde auf Lapislazuli eifersüchtig. Später beschloß ich, daß İpek nicht darauf angespielt hatte, sondern daß ich mich zu sehr von Schuldgefühlen hatte überwältigen lassen. Sie stand auf; sie war hochgewachsen, alles an ihr war schön; sie zog ihren Wintermantel an.

Ich war völlig durcheinander. »Heute abend sehen wir uns wieder, nicht wahr?« fragte ich aufgeregt. Dieser Satz war ganz unnötig.

»Natürlich, mein Vater erwartet Sie«, sagte sie und ging mit dem ihr eigenen schönen Gang davon.

Ich sagte mir, ich sei traurig, weil sie aufrichtig glaubte, Ka sei »schuldig«. Aber ich machte mir etwas vor. Was ich eigentlich wollte, war, freundlich über Ka als »meinen lieben, ermordeten Freund« zu sprechen, allmählich seine Schwächen, Verbohrtheiten und seine »Schuld« herauszuarbeiten, eingedenk der Erinnerung an ihn das gleiche Schiff zu besteigen und zusammen auf eine erste gemeinsame Reise zu gehen. Der Traum, den ich am ersten Abend geträumt hatte, nämlich İpek nach Istanbul zu bringen, war jetzt in weite Ferne gerückt; was mich nun erfüllte, war das Bestreben, zu beweisen, daß mein Freund »unschuldig« war. Inwieweit hieß das, daß ich nicht auf Ka, sondern auf Lapislazuli eifersüchtig war?

Es stimmte mich noch wehmütiger, beim Hereinbrechen der Dunkelheit durch die Straßen von Kars zu gehen. Das *Grenz-TV Kars* war in ein neues Gebäude gegenüber der Tankstelle an der Montenegro-Straße gezogen. In den Korridoren dieses dreistöckigen Geschäftshauses aus Beton, das die Bewohner von Kars als ein Indiz des Aufschwungs betrachteten, hatte sich die schmutzige, schlammige, dunkle und abgestandene Atmosphäre der Stadt innerhalb von zwei Jahren festgesetzt.

Fazıl, der mich im Studio im zweiten Stock freundlich begrüßte, stellte mir erst die acht Angestellten des Senders einzeln vor, dann sagte er: »Die Kollegen hätten gern ein kurzes Interview für die Abendnachrichten.« Ich dachte, das könne meinen Bemühungen in Kars nur nützen. Als Hakan Özge, der Moderator des Jugendprogramms, bei der fünfminütigen Aufnahme, die auf Band aufgezeichnet wurde, fragte, vielleicht weil Fazıl ihm das erzählt hatte: »Es heißt, Sie schreiben einen Roman, der in Kars spielt«, war ich ganz verblüfft und geriet ins Stottern. Über Ka verloren wir kein Wort.

Wir gingen in das Zimmer des Direktors, fanden die Aufzeichnung der ersten beiden Live-Sendungen aus dem Volkstheater – nach gesetzlicher Vorschrift waren die Videokassetten auf dem Rücken datiert – und nahmen sie mit. Ich setzte mich in einem kleinen, ungelüfteten Raum vor einen alten Fernseher, trank Tee und schaute mir zuerst die *Tragödie in Kars* an, in der Kadife aufgetreten war, und bewunderte die »kritischen Vignetten« Sunay Zaims und Funda Esers, in denen sie sich über seinerzeit sehr populäre Werbefilme lustig machten. Die Szene, in der Kadife ihr Haupt entblößte und gleich darauf Sunay erschoß, spulte ich zurück und sah sie mir mehrmals an. Sunays Tod sah tatsächlich aus wie ein Teil des Stücks. Außer den Leuten in der ersten Reihe hätte kein Zuschauer sehen können, ob das Magazin voll oder leer war.

Beim Betrachten der anderen Kassette begriff ich rasch, daß viele der kleinen Szenen in *Vaterland oder Turban*, die Parodien, die Abenteuer des Torhüters Vural, die Bauchtänze der lieben Funda Eser unterhaltsame Dinge waren, die die Truppe bei jeder ihrer Aufführungen wiederholte. Wegen des Geschreis, der skandierten Slogans, des allgemeinen Lärms im Zuschauerraum war kaum zu verstehen, was gesprochen wurde. Trotzdem gelang es mir, nach mehrmaligem Rückspulen einen großen Teil des Gedichts, das Ka vorgetragen und später »Der Ort, an dem Allah nicht ist« genannt hatte, auf ein mitgebrachtes Blatt zu schreiben. Fazıl fragte, warum Necip aufgestanden sei und etwas gesagt habe, als Ka das Gedicht vortrug, und ich gab ihm das Gedicht, soweit ich es hatte aufschreiben können, zum Lesen.

Zweimal schauten wir uns an, wie die Soldaten auf die Zuschauer schossen.

»Du bist viel in Kars herumgekommen«, sagte Fazıl, »jetzt will ich dir noch einen Ort zeigen.« Etwas schüchtern, aber auch mit etwas geheimnisvoller Miene sagte er mir, daß ich ja vielleicht auch Necip in mein Buch aufnehmen würde und daß er mir den jetzt geschlossenen Schlaftrakt der Schule für Vorbeter und Prediger zeigen wolle, in dem Necip einen Großteil der letzten Jahre seines Lebens verbracht hatte.

Als wir bei Schneefall die Gazi-Ahmet-Muhtar-Straße entlanggingen, sah ich einen kohlschwarzen Hund mit einem weißen Fleck auf der Stirn und begriff, daß dies der Hund war, über den Ka ein Gedicht geschrieben hatte. Ich kaufte beim nächsten Gemischtwarenhändler Brot und harte Eier, pellte sie schnell und gab sie dem Tier, das fröhlich mit dem Schwanz wedelte, dessen Ende umgeknickt war.

Fazıl merkte, daß uns der Hund nachlief, und sagte: »Das ist der Bahnhofshund. Eben habe ich dir das nicht gesagt, weil du dann vielleicht nicht gekommen wärst. Aber der alte Schlaftrakt steht leer. Nach der Revolutionsnacht haben sie ihn als Brutstätte von Terror und Reaktion geschlossen. Seitdem ist da keiner mehr; deswegen habe ich diese Taschenlampe aus dem Sender mitgebracht.« Er machte sie an und leuchtete in die traurigen Augen des schwarzen Hundes, der daraufhin mit dem Schwanz wedelte. Das Tor zum Hof vor dem Schlaftrakt, einst ein armenischer Stadtpalast, dann das russische Konsulat, in dem der Konsul mit seinem Hund gelebt hatte, war verschlossen. Fazıl nahm mich bei der Hand und sprang über eine niedrige Mauer. »Früher sind wir nachts hier durch abgehauen«, sagte er und zeigte mir ein hohes Fenster, dessen Glas nun zerbrochen war. Geschickt stieg er dort ein, leuchtete innen herum und zog mich hinein. »Haben Sie keine Angst, hier drin sind nur Vögel«, sagte er. Das Innere des Gebäudes, dessen Scheiben vor Schmutz und Eis kein Licht durchließen und bei dem einige Fenster mit Brettern vernagelt waren, war stockdunkel, aber Fazıl stieg mit einer Ruhe, die bewies, daß er nicht zum erstenmal hier war, die Treppe hoch und beleuchtete mir meinen Weg wie ein Platzanweiser im Kino, der den Strahl seiner Taschenlampe nach hinten richtet. Überall roch es nach Staub und Schimmel. Wir gingen durch eingetretene Türen, Überreste der Revolution von vier Jahren zuvor, und zwischen verrosteten Stockbetten hindurch; an den Wänden waren Einschußlöcher, und aufgeregt flatterten die Tauben umher, die in den Ecken der hohen Wände und den Windungen des Ofenrohrs Nester gebaut hatten. Fazıl zeigte mir zwei nebeneinanderliegende obere Betten: »Das war meines und das da Necips. Damit sie nicht von unserem Geflüster wach wurden, haben wir manchmal nachts im selben Bett gelegen, uns den Sternenhimmel angesehen und miteinander gesprochen.«

Durch den Spalt einer zerbrochenen Scheibe sah man oben im Schein einer Straßenlaterne große, langsam fallende Schneeflocken. Ich schaute mir das aufmerksam und ehrerbietig an.

Sehr viel später sagte Fazıl: »Und das ist die Aussicht von Necips Bett«, wobei er auf einen winzigen Durchgang unten zeigte. Ich erblickte einen zwei Meter breiten Durchgang, den man noch nicht einmal als Gasse bezeichnen konnte, eingeklemmt zwischen der blinden Seitenmauer der Landwirtschaftsbank gleich neben dem Hof und der fensterlosen Rückwand eines Mietshauses. Aus dem ersten

Stock der Bank schien ein violettes Neonlicht auf den schlammigen Grund. Damit keiner den Durchgang mit einer Straße verwechselte, hatte man irgendwo in die Mitte ein rotes Schild »Einfahrt verboten!« gestellt. Am Ende des Durchgangs, zu dem Fazıl, von Necip inspiriert, »das ist das Ende der Welt« sagte, stand ein dunkler Baum ohne Blätter; und gerade als wir hinschauten, wurde er einen Augenblick lang feuerrot, als ob er brenne. »Die rote Reklamebeleuchtung des Foto-Palasts Aydın ist seit sieben Jahren kaputt«, flüsterte Fazıl. »Ab und zu leuchtet es und geht dann wieder aus; und dann sieht die Ölweide da von Necips Koje aus, als habe sie Feuer gefangen. Necip hat sich diesen Anblick manchmal bis zum Morgen angeschaut und ist dabei seinen Phantasien nachgehangen. Er hatte das, was er da sah, ›diese Welt‹ genannt; und manchmal hat er mir am Morgen nach einer schlaflosen Nacht gesagt: ›Ich habe mir die ganze Nacht diese Welt angeschaut!‹ Das bedeutet, er hat das deinem Freund, dem Dichter Ka, erzählt, und der hat es in sein Gedicht aufgenommen. Weil mir das klar wurde, als wir uns die Kassette angeschaut haben, habe ich dich hierhergebracht. Aber daß dein Freund sein Gedicht ›Der Ort, an dem Allah nicht ist‹ genannt hat, ist eine Beleidigung Necips.«

»Ich bin mir sicher, daß es Necip war, der Ka diesen Anblick als den ›Ort, an dem Allah nicht ist‹ geschildert hat«, antwortete ich.

»Ich kann nicht glauben, daß Necip als Atheist gestorben ist«, sagte Fazıl vorsichtig. »Er hatte bloß solche Zweifel.«

»Hörst du Necips Stimme nicht mehr in dir?« fragte ich. »Erfüllt dich all das nicht mit Angst, daß auch du wie der Mann in der Erzählung allmählich zum Atheisten wirst?«

Es gefiel Fazıl nicht, daß ich über die Zweifel, von denen er vor vier Jahren Ka erzählt hatte, Bescheid wußte. »Ich bin inzwischen verheiratet; ich habe ein Kind«, sagte er. »Ich bin an diesen Dingen nicht mehr so interessiert wie früher.« Doch gleich darauf tat es ihm leid, mich behandelt zu haben, als käme ich aus dem Westen und versuchte ihn zum Atheismus zu bekehren. »Wir reden später darüber«, sagte er freundlich. »Mein Schwiegervater erwartet uns zum Essen. Wir sollten nicht zu spät kommen.«

Trotzdem zeigte er mir, bevor wir hinabstiegen, in einer Ecke eines großen Raumes, des ehemaligen Arbeitszimmers des russischen Konsuls, einen Tisch, Scherben von Rakı-Flaschen und Stühle. »Z. Eisenarm und seine Spezialeinheit sind noch ein paar Tage nachdem die Straßen wieder offen waren, hiergeblieben und haben noch mehr Islamisten und kurdische Nationalisten umgebracht.«

Dieses Detail, das mir bis zu diesem Moment zu vergessen gelungen war, machte mir angst. Ich wollte nicht an Kas letzte Stunden in Kars denken.

Der kohlschwarze Hund hatte uns an der Hoftür erwartet und folgte uns bis zum Hotel.

»Deine gute Laune ist verdorben«, sagte Fazıl. »Warum?«

»Kommst du vor dem Essen auf mein Zimmer? Ich möchte dir etwas geben.«

Als ich von Cavit meinen Schlüssel bekam, sah ich durch Turgut Beys offene Tür das hellerleuchtete Zimmer, den gedeckten Tisch, hörte die Gespräche der Gäste und spürte, daß İpek da war. In meinem Koffer hatte ich die von Ka in Kars angefertigten Fotokopien der Briefe, die Necip vier Jahre zuvor an Kadife geschrieben hatte; sie übergab ich in meinem Zimmer Fazıl. Viel später dachte ich mir, daß ich das getan hatte, weil ich mir wünschte, ihn solle das Gespenst seines Freundes genauso heimsuchen wie mich das Gespenst meines Freundes beunruhigte.

Während Fazıl auf der Bettkante sitzend die Briefe las, holte ich eines von Kas Heften aus dem Koffer und schaute noch einmal auf den Schneekristall, den ich zuerst in Frankfurt betrachtet hatte. So sah ich mit eigenen Augen, was ich in einem Winkel meines Verstandes längst gewußt hatte. Ka hatte sein Gedicht »Der Ort, an dem Allah nicht ist« genau auf der Achse der Erinnerung plaziert. Das bedeutete, daß er in den evakuierten Schlaftrakt, den Z. Eisenarm benutzte, gegangen war, aus Necips Fenster geschaut und die wirkliche Quelle des »Anblicks« entdeckt hatte, bevor er Kars verließ. Die Gedichte, die er entlang der Erinnerungs-Achse aufgereiht hatte, erzählten ausschließlich von Kas eigenen Erinnerungen aus Kars oder seiner Kindheit. So überzeugte ich mich schließlich von dem, was ganz Kars wußte: daß mein Freund, als er Kadife im Volkstheater nicht überzeugen konnte, in den Schlaftrakt gegangen war, um Z. Eisenarm, der dort auf ihn wartete, Lapislazulis Aufenthaltsort zu verraten, während İpek in seinem Zimmer eingeschlossen war.

Ich bin sicher, daß ich ebenso fassungslos dreinschaute wie Fazıl. Von unten hörte man undeutlich die Gespräche der Gäste, von der Straße her das traurige Seufzen der Stadt Kars. Fazıl und ich hatten uns stumm zwischen unseren Erinnerungen und der unwiderstehlichen Existenz unserer leidenschaftlicheren, komplizierteren und authentischeren Originale verloren.

Ich schaute aus dem Fenster auf den fallenden Schnee und sagte Fazıl, wir müßten nun gehen. Zuerst ging Fazıl, mit hängenden Schultern, als habe er ein Verbrechen begangen. Ich legte mich auf das Bett und stellte mir vor, was Ka auf dem Weg vom Eingang des Volkstheaters zum Schlaftrakt gedacht hatte, wie er Z. Eisenarm nicht in die Augen schauen konnte, als er mit ihm sprach, wie er mit dem Überfallkommando denselben Wagen bestiegen hatte, weil er die Adresse nicht kannte, wie er aus der Ferne das Gebäude bezeichnet hatte, in dem sich Lapislazuli und Hande versteckten. Das tat mir weh. Tat es das wirklich? Weil ich auf mich selbst böse war, versuchte ich nicht darüber nachzudenken, aber als »Sekretärs-Schreiberling« hatte ich auch eine klammheimliche Freude am Fall meines Freundes, des Dichters.

Während der Einladung unten bei Turgut Bey brachte mich İpeks Schönheit noch mehr durcheinander. Ich möchte diesen langen Abend nur kurz erwähnen. Recai Bey, der kultivierte, an Memoiren und überhaupt an Büchern interessierte Direktor des Fernmeldeamtes, Serdar Bey, Turgut Bey und alle anderen behandelten mich außerordentlich freundlich, während ich viel zuviel trank. Jedesmal, wenn ich İpek ansah, die mir gegenübersaß, zerbrach etwas in mir. Peinlich berührt sah ich in den Nachrichten das Interview mit mir, meine nervösen Gesten und Handbewegungen an. Wie ein müder Journalist ohne Glauben an seine Arbeit zeichnete ich mit dem kleinen Diktiergerät, das ich in Kars immer bei mir trug, die Gespräche auf, die ich mit Gastgebern und Gästen zu Themen wie der

Geschichte von Kars, dem Journalismus in Kars oder der Revolutionsnacht von vier Jahren zuvor führte. Während ich Zahides Linsensuppe aß, kam ich mir vor wie in einem Roman, der in der Provinz der vierziger Jahre spielte. Ich kam zu dem Urteil, daß das Gefängnis Kadife reifer und ruhiger gemacht hatte. Keiner sprach über Ka – auch nicht über seinen Tod –, und das machte mich noch verzweifelter. Kadife und İpek standen zwischendurch einmal auf, um nach dem kleinen Ömercan zu sehen, der in einem hinteren Zimmer schlief. Ich wollte ihnen folgen, aber unser Schriftsteller, »der trinkt wie ein Künstler«, war so besoffen, daß er sich nicht auf den Füßen halten konnte.

Trotzdem erinnere ich mich an ein Detail dieses Abends. Zu sehr später Stunde sagte ich İpek, ich würde gerne das Zimmer 203 sehen, in dem Ka gewohnt hatte. Alle schwiegen und schauten uns an.

»Gut«, sagte İpek. »Kommen Sie!«

Sie nahm den Schlüssel von der Rezeption. Ich ging hinter ihr her nach oben. Das geöffnete Zimmer. Vorhänge, Fenster, Schnee. Geruch von Schlaf, Seife und etwas Staub. Kalt. Während mich İpek mißtrauisch und gleichzeitig freundlich musterte, setzte ich mich auf die Kante des Bettes, in dem mein Freund die glücklichsten Stunden seines Lebens verbracht hatte, als er und İpek sich liebten. Wenn ich nun hier stürbe? İpek meine Liebe erklärte? Aus dem Fenster schaute? Ja, alle erwarteten uns am Tisch. Ich brachte es fertig, ein, zwei unsinnige Sachen zu sagen, die İpek amüsierten und sie zum Lächeln brachten. Als sie mich so lieb anlächelte, sprach ich jene schmachvollen Worte aus, von denen ich mich, während ich sie aussprach, erinnerte, sie vorbereitet zu haben.

NichtsmachtdenMenschenimLebenglücklichaußerdieLiebenicht dieRomanedieerschreibtnichtdieStädtedieerbesuchtichbinsoalleine wennichIhnensagedaßichbiszumEndemeinesLebenindieserStadt inIhrerNähebleibenmöchtewassagenSiedannzumir?

»Orhan Bey«, sagte sie. »Ich wollte Muhtar sehr lieben, es ist nichts daraus geworden; ich habe Lapislazuli sehr geliebt, es ist nichts daraus geworden; ich habe geglaubt, ich könnte Ka sehr lieben, es ist nichts daraus geworden; ich habe mir sehr ein Kind gewünscht, es ist nichts daraus geworden. Ich glaube nicht, daß ich noch jemanden wirklich innig lieben kann. Ich möchte mich nur noch um meinen Neffen Ömercan kümmern. Ich danke Ihnen, aber so ernst meinen Sie es ohnehin nicht.«

Ich dankte ihr, daß sie zum erstenmal nicht »Ihr Freund«, sondern »Ka« gesagt hatte. Ob wir uns morgen mittag wieder in der Konditorei Neues Leben treffen könnten, ausschließlich, um über Ka zu sprechen?

Leider sei sie beschäftigt. Aber als gute Gastgeberin versprach sie mir, mich morgen abend gemeinsam mit allen anderen zum Bahnhof zu bringen und zu verabschieden.

Ich dankte ihr sehr und gestand ihr, daß ich nicht mehr die Kraft hatte, an den Tisch zurückzukehren (ich hatte außerdem Angst davor zu weinen), warf mich auf das Bett und schlief sofort ein.

Am Morgen verließ ich das Hotel, ohne von irgend jemandem gesehen zu werden, und ging den ganzen Tag, anfangs mit Muhtar, dann mit Serdar und Fazıl, durch Kars. Weil es die Einwohner von Kars wenigstens ein wenig beruhigt hatte, daß ich in den Abendnachrichten des Fernsehens erschienen war, fiel es mir leicht, verschiedene Einzelheiten, die ich für mein Buch benötigte, zu sammeln. Muhtar machte mich mit dem Besitzer und Chefredakteur, einem pensionierten Apotheker, der ersten islamistischen Zeitung von Kars, der *Lanze*, bekannt, die eine verkaufte Auflage von 75 Exemplaren hatte. Nachdem ich von ihnen gehört hatte, daß die islamistische Bewegung in Kars durch antidemokratische Maßnahmen zurückgegangen sei und die Vorbeter- und Predigerschule ohnehin nicht mehr den alten Zulauf habe, fiel mir wieder ein, daß Necip und Fazıl geplant hatten, den alten Apotheker zu töten, weil er Necip zweimal eigenartig geküßt hatte. Auch der Besitzer des Hotels Blühendes Kars, der seine Gäste bei Sunay denunziert hatte, schrieb jetzt in dieser Zeitung und erinnerte mich, als man von den alten Geschichten erzählte, an eine Einzelheit, die ich fast vergessen hätte: Die Person, die vier Jahre zuvor den Direktor der Pädagogischen Hochschule umgebracht hatte, stammte, Gott sei Dank, nicht aus Kars. Die Identität dieses Teehaus-Betreibers aus Tokat war außer durch die während der Bluttat gemachte Bandaufnahme durch ballistische Untersuchungen in Ankara festgestellt worden, weil mit derselben Waffe ein anderer Mord begangen worden war und man den eigentlichen Eigentümer der Waffe gefaßt hatte. Weil dem Mann, der gestand, daß ihn Lapislazuli nach Kars eingeladen hatte, während seines Prozesses bescheinigt wurde, er sei geistig nicht zurechnungsfähig, verbrachte er drei Jahre im Psychiatrischen Krankenhaus von Bakırköy; dann war er auf freien Fuß gesetzt worden, hatte sich in Istanbul angesiedelt, dort das Teehaus Blühendes Tokat eröffnet und war ein Kolumnist geworden, der in der Zeitung *Der Bund* Artikel veröffentlichte, die für die Rechte der »Turban-Mädchen« eintraten.

Der Widerstand der Mädchen mit Kopftuch war anscheinend vor vier Jahren dadurch, daß Kadife ihr Haupt entblößt hatte, gebrochen worden, und wenn es auch so aussah, als erstarke er wieder, war diese Bewegung in Kars nicht mehr so stark wie in Istanbul, weil diejenigen, die dieser Sache treu geblieben waren, entweder von der Hochschule geworfen wurden oder auf Universitäten in anderen Städten gewechselt hatten. Handes Familie weigerte sich, mit mir zu reden.

Der Feuerwehrmann mit der kräftigen Stimme war, weil die von ihm in den Revolutionstagen gesungenen Lieder populär geworden waren, nun Star der wöchentlichen Sendung »Unsere Grenzlieder« im *Grenz-TV Kars*. In dem Programm, das jeden Dienstagabend aufgenommen und Freitagspätnachmittags ausgestrahlt wurde, begleitete ihn sein enger Freund, der musikliebende Hausmeister des Krankenhauses von Kars und ständiger Besucher von Scheich Saadettins Konvent, mit dem Saiteninstrument Saz. Der Journalist Serdar stellte mich auch dem kleinen Jungen vor, der in der Revolutionsnacht auf die Bühne gekommen war. »Brille«, dem sein Vater nach jenem Abend nicht einmal mehr Auftritte bei Schulaufführungen erlaubt hatte, war nun ein richtiger Mann geworden, trug aber immer noch Zeitungen aus. Durch ihn erfuhr ich, was die Sozialisten taten, die in Istanbul erscheinende Zeitungen lasen: nichts Wirksames, außer daß sie im Herzen nach wie vor dem Kampf auf Leben und Tod, den sich Islamisten und kurdische Nationalisten mit dem Staat lieferten, Achtung entgegenbrachten, unentschiedene Resolutionen verfaßten, die niemand las, und sich mit vergangenen Entbehrungen und Heldentaten brüsteten. Fast jeder, mit dem ich redete, schien auf einen heroischen, aufopferungswilligen Mann zu warten, der alle vor Arbeitslosigkeit, Armut, Korruption und Blutvergießen retten würde; und weil ich ein bis zu einem gewissen Grade bekannter Autor von Romanen bin, maß mich die ganze Stadt mit dem imaginären Maßstab dieses großen Mannes, von dem man sich vorstellte, er würde eines Tages kommen, und ließ mich spüren, daß man nicht begeistert war über so manchen Fehler, den ich mir in Istanbul angewöhnt und mit dem ich mich abgefunden hatte: meine Unachtsamkeit und Zerstreutheit, meine Konzentration auf meine eigene Arbeit und meine Geschichte sowie meine Fahrigkeit. Ich hätte den Schneider Maruf, mit dem ich im Teehaus Einheit zusammensaß und dessen gesamte Lebensgeschichte ich mir anhörte, auch noch nach Hause begleiten, seine Neffen kennenlernen und mit ihnen Alkohol trinken müssen, hätte für den von den jungen Kemalisten jeden Mittwochabend organisierten Vortrag zwei Tage länger in der Stadt bleiben, alle mir freundschaftlich angebotenen Zigaretten rauchen und zahllose Gläser Tee trinken müssen (vieles davon habe ich auch getan). Der Kamerad von Fazıls Vater aus der Militärzeit erzählte mir, daß in den letzten vier Jahren noch viele kurdische Nationalisten entweder getötet oder ins Gefängnis geworfen worden seien: und keiner schloß sich mehr der Guerilla an; von den Jugendlichen, die an dem Treffen im Hotel Asien teilgenommen hatten, sei keiner mehr in der Stadt. Zahides sympathischer, dem Glücksspiel ergebener Neffe stellte mich auch den Anhängern des Hahnenkampfs vor, und ich trank gleich zwei Rakı, der dort in Teegläsern angeboten wurde.

Es war schon Abend geworden, und ich ging wie ein zutiefst einsamer, unglücklicher Reisender lange vor der Abfahrtszeit des Zuges langsam unter dem fallenden Schnee ins Hotel zurück, ging auf mein Zimmer und packte meinen Koffer. Als ich durch die Küchentür hinausging, lernte ich den Spitzel Saffet kennen, dem Zahide nach wie vor jeden Abend einen Teller Suppe gab. Er war inzwischen pensioniert, wußte, wer ich war, weil er mich am Abend zuvor im Fernsehen gesehen hatte, und hatte mir etwas zu sagen. Als wir im Teehaus Einheit zusammensaßen, erzählte er mir, daß er immer noch für den Staat Auftragsarbeiten erledige. In Kars könne sich ein Agent nie zur Ruhe setzen; und er sagte mir freundlich lächelnd, daß die Nachrichtendienste in der Stadt sehr neugierig darauf seien, was ich auf meiner Reise hierher aufrühren wolle (die alten »armenischen Ereignisse«, kurdische Aufstände, fundamentalistische Gruppen, politische Parteien?), und daß er ein bißchen was verdienen würde, wenn ich ihm das aufrichtig sagte.

Zögernd erzählte ich ihm von Ka, erinnerte ihn, daß er ihm vor vier Jahren Schritt für Schritt gefolgt sei, und fragte nach ihm.

»Er war ein sehr guter Mensch, der Menschen und Hunde gern hatte«, sagte er. »Aber mit den Gedanken war er in Deutschland; er war sehr verschlossen. Heute mag ihn hier keiner mehr.«

Wir schwiegen eine lange Weile. Vorsichtig fragte ich ihn, ob er etwas von Lapislazuli wisse, und ich erfuhr, daß vor einem Jahr Leute aus Istanbul gekommen seien, um sich nach ihm zu erkundigen, genau wie ich jetzt wegen Ka gekommen war. Saffet erzählte, diese staatsfeindlichen Islamisten hätten sich sehr bemüht, Lapislazulis Grab zu finden, seien aber erfolglos geblieben, weil höchstwahrscheinlich die Leiche aus einem Flugzeug ins Meer geworfen worden sei, damit sein Grab nicht zu einem Ort für Pilger werde. Fazıl, der sich zu uns an den Tisch setzte, erzählte, er habe die gleichen Gerüchte gehört und auch, daß diese jungen Islamisten nach Deutschland geflohen seien, weil sie sich erinnert hätten, daß Lapislazuli einmal dorthin eine Hidschra gemacht habe, daß sie in Berlin eine rasch wachsende radikale islamische Gruppe gegründet und in der ersten Nummer der Zeitschrift *Hidschra*, die sie in Deutschland publizierten, geschrieben hätten, sie würden sich an denen rächen, die für Lapislazulis Tod verantwortlich seien. Es war anzunehmen, daß sie auch Ka umgebracht hatten. Ich schaute nach draußen auf den fallenden Schnee und stellte mir vor, daß die einzige Handschrift des von meinem Freund verfaßten Gedichtbandes *Schnee* im Besitz eines der *Hidschra*-Leute in Berlin war.

Ein anderer Spitzel, der sich dann zu uns an den Tisch setzte, erzählte mir, alle Gerüchte über ihn seien unwahr. »Ich habe keine Au-

gen aus Erz!« Er wisse auch nicht, was das bedeuten solle. Er habe die
selige Teslime Hanım aufrichtig geliebt und hätte sie sicher geheiratet, wenn sie nicht Selbstmord begangen hätte. Mir fiel ein, daß Saffet vor vier Jahren in der Bücherei Fazıls Schülerausweis beschlagnahmt hatte. Sie hatten dieses Ereignis, das Ka in seinem Heft
notiert hatte, vielleicht längst vergessen. Als Fazıl und ich auf die
schneebedeckte Straße hinaustraten, gingen die beiden Polizisten
mit uns – ich weiß nicht, ob aus Sympathie oder aus professionellem
Interesse – und beklagten sich über das Leben, seine Leere, den Liebeskummer und das Alter. Keiner von ihnen trug einen Hut, und die
Schneeflocken blieben auf ihren schütteren weißen Haaren liegen,
ohne zu tauen. Auf meine Frage, ob in den letzten vier Jahren die
Stadt noch ärmer und leerer geworden sei, sagte Fazıl, daß alle noch
mehr fernsähen und daß die Arbeitslosen, statt in die Teehäuser zu
gehen, zu Hause säßen und über eine Satellitenschüssel Filme aus
der ganzen Welt gratis anschauten. Jeder habe gespart, um am Rand
eines Fensters eine dieser pfannengroßen weißen Satellitenschüsseln
anbringen zu lassen – das sei die einzige Neuerung in der Struktur
der Stadt.

Wir kauften uns jeder in der Konditorei Neues Leben eines der
köstlichen Hörnchen mit Walnüssen, die den Direktor der Pädagogischen Hochschule das Leben gekostet hatten, und verzehrten es
anstelle eines Abendessens. Nachdem die Polizisten sich vergewissert hatten, daß wir zum Bahnhof gingen, und sich von uns getrennt
hatten, gingen wir durch melancholische, hier und da von einer
Neonlampe erleuchtete Straßen unter Kastanien und Ölweiden mit
schneebedeckten Ästen an geschlossenen Läden, leeren Teehäusern,
verlassenen armenischen Gebäuden und erleuchteten Schaufenstern
mit Eisblumen vorbei und lauschten unseren eigenen Schritten. Da
keine Polizisten hinter uns her waren, bogen wir in Nebenstraßen ab.
Der Schneefall, der zwischendurch fast aufgehört hatte, wurde wieder stärker. Weil niemand auf der Straße war und mir der Abschied
von Kars weh tat, empfand ich Schuldgefühle, als ließe ich Fazıl allein
in der leeren Stadt zurück. Aus den kahlen Zeigen zweier Ölweiden,
die zusammen mit den herabhängenden Eiszapfen eine Art Tüllvor-

hang bildeten, flatterte ein Spatz hervor, flog inmitten der langsam fallenden Schneeflocken über uns hinweg und war verschwunden. Die leeren Straßen, die ein ganz frischer und weicher Schnee bedeckte, waren so still, daß nichts zu vernehmen war außer unseren Atemzügen, die mit wachsender Erschöpfung lauter wurden, und unseren Schritten. In einer rechts und links von Wohnhäusern und Geschäften gesäumten Straße hinterließ diese Stille den Eindruck, als gehe man durch einen Traum.

Einmal blieb ich mitten auf der Straße stehen und verfolgte mit den Augen eine Schneeflocke, die ich mir im Himmel ausgesucht hatte, bis sie auf den Boden gefallen war. In diesem Augenblick zeigte mir Fazıl hoch über dem Eingang des Teehauses Willkommen ein verblaßtes Plakat, das dort seit vier Jahren hing.

DER MENSCH IST EIN MEISTERWERK GOTTES, UND SELBSTMORD IST GOTTESLÄSTERUNG!

»Weil dieses Teehaus von Polizisten besucht wird, hat keiner das Plakat angerührt«, erzählte Fazıl.

»Fühlst du dich wie ein Meisterwerk?« fragte ich.

»Nein. Nur Necip war Gottes Meisterwerk. Nachdem Gott sein Leben genommen hat, haben meine Angst, Atheist zu werden, und die Leidenschaft, meinen Gott noch mehr zu lieben, nachgelassen. Gott muß mir das verzeihen.«

Unter den Schneeflocken, die in der Luft aufgehängt schienen, gingen wir in tiefem Schweigen bis zum Bahnhof. Das schöne steinerne Gebäude aus der Frühzeit der Republik, das ich im *Schwarzen Buch* erwähnte, war abgerissen worden; an seine Stelle hatte man etwas Häßliches aus Beton gestellt. Muhtar und der kohlschwarze Hund warteten bereits auf uns. Zehn Minuten vor Abfahrt des Zuges kam Serdar Bey, gab mir die alten Nummern der *Grenzstadtzeitung*, in denen von Ka die Rede war, und bat mich, in meinem Buch von Kars und seinen Sorgen zu schreiben, ohne die Stadt und ihre Menschen schlechtzumachen. Muhtar, der sah, wie Serdar Bey sein Geschenk hervorzog, drückte mir, als tue er etwas Verwerfliches, eine

Plastiktüte in die Hand, in der sich eine Flasche Kölnisch Wasser, ein kleines Rad Kaşarkäse aus Kars und ein signiertes Exemplar seines ersten Gedichtbandes befanden, den er mit eigenem Geld in Erzurum hatte drucken lassen. Ich kaufte dem kohlschwarzen Hund, von dem mein lieber Freund in seinem Gedicht erzählt hatte, ein Sandwich und mir eine Fahrkarte. Während ich den mit dem Schwanz wedelnden Hund fütterte, kamen Turgut Bey und Kadife eilig angelaufen. Sie hatten im letzten Moment von Zahide erfahren, daß ich das Hotel schon verlassen hatte. Mit kurzen Sätzen redeten wir über die Fahrkarte, die Strecke, den Schnee. Schüchtern überreichte mir Turgut Bey die Neuauflage eines Romans von Turgenjew, *Erste Liebe*, den er in seinen Gefängnisjahren aus dem Französischen übersetzt hatte. Ich streichelte Ömercan, der auf Kadifes Arm saß. Auf die Spitzen der Haare seiner Mutter, die sie mit einem eleganten Schal aus Istanbul bedeckt hatte, fielen Schneeflocken. Weil ich mich davor scheute, seiner Frau noch länger in die schönen Augen zu blicken, drehte ich mich zu Fazıl um und fragte ihn, was ich schreiben sollte, wenn ich eines Tages einen Roman verfaßte, der in Kars spielte.

»Gar nichts!« sagte er entschieden.

Als er merkte, daß mich das traurig machte, gab er nach. »Ich denke an etwas, aber Sie werden das nicht mögen ...« meinte er. »Wenn Sie mich in einem Roman vorkommen lassen, der in Kars spielt, dann möchte ich dem Leser sagen, er soll nichts von dem glauben, was Sie über mich, über uns alle geschrieben haben. Keiner kann uns aus der Ferne verstehen.«

»Es glaubt sowieso keiner so einem Roman.«

»Doch, sie werden das glauben«, sagte er erregt. »Um sich selbst klug, überlegen und human zu finden, werden sie glauben wollen, daß wir lächerlich und nett sind und daß sie uns so verstehen und sympathisch finden können. Aber wenn Sie das, was ich jetzt sage, schreiben, bleibt bei ihnen wenigstens ein Zweifel zurück.«

Ich versprach, seine Worte in den Roman aufzunehmen.

Kadife trat an mich heran, als sie sah, daß ich kurz zum Eingang des Bahnhofs blickte. »Sie sollen eine schöne kleine Tochter namens Rüya haben«, sagte sie. »Meine Schwester konnte nicht kommen, richtet aber Grüße an Ihre Tochter aus. Und ich habe Ihnen dieses Andenken an meine früh abgebrochene Theaterkarriere gebracht.« Sie gab mir eine kleine Fotografie, die sie mit Sunay auf der Bühne zeigte.

Der Bahnbeamte pfiff auf seiner Pfeife. Offenbar war ich der einzige, der in den Zug einstieg. Ich umarmte alle einzeln. Fazıl drückte mir im letzten Augenblick die Kopien der Videokassetten und Necips Kugelschreiber in die Hand.

Ich hatte so viele Geschenkpäckchen in der Hand, daß ich nur mit Mühe in den Zug kam. Alle standen auf dem Bahnsteig und winkten mir zu; und ich lehnte mich aus dem Fenster und winkte zurück. Erst im letzten Augenblick sah ich, daß der kohlschwarze Hund, dem die rosa Zunge aus dem Maul hing, freudig bis zum Ende des Bahnsteigs neben mir herrannte. Dann verloren sie sich alle im zunehmend dichter fallenden Schnee.

Ich setzte mich, blickte zwischen den Schneeflocken auf die ins Orange spielenden Lichter der letzten Häuser in der Vorstadt, die heruntergekommenen Zimmer, in denen ferngesehen wurde, den dünnen, zitternden feinen Rauch, der aus niedrigen Schornsteinen auf schneebedeckten Dächern aufstieg, und begann zu weinen.

April 1999 bis Dezember 2001

Die Gedichte in der Reihenfolge, in der sie Ka in Kars einfielen

Die Gedichte nach ihrer Position
in der Schneeflocke

Vernunft

(1) Schnee
(2) Geheime Symmetrie
(3) Die Freundschaft der Sterne
(9) Auswegloses, Schwieriges
(12) Die ganze Menschheit und die Sterne
(15) Schach

Erinnerung

(5) Der Ort, an dem Allah nicht ist
(6) Die Nacht der Revolution
(7) Traumgassen
(14) Tod durch Erschießen
(17) Der Hund
(19) Der Ort am Ende der Welt

Phantasie

(4) Die Schokoladenschachtel
(8) Selbstmord und Macht
(11) Ich werde glücklich sein
(13) Paradies
(16) Liebe
(18) Eifersucht

Zentrum

(10) Ich, Ka

Inhalt

Orhan Pamuk im
Carl Hanser Verlag

Rot ist mein Name
Roman
Aus dem Türkischen von Ingrid Iren
2001. 560 Seiten

»Der in Istanbul lebende Orhan Pamuk entblättert den mit Elementen des De-
tektivromans durchsetzten Bilderstreit der Gelehrten in einem ornamentalen
Reigen aus Fabeln und Parabeln.«   *Sabine Vogel, Berliner Zeitung*

»Noch stehen der Aufnahme der Türkei in die EU einige schwerwiegende
Gründe entgegen. Ihre Aufnahme in den Kosmos des europäischen Romans ist
dank Orhan Pamuk vollzogen: Rot ist der Name, und groß ist dieses Buch.«
                        Christoph Bartmann, Süddeutsche Zeitung

»Man wird nicht müde, Pamuk zu lesen, denn wieder hat er ein sprachliches
Kunstwerk geschaffen, schildert in tausendundein Farben ein Intrigenspiel um
Liebe und Tod, um Tradition und den Aufbruch in die Moderne, das in vergange-
nen osmanischen Zeiten handelt und doch auf das Heute abzielt.«
                        Monika Carbe, Neue Zürcher Zeitung

»Dieser Roman ist ein wunderbar reiches Stück Weltliteratur.«
                        Ernst Osterkamp, Frankfurter Allgemeine Zeitung

Das neue Leben
Roman
Aus dem Türkischen von Ingrid Iren
1998. 352 Seiten

»... eine erfrischende Formenvielfalt, eine eigenwillige Mixtur von Traum und
Realität ...«   *Hans-Peter Kunisch, Süddeutsche Zeitung*

»Orhan Pamuk hat ein leichtes Buch über etwas unerhört Schweres geschrieben.
Er hat Anatolien zu einer wunderbar urbanen Landschaft, zu einem Ort der
Weltliteratur gemacht. Viele tausend Fäden hat er mit großem literarischen
Können verknüpft, und daraus ist nicht nur ein wirklichkeitstreues, sondern
auch ein spannendes Bild entstanden.«
                        Thomas Steinfeld, Frankfurter Allgemeine Zeitung